Grigori Kanowitsch

Kaddisch für mein Schtetl

aufbau

GRIGORI KANOWITSCH

KADDISCH FÜR MEIN SCHTETL

ROMAN

Aus dem Russischen
von Ganna-Maria Braungardt

Mit einem Nachwort
von Brigitte van Kann

aufbau

Die Originalausgabe unter dem Titel
Местечковый романс
erschien 2013 bei Text Verlag Moskau.

FSC
www.fsc.org
MIX
Papier aus verantwortungsvollen Quellen
FSC® C083411

ISBN 978-3-351-03610-2

Aufbau ist eine Marke der Aufbau Verlag GmbH & Co. KG

1. Auflage 2015

Einbandgestaltung ZERO Werbeagentur, München
Satz LVD GmbH, Berlin
Druck und Binden CPI books GmbH, Leck, Germany
Printed in Germany

www.aufbau-verlag.de

A jidische mame,
eß git nischt beßers ojf der welt.
A jidische mame,
oj wej, wi biter wen si felt.

Jiddisches Volkslied

ERSTER TEIL

1

Ich wollte schon lange über meine Mutter schreiben, mit dem freudigen Eifer und der unbeschwerten Ausführlichkeit, mit der man sich an seine Eltern, die nächsten und liebsten Menschen, erinnern sollte. Zu meiner Schande habe ich diese gute Absicht immer wieder aufgeschoben oder nur bruchstückhaft über meine Mutter geschrieben, wie nebenbei, in einzelnen Episoden in Geschichten über meine Landsleute und Verwandten. Um das immer stärker werdende Schuldgefühl zu dämpfen, besann ich mich hin und wieder und machte mir Notizen, sogar im Schlaf, doch am nächsten Morgen hatte der anbrechende Tag die geträumten Worte, die mir so wunderbar erschienen waren, stets gnadenlos gelöscht.

Aber nun, im hohen Alter, habe ich entschieden, dass ich nicht weiter zögern darf; statt mich länger mit Gewissensbissen zu quälen, sollte ich mich beeilen, wenigstens teilweise meine Schuld gegenüber meiner Mutter abzutragen – schließlich könnte ich es sonst, Gott bewahre, nicht mehr schaffen …

Ich hatte wirklich beschlossen, mich zu beeilen, doch als ich in meinem seichter werdenden Gedächtnis nachforschte, was ich bis zum vorzeitigen Tod meiner Mutter über sie erfahren hatte, wusste ich, ehrlich gesagt, nicht recht, wo ich beginnen sollte. Noch bevor ich ans Schreiben ging, war mir bewusst, dass meine Erzählung weder geradlinig noch homogen sein würde, denn auch das Leben meiner Mutter war nicht glatt und gleichförmig verlaufen.

Am besten, dachte ich, fange ich wohl mit der fernen Zeit an, als ich noch nicht auf der Welt war, mit dem bis heute ungelösten Rätsel, wie es meine Mutter schaffte, als Schwiegertochter ins Haus meiner herrschsüchtigen und wählerischen Großmutter Roche Kanowitsch, geborene Mines, zu kommen, die in unserem Schtetl selbst von den Männern gefürchtet wurde. Nicht von ungefähr hatten unsere Landsleute, angeregt vom Schtetl-Doktor Izchok Blumenfeld, ihr den sonderbaren und etwas unheimlichen Spitznamen Roche-Samurai verpasst.

Großmutter Roche hielt ihren ältesten Sohn Solomon – Schlojmke – für den begehrtesten Bräutigam in dem winzigen, einem einsamen Fingerhut im Universum gleichenden Schtetl Jonava und wollte ihn vor einem verhängnisvollen Fehler bewahren. Ihrer Überzeugung nach gab es nicht nur in Jonava, sondern auch in ganz Litauen keinen zweiten so schönen Mann, von der Grenze zu Lettland bis zur Grenze zu Polen, von wo auf seltsamen Wegen mitunter ungeladene Gäste in das gesetzestreue Jonava kamen – freiheitsliebende Chassiden in langschößigen schwarzen Kaftanen. Sie sangen in ungeordnetem Chor Gebete und schrieben in bizarren Tänzen mit geschickten, gummiartigen Beinen Hieroglyphen auf das Straßenpflaster, die in dieser Gegend noch nie gesehen wurden – zum Ruhm Gottes, der seinen Stamm Israel geheißen hat, überall und unermüdlich fruchtbar zu sein und sich zu mehren.

Aus den Erzählungen und späten Bekenntnissen meiner Mutter, die bisweilen gern in ihre ferne Jugend zurückkehrte und keine Gelegenheit ausließ, in die Vergangenheit zu schlüpfen wie ein Eichhörnchen in seine liebste Vorratshöhle, entstand das bruchstückhafte, verworrene Gewebe meiner Geschichte. An ihrem Anfang standen das schwierige Verhältnis zwischen der unerwünschten Chanke Dudak und meiner Großmutter Roche und die Umstände der Heirat meiner Mutter und meiner Geburt. Damit, beschloss ich, sollte ich anfangen.

»Dovid, weißt du vielleicht, wo sich unser lieber Sohn Schlojmke abends rumtreibt?«, fragte Großmutter Roche mit unverhohlener Sorge ihren Mann Dovid, der düster wie der litauische Herbst und tief gebeugt an seiner Schusterbank saß.

Dovid zupfte sich gedankenversunken den dünnen rötlichen Bart und stach, als wäre außer ihm kein lebendes Wesen im Zimmer, weiter mit der Ahle in die Spitze eines abgetragenen fremden Schuhs. Es war seine Gewohnheit, auf Fragen, die nicht direkt mit seinem Handwerk zu tun hatten, gar nicht zu antworten oder allenfalls, wenn er sich doch dazu herabließ, mit einem Blick seiner tränenden traurigen Augen oder einem Neigen des Kopfes.

»Was schweigst du?! Ist Schlojmke etwa nicht dein Sohn?«

Die herbstliche Trauer in Großvaters Augen wurde kein bisschen geringer, doch hinter den Brillengläsern in der stumpfen Hornfassung blitzte matt ein schwaches Lächeln auf.

Dovid verlor keine überflüssigen Worte. Das Geld, das du mit Ahle und Schusterhammer verdienst, vor deiner Frau zu verbergen, das wäre Sünde, versicherte er. Das leg bis auf den letzten Groschen auf den Tisch, bitte sehr. Aber Worte? Wen interessieren schon Worte? Die bringen nur Missverständnisse und Unannehmlichkeiten. Sagst du deinem Nächsten die Wahrheit, weiß er dir nicht nur keinen Dank, nein, womöglich ist er noch beleidigt und versetzt dir unversehens eine Ohrfeige. Lügst du aber, spuckst du dir mit deiner Schwindelei selber in die Seele. Am besten, du schweigst. Der liebe Gott im Himmel schweigt mit Bedacht. Und auch uns Sündern gebietet Er, die Zunge im Zaum zu halten – für alle hat man sowieso nicht genug Worte! Wenn man sich schon an jemandem ein Beispiel nimmt, dann an Ihm und nicht an der Nachbarin Tajbe, deren Mund den ganzen Tag nicht stillsteht.

»Überleg doch mal, Roche. Was wäre, wenn der Allmächtige jeden Tag jedem antworten würde, der Ihn etwas fragt? Allein unsere Tajbe würde Ihn um den Verstand bringen!«

»Du bist schon ganz meschugge, du alter Trottel!«, fuhr Großmutter Roche ihren Mann wütend an. »Was hat Gott damit zu tun? Ich habe dich nicht nach Ihm gefragt. Dass der Herrgott im Himmel wohnt und dass er kein Schwätzer ist, das weiß ich auch ohne deine Spitzfindigkeiten. Der Herrgott sitzt bei sich zu Hause, auf seinem goldenen Thron, umgeben von Engeln und Cherubim, sie führen mit Ihm artige Gespräche, und zugleich schaut Er aus dem Augenwinkel nach uns allen, uns Sündern, ob wir mit unserem unvernünftigen Handeln Seine Schöpfung, die Erde, auch nicht zu sehr besudeln. Der himmlische Vater spaziert nicht nachts mit jungen Mädchen durchs Schtetl und küsst sie am Ufer der Vilija. Lass den Herrgott aus dem Spiel! Er ist am Ende des Tages genauso müde wie ein Schuster. Antworte lieber auf meine Frage – wo treibt sich unser herzallerliebster Sohn Schlojmele herum?«

Voller Übermut und Leidenschaft erzählte meine Mutter von den Monologen ihrer Schwiegermutter und von ihrem Schwiegervater, und durch diese endlosen, mit geistreichen Einzelheiten und Sticheleien gewürzten Plänkeleien erholte sie sich allmählich von Kälte und Unglück des Krieges und schien sogleich jünger. Sie versetzte sich gleichsam aus dem zerstörten Vilnius in ihr behagliches Jonava, ans Ufer der wasserreichen Vilija, die mit ihrem leisen, gesegneten Murmeln so manches Pärchen getraut hat.

»Ist dir Schlaukopf denn noch nie in den Sinn gekommen, dass dein lieber Sohn uns eines schönen Tages womöglich eine weißblonde Goika* mit einem Kreuz um den Hals ins Haus bringt? Dass er hier auftaucht mit seiner Kralja**, sie vor dich schiebt und sagt: ›Mach dich bekannt, Tato, das ist Morta!‹ oder Antanina … und um deinen Segen bittet! Was tun wir beide dann? Ihm unseren Segen geben? Ihn rauswerfen? Oder gehen wir zusammen mit seinen Brüdern Motl und Ajsik und seinen Schwestern Leje und Chawe in die Kirche zu deinem alten Kunden Pater Vaitkus? Er traut sie, bespritzt das junge Paar mit Weihwasser, und wir bitten sie und die ganze Gemeinde um Vergebung dafür, dass wir dreckigen Juden in grauer Vorzeit mit Eisennägeln, die damals noch gar nicht verkauft und benutzt wurden, ihren lieben Gott Jesus gekreuzigt haben?«

Dovid nahm die Drohungen seiner Angetrauten mit sturer, kränkender Gelassenheit hin. Goiki wie Jüdinnen waren ihm schon seit langem gleichgültig. Tagein, tagaus war sein länglicher Kopf mit der schimmernden ovalen Glatze oben und dem spärlichen rötlichen Haarwuchs an den Seiten ganz in Anspruch genommen vom Nachdenken über fremde Absätze, Sohlen und Pechdraht, über die Lederpreise und über den dreimal verfluchten Husten, der ihn peinigte. Um seine explosive Frau zu beruhigen, verließ Großvater mühsam den sicheren Winkel seines Schweigens, nahm seinen Mut zusammen und sagte: »Jeder normale Mann in seinem Alter muss diejenige finden, die er sucht, Roche. Wie könnten wir sonst fruchtbar sein und uns mehren? Manchmal dauert die Suche länger … Und manchmal findet man die Seine sofort.«

Zufrieden mit dem eingetretenen erstaunten Schweigen seiner Frau, wischte er die scharf geschliffene Ahle an seiner ge-

* Weibl. Form von Goi – Nichtjude.

** Schöne, russifiziert von (poln.) królowa (Königin), (tschech.) královna.

flickten Schürze ab und fuhr fort: »Ich habe dich sofort gefunden, ohne langes Suchen, obwohl so viele Frauen um mich herum waren! Ich wusste gar nicht, wo ich hinsehen sollte. Auch unser Sohn wird seine Roche finden. Gegen diese Dinge ist auch ein Wächter mit Knüppel machtlos!«

»Welche Dinge?«

»Na, das … Küssen und so«, antwortete er stockend. Anders als der Wortschatz seiner aufbrausenden, leicht zu erzürnenden Frau, aus deren Mund Beschimpfungen, Flüche und Schlüpfrigkeiten flogen wie ein Wespenschwarm, war der von Großvater Dovid rein und züchtig wie eine Peßach-Kippa. Er benutzte nie unanständige Ausdrücke, denn davon, so erklärte Großvater allen Kunden, die fluchten, wüchsen dem Menschen Disteln in der Seele. »Was denn, erinnerst du dich nicht mehr, wie wir beide … bis zum Morgengrauen … unter der Brücke über die Vilija … auf einem Bett aus Frühjahrsgras … So eine Freude, die vergisst man nie! Kurz gesagt, erinnere dich, wie wir beide uns Leib an Leib pressten.«

»Dass du dich nicht schämst!«, empörte sich Großmutter. »Leib an Leib! Pfui!«

»Für die Wahrheit muss man sich nicht schämen.« Großvater zuckte die Achseln. »Deine Schwiegermutter, meine selige Mama, wollte dich auch nicht zur Schwiegertochter, Rochele. Ganz und gar nicht. Sie fand, du seist böse wie eine Hexe und zu kurz geraten, auch deine Brust sei viel zu klein, um Kinder zu nähren, im Gesicht hättest du eine Warze wie eine Himbeere und dein Po sei platt wie ein Brett.«

Nach diesem Wortschwall war er ganz außer Atem und verstummte. Und wenn er sich die Zunge fusselig redete – gegen Roche kam er sowieso nicht an. Keine Schustertochter wünschte sich seine Angetraute für ihren Sohn, nein, eine Prinzessin, eine Großnichte von Rothschild oder wenigstens Slata, die Erbin des Jonavaer Müllers Mendl Waßerman, oder Chane, die Stieftochter des Apothekers Nota Lewit – dann bekäme sie, Roche, die an einem Dutzend verschiedener Krankheiten litt, von ihm ihre Medizin zum Sonderpreis …

Jeden Tag, den Gott werden ließ, schwebten diese amüsanten, diese schmerzlichen Erinnerungen an vergangene Zeiten wie Geisterwolken in unserer Gemeinschaftswohnung auf dem nach dem Generalissimus Stalin benannten Prospekt, in der die Stadtverwaltung von Vilnius mit einem Schwung drei unglückliche Familien untergebracht hatte, die aus der trostlosen Fremde heimgekehrt waren. Abends erinnerten sich die einstigen Flüchtlinge nach Herzenslust an das Leben vor dem Krieg, ließen in ihrer Erinnerung Dinge auferstehen, die erlebtes Unglück und neue, täglich zunehmende Ängste und Schwierigkeiten aus ihrem Kopf verdrängten. Von den kahlen, schlampig gestrichenen Wänden ohne Spiegel und ohne Bilder schienen ganze Scharen im Krieg verschollener Nachbarn und Landsleute in die Gemeinschaftswohnung herabzusteigen. Aus allen mit unausgepackten Bündeln und Rucksäcken vollgestapelten Ecken, aus erstaunlicherweise erhalten gebliebenen Fotoalben und einzelnen vergilbten Fotografien tauchten, in Grüppchen und einzeln, die getöteten Väter und Mütter, Brüder und Schwestern auf, kamen aus den Erschießungsgräben wieder ans Licht. Die Toten eilten zur langersehnten Begegnung mit ihren Angehörigen, die wie durch ein Wunder in der Fremde überlebt hatten. Hier verflochten sich auf verblüffende Weise verschiedene Schicksale, unermessliches Leid und unerfüllte Hoffnungen, berührten sich die Vergangenheit und die Gegenwart, die neue, unvorhergesehene Prüfungen und furchtbare, unvorhersagbare Gefahren verhieß. Doch die so anziehende Vergangenheit, die seit Jahrhunderten als Trost diente und der jüdischen Seele im Unglück Mut machte, diese Vergangenheit war weit größer als die vage Zukunft. Alle Bewohner unserer Behausung tauchten freudig Hals über Kopf in das Vergangene ein wie in das von der Sommersonne erwärmte Wasser der Vilija, das in ihrer leidvollen, von unersetzlichen Verlusten gepeinigten Erinnerung weiter ruhig dahinströmte und sie an die mit dichtem Gestrüpp bewachsenen Ufer lockte – die Ufer ihrer ersten Rendezvous und ihrer ersten Liebe.

Abends versammelten sich um den gemeinsamen Tisch am Stalin-Prospekt meine beiden aus diesen Erinnerungen auferstandenen Großväter und Großmütter, sämtliche Tanten und Onkel und die für immer verschwundenen Landsleute und Nachbarn. Wie ein entferntes Echo ertönten ihre Stimmen, ihre Sprache – mit großem Vergnügen kopiert und wiedergegeben von meiner Mutter, die stets zu Nachahmung und Spötteleien aufgelegt war. Diese Stimmen und Geschichten verstummten oft erst im Morgengrauen.

Ein ums andere Mal drehte meine Mutter die Zeit zurück wie eine Armbanduhr, um möglichst weit weg zu sein von den eiskalten Auls in der endlosen, vom Geheul hungriger Schakale erfüllten kasachischen Steppe, vom in giftigen Kohlestaub getauchten Hinterland des Ural, vom fremden, sich verkriechenden Vilnius.

»Der Mensch lebt, solange er sich an das erinnert, was er unter keinen Umständen vergessen darf«, wiederholte meine Mutter gern …

»Du machst dir unnötig Sorgen. Dein geliebter Sohn weiß selbst, was für eine andere Hälfte er braucht.«

Aus weiter Ferne dringen sie in der Laiendarstellung meiner Mutter an mein Ohr – der heisere Bariton meines Großvaters und der hohe, hitzige Alt von Großmutter Roche, die ihren

Mann unentwegt mit ihren Ängsten nervte und die er sein Leben lang ein wenig fürchtete.

»Schlojmele ist ein Träumer. Den wickelt jedes Mädchen spielend um den kleinen Finger. Wir können nur von Glück reden, wenn er an ein anständiges Mädchen aus einer anständigen Familie gerät und nicht an eine Schamlose, die uns, Gott behüte, noch einen Bankert beschert.«

Gepeinigt von der Ungewissheit, hätte Großmutter Schlojmele am liebsten rund um die Uhr überwachen lassen, deshalb gebot sie ihrem Jüngsten, Motl, und dem Mittleren, Ajsik, König Salomon nicht aus den Augen zu lassen; und wenn sie ihn mit einem losen Mädchen aus dem Schtetl erwischten, sollten sie ihr dies ungesäumt melden, damit die Mutter weiß, wem ihr Sohn nachstellt. Die Brüder willigten notgedrungen ein (versuch mal, dich zu weigern, dann erhebt Roche ein solches Geschrei!), dachten aber nicht daran, Schlojmke zu verpetzen.

Um dennoch herauszufinden, wer das Liebchen ihres Sohnes ist, griff die unermüdliche Roche zu allen möglichen detektivischen Listen. Samstags versuchte sie in der Synagoge ihre gealterten tratschfreudigen Freundinnen auszuhorchen. Mit scharfen Augen musterte Großmutter die betenden Männer und Frauen und überlegte, wer eine heiratsfähige Tochter hatte und welche davon ihr Sohn erwählt haben mochte. Bräute lebten in Jonava mehr als genug: Arme, denen die Eltern nichts mitgeben konnten, wie Besitzerinnen einer stattlichen Mitgift, hoffnungslos hässliche wie Mädchen mit hübschem, aber dümmlichem Frätzchen. Keine von ihnen taugte nach Meinung der wählerischen und strengen Roche als Frau für ihren Sohn. Höchstens Slata, die Tochter des Müllers Waßerman, doch die studierte auf Zahnärztin in Deutschland oder Frankreich, kam nur in den Ferien ins Schtetl und gab sich mit den einheimischen ungehobelten Klötzen (ph!) nicht ab.

Wie groß war Roches Enttäuschung, als sie von Balegole* Pejssach Schwarzman, der jeden Einwohner von Jonava von Angesicht kannte, schließlich erfuhr, wer die Glückliche war, zu der ihr Liebling ans Ufer der Liebe eilte.

Die Tochter des Schusters Schimon Dudak, Chanke! Auf sie hatte Schlomo – ihr König Salomon – ein Auge geworfen.

»Schlojmke, ich habe gehört, du hast eine Frau fürs Leben gefunden? Ist das wahr?« Roche-Samurai wurde im Handumdrehen vom listigen Detektiv zum unerbittlichen Vernehmer.

Mein Vater Solomon alias Schlojmke, Schlojmele, kam äußerlich wie in seinen Manieren ganz nach seinem Vater. Statt ohne Umschweife klar und deutlich auf die Fragen seiner Mutter zu antworten, kaute er nur mit den Lippen auf der mit Schusterwichse und Borschtsch gesättigten Luft herum. Doch anders als Großvaters kummervolles Grabesschweigen war das Schweigen seines Sprösslings zuweilen mit einem fröhlichen, nachsichtigen Lächeln versüßt. Was so viel hieß wie: Was soll man machen, bei uns Juden bleibt nichts lange ein Geheimnis. Wie sehr man etwas auch verbergen möchte, der Fuhrmann oder der Krämer Chajim Luzki bekommen sowieso Wind davon und posaunen sämtliche Geheimnisse in die Welt hinaus. Dafür sind Juden nun einmal Juden, um alles auf der Welt als Erste zu erfahren, zumindest danach zu streben, immer mehr zu wissen als alle Andersgläubigen zusammen. Wie sonst sollten sie sich im Falle eines Pogroms, Gott behüte, rechtzeitig vor den Mördern schützen?

»Können wir schon mit dem Rabbi reden? Die Chuppa aufstellen? Gäste einladen?«, attackierte Roche ihren bildschönen Sohn stichelnd und verwehrte ihm einen würdevollen Rückzug.

»Nicht doch, Mama …«

Das war die ganze Antwort.

* Anmerkungen am Schluss des Buches.

»Was, muss es unbedingt die dicke Chanke Dudak sein? Stehen sie nach ihr im Schtetl etwa Schlange, und du hast Angst, zu spät zu kommen?«

»Hm …«

»Was, ›hm‹?! Ich rede ernsthaft mit dir, und du machst dauernd nur hm. Ist dir die Zunge in den Hintern gerutscht?«

»Ja«, antwortete Schlojmele frech, drehte sich um und brach auf zu seinem Arbeitgeber, dem berühmten Schneider Abram Kißin, sich seinen Lohn verdienen.

Roche aber konnte sich lange nicht beruhigen ob der unerhörten Dreistigkeit und Eigenmächtigkeit ihres Sohnes. Ihr ging dieses unscheinbare Hühnchen nicht aus dem Sinn, dieses kurzbeinige Flittchen Chanke Dudak. Wo waren seine Augen, dass er unter allen Töchtern von Schimon Dudak, dem zweiten Schuster am Ort, Dovid Kanowitschs ewigem Konkurrenten, ausgerechnet sie gewählt hatte? Er hätte doch ein, zwei Jährchen warten können, bis ihre Schwester herangewachsen wäre, die schöne Fejgele. Fejgele hatte schon jetzt, mit sechzehn Jahren, das, was in ehelichen Verbindungen bewanderte Heiratsvermittlerinnen *kum aher** nannten. Aber Chanke? Außerdem – wer kaufte auf dem Markt schon am ersten Fuhrwerk? Kluge Leute machten erst mal die Runde, schauten sich alle Waren an, betasteten alles, verglichen die Preise, kratzten sich am Kopf und holten erst dann die Geldbörse aus der Tasche.

»Sei nicht traurig, Roche! Das Leben wird alles an seinen Platz rücken, auch ohne dass wir uns einmischen. Ob wir ihm nachschnüffeln oder nicht – was geschehen soll, lässt sich nicht verhindern«, spann der friedfertige Dovid seinen Faden weiter. »Haben unsere Eltern es etwa anders gemacht, Roche?«

»Wenn du schon so schlau bist, kannst du mir vielleicht mal

* (jidd.) Im Schtetl-Jargon laut Erklärung des Autors so viel wie »hübsch, reizvoll, sexy«.

verraten, wo unsere Jungvermählten wohnen sollen?«, spielte Roche ihr As aus. »Wir leben zu siebt in zwei Zimmern, und Dudak hat sechs Kinder, vier Bräute und zwei Bräutigame, Schmule und Motl. Angenommen, Schlojmke und Chanke heiraten. Wo sollen sie schlafen, Dovid? Auf dem Dachboden? Im Heu bei den Mäusen? Oder treten wir ihnen unser Bett ab und gehen nächtens Arm im Arm unter den Sternen spazieren?«

»Das ist halb so schlimm. Wenn sie sich wirklich lieben, können sie auch eine Weile getrennt leben, er bei uns in der Fischerstraße, sie beim dicken Schimon in der Schmiedestraße. Wenn Schlojmke bei Abram Kißin ausgelernt hat und ein selbstständiger Meister wird, nimmt er sich eine eigene Wohnung …«

Großmutter Roche ließ ihren Mann nicht ausreden.

»Getrennt?! Dovid, vielleicht solltest du mal deinen Verstand flicken lassen? Wenn sie getrennt leben, wie sollen sie dann Gottes Gebot erfüllen und fruchtbar sein und sich mehren?«

»Keine Sorge!«, fiel ihr Dovid ins Wort. »Das werden sie schon erfüllen.«

Großmutter Roche hoffte noch, dass Schlojmele es sich anders überlegen würde. Dass er Chanke eine Weile nachlaufen, sich sattküssen und sie dann verlassen würde. Aber er überlegte es sich nicht anders.

Als mein Vater zum ersten Mal wagte, meine eingeschüchterte Mutter in die Fischerstraße mitzubringen, um sie ihren künftigen Schwiegereltern vorzustellen, musterte Großmutter Roche sie von Kopf bis Fuß, wie eine erfahrene Käuferin eine Färse betrachtet, die aus einem entlegenen Dorf zum Verkauf ins Schtetl oder in die Kreisstadt gebracht worden ist, und murmelte mürrisch: »Na, mein Kind, du siehst ja besser aus, als ich dachte. Bist keine Schönheit, aber auch nicht hässlich.«

Chanke wurde rot und senkte den Kopf.

»Wenn ich es recht verstehe, habt ihr beide ja schon alles entschieden …«, sagte die künftige Schwiegermutter, nicht freundlich tadelnd, sondern mit versteckter Drohung. »Ich meine, ihr habt schon für uns alle entschieden, ihr wollt einfach zusammenleben, ohne den elterlichen Segen, der sich für anständige Menschen gehört. Ihr sagt zu euch selber: ›*Masl tow!*‹*, schenkt euch ein Glas Wein ein, ruft ›*Lechaim*!‹** und ab ins Bett!«

Dovid stand schweigend abseits, in der Hand die unabdingliche Ahle, als wollte er damit jeden Augenblick seine langjährige Gefährtin durchbohren.

»Ja«, sagte der Bräutigam fest. »Die Zeiten sind vorbei, als die Eltern in diesen Dingen das Sagen hatten und ihre Kinder wie Vieh bei den Hörnern nahmen und paarten.«

»Das waren gute Zeiten«, flötete Großmutter Roche plötzlich. »Nicht wahr, Dovid?«

»Gute Zeiten hat es, soweit ich mich erinnere, nie gegeben, Roche«, entgegnete ihr vorsichtiger Ehemann ausweichend und kratzte sich mit der Ahle die Stoppeln auf der unrasierten Wange. »Aber zu allen unguten Zeiten gibt es hin und wieder einzelne anständige Menschen.«

»Chanke ist ein guter Mensch«, nahm der König Salomon von Jonava, der sich nie durch besondere Kühnheit ausgezeichnet hatte, diesen Gedanken auf. »Sie ist ein guter Mensch«, wiederholte er. »Da könnt ihr sicher sein.«

Die Lobesworte und Beteuerungen ihres Sohnes überzeugten meine unnahbare Großmutter nicht. Dazu war ein Hahn schließlich ein Hahn, dass er sich auf dem Hof vor den dummen Hühnern mit schönen Gesängen spreizte. Sie verlangte von ihrem Sprössling andere, gewichtigere Beweise.

»Übrigens, was kannst du eigentlich, mein Kind, außer die

* (hebr.) Viel Glück!

** (hebr.) Auf das Leben!

Herzen junger Burschen erobern?«, führte sie mit polizeilicher Strenge ihr Verhör fort und ignorierte dabei Dovids seltsames Zwinkern und seine albernen Grimassen – es reicht, Roche, hör auf, das Mädchen zu quälen. Großvater hätte seine Frau am liebsten daran erinnert, dass sie selbst vor ihrer Heirat nicht mehr konnte, als Pellkartoffeln kochen und zu Gott beten.

»Ich kann lieben«, antwortete meine Mutter, womit sie nicht nur die unnahbare Roche verblüffte, sondern auch ihren Bräutigam. »Wer liebt, kann alles lernen.«

»Lieben kannst du? Und kochen, waschen, bügeln, Fußböden wischen und aufräumen, kannst du das auch?« Großmutter Roche verschluckte sich an ihrer eigenen Aufzählung und wurde plötzlich heiser.

»Alles, was ich tue, tue ich mit Liebe«, sagte Chanke mit treuherzigem Stolz, sah den beiden Alten, die wie versteinert dastanden, offen ins Gesicht und platzte heraus: »Ich werde auch Sie beide lieben.«

Dovid erstarrte und hätte sich beinahe die Ahle in die eingefallene Wange gebohrt, und Großmutter schnäuzte sich laut, wischte sich aber merkwürdigerweise nicht die Nase, sondern die Augen.

»Wir werden sehen«, nuschelte sie. »Wenn wir es noch erleben.«

2

Roche beschwor ihren Sohn, mit der Hochzeit noch zu warten. In ihrem Haus gebe es keinen einzigen freien Platz für die Jungvermählten. Alle Betten seien belegt, durch die holzwurmzerfressenen Wände höre man nicht nur das Pfeifen der Lokomotive und das Donnern der an Jonava vorbeifahrenden Züge von draußen, sondern auch jeden Pups und jeden Schnarcher aus dem Nebenzimmer. Wie wolle er, Schlojmele, in dieser Enge seine ehelichen Pflichten erfüllen? Er möge, so die Großmutter, doch noch ein wenig warten, bis er auf eigenen Beinen stehe, seine festen Kunden habe, mehr verdiene und für wenig Geld einen Winkel mieten könne – entweder beim Hausbesitzer Efraim Kapler, dem aufgeblasenen Puter, dem Dovid, Gott schenke ihm noch viele Jahre, sein Leben lang die Schuhe und Stiefeletten repariere, oder bei dem anderen Reichen, der Wohnungen vermiete, dem Gestütsbesitzer Klejman. So lange aber müssten er und Chanke getrennt leben.

»Getrennt?!« Der Bräutigam machte große Augen.

»Wenn Chanke dich wirklich liebt, und ich sehe an ihren Augen, dass sie dich liebt, dann wird sie nichts dagegen haben. Wird dir schon nicht davonlaufen, dein Milchbrötchen, sie wird warten. Keine Sorge. Einen Burschen wie dich verlässt man nicht, den tauscht man auch nicht gegen einen anderen«, schmeichelte Roche ihrem Sohn.

»Noch will niemand die Chuppa aufstellen und Rabbi Eliëser einladen. Wir heiraten, wenn ich vom Armeedienst zurück bin.«

»Sag bloß, die Litauer nehmen in ihrer Armee keine Verheirateten? Lassen sie zu Hause, damit ihre Frauen nicht vor lauter Sehnsucht verbotene Zärtlichkeiten suchen?«

»Sie nehmen auch Verheiratete.«

»Aber was wollen sie mit einem Schneider als Soldaten, noch dazu mit einem Juden? Mit einem Bajonett flickt man doch keine Hosen.«

Schlojmele lachte.

Die starrköpfige Roche hätte dem Bund der beiden vielleicht schweren Herzens sogar ihren Segen gegeben, denn die törichte Chanke war zu allem fähig – womöglich lief sie mit ihrem Liebsten fort aus Jonava oder wurde vor der Hochzeit schwanger. Um Schlojmele nicht zu verlieren, wäre Roche zu Kompromissen bereit gewesen, sogar dazu, im Haus enger zusammenzurücken. Mit Hilfe von Motl und Ajsik könnten sie das uralte Doppelbett in die Diele schaffen, das aus der Zeit der ägyptischen Gefangenschaft zu stammen schien, schon in die Erde eingewachsen war und eigentlich nur noch als Hühnerstange taugte. Andererseits war es wohl besser, nichts zu überstürzen, abzuwarten, möglicherweise brachte die Armee Schlojmele und Chanke auseinander. Zwei Jahre Dienst waren kein Kinderspiel. Da fanden vielleicht andere Gefallen an dem Milchbrötchen. Womöglich hielt auch das kleine Zicklein es nicht aus bis zu Schlojmes Rückkehr und verdrehte einem anderen den Kopf.

Doch das uralte Doppelbett blieb, wo es war. Schlojmke wurde zur Armee einberufen und in einen recht weit von Jonava entfernten Ort am Neman geschickt, in die Kreisstadt Alytus. Zum Erstaunen aller Juden im Schtetl kam er in ein Kavallerie-Regiment, zu den Ulanen oder Dragonern, dabei konnte sich Schlojmke weder eines besonders großen Wuchses rühmen, noch hatte er je einen Fuß in einen Steigbügel gesetzt.

»Die Kommandeure wissen besser, wer wo und als was dienen soll«, beruhigte Ajsik, der älteste Sohn und oberste Ratgeber und Tröster der Familie, seine Mutter Roche. »Es ist doch nicht schlecht, wenn unser Bruder Schlojmke neben dem Schneidern auch noch auf einem Pferd reiten lernt.«

»Wozu?«, fragte Großmutter Roche ängstlich nicht Ajsik, sondern den lieben Herrgott. »Wozu soll ein Jude auf einem Pferd reiten? Wo hast du, Ajsik, je einen Juden auf einem Pferd gesehen? Ich kenne den Balegole Pejssach Schwarzman schon eine Million Jahre, aber noch nie hab ich gesehen, dass er im Sattel sitzt, dabei hat er im Stall drei kräftige Lastpferde. Er nimmt sie immer am Zaumzeug, wenn er mit ihnen zur Vilija hinuntergeht. Normale Juden bezahlen für ein Pferd nur, wenn sie mit einem Fuhrwerk irgendwohin fahren müssen, nicht, weil sie wie die Besessenen auf einem Pferd durch Litauen galoppieren wollen. *Wej zu mir, wej zu mir**, er wird noch herunterfallen, sich den Kopf aufschlagen und zum Krüppel werden!«

Großmutter Roche bekam Alpträume, sie sprang dann schreiend auf, lief durchs Haus und flüsterte Gebete. Beruhigung bescherte ihr nicht ihr Sohn und nicht ihr Mann, sondern der schnellfüßige Postbote Kazimiras, der ihr einen Monat nach Schlojmkes Einberufung einen Brief aus Alytus brachte. In dem grauen Kuvert lag eine sorgfältig in Papier eingeschlagene kleine Fotografie: Roches bildschöner Sohn in Militäruniform und mit Schirmmütze hoch zu Roß.

»Ein General«, stammelte Roche-Samurai, küsste das Foto dreimal und fing an zu weinen.

Wahrscheinlich hatte Schlojmke eine ebensolche Fotografie auch an Chanke geschickt. Ganz bestimmt. Ihr doch wohl zuallererst. Warum war sie da nicht zu ihnen in die Fischerstraße gekommen, um sich zu brüsten und die Freude mit ihnen zu teilen? Zu sagen – schauen Sie, Roche, unser Schlojmke! Ein kühner Ulan! Darauf ist die Ärmste wohl nicht gekommen. Dabei soll man Freude doch mit allen teilen, davon wird sie nicht weniger, sondern nur mehr.

Doch Chanke ließ sich nicht in der Fischerstraße blicken, obwohl sie versichert hatte, sie werde sie alle lieben.

Roche versuchte sie abzupassen, ihr aufzulauern, aber Chanke war wie vom Erdboden verschluckt. So oft Roche Freundinnen, Nachbarn, Synagogenbesucher und Krämer auch nach ihr ausfragte – alle zuckten nur die Achseln, niemand wusste Bescheid über Schimon Dudaks älteste Tochter. Da entschied die vor

* Im Original jiddisch.

Neugier vergehende Großmutter Roche, keine Umwege mehr zu machen, und steuerte auf dem Hof der Synagoge wie eine Ente im Teich geradewegs Schimon Dudak selbst an, mit einem erfundenen verlockenden Vorschlag für Chanke. Ihr, also Roches, alter Freund, der Eisenwaren- und Werkzeughändler Jeschue Kremnizer, suche für seinen Enkel Rafael ein gutes jüdisches Kindermädchen. Vielleicht sei die arbeitslose Chanke ja an einer solchen Stelle interessiert? Ein paar Groschen mehr könnten doch in einer Familie mit acht Mäulern nicht schaden.

»Chanke ist nicht da«, antwortete treuherzig Schimon, der im Schtetl eher für seinen samtigen tiefen Bariton berühmt war als für seine Ahle. Wenn er an der Schusterbank saß, sang er den von den schlechten Wegen ramponierten Schuhen und Stiefeln oft fröhliche Lieder über Rabbiner und ihre gehorsamen Schüler oder über geschickte Schadchen und Kupplerinnen vor. Manchmal schmetterte Schimon auch auf Russisch eine Strophe aus dem flotten Lied über die mächtige Wolga und den Räuber, der seine persische Geliebte in den Fluss wirft. Dieses Lied hatte Dudak aus Witebsk mitgebracht, wohin der russische Zar die Juden aus dem Grenzgebiet Litauens als angebliche »deutsche Spione« umgesiedelt hatte.

»Wie – nicht da?! Wo ist sie denn?«

Großmutter hatte nicht den mindesten Zweifel daran, dass die Tochter nicht verreist sein konnte, ohne ihrem Vater zu sagen, wohin. Von Schimon würde sie also alles erfahren.

»Chanke ist zum Militär gefahren«, antwortete Großvater Dovids ewiger Konkurrent zaghaft oder mit heimlicher Besorgnis.

»Was, holen die Litauer jetzt auch schon Jüdinnen in ihr Heer? Das ist ja das Ende der Welt!«

»Chanke ist, wie soll ich sagen, sie ist aus eigenem Willen

hingefahren.« Bei diesen Worten lag ein schüchternes Lächeln auf Schimons Gesicht und glättete mit seinem matten Leuchten die Furchen auf seiner Stirn. »Ihren Sohn Schlojmke will sie besuchen.« Und als wollte er ihre Tat rechtfertigen, setzte er hinzu: »Die Tochter des Krämers Luzki ist ihrem Galan, dem Blechschmied Henech, sogar nach Amerika gefolgt. Können Sie mir sagen, wer dort in Amerika so dringend einen Blechschmied braucht? Und zwar ausgerechnet aus unserem Jonava? Ich habe gehört, dass auch Ihre Leje in diese Richtung schaut.«

»So, das haben Sie also gehört, aber ich, Lejes leibliche Mutter, habe nichts davon gehört. Von wem, wenn ich fragen darf, haben Sie das denn gehört? Wer ist der Falke, der gesehen hat, in welche Himmelsrichtung Leje fliegen will?«

»Die Leute sagen das.«

»Die Leute sagen auch, dass sich die Erde um die Sonne dreht. Und glauben Sie das, Schimon? Warum drehe ich mich dann nicht, und Sie drehen sich nicht, und Rabbi Eliëser mit den Thorarollen in der Hand dreht sich nicht, samt allen Gläubigen in der Synagoge?«

Schimons Worte hatten Roche betroffen gemacht, doch das wollte sie nicht zeigen. Nicht einmal in Gedanken ließ sie zu, dass ihre Kinder weggehen und sie für immer mit dem Schweiger Dovid alleinlassen könnten. Zwar hatte Ajsik einmal angedeutet, dass er nicht in Litauen bleiben würde, dass er sein Glück woanders versuchen wolle. Aber dass Leje, ihre Älteste, auswandern wollte? Noch dazu nach Amerika? Das zu glauben weigerte sich Roche.

»Sagen Sie mir lieber, Schimon, wie lange wollen Schlojmke und Ihre Tochter Chanke zusammen auf einem Pferd reiten dort in Alytus?« Roche bohrte ihre Frage wie eine Speerspitze in Schimons lächelndes Gesicht, doch der wusste nichts von gemeinsamem Reiten, gähnte herzhaft, mit weit offenem Mund,

und antwortete: »Gott allein weiß, wie lange. Vielleicht ihr ganzes weiteres Leben.«

Diese Nachricht erschütterte Roche. Sie konnte ihren Unmut und ihre Bewunderung für die Hartnäckigkeit der liebenden Chanke nicht unterdrücken und entschied sogar, was eine große Seltenheit war, ihrem Mann von den Gerüchten über Lejes Absichten und von Chankes Reise nach Alytus zu erzählen.

»Was sagst du dazu?«

»Was soll man dazu sagen?«, brummte Dovid. »Kinder sind wie Vögel. Sitzen eine Weile auf einem Zweig, putzen sich die Federn, zwitschern herum und fliegen auf einen anderen Baum. Der Zweig schwankt eine Weile und beruhigt sich wieder. Und was Chanke angeht, sie ist ein entschlossenes Mädchen. Sie wird alles tun, um das Ihre zu erreichen.«

»Außer mir, deiner rechtmäßigen Frau, würdest du jeden auf der Welt unter deine warmen Fittiche nehmen, jedem über den Kopf streicheln und beistehen!«, stichelte Großmutter. »Heute, nimm mir das bitte nicht übel, aber heute würde ich einem Schatz wie dir nirgendwohin mehr folgen … Nicht nach Alytus und nicht nach Schmalytus. Ich hatte Mitleid mit dir Tölpel.«

»Was soll man machen, Roche! Nichts ist süßer als die Fehler der blinden Jugend … Vielleicht hätten wir beide wirklich Fahrkarten für verschiedene Züge gekauft, aber, meine Liebe, wir sind nun mal in denselben Waggon gestiegen und waren, wie mir scheint, glücklich. Nun müssen wir mit all unseren Sünden und Habseligkeiten im rüttelnden Zug zusammen weiterfahren, bis der Herrgott uns das Himmelstor auftut. Und Chanke, so scheint's, wird das Ihre erreichen, sie wird nicht von unserem lieben Sohn lassen. Ob du willst oder nicht, wir werden in unserem Haus bald ein Fest feiern.«

»Hast du es aber eilig! Ein Fest! Vielleicht vergnügen sie sich in Alytus ja eine Weile und laufen wieder auseinander!

Dann, Dovid, werden wir in unserem Haus wirklich ein Fest feiern.«

»Mein Herz sagt mir, Roche, sie werden nicht auseinanderlaufen.« Er wischte sich mit dem Hemdsärmel die Stirn ab, sah seine Frau voll ängstlicher Bewunderung an und setzte hinzu, als weihte er sie in ein Geheimnis ein: »Als Erstes, Roche, werde ich dir neue Schuhe machen, aus Chromleder und mit hohem Absatz. Danach gehen wir zu dem Frauenkenner Henech Scharfschtejn und bestellen bei ihm ein Kleid aus Chinakrepp, zum Schluss macht Nochem Kowalski dir eine schöne Frisur, denn du läufst ja die ganze Zeit mit zerzausten Haaren herum, und mir wird Gedalje Bankwetscher einen zweireihigen Anzug schneidern, und dann trinken wir beide auf der Hochzeit ein Gläschen auf das Glück der beiden ...«

»Was höre ich da?« Roche machte ihrer Freude stichelnd Luft: »Der liebe Gott hat ein Wunder gewirkt!«

»Ein Wunder?« Ihr Mann sah sie erstaunt an.

»Nach sechzig Jahren völliger Stummheit redest du zum ersten Mal nicht wie ein Schuster, sondern wie ein Ehemann! Was ist nur in dich gefahren, mein Lieber?«

»Wieso machst du aus mir ein gefühlloses Ungeheuer?! Ohne Herz und Verstand!«, empörte sich der friedfertige Dovid.

»So etwas, Dovid, hätte ich bisher nicht einmal mit der Kneifzange aus dir herausbekommen. Schuhe aus Chromleder, ein Kleid aus Chinakrepp, eine Frisur ... Wieso hast du so lange geschwiegen?« Sie trat zu ihrem Mann und umarmte ihn ungelenk. »Vielleicht machst du mir wenigstens im Alter zum ersten Mal eine Liebeserklärung?«

»Kann ich tun«, erklärte Großvater kühn. »Das kostet mich gar nichts, Gott ist mein Zeuge«, sagte er lächelnd.

»Schon gut, schon gut«, beschwichtigte Großmutter ihren Mann.

Der großzügige Schimon Dudak hatte seiner Tochter für die Reise seinen Segen gegeben und sie gemahnt, nicht zu lange in der fremden Stadt zu bleiben, damit sich ihre Eltern keine unnötigen Sorgen machten.

»Fahr nur, fahr. Ein Vogel, der die ganze Zeit auf einem Zweig sitzt, verlernt womöglich das Fliegen«, sagte er.

Schlojmke, der Sohn seines Konkurrenten und Altersgenossen Dovid Kanowitsch, gefiel ihm. Schwarze Brauen, stattlich, große Augen! Ein Stiller und kein Faulpelz. Wem würde ein solcher Schwiegersohn nicht gefallen? Zumal Schimon vier Töchter zu verheiraten hatte – es wäre schließlich keine Freude, wenn sie als alte Jungfern endeten. Was nützt ein ausgetrockneter Brunnen, aus dem keiner trinken kann? Um seine Älteste machte sich Schimon keine Sorgen.

3

In Alytus geriet Chanke in einen heftigen, schräg fallenden Regen und wurde nass bis auf die Knochen. Sie lief in einen dunklen Hauseingang, verbarg sich dort, schaute sich nach allen Seiten um und wrang fröhlich und beherzt ihre Satinbluse und ihren Rock aus. Als zwischen Wolkenfetzen, die vor dem Wind Reißaus nahmen, die karge litauische Sonne hervorkam, war Chanke ein wenig getrocknet, fasste Mut und verließ ihren Unterschlupf. Ohne jede Orientierung im Gewirr der Straßen und Gassen machte sie sich auf die Suche nach ihrem Ulanen. Sollte sie bis zum Sonnenuntergang die Einheit, in der Schlojmke diente, nicht gefunden haben, überlegte meine künftige Mutter, würde sie in der Synagoge der Stadt übernachten. In jedem Schtetl findet sich für verirrte Reisende im Bethaus stets ein klappriges Sofa mit einer dünnen Matratze, einem harten Kissen und frechen Wanzen. Sie würde im Gotteshaus übernachten und am nächsten Morgen einen Juden auf der Straße nach dem Weg zu den Kasernen fragen.

In ihrem ganzen zwanzigjährigen Leben war Chanke noch nie verreist gewesen, abgesehen von der längst vergessenen Stadt Witebsk. Dorthin war sie 1914 als kleines Mädchen zusammen mit allen – angeblich unzuverlässigen – Juden vom russischen Zaren, dessen Name im Gedächtnis ihrer Stammesgenossen für lange Zeit als Verkörperung des Hasses auf die Flüchtlinge mosaischen Glaubens haftete, aus Jonava deportiert worden. Meine Großmutter mütterlicherseits rügte ihren Mann Schimon manchmal: »Was schaust du mich mit solcher Verachtung an wie Zar Nikolai die Pejes?«

Alytus war größer als Chankes Heimatschtetl. Die Straßen waren breiter, die Häuser höher, die Schaufensterauslagen reicher. In Jonava kannte Chanke alle Gassen und Winkel, jeden Krämerladen, jede Werkstatt, jeden Frisiersalon, die Post, die Kaserne, den Exerzierplatz der Soldaten der lokalen Garnison und sogar das Polizeirevier.

Ach, würde ihr doch jetzt ein Polizist begegnen wie Vincas Gedraitis, der Ordnungshüter von Jonava, ein häufiger Gast in ihrem Haus in der Schmiedestraße, fast ein Freund der Familie, und ihr helfen, sich nicht zu verlaufen.

Vor dem Peßachfest kam Gedraitis, schneidig, in voller Uniform, gewöhnlich beim Schuster Schimon vorbei, um von Matzen und Honigwein zu kosten, vor allem aber, um mit ihm in reinstem Jiddisch über die Jungfrau Maria, den gekreuzigten Jesus Christus und über die Apostel zu reden. Gedraitis, ein eifriger Katholik, weigerte sich zu glauben, dass sie alle Juden seien.

»Das kann nicht sein, das kann nicht sein! Das ist unmöglich! Schuster gibt es bei euch, Schneider gibt es und Geldverleiher, aber keine Apostel! Die Apostel gehören alle zu uns. Die eignet euch bitte nicht an.«

»Es sind Juden, Juden«, brummte Schimon friedfertig, weil er sich nicht mit Gedraitis streiten wollte. Der Polizist sprach aus Respekt vor dem Hausherrn mit ihm nicht Litauisch, sondern immer Mameloschn. »Ebensolche Juden wie wir, stell dir vor.«

»Ein Jude kreuzigt doch keinen Juden«, beharrte der phlegmatische, gutmütige Gedraitis, Matze knuspernd. »Ein Litauer schon. Ein Pole auch. Oder ein Deutscher. Aber ein Jude – nie im Leben! Einen Stammesbruder betrügen, ja, da zuckt er nicht mit der Wimper, ihn übers Ohr hauen, ihn denunzieren, das ja. Aber kreuzigen?«

»Ist es denn so wichtig, von wem der Herrgott und seine Apostel abstammen? Sag mir lieber, wo die bösen Juden die Nägel gekauft haben, mit denen sie den armen Jesus ans Kreuz geschlagen haben?«, fragte Schimon spöttisch, während er zusah, wie der Gast Matze mampfte. »Bei Reb Jeschue Kremnizer etwa oder vielleicht in Ukmerge bei Schmuelson?«

Er kicherte.

»Schimon, du bist nicht nur geschickt im Schuheflicken, du bist mit der Zunge genauso flink wie mit dem Hammer auf dem Leisten … Darin bist du ein wahrer Meister! Aber sieh dich vor! Auch wenn du Schuster bist!«, sagte Vincas Gedraitis, verabschiedete sich bis zu den knusprigen Matzen im nächsten Jahr und umarmte den Alten fest.

In Alytus kannte Chanke niemanden. Nachdem sie mit ihrem Segeltuchköfferchen eine Weile durch die fremde Stadt geirrt war, beschloss sie doch, einen Passanten, der aussah wie ein Jude, um Auskunft zu bitten, wie sie vorm Dunkelwerden das ersehnte Ziel erreichte – die Soldatenkasernen.

Vor einem Geschäft, auf dessen Schild ein riesiger Damenschuh mit sehr hohem Absatz prangte und das in großen Lettern auf Jiddisch und Litauisch verkündete: »Mejr Liberson. Die besten Schuhe in Europa«, und unter »Europa« zum Anlocken der gewünschten Kundschaft in kleinerer Schrift: »Billig und haltbar«, vor diesem Geschäft hielt Chanke höflich einen schmalbrüstigen schwarzhaarigen Mann in einem langen schwarzen Gehrock an und fragte, ob er ihr, der Ortsunkundigen, vielleicht sagen könne, wo hier die Ulanen dienten.

»Die Ulanen?« Der Unbekannte starrte sie verständnislos an. »Wer ist denn das?«

»Soldaten«, antwortete Chanke verlegen. »Aber nicht zu Fuß, sondern auf Pferden.«

»Was will denn ein hübsches jüdisches Mädchen von berittenen Litauern?«, fragte der Mann spöttisch und tippte mit den Fingerspitzen an seinen verbeulten schwarzen Hut.

Das hübsche jüdische Mädchen deutete seine Handbewegung als Abschiedsgeste und erwiderte hastig: »Ich suche meinen Freund. Er wurde vor kurzem zum Militär einberufen und leistet hier in Alytus seinen Dienst ab.«

»Ist er Jude?«

»Ja, er ist Jude … Ein Schneider.«

»Das höre ich zum ersten Mal, dass ein Jude, noch dazu ein Schneider, zur Kavallerie einberufen wurde. Reiter hat es bei uns noch nie gegeben.« Der Fremde besprenkelte seine eingefallenen, krankhaft gelben Wangen einige Male mit einem Lächeln. »Erwartet er dich dort?«

»Nein. Aber ich habe ihn lange nicht gesehen. Und möchte ihn unbedingt wiedersehen.«

»Ein löblicher Wunsch. Kannst du wenigstens ein bisschen Litauisch?«

»Wenn Kunden aus den umliegenden Dörfern mit meinem Vater reden, er ist Schuster, höre ich zu und habe einiges behalten. Aber sprechen kann ich nur stockend, wie eine Ziege meckert«, bekannte Chanke. »Es gibt niemanden weiter, mit dem ich Litauisch sprechen könnte. Bei uns im Schtetl leben mehr Juden als Litauer.«

»Und wie willst du ihn dann finden?«

»Ich werde ihn abpassen.«

»Nun, vielleicht hast du ja Glück. Die Kasernen sind weit außerhalb der Stadt, am Ufer des Neman. Ich würde dich ja hinbringen, aber ich kann nicht. Ich muss rasch in die Apotheke, Medizin holen. Meine Frau ist krank. Sehr krank. Sie liegt schon die dritte Woche im Bett. Die Kinder, eins kleiner als das andere, sind ohne Aufsicht. Ich darf sie nicht lange allein lassen.«

»Danke. Ich werde beten für Ihre Frau, dass sie schnell wieder gesund wird.«

»Und ich werde für dich beten. Wie heißt du?«

»Chanke Dudak.«

»Liebe Chanke, Gott nur für sich selbst zu bitten ist wahrhaftig eine Sünde, wir müssen Ihn bitten für alle, und Er, der Allmächtige, wählt aus den vielen aus, wer Seiner Gnade am meisten würdig ist. Die anderen müssen sich hinten anstellen«, sagte der Mann, und nun huschte das Lächeln wie ein Sonnenstrahl über seine schütteren Bartstoppeln. »Du gehst erst geradeaus, biegst an der Werkstatt des Blechschmieds nach rechts ab, überquerst den Platz, nach hundert Metern wendest du dich nach links, dann gehst du um die Kirche herum und von dort, ohne abzubiegen, geradewegs zum Neman hinunter. Wenn du dich verläufst, komm zu uns. Kudirkos-Straße achtzehn. Ich heiße Hilel Lejserowski. Kannst du dir das merken?«

»Ja.«

»Der Allmächtige beschütze dich!«

Chanke hoffte nicht sehr auf den Allmächtigen und wandte

sich im Unterschied zu ihren Landsleuten, die den lieben Herrgott von morgens bis abends mit Bitten behelligten, nie an Ihn, sondern hörte auf ihr eigenes Herz, das sie beriet, sie leitete und sie beschützte.

»Damals in Alytus hat mich die Liebe geleitet. Sie war mein treuester und bester Wegweiser«, erzählte meine Mutter mir, dem Philologiestudenten, viele Jahre später mit ironischem Stolz. »Allerdings kann einen die Liebe manchmal auch Gott weiß wohin führen. Doch mich hat sie nicht im Stich gelassen, sie hat mir geholfen, mich nicht zu verirren und schließlich mein Ziel zu erreichen.«

Chanke, in der Hand das mit Mitbringseln prall gefüllte Segeltuchköfferchen, lief lange in der Sperrzone herum und schaute in jede Ritze des hohen Zauns, der über die ganze Länge oben mit Stacheldraht bewehrt war. Den Eingang zu dem eingezäunten Gelände bewachte ein stämmiger rotwangiger Posten, der aussah wie ein Bauer, der eben vom Acker gekommen und rasch in die Soldatenuniform geschlüpft ist. Hinter breiten Lücken im Zaun sah sie das einstöckige Stabsgebäude des Kavallerie-Regiments, eine ungeordnete Reihe gesichtsloser, einförmiger Kasernen aus Stein, Pferdeställe und den weiträumigen leeren Platz für den täglichen Ausritt der Rassepferde der Armee.

Chankes endloses Hin- und Herlaufen, ihr hartnäckiges und fruchtloses Spähen durch die Ritzen erregte die Aufmerksamkeit des von Untätigkeit und Langeweile geplagten Postens. Die übermäßige Neugier der jungen Frau, die ganz offensichtlich Jüdin war, weckte bei ihm verständlichen Argwohn. Er verließ seinen Posten und kam mit schaukelndem Gang und mit einer gewissen hochmütigen Trägheit auf sie zu.

Als der Wachsoldat die ungebetene Besucherin erreicht hatte, musterte er sie von Kopf bis Fuß, als wollte er erraten, warum sie gekommen war und was für einen geheimnisvollen Koffer sie da in der Hand trug. Mir betonter Strenge fragte er: »*Ko cia, panele, iesko*?«*

Chanke konzentrierte sich und formte aus ihrem geringen Vorrat an Wörtern eine Antwort in der schwierigen Amtssprache des Landes: »*As ieskot chaveras. Slomo Kanovich.*«**

Sie brachte es fertig, sämtliche litauischen Wörter falsch auszusprechen, bis auf das Personalpronomen »ich« und den Namen dessen, den sie suchte.

Der Posten verzog das Gesicht über die Unfähigkeit des Mädchens, sich in der Sprache seines vor Feinden streng bewachten Staates auszudrücken, überwand jedoch seinen Unmut und stellte ihr eine Frage, deren Beantwortung seine Zweifel zerstreuen konnte: »*Jis cia tarnauja*?«***

Chankes Gefühl sagte ihr, was er wissen wollte. Sie nickte so heftig, dass ihre schwarzen Locken hüpften, öffnete schnell den Koffer, zog unter den Mitbringseln vorsichtig eine abgewetzte Brieftasche mit einem in Zeitungspapier eingeschlagenen Foto hervor und reichte es dem Wachposten.

Der Soldat warf einen Blick auf das Bild, erkannte das Regimentspferd und sagte schon freundlicher: »*Palauk!*«****

Er drehte sich um und lief zur Pforte.

Chanke wartete ungeduldig und dachte, wenn Schlojmke einverstanden wäre, würde sie, um ihn öfter zu sehen, in Alytus bleiben. Sie würde sich eine Arbeit als Verkäuferin suchen, am besten in einem Kurzwarengeschäft, oder sich in einem anständigen Haus als Kindermädchen verdingen, ein billiges Dachbodenzimmer mieten, von ihr aus auch ein Kellerzimmerchen mit

* (lit.) Was sucht das Fräulein hier?

** (lit.) Ich sucht Freund. Schlomo Kanowitsch.

*** (lit.) Dient er hier?

**** (lit.) Warte!

einem winzigen Fenster!, und die gesamte Dienstzeit ihres Geliebten wie er in dieser fremden Stadt verbringen. War er dagegen, wollte Chanke in Jonava Geld verdienen, um ihn jeden Samstag in Alytus besuchen zu können. Wenn er ihr das nur nicht ausredete, wenn er nur einverstanden war! Samstags durften die jüdischen Soldaten angeblich in die Synagoge gehen. Dann würden sie alle zusammen – sie, Chanke, ihr Auserwählter und der gute Mensch Hilel Lejserowski mit seiner genesenen Frau und den Kinderchen – beten und den lieben Herrgott bitten, dass Schlojmke der Dienst leicht wurde und er, Gott behüte, nicht im Galopp vom Pferd fiel. Was machte es schon, dass weder sie noch Schlojmke zu beten verstanden, wie es die heiligen Bücher vorschrieben, obgleich ihre Eltern ihnen ständig ins Gewissen redeten und sie für ihre Unbildung schalten, im Zorn sogar voller Bitterkeit fragten, was sie eigentlich seien, Juden oder Konvertiten. Und obwohl sie alle beide ihren Eltern immer wieder erklärten, dass man nicht nur laut, mit den auswendig gelernten Formeln oder nach dem Gebetbuch beten könne, sondern auch still, mit dem Herzen, lachten diese sie nur aus und rechneten mit der unausweichlichen gerechten himmlischen Strafe.

Die Zeit schien plötzlich stehengeblieben, als wollte sie Chanke verspotten, und ihr zögerliches Vorgehen verhieß nicht den gewünschten Erfolg: Der Wachposten war wie vom Erdboden verschluckt. Chanke flüsterte Unverständliches vor sich hin und versuchte, wie eine Wunderheilerin vom Dorf, mit selbsterfundenen innigen Beschwörungsformeln die Begegnung mit dem Liebsten schneller herbeizuführen und ihn wenigstens für ein, zwei Stunden aus der Kaserne zu locken.

Als sie vom langen Warten schon der Verzweiflung nahe war, lachte ihr doch noch das Glück. In Begleitung des Wachpostens kam Schlojmke durch die Pforte, braungebrannt, in Uniform, die ihn größer und schlanker wirken ließ, und Chanke erstarrte, statt ihm, von Freude überwältigt, entgegenzustürzen.

Mit ein paar flotten, energischen Schritten war Schlojmke bei ihr, umarmte und küsste sie und wischte ihr langsam und vorsichtig die Tränen von den Wangen.

»Schon gut, schon gut«, sagte er. »Du kannst gar nicht weinen, du schniefst bloß. Komm, gehen wir zum Fluss. Bis zum Abendappell habe ich frei. Mein Kommandeur, Hauptmann Kuolalis, hat mich gefragt, wer die Frau ist, die vor unserem Zaun auf mich wartet, und ich habe, ohne mit der Wimper zu zucken, geantwortet: ›Das ist meine Frau! Sie ist aus Jonava hergekommen!‹ Er hat mir geglaubt und mir für meinen ausgezeichneten Dienst bis zum Abend freigegeben. War meine Antwort richtig, Chanke?«, erkundigte sich Schlojmke mit jungenhaftem Schalk. »Bist du wirklich einverstanden, meine Frau zu werden?«

»Ja, das bin ich«, antwortete Chanke unter Tränen, ließ den Koffer fallen und fiel Schlojmke um den Hals.

Sie gingen hinunter zum Neman, fanden eine Wiese am Fluss und setzten sich einander gegenüber. Chanke öffnete den Koffer, nahm ein Tischtuch heraus, breitete es aus und verteilte darauf, was sie mitgebracht hatte – Rosinenkuchen, Marzipankekse, Lutschbonbons, rund und glänzend wie die Knöpfe einer Gymnasiastenuniform, Walnüsse, zwei kleine neusilberne Becher und eine in ein Küchenhandtuch eingewickelte ungeöffnete Flasche Peßach-Wein. Doch der Segeltuchkoffer enthielt nicht nur Leckereien. Am Boden leuchteten auch zwei nicht essbare Geschenke – ein von Chanke eigenhändig besticktes Taschentuch mit raffinierten Schnörkeln und gestrickte Fäustlinge aus Schafwolle.

»Du hättest noch Kartoffelkugel mitbringen sollen!«, schalt Schlojmke sie zärtlich.

»Kugel werde ich dir hier machen.«

»Wo? In der Kaserne?«

»Ich habe beschlossen, in Alytus zu bleiben. Ich suche mir eine Arbeit, miete mir in der Stadt einen billigen Winkel, und dann leben wir hier, bis dein Dienst zu Ende ist, und kehren gemeinsam heim. Ist es nicht egal, wo man arbeitet?«

»Na sag mal! Du willst bleiben wegen dem Kugel? Bist du närrisch?«

»Wegen dem Kugel, ja, wegen dem Kugel … Die Kartoffeln schmecken hier besser als bei uns im Schtetl.« Chanke kniff listig funkelnd die Augen zusammen, schnitt den Rosinenkuchen auf und schenkte süßen Festtagswein in die Becher.

»Auf dich!«, sagte sie und stieß mit Schlojmke an. »Und darauf, dass dein Pferd dich liebt! Und auf dich achtgibt …«

»Auf dich, Chanke.«

Er leerte den Becher in einem Zug und fragte sie dann gründlich nach seinen Eltern, seinen Brüdern und Schwestern und nach ihrer eigenen Familie aus. Chanke berichtete ihm rasch und ausführlich von allen Neuigkeiten im Schtetl.

»Gott sei Dank sind alle gesund und munter. Keine Beerdigungen und keine Hochzeiten. Aber es sind noch mehr Juden hinzugekommen. Meine Freundin, du kennst sie, Dwojre Kamenezkaja, die hat Zwillinge geboren, einen Jungen und ein Mädchen. Die Glückliche! Sei mir nicht böse, aber das würde ich auch gern …«

»Was?«

»So. Es mit einem Mal erledigen. Unter Qualen, aber dafür mit Erfolg.«

»Was du nicht sagst! Und wenn dein künftiger Mann sich mit Zwillingen nicht zufriedengibt?«

»Ach, ich rede Unsinn. Lass uns lieber schweigen. Hier ist es so schön!«

Unten trug der Neman ruhig und majestätisch sein Wasser zur Ostsee. Aus dem Fluss tauchten oder sprangen, der Dunkelheit in der Tiefe überdrüssig, neugierige Fische ans Licht. Vom dichten Gebüsch am Ufer flogen immer wieder rastlose Vögel auf. Die Sonne hatte ihren Arbeitstag beendet und eilte zur Nachtruhe hinter den Horizont.

Schlojmke blickte immer öfter in die Richtung, in die er zurückkehren musste.

»Wenn du wieder zu Hause bist, Chanke, richte meiner Mutter aus, dass sie sich keine Sorgen machen soll. Mir tut hier niemand etwas, und mein Pferd ist ganz zahm. Wollte Gott, alle unsere Juden wären so friedlich wie mein Pferd … Du solltest nicht zwei Jahre hierbleiben, das heimische Nest gegen ein fremdes Loch tauschen. Wenn du kannst, besuch mich samstags. Dann setzen wir uns an den Fluss, essen Rosinenkuchen, lutschen Bonbons, gehen in die Synagoge und bitten Gott, dass Er uns unsere Sünden verzeiht und uns Seinen Segen gibt für ein langes gemeinsames Leben. Und wir werden uns bemühen, Ihm durch Gehorsam und Arbeit zu danken …«

»Jawohl, mein Gebieter.«

Dann sagte sie kein einziges Wort mehr, wickelte die übriggebliebenen Gaben in das Tischtuch und begleitete ihn zur Pforte. Mit einem Kopfnicken verabschiedete sie sich vom Wachposten, küsste Schlojmke auf die Wange und lief langsam in die Stadt.

4

Die Familie Dudak lebte ärmlich. Schimon legte bis spät in die Nacht Hammer und Ahle nicht aus der Hand. Er reparierte alles, was man ihm brachte – egal, ob es längst weggeworfen gehörte oder noch zu flicken war. Und er nahm nicht viel Geld.

Im Schtetl hieß es scherzhaft, Dudak sei der nachgiebigste Schuster der Welt. Zu ihm gingen vor allem seine ärmeren Brüder. Dem Schnorrer Avigdor Perelman, der gut ein Jahr die Jeschiwa in Telsche besucht hatte und dem Doktor Izchok Blumenfeld wegen seiner Abkehr vom Glauben und seiner Neigung, alle auf den rechten Weg führen zu wollen und aus jedem Anlass zu philosophieren, den Spitznamen Spinoza verpasst hatte, diesem armen Schlucker flickte Schimon Dudak die Schuhe ganz umsonst.

»Gott wird es dir, Schimon, für mich hundertfach vergelten«, sagte Avigdor oft. »Er schreibt alle meine Schulden in Sein Schuldbuch und wird sie rechtzeitig und akkurat begleichen. Auch dir, Schimon, wird Er sie zurückzahlen. Ehrenwort, obwohl es eine Sünde ist, sich für Gott zu verbürgen! Er handelt, wie Er es für richtig hält. Denn Er ist unser oberster Buchhalter. Er zählt unsere Jahre und unsere Schulden.«

»Wie wird Er denn zahlen, sag mir bitte, wie? Mit Geld, mit Wechseln? Mit Glückseligkeit?«, fragte Schimon spöttisch und strich sich mit dem rauen Zeigefinger über den prächtigen, herrschaftlichen Schnauzer.

»Mit einem langen Leben. Mit guten Ehemännern für deine Töchter. Du hast ja so viele – vier Stück! Und mit Enkeln.«

Schimon war stolz auf seine Töchter, aber sie waren nicht sein Reichtum, sondern seine tägliche zehrende Sorge. Nur die Älteste, Chanke, besserte die schmale Familienkasse mit Gelegenheitsverdiensten auf. Auch die Reise nach Alytus zu Schlojmke hatte sie von dem Geld bezahlt, das sie in Berditschewskis Kutscherschenke *Zu Gast bei Izchok* verdient hatte, die der Inhaber selbst pathetisch als Erstes Restaurant im Schtetl bezeichnete. Chanke stand den ganzen Tag in der rauchigen Küche, kochte Essen, schälte und rieb Kartoffeln, briet Latkes, buk Rosinenkuchen und Piroggen mit Fleisch und Kohl, spülte das gesamte Geschirr und putzte den mit Essensresten und Zigarettenkippen besudelten Gastraum. Und wären nicht die Flegel gewesen, die ihr Geld mit nächtlichen Fuhren verdienten und sie angetrunken belästigten, versuchten, sie in die Brust oder in den vorgewölbten Po zu kneifen … Wären ihre Blicke nicht gewesen, lüstern wie die von Maikatern, und ihre Einladungen zu Kutschfahrten, zu Spaziergängen an der frischen Luft, weit weg auf dem Land, im Grünen, dann hätte sie wohl weiter in der Küche dieses »Restaurants« gewirtschaftet, obwohl sie sich nach der schweren Arbeit kaum auf den Beinen halten konnte …

Izchok Berditschewski, mit allen Wasser gewaschen und in ganz Jonava bekannt für seine Härte, war zufrieden mit Chanke – sie war fügsam und geschickt, eine Köchin, wie er sie brauchte. Er beschwor sie zu bleiben, versprach, sie vor schamlosen Gästen seines Hauses zu beschützen, ihren Lohn zu erhöhen, doch alle seine Versprechungen und Mahnungen waren vergebens, und sie verließ ihn.

Chanke suchte lange nach einer anständigen Arbeit. Doch wo sollte ein Mädchen, das nicht einmal die Grundschule beendet hatte und nichts konnte als kochen und backen, Fußböden wischen und Wäsche waschen, wo sollte sie eine anständige Arbeit finden? Zu Schlojmke fuhr sie nicht wieder, weil sie ihren Vater nicht um Geld bitten wollte, sie schrieb ihrem Kavalleristen in holprigem Jiddisch Briefe, die nur aus Liebeserklärungen und Klagen über das böse Schicksal bestanden, und wartete auf den Schtetl-Postboten Kazimiras so sehnsüchtig wie auf den Meschiach. Obgleich sie wusste, dass Roche ihr keinerlei Sympathie entgegenbrachte, ja sogar offene Abneigung, lief sie immer wieder in die Fischerstraße, um wenigstens irgendetwas über Schlojmke zu erfahren. Nach der Rückkehr von dem Besuch bei ihrem Kavalleristen in Alytus hatte sie Roche begeistert, ohne mit Übertreibungen zu sparen, berichtet, wie Schlojmke aussah und wie ihm der Dienst gefiel. Roche vermutete nicht ohne Grund, dass Chanke ein wenig schwindelte, unterbrach sie aber nicht. Honigsüße Worte finden über empfängliche Ohren stets den Weg in ein dankbares Herz …

»Was schreibt er?«, fragte meine Mutter ihre künftige Schwiegermutter.

»Was er schreibt?« Roches Augen wurden plötzlich feucht. »Was sein Bruder Ajsik mir und Dovid vorliest, das schreibt er. Und was, sag mir, kann man zwei vermoosten Alten wie uns schon schreiben? Ich habe Heimweh, schreibt er. Es geht mir gut, schreibt er. Nur das Essen, o Gott, schreibt er, das ist nicht koscher – Schweinswürste, Schweinefleisch, Pilzsuppe mit Schweinsfüßen. Was soll man machen … Wo soll ein Jude hin, wenn selbst die Luft ringsum nicht koscher ist? Aber wieso läufst du hier untätig herum? Hast du aufgehört bei diesem Gauner Berditschewski?«

»Ja, das habe ich.«

»Recht so. Wo sich Männer betrinken, kann ein ehrbares Mädchen seine Blume kaum bewahren. Du verstehst doch, wovon ich rede?«

Chanke nickte.

»Ja, das verstehe ich. Darum bin ich ja weggegangen. Nun suche ich eine andere Arbeit. Ich suche und suche, aber ich kann nichts finden.«

»Würdest du als Kindermädchen anfangen?«, platzte Roche zu Chankes Verblüffung ohne Vorwarnung heraus. »Eine saubere Arbeit und nicht schwer, du würdest dich den ganzen Tag um einen kleinen Jungen aus guter Familie kümmern, mit ihm im Schatten unter einem Baum sitzen und den Vögeln lauschen oder im Park spazieren gehen. Es ist ein niedlicher Junge, seine

Mama ist schön und gebildet, sie spricht Französisch, wie wir beide Jiddisch reden, aber sie hat keine große Lust, sich mit dem Kleinen abzugeben.«

»Zu wem gehört der Junge?«, fragte Chanke hoffnungsvoll. Sie hätte nicht gedacht, dass Roche-Samurai, diese giftige Natter, die alle ihr nicht genehmen Bräute bekämpfte, solche Fürsorge für sie zeigen würde. Chanke machte sich Vorwürfe, dass sie so unbeherrscht gefragt hatte, von wessen Kind die Rede war. Sie hätte abwarten müssen, bis Roche selbst den Namen der Eltern nannte.

»Es sind reiche Leute, sehr reiche.« Roche verschnaufte, holte tief Luft und fuhr fort. »Früher einmal, das ist lange her, ich glaube es fast selbst nicht mehr, da sah ich alte Hexe noch nicht so aus wie jetzt, da war ich, wie es hieß, ein reizvolles junges Mädchen, ziemlich hübsch, die Männer drehten sich nach mir um, und ihnen lief das Wasser im Mund zusammen ... Jetzt bin ich eine runzlige alte Frau, und meine Augen sind erloschen wie Kohle im Ofen. Widersprich mir bitte nicht! Ich habe keine Zeit, mir deine unaufrichtigen Beteuerungen anzuhören. Jedenfalls, damals, und manchmal kommt es mir vor, als wäre das nicht zu Zeiten des Schusters Dovid gewesen, sondern zu Zeiten von König David, damals bemühte sich der junge Reb Jeschaje um mich, der leibliche Bruder von Jeschue Kremnizer, dem Großvater des kleinen Jungen. Zehn Jahre nach unserer Bekanntschaft wurde er unsagbar reich durch den Handel mit Holz, das er den Neman hinunter über das Meer von Litauen nach Russland flößte, und starb urplötzlich an einer rätselhaften fremdländischen Krankheit. Den Holzhandel betreibt jetzt sein geschäftstüchtiger Neffe Arn, der Vater des Kindes. Na, nun habe ich dich mit meinem Geschwätz ganz durcheinandergebracht ... Hast du irgendetwas davon verstanden?«

»Der Junge ist also der Enkel von Reb Jeschue, dem Besitzer des Eisenwarenladens in der Nähe der Synagoge und des Polizeireviers?«

»Ja, genau. Seine verstorbene Frau Golde hat Reb Jeschue natürlich oft von meinem Techtelmechtel mit seinem Bruder erzählt. Ich hätte also durchaus statt der Schusterfrau Roche Kanowitsch auch die reiche Roche Kremnizer werden können. Ich werde versuchen, ein gutes Wort für dich einzulegen.«

»Danke.«

»Du musst mir nicht danken. Ich tue es nicht für dich, sondern für Schlojmke, meinen Sohn, der dich heiraten will. Was denkst du selbst, Chanke – wird er dich heiraten oder nicht? Ja oder nein? Antworte mir geradeheraus, ohne Ausflüchte.«

»Ich glaube, er wird mich heiraten«, antwortete Chanke freimütig, die feucht schimmernden schwarzen Augen auf Roche gerichtet, besann sich plötzlich und setzte fest hinzu: »Wenn er mich heiratet, werden Sie es bestimmt nicht bereuen …«

»Geb's Gott«, erwiderte Roche ausweichend. »Deine Aufrichtigkeit und deine Offenheit gefallen mir. Ich hasse Verstellung.«

Aus dem Nebenzimmer drangen die gleichmäßigen Schläge des Schusterhammers, und dieses monotone Klopfen beruhigte Chanke.

»Wenn ich die Stelle bei Reb Kremnizer bekomme, kaufe ich von meinem ersten Lohn zwei Fahrkarten – für Sie, Roche, und für mich. Dann fahren wir zusammen mit dem Bus nach Alytus zu Ihrem Sohn. Ich kenne mich dort schon aus. Und Sie kommen auf jeden Fall mit.«

»Ich?«, fragte Roche verwirrt. »Ich bin mein Lebtag noch nie verreist. Nirgendwohin. Ich bin in Jonava geboren, und hier werde ich auch sterben. Würde man junge Frauen zum Militär einberufen, dann hätte ich vielleicht andere Städte gesehen –

Alytus, Ukmerge, Zarasai. Womöglich sogar Kaunas. Es gibt bestimmt in jeder Stadt Soldatenkasernen. Doch dem Allmächtigen hat es beliebt, dass ich die mir zugedachten Jahre in einer anderen Kaserne verbringen sollte, in der Fischerstraße, in diesem Haus mit dem undichten Dach, mit hungrigen Mäusen und einem Haufen Kinder, die großgezogen werden mussten.«

»Schlojmke wird sich sehr freuen, Sie zu sehen.«

»Und wenn sie ihm nicht freigeben und wir beide ganz umsonst hinfahren?«, fragte Roche zweifelnd.

»Es heißt, einer Mutter öffnen sich alle Türen und Tore.«

»Womöglich nur die Tore vom Paradies. Hauptsache, Schlojmke ist gesund. Die Litauer mögen unsereins nicht besonders.«

»Aber sie sind keine Unmenschen. Außerdem ist der Oberste über alle Soldaten und Pferde dort gut zu Schlojmke«, sagte Chanke und lachte.

»Wir werden sehen. Erst einmal musst du einen Lohn bekommen«, bemerkte Roche vernünftig. »Von Alytus zurück nach Jonava zu Fuß zu tippeln, das ist nichts für mich, mein Kind. Und Großvater Kremnizer sage ich Bescheid, dass in den nächsten Tagen ein Fräulein Chanke zu ihm in den Laden kommen wird.«

»Ich gehe gleich morgen vorbei! Vielleicht habe ich ja Glück ...« Chanke verneigte sich und verließ unter dem Klopfen von Dovids Hammer, das klang wie ein Triumphmarsch, das Haus.

Reb Jeschue Kremnizer, der Großvater des Kleinen, für den ein Kindermädchen gesucht wurde – ein kräftiger frommer Greis mit großem Kopf, großer Hornbrille und Samtkappe –, stand hinter dem Ladentisch wie eine Statue aus edlem Stein und wiegte sich vor und zurück, vielleicht, um so früh am Morgen nicht einzuschlafen, vielleicht, damit der Herrgott ihm die peinigende Langeweile vertrieb und ihm mehr Kunden schickte als am Vortag.

Als Kremnizer die erste Besucherin erblickte, freute er sich über ihr frühes Erscheinen und verstand es als ersehnte Antwort des Himmels auf seine Gebete.

»Womit kann ich dienen, mein Fräulein?«

Chanke wurde verlegen und wusste nicht gleich, was sie antworten sollte.

»Hat Roche, die Frau des Schusters Dovid, denn nicht mit Ihnen über mich gesprochen?«, fragte sie enttäuscht.

»Nein, das hat sie nicht. Ich kenne Roche seit undenklichen Zeiten. Sie wetzt ja gern die Zunge. Letzte Woche war sie hier, hat wie immer geschimpft, was das Zeug hält, auf Gottes scheußliche, unvollkommene Welt, dabei natürlich auch wieder erwähnt, dass mein Bruder Jeschaje in ihrer Jugend hinter ihr her war, dann hat sie ein Türschloss gekauft, und weg war sie …«

»Sie hatte wohl noch keine Gelegenheit, Ihnen von mir zu erzählen, oder hat es vergessen«, erklärte Chanke entmutigt. »Dann entschuldigen Sie bitte. Ich komme lieber später wieder, wenn Roche mit Ihnen gesprochen hat.« Sie wich zurück zur Tür.

»Warten Sie! Wohin so eilig? Warum sagen Sie mir nicht selbst, was Roche von mir wollte?«, hielt sie der sich langweilende Reb Kremnizer zurück und wischte sich mit einem Seidentuch die große runzlige Stirn ab. »Ein Gespräch mit einem guten Menschen bringt ja mitunter nicht weniger Gewinn als eine verkaufte Ware. Worüber, gestatten Sie die Frage, wollte denn meine alte Bekannte, die hochverehrte Roche, mit mir reden?«

»Über mich. Und über Ihren Enkel. Verzeihen Sie, ich weiß nicht, wie er heißt.«

»Rafael.«

»Ein sehr schöner Name«, sagte Chanke.

»Wieso interessiert Sie mein zweijähriger Enkel?« Reb Kremnizer war die personifizierte Höflichkeit und Aufmerksamkeit, wie jeder erfolgreiche Händler. Erstaunt schob er sich die massive Brille aufs fleischige Nasenbein und musterte die frühe Besucherin mit seinen kurzsichtigen Augen.

»Roche hat gesagt, Ihre Familie sucht für den kleinen Enkel angeblich ein Kindermädchen …«

»Ja. Das ist wahr. Ich habe sogar eine Anzeige an die Ladentür gehängt, aber bisher hat sich niemand gemeldet. Ich kann ja schließlich nicht jede junge Frau auf der Straße anhalten und fragen«, sagte Reb Jeschue und maß Chanke von Kopf bis Fuß mit einem aufmerksamen Blick. »Wenn ich recht verstehe, bieten Sie Ihre eigene Kandidatur an? Nicht wahr?«

»Roche und ich dachten, ich würde vielleicht als Kindermädchen für Ihren Rafael taugen …« Chanke krümmte sich vor Verlegenheit ob ihrer eigenen Kühnheit und biss sich auf die Zunge.

»So, so. Haben Sie denn Erfahrung mit dieser Arbeit? Haben Sie das schon einmal gemacht?«

»Nun ja, ich habe alle meine jüngeren Geschwister großgezogen. Meine Mutter war die ganze Zeit schwerkrank, lag viel im Bett, da habe ich mich um die Kleinen gekümmert, hab sie gefüttert und gewaschen, bin mit ihnen spazieren gegangen, habe sie ins Bett gebracht, sie in den Schlaf gesungen und ihnen Märchen erzählt, die ich mir selbst ausgedacht habe.«

»Was soll ich sagen? Ruhm und Ehre einer solchen Tochter und Schwester! Und haben Sie viele Schwestern, meine Liebe?«

»Drei. Und zwei Brüder. Ich bin die Älteste in der Familie. Meine Mutter hat sechs Töchter und vier Söhne zur Welt gebracht, aber nicht alle haben überlebt. Außer mir sind noch drei Mädchen übriggeblieben, Peßje, Chaßje und Fejge, und meine Brüder Motl und Schmulik.«

»Tja, Sie sind offenbar das geborene Kindermädchen. Ich werde mit Arn und Etl sprechen, meinem Sohn und meiner Schwiegertochter. Kommen Sie in ein, zwei Tagen wieder vorbei, dann sage ich Ihnen, wie meine Kinder entschieden haben.«

Chanke tat zwei Nächte lang kein Auge zu, schaute von ihrem Bett zum Fenster und wünschte den Morgen herbei.

5

Am dritten Tag stand sie vor allen anderen im Haus auf, kämmte sich das lockige schwarze Haar, zog ihr bestes Kattunkleid an und rannte zu dem mit einem Vorhängeschloss abgesperrten Eisenwarenladen. Sie erkannte Reb Jeschue Kremnizer schon von weitem – gemessenen Schrittes kam er aus der Synagoge, unterm Arm die Gebetsutensilien in einem mit dem sechszackigen Davidstern bestickten Samtsäckchen. Der gottesfürchtige Eisenwarenhändler schien noch immer zu beten und eine ungetrübte Freude daran zu haben, ohne überflüssige Zeugen mit dem Herrgott etwas Wichtiges zu besprechen.

Je näher er kam, desto heftiger krampfte sich Chankes Herz zu einem Klumpen zusammen, wie ein weggeworfenes Stück Brot, an dem von allen Seiten herbeigeflogene Vögel picken.

»Sagen Sie bloß, Sie haben hier vor der Tür übernachtet?«, tadelte Reb Kremnizer sie lachend.

»Guten Morgen«, sagte Chanke. Dass Reb Jeschue sie so freundlich begrüßte, machte ihr Hoffnung.

»Ich schließe jetzt den Laden auf, dann besprechen wir alles. Sehen Sie, ich verkaufe zwar im Alter allen möglichen Kram wie Klinken, Riegel, Schlösser und Nägel, aber diesen Schrott« – er tippte auf das verrostete Türschloss –, »den habe ich noch immer nicht ausgewechselt. Ich vergesse es dauernd. Tja, da kann man nichts machen. Dem Alter ist noch keiner davongelaufen, doch ich werde ihm, dem verfluchten, bald entfliehen. Und wohin man dem Alter entflieht, das wissen Sie bestimmt. Zu den Vorvätern. Treten Sie ein!«

Nach diesen wenig ermutigenden Belehrungen über das Alter betrat Chanke nach ihm den Laden.

»Gestern kam wegen Leim für ihren Mann die sozusagen verhinderte Braut meines Bruders Jeschaje vorbei, die Schusterfrau Roche. Sie verbürgt sich mit ihrem Kopf für Sie: Sie seien ehrlich, ordentlich, gutherzig und in allem sehr geschickt …«

»Danke«, hauchte Chanke, obgleich diese Einleitung sie eher erschreckte als freute.

»Wie versprochen habe ich mit meinen Kindern Arn und Etl geredet. Die beiden möchten Sie gern kennenlernen. Wissen Sie, wo wir wohnen?«

»Direkt im Zentrum, wo das Denkmal steht. In dem einstöckigen Haus gegenüber der Post.«

»Wenn Sie meinen Kindern genauso gefallen wie mir altem Mann, schließen sie mit Ihnen einen Vertrag über drei Monate, damit sie sich von Ihrer Eignung überzeugen können, und dann vielleicht einen weiteren über einen längeren Zeitraum. Freitags, samstags und an allen unseren jüdischen Feiertagen haben Sie frei. Alles klar?«

»Ja.«

»Essen kriegen Sie umsonst, der Lohn ist gut. Keine schlechten Bedingungen, finde ich.«

»Ausgezeichnete Bedingungen! Aber sagen Sie, werden Sie auch …«, sie verschluckte sich an ihren Worten, »werden Sie auch dort sein, wenn ich komme?«

»Wo?«

»Zu Hause.«

»Was wollen Sie bei Ihren Verhandlungen mit einer Ruine wie mir? Ich bin doch nur der Großvater. Mein Wort ist nicht entscheidend. Ich habe nur eine beratende Stimme.«

»Ich möchte aber gern, dass Sie da sind«, sagte Chanke mit rührender Aufrichtigkeit. »Bitte …«

»Ich werde mich bemühen.«

»Wann soll ich denn am besten kommen?«

»Wenn Sie möchten, dass ich bei dem Gespräch dabei bin, am besten am Samstag. Nach dem Morgengottesdienst. Mein Bruder Jeschaje, geheiligt sei sein Name im Himmel, hat immer gesagt, morgens kommt Seligkeit über die Welt. Während sich das allgegenwärtige Böse noch verschlafen die Augen reibt, steigt aus dem Morgengrauen das Gute auf wie die Sonne. Und schaut auch bei uns vorbei, in unserem gottvergessenen Jonava.«

Als am Samstag die Sonne über den Ziegeldächern des Schtetls aufging, stand Chanke, wie es ihr Reb Jeschue geraten hatte, vor dem von einem schmiedeeisernen Zaun umfriedeten einstöckigen Haus gegenüber der Post. Mehrfach läutete sie zaghaft, als fürchtete sie, sich zu verbrennen, das Glöckchen an der verschlossenen Gartenpforte. Schon bald trat eine hochgewachsene, stattliche Frau in Hausschuhen und einem leichten bunten Morgenrock heraus. Ihr dichtes dunkelblondes Haar war offenbar nicht von einem selbsternannten Barbier bearbeitet worden oder vom Schtetl-Magier, dem Friseur Nochem Kowalski, sondern von einem Zauberkünstler in Kaunas. Es war beneidenswert elegant frisiert und duftete nach erlesenem, vermutlich teurem Parfüm.

»Sie sind Chanke?«

»Ja.«

»Kommen Sie bitte herein.« Die Hausherrin war wohlerzogen höflich und freundlich.

Chanke ging durch den Vorgarten mit den gepflegten Zwergbäumen in die Diele, zog die Schuhe aus, schlüpfte in Pantoffeln und glitt ins Wohnzimmer.

Was sie nun erblickte, blendete sie. In keinem Haus in Jonava hatte sie je solchen Luxus gesehen. Der Boden war mit kostbaren persischen Teppichen bedeckt, an den Wänden hingen Ölgemälde – ein langbärtiger würdiger alter Mann mit Kippa, Rafaels Urgroßvater, der in Italien beinahe eine reiche florentinische Jüdin spanischer Herkunft geheiratet hätte, der Ölberg und die Klagemauer in Jerusalem mit Betenden davor, buntgescheckte Kühe und ein winziger Schäferjunge auf einer Wiese. Die Möbel im Zimmer waren aus Mahagoni – Tisch, Schränke und Regale.

»Setzen Sie sich, Liebes. Ich heiße Etl.« Die Hausherrin wies mit ihrer gepflegten beringten Hand auf einen weichen Sessel. »Mein Mann ist gleich mit dem Rasieren fertig, dann kommt er. Auch mein Schwiegervater wird sich zu uns gesellen, Ihr Fürsprecher. Vorher aber bringe ich Ihnen etwas zu trinken. Was trinken Sie denn, Liebes?«

»Wasser.«

»Wasser trinkt jeder. Und was noch?«

»Manchmal Möhrensaft, und zu Peßach süßen Honigwein«, antwortete Chanke errötend.

»Bis Peßach ist es noch lange hin. Ich bringe Ihnen Möhrensaft. Gut?« Etl lächelte und ging hinaus.

Nun war Chanke allein mit dem langbärtigen Greis Dow-Ber auf dem Gemälde, den Betenden an der heiligen und erlösenden Klagemauer, den Kühen und dem sorglosen Schäfer auf der riesigen Leinwand im massiven Rahmen. Plötzlich fühlte sie sich einsam und klein, ihre Kehle krampfte sich zusammen, und sie wollte sich am liebsten möglichst rasch von der Hausherrin verabschieden und verschwinden, zurückkehren in ihr Zuhause, zu ihren Schwestern und Brüdern, ihrem hilfsbereiten Vater, der still war wie ein Schatten, und ihrer sie alle liebenden Mutter …

Da betrat der elegante, wie aus dem Ei gepellte Arn das Zimmer, der aussah wie eine Schaufensterpuppe aus dem Geschäft *Winter-und Sommerkleidung für alle*, gefolgt von der nach blühendem Flieder duftenden Etl mit einem Glas Möhrensaft auf einem Silbertablett und ihrem Schwiegervater, dem ehrenwerten Reb Jeschue.

»Hier ist Ihr Saft! Trinken Sie, genieren Sie sich nicht. Fühlen Sie sich wie zu Hause.«

Eher aus Höflichkeit trank Chanke einen Schluck aus dem hohen Glas.

»Und jetzt zur Sache«, begann Kremnizer junior. »Wir haben von Ihren Fähigkeiten gehört und haben keine Zweifel, dass Sie Ihre Pflichten bewältigen und mit der Zeit unseren Rafael liebgewinnen werden.«

»Das hoffe ich«, sagte Chanke.

»Wunderbar. Was die Bedingungen angeht, so sind Sie wohl bereits im Bilde. Sie bekommen für Ihre Arbeit fünfundachtzig Litai im Monat plus kostenloses Essen. Sind Sie mit dieser Summe einverstanden?«

»Ja.«

Von so viel Geld hatte sie nicht zu träumen gewagt.

»Gut, über die Hauptsache sind wir uns also einig.« Mit einem festen Händedruck beglückwünschte Arn sie zu ihrem Dienstantritt. »Was das Essen betrifft, ist wohl auch alles klar. Sie essen das Gleiche wie wir, Sie sitzen mit uns am selben Tisch, ohne jede Einschränkung. Nach einem halben Jahr Dienst bekommen sie zwei Wochen bezahlten Urlaub. An allen jüdischen Feiertagen haben Sie frei. Möglich sind weitere Vergünstigungen und Belohnungen. Wann können Sie anfangen?«

»Von mir aus gleich«, stammelte Chanke. Von Arn Kremnizers Worten war ihr ein wenig schwindlig. Ihr schien, als träumte sie nur, was sie da hörte, gleich wäre dieser schöne Traum vorbei und das Gesagte würde davonfliegen wie von einem Falken aufgeschreckte Tauben.

»Gut, dann gleich. Wenn Rafael aufwacht, machen wir Sie mit ihm bekannt. Er ist ein liebes Kerlchen, aber ein Langschläfer. Dann erzähle ich Ihnen erst mal von seinen Spielsachen, die Ihre treuen Helfer sein werden. Ich bringe ihm immer etwas mit. Mittlerweile hat sich recht viel Spielzeug angesammelt, das würde für eine Legion seiner Altersgefährten reichen. Wenn Rafael größer ist, werden wir Sie bitten, es an die Kinder bedürftiger Familien zu verteilen. Es gibt ja viele solche Familien in Jonava. Werden Sie uns dabei helfen?«

»Natürlich. Ich mag Spielzeug selber noch gern«, sagte Chanke und lächelte schüchtern zum ersten Mal in diesem Haus, das sie mit Neid und zugleich mit ängstlicher Bewunderung erfüllte.

»Übrigens habe ich sämtliche Teddys, Clowns, Zwerge, Autos, Spieluhren, Pfeifen, Schäferhörner samt den Herden von Plüschschafen und Ziegen aus Europa mitgebracht. Sie werden Rafaels Zoo, seinen Musik- und Autosalon bald selbst sehen, aber vorher gehen Sie ein, zwei Stündchen mit ihm im Park spazieren.«

»Gut.«

»Und jetzt kommen Sie mit zu Rafael, Chanke«, sagte Arn, wobei er sie zum ersten Mal mit ihrem Namen ansprach.

Mit dem hochtrabenden Namen »Park« bezeichneten die Einwohner die verwilderte, mit Kletten und Disteln zugewucherte Brache hinter dem Backsteingebäude der Post eher aus

Spott denn im Ernst. Auf beiden Seiten wuchsen je zwei Reihen mickriger Ahornbäume mit abgebrochenen Zweigen – sie hatten, so wurde im Schtetl gewitzelt, schon Napoleon Schatten gespendet, der zwar Moskau in Brand gesteckt, aber trotzdem keinen Sieg errungen hatte. Hier und da standen unter den Bäumen grob zusammengezimmerte Bänke, doch darauf saßen selten Einwohner von Jonava, sondern meist Scharen ewig hungriger unbehauster Spatzen.

Doch kaum hatte sich Chanke so recht über ihr überraschendes Glück gefreut, als sie auch schon Zweifel überkamen. Wie lange würde sie wohl bei den Kremnizers dienen, würde man sie nicht vorzeitig entlassen? Es war eine Sache, die eigenen Schwestern zu versorgen, die ebenso einfach und anspruchslos waren wie sie selbst, etwas ganz anderes aber war der verwöhnte Rafael. Er lernte natürlich von klein auf nicht Jiddisch, sondern Französisch, schließlich hatte Arn Kremnizer in Paris studiert. Und Etl hatte nicht auf dem Land Schafe gehütet und im »Restaurant« von Izchok Berditschewski in der Küche gestanden. Was kostete es sie, sich ein Kindermädchen aus Paris oder wenigstens aus Kaunas zu holen? Das Einzige, das Chanke ihnen anstelle von Gelehrsamkeit anbieten konnte, war Liebe zu dem Kleinen. Die wortlose Sprache der Liebe verstanden alle, selbst Katzen und Hunde.

Chanke tröstete sich mit dem Gedanken, dass die Kremnizers zumindest nicht gleich auf ihre Dienste verzichten würden, dass sie bis zu ihrer Entlassung noch einen gewaltigen Lohn für wenigstens drei Monate bekommen würde, und folgte Kremnizer zu Rafael.

Der Kleine gefiel ihr sehr. Genau wie sein Vater war er elegant gekleidet – kurze Kordhöschen mit Hosenträgern, ein hellblaues, sehr fein gestreiftes Hemdchen und eine gepunktete Krawatte, an den Füßen leichte Lederschuhchen mit Schnallen. Sein Haar war in der Mitte gescheitelt, und die schwarzen Locken glänzten wie frisch gewaschen.

»Mach dich bekannt, Rafael«, wandte sich Arn an seinen Sohn wie an einen Erwachsenen. »Sei ein Gentleman und gib der Tante die Hand.«

Der Junge rührte sich nicht. Er schaute Chanke an, als wäre sie eine große sprechende Puppe, der er nicht gewachsen war.

»Na, wovor hast du denn Angst? Die Tante wird dir jeden Tag etwas vorsingen, dir Märchen erzählen und mit dir in den Park gehen. Ihr werdet zusammen die Vögel füttern«, redete Arn auf seinen Sohn ein.

Rafael versteckte sich hinter dem Rücken seines Vaters, beobachtete aber von dort die Fremde weiter mit ängstlicher Neugier.

»Ich bin sicher, er wird Sie bald liebgewinnen«, beruhigte Etl Chanke. »In der ersten Zeit werden wir uns zusammen um ihn kümmern. Seien Sie bitte unbesorgt, es wird sich alles fügen. Vor der Liebe laufen weder Kinder noch Erwachsene weg.«

In der Tat fügte sich alles. Chankes Befürchtung, bald entlassen zu werden, erwies sich als überflüssig, und das war Etls Verdienst. Die scheue Chanke lebte sich nicht nur bei den Kremnizers ein, sie freundete sich auch mit der Hausherrin an, die nur wenig älter war als das frischgebackene Kindermädchen und zudem nicht eben viele gleichaltrige Bekannte in Jonava hatte. Ihre Bekannten wohnten alle in Kaunas oder im Ausland. Ihre Freundinnen traf Etl nur selten, wenn sie Arn auf seinen kurzen Reisen nach Kaunas begleitete oder in ihr Geburtsland Deutschland, wo ihre Familie lebte, Handelsreisende seit Generationen. Jonava empfand Etl als notgedrungene Verbannung. Arn Kremnizer, ein erfolgreicher Holzhändler, wollte sein Geschäft seit langem in eine Hafenstadt verlegen, nach Marseille oder Kiel, aber sein Vater Jeschue weigerte sich strikt, sich von seinen Schlössern, Nägeln und Riegeln zu trennen. Die Gräber der Eltern, so erklärte er allen, verlässt man nicht freiwillig, schon gar nicht um des schnöden Mammons willen.

Rafael gewöhnte sich allmählich an sein Kindermädchen. Anfangs nahm er Reißaus, wenn er Chanke erblickte, und versteckte sich kindlich naiv so, dass sie ihn mühelos fand, und wenn Etl und Arn fortgingen und Chanke mit ihrem Schützling allein blieb, war er trotzig, nörgelte oder weinte sogar bitterlich. Doch eines Tages, am Ende ihrer zweiten Arbeitswoche, kam es zu einer überraschenden Wende. Rafael brachte aus dem Kinderzimmer eine Puppe angeschleppt, einen langbeinigen Clown mit großen Hängeohren und einer lustigen Schirmmütze mit Ankern auf dem Schirm, übergab das Spielzeug hastig Chanke und rief laut: »Anke! Anke! Pipi!«

Dabei tippte er auf seinen Unterleib, auf seinen Piephahn.

Chanke nahm Rafael an die Hand, ging mit ihm zur Toilette und setzte ihn auf den Topf. Als der Strahl versiegt war und der Kleine noch einmal »Anke!« rief, wusste sie: Mit diesem historischen »Pipi« begann ihre Freundschaft.

Sie beschäftigte sich den ganzen Tag mit Rafael, dachte sich allerlei Spiele und Vergnügungen aus. Um ihn zum Lachen zu bringen, imitierte sie mal eine meckernde Ziege im Gemüsegarten, mal einen quakenden Frosch im Sumpf, mal einen krähenden Hahn auf dem Hof, mal einen zwitschernden hungrigen Spatzen im Vorgarten. Rafael hörte ihr zu und lachte glücklich.

Nach dem Mittagsschlaf ging Chanke mit ihm spazieren – im verwilderten Park, wo der Kleine bettelnde Spatzen oder hübsche Schmetterlinge jagte, oder in dem verlassenen, längst keine Früchte mehr tragenden Apfelgarten neben der katholischen Kirche mit dem pfeilspitzen Turm, der – vielleicht zur Erinnerung an den gekreuzigten Jesus? – in den blauen

Himmel ragte. Hin und wieder liefen sie bis zur Schmiedestraße. Dort blieb Chanke immer stehen, wagte aber nicht, mit dem Knaben hineinzugehen, sondern zeigte ihm nur von weitem ihr windschiefes Vaterhaus, aus dem das unermüdliche Klopfen des Schusterhammers drang.

»Hier, Rafael, wohnen meine Eltern«, sagte sie zu dem Kleinen.

Rafael betrachtete mit großen Augen die kleinen Fenster, klammerte sich an die Hand seines Kindermädchens und zog es zurück – zur einstöckigen Villa, zu seiner Mama.

Auf dem Heimweg schaute Chanke mit dem Dreikäsehoch gewöhnlich bei seinem Großvater und ihrem Wohltäter Reb Jeschue Kremnizer im meist leeren Laden vorbei, im Reich der Schlösser und Riegel. Bei diesem kurzen Besuch bekam Rafael zahllose Zärtlichkeiten und Küsse.

Eines Tages traf Chanke bei ihrem Spaziergang mit dem Knaben an der Hand auf Roche-Samurai. Die eilte zum Schächter, in einem großen Korb eine weiße Gans, die vor ihrer baldigen grausamen Hinrichtung ahnungslos schlief.

»Sind Briefe gekommen?«, fragte Chanke nach der Begrüßung.

»Unser Kavallerist hat schon lange nicht mehr geschrieben«, klagte Roche, nachdem sie ihr zugenickt hatte. »Vielleicht schreibt er ja dir?«

»Nein. Wenn er geschrieben hätte, würde ich Ihnen das nicht vorenthalten. Ich wäre sofort zu Ihnen gekommen und hätte es Ihnen erzählt. Vielleicht ist Schlojmke bei einem Manöver?«

Rafael näherte sich dem Korb, offenbar in der Absicht, die Gans zu wecken, die im Korb ruhig schlummerte wie in einer Wiege.

»Rafael! Fass sie nicht an!«, rief Chanke. »Sonst beißt sie dich mit ihrem Schnabel. Dann tun dir lange die Fingerchen weh.«

»Was ist denn das, ein Manöver?«, fragte Roche, erschreckt von dem ungewohnten Wort.

»Eine militärische Übung. Da lernen die Soldaten schnell in den Sattel springen, im Galopp einer Strohpuppe, die den Feind darstellt, mit dem Säbel den Kopf abhacken und mit dem Gewehr auf ein Ziel schießen.«

»Sattel, Säbel, Schießen …«, seufzte Roche. »Ich finde, das ist alles kein jüdisches Geschäft.« Sie zauste Rafael die schwarzen Locken, seufzte noch einmal und sagte: »Was für ein hübsches Kerlchen! Und, man denke nur, schon der Erbe des Eisenwarenladens und von Kremnizers zweitem Geschäft, dem Krämerladen, und vor allem von riesigen Kiefernwäldern irgendwo in Schamaiten hinter Raseiniai! Und was, frage ich den Herrgott oft, was erbt mein Enkel einmal? Nur Hammer, Ahle, Schusternägel, Leim, Leisten, die Schusterbank und all unsere Sorgen.«

»Ich glaube, niemand, nicht einmal der Herrgott, weiß, was wer und wann einmal bekommt.«

Die zum Tode beim Schächter verurteilte Gans erwachte und starrte mit einem Auge hochmütig Rafael an, der sich vor Angst an die warme Hüfte seines Kindermädchens schmiegte.

»In anderthalb Wochen bekomme ich meinen ersten Lohn. Dann steigen wir beide, Roche, in den Bus und fahren zu Schlojmke nach Alytus«, sagte Chanke zu ihrer künftigen Schwiegermutter.

»Zum Manöver?«, spöttelte Roche.

»Ja«, erwiderte Chanke lachend.

Rafael langweilte sich, und das Kindermädchen entschuldigte sich bei Roche, deren Rücken schon ganz krumm war, und sogar bei der nichts von ihrem traurigen Schicksal ahnenden Gans und brachte ihn nach Hause.

6

Im Haus der Dudaks in der Schmiedestraße wurde ein Fest gefeiert – Chanke hatte ihren ersten Lohn bekommen. Fünfundachtzig Litai! Man denke nur – fünfundachtzig Litai! Fast neunzig! So viel verdiente der Schuster Schimon manchmal in drei Monaten nicht! Chanke hatte dreimal so viel verdient wie ihr Vater! Peßje, Chaßje, Fejgele, nehmt euch ein Beispiel an eurer Schwester!

Chanke buk ihren geliebten Rosinenkuchen, machte Teiglech, Honiggebäck mit Nüssen, schmorte Kartoffeln mit griechischen Backpflaumen aus dem Krämerladen, der ebenfalls ihrem Wohltäter Jeschue Kremnizer gehörte und in dem der Kommis Ruwn Birger herrschte, dessen Kopf kahl war wie ein Knie, und richtete ein rauschendes Fest aus.

Als die Freude im Haus sich ein wenig gelegt hatte, verkündete die Glückliche, dass sie am nächsten Tag mit Roche-Samurai nach Alytus fahren werde, Schlojmke besuchen, von dem lange keine Nachricht gekommen sei.

»Mit dieser Baba Jaga?!«, attackierte der Vater Chanke. »Hast du es nicht ein bisschen zu eilig, dein Geld für diese Hexe zu verschwenden? Noch bist du nicht ihre Schwiegertochter.«

»Roche hat mir geholfen, die Stelle als Kindermädchen bei den Kremnizers zu bekommen. Und außerdem, sie ist keine Hexe und keine Baba Jaga, sie ist einfach erschöpft von ihren Sorgen. Das ganze Haus ruht auf ihren Schultern. Roche ist wie eine Eselin, die man vor ein überladenes Fuhrwerk gespannt und nicht mehr ausgespannt hat. Du selbst, Vater, hast mir doch erzählt, dass ihre wichtigsten Stützen Ajsik und Leje offenbar die Flügel ausbreiten und Litauen für immer verlassen wollen.«

»Na und?« Schimon gab nicht nach. »Sie haben noch deinen

Schlojmke und Motl. Und Chawe. Vielleicht gehen Leje und Ajsik ja wirklich fort. Wer weiß? Was sollen sie hier in unserem Schtetl anfangen – Schuhe flicken, flicken und wieder flicken, tagein, tagaus Geschirr verzinnen, Bärte scheren, Haare schneiden, vor der Tür stehen, den ganzen Tag bis zum Stumpfsinn Passanten nachschauen und auf Kundschaft warten? In Amerika dagegen, heißt es, da liegen die Dollars auf der Straße. Man muss sich nur bücken und sie aufheben!«

Plötzlich platzte Chanke heraus: »Wenn es Schlojmke einfallen sollte, von hier fortzugehen, gehe ich mit ihm. Egal, wohin.«

»Fragt sich nur, ob er dich mitnimmt!«

»Das wird er, jawohl.«

»Steh erst einmal mit deinem Schlojmke und unserem Rabbi unter der Chuppa, dann kannst du dich für ihn verbürgen.«

Chanke wollte das Fest nicht verderben. Gegen ihren Vater kam sie sowieso nicht an. Für ihn war die Chuppa das sicherste Dach der Welt.

Am schwierigsten aber war es, Roche zu überreden. Sie wollte nicht für fremdes Geld zu ihrem Sohn nach Alytus fahren und brachte immer neue Ausflüchte vor.

»Schön, ich werde ihn sehen, vielleicht fünf Minuten mit ihm reden … Ich wäre nur traurig, dass ich schon wieder abreisen muss … Wenn man jemanden lange nicht gesehen hat, von dem man getrennt ist, liebt man ihn noch stärker.«

»Nehmen Sie es mir nicht übel, Roche, aber das ist Unsinn. Eine lange Trennung frisst an der Liebe wie Motten an einem Kleid, das im Schrank hängt und nie getragen wird. Sie müssen doch gar nichts tun, nur in den Bus steigen! Ich habe schon alles beisammen. Kuchen und Teiglech sind fertig, deutsche Schokolade und ein Paar Wollsocken liegen schon im Koffer.

Die Socken habe ich selbst gestrickt. Kurz, ich erwarte Sie morgen früh um acht an der Bushaltestelle. Aber kommen Sie nicht zu spät!«

»Und wenn Schlojmke noch bei diesem Manöver ist? Wenn wir hinfahren, und er ist nicht da«, sträubte sich Roche, die sich stets scheute, ihr Geld für irgendetwas zu verschwenden, und sich genierte, nun fremdes auszugeben.

»Na schön. Ich komme in die Fischerstraße und hole Sie ab. Das ist sicherer.«

Der Bus hatte wie üblich Verspätung. Chanke fürchtete schon, Roche würde fortlaufen, bevor er kam. Als der halbleere Bus endlich eintraf, half die künftige Schwiegertochter ihrer beleibten Begleiterin beim Einsteigen und setzte sie auf einen Fensterplatz ganz vorn, damit Roche sehen konnte, was sie noch nie gesehen hatte, nämlich das ländliche Litauen – die grünen Felder und Hügel, die Flüsse und Wäldchen, die Kruzifixe am Wegesrand und die wie Bäume in den Lehmboden eingewachsenen Bauernhütten.

Die ganze Fahrt über sah die alte Frau wie gebannt aus dem Fenster, an dem das ihr, der unfreiwilligen Stubenhockerin, fremde und unfassbar arme Land vorbeizog.

»Schönes Land, nichts dagegen zu sagen«, flüsterte Roche Chanke zu, als teilte sie ihr ein Geheimnis mit. »Aber die Menschen sind genauso arm wie wir.«

»Tja, reich sind sie nicht«, bestätigte Chanke.

»Aber wenn die Litauer genauso arme Schlucker sind wie wir, warum mögen sie uns dann nicht? Was haben wir Juden ihnen Böses getan? Wir nähen ihnen Kleider, machen ihnen Stiefel, schneiden ihnen die Haare und Bärte, reparieren ihre Uhren …«

Der Bus rumpelte und hüpfte auf der holprigen Straße. Roche wurde bei jedem Schlagloch vom Sitz gehoben, seufzte kummervoll, schrie auf und klammerte sich mit beiden Händen an Chanke fest.

Auf Roches Fragen wusste Chanke keine Antwort. Sie dachte selbst oft darüber nach, woher die ewige gegenseitige Feindschaft rührte.

»Vielleicht kommt das daher, dass die Juden überall Fremde sind, und ein fremdes Junges picken ja selbst die Tauben tot. Was fremd ist, ist eben schlecht …«, sagte Chanke. »Überhaupt macht Armut niemanden gütiger. So ist es nun einmal auf der Welt, und so wird es wohl immer bleiben.«

Roche schaute finster drein und stellte Chanke keine Fragen mehr. Der Gedanke, dass die flinkäugige Tochter des Schusters Schimon nach der gemeinsamen Reise nach Alytus mit Roches Einwilligung zur Ehe mit ihrem König Salomo rechnete, verdüsterte plötzlich alles, was am Fenster vorbeiflog. Freute sich Chanke da nicht zu früh?

Alytus erreichten sie schweigend.

»Sind Sie nach dieser schrecklichen Rüttelei noch am Leben?«, fragte Chanke schließlich.

»Das bin ich, wie du siehst, auch wenn es mir alle Knochen durchgeschüttelt hat. Ist es weit von der Busstation bis zur Kaserne?«

»Nicht sehr weit, aber auch nicht nah. Wir werden langsam gehen, mit Pausen. Und unterwegs ein wenig ausruhen.«

Roche war noch nie in einer so großen Stadt gewesen, und alles ringsum erregte ihre Aufmerksamkeit – die zwei- bis dreistöckigen Häuser, die breiten, mit Platten ausgelegten Gehwege, die grellen Reklameschilder und die gutgekleideten Einwohner.

»Werden wir uns auch nicht verirren?«, fragte sie Chanke.

»Nein, wir verirren uns nicht.«

»Hier möchte ich nicht leben.«

»Warum nicht?«

»Bei uns in Jonava kenne ich jeden, ob Litauer, Pole oder Jude«, sagte Roche nachdenklich. »Ich weiß, wer bald heiratet und wer sich scheiden lässt, wer eine Katze im Haus hat und wer auf dem Hof einen bissigen Kettenhund hält. Und alle kennen mich. Aber hier? Nein, um nichts auf der Welt möchte ich hier leben.«

Unter solchen Gesprächen über die Vorzüge des heimischen Jonava gegenüber dem fremden Alytus erreichten sie das ersehnte Ziel.

Chanke hörte Roche zu und musterte von weitem die Gestalt des Wachpostens. Er hatte in Haltung und Größe keinerlei Ähnlichkeit mit dem untersetzten Soldaten, der die Pforte beim letzten Mal bewacht hatte. Mühsam radebrechend, erklärte Chanke dem baumlangen, unfreundlichen Posten, was sie hergeführt hatte.

»*Mes is Jonava.*«*

Der Posten musterte die beiden Frauen geringschätzig von Kopf bis Fuß – er hatte ohne jede Erklärung, allein an ihren Gesichtern, die anders aussahen als die seiner meisten Stammesbrüder, und am schrecklichen Akzent erkannt, zu wem sie wollten.

»*Jus pas eilini Saliamona?*«**

Chanke und Roche nickten wie auf Kommando.

»*Atspejau. Jis cia pas mus vienintelis žydas.*«***

Chanke und Roche verstanden von seiner Rede nur das Wort *žydas*, das sie praktisch seit ihrer Geburt kannten.

»*Tuojau surasime*«****, sagte der Soldat und verschwand hinterm Zaun.

* (lit.) Wir sind aus Jonava.
** (lit.) Ihr wollt zum Soldaten Saljamonas?
*** (lit.) Das dachte ich mir. Er ist der einzige Jude bei uns.
**** (lit.) Den finden wir gleich.

Nach einer Weile kam wirklich der Soldat Salamonas selbst heraus.

»Schlojmke!«, rief Roche, als drohte ihrem Sohn eine tödliche Gefahr, und stürzte auf ihn zu.

Chanke hielt sich abseits und beobachtete voller Freude, wie Roche ihren Sohn mit ihren sehnigen Händen knetete und bearbeitete wie Teig.

»Mein Gott, wärst du mir auf der Straße begegnet, mein Sohn, ich hätte dich um keinen Preis erkannt! Du bist ganz verändert! In der Uniform siehst du nicht einmal mehr aus wie ein Jude«, sagte Roche anerkennend oder neckend zu ihrem Sohn, nach dem sie sich so sehr gesehnt hatte. »Und ich Dumme wollte gar nicht herkommen! Chanke sei Dank, dass sie mich überredet hat.«

Der Soldat Salamonas strich seiner Mutter über das zerzauste Haar und das runzlige Gesicht, als wollte er die tiefen Furchen darin glätten, und dankte mit einem warmem Blick Chanke, die den kleinen Segeltuchkoffer an sich gepresst hielt wie einen Säugling.

Der scharfsinnige Wachposten, der vor seinem Armeedienst in seinem Heimatdorf bei Rokiškis oder Kupiškis noch nie drei Juden auf einmal gesehen hatte, betrachtete sie staunend.

»Gehen wir doch hinunter zum Neman. Dort haben wir das letzte Mal so schön gesessen«, schlug Chanke vor. »Was stehen wir hier herum wie angewurzelt?«

»Es tut mir sehr leid, aber ich kann nicht mit euch kommen. Ich bin heute Soldat vom Dienst.«

Roche und Chanke schauten sich verwirrt an.

»Ich bin heute verantwortlich für Sauberkeit und Ordnung in der Kaserne und muss in fünf, spätestens in zehn Minuten wieder hinein. Sonst werde ich womöglich in den Arrest gesperrt. Ins Soldatengefängnis.«

»Ins Gefängnis? Mein Gott!«, stöhnte Roche. »Ich habe meine Knochen mühsam hergeschleppt, um wenigstens eine Stunde mit dir zusammen zu sein, und nun stellt sich heraus, dass wir gleich wieder umkehren müssen. Wenn wir das gewusst hätten, wären wir gar nicht losgefahren! Du schreibst ja nicht, gibst uns nicht Bescheid! Und wir sitzen da und grübeln, ob du noch lebst oder nicht ...«

»Entschuldigung ...« Schlojmke senkte den Kopf. »Aber ihr könnt mir ja sowieso nicht antworten.«

»Ja, wir sind ungebildet, wir können nicht schreiben, doch dass du uns dafür mit Schweigen bestrafst, ist nicht recht«, rügte ihn Roche. »Wenn du heimkehrst, kannst du es uns Dummen ja beibringen ... Na schön ... Wir haben dich gesehen, und Gott sei Dank«, sagte sie und wandte sich an Chanke, um den Vorrang in allem, in der Liebe wie im Klagen, an sie abzutreten. »Komm, pack rasch deine Gaben aus!«

»Schlojmke, nimm einfach den Koffer mit. Deine Mutter und ich kommen dich noch einmal besuchen, dann holen wir ihn wieder ab«, sagte Chanke, die sich schuldig fühlte, weil sie die nun ganz betrübte Roche so unüberlegt zu der weiten Reise überredet hatte und diese Schuld ein wenig mildern wollte.

Bis zur Rückfahrt nach Jonava war es noch lange hin, und die beiden Glücklosen wussten nicht, wie sie die Zeit totschlagen sollten. Sie schlenderten ziellos durch die fremde Stadt, betrachteten Schaufenster und Ladenschilder, blickten durch offene Türen in Frisiersalons, aus denen es nach billigem Eau de Cologne roch und wo jüdische Meister in blendend weißen Kitteln flink mit Schere und Rasiermesser hantierten. Auch auf dem Markt schauten sie vorbei, auf dem es von Bauernfuhrwerken wimmelte, und hielten unter den Käufern Ausschau nach ihren Glaubensbrüdern, die in Alytus seltener anzutreffen waren als in Jonava.

Da erinnerte sich Chanke an Hilel Lejserowski, seine kranke Frau und seine vielen Kinder.

»Das letzte Mal hat mir ein guter Mensch geholfen, Schlojmkes Regiment zu finden. Möge der Herrgott ihn für seine gute Tat mit ebensolcher Güte beschenken und mit noch mehr.«

»Womöglich beschenkt Er uns nur im Himmel, nicht auf der Erde. Auf der Erde regiert nicht der Herrgott, obwohl Er sie geschaffen hat, da regieren allerlei große und kleine Herren«, sagte Roche-Samurai.

Chanke hätte gern einen Juden angehalten, ihn nach der Kudirkos-Straße gefragt und Hilel besucht, wagte es aber nicht. Es wäre eine Sünde gewesen, Roche noch mehr zuzumuten – die traurige Alte konnte sich kaum noch auf den geschwollenen Beinen halten.

An der Bushaltestelle setzten sie sich auf eine Bank und warteten auf den Bus nach Jonava. Nie zuvor hatten sich die beiden einander so nahe gefühlt wie auf dieser nach Benzin und Öl riechenden, mit Zigarettenkippen, Papierfetzen und Glassplittern übersäten Insel. Selbst das Schweigen einte sie, denn sie dachten beide an das Gleiche – an die Liebe, die trotz allem stärker ist als der Unmut gegen das Schicksal, das es nicht immer gut meint mit denen, die lieben. Wer konnte wissen, dass Schlojmke an diesem Tag bei seinem Dienst so eingespannt sein würde?

»Danke, Roche!«, sagte die still gewordene Chanke plötzlich.

»Wofür?«, fragte die düster dreinschauende Alte.

»Für Reb Jeschue Kremnizer. Wären Sie nicht gewesen, was würde ich dann jetzt im Schtetl anfangen? Die Straßen kehren, beim Müller Mendl Waßerman die Fußböden wischen oder zu Hause sitzen und mir beim Klopfen von Vaters Hammer das Kleid durchscheuern? Danke auch dafür, dass Sie es gewagt haben, mit mir hierherzukommen. Trotz allem meine ich, dass unsere Reise nicht umsonst war. Schlojmke wird der Dienst nun leichter fallen.«

»Ich muss dir danken. Wenn ich ehrlich bin, hatte ich früher keine besonders gute Meinung von dir. Ich will mich nicht verstellen, ich werde mir nicht mit der Faust auf die Brust schlagen und dich um Verzeihung bitten. Dafür bin ich nun mal Mutter. Verstehst du, wovon ich rede?«

»Das verstehe ich«, erwiderte Chanke mit für sie ganz untypischem Eifer. »Wenn ich einmal einen solchen Sohn bekomme und großziehe wie Ihren, dann werde auch ich ihm keine hässliche Frau und keine Bettlerin zur Frau wünschen, sondern eine, die schön und reich ist. Auch mir wird es wehtun, wenn eine fremde Frau ihn mir für immer wegnimmt.«

Da kam der Bus und beendete ihr Gespräch.

7

Die Heimfahrt erschien beiden viel kürzer. In ihre Gedanken versunken, bemerkten sie gar nicht, wie sie Jonava erreichten.

Bis zur Synagoge gingen sie zusammen.

»Du wirst natürlich wieder zu ihm fahren, aber ich habe nicht die Kraft, mich noch einmal hin und zurück durchrütteln zu lassen«, sagte Roche zu Chanke, bevor sie sich an der Kreuzung von ihr verabschiedete.

»Ja, ich werde wieder hinfahren.«

»Wenn du das nächste Mal heimkehrst von dort, kommst du gleich zu uns und berichtest uns alles genau. Soll meine Schar dich mal von nahem sehen und hören, wie sich ihr Kavalleristen-Bruder bei seinem Dienst unter Litauern fühlt.«

Chanke schaute dem gekrümmten Rücken der sich entfernenden Roche lange nach, und bis zur Schmiedestraße drehte und wendete sie in ihrem Kopf deren Worte über einen Antrittsbesuch, mit denen sich Roche noch nicht ganz auf ihre Seite gestellt, aber doch auch nicht mehr als unversöhnliche Gegnerin gezeigt hatte.

An ihre Arbeit kehrte Chanke in gehobener Stimmung zurück. Roches Einladung hatte den Kummer über die missglückte Reise nach Alytus gleichsam gedämpft. Etl und Rafael begrüßten sie herzlich.

»Anke!«, rief der Knirps, kam auf sie zugerannt und schlang die molligen Ärmchen um ihre Knie.

»Wie geht es Ihrem Soldaten?«, fragte Etl, der Chanke ihre Herzensgeheimnisse anvertraut hatte.

»Gut. Ein Jahr hat er noch.«

»Ein Jahr vergeht schnell«, sagte Etl und tadelte ihren Sohn: »Rafael, zieh nicht dauernd an Chankes Rockzipfel. So benimmt sich kein richtiger Mann in Gegenwart von Damen. Wenn Mama das Gespräch beendet hat, steht Chanke ganz zu deiner Verfügung.«

»Er hatte Sehnsucht, der Kleine«, verteidigte Chanke ihren Schützling. »Ich hatte ja auch Sehnsucht nach ihm. Gleich, Rafik, gleich spielen wir beide Katz und Maus. Du bist der Kater und ich die Maus. Ich laufe weg und verstecke mich, und du musst mich jagen, und wenn ich mich irgendwo verkrochen habe, suchst du mich in jedem Winkel.«

»Wo sich die Maus auch verkriecht, Rafaels scharfes Auge wird sie finden«, unterstützte Etl das Spiel und fragte Chanke: »Hat dein Kavallerist denn schon einen zivilen Beruf?«

»Ja. Er ist Schneider.«

»Aber das ist ja großartig, Liebes. Ohne Schneider würden Könige wie Bettler nackt herumlaufen oder in Fell gehüllt wie die Tiere. In Paris verdienen Schneider Unsummen. Monsieur

Jacques Lewit, bei dem ich dort nähen lasse, er stammt übrigens aus Litauen, der hat sich letztes Jahr nicht geniert, von mir, der Frau seines Landsmannes, für ein Kleid und eine Jacke ein recht ansehnliches Sümmchen zu verlangen. Vielleicht sagt auch ihr ja eines Tages Jonava adieu und zieht nach Frankreich.«

»Ja, aber Schlojmke kann doch kein Wort Französisch.«

»Die Nadel wird es ihn schon lehren.«

»Und ich kann auch keine andere Sprache«, sagte Chanke lachend. »Was sollen wir Ungebildeten denn in Paris! Geb's Gott, dass wir hier im Schtetl anständig zurechtkommen.«

Sie genierte sich einzugestehen, dass sie selbst Jiddisch nur fehlerhaft schrieb, ohne Punkte und Kommas, weil sie die Grundschule nie beendet hatte – sie hatte ihrer von den ständigen Geburten erschöpften Mutter helfen und ihre jüngeren Geschwister großziehen müssen. Was, dachte Chanke, weiß diese gütige wohlhabende Frau, die ihre Kleider und Jacken nicht beim alten Gedalje Bankwetscher nähen lässt, sondern bei Monsieur Jacques in Paris, was weiß sie vom Gefängnis der Armut? Von dieser Unfreiheit, aus der man nur mühsam freikommt, mitunter sogar bis zu seinem Tod nie?

Etl stritt nicht mit ihr über die Schwierigkeiten des Lebens und über die Bildung, sondern überraschte sie mit einem verlockenden Vorschlag.

»Es ist nicht schlimm, dass du nicht lange zur Schule gegangen bist. Wenn du nur lernen willst. Ich habe jede Menge freie Zeit. Ich weiß nicht, wohin damit. Die Liebesromane habe ich satt. Ich werde dir etwas beibringen. Schließlich unterrichte ich jeden Tag meinen launischen Rafael. Dann habe ich eben nicht nur einen Schüler, sondern zwei …«

»Nein, nicht doch! Danke. Mit mir würden Sie sich nur abquälen. Mein Kopf ist so dumm! Da pustet ständig der Wind durch und weht alles gleich wieder hinaus. Außerdem, verzeihen Sie, aber mit wem soll ich denn hier Französisch reden, wenn Sie mit Herrn Arn und Ihrem Schwiegervater weggezogen sind? Mit dem Fuhrmann Pejssach Schwarzman, mit dem Damenfriseur Ruwn Herzman oder mit dem Blechschmied Lejser Ferdsman, die selbst Jiddisch fehlerhaft sprechen?«

Nach dieser komischen gereimten Aufzählung der potentiellen Kenner des Französischen in Jonava brach Etl in lautes Lachen aus und konnte lange nicht aufhören.

»Nein, hast du mich zum Lachen gebracht! So habe ich mich lange nicht amüsiert.«

»Anke, Anke«, fiepte Rafael und packte erneut den Rockzipfel seines Kindermädchens, das für ihn noch immer eine große, sich selbstständig bewegende Puppe war.

Also widmete sich die Puppe ihren Pflichten. Bis der Kleine schlafen gelegt wurde, spielte sie die gejagte Maus und er den bösen Kater. Am nächsten Tag verwandelte sich Chanke in einen schlauen Fuchs oder in einen ängstlichen Hasen. Und so war sie jeden Tag ein anderer Bewohner des Zoos, von dem sie gehört, den sie aber noch nie besucht hatte.

Trotzdem wurde das Haus der Kremnizers für Chanke nicht nur Arbeitsplatz, sondern auch Schule.

Die tüchtige Etl mochte keine leeren Worte und bemühte sich, ihr farbloses und eintöniges Leben der unfreiwilligen Gefangenen etwas abwechslungsreicher zu gestalten. Mit erstaunlichem Fleiß und großer Selbstlosigkeit ging sie daran, Chanke im Schreiben, Rechnen und in beiden Sprachen zu unterweisen. Sie ließ aus Kaunas Lehrbücher kommen, kaufte Bleistifte und Hefte und stellte einen Unterrichtsplan auf: zwei Stunden am Tag nur mit Chanke und nach Rafaels Mittagsschlaf anderthalb Stunden Französisch mit ihm zusammen. Durch die lebendige und unmittelbare Kommunikation würden beide, so hoffte die Lehrerin, weit mehr neue Wörter lernen. Etl spöttelte über sich selbst – zu ihrer großen Überraschung und mit nicht geringem Vergnügen sei sie, die Müßiggängerin, zur Lehrerin geworden.

»Wie sagst du nicht auf Jiddisch, sondern auf Französisch zu deinem Kavalier: ›Guten Tag, mein Liebster‹, wenn du ihn wieder in Alytus besuchst?«, fragte Etl zum Beispiel.

»*Bonjour, mon cher ami*!«

»Bravo! Du hast ein ausgezeichnetes Gehör und eine gute Aussprache. Mit diesen Worten bist du in Frankreich nicht verloren.«

Das Lob freute Chanke, doch was nützte ihr das Lob, wenn weder sie noch Schlojmke die fremde Sprache je brauchen würden! Denn nicht Schlojmke wollte ja nach Paris ziehen, sondern, wenn man den im Schtetl kursierenden Gerüchten glaubte, sein Bruder Ajsik. Aber Chanke wollte Etl nicht kränken und ihr nicht das Vergnügen rauben. Auch Reiche brauchten Mitleid und Mitgefühl. Alle Menschen sind auf ihre Weise einsam. Etls Mann, der unermüdliche Arn, war ständig abwesend, er fuhr dauernd in Hafenstädte, nach Memel, Oslo, Kopenhagen, Marseille oder Kiel, und Etls Schwiegervater, der fromme Reb Jeschue, der sich über seine Schwiegertochter ärgerte, weil sie ein Freigeist war und sich weigerte, mit Rafael die Synagoge zu besuchen, kehrte jeden Tag erschöpft aus seinem unprofitablen Eisenwarenladen heim und zog sich in sein Zimmer zurück. Abends tauschte Reb Kremnizer seine gewöhnliche Hornbrille gegen ein Okular mit Vergrößerungsgläsern, nahm aus einem Schrank, der ebenso altmodisch war wie er selbst, eine Prachtausgabe des Tanach in einem goldgeprägten Einband und begab sich vor dem Schlafengehen bis Mitternacht aus dem einstöckigen Haus der Familie in die heiligen Seiten des Buchs der Bücher. Bis zum Morgengrauen legte er sozusagen die litauische Staatsbürgerschaft ab und zog ins Königreich Juda, das angestammte Reich aller toten und lebenden Juden.

»Wie lange muss dein Soldat noch dienen?«, fragte Etl eines Tages nach dem Unterricht.

»Ein knappes Jahr.«

»Das ist nicht mehr viel.«

»Für den einen, Verzeihung, ist es wenig, für den anderen ist es viel«, widersprach Chanke.

»Entschuldige, dass ich dich so aushorche, aber es interessiert mich sehr, was ihr tun werdet, wenn er heimkehrt.«

»Leben. Wenn Schlojmke es sich nicht anders überlegt, werden wir heiraten. Er wird schneidern, was ich tun werde, weiß ich selber noch nicht. Rafael wird heranwachsen, Sie werden bald ohne mich auskommen.« Chanke warf den Kopf in den Nacken, strich sich das Haar zurück, und ihre Augen wurden ganz groß, als versuchte sie, in die Zukunft zu schauen. »Ich werde das Kindermädchen meines Mannes sein, seine treue Magd, seine Köchin …«

»Das ganze Leben?«

»Vielleicht auch das ganze Leben. Ich finde …« Chanke stockte plötzlich. »Ich weiß bis heute nicht, wie ich Sie ansprechen soll …«

»Nenn mich Etl. Etja, Etka. Wie du magst. Ich bin keine Herrin.«

»Ich finde«, fuhr Chanke fort, »es ist nicht so wichtig, was ein Mensch tut und welche Sprache er spricht.«

»Und was ist wichtig?«

»Vielleicht ist es dumm, was ich sagen will. Aber so denke ich.«

»Sag es nur! Ich sage auch oft Dummes. Gegen Dummheit ist niemand gefeit.«

»Ich finde, das Wichtigste ist, dass du geliebt wirst. Und dass du jemanden liebst. Es gibt so vieles auf der Welt – so viele Völker, Sprachen, Reichtümer und so viel Schönes, aber Liebe gibt es am wenigsten.«

»Ja, das ist wahr!«, seufzte Etl.

Es war ihr unbegreiflich, woher diese ungebildete Tochter eines Schtetl-Schusters mit ihren zwanzig Jahren solche Gedanken hatte, eine so tiefe, aus Leid erwachsene Überzeugung. Was hatte sie im Leben schon gesehen? Paris, London, Berlin? Was gelesen? Shakespeare, Schiller, Cervantes? Wer hatte durch Gleichgültigkeit oder Bosheit ihr Herz verletzt? Etl hörte Chanke zu, betrachtete sie mit noch größerem Respekt und verglich Chankes Ansichten mit ihren eigenen unerfüllt gebliebenen Wünschen und Hoffnungen. Schon in den ersten Tagen von Gottes Schöpfung gab es auf der Welt zu wenig Liebe, viel mehr Feindschaft und Hass, Neid und Heuchelei. An Liebe fehlte es auf der Welt bis heute, daran fehlte es auch in diesem stillen und äußerlich so glücklichen Schtetl, in dem Etl anscheinend lebte wie die Made im Speck. Wenn es nur mehr Liebe gäbe, ganz gewöhnliche Liebe, wiederholte sie stumm, mit fest geschlossenen Lippen.

Als Chanke wie jeden Abend nach Hause gehen wollte, bat Etl sie zu bleiben.

»Bleib noch! Sag wenigstens heute mal nicht nein und iss mit uns zu Abend. Du hast meine Kochkünste bisher gar nicht richtig würdigen können.«

»Und ob ich das konnte!«

»Lass uns ein bisschen zusammensitzen und reden.«

Chanke war verlegen, denn abends aß sie gewöhnlich nicht bei den Kremnizers, sondern zu Hause, doch sie lehnte die hartnäckige Einladung nicht ab. Wie sollte sie, wenn ihr eine solche Ehre erwiesen wurde – obgleich ihr ja laut Vertrag das gleiche Essen zustand wie ihrer Herrschaft und sie auch bei ihnen Mittag aß.

»Ich decke gleich für drei, ich rufe den Schwiegervater, und dann machen wir es uns gemütlich. Mein Schwiegervater ist ein interessanter Gesprächspartner und ein großherziger Mensch.«

Auf dem Tisch lag ein mit Feldblumen besticktes Tischtuch. Etl deckte Teller mit Goldrand und Besteck auf – Messer und Gabeln mit beinernen Griffen. Solches Besteck hatte Chanke bis zu ihrem Dienst bei den Kremnizers noch nie gesehen.

Etl klopfte leise an die Tür des Schwiegervaters, kam jedoch bald allein zurück.

»Reb Jeschue fühlt sich in letzter Zeit nicht recht wohl«, sagte sie. »Er hat es mit dem Herzen und eine kranke Leber. Aber er hat trotzdem versprochen, für eine Weile herauszukommen. Ich bringe gleich die Vorspeise. Ich glaube, du hast meine Abendspeisen noch nie probiert ...«

»Ich weiß, dass Sie wunderbar kochen, Etl.«

»Arn sagt, ich sei die beste Köchin im Umkreis von Kaunas.«

»Das ist wahr«, schmeichelte ihr Chanke.

Während Etl sich in der Küche um die Vorspeise kümmerte, einen Kartoffelsalat, kam der gebeugte Reb Jeschue Kremnizer aus seinem Zimmer, angetan mit einem von einem breiten Gürtel zusammengehaltenen langen Atlaskaftan.

»Ich fühle mich irgendwie schwach, mein Kind. Es wird wohl nicht ohne Doktor abgehen. Ich habe einen Druck auf der Brust und Koliken in der rechten Seite«, klagte er Chanke sein Leid. »Wenn ich bettlägerig werde, wer steht dann an meiner Statt im Laden? Ein Geschäft kann man nur am Samstag mit ruhigem Gewissen schließen, nur am heiligen Schabbat, an den jüdischen Feiertagen und die sieben Trauertage nach dem Tod des Inhabers. Doch vorerst bin ich ja, Gott sei's gedankt, nicht tot, noch verpeste ich die Luft.«

»Was reden Sie da, Reb Jeschue! Mögen Sie hundertzwanzig werden!«

»Einigen wir uns auf neunzig. Ich hätte nichts dagegen.«

»Einverstanden«, stimmte Chanke ihm zu.

»Ein Kaufmann hat gelernt, stets Nachlass zu gewähren. Ich bin nicht habgierig, mein Kind. Man darf nicht knausern, man muss den anderen immer ein paar Jährchen über das hinaus lassen, was ihnen unser barmherziger Herrgott zugedacht hat.«

Reb Kremnizer aß wenig, stöhnte, ächzte, rutschte auf seinem Stuhl hin und her und stand schließlich auf.

»Danke, Etl. Es hat sehr gut geschmeckt, aber zur Nacht zu viel zu essen ist ungesund.«

»Sie haben ja gar nichts gegessen«, tadelte Etl ihren Schwiegervater. »Wie wollen Sie da gesund werden?«

»Doch, ich habe gegessen. Du kochst wunderbar.« Reb Jeschue holte tief Luft, runzelte die Brauen, betrachtete abwechselnd die beim Essen verstummte Chanke und die um seine Gesundheit besorgte Schwiegertochter und sagte: »Was, wenn ich unser liebes Kindermädchen bitten würde, mir, ihrem Beistand und Fürsprecher, einen Dienst zu erweisen und mich für eine Woche zu vertreten?«

»Wie vertreten? Wo?« Etl verstand nicht gleich.

»Hinter meinem Ladentisch. Gott ist mein Zeuge, es geht mir nicht um den Gewinn, ich habe keine Angst vor Verlust. Ich glaube einfach, dass ich schneller gesund werde, wenn mein Geschäft geöffnet bleibt, wenn jemand darin steht und es weiter betreibt. Zu einem kranken Verkäufer kommen keine Kunden. Wer will schon zusammen mit einem Vorhängeschloss obendrein noch eine unbekannte Krankheit erwerben …«

»Vielleicht geht es Ihnen ja morgen wieder besser …«, entgegnete seine Schwiegertochter mitfühlend.

»Vielleicht. Aber auf dieses morgen, Etl, habe ich im ganzen

Leben nie gehofft. Die Zukunft ist die unsicherste jüdische Bank. Die Juden legen alle ihre Hoffnungen hinein, und am Ende sind sie bankrott …«

»Wirst du mit der Rolle der Verkäuferin zurechtkommen?«, fragte Etl Chanke. »Ich meinerseits habe nichts dagegen.«

»Ich weiß nicht. Ich habe noch nie etwas verkauft. Wenn ich nicht zurechtkomme, entlassen Sie mich.«

»Du wirst es schon lernen!«, ermutigte sie Reb Jeschue. »Du sollst ja keine Grundstücke an den Mann bringen, keine Häuser und kein Holz für den Schiffbau, sondern nur Kleinigkeiten – Schlösser, Riegel, Farbe und Leim. Ich hätte den Laden längst für ein Butterbrot verkauft, aber ich möchte mit Leuten reden. Ich möchte, dass sie zu mir kommen, dass sie mich mit meinem Namen ansprechen, und ich möchte ihnen antworten, denn solange die Augen nicht nur sich selbst im Spiegel sehen und die Ohren nicht nur das eigene Stöhnen hören, solange bist du am Leben und wirst vielleicht noch gebraucht. Keine Angst, Chanke, ich bin sicher, du schaffst das.«

»Ich habe keine Angst. Angst kann man vorm Gebären haben, aber nicht vorm Verkaufen.«

»Erstens das. Und zweitens ist es ja nicht für immer. Wenn es Reb Jeschue wieder besser geht, kommst du zurück zu mir und Rafael«, ermunterte Etl das Kindermädchen.

Genau wie Etl hoffte Chanke, dass der Greis seine Krankheit bald besiegt haben und wieder hinterm Ladentisch stehen würde, doch sie hatte auch Angst – wenn Reb Jeschue, Gott behüte, nun einfach starb? Dann wäre alles vorbei. Arn würde seinen Vater auf dem Schtetl-Friedhof beerdigen, ihm einen Grabstein aus Marmor aufstellen, das Haus, den Eisenwaren- und den Krämerladen verkaufen, vielleicht an den Hausbesitzer Kapler, und dann die Koffer packen und mit Etl und Rafael in sein glanzvolles Paris ziehen. Und sie, Chanke, hätte das Nachsehen, wie ihr kämpferischer jüngerer Bruder Schmulik sagte, denn die Moral der Reichen könne man nicht ändern, sie dächten nie an die Armen.

»Auf das, was du für Rafael bekommst, lege ich noch zwanzig Litai die Woche drauf, und sollte ich ganz krank werden und nicht in den Laden zurückkehren können …« Reb Jeschue sprach nicht zu Ende.

»Sag ja! Rafael und ich werden auf dich warten«, sagte die taktvolle Etl, und Chanke gab nach.

Jeden Abend ging sie zu ihrem Wohltäter Kremnizer, brachte ihm den armseligen Tageserlös aus dem Laden und spielte anschließend noch ein, zwei Stunden mit Rafael, ging mit ihm spazieren und ließ ihn auf der Schaukel auf dem großen Hof des Gymnasiums schaukeln. Wenn Etl im Wohnzimmer in einen neuen französischen Roman über eine unglückliche Liebe vertieft war, legte Chanke den Kleinen schlafen, erzählte ihm selbst ausgedachte Märchen oder sang ihm traurige Wiegenlieder auf Jiddisch. Vielleicht würde er ja doch nicht als Franzose aufwachsen, sondern als Jude.

Reb Jeschue konnte sich nicht genug freuen an Chanke und überschüttete sie mit Komplimenten.

»Aus dir wird mal eine wunderbare Verkäuferin. Du könntest in jedem großen gewinnbringenden Geschäft arbeiten. Selbst in unserer Filiale des hauptstädtischen *Rosmarin* von Ißer Schnejderman.«

Schnejdermans *Rosmarin* war die größte Wurst-Kette in Litauen.

Reb Jeschues Lob machte Chanke eher verlegen, als es sie freute. Sie war ihm natürlich dankbar für ihren Lohn als Kindermädchen und für den Zuverdienst, aber sie wollte den Laden so bald wie möglich wieder verlassen und zu ihrem lockenköpfigen Schäfchen Rafael zurück.

Reb Jeschues Rückkehr in den Laden verzögerte sich … Seine Krankheit war ernst. Doktor Blumenfeld, der nicht nur Menschen behandelte, sondern – in Ermangelung eines Tierarztes im Schtetl – auch Tiere, wurde von Juden wie Christen als Heiliger betrachtet, der auf Gottes Geheiß vom Himmel nach Jonava herabgekommen war. Schon vierzig Jahre ohne Unterbrechung versorgte er hier fast unentgeltlich Kranke und Verletzte. Der eingefleischte Junggeselle, der Zweite am Ort neben dem katholischen Geistlichen Vaitkus, der nie die Freuden der Ehe genossen hatte, nahm von den Armen kein Geld für seine Besuche, kaufte ihnen oft sogar noch die Medizin, die er selbst verordnet hatte. Mit seinem abgewetzten Köfferchen besuchte Blumenfeld zu jeder Tages- und Nachtzeit Patienten, wenn er gerufen wurde. Er riet Etl, den Schwiegervater in die Hauptstadt zu bringen und ihn einem Professor im Jüdischen Krankenhaus vorzustellen. Etl telegrafierte Arn aus Kopenhagen herbei, und gemeinsam brachten sie den Greis nach Kaunas. Reb Jeschue wurde ins Krankenhaus eingewiesen, und die Doktoren brauchten zwei Monate, um seine Krankheit, eine akute Entzündung der Bauchspeicheldrüse, auszukurieren. Das Befinden von Chankes Wohltäter besserte sich allmählich, doch hinter den Ladentisch kehrte er nicht mehr zurück. Arn schlug vor, das Geschäft zu verkaufen. Das lehnte sein Vater strikt ab. Wenn ich sterbe, sagte er, dann könnt ihr es verkaufen.

Die Entscheidung des kranken Reb Jeschue, die Ladenschlüssel an Chanke zu übergeben, die schon seit über zwei Monaten als Kindermädchen in seinem Haus arbeitete, überraschte niemanden im Schtetl. Der Alte würde keinen Dieb und keinen Verschwender hinter seinen Ladentisch stellen.

Als eine der Ersten kam Roche-Samurai zu der Vertretungs-Verkäuferin in den Laden. Getreu ihrer Gewohnheit, ohne

Umschweife mit der Wahrheit herauszuplatzen, plapperte sie schon auf der Türschwelle los: »Schlösser und Zaumzeug verkaufen ist natürlich schöner, als einem fremden Kind den Po abwischen, aber Handel treiben ist kein Spaß! Bist du denn verrückt geworden? Geld will gezählt werden! Besonders fremdes. Willst du im Gefängnis landen? Dann kriegst du meinen Sohn auf keinen Fall.«

»Ich kriege ihn«, schnitt ihr Chanke das Wort ab. »Ich komme vielleicht nicht ins Paradies, aber ins Gefängnis ganz bestimmt nicht. Wenn Sie es wissen wollen, Frau Kremnizer hat mir Rechnen und Schreiben beigebracht. Ich bin nicht so ein Dummchen, wie manche denken.«

Den Französischunterricht verschwieg Chanke lieber.

»Seit du die Herrin hier im Laden bist, trägst du die Nase hoch, hast kein einziges Mal Zeit gefunden, uns zu besuchen, nach Neuigkeiten zu fragen, hast gehofft, dass ein Spatz sie dir im Schnäbelchen bringt und sie dir in dein kleines Ohr zwitschert. Du weißt nicht einmal, dass du nicht mehr nach Alytus fahren musst«, sagte Roche, bedauernd oder schadenfroh.

»Was denn, wurde Alytus etwa genau wie Vilnius von den Polen eingenommen, diesen Eroberern?«

»Du hast bei den Kremnizers ja schöne Weisheiten aufgeschnappt! Frag lieber, warum du nicht mehr hinfahren musst, bevor du auf die Polen, die Eroberer, schimpfst.«

»Nun, warum?«, gab Chanke ihrem Drängen nach und fühlte sich schuldig – sie war tatsächlich lange nicht in der Fischerstraße gewesen, um sich nach Neuigkeiten zu erkundigen, sie hatte niemanden behelligen wollen, schließlich war sie noch nicht die Schwiegertochter …

»Schlojmkes Regiment wurde verlegt, näher zu uns«, sagte Roche, »nach Žiežmariai, das ist eine kleine Stadt ganz in der Nähe von Kaunas. Das hat er geschrieben. Warum sie verlegt wurden, weiß ich nicht. Das ist, schreibt er, vorerst geheim, ein Militärgeheimnis, wie sie das nennen. Wenn ihr Chanke seht, schreibt er, richtet ihr einen Gruß von mir aus und meinen Dank für die Wollsocken, sie wärmen, schreibt er, wie ein Ofen, sie sind schön warm.«

»Gut, dass ich sie nicht zu eng gestrickt habe«, sagte die schuldbewusste Chanke.

»Du hast wohl schon vor der Hochzeit alle seine Maße genau studiert«, stichelte Roche.

»Sie sagen manchmal Sachen, Roche, dass selbst ein Tauber rot anläuft.«

»Spiel nicht die heilige Einfalt … Wird Zeit, dass du dich an alle Wörter gewöhnst, an nüchterne wie gesalzene«, sagte die eigentlich nie lächelnde Roche lächelnd. »Gott sei Dank muss unser Soldat nicht mehr lange Pferdeschwänze kämmen und diese stinkenden Kasernen putzen. Seine Zeit ist bald um, zu Chanukka kehrt er in Frieden heim.«

8

Bis zum Lichterfest Chanukka blieb noch über ein halbes Jahr, und Chanke wollte ihren Geliebten noch einmal in seiner Einheit besuchen. Zumal sich von Jonava nach Kaunas bei gutem Wetter immer ein Fuhrwerk zum Mitfahren fand und sie dort sogar bei Verwandten ihres Vaters übernachten konnte, bei der Kürschnerfamilie Dudak, die nicht direkt in der Stadt wohnte, sondern im Vorort Šančiai.

Alles fügte sich bestens für Chanke: Der Weg zu ihrem geliebten Kavalleristen war nun kürzer, Reb Jeschue schien es besser zu gehen, vielleicht würde er die Zügel im Laden bald wieder in die Hand nehmen, und das Verhältnis zu Roche, die so launisch war wie das Wetter, hatte sich – unberufen! – geglättet.

Und plötzlich brach alles zusammen.

»Jeden Tag eine andere große Neuigkeit! Uns stehen wohl gewaltige Veränderungen bevor, Chanke, wenn auch nicht gleich heute oder morgen«, sagte Etl.

Chanke hielt den Atem an.

»Arn meint, wir dürfen uns nicht mehr auf Doktor Blumenfeld verlassen, trotz all seiner unbestrittenen Vorzüge. Reb Jeschue ist ernstlich krank und braucht die Fürsorge erfahrenerer Ärzte. Mein Mann besteht darauf, dass wir Haus und Laden verkaufen und nach Europa ziehen, wenn nicht nach Frankreich, dann in die Schweiz oder nach Italien. Dort ist die Medizin auf der Höhe, und die Luft ist wie Balsam.«

»Ja, dort ist es bestimmt schön«, stammelte Chanke, ihre Verwirrung verbergend.

»Wenn es nach mir ginge«, fuhr Etl fort, »würde ich dich auch mitnehmen. Du bist nicht nur ein wunderbares Kindermädchen. Du bist ein guter Mensch. Und kannst auch schon ein bisschen Französisch …«

Etl lachte spitzbübisch.

»Danke«, sagte Chanke. »Sie loben mich viel zu sehr, mehr als ich verdiene.«

»Aber du wärst sowieso nicht bereit, hier alles hinzuwerfen und fortzuziehen.«

»Um keinen Preis.«

»Ich verstehe dich. Wie man es auch dreht und wendet, das beste Land der Welt ist die Liebe. Es wird nur von zwei Menschen bewohnt, von der ersten Begegnung bis an ihr Lebensende, und kluge Menschen tauschen dieses Land gegen kein anderes. Wenn darin Frieden und Einvernehmen herrschen.« Etl genierte sich plötzlich für ihre hochtrabenden Worte, nahm einen Kamm aus der Tasche, kämmte sich lange nachdenklich das dunkelblonde Haar und sagte, als wollte sie sich für ihre Offenheit entschuldigen: »Allerdings kann sich das alles auch noch ändern. Mein Schwiegervater ist starrsinnig und hart wie Feuerstein. Gott allein weiß, welche Funken aus diesem Feuerstein schlagen können. Er sagt immer wieder: ›Zieht ihr, wohin ihr wollt, aber mich lasst bitte hier bei meinem Laden und erlaubt mir, in Jonava zu sterben und auf dem hiesigen Friedhof zu liegen neben meinem Vater Dow-Ber, meiner Mutter Golde, meiner Schwester Chane und allen meinen Kunden, gesegnet sei ihr Andenken.‹«

»Anke!«, ertönte es aus dem Kinderzimmer.

Während Chanke mit Rafael spielte, kehrten ihre Gedanken immer wieder zu dem zurück, was sie von seiner lieben, aber nicht sehr glücklichen Mutter erfahren hatte. In dem grenzenlosen Land der Liebe lebte Etl lange in vollkommener Einsamkeit, länger als zu zweit mit Arn, der mit Verkäufen, Bankkonten, Wechseln und Krediten beschäftigt war. Alles auf der Welt ist sterblich, sagte er gern, bis auf das Geld. Das Geld ist unsterblich. Genau wie die Baumstämme, die Flößer den Neris und den Neman hinunter zu den Kunden transportierten, war auch Arn ständig unterwegs, weit weg von Jonava, seinem Vater, Etl und seinem geliebten Stammhalter. Chanke dachte zudem an den alten, hilflosen Reb Jeschue, der hinter seinem Ladentisch einschlief und, wenn ein Kunde ihn weckte, das Schnarchen abschüttelte wie ein streunender Hund das kalte Wasser, mit dem er begossen wurde.

Es tat Chanke leid, von so guten Menschen Abschied zu nehmen, aber sie hatte nicht vor, sie ins Ausland zu begleiten. Wenn sie fortzogen, zogen sie eben fort. Glückliche Reise! Dann würde sie zu dem geizigen Müller Waßerman gehen oder zu Doktor Blumenfeld – die Wohnung in Ordnung halten,

Fußböden wischen, Wäsche waschen. Die Arbeit scheuten nur Bettler, die lieber die Hand ausstreckten als zu Nadel, Ahle, Hobel oder Hammer zu greifen. Was Chanke wirklich ernstlich fürchtete, waren überraschende Nachrichten. Vor Juden kann man nichts verbergen, ihr Gehör und ihr Gespür für jegliche Nachrichten, gute wie schlechte, sind von alters her geschärft. Vor allem schlechte Nachrichten verbreiten sich in der jüdischen Welt rasch wie ein Lauffeuer.

Eine schlechte Nachricht überfiel Chanke, sobald sie nach Hause kam.

»Du hast bestimmt schon gehört, dass der Bruder deines Soldaten für immer aus Litauen fortzieht«, verkündete ihr Vater, ohne den Blick von einer fremden durchlöcherten Schuhsohle zu wenden.

»Ajsik?«

»Genau der. Alles, was recht ist, der Bursche hat Mut und Entschlossenheit«, brummte Schimon. »Ajsik ist der erste Jude aus unserem Schtetl, der lieber in Paris oder in Berlin Kürschner sein will als hier in unserem gottverlassenen Nest. Bei uns gibt es nur Schaffelle, dort dagegen Zobelpelze. Auch die Preise für die Bearbeitung von Pelzen und Leder sind dort ganz andere als bei uns, selbst die Luft ist anders und überhaupt alles.«

»Aber er kann sich doch dort mit niemandem verständigen!«

»Trotzdem ist dort alles anders. Und wo es anders ist, ist es schon besser. Anfangs wird Ajsik nur für Juden arbeiten, die die Mameloschn noch nicht vergessen haben, später dann auch für Franzosen. Ein junger Kopf fasst mehr kluge Gedanken als ein alter. Mit der Zeit wird er wohl auch die schwierige französische Sprache aufnehmen.«

»Schlojmke bekommt bestimmt nicht frei vom Militär … Ich werde zu ihnen gehen und mich für uns beide von Ajsik verabschieden.«

»Ein Soldat bekommt nur zur Beerdigung seiner Eltern frei«, sagte Schimon.

»Das ist ja eine Art Beerdigung. Für Roche und für Dovid. Außerdem wird erzählt, dass auch Leje fortgehen will.«

»Nach Paris?«

»Nach Amerika.«

»Ja, Roche und Dovid sind nicht zu beneiden. Zu meiner längst vergangenen Zeit waren Kinder wie Gefangene. Sie durften nicht weg von den Eltern. Keinen Schritt. Wo du geboren wurdest, dort lebe gefälligst und dort stirb auch. Heute lässt sich niemand mehr in Ketten legen – du besorgst dir eine Schiffskarte und fährst mit dem Dampfer, wohin du willst. Nach Frankreich, nach Amerika, nach Argentinien oder nach Palästina zu den Türken. Vielleicht fliegst du mit deinem Freund auch einmal davon. Und wie die Kraniche ihrem Anführer folgen euch die Brüder und Schwestern. Nur Mama und ich bleiben wie bemooste Steine am Ort – es ist das Los von Steinen, zu bleiben, wo sie einmal liegen.«

»Nein«, sagte Chanke. »Wir werden nicht fortgehen.«

»Leg dich da nicht fest. Der Mensch denkt und Gott lenkt.« Schimon nahm den Mund voller Nägel, spuckte sich einen nach dem anderen auf die Hand und nagelte damit Flicken auf die abgetragene Sohle. »Ich kann mir vorstellen, wie sehr die arme Roche leidet, weil Ajsik fortgeht«, lispelte er. »Eltern können kein Kind entbehren. Geld kann man verschwenden, aber Kinder verschwenden ist eine große Sünde. Geh zu Roche, geh unbedingt hin und tröste sie. Wer weiß, vielleicht wird sie ja wirklich deine Schwiegermutter und die Großmutter deiner Kinder. Du wirst von deinem Kavalleristen bestimmt mindestens ein Dutzend gebären. Dein Bursche sieht tüchtig aus, der ist kein Faulpelz.«

Schimon kicherte, zufrieden mit seinem Scherz.

»Wir werden sehen, ich werde mich bemühen. Vielleicht kein Dutzend, aber zwei bekomme ich bestimmt. Nicht für Amerika und nicht für Argentinien, sondern für euch«, versprach Chanke mit einem traurigen Lächeln.

Vor Roches Haus verflog Chankes Entschlossenheit, und sie blieb verwirrt stehen. Der zänkische, störrische Charakter ihrer künftigen Schwiegermutter war für niemanden im Schtetl ein Geheimnis. Roche war mal so sanft und weich wie ein Wundpflaster, mal so bösartig wie eine Hexe, dass sie vor Wut zuschlug. Nicht ohne Grund hatte Doktor Blumenfeld, der alle ihre minderjährigen Kinder behandelt hatte und sich in seiner Freizeit mit der Geschichte des fernen Japan beschäftigte, wo er schrecklich gern wenigstens ein einziges Mal selbst hingefahren wäre, schon als junger Mann Roche mit dem Spitznamen »Samurai im Rock« bedacht. Der Name war haftengeblieben – niemand wusste, was er bedeutete, aber jedem war klar, dass es etwas wenig Schmeichelhaftes, Kriegerisches sein musste.

Chanke schwankte, ob sie hineingehen sollte oder nicht, denn sie wusste, dass Roche Mitgefühl zwar schätzte, es aber nicht duldete, dass sie jemand vor Zeugen tröstete oder vor ihrer Familie, der sie ständig Hartherzigkeit und Gleichgültigkeit vorwarf. Nach kurzem Zögern entschloss sich Chanke schließlich anzuklopfen, aber unter einem anderen Vorwand, als wüsste sie nichts von Ajsiks Abreise.

Roche und Dovid waren allein. Als hätten sich alle abgesprochen und das Haus verlassen.

»Guten Tag«, sagte Chanke.

»Guten Tag, guten Tag! Was bringst du uns? Ist vielleicht ein Brief von Schlojmke gekommen?«

»Nein.«

»Was spazierst du dann durch die Stadt, statt dich um den

Kleinen zu kümmern? Heute ist schließlich nicht Samstag, kein freier Tag.«

»Rafael hat die Windpocken. Ich wollte Sie fragen, womit Sie Ihre Kinder damals behandelt haben.«

»Mit Petersiliensud.«

»Das werde ich Etl sagen. Doktor Blumenfeld hat Rafael Tabletten verschrieben, aber der Ausschlag geht nicht weg …«

»Verstell dich doch nicht so! Ich sehe es an deinen Augen – du lügst, mein Sonnenschein, und wirst nicht einmal rot dabei. Du bist nicht wegen Rafaels Windpocken gekommen. Nicht wegen der Windpocken, oder? Gib es zu! Das Heucheln lernst du sowieso nicht mehr.«

»Außerdem wollte ich mich natürlich von Ajsik verabschieden, ihm Glück wünschen im Namen seines Bruders, der seine Einheit ja nicht verlassen darf. Eine Kaserne ist kein Bethaus, da kann man nicht kommen und gehen, wann man will«, stammelte Chanke.

»Du willst dich verabschieden und für alle Fälle Ajsik aushorchen«, sagte Roche. »Nicht wahr? Aber lüg mich um Gottes willen nicht an und red dich nicht heraus. Aufs Schwindeln verstehst du dich nicht für einen Groschen.«

»Aushorchen – worüber?«, fragte Chanke, ernsthaft erschrocken.

»Worüber? Wie Söhne und Töchter Mutter und Vater davonlaufen! Vielleicht habt ihr beide, du und mein Schlojmke, das ja auch schon heimlich geplant und wollt die Flügel ausbreiten.«

»Nichts haben wir geplant! Wir gehen nicht fort, wir bleiben hier. Ehrenwort, wir werden Sie nie verlassen, niemals …« Das Mitleid mit Roche überschwemmte Chanke plötzlich, und sie sprach mit ihr ungewohnt offen und freimütig. »Ich verstehe. Sie trauen jetzt niemandem auf der Welt. Sie fühlen Schmerz. Und Schmerz, meine ich, ist stärker als Glaube. Aber wenn wir heiraten, so Gott will, dann werden wir bis ans Ende bei Ihnen bleiben …«

»Bis an wessen Ende?« Roche-Samurai ließ ihr Schwert blitzen.

»Ich habe mich wohl falsch ausgedrückt … Verzeihen Sie … Das kommt von der Aufregung …«

»Du hast dich schon richtig ausgedrückt. Es ist ein großes Glück, wenn deine Kinder bis zum Ende bei dir bleiben.«

Roche kamen die Tränen, sie wischte sich mit einem Schürzenzipfel die Augen, schniefte durch die Nase, die gebogen war wie ein Schnabel, und sagte leise: »Ich habe zehn Kinder geboren. Für mich hab ich sie geboren, nicht für Frankreich und nicht für Amerika. Sechs von den zehn haben überlebt. Ich meine, der Herrgott hat keinen Grund, böse auf mich zu sein, ich war fruchtbar und habe mich vermehrt. Aber möge Er mich nicht strafen für meine Worte, ich bin böse auf Ihn, und dagegen kann ich nichts tun, die Kränkung frisst an mir wie ein Wurm. Warum nimmt Er mir jetzt meine Kinder? Warum?«

Chanke bekam den Mund nicht auf, sie stand vor Roche stramm wie die jüdischen Feuerwehrleute in den nagelneuen Uniformen gegenüber vom litauischen Gymnasium gestanden hatten, als beim Besuch des Präsidenten Smetona in Jonava die litauische Hymne gespielt wurde.

»Warum, sag mir das, warum versteht der Allerhöchste nicht, was du, Chanke, auf Anhieb verstehst? Das weißt du nicht? Ich will es dir sagen. Weil der Herrgott ein Mann ist, du aber bist eine Frau und wirst Kinder gebären. Und weil du deine Kinder nicht in einem geflochtenen Korb tragen wirst wie Waldpilze, sondern direkt unterm Herzen. Und vielleicht auch, weil der Herrscher der Welt, wie ich manchmal glaube, gar kein Herz hat. Herr, verzeih mir Sünderin die Schmähung und Gotteslästerung! Verzeih! Aber wer beweist mir, dass es nicht so ist?«

»Mein Vater scherzt gern, unser Herrgott sei zu weit oben. Wie soll Er uns aus solcher Ferne hören! Könnte Er wie ein Vogel herabfliegen und sich auf unser löchriges Dach mit dem rußgeschwärzten Schornstein setzen, würden unsere Rufe Ihn erreichen. Aber so – soviel wir auch schreien, es nützt nichts.«

»Dein Vater ist nicht dumm. Und du gefällst mir, ehrlich gesagt, in letzter Zeit immer besser. Früher dachte ich, du wärst ein leichtsinniges Geschöpf ohne Verstand, jetzt aber sehe ich, du bist ein ernsthaftes Mädchen, arbeitsam und aufrichtig. Vielleicht kannst du ja nicht nur für das Herrensöhnchen Rafael Kremnizer sorgen, sondern auch mal für deinen Mann. Nur versuche nicht, jemanden zu beschwindeln, der schlauer ist als du! Da ziehst du den Kürzeren. Von wegen Windpocken ... Doktor Blumenfeld ... Tabletten ... Sud ...«

»Ich habe verstanden«, sagte Chanke gerührt. »Aber quälen Sie sich bitte nicht so. Ajsik liebt Sie, er wird Ihnen Briefe schreiben aus Paris, Pakete schicken und Sie besuchen kommen.«

»Wenn das so weitergeht, haben wir nur noch Besuchskinder und -enkel ... Es mag halb so schlimm sein, wenn dich nur ein Kind verlässt. Aber wenn nach Ajsik noch zwei auf dem Sprung sind?«

Chanke erstarrte.

»Leje will auch weg. Nicht nach Paris, sondern nach Übersee. Und Motl auch, aber den zieht es mit seiner Sara Gott sei Dank bloß nach Kaunas. Nur mein armer Joßele verlässt uns nicht, er bleibt in der psychiatrischen Heilanstalt in Kalvarija ... Ein Unglück kommt selten allein. Es kommt immer Arm in Arm mit einem anderen Unglück. Tja, nun haben wir uns einmal von Herzen ausgesprochen. Nun ruht die ganze Hoffnung auf Schlojmke und auf dir.«

»Auf mir?«

»Auf dir. Nur du kannst ihn hier halten.«

Chanke wollte etwas antworten, kam aber nicht mehr dazu. Aus dem Nebenzimmer trat Dovid in seiner ledernen Schusterschürze – auf der Nasenspitze eine Brille mit dünnem Drahtgestell, ein roter Bart, von grauen Silberfäden durchzogen, auf dem buckligen Kopf eine längliche Glatze.

»Lass mich dich auch einmal anschauen. Na, du bist ja, offen gesagt, gar nicht übel … nett, adrett und süß wie ein Mohnbrötchen …«

»Alter Charmeur!«, dämpfte Roche seinen Eifer. »Was wirfst du deine Arbeit einfach hin? Hast wohl still hinter der Tür gestanden und uns belauscht?«

»Aber Roche! Wer belauscht denn einen Vogel? Der Mensch lauscht dem Vogel. Möge Chanke mir meine Offenheit verzeihen, aber von Paris oder Amerika halten einen Mann nicht Bitten und Überredungskünste ab, sondern die strengen Zügel einer Ehefrau und das Bett. Das ist in Jahrhunderten erprobt. Und auch du kannst bestätigen, dass ich recht habe, denn du selbst hast die strengen Zügel nie gelockert. Hast sie das ganze Jahr über in der Hand gehalten und sie nie in die Wäsche gegeben.« Dovid wies mit der Nasenspitze auf die sehnige Hand seiner langjährigen Gefährtin.

»Nun seht euch diesen Weisen an! Was für ein Frauenkenner!«, empörte sich Roche. »Scher dich zu deiner Ahle und deinem Hammer, aber schnell! Wir kommen gut ohne deinen Rat zurecht.«

Dovid zuckte die Achseln, verbeugte sich vor Chanke und zog sich zurück – zu seiner Arbeit.

»Strenge Zügel und das Bett! Sonst nichts!«, wiederholte er von der Schwelle aus noch einmal. »Die sind stärker als jede Überredungskunst!«

»Offenbar hat er vom ewigen Hämmern auf geflickte Sohlen ganz den Verstand verloren! Aber manchmal muss ich ihm schweren Herzens zustimmen«, verteidigte Roche ihren Dovid. »Eine Ehefrau muss tatsächlich stark sein. Bei einer Trantute bleibt ein Mann nicht lange.« Sie erhob sich von ihrem Stuhl, um zu zeigen, dass das Gespräch beendet war. »Wenn du Ajsik eine gute Reise wünschen willst, komm am Sonntag um zwei Uhr zur Bahnstation.«

»Ich komme. Ganz bestimmt.«

Nur wenige Menschen verabschiedeten Ajsik – seine Familie, Chanke und der Schnorrer Avigdor Perelman, Spitzname Spinoza, der sich bei allen Hochzeiten, Beerdigungen, Wiedersehen und Abschieden einfand, wo er auf eine große Ansammlung mitleidiger Juden hoffte. Auf Hochzeiten tanzte er fröhlich zusammen mit den Jungvermählten, auf Beerdigungen trauerte er mit den hinterbliebenen Angehörigen und vergoss Tränen auf dem frischen Grabhügel, bei der Verabschiedung junger Leute, die das Schtetl verließen und über den Ozean reisten oder in ein anderes fernes Land, winkte er vor den Augen der auf dem Bahnsteig stehenden Eltern mit seinem langen, an die Barmherzigkeit appellierenden Arm.

»Wenn alle von hier fortgehen, wer gibt dann einem armen Mann noch Almosen?«, wiederholte Avigdor im Singsang.

Roche versengte ihn mit ihrem Adlerblick eines japanischen Samurais, doch er ließ sich nicht beirren.

»Werde ich dann etwa bei Gois um Almosen bitten müssen statt bei meinen jüdischen Brüdern? Scham und Schande!«

Chanke lauschte dem Gejammer des Schnorrers Perelman, der hartnäckig war wie alle jüdischen Schnorrer auf der Welt, und fragte sich, wer wohl den unglücklichen Eltern etwas spenden würde. Nicht Litai, sondern Hoffnung und Mitgefühl.

Der Zug hielt an der Bahnstation Jonava nur eine Minute,

und Ajsiks Begleiter beeilten sich, ihn zum Abschied der Reihe nach noch einmal zu umarmen und zu küssen.

Es verging kein halbes Jahr, bis auch die fest entschlossene Leje, ohne die Rückkehr ihres Kavalleristen-Bruders vom Militärdienst abzuwarten, die heimischen Gefilde verließ, um im goldenen Amerika ihr Glück zu suchen.

Verabschiedet wurde sie auf demselben grasbewachsenen Bahnsteig der unscheinbaren Bahnstation und von derselben Gesellschaft, aber ohne Avigdor, der offenbar endgültig und unwiderruflich enttäuscht war von der Großzügigkeit und Barmherzigkeit des jüdischen Volkes.

Als der helle Pfiff der Lokomotive ertönte und im Fenster des abfahrenden Waggons Lejes schuldbewusstes Lächeln aufschien, hielt Roche die Anspannung nicht mehr aus und fiel in Ohnmacht.

»Roche! Roche!«, rief Dovid, und die Tränen erstarrten in seinem roten Bart zu Eiskörnchen.

Es kostete einige Mühe, Roche aus ihrer Bewusstlosigkeit zu wecken. Dovid und Motl fassten die Ärmste unter, brachten sie nach Hause in die nicht eben nahe Fischerstraße und legten sie ins Bett. Ihr war schwindlig, und halb im Fieber beschimpfte sie die Verführer ihrer Kinder, Paris und New York, flog zusammen mit dem gemütskranken Josef aus Kalvarija dorthin, wo Palmen und Zypressen wachsen, vor allem aber verlangte sie von der Dunkelheit, die wie eine Gewitterwolke über ihrem Bett hing, eine Antwort auf die Frage, wozu und für wen sie fast ein Dutzend Nomaden-Kinder geboren hätte.

Motl lief nach dem Arzt.

Doktor Blumenfeld, der im Schtetl nicht mit seinem biblischen Namen angesprochen wurde, sondern respektvoll mit seinem Familiennamen, entnahm dem Köfferchen, das er stets bei sich trug, sein Zauberrohr und steckte sich die beiden Enden in seine mit Haaren zugewucherten Ohren. Er lauschte, was in Roches Innerem geschah, konnte nichts Ernsthaftes feststellen, klopfte mit einem Hämmerchen auf die Knie der Patientin, hieß sie, mit den Augen der Bewegung seines Zeigefingers zu folgen, der geschickt war wie der eines Zauberers – nach links, nach rechts –, und überprüfte ihre Sehkraft.

»Ihre Nerven, meine Liebe, sind angegriffen. Ich verschreibe Ihnen Beruhigungstabletten. Sie müssen eine Woche im Bett bleiben. Und dürfen sich auf keinen Fall aufregen! Wir müssen alles, was auf der Welt geschieht, philosophisch betrachten. Bei unseren Möglichkeiten werden wir Gottes Welt nicht zum Besseren wenden, wir zerrütten nur die eigene Gesundheit. Wie sehr wir uns auch wünschen, die Welt zu verändern, wir haben allenfalls ein wenig Herrschaft über uns selbst. Und denken Sie bitte daran: Eltern bekommen ihre Kinder nicht zur ewigen Nutzung, sondern nur auf Kredit, den sie eines Tages zurückzahlen müssen – an eine fremde Frau, einen fremden Mann, ein fremdes Land und so weiter. Dass Sie sich die Haare raufen, wird daran nichts ändern. Ihre Lieblinge bekommen Sie davon nicht zurück, Sie schaden nur sich selbst.«

»Danke, Doktor«, sagte Roche, die nicht verstanden hatte, von was für einem Kredit Blumenfeld sprach, und setzte hinzu: »Dovid wird Ihnen für Ihre Aufmerksamkeit und Ihre Mühe zwei Paar Schuhe reparieren.«

»Das, liebe Frau Kanowitsch, ist ein zu hoher Preis für meinen Besuch. So viel nehme ich nie«, murmelte Doktor Blumenfeld, packte seine Utensilien ordentlich in das Köfferchen, wünschte der Patientin Gesundheit, setzte seinen Hut auf und verabschiedete sich.

Auf dem Rückweg von den Kremnizers besuchte Chanke nun immer Roche und kochte für sie Essen, das die Jüngeren, Chawe und Motl, am nächsten Tag unter Dovids Aufsicht aufwärmten. Sie kaufte Lebensmittel ein, holte Medikamente aus der Apotheke und saß bis spät am Bett der Kranken, spendete ihr Trost und versorgte sie mit den neuesten Schtetl-Nachrichten und Gerüchten.

»Chanke, dich hat mir der Herrgott selbst geschickt!«, sparte Roche nicht mit guten Worten. »Aber sag mir, warum bin ich so unglücklich? Warum? Zwei haben mich schon verlassen, und einer, mein Josef, ist in Kalvarija, im Irrenhaus. Dabei war er so ein stiller, so ein guter und sanfter Junge … Und dann bildete er sich plötzlich ein, er wäre kein Mensch, sondern ein Vogel, er sollte nicht unter einem Dach leben, sondern auf Bäumen. Ich habe ihn im Frühsommer besucht. Josef hat mich erkannt und gesagt: ›Mama, hast du es nicht satt, hier zu leben? Komm, wir fliegen in den Süden, wo es warm ist und wo Palmen wachsen. Ich fliege jeden Herbst dorthin. Sobald der Nordwind weht, breite ich meine Flügel aus und steige hinauf in den Himmel.‹ – ›Aber Joßele, ich habe keine Flügel.‹ – ›Wenn du unbedingt fliegen willst, dann wachsen dir welche.‹«

Chanke seufzte schwer und flüsterte: »Er und ich sind ja gleich alt, wir sind sogar am selben Tag geboren.«

»Lieber Gott, wofür bestrafst Du mich so?«, stöhnte Roche. »Wofür?«

»Der Doktor hat gesagt, Sie dürfen sich nicht aufregen. Sonst werden Sie nicht wieder gesund. Liegen Sie ruhig und denken Sie eine Woche an nichts Schlechtes.«

»Aufregung hat er mir verboten, der Doktor! Er hätte mir lieber gleich das Leben verbieten sollen!«

»Bitte, um Ihrer Lieben willen, beruhigen Sie sich. Zu Chanukka kehrt Schlojmke heim. Er wird Ihnen eine echte Stütze im Haus sein. Und von Leje und Ajsik werden die ersten Briefe kommen, dass sie sich gut eingerichtet haben, dass sie Sie nicht vergessen haben.«

»Bestimmt werden sie das Blaue vom Himmel herunter schwindeln über ihre Erfolge, im Schwindeln sind sie beide Meister.« Roche lächelte schwach.

»Warum sollen sie schwindeln? Über Schlechtes schweigen die Nächsten gewöhnlich, aber mit ihren Erfolgen prahlen sie gern. Und in ein, zwei Jahren, da bekommt vielleicht einer der beiden Sehnsucht und lädt Sie ein, ihn zu besuchen. Ajsik wird Sie nach Paris einladen, wo Könige lebten und wo der reichste Jude der ganzen Welt wohnt, der Baron Rothschild …«

»Ich brauche kein Paris mit Königen und Rothschilden! Mein Paris ist hier, in diesem Schtetl, wo ich geboren bin und wo ich trotz meines furchtbaren Charakters einmal geliebt wurde und vielleicht noch immer geliebt werde. Aber wer wird ihn, den Fortgegangenen, dort lieben, welcher französische König und welcher Rothschild? Du hast mir, wenn ich nicht irre, unter Zeugen versprochen, mich zu lieben. Und ich glaube dir.«

»Das habe ich versprochen.« Chanke nickte. »Und dabei bleibe ich. Wir Dudaks machen keine leeren Versprechungen.«

»Und ich brauche im Leben nicht mehr als diese dreimal verfluchte Liebe.«

»Jeder Mensch braucht Liebe«, stimmte ihr Chanke zu. »Aber warum sich so sehr quälen, Gott beschimpfen und das Schicksal verfluchen …«

»Du bist wie mein Dovid. Dieser Duckmäuser hat mir doch einmal ins Gesicht gesagt: ›Roche, du bist eine wunderbare Frau, aber du brauchst Zügel wie ein widerspenstiges Pferd. Ohne Zügel darf man dich nicht aus dem Haus lassen, das wäre gefährlich.‹«

Niemand, weder im Schtetl noch außerhalb davon, war imstande, ihr solche Zügel anzulegen. Witzbolde scherzten, der Herrgott habe Dovid Ahle und Pechdraht in die Wiege gelegt, ihr aber eine Lanze oder einen Kosakensäbel.

Vielleicht, weil Roche sich unentwegt weiter aufregte und wild ihr Schicksal verfluchte, vielleicht aus einem anderen Grund, jedenfalls lag sie fast zwei Wochen lang im Bett. Doktor Blumenfeld schaute immer mal wieder bei der Patientin vorbei und mahnte sie jedes Mal, wenn sie sich nicht an seine Verordnung halte, könne es für sie traurig enden, mit einem Schlagfluss im Gehirn.

Schon vor Roches Krankheit hatte Chanke mit Etls Hilfe ihrem Soldaten geschrieben, dass Ajsik und Leje Jonava für immer verlassen wollten, und wartete nun ungeduldig auf seine Antwort. Er hatte lange nichts von sich hören lassen, und Chanke fragte sich schon besorgt, ob ihm womöglich etwas zugestoßen sei. Doch plötzlich, kurz nach der Abreise seines Bruders und seiner Schwester, meldete sich Schlojmke. Er bedauerte sehr, dass er sich nicht von Ajsik und Leje hatte verabschieden können, fragte, wie es den Eltern nach dem Abschied ginge, ob sie gesund seien, und beschrieb humorvoll seinen Kavalleristen-Alltag. Ein Brief wie jeder andere, nichts Besonderes, aber um die gebrochene Roche aufzumuntern und ihre Stimmung zu heben, riskierte es Chanke, zu einem heilsamen und nicht verwerflichen Schwindel zu greifen. Sie ging zu der Kranken und las ihr den Brief auf ihre Weise vor – als Liebeserklärung des Sohnes nicht an sie, Chanke, sondern an seine aufopferungsvolle Mutter.

»Richte Mama aus, sie soll sich keine Sorgen machen. Wir beide – er meint mich – werden sie nie verlassen und gegen keine Dollars der Welt tauschen«, formulierte Chanke, den Blick auf die karierte Heftseite gerichtet.

Tränen rannen aus Roches Adleraugen, doch sie wischte sie nicht ab. Nach der langen Verzweiflung, die ihr Inneres versengt hatte, bewässerten sie ihre gequälte Seele mit Hoffnung.

»Zu Chanukka ist mein Dienst zu Ende, dann kehre ich

heim, und Chanke und ich werden dich in allem unterstützen, und lieben werden wir dich auch für die beiden, die fortgegangen sind«, improvisierte Chanke munter weiter. »Ich umarme und küsse dich und Vater. Haltet durch und wartet auf mich – Der Rest, Roche, ist nicht an euch gerichtet, sondern an mich«, endete die künftige Schwiegertochter.

»Schlojmke – das ist ein Sohn … Das ist ein treuer Sohn … Kein Franzose und kein Amerikaner«, sagte Roche und trocknete sich wie gewohnt die Augen mit einem Schürzenzipfel.

Indessen waren Ajsik und Leje wie vom Erdboden verschluckt. Nicht die geringste Nachricht.

Erst im Herbst, als die Tage kürzer wurden und trister, anhaltender Regen einsetzte, kam der Postbote Kazimiras in die Fischerstraße und brachte ein rosa Kuvert mit einem fremden Stempel und zwei schönen Marken – ein General in Uniform, ein Präsident mit prächtigem Schnauzer – und einem Absender in zierlicher Schrift auf Französisch.

Ajsik schrieb, er sei gesund und munter und auf der Suche nach Arbeit in seinem Beruf, und in Paris gebe es viel mehr Juden als in allen Schtetln und Städten Litauens zusammen. Wo so viele Juden lebten, gebe es auch viele Synagogen, und in den Synagogen beteten die Juden nicht nur, dort machten sie auch Bekanntschaften und Geschäfte. Früher oder später würde jemand ihm, dem Glaubensbruder aus der entlegenen Provinz, bestimmt helfen, eine Arbeit zu finden, vielleicht als Wächter in der Synagoge, vielleicht in einer Kürschnerwerkstatt – kurz, die Juden würden einen der Ihren schon nicht verhungern lassen.

»Ich habe eine Idee, Roche. Ich werde Ajsiks Adresse meiner Herrin zeigen, Kremnizers Schwiegertochter Etl. Ihr Mann Arn ist oft in Geschäften in Paris, er hat dort eine Menge Freunde und Bekannte. Vielleicht können sie Ajsik helfen, Arbeit zu finden, wenigstens vorübergehend«, verblüffte Chanke Roche mit ihrer Findigkeit.

»Ja, mach das! Das kann Ajsik bestimmt nicht schaden. Wir helfen einander zwar meist nicht mit Taten, sondern eher mit Ratschlägen, aber auch ein guter Rat ist Dank wert. Zeig die Adresse ruhig der Einsiedlerin Etl. Zeig sie ihr.«

Das tat Chanke.

»Ich kenne die Descartes-Straße. Sie liegt im Lateinischen Viertel. Dort gibt es viele billige Hotels, und ich glaube, auch ein katholisches Kloster mit einem Armenhaus. Als ich schwanger war, sind Arn und ich dort oft spazieren gegangen. Vielleicht geht Arn, wenn er in Paris ist, wieder einmal ins Lateinische Viertel. Er schaut gern den Straßenmalern bei der Arbeit zu und kauft ihnen manchmal zu einem Spottpreis, für eine Flasche Burgunder, Bilder ab. Ich schreibe mir gleich die Adresse auf und bitte meinen Mann, seinen Landsmann aufzusuchen, falls Ajsik bis dahin nicht in eine andere Wohnung gezogen ist, und ihm irgendwie zu helfen. Er hat ja dort viele Verbindungen.« Etl nahm aus dem Fach des Spieltischs einen Notizblock, schrieb Straße und Hausnummer auf und sagte: »Du bist sehr schön geworden, Chanke.«

Chanke hob kokett eine Braue.

»Wirklich?«

»Du strahlst, als würdest du unter der Chuppa stehen.«

»Stehe ich ja auch«, erwiderte Chanke lachend. »Ich stehe schon lange darunter – auf einem Bein, wie ein Reiher. Wenn Schlojmke vom Militär zurück ist, stehe ich vielleicht bald mit beiden Beinen darunter, und wir zerbrechen ein Glas für unser Glück. Früher hatte ich große Angst vor Roche, sie wollte nicht mich zur Schwiegertochter, sondern Slata, die Tochter unseres Müllers Mendl Waßerman.«

Chanke lachte erneut, und auch Etl lächelte.

»Und jetzt?«

»Sie hat sich wohl abgefunden und spricht nicht mehr von der Müllerstochter.« Dann gab sie sich einen Ruck und fragte: »Und was ist mit Ihnen?«

»Mit mir? Ich bin verheiratet.«

»Verzeihung, aber das meinte ich nicht. Sie langweilen sich doch bestimmt hier bei uns im Schtetl, Sie können nirgendwo hingehen, mit niemandem reden, hier gibt es nur einfache Leute, Handwerker, abgesehen vom Doktor, dem Rabbiner und dem Apotheker. Und ich glaube, Sie haben hier auch keine richtigen Freundinnen …«

»Ich habe eine Freundin. Dich!«, rief Etl.

»Oh!«, rief Chanke freudig erschrocken. »Nicht doch! Ich tauge doch nicht zu Ihrer Freundin.«

»Eine bessere als dich brauche ich nicht. Und was die einfachen Leute angeht, so ist es mit ihnen viel leichter als mit den vornehmen. Ein einfacher Mensch lügt weniger, er ist nicht so gewinnsüchtig und doppelzüngig, er ist aufrichtiger und mitfühlender. Aber das ist gar nicht die Hauptsache. Die Hauptsache im Leben ist für mich, dass unterm Dach des eigenen Hauses alles gut ist. Wenn in der Familie Unordnung herrscht, ist auch das Leben trist.«

Aus den Worten ihrer Herrin hörte die kluge Chanke mit weiblichem Gespür eine versteckte Klage darüber heraus, dass die Beziehung zwischen ihr und Arn nicht ganz so ungetrübt war, wie es auf den ersten Blick wirken mochte. Vielleicht klammerte sich Etl deshalb so an Jonava und sorgte sich so um die Gesundheit ihres Schwiegervaters Reb Jeschue. Solange er am Leben war und in seinen Laden ging, drohte ihrem Lebensstil keine Gefahr. Lieber triste Langeweile im Schtetl als Scheidung und Freiheit von den ehelichen Banden im Ausland.

Chanke hatte Etl schon oft für ihre Geduld und ihre Freundlichkeit loben, ihr etwas Aufmunterndes sagen wollen, das aus Bescheidenheit aber nie gewagt, hatte nach den richtigen Worten gesucht, um nicht als Schmeichlerin und Heuchlerin zu erscheinen. Nun auf einmal stiegen die Worte wie ungebetene Tränen in ihr auf und strömten heraus: »Ich bin glücklich, in Ihrer Nähe zu leben. Nicht, weil Sie mir für Rafael einen so guten Lohn zahlen, und auch nicht, weil sie mir Ungebildeten das Schreiben und Rechnen beigebracht haben und sogar versuchen, mich in Französisch zu unterrichten … Ich bin glücklich, weil Sie selbst … nun, Sie sind die aller … die aller … und niemand im Schtetl kann Sie ersetzen.«

»Nicht doch, meine Liebe, du übertreibst! Du solltest mich nicht idealisieren und zur Heiligen stilisieren.«

Chanke starrte Etl verständnislos an. Solche Wörter waren ihr unbekannt.

»Du übertreibst meine Vorzüge. Ich bin mal so, mal so. Ich bin ganz verschieden. Schließlich hat Gott den Menschen nicht vollkommen erschaffen, sondern mit allerhand Fehlern, damit er nicht zu stolz wird, nicht die Nase über andere erhebt. Und damit wir nicht vergessen, jeden Tag alles Sündige und Schlechte aus uns herauszukratzen. Ich habe mehr als genug freie Zeit, darum tue ich das Stück für Stück. Ich kratze und kratze, kann aber nicht alles auskratzen. Doch genug von mir! Sag mir lieber – willst du noch lange auf einem Bein stehen wie ein Reiher?«

»Ich würde lieber heute als morgen auf beiden Beinen stehen, aber ich muss warten, bis mein Bräutigam vom Militär zurück ist. Zu Chanukka soll Schlojmke heimkehren. Aber vielleicht hat er sich dort in eine blonde Litauerin verguckt …«

»Unsinn! Eine Frau wie dich findet er nirgends.«

»Ein schöner Fund! Ich kann überhaupt nichts. Nur Kinderfrau sein und Mädchen für alles.«

»Auch das ist nicht wenig. Allerdings hat mein Schwiegervater eine wunderbare Idee. Wenn er nicht gerade schläft wie unser Rafael, sondern wach ist, rufe ich ihn. Er soll dir selbst erzählen, was er sich ausgedacht hat.«

Etl ging hinaus und kam bald mit Reb Jeschue zurück.

»Wie geht es Ihnen, Reb Jeschue?«, fragte Chanke, verunsichert von Etls Worten.

»Doktor Blumenfeld ist mit mir zufrieden, ich selber nicht sehr. In Kaunas ist mir plötzlich eingefallen, dass ich dir gar nicht richtig für die Arbeit im Geschäft gedankt habe.«

»Aber das haben Sie, das haben Sie«, versicherte Chanke aufgeregt.

»Mit Geld habe ich dir gedankt, aber ich hätte dir mit guten Taten danken sollen. Gute Taten sind langlebiger als Geld.«

Im Unterschied zu seinem erfolgreichen Sohn Arn, dem das Bankkonto als Maß aller Dinge im Leben galt, sah Reb Jeschue Kremnizer, ein uneigennütziger Mann, Thorakenner und Hüter der jüdischen Sitten, den höchsten Sinn des Lebens nicht in der Bereicherung, nicht in der anstrengenden Jagd nach Geld, aus der alle Kriege und Zwistigkeiten auf der Welt entstehen, sondern im Streben nach dem Guten.

»Wir Juden belehren und verbessern ja, offen gestanden, lieber andere als uns selber. Womöglich ist das der Grund, warum man uns, gelinde gesagt, nicht sehr mag?«, fragte Jeschue, getreu seiner Gewohnheit, das Gespräch von alltäglichen Dingen auf eine höhere Ebene zu lenken.

»Aber, aber! Warum so übertreiben?«, widersprach Etl leise und schlang ihr Tuch um sich.

»Vielleicht übertreibe ich«, stimmte Reb Jeschue seiner Schwiegertochter zu. »Aber ich finde, die menschliche Art kann man nur verbessern, wenn man nicht beim Nächsten anfängt, sondern bei sich selbst. Freiwillig! Nicht unter der Knute oder bei vorgehaltener Pistole. Ich für mein Teil habe mich immer bemüht, so zu leben – den Menschen Gutes zu tun, ohne eine Gegenleistung zu erwarten.«

Etl und Chanke hörten zu, ohne ihn zu unterbrechen.

»Also. Nach meiner Rückkehr aus dem Jüdischen Krankenhaus«, fuhr er fort, »habe ich in meinen Mußestunden überlegt, ob ich dich, Chanke, nicht für ein Jährchen nach Kaunas schicken sollte. Zum Beispiel zu einer Ausbildung als Weißnäherin. Unser Rafael ist herangewachsen, Etl käme gut allein mit ihm zurecht. Wenn du einverstanden bist, würde ich sämtliche Kosten für Lehre und Unterkunft übernehmen, und du hättest fürs ganze Leben einen guten Beruf.«

»Ich verneige mich tief, Reb Jeschue, vor Ihrer Güte, aber ich kann dieses Angebot nicht annehmen.«

»Warum nicht? Dein Mann ist Schneider, du wärst Weißnäherin. Ein besseres Gespann gibt es gar nicht. Etl wird sich gern bei dir die Unterwäsche nähen lassen und ich mir bei deinem Mann Jacketts und Mäntel.«

»Noch bin ich nicht seine Ehefrau, sondern erst seine Braut. Sie wissen doch, bei uns Juden gibt es keine Fernhochzeiten. Ich muss auf die Rückkehr meines Soldaten warten.«

»Nicht mehr lange, nicht mehr lange«, beruhigte sie Etl. »Chanukka ist ja bald. Aber denk daran, uns alle zur Hochzeit einzuladen. Vielleicht kommt auch mein Arn aus Deutschland oder Frankreich, obwohl er sich im Dezember gern an der Cote d'Azur erholt.«

»Natürlich denke ich daran. Wir werden Sie noch vor Rabbi Eliëser einladen.«

Von Reb Jeschue Kremnizers verlockendem Angebot erzählte Chanke niemandem. Sonst hätten ihre Familie und auch Roche auf sie eingeredet: Sei nicht dumm, mach das, eine solche

Chance bekommst du nie wieder. Das Glück klopft an deine Tür, und du lässt es nicht einmal auf die Schwelle.

Die Verlockung war in der Tat gewaltig. Kaunas war eine große Stadt. Neue Bekanntschaften, neue Eindrücke … Sie käme für ein ganzes Jahr heraus aus dem Schtetl, könnte das freie Leben genießen, zum ersten Mal in das dortige jüdische Theater gehen, das die Einsiedlerin Etl jeden Monat besuchte, und vor allem kostenlos ein gutes Handwerk erlernen. Aber etwas hielt sie zurück, hinderte sie daran, sich zu entschließen; ein unsichtbarer, hartnäckiger Sämann streute ihr Zweifel ins Ohr: Überstürze nichts, wäge alle Für und Wider sorgfältig ab. Vielleicht erwirbst du einen Beruf, verlierst aber Schlojmke.

Sie zögerte nicht – sie entschied sich für ihren Kavalleristen.

9

Das fröhliche Chanukka-Fest rückte näher. Es herrschte trockenes, windstilles Wetter. Über dem winterlichen Jonava tanzten Schneeflocken. Die Fröste von Finnland und Polen her verspäteten sich offenbar, sammelten in ihrer Heimat erst die nötige Kraft.

In Roches Haus bereiteten sich alle auf Schlojmkes langersehnte Rückkehr vom Militärdienst vor, um zum Fest mit ihm gemeinsam im neusilbernen achtarmigen Leuchter die erste Gedenkkerze anzuzünden. In allen jüdischen Häusern in Jonava wurde mit dem Anzünden der Kerzen jedes Jahr das große Wunder gefeiert, das vor langer Zeit in Judäa geschehen war. In jener fernen Zeit hatten sich im Jerusalemer Tempel der Hasmonäer, der von den Griechen und Syrern besudelt worden war, die von diesen Barbaren gelöschten Leuchter plötzlich wieder mit Öl gefüllt, und in jedem von ihnen war erneut das segensreiche Feuer aufgeflammt.

Chanke bekam von ihrer Herrin Etl, wie verabredet, für die gesamten Feiertage frei und trat ungesäumt einen anderen Dienst an. Sie krempelte die Ärmel hoch, und vom Morgen bis zum Abend putzte sie die Zimmer im Haus in der Fischerstraße, scheuerte Schüsseln und Töpfe, kochte, wie es sich in den Tagen vor dem Fest gehörte, briet Kartoffelpuffer und buk Mohnkuchen. Jeden Moment konnte die Tür aufgehen, Schlojmke würde in seiner Uniform hereinkommen und hätte gleich den Duft nach Hausmannskost in der Nase und nicht mehr den Geruch nach Kasernenfraß.

Doch Schlojmke kehrte zu Chanukka nicht heim.

Chanke und Roche waren in heller Aufregung und machten sich allerlei beunruhigende Gedanken. Womöglich war ihm, Gott behüte, etwas Schlimmes zugestoßen …

Reb Jeschue Kremnizer war der einzige Mensch in ganz Jonava, der aus Kaunas eine Tageszeitung auf Jiddisch bezog. Er verfolgte aufmerksam alle lokalen und weltpolitischen Ereignisse – Militärputsche, Erdbeben, Vulkanausbrüche, Börsenkräche, Eheschließungen, Scheidungen und Skandale in aristokratischen Familien. Als Roche ihn auf dem Hof der Synagoge beiläufig fragte, ob vielleicht in Kaunas, wo ihr Schlojmke diente, etwas passiert sei, denn sie hätten schon lange keine Nachricht mehr von ihm, beruhigte Reb Jeschue die alte Frau.

»Machen Sie sich keine Sorgen. In Kaunas ist tatsächlich etwas höchst Unangenehmes passiert, allerdings nicht mit ihrem Sohn, dem Kavalleristen, sondern mit unserem Präsidenten und einem unglücklichen jungen jüdischen Bäcker. Gott sei Dank ging es ohne großes Blutvergießen ab.«

»Was ist denn unserem Präsidenten zugestoßen, er war doch

ein gesunder Mann?«, fragte Roche neugierig. »Ist er etwa urplötzlich in die Grube gefahren?«

»Als Präsident ist er natürlich in die Grube gefahren, aber als gesunder Mann ist er noch am Leben«, sagte schmunzelnd Reb Jeschue, der unermüdliche Aufklärer aller seiner Kunden und Bekannten im Schtetl. »Ihm wurde bloß, pardon, ein Arschtritt versetzt, und ein anderer hat seinen Platz eingenommen – ein Professor mit einem Bärtchen, ein Kenner alter Sprachen. In Kaunas war ein Militärputsch. In der Stadt gibt es Verhaftungen.«

»Und was hat der arme Bäcker angestellt?«, bohrte Roche weiter.

»Er wurde zusammen mit drei litauischen Komplizen wegen Vaterlandsverrats und Vorbereitung eines Staatsstreichs angeklagt. Alle vier Verschwörer wurden nach dem Urteil eines Standgerichts in einer ehemaligen Zarenfestung in der Nähe von Kaunas erschossen«, berichtete Reb Jeschue nicht ohne Bedauern. »In der Hauptstadt wurde der Ausnahmezustand verhängt, die Truppen wurden vorsichtshalber in Alarmbereitschaft versetzt. Darum ist wohl Ihr Sohn noch dort. Wenn sich in der Stadt alles beruhigt hat, kehrt er bestimmt heim.«

»Ach nein, zu all unserem Elend und Unglück auch noch die Erschießung dieses jüdischen Bäckers!«, reagierte Roche entsetzt auf die Nachricht von dem harten Urteil. »Wenn ein Jude erschossen wird, treffen die Kugeln uns alle.«

»Sie haben recht. Die Querschläger treffen uns. Der junge Aufrührer Rafael Tscharny, ein Namensvetter meines Enkels, ist der erste jüdische Hitzkopf, der in Litauen an die Wand gestellt wurde. Wir können nur zu Gott beten, dass er auch der letzte bleibt«, sagte Reb Jeschue. »Es steht uns Juden nicht an, ein fremdes Volk aus dem Schlaf zu rütteln, ihm das Kissen unterm Kopf wegzuziehen und es zu Ungehorsam aufzurufen. Mag es weiterschlafen und von selbst aufwachen.«

»Heilige Worte!«, rief Roche. »Hätte der Ärmste weiter an seinem Ofen gestanden und in Ruhe Sabbat-Challa, Kringel, Brezeln und Brötchen gebacken, würden die Litauer keinen Groll hegen gegen uns alle. Wenn du in einem fremden Haus lebst, reiß nicht gegen den Willen des Hausherrn die Wände ein und bau nicht nach deinem Geschmack um, was dir nicht gefällt.«

»Genau! Und nun lassen Sie uns beten, dass Gott die Unvernünftigen zur Vernunft bringt«, sagte Reb Jeschue, ging in die Synagoge, setzte sich auf seinen Platz in der ersten Reihe und schlug das Gebetbuch auf.

Die Erschießung des jungen jüdischen Bäckers hatte Roche wahrhaftig erschüttert, die Verhaftungen und die Ablösung des Präsidenten hingegen ließen sie gleichgültig. Alle ihre Gedanken galten dem Militärdienst ihres Sohnes. Weder sie selbst noch der aufgeklärte Reb Jeschue Kremnizer oder Chanke wussten, wann der Ausnahmezustand in Kaunas aufgehoben werden und Schlojmke nach Jonava heimkehren würde.

Doch gleich nach dem Chanukkafest kam Motl wie eine Kugel ins Haus geschossen, atemlos vor Freude und vom schnellen Laufen, und rief mit wildem Triumphgeheul: »Er kommt! Schlojmke kommt! In Uniform!« Ohne zu verschnaufen, rannte er wieder hinaus, um als Erster seinem älteren Bruder um den Hals zu fallen.

Nach Motl liefen auch Dovid in seiner speckigen Lederschürze, in der er schon zur Welt gekommen zu sein schien, Roche, zerzaust und vor Aufregung ganz unsicher auf den Beinen, die stille Chawe und schließlich Chanke, die bei jeder Gelegenheit auf der Suche nach Neuigkeiten bei ihren künftigen Verwandten vorbeischaute, auf den Hof hinaus.

Der flotte Schlojmke in seiner Uniform – offener Mantel, Reithosen, Militärbluse, fest gegürtet von einem breiten Soldatenkoppel mit Metallschnalle, und Chromlederstiefel – sah aus wie ein verirrter Reisender. Er lächelte schuldbewusst, als wollte er um Verzeihung bitten für seine lange Abwesenheit.

»Na, guten Tag, meine Lieeeben«, begrüßte er sie im Singsang.

»Guten Tag, lieber Sohn, guten Tag!«, erwiderte Roche im selben Tonfall, wobei sie im Überschwang der Gefühle den schneidigen unrasierten Kavalleristen mit Speichel besprühte, und fragte unter dem einstimmigen Gelächter der ganzen Familie: »Und das Pferd? Wo ist dein Pferd?«

»Im Stall«, erwiderte Schlojmke scherzend und umarmte der Reihe nach seinen Vater, seine Schwester und Chanke. »Mein Brauner, Mama, muss noch lange dienen.«

»Für deinen guten Dienst hätten sie dir das Tier ruhig schenken können«, sagte Roche, strahlend wie ein zu Peßach blankgescheuerter Topf. »Was brauchst du den Gürtel mit Metallschnalle und die Reithosen? Wo hast du in unserem Schtetl je einen Juden gesehen, der in Soldatenbluse und solchen albernen Hosen rumgelaufen wäre? Aber ein Pferd, ja, ein Pferd, das ist etwas. Wäre es uns in der Wirtschaft nicht von Nutzen gewesen, hätten wir es immerhin verkaufen können. An den Wasserträger Mejlech Ssilkiner zum Beispiel oder an den Fuhrmann Pejssach Schwarzman. Wir hätten nicht viel verlangt dafür.«

Gelächter, Schulterklopfen, Triumphgeheul …

Chanke hielt sich klug abseits, drängte sich nicht in den Vordergrund, trat hinter Roche zurück und überließ ihr den heimgekehrten Sohn voll und ganz. Nicht einmal Dovid wetteiferte mit seiner Frau bei der Äußerung zärtlicher Gefühle für den Spross, der seinen Militärdienst abgeleistet hatte, er ging wie gewohnt nicht verschwenderisch um mit dem kargen Kapital der Freude. Ruhig musterte er den Kavalleristen ohne Pferd von Kopf bis Fuß, als wollte er Maß nehmen, und sagte: »Man möchte, Schlojmke, gleich strammstehen vor dir und die Hand an die Mütze legen. Aber diese Uniform, das sage ich dir, die ist keine gute Reklame für einen Schneider – wenn du die anbehältst, lässt sich niemand bei dir etwas nähen. Uniformen, Schulterstücke und Biesen haben die Juden immer in Angst und Schrecken versetzt.«

»Ich ziehe mich ja schon um, gleich«, versprach der Sohn mit breitem Lächeln.

Nach den stürmischen Freudenbekundungen auf dem Hof folgten Chanke und die Familie Roche ins Haus wie Küken der Glucke.

»Wir haben dich zu Chanukka erwartet, Chanke und ich haben Bouillon gekocht, Plinsen gebacken und Rosinenkuchen mit Zimt, aber das alles haben Chawe und Motl aufgegessen. Nun ist nichts mehr da, bloß Erbsensuppe, ein paar Stückchen Huhn, Reste von der Sabbat-Challa und eine halbe Flasche Peßach-Wein.«

»Ein Gläschen für jeden wird schon noch da sein!«, sagte Schlojmke. »Die beste Kost der Welt ist die Freiheit. Keine Kaserne mehr, kein Karzer, keine Vorgesetzten mit Schulterstücken. Freiheit! Was kann köstlicher und süßer sein? Wenn ich mich ausgeschlafen und mir bei Kißin ein wenig Geld verdient habe, fahre ich mit Chanke nach Kaunas und kaufe mir ein anderes Pferd, eines aus Eisen. Eine Singer auf Raten, und mit Gottes Hilfe galoppiere ich darauf zu meinem Glück.«

»Geb's Gott, dass du darauf reitest bis ins hohe Alter«, sagte Roche. »Eine Singer steht einem Juden gut zu Gesicht, das ist ein zuverlässiges Pferd, es bäumt sich nie auf, schlägt nicht aus und wirft seinen Reiter nicht ab.«

Die Familie und Chanke tranken die Reste des Peßach-Weins aus, umarmten und drückten Schlojmke, der nun in Zivil und frisch rasiert war, noch einmal und gingen erst nach Mitternacht auseinander.

»Ich bringe dich, Chanke«, sagte der Urheber des Festes.

Er begleitete sie bis zum verschneiten Morgengrauen und spürte weder Kälte noch Müdigkeit.

»Gute Nacht«, sagte Chanke. »Oje! Was rede ich Dummchen da? Die Nacht ist ja schon vorbei.«

»Unsere Tage und Nächte fangen erst an«, sagte Schlojmke. »Mögen in unserem Leben nur die Nächte dunkel sein, nie die Tage.«

»Ja.«

Chanke küsste ihren Liebsten, und sie trennten sich.

Als das Kindermädchen verschlafen zum Dienst kam, erwarteten alle Kremnizers sie schon, um sie zu beglückwünschen – Reb Jeschue, Etl und sogar Rafael in einem hübschen Anzug, einem schneeweißen Hemd und mit eleganter Krawatte. Der Kleine klammerte sich gleich an Chankes Rockzipfel und piepste: »Anke! Nicht fortgehen!«

»Rafael, deine Anke geht nicht mehr fort, sie bleibt jetzt bei uns. Gleich werdet ihr beide die Vögel füttern. Und Chanke erzählt dir deine Lieblingsmärchen – das von Schneewittchen und das von der kühnen Schnecke, die nicht mehr auf der Erde herumkriechen mochte und ein Vogel werden wollte, um auf den Ahorn hinaufzufliegen und dort zu wohnen«, erklärte Etl ihrem Sohn.

»Na, meine Liebe? Hast du eine freudige Nachricht für uns? Ist dein Kavallerist endlich heimgekehrt?«, wandte sich Reb Jeschue an Chanke, bevor er aufbrach zu seiner Kommandostelle, seinem Eisenwarenladen.

»Ja, er ist wieder da.«

Ihre knappe Antwort genügte dem neugierigsten Ladenbesitzer im ganzen neugierigen Jonava nicht. »Gott sei Dank! Ihr beide habt bestimmt schon besprochen, wann ihr Hochzeit feiern werdet?«

»Wahrscheinlich im Frühjahr … nach Peßach. Es heißt, wer am zweiten Peßachtag heiratet, der bleibt ein Leben lang zusammen.«

»Hat es denn schon eine Brautwerbung nach unserem Brauch gegeben?«

»Nein.«

»Das ist nicht schön. Die Bräuche der Vorfahren muss man einhalten. Soll ich dein Brautwerber sein? Schließlich war ein Kremnizer in seiner Jugend deiner künftigen Schwiegermutter ein wenig zugetan. Ich glaube, Roche ärgert sich noch immer, dass sie damals die Werbungen meines Bruders Jeschaje, gesegnet sei sein Andenken, verschmäht hat.«

»Danke, vielen Dank! Vielleicht kommen wir ohne Brautwerbung aus … Sogar Roche, glaube ich, ist nicht mehr dagegen, dass Schlojmke und ich heiraten.«

»Ob sie dagegen ist oder nicht, eine jüdische Hochzeit ohne Brautwerber ist nur eine halbe Hochzeit. Wenn ich Roche treffe, werde ich unbedingt ein Wort für dich einlegen. Ich werde ihr offen sagen, der alten Krähe, dass ich, Reb Jeschue, wäre ich zwanzig Jahre jünger, dich ohne jedes Zögern zur Frau nehmen würde.«

»Und ich werde Arn bitten, dass er im April aus seinem heißgeliebten Frankreich nicht mit leeren Händen nach Jonava kommt – er soll für euch ein würdiges Hochzeitsgeschenk kaufen«, sagte Etl. »Eine Brautwerbung ist gut und schön, aber Geschenke sind besser.«

»Ach, behelligen Sie Herrn Arn nicht damit. Er hat auch ohne uns genug zu tun«, sagte Chanke verlegen.

»Wir werden doch sowieso nicht ohne Geschenke zu deiner Hochzeit kommen. Sag mir lieber, was für ein Geschenk ihr gern hättet, du oder dein Bräutigam. Genier dich bitte nicht.«

Der beschämende Gedanke, der Chanke durch den Kopf schoss, ließ ihr den Atem stocken.

»Ich weiß nicht«, bemühte sie sich, die Versuchung abzuwehren, aber das war schwer.

»Sei nicht so verschlossen. Du verbirgst uns umsonst deinen Wunsch, damit beleidigst du uns gewollt oder ungewollt. Wir sind nicht nur deine Arbeitgeber. Wir sind doch außerdem deine treuen Freunde, denke ich, oder nicht?«

»Doch. Aber glauben Sie mir, ich brauche absolut nichts. Gar nichts«, wiederholte sie.

»Und dein Kavallerist? Braucht er auch nichts?«, setzte Etl ihre Attacke fort. »Du lädst uns zur Hochzeit ein, willst aber keine Geschenke! Ich habe noch keine Jungvermählten gesehen, die Geschenke abgelehnt hätten …«

»Ich lehne ja nicht ab … Geschenke bekommt jeder gern, aber …«

»Was aber?«

Sollte sie es sagen oder nicht?

Die Versuchung unterhöhlte ihre Entschlossenheit, die Zunge im Zaum zu halten, und Chanke kapitulierte. Sie musste es sagen. Nicht um ihretwillen, sondern für den, den sie liebte. Schlojmke würde sie nicht verurteilen, er würde verstehen, dass sie es aus bester Absicht getan hatte, und ihr verzeihen.

»Wie jeder Schneider, der am Anfang steht, träumt Schlojmke von einer eigenen Nähmaschine«, hauchte Chanke. »Von seiner eigenen Singer.« Beschämt ob ihrer unüberlegten Kühnheit, schlug sie die Hände vors Gesicht.

»Und wegen einer solchen Kleinigkeit sträubst du dich so lange und stellst unsere Geduld auf die Probe? Du denkst wohl, so ein Geschenk wäre unser Ruin? Unser Bankrott?«, fragte Reb Kremnizer gespielt beleidigt.

»Das ist doch keine Kleinigkeit, Reb Jeschue! Das ist schließlich keine Rolle Garn.«

»Eine solche Ausgabe, meine Liebe, macht uns nicht arm. Die bringt uns nicht an den Bettelstab! Dein Bräutigam soll seine Singer haben«, sagte Reb Jeschue. »Wir werden Arn bitten, wenn er, so Gott will, aus Kopenhagen nach Litauen kommt, soll er kurz in Kaunas Station machen und eine nagelneue Singer zur Freihauslieferung bestellen. Sei bitte nur so gut und sag uns die genaue Adresse deines Burschen.«

»Jonava, Fischerstraße acht, Schlomo Kanowitsch«, flötete Chanke.

Reb Jeschue holte ein ledergebundenes Notizbuch aus der Jacketttasche und trug in zierlicher Schrift ein, was Chanke ihm diktiert hatte. Der an Exaktheit gewohnte erfahrene Ladeninhaber ergänzte nach einem Gedankenstrich hinter dem Namen des Bräutigams – Singer.

»Das wäre also das Geschenk für deinen künftigen Ehemann. Und was sollen wir dir schenken?«, löcherte Etl Chanke weiter. »Verdienst du selbst etwa kein Geschenk? Vielleicht einen Anhänger für eine Kette oder ein Armband? Schmuck schadet keiner Frau.«

»Ich weiß, ehrlich gesagt, gar nicht, was ich darauf antworten soll. Das Leben hat mir doch schon das wichtigste Geschenk gemacht, denn es gibt keine bessere Gabe als einen guten, liebenden Ehemann.«

»Das ist sehr schön gesagt«, erwiderte Etl traurig. »Ein solches Geschenk macht das Schicksal leider, leider nicht allen Frauen.«

Reb Jeschue Kremnizer schaute seine Schwiegertochter kurz an und senkte schweigend den Kopf.

Nachdem Etl gesagt hatte, nicht jeder Ehemann sei ein Geschenk des Schicksals, war die Atmosphäre im Wohnzimmer angespannt, und der alte Mann verabschiedete sich.

»Geht mit Großvater«, sagte Etl zu ihrem Sohn und zu Chanke und blickte zur Seite.

Chanke entschied, Schlojmke bis zur Hochzeit nichts von dem Geschenk zu erzählen, das sie, wie sie meinte, von den Kremnizers fast erbettelt hatte. Womöglich überlegte es sich Arn anders, kam im April überhaupt nicht nach Kaunas und bestellte keine Nähmaschine? Dann würde sie, Chanke, als Lügnerin dastehen, und alle Hoffnungen wären zunichte. Ginge jedoch alles gut, wäre das Geschenk eben eine Überraschung für Schlojmke. Mochte er einstweilen auf der Maschine seines Arbeitgebers Abram Kißin nähen.

In Jonava ein eigenes Geschäft zu eröffnen, eine eigene Schneiderwerkstatt, war alles andere als einfach. Schneider gab es im Schtetl etliche. Um zu den Besten zu gehören, brauchte man nicht nur Können und Beharrlichkeit, sondern auch Geld für eine Wohnung.

»Der Herrgott selbst hat dir eine Nadel in die Hand gegeben und einen Faden eingefädelt. Er hat sich über deine Wiege gebeugt und gesagt, setzt dich an die Nähmaschine und tritt nur fleißig zu, Schlojmke«, hatte Kißin seinen Gesellen vor dessen Einberufung zum Militär oft gelobt. »Du, mein Freund, du wirst noch einmal mich, Gedalje Bankwetscher und alle anderen in die Tasche stecken. Denk an meine Worte – in ein, zwei Jahren wirst du von meinem Gesellen zu meinem Konkurrenten.«

Abram Kißin wusste, was er sagte. Er befürchtete zwar, Schlojmke könne in den zwei Jahren beim Militär seine Fertigkeiten einbüßen, aber diese Befürchtung erwies sich als unnötig. Das Soldatendasein hatte Schlojmke nicht geschadet, im Gegenteil, er hatte das Nähen vermisst und war nun doppelt eifrig. Schlojmke schneiderte und nähte mit wahrer Inbrunst und Leidenschaft. Kißin betrachtete seine Arbeit mit Begeisterung und dachte traurig, dass der Tag nicht fern sei, an dem sich Schlojmke eine eigene Singer kaufen und ihn verlassen würde, um selbstständig durchs Leben zu galoppieren. Böse Zungen behaupteten nicht ohne Grund, der kränkliche, halbblinde Abram Kißin sei nur noch Aushängeschild und Kassierer, der eigentliche Schneider sei Schlojmke, und zwar einer, wie es ihn im Schtetl lange nicht gegeben habe. Schlojmke verdiente nicht schlecht, doch nicht genug, um sich endgültig von seinem Meister zu trennen. Auf Hilfe von außen konnte er nicht hoffen, darum verschmähte er keine Arbeit – er flickte, änderte und nähte Kaftane, Bauernkittel und sogar Schafpelze, damit das Geld für eine anständige Hochzeit reichte.

Das Fest fand wie geplant auf einer Wiese statt, unter freiem Himmel, kurz nach Peßach.

Das Wetter war zur Freude des jungen Paares und der Gäste wahrlich feiertäglich. Über Jonava schien hell und einladend die Sonne. Auf jedem Baum jubilierten Vögel, ganz aufgeregt vom Frühjahrsblühen, und ihr fröhliches Gezwitscher und triumphierendes Pfeifen erfüllte alles ringsum.

An den in drei Reihen aufgestellten Tischen der Familie und der Nachbarn waren die Gilden der Schneider und der Schuster von Jonava wohl vollzählig versammelt, dazu sämtliche nahen und entfernten Verwandten des Brautpaares. Auch der Synagogenälteste und Hausbesitzer Kapler beehrte sie mit seiner Anwesenheit.

In der zweiten Reihe saß ganz am Ende des vor Speisen überquellenden Tisches einsam der Schnorrer Avigdor Perelman, der offenbar das jüdische Volk, von dessen Großzügigkeit und

Freigebigkeit er bei der Verabschiedung von Ajsik, dem Bruder des Bräutigams, so bitter enttäuscht worden war, noch einmal einer schwierigen Prüfung unterziehen wollte. Unsicher, ob ihm hier auf der Hochzeit viel zufallen werde, beeilte sich Avigdor, ohne den Beginn des allgemeinen Festmahls abzuwarten, sich wenigstens an guten Dingen satt zu essen, zumal die Tische unter den Speisen brachen.

Der Samtvorhang der Chuppa wehte im warmen Frühlingswind, der mit heftigen Böen auch die Kippa von Rabbi Eliëser attackierte, der auf Bitte der Braut mit dem Trauungszeremoniell noch zögerte.

Sie warteten auf die Familie Kremnizer.

Chanke schaute immer wieder aufgeregt zur Straße und lauschte angestrengt, ob nicht in der Nähe ein Auto knatterte.

Die Gäste flüsterten ungeduldig, tuschelten und fragten einander mit stummen Blicken, warum der ehrenwerte Rabbi Eliëser, der für seine deutsche Pünktlichkeit bekannte gebürtige Tilsiter, das Fest verzögerte und sich nicht seiner unmittelbaren Pflicht widmete, sondern nur erfolglos gegen den ketzerischen Wind ankämpfte, der an seiner Kippa zerrte.

Als das Tuscheln zum Grollen zu werden drohte, tuckerte plötzlich ein Motor, und bald rollte ein Ford auf die Wiese. Aus dem Wagen stieg Reb Jeschue, gefolgt von Etl in einem langen Moirékleid und ihrem einzigen Erben Rafael.

Der stattliche Arn Kremnizer, ausstaffiert wie das Modell eines hauptstädtischen Ateliers – in einem hellblauen Hemd, Kordhosen und Lackschuhen –, rückte die Fliege an seinem Hals zurecht und stieg, zufrieden mit sich, als Letzter aus dem Ford. Er hieß den Chauffeur das Hochzeitsgeschenk aus dem Kofferraum heben: eine nagelneue Singer.

Chanke freute sich unsäglich über die Ankunft von Arn, der Reb Jeschue nicht enttäuscht und desssen Bitte erfüllt hatte.

Mit unverhohlener Freude bat sie ihren Bruder Schmulik, dem düsteren Chauffeur zu helfen.

Bald hatten sie die Pakete in der Nähe des Tisches aufgebaut, dort, wo neben dem melancholischen Doktor Blumenfeld, der den ehelichen Bund als eine Art langjährige Gefängnishaft betrachtete, bereits fast die gesamte Familie Kremnizer saß.

Als Schmulik und der Chauffeur fertig waren, gaben Chanke und Schlojmke Rabbi Eliëser ein Zeichen – fangen Sie an, Rabbi, es sind alle da.

Getreu dem Brauch der Vorfahren führte Rabbi Eliëser unter der Chuppa Chanke im schneeweißen langen Kleid sieben Mal um den festlich gekleideten Bräutigam herum und sprach in singendem Tonfall auf Hebräisch mit seinem deutschen Akzent, der so unausrottbar war wie angeborenes Stottern, den traditionellen Segen. Doch dabei beließ er es nicht. Nach einer kurzen Pause richtete der Rabbi den Blick zum Himmel und wandte sich mit zu Herzen gehenden Worten eigener Schöpfung an den Allerhöchsten wie an einen alten Freund. Rabbi Eliëser bat den Herrgott, dem jungen Paar Geduld, Einvernehmen und Wohlergehen zu schenken.

Während der Lehrer aller Verirrten vertraulich mit dem Herrgott sprach, hörte Avigdor Perelman auf, mit vollen Backen zu kauen, schob den Teller mit gehackter Leber von sich und versank in freudlosen Erinnerungen an seine eigene Jugend und seine Hochzeit. Vergangenes stieg aus Avigdors Gedächtnis auf: Er steht unter der Chuppa, lauscht den erhabenen Worten des Rabbiners und zerschlägt zusammen mit Chajetschka auf der Frühlingserde ein Glas, auf dass es Glück bringe. Damals hatte er seiner Braut Chajetschka ebenso ewige Liebe geschworen. Avigdor erinnerte sich, dass er nach ungeschriebenem Volksbrauch zum Vergnügen aller anwesenden

Gäste versucht hatte, Chajetschka als Erster auf den Fuß zu treten, um zu zeigen, wer in der Familie den Ton angeben würde. Und wie hatte das Ganze geendet? Wie, gute Menschen, hatte es geendet? Chajetschka hatte ihn verlassen wegen irgendeinem Schmock. Hatte ihn verlassen, das Luder, war mit dem anderen nach Kupiškis gezogen, und er, der verliebte, vertrauensselige Avigdor Perelman, hatte angefangen zu trinken und sich herumzutreiben, und dann, und dann … Was dann, daran dachte er lieber nicht.

Rabbi Eliëser verstummte, die Gäste sprangen von ihren Plätzen auf und riefen fröhlich und einstimmig: »*Masl tow! Masl tow! Masl tow*!«

Nun waren Schlojmke und Chanke Mann und Frau.

Auch Avigdor murmelte undeutlich: »*Masl tow*!« Aus seinem Auge rollte eine große, reine Träne und fiel auf den mit Köstlichkeiten vollgestellten Tisch. Tränen waren das einzige Eigentum, das Avigdor Perelman besaß. Dieses Gut musste er von niemandem erbetteln.

Die Hochzeit lärmte und toste bald wie die vom winterlichen Eis befreite Vilija, zu Ehren der Jungvermählten spielte ein kleines Schtetl-Orchester auf – Geige, Flöte und Trommel. Schuster und Schneider, einander überschreiend und miteinander anstoßend, überfluteten die Tafel erneut mit lauten, weingetränkten Hochrufen: »*Masl tow*! *Masl tow*! Auf hundert Jahre zusammen, auf hundert Jahre! Ohne Streit und ohne Not! Auf hundert Jahre!«

Das Fest dauerte, bis es dunkel wurde, über den Tischen der Mond aufging und die Sterne am Himmel funkelten wie Eheringe.

Bevor die Gäste auseinandergingen, ergriff plötzlich der reichste Mann von Jonava, Arn Kremnizer, das Wort.

»Herrschaften!«

Alle Gäste verstummten wie auf Kommando. Reichen Menschen zuzuhören ist immer nützlich.

»Ich weiß: Jeder von euch hat den Jungvermählten ein Geschenk gebracht. Aber ich möchte nicht nur im Namen meiner Familie, sondern auch im Namen von euch allen dem Bräutigam, dem ehemaligen Kavalleristen, unser besonderes Geschenk überreichen: ein Pferd aus Eisen, eine Nähmaschine von der Firma Singer, die wir nicht frei Haus geliefert haben, nicht in die Fischerstraße, sondern direkt zur Hochzeitszeremonie.«

»Was für eine Überraschung! Lob und Preis Herrn Arn! Lob und Preis der ganzen Familie!« Die beifälligen Stimmen vermischten sich zu einem dumpfen Gewirr.

»Ich wünsche ihm, dass er lange, lange darauf reitet und uns alle mit seinen Erfolgen erfreut.«

»Hooo!«, schallte und dröhnte es im Dunkeln an den Tischen erneut.

»Danke«, konnte der überwältigte Schlojmke bloß sagen. »Glück euch allen.«

Die Hochzeitsgesellschaft dünnte aus, die Tische leerten sich. Nur Avigdor Perelman schuftete noch im Schweiße seines Angesichts, um am Ausgang von seinen Landsleuten die ihm zustehende Geldspende einzufordern. Jede geschenkte Münze verbesserte seine traurige Meinung über die Großzügigkeit und Freigebigkeit des jüdischen Volkes. Das kleine Orchester unterhielt noch immer unermüdlich mit Klängen, die bis ins Herz drangen, den ganzen Umkreis und den Herrgott selbst. Die Geige brachte die Bäume zum Tanzen, die Flöte schmeichelte mit ihren raffinierten Läufen den Ohren der Engel, die über dem in den Schlaf gesunkenen Jonava schwebten, und die Trommel verjagte mit gleichmäßigen Schlägen die bösen Geister.

Schlojmke und Chanke, ganz benommen vom Glück, vom Lärm und von den Geschenken, wollten sich eilig in die ihnen für die ehelichen Freuden vorübergehend auf dem Dachboden eingerichtete Kammer zurückziehen, doch auf dem Weg zum Haus hielt Avigdor sie auf. Schwerfällig von den Speisen und Leckereien, die die unermüdliche Roche zubereitet hatte, wandte auch er sich mit einer Rede an den vor Glück ermatteten Bräutigam.

»Schlojmke! Ich kannte dich schon als kleinen Hosenscheißer. Wir Perelmans wohnten damals neben den Kanowitschs in der Fischerstraße, und du kleiner Aufschneider bist ohne Hosen auf dem Hof herumgelaufen, hast deinen, mit Verlaub, gestutzten Zipfel zur Schau gestellt und allen versichert, dein Vater würde dir Tauben kaufen und dir auf dem Dachboden einen Taubenschlag einrichten. Aber ich rede jetzt nicht von deinem Zipfel und nicht vom Taubenschlag. Ich wollte dir Folgendes sagen … Ich bin nicht reich, ich habe keine Kiefernstämme zum Flößen und Verkaufen, ich habe nicht einmal Brennholz für den Winter. Darum kann ich dir, so gern ich es wollte, kein Eisenpferd schenken wie der ehrenwerte Reb Jeschue. Aber ohne Geschenk kann ich nicht fortgehen von deiner Hochzeit. Ich bin dir dankbar für alle Almosen, die du mir vor deiner Heirat regelmäßig gegeben hast, genauer, vor jenem traurigen Tag, als die Litauer dich zu den Soldaten holten. Doch jetzt … Hört ihr mir zu, du und deine Frau?«

»Ja, wir hören dir zu«, antwortete Chanke.

»Doch jetzt möchte ich dir alle Almosen schenken, die du gute Seele mir bestimmt auch nach eurer Hochzeit noch geben willst. Das willst du doch?«

»Natürlich«, sagte Schlojmke lächelnd.

»Avigdor Perelman ist ein gerechter Mensch, er hat nichts vergessen und vergisst niemanden. Das beste Gedächtnis der Welt haben nicht die Professoren und die Reichen, sondern die Armen. Die Armen erinnern sich bis an ihr Lebensende an jeden, der ihnen aus Herzensgüte den einen oder anderen Groschen gegeben hat, sie erinnern sich nicht nur an ihre Gesichter, sondern auch an ihre Hände und sogar an ihren Gang.«

Damit verschwand Avigdor Perelman im Dunkel der Nacht, wie ein großer Vogel, den ein plötzlicher Schuss aufgeschreckt hat.

»Avigdor!«, rief ihm Schlojmke nach. »Ich nähe dir einen warmen Mantel mit Wattefutter für den Winter! Ja, unbedingt. Komm vorbei! Komm vorbei!«

Das war der Hochzeitsabend, und das war die Hochzeitsnacht im Jahr 1927.

10

Für die ehelichen Freuden mochte die Dachkammer einigermaßen taugen, ganz und gar untauglich aber war sie für eine erfolgreiche Schneiderei.

Schlojmke baute seine Singer zusammen, die noch stark nach Maschinenfett roch. Der glückliche Besitzer musste sein Eisenpferd aus Platzmangel vorübergehend unten aufstellen, neben der Schusterbank seines Vaters. Er hätte die Nähmaschine natürlich auch auf den Dachboden schleppen können, doch nur ein ausgemachter Tölpel und Dummkopf wäre Kunde einer solchen Schneiderei geworden.

Die Jungvermählten berieten hin und her über einen Ausweg aus dieser unerfreulichen Lage und beschlossen schließlich, eine Wohnung zu mieten. Nach langer, schwieriger Suche fanden sie etwas Geeignetes – ein schäbiges Souterrain-Zimmer bei Efraim Kapler, dem nicht nur ein dreistöckiges Haus mitten im Zentrum von Jonava gehörte, sondern auch das größte Kolonialwarengeschäft der Stadt.

Schlojmke und Chanke stiegen vom Dachboden herunter,

zu dessen weit geöffneten Fenstern in schwülen Nächten die Fledermäuse hereinflogen, und zogen an den neuen Ort. Ihr gesamtes Mobiliar bestand aus einem grob gezimmerten Tisch, vier durchgesessenen Stühlen und einem recht ramponierten, vom Holzwurm zerfressenen quietschenden Sofa, das ganz eingedellt war, weil Chankes ungezogene Schwestern darauf herumgesprungen waren. Die Zierde der Behausung waren die nagelneue, Hoffnung ausstrahlende, noch ungesattelte Singer und ein großer antiker Spiegel, in den schon der Großvater und der Steinmetz-Urgroßvater meines künftigen Vaters geschaut hatten. Nun würden sich darin seine Kunden bei den Anproben betrachten.

»Keine sehr vornehme Einrichtung«, sagte Schlojmke zu seiner jungen Frau.

»Ja, die Einrichtung der Kremnizers ist allerdings vornehmer«, sagte Chanke lächelnd. »Solches Gerümpel haben sie noch nie gesehen. Die Kremnizers werfen Möbel auf den Müll, die besser sind als unsere.«

»Kein Grund zur Verzweiflung. Wir beide sind keine Faulpelze und scheuen keine Arbeit. Wir werden ein, zwei Jahre schwitzen, und dann werfen wir genau wie deine Kremnizers allen unnötigen Kram und Plunder auf den Müll. Selbst der Herrgott hat, als Er die Welt erschaffen hat, allerhand Trödel darauf gelassen und nicht gleich alles an seinen Platz gestellt.«

Sie waren in der Tat nicht faul, sie schufteten im Schweiße ihres Angesichts, ohne auf die Zeit zu schauen und ohne sich zu schonen.

Schlojmke nähte bis zum Mittag auf der alten Singer bei Abram Kißin, dann zäumte er seinen eigenen Traber und galoppierte aus Leibeskräften seinem Erfolg entgegen; er scheute keine noch so grobe Arbeit. Er war weder ängstlich noch wählerisch – er nähte sogar Leichentücher. Schlojmke versicherte, für eine Arbeit, die jemand brauche, müsse man sich nicht schämen. Schämen müsse man sich, wenn man sie schlecht erledigte.

Chanke stand ihrem Mann in nichts nach. Vormittags betreute sie den herangewachsenen Rafael, abends putzte sie die Wohnungen von Jonavaer Ladenbesitzern, von Rabbi Eliëser, vom Direktor und von Lehrern der jiddischen Schule, die sie selbst wegen ihrer jüngeren Geschwister, die ihre Fürsorge brauchten, nicht hatte beenden können.

In der ersten Zeit verdankte Schlojmke den Hauptteil seines Einkommens, so seltsam das scheinen mag, nicht eigenen Kunden, sondern den berühmten Schtetl-Schneidern. Anerkannte Meister wie Abram Kißin und Gedalje Bankwetscher schickten nie jemanden fort, sie nahmen jeden Auftrag an, hielten es aber für unfein, sich mit Bauernkitteln, Wattejacken und Schafpelzen, Kaftanen und Jacken aus billigem, grobem Stoff abzumühen. Solche ihre Würde beleidigenden Aufträge gaben die Schtetl-Berühmtheiten gegen ein geringes Entgelt gern an den begabten Anfänger ab, der ihr Konkurrent werden wollte und selbstbewusst ein eigenes Geschäft eröffnet hatte, das aber bislang noch nicht sehr erfolgreich war. Doch Schlojmke glaubte an seine Kraft und seine Fähigkeiten und wollte nicht anonym für diese Meister arbeiten, sondern unter seinem eigenen Markenzeichen und für sich selbst. Dafür war es nötig, dass im Schtetl über ihn geredet wurde, möglichst laut und lobend.

Solche Mund-zu-Mund-Propaganda, die rund um die Uhr in Jonava kursierte, war zu jener Zeit die einzige wirksame und zuverlässige Werbung. Ihr Einfluss auf die Kunden war ohne jede Übertreibung gewaltig – lebhafter Tratsch konnte den neuen Schneider entweder in himmelweite Höhen heben oder dazu führen, dass er sich für immer von der Nadel, seiner Ernährerin, trennen musste.

Und eben dieses Gemunkel war dem Glückspilz Schlojmke eine große Hilfe. Dass es sich von Haus zu Haus verbreitete, dafür sorgte vor allem die Familie Kremnizer.

»Haben Sie schon gehört?«, hieß es plötzlich im Schtetl, »der alte Geck Reb Jeschue hat einen neuen Schneider gefunden. Wegen seines hohen Alters fährt er nicht mehr zu Selik Ssluzker nach Kaunas, er geht jetzt zum Kavalleristen Kanowitsch. Schlojmke näht ihm schon einen neuen Anzug aus Boston-Wolle. Und Reb Efraim Kapler hat bei seinem jungen Mieter kürzlich ein Jackett mit Weste und einen Übergangsmantel aus Covercoat bestellt.«

Reb Jeschue hatte sich in der Tat vorgenommen, den jungen Anfänger zu unterstützen, und ließ darum als Erster der Reichen von Jonava bei ihm schneidern. Böse Zungen behaupteten, dem Alten gehe es weniger um den Ruf des ehemaligen Kavalleristen als darum, dessen Frau Chanke einen Gefallen zu tun, einem reizenden Pummelchen. Wie Reb Jeschue selbst öffentlich bekannte, war er ein »klein weeenig« in sie verliebt, und »ach, wäre nicht mein Geburtsjahr, nicht diese furchtbare Zahl im Ausweis, wäre nicht diese dreimal verfluchte Bauchspeicheldrüse und nicht die ewig schmerzende Leber, dann, Sie verstehen, meine Herren, dann würde ich mich nicht entblöden …«

Kremnizer erschien bei Schlojmke mit einem wundervollen dunkelblauen englischen Boston-Wollstoff, legte ihn in der engen Wohnung des jungen Paares auf den mit einfachem Wachstuch bedeckten Tisch und brummte etwas über die unschöne Einrichtung, von wegen, so bescheiden lebten unsere Vorfahren, als sie vor Zeiten aus Ägypten vertrieben wurden. Schlojmke hörte sich die Missbilligung des vornehmen Kunden standhaft an und nahm vorsichtig, als fürchtete er, ihn mit dem schmuddeligen Band zu verletzen, bei ihm Maß. Strahlend vor stummer Dankbarkeit gegenüber Etls Schwiegervater, schrieb die flinke Chanke rasch die Maße des ehrenwerten Reb Jeschue – Armlänge, Schulterbreite, Taillenumfang – in ein eigens dafür gekauftes Schulheft, auf dessen Umschlag das litauische Wappen mit einem in lichte Fernen reitenden behelmten Recken prangte.

Als Kremnizer schon aufbrechen wollte, hielt ihn Chanke mit einer Frage zurück.

»Reb Jeschue, ich wüsste gern: Wie lebten denn unsere Vorfahren, die aus Ägypten vertrieben wurden, in ihren zugigen Zelten, als sie unserem Stammvater Moses folgten und in die Wüste von Sinai kamen?«

»Nicht zu eurer Kränkung gesagt, unsere fernen Vorfahren, die Moses durch die heiße Wüste folgten, hatten, genau wie ihr hier, außer ihrem Glauben und ihrer Hoffnung zu Anfang fast nichts. Keine Möbel, keinen Waschkrug, keine, mit Verlaub, Toilette. Gar nichts! Und dennoch, dennoch sind sie mit Gottes Hilfe in das Gelobte Land gelangt. Auch ihr werdet zu einem besseren Leben gelangen.«

Binnen einer Woche nähte Schlojmke für Kremnizer ohne jede Anleitung und Hilfe von Abram Kißin selbstständig den ersten Anzug in seinem Schneiderdasein. Reb Jeschue trug ihn jeden Samstag und lief darin demonstrativ wie ein wandelndes Mannequin langsam, beinahe zeremoniell durch ganz Jonava zum Morgengottesdienst in die Synagoge. Bevor er seinen Platz in der ersten Reihe einnahm, fragte er mit einem schalkhaften Lächeln im frischrasierten Gesicht seine vornehmen Nachbarn: »Na, gute Herren, was sagen Sie dazu?«

»Wovon reden Sie, Reb Jeschue? Von der Quote, die die Regierung eingeführt hat für Juden, die an der Vytautas-Universität studieren wollen?«, erkundigte sich mit unverhohlener Neugier der Inhaber der Schtetl-Bäckerei Chajim-Gerschon Fajn, der davon träumte, dass seine Enkel nicht in Jonava Challa buken, sondern in einem von Arabern und Türken freien Jerusalem, ganz nahe beim lieben Herrgott. Er packte sein Gebetbuch aus und fügte hinzu: »Bei unseren regierenden Antisemiten muss man mit allem rechnen.«

»Was die Quote angeht, Reb Chajim-Gerschon, das ist ohne jeden Zweifel eine unerhörte Gemeinheit«, erwiderte Reb Jeschue mit einem nachsichtigen Lächeln. »Und was die Regierung in Kaunas angeht – ob uns die alten Gauner regieren oder neue, das ist für uns Juden ohne Belang. Fisch, lieber Reb Chajim-Gerschon, kann frisch sein, eine Regierung aber, egal, welche du wählst, die ist immer faulig, die stinkt immer ein wenig. Aber lassen wir die Politik beiseite. Ich wollte heute vor Ihnen mit meiner Neuanschaffung prahlen.«

»Prahlen Sie!«

»Wie gefällt Ihnen mein neuer Anzug?«

»Ihr Anzug?«, fragte der Angesprochene verblüfft. »Ein ausgezeichneter Anzug. Man sieht sofort die Hand des Meisters, von Reb Gedalje Bankwetscher.«

»Erlauben Sie, Reb Chajim-Gerschon, wieso Gedalje Bankwetscher? Den hat ein anderer Meister genäht – der junge Schlojmke Kanowitsch.«

»Etwa der erste jüdische Kavallerist von Jonava, vielleicht nicht nur von Jonava, sondern von ganz Litauen? Der ist ein so guter Schneider?«

»Stellen Sie sich vor, genau der«, bestätigte Reb Jeschue.

»Nicht möglich! Hat er das etwa bei der stärksten und schlagkräftigsten Kavallerie Europas gelernt?«, spöttelte Chajim-Gerschon Fajn.

»Diese Gabe hat Schlojmke von Gott. Was der Herrgott gibt, kann einem keine Kavallerie geben.«

»Das hätte ich nicht gedacht ...«

»Aber daran ist nichts Verwunderliches. Bekommt nicht jeder von uns bei der Geburt vom Herrgott eine Gabe mit? Sie, der Bäcker, zum Beispiel die Gabe, besser als jeder andere aus formlosem Teig die besten Kringel und Brötchen, Kuchen und Küchlein im Schtetl zu backen, und er, der Schneider, die Gabe, besser als jeder andere aus einem formlosen Stück Stoff schöne Kleider zu nähen. Ich empfehle Ihnen sehr, lieber Reb Chajim-Gerschon, nehmen Sie gelegentlich Schlojmkes Dienste in Anspruch. Sie werden es nicht bereuen! Dafür verbürge ich mich! Er näht nicht schlechter als Sie, Verehrter, Ihre Brötchen backen.«

Die Gerüchte über Schlojmkes Fähigkeiten nahmen dennoch schneller zu als die Zahl seiner Kunden, und die Jungvermählten kümmerten sich in ihrer freien Zeit um die Einrichtung ihres Zeltes, in dem es, wie Reb Jeschue gesagt hatte, außer Glauben und Hoffnung fast nichts gab.

Als Erstes kauften sie etwas, das für die Fortpflanzung unerlässlich war – ein Doppelbett mit einer Matratze, die nicht quietschte. Dann erstanden sie in der örtlichen Möbelfabrik auf Raten einen breiten Eichentisch und sechs Stühle auf festen Beinen, mit hohen Lehnen und stabilen Sitzen – für Gäste und Kunden jeden Gewichts. Anschließend baten sie den lahmen Maler Jojne, einen entfernten Verwandten von Roche, Wände und Decke zu weißen. Jojne ließ nicht lange auf sich warten – schon am nächsten Tag kam er mit einer Leiter, einem Eimer Farbe und einem Pinsel angehumpelt.

Er arbeitete gemächlich und gründlich und sang dabei mit angenehmem Bass populäre Lieder – von Gänseblümchen; von namenlosen Schönheiten, mit denen sich keine auf der Welt vergleichen konnte; vom ausgelassen tanzenden Rabbi, der nicht nur über der Thora hockt, sondern mit seinen Schülern auch allerlei Streiche ausheckt. Jojnes Pinsel bewegte sich im Takt der einschmeichelnden Weisen; mal glitt er gleichmäßig über die Wand, mal in abrupten Schwüngen und Hüpfern. Der Maler war nicht nur lahm, sondern auch kurzsichtig, er trug eine Brille, unter der seine eindringlichen, für sein trauriges Gesicht überraschend leuchtenden schwarzen Augen hin und wieder übermütig hervorblitzten. Er sprach nur, wenn er eine Pause machte, von der Leiter stieg, einen Tabaksbeutel aus Satin aus der Tasche zog, sich eine Zigarette drehte und genüsslich den Rauch einsog.

»Sag, Schlojmke, wie ist es dort, bei der tapferen litauischen Kavallerie? Die Pferde da mögen die Juden bestimmt auch nicht sehr, was?«, fragte der Maler, an seinem Tabakbonbon saugend. »Sie bocken bestimmt und schlagen aus?«

»Es sind Pferde, Jojne. Vor allem mögen sie Hafer. Die Juden sind ihnen egal. Hauptsache, der Futtersack ist voll mit Hafer. Wer den Futtersack füllt, ob ein Jude oder ein Zigeuner und Pferdedieb, das ist ihnen egal.«

»Was du nicht sagst! Ihre Pferde haben also eine Art Gewissen.«

»Ja, ja«, versicherte Schlojmke dem stets düsteren Jojne lachend.

»Ich denke schon lange, dass Haustiere – Katzen, Ziegen und Hunde – mehr Gewissen haben als die Menschen. Was soll der Mensch, sag mir das bitte, mit einem Gewissen? Es ist nur eine unnötige Last. Der Mensch hat es auch ohne das schwer genug. Hör zu. Seit bald einem Vierteljahrhundert weiße ich nun Wände.«

»Oho! Na und?«

»Das will ich dir sagen. Wie viele Wände ich in meinem Leben geweißt habe, kann ich nicht mehr sagen, und wenn du mich totschlägst, doch eines weiß ich genau.«

»Was denn?«

»Holz und Stein kann man übertünchen. Einen Menschen

aber kaum … Schade, sehr schade! Der himmlische Vater hatte wohl bei der Erschaffung der Welt nicht genug weiße Farbe für alle. Na, Schlojmke, ich sehe, du achtest auf deine Gesundheit, du rauchst nicht.«

»Nein.«

»Willst wohl lange leben?«

»Ja, das will ich«, bestätigte Schlojmke scherzhaft. »Und Rauch, Jojne, Rauch verstopft das Nadelöhr. Dann passt kein Faden mehr hindurch.«

»Auf den Mund gefallen bist du auch nicht. Na schön. Genug geraucht, an die Arbeit. Heute Abend werdet ihr diese schäbige Höhle nicht wiedererkennen, deine Frau und du, das wird eine Augenweide.«

Das Zimmer war nach dem Tünchen tatsächlich bis zur Unkenntlichkeit verändert. Durch das Weiß wirkte es geräumiger und luftiger.

»Jojne hat goldene Hände«, staunte Roche, die gekommen war, um sich die neuen Wände und die Decke anzusehen. »Wir sollten bei uns auch renovieren. Aber für wen? Ajsik ist fort, Leje über den Ozean, Motl zieht mit seiner Sara heute oder morgen nach Kaunas, sein künftiger Schwiegervater hat versprochen, seiner Tochter dort einen Frisiersalon zu kaufen. Für wen also renovieren? Höchstens für die Mäuse und die Spinnen. Mag alles bleiben, wie es ist. Ist es nicht egal, von wo man dich für immer hinausträgt – aus einem prächtigen Palast oder aus einer armseligen Hütte?«

»Nein, Mama«, widersprach Schlojmke seiner Mutter. »Solange der Mensch lebt, muss er sich das Leben verschönern.«

»Das ist wahr. Aber ich dachte immer, mein Sohn, nicht Maler, Schuster, Schneider oder Friseure verschönern das Leben, sondern Kinder. Weißt du, wie viele ich zur Welt gebracht habe, wie viele ich genährt habe mit meiner Milch?«

»Ich glaube, elf.«

»Zehn. Und wie viele sind mir geblieben?«

Im Zimmer trat drückendes Schweigen ein.

»Wollen Sie nicht mit uns Tee trinken? Ich habe gestern auf dem Markt bei einem bärtigen Altgläubigen frischen Lindenhonig gekauft«, versuchte Chanke mit einem linkischen Manöver ihre Schwiegermutter von den unguten Gedanken abzulenken.

»Geblieben sind mir vier: Drei sind noch bei mir, und einer, Joßele, ist im Irrenhaus in Kalvarija. Weißt du, er bildet sich nämlich ein, er wäre ein Vogel, ein Stieglitz oder ein Rabe.« Roche wischte sich mit einem Taschentuch, das sie an ihrem Busen aufbewahrte, die Augen. »Einen Tee trinke ich mit euch, Chanke, warum nicht, einen Tee trinke ich unbedingt. Aber erst soll mir Schlojmke einen Brief vorlesen. Dann schauen wir uns zusammen auch das Foto an.«

»Einen Brief von Leje?«, freute sich Chanke.

»Nein. Von Ajsik. Aus Paris.«

Schlojmke nahm seiner Mutter den Brief ab und begann sofort zu lesen. Ajsik schrieb, er sei Gott sei Dank gesund und munter, arbeite im belebten Lateinischen Viertel in einer großen Kürschnerwerkstatt bei einem Monsieur Kuschner, einem bessarabischen Juden, der ihn sehr gut behandle und sein Können schätze. Dann unterrichtete er seine Angehörigen, dass sein Gehalt anständig sei, sogar sehr anständig, und dass er sich bald von seinem Junggesellenleben verabschieden und ein Mädchen heiraten werde, das er liebe – Sara Melamed aus Kėdainiai.

»*Masl tow*!«, warf Roche ein. »Nur eins verstehe ich nicht: Warum musste er nach Paris ziehen, um ein Mädchen aus dem Nachbarschtetl zu heiraten?«

»Mama, unterbrich mich nicht. Lass mich den Brief zu Ende vorlesen«, sagte Schlojmke ungerührt.

»Liebe Mama, lieber Papa und meine Brüder Motl und Schlojmke und meine liebe Schwester Chawe, auf dieser Aufnahme, die ein Straßenfotograf für zwei Franc gemacht hat, seht ihr mich und meine künftige Frau Sara. Wir stehen vor dem höchsten Turm der Welt, erbaut vom Ingenieur Eiffel. Die Aufnahme ist nicht besonders gut geworden, aber für einen eigenen Fotoapparat haben wir noch kein Geld. Schreibt mir, wie es euch geht, was es Neues gibt, und bittet Etl Kremnizer, sie soll unsere Pariser Adresse auf eurem Kuvert auf Französisch schreiben. Dann kommt der Brief schneller in Paris an. Euer liebender Sohn und Bruder Ajsik und seine Auserwählte Sara.«

Der Vorleser holte Luft. Ajsiks Schrift erinnerte an Kletten, und sich durch all die Krakel und Häkchen zu fitzen war nicht einfach. Als Schlojmke zu Ende gelesen hatte, betrachteten alle drei das Foto.

»Auf dem Foto ist Ajsik ein richtiger Ausländer!«, rief Chanke unwillkürlich begeistert aus. »Mit dem Hut schräg auf dem Kopf und dem Mantel bis zu den Fersen. Unter dem nur die Schuhe hervorschauen … Und seine Sara ist hübsch – schlank, Bubikopf, hohe Absätze, um den Hals ein kleines Tuch. So eines bekommt man bei uns nirgends.«

»Ich habe sie mir schon angesehen«, sagte Roche betont gleichgültig. »Mir gefiel Ajsik besser, als er noch die Mütze mit dem kaputten Schirm trug, das Leinenhemd über der Hose und die Lederschuhe mit dicker Sohle, die Dovid ihm zu seinem Geburtstag gemacht hat. Sagt, was ihr wollt, ich würde ihn lieber lebendig sehen statt auf einem Foto.«

»Was redest du da?! Versündige dich nicht! Er ist doch lebendig!«, fuhr Schlojmke seine Mutter an.

»Ja, ja, er ist lebendig«, haspelte Roche. »Aber nicht für mich, sondern für seine Sara. Mögen sie beide glücklich sein! Lange, lange. Das wünsche ich ihnen von ganzem Herzen. Aber ich bin Mutter, und für eine Mutter, das müsst ihr zugeben, ist es bitter, wenn sie vom Glück der eigenen Kinder nur durch den Postboten erfährt.«

»Ich muss den Teekessel aufsetzen«, besann sich Chanke. »Von unserem Streit und unseren Gesprächen wird er nicht kochen.«

»Ja, komm.« Roche nickte und trippelte ihr hinterher in die Küche. »Ich helfe dir.«

Chanke stellte den Wasserkessel auf den Petroleumkocher, brühte Kamillentee auf und wollte ihn schon ins Zimmer bringen und in die Porzellantassen füllen, die Etl in Deutschland gekauft und ihr zur Hochzeit geschenkt hatte, doch ihre Schwiegermutter hielt sie zurück.

»Bleib bitte noch einen Augenblick. Wir beide, Chanke, müssen uns mal ernsthaft unterhalten«, sagte Roche halb flüsternd, als wollte sie die außerordentliche Wichtigkeit und Dringlichkeit des Gesprächs betonen.

Chanke erstarrte mit der Teekanne in der Hand und war auf erneute Belehrungen und Ratschläge gefasst.

»Chanke, lasst euch bloß Zeit, ihr beide«, sagte Roche ruhig.

»Womit?«

»Nicht womit, sondern mit wem. Was bist du begriffsstutzig! Bist du denn erst seit gestern auf der Welt?«, fragte die Schwiegermutter. »Steht erst mal auf eigenen Beinen, richtet euch ein, und dann schafft euch Nachkommen an, damit sie nicht barfuß und hungrig durchs Schtetl laufen.«

»Verbürgen kann ich mich dafür nicht, Roche, aber wir werden uns bemühen. Wenn es geht, natürlich. Sie wissen selbst – du passt ständig auf, und in einem einzigen Augenblick machst du einen Fehler und bist gefangen, wie ein Fisch am Angelhaken.«

Roche lachte schallend.

»Was wahr ist, ist wahr. Das weiß ich aus eigener Erfahrung. Sonst wäre ich nicht zehnmal hintereinander, wie du so schön sagst, an den Haken geraten. Mein unermüdlicher Angler, der fast jede Nacht wieder und wieder die Angel auswarf, war schwer zu bändigen. Aber ihr passt lieber auf. Und verzeih mir meine aufdringlichen Ratschläge. Ich möchte ja selbst möglichst bald Großmutter werden und meine Enkel noch erleben. Nicht im gelobten Amerika und nicht in Frankreich mit dem ellenlangen Turm, sondern hier, wo ich geboren bin und sterben werde.«

»Sie werden Enkel haben, dort und hier. Bei so fleißigen Anglern wie Ihren Söhnen werden Sie sie bald nicht mehr zählen können.«

»Aus deinem Mund, Chanke, unserem allergnädigsten, aber ein wenig schwerhörigen Herrgott ins Ohr. Aber lasst euch trotzdem Zeit.«

Sie tranken Tee, bedauerten, dass Leje nichts von sich hören ließ, nicht schrieb … Vielleicht war sie krank – schließlich wurden sogar im glücklichen Amerika Menschen krank und, kaum zu sagen, starben.

»Sie wird schon schreiben, ganz bestimmt, sobald sie Fuß gefasst hat. Womöglich heiratet sie noch einen reichen Juden«, beruhigte Schlojmke seine Mutter.

»Er mag ruhig arm sein, Hauptsche, er ist ein guter Mensch«, murmelte Roche. »Ein guter Mensch kann reich werden. Aber ein Reicher wird nie gut. Ein Reicher kann nur so tun. Und wie läuft dein Geschäft?«, wandte sie sich an Schlojmke. »Kommen die Leute zu dir oder laufen sie vorbei und gehen zu Gedalje Bankwetscher? Du hast ja nicht einmal ein Schild draußen. Tja, wo solltest du es auch hinhängen.«

»Ein Schneider braucht einen Namen, kein Schild. Das Geschäft läuft nicht schlecht, ich habe jetzt viel mehr Aufträge, zu mir kommen nicht nur Juden und Litauer, sondern sogar Altgläubige, und nicht nur aus Jonava, sondern auch aus den umliegenden Dörfern. Sie haben Wind davon gekriegt, dass Sie bei mir für die gleiche gute Arbeit weniger bezahlen.«

Das Teetrinken ging zu Ende, als plötzlich die Türglocke läutete und der beleibte, glattrasierte Hausbesitzer Kapler mit dem gepflegten Schnurrbart das geweißte Zimmer betrat.

»Inspektion«, sagte er.

»Bitte sehr!«, flötete Chanke, stand auf und schob ihm zuvorkommend einen freien Stuhl hin. »Trinken Sie doch mit uns Tee, Reb Efraim, und kosten vom frischen Lindenhonig.«

»Herzlichen Dank, aber wenn Sie erlauben, trinke ich ein andermal mit Ihnen Tee. Ich habe eine wichtige Verabredung mit dem Bürgermeister, und er ist ein schrecklicher Pedant. Er mag es nicht, wenn sich jemand verspätet. Ich verhehle nicht, ich bin ein großer Liebhaber von Lindenhonig. Ich wittere ihn auf eine Werst. Ein Duft, der einen um den Verstand bringen kann!« Efraim Kapler ließ seinen scharfen, wachen Blick aufmerksam durch das Zimmer schweifen. »Wunderschön! Dieser lahme Jojne gießt sich zwar manchmal einen hinter die Binde, aber er ist ein wahrer Zauberer. Es wird erzählt, der Herrgott habe auch meinen Mieter mit einer Gabe ausgestattet. Ist das nicht ein Luxus – ein eigener Schneider im Haus? Vielleicht sollte ich nicht mehr über dreißig Kilometer zur Anprobe zu Selik Ssluzker nach Kaunas fahren, sondern mir mal hier vor Ort etwas nähen lassen? Was?«

Schlojmke schwieg vorsichtshalber. Es war gegen seine Natur, sich aufzudrängen.

»Junge Augen sehen viel besser als alte«, sagte Kapler und strich sich über den Schnurrbart, den er pflegte wie ein seltenes Gewächs.

»Versuchen Sie es, Reb Efraim! Mein Mann ist kein Hochstapler und kein Stümper. Glauben Sie mir, er näht nicht schlechter als Abram Kißin oder Gedalje Bankwetscher«, warf sich Chanke mutig in die Bresche.

»Gedalje Bankwetscher ist alt und schwerkrank. Und Reb Abram wird zu meinem großen Bedauern für niemanden mehr etwas nähen.«

»Wie das? Warum wird er für niemanden mehr etwas nähen?«, fragte Roche erstaunt.

»So ist es nun mal in dieser Welt unterm Mond eingerichtet – während die einen seelenruhig im Warmen sitzen und Tee mit Lindenhonig trinken, rüsten sich andere in derselben Stadt und zur selben Zeit, jemanden auf seinem letzten Weg zu begleiten. An Ihren Augen sehe ich, dass Sie noch nicht Bescheid wissen.«

»Kißin ist gestorben?«, rief Schlojmke erschrocken, entsetzt von seiner Vermutung.

»Ja. Er hat wie immer seit dem frühen Morgen an seiner Singer gesessen und fleißig genäht, aber diesmal nicht bis zum Mittag, sondern bis zum Tod. Nicht ohne Grund heißt es in der Schrift: Kein Mensch kennt seinen Ort und seine Stunde. Früher oder später treffen wir uns alle dort wieder. Nun haben wir bei uns im Schtetl nur noch zwei Meister – Gedalje Bankwetscher und dich, Schlojmke. Ihr seid jetzt die einzigen guten Schneider hier.«

»Aber einen wie Reb Abram, möge ihm das lichte Paradies zuteil werden, wird es nicht mehr geben«, sagte Schlojmke über seinen Lehrer.

Auf den Friedhof, wo seit undenklichen Zeiten die Juden von Jonava in Frieden ruhten, begleitete Abram keine Menschenmenge, sondern nur eine Handvoll alter Kunden und Nachbarn.

Einen Platz hatte sich der vorsorgliche Reb Abram beizeiten

gekauft, auf einem Hügel neben dem Grab seiner Frau Chawe, die im Herbst zuvor an einer Gehirnblutung gestorben war. Die Kißins waren kinderlos, und außer der stillen, gottesfürchtigen Litauerin Antanina, die nicht schlechter Jiddisch sprach als Rabbi Eliëser und dem alten Abram im Haushalt geholfen hatte, war niemand da, der ihn beweinte. Sein einziger, wenngleich entfernter Verwandter Avigdor Perelman, der niemals auf dem jüdischen Friedhof bettelte, nur vor seinen Toren, stand am offenen Grab und blickte mit ängstlicher Neugier in den gähnenden Abgrund, als nähme er Maß oder begutachtete kritisch dessen Tiefe. Seine Augen waren trocken. Avigdor erklärte, für alle habe man sowieso nicht genug Tränen, darum solle man nicht die Toten beweinen, sondern in erster Linie die Lebenden – sie müssten sich noch quälen, doch sie alle erwarte das gleiche unvermeidliche Schicksal.

Rabbi Eliëser, der in seiner Freizeit hochtrabende Verse auf Hebräisch über Josef und seine Brüder, über die Heldentaten der Makkabäer und die Weisheit von König Salomon verfasste, sprach das Kaddisch und gestattete sich nach einer kurzen Atempause als einstiger treuer Kunde von Abram Kißin eine etwas abstrakte Rede, gewürzt mit lyrischen Abschweifungen und Zitaten aus dem Pentateuch. In erhabenen Worten erklärte der Rabbi, wenn einst der Meschiach komme, würden zuerst die alten Handwerksmeister von den Toten auferstehen, und Reb Abram Kißin werde als einer der Ersten aus dem Paradies zurückkehren in seine Heimat, in sein Jonava. Der einzigartige Schneider werde, als käme er aus dem Urlaub im Kurort Palanga, wieder in sein Haus in der Kirchstraße gehen, sich an die Nähmaschine setzen, den Staub, der sich während seiner Abwesenheit angesammelt hat, abwischen und sich zur Freude seiner lebenden Landsleute mit demselben Eifer und derselben Energie wie früher ans Schneidern machen.

Hier konnte sich der scharfzüngige Avigdor Perelman nicht enthalten, in die hochtrabende, lebensbejahende Rede des Schtetl-Hirten einen bescheidenen Beitrag einzuflechten.

»Amen! Zumal es aus dem Paradies zu uns nach Jonava nicht sehr weit ist. Der Weg nach Amerika wäre für Reb Abram viel schwieriger.«

Die Trauergäste, die den Verstorbenen auf seinem letzten Weg begleiteten, überhörten den bösen Scherz des Schnorrers und gingen auseinander.

Am Friedhofstor, auf dem große Holzlöwen mit dichter Mähne und Schalen voller jenseitiger Glückseligkeit in den Krallen prangten, trat Antanina schüchtern auf Schlojmke zu und wandte sich an den Lieblingsgesellen und Schüler des Verstorbenen – mit einer Bitte oder einem Vorschlag.

»Schlojmke, vielleicht kannst du mir helfen? Berl, der Neffe meines Herrn, ist kein Schneider, sondern Blechschmied, und er lebt nicht in Litauen, sondern in Lettland, in Jelgava. Zur Beerdigung seines Onkels hat es Berl nicht geschafft. Bis er kommt, bis er alles durchgesehen hat, vergeht viel Zeit. Ich weiß einfach nicht, was ich nun mit den unfertigen Bestellungen machen soll. Sie den Kunden zurückgeben? Aber ich weiß doch gar nicht, wem was gehört, wenn sie plötzlich kommen und ihr Eigentum verlangen.«

Bevor ihr Mann den Mund auftun konnte, mischte sich Chanke ein.

»Warum zurückgeben, Pone Antanina? Schlojmele war, wie Sie wissen, sein Schüler und Geselle. Er wird die Sachen fertig nähen. Mein Mann wird schon herausfinden, wem das Jackett gehört und wem der Mantel. Er wird nichts durcheinanderbringen. Keine Sorge! Jeder bekommt in bestem Zustand zurück, was ihm gehört, und vom Erlös für die Arbeit lassen wir einen Grabstein für Reb Abram setzen. Wir werden, wenn Sie erlauben, alle unfertigen Sachen zu uns bringen. Wenn jemand das Seine zurückholen und zu Gedalje Bankwetscher gehen will, mag er es tun. Sie haben alles richtig gemacht, Pone Antanina! Schließlich haben auch uns in schwerer Stunde gute Menschen geholfen. Warum sollten wir da nicht anderen helfen? Hab ich recht, Schlojmke?«

»Ja«, sagte Schlojmke und nickte, entwaffnet von Chankes schlauem Vorschlag.

So viel Gewitztheit hätte er von ihr nicht erwartet, obgleich er sofort begriff, dass es ihr nicht so sehr um einen Grabstein für den verstorbenen Kißin ging als vielmehr um ihren Mann, um seinen guten Ruf. Es gibt keine bessere Werbung als Uneigennützigkeit und gute Taten. Das ganze Schtetl würde von Schlojmke Kanowitsch reden. Haben Sie gehört? Er behält keinen Litas für sich. Das ganze Geld gibt er Antanina, die dafür einen passenden Stein für ein Grabmal aussuchen soll, den bringen ihre Verwandten mit einem Fuhrwerk auf den Friedhof, und der Steinmetz Jona wird darauf die Worte einmeißeln, die einem verstorbenen Juden gebühren.

»Danke«, sagte Antanina gerührt. »Mein Herr, er ruhe in Frieden, hat immer gesagt, dass Schlojmke es einmal weit bringen wird, und sehr bedauert, dass der Herrgott ihm keinen solchen Sohn geschenkt hat.«

Am nächsten Morgen brachte Chanke mit Antaninas Hilfe alle unfertigen Sachen in ihre und Schlojmkes Wohnung.

Mit diesem Sommermorgen wendete sich Schlojmkes Leben überraschend zum Besseren. Keiner von Kißins ehemaligen Kunden verzichtete auf Schlojmkes Dienste, alle waren damit einverstanden, dass er ihre von Reb Abram begonnenen Mäntel und Anzüge fertig nähte. Und es kam genau so, wie es sich die aufgeweckte Chanke gedacht hatte – die Auftraggeber beförderten den guten Ruf des jungen Meisters und den Zustrom neuer Arbeit. Schlojmke arbeitete fröhlich und voller Schwung, die Singer verstummte fast nie.

Kapler war vom Arbeitseifer seines Mieters nicht begeistert. Mehrmals stieg er herab vom ersten Stock, den er zur Gänze bewohnte, und machte Schlojmke ärgerliche Vorwürfe, dass er, Efraim Kapler, vom unentwegten Maschinengewehrrattern der Singer mitten in der Nacht erwache und bis zum Morgen kein Auge mehr zutun könne.

»Sag, mein Freund, nähst du etwa auch in der Nacht? Ist dir der helllichte Tag denn nicht genug? Man darf für die Arbeit nicht Schlaf und Erholung opfern, die der Herrgott uns als Lohn für die Arbeit am Tage geschenkt hat. Auch Er selbst hat am siebten Tag geruht und uns geboten, unsere Kräfte in unserem elenden Leben zu schonen. Die Welt hat Er schließlich am Tage erschaffen, nicht in der Nacht.«

»Was soll ich machen, ich habe viele Aufträge. Also muss ich Tag und Nacht arbeiten. Die Kunden sind ungeduldig, und ich arbeite allein. Zwar hilft mir meine Frau manchmal – sie gibt mir gute Ratschläge, erhitzt in der Küche das Bügeleisen und trägt die Maße in ein Heft ein. Ich will auf Chankes Rat hin ihren Bruder, den Schwätzer, in die Lehre nehmen. Zu zweit wird es leichter sein.«

»Ich finde, nachts zu nähen, das, mein Lieber, ist nichts anderes als eine Demütigung der eigenen Manneskraft«, sagte Reb Efraim Kapler und lächelte schief in seinen prachtvollen Bart. »Nachts nähen Juden nicht, du weißt selbst, was sie da tun. Wie findet denn deine Frau diese Grillen?«

»Ganz richtig.«

»Richtig?!« Reb Efraims Wange zuckte in zornigem Staunen, und seine buschigen graumelierten Brauen flogen in die Höhe. »Und was ist mit Gottes Gebot *pru urvu*? Verstehst du, was ich meine?«

»Leider nein, Reb Efraim. Übersetzen Sie mir bitte das Gebot unseres Herrn in verständliches Jiddisch. Das Hebräische ist meinem Gedächtnis entfallen.«

»Seid fruchtbar und mehret euch.«

»Aah! Nun, das werden wir hoffentlich erfüllen. Aber verzeihen Sie mir die Offenheit, Reb Efraim, nur der Kuckuck legt seine Eier in ein fremdes Nest. Ich aber würde mir gern ein eigenes Nest verdienen.«

»Tja, das ist deine Sache. Wenn du weiter so starrsinnig bist und unentwegt nachts deine Maschine rattern lässt, müsst ihr euch eine andere Wohnung suchen«, warnte der von Schlaflosigkeit geplagte schnauzbärtige Reb Efraim Kapler seinen arbeitsamen Mieter, denn von Menschen, die von ihm abhängig waren, duldete er keinen Ungehorsam.

Nach dieser Warnung entfernte er sich ohne Abschiedsgruß.

Der umsichtige Schlojmke, der sich ungern mit jemandem anlegte, befolgte die Mahnung des Hausbesitzers und zügelte sein Pferd. Sie konnten doch nicht die gerade erst eingerichtete Wohnung aufgeben und wieder auf den Dachboden ziehen, in die Enge und Schwüle, zu den Fledermäusen.

Er arbeitete mit demselben Eifer weiter, brachte aber sein Pferd, wie er seine Singer nannte, noch vor Mitternacht in den Stall, um, Gott behüte, den kostbaren Schlaf von Reb Kapler nicht zu stören, und samstags holte er es gar nicht heraus. Er stellte sämtliche Aufträge von Kißin pünktlich fertig und schickte das Geld wie abgesprochen über Antanina dem aus Jelgava angereisten Neffen des Verstorbenen, dem knochigen, stotternden Blechschmied Berl, damit dieser dafür einen Grabstein aufstellte.

Der Steinmetz Jona meißelte in den glatten ovalen Stein die traditionelle Inschrift »Hier ruht« sowie den Namen des Verstorbenen, erlaubte sich aber noch eine gewisse Freiheit und ergänzte sie durch einen dünnen, in der Mitte gerissenen Faden und eine Nadel, die, der Hand entglitten, auf den Grabhügel zu fallen schien.

Roche konnte sich nicht genug freuen über die Erfolge ihres Sohnes und pries ihn und ihre Schwiegertochter allerorten.

»Mein Schlojmke wird mich nicht betrügen, nicht mit Frankreich, nicht mit Amerika und nicht mit Palästina! Er wird Dovid und mir ganz bestimmt hier die Augen schließen«, versicherte sie erregt sich selbst und allen Bekannten.

Dass der Kundenkreis des jungen Schneiders stetig wuchs, freute auch die Familie Kremnizer.

»Und wer war sein Kolumbus?«, fragte Reb Jeschue, um seine eigenen Verdienste herauszustreichen. »Wer hat ihn als Erster entdeckt für die Welt?«

Im Schtetl wusste niemand, wer Kolumbus war. Vermutlich hatte nicht einmal der Bürgermeister von Jonava, ein Bauernsohn, diesen Namen je gehört.

Indessen floss die Zeit dahin, wie stille Bäche in einen Fluss fließen, ohne Wirbel und Wallungen. In Litauen wurde niemand mehr erschossen. Der neue Präsident hielt, wie es sich für ihn geziemte, belehrende professorale Reden und war sich nicht zu fein, hin und wieder sogar die Provinz zu besuchen. Einmal schaute er auch in Jonava vorbei, hörte sich auf dem Platz die Staatshymne *O Litauen, unser Vaterland, du Land der Helden …* an, gesungen von einem gemischten Chor aus Schülern des litauischen Gymnasiums und der hebräischen Tarbut-Schule des Schtetls, und kehrte, nachdem er sich so von der Heimatliebe seiner jungen Untertanen verschiedener Religionen überzeugt hatte, höchst zufrieden zurück in die Hauptstadt, in seinen Präsidentenpalast.

Ohne Erschütterungen floss auch das Leben in Jonava in Richtung Ewigkeit.

Chanke ging nach wie vor ihrer Arbeit bei den freundlichen Kremnizers nach. Allerdings brauchte der herangewachsene und in die Höhe geschossene Rafael ihre Spiele und Märchen nicht mehr.

»Es stimmt gar nicht, was du erzählst«, verkündete Rafael, nachdem er wieder einmal die Geschichte von der Schnecke gehört hatte, die fliegen lernte wie die Schwalben und Meisen und fortan auf Bäumen lebte. »Schnecken können nicht fliegen.«

»Das ist doch ein Märchen, Rafael, und im Märchen, mein Schatz, ist anders als im Leben alles möglich.«

»Ich habe Großvater Jeschue gefragt, und er sagt, fliegen können nur Vögel, Fliegen, Mücken, Bienen, Wespen, sogar die Hühner im Hühnerstall, aber nur sehr schlecht. Schnecken haben keine Flügel. Du beschwindelst mich, und Mama sagt, Schwindeln ist nicht schön.«

Rafael konnte sich schon längere Zeit ohne Kinderfrau beschäftigen: Er drehte die Kurbel an der Spieluhr und lauschte den Melodien, baute aus Bauklötzen Häuser, setzte aus Kartonteilen mit aufgemalten Schienen und Bahnhöfen eine Eisenbahnstrecke zusammen, über die ein Schnellzug mit bunten Waggons fuhr. An den Wagentüren waren statt Nummern große Buchstaben des französischen Alphabets. Wenn der Kleine genug hatte vom Musikhören, vom Spiel als Baumeister und Eisenbahner, griff er zu einem Buch mit Tieren aller Kontinente – Elefanten und Bären, Giraffen und Kängurus, Hirschen und Elchen –, die er mit Buntstiften ausmalen konnte. Chanke mit ihrer fliegenden Schnecke war machtlos gegen die Konkurrenz dieser wunderbaren Bilder und der illustrierten Fibel, die Arn Kremnizer seinem Sohn aus dem unerreichbaren, verführerischen Paris mitgebracht hatte.

Chanke peinigten Gewissensbisse. Sie ertappte sich bei dem

Gedanken, dass sie vom Kindermädchen zur Beichtfreundin von Etl geworden war und ihren hohen Lohn unverdient (nicht für die Betreuung von Rafael!) erhielt. Sie wurde dafür bezahlt, dass sie sich täglich die offenherzigen und traurigen Bekenntnisse ihrer Herrin anhörte. Chanke wollte ihren Lohn natürlich nicht einbüßen, ihn aber auch nicht fürs Nichtstun bekommen. Für Anteilnahme und Mitgefühl mit dem Nächsten, so gebot es der Herrgott, durfte man keinen Lohn nehmen, weder geringen noch großen – überhaupt keinen.

Andererseits dachte Chanke stets an die einstige Mahnung ihrer Eltern, Lüge sei eine große Sünde, allerdings dürfe man auf dieser Welt auch die Wahrheit nicht voreilig sagen, sondern nur mit Verstand und Umsicht, denn die Wahrheit ziere zwar den Menschen, ernähre ihn aber leider nicht. Wer leben will, muss wendig sein. Das sei nun einmal seit Jahrhunderten das Los der Juden. Doch mit diesem demütigenden Los wollte sich Chanke nicht abfinden.

»Ich fühle mich wohl bei Ihnen«, sagte sie und stockte.

»Wir fühlen uns auch wohl mit dir«, erwiderte Etl.

»Aber Rafael braucht mich nicht mehr.«

»Wir alle brauchen dich – ich, Rafael und Reb Jeschue«, widersprach Etl.

»Rafael langweilt sich mit mir. Was kann ich ihm schon bieten? Ich habe gerade mal drei Klassen Grundschule besucht. Ich bin ein ungehobeltes Landmädchen geblieben, und Rafael will von fliegenden Schnecken, von Mäusen, die sich mit einem Kätzchen anfreunden, und derlei Unsinn nichts mehr hören.«

»Das Wichtigste, Chanke, ist die Seele. Was nützt es, wenn jemand alles auf der Welt weiß, über alles und jeden, wenn seine Seele längst versteinert ist?«

»Was ist das für ein Ding, die Seele? Ist es, einfach gesagt, das Gleiche wie das Herz?«

»Nicht ganz. Ein Herz hat jeder. Eine Seele aber, die ist leider nicht jedem gegeben. Du stellst mir Fragen, meine Liebe, auf die selbst unsere Weisen kaum eine klare Antwort geben können. Auch ich zerbreche mir den Kopf darüber. Was ist das für ein Ding, die Seele? Vielleicht rede ich Unsinn, aber die Seele, glaube ich, ist das, was den Menschen vom zweibeinigen Säugetier zum Menschen macht und was nicht begraben werden kann, denn die Seele ist unsterblich. Sie trotzt der Verwesung und fliegt hinauf in den Himmel, über sie hat der Tod keine Macht.«

»Solche Erklärungen sind nichts für meinen Verstand.«

»Für meinen auch nicht. Reden wir lieber wieder über unsere Angelegenheiten. Wie kommst du darauf, dass wir dich nicht brauchen? Niemand hatte oder hat irgendetwas gegen dich. Du isst dein Brot nicht umsonst. Du wirst es nicht glauben, aber ich kann mir gar nicht mehr vorstellen, wie wir ohne dich auskommen sollten. Also, selbst wenn du uns verlassen wolltest, würden wir dich daran hindern. Was Rafael angeht, hast du recht – um ihn musst du dich nun weniger kümmern, aber um meinen Schwiegervater mache ich mir Sorgen.«

»Was ist denn mit ihm?«

»Er ist wieder bettlägerig. Doktor Blumenfeld hat ihm Pulver gegen die Schmerzen in der Leber und Tabletten gegen den hohen Blutdruck verschrieben. Er hat ihm wenigstens eine Woche Bettruhe verordnet, aber Reb Jeschue will immer wieder aufstehen, sich anziehen und in den Laden gehen. Er ignoriert alle meine Beschwörungen, sich an die Anordnung des Doktors zu halten, er winkt nur ab und antwortet, als wäre nichts geschehen: ›Ich will hinter meinem Ladentisch sterben!‹ Ich spüre, dass ich allein nicht mit ihm fertigwerde. Vielleicht muss ich Arn aus Paris herbitten … Wo hat man so etwas schon gehört, dass ein vernünftiger Mensch davon träumt, hinter dem Ladentisch zu sterben?«

»Wie lange steht er denn schon dahinter?«

»Seit ich ihn kenne, an die zehn Jahre, insgesamt wahrscheinlich viel länger – seit er das Holzgeschäft an Arn übergeben hat. Sämtliche Türen an Häusern und Lagerhallen in Jonava, sämtliche Bauernscheunen und Hütten, sämtliche Mühlen im Kreis werden mit Schlössern und Riegeln aus Reb Jeschues Laden abgesperrt. Die Bauern nennen ihn hinter seinem Rücken scherzhaft Petrus den Schlüsselgewaltigen. Er kennt ihre Kinder und Enkel, kennt jeden Kunden mit Namen. Für sie ist er der beste Jude der Welt. Er verlangt nicht viel Geld, gibt Kredit und drängt nie zur Rückzahlung. Als Reb Jeschue noch jünger war, hat er manche von ihnen öfter besucht und sogar Selbstgebrannten mit ihnen getrunken.«

»Er ist wirklich der Beste«, bekräftigte Chanke die Meinung der Bauern. »Gott gebe ihm Gesundheit!«

»Gebe Gott«, wünschte ihm auch die Schwiegertochter, wiederholte jedoch nicht, dass Reb Jeschue der beste Jude der Welt sei.

»Vielleicht sollte ich mich wieder für eine Woche hinter den Ladentisch stellen?«

»Rede mit ihm. Wer weiß, vielleicht stimmt er zu. Er schläft gerade nicht, er liest im Tanach. Klopf ruhig bei ihm an«, sagte Etl.

Chanke klopfte an die Tür, und gleich darauf ertönte es: »Jederzeit.«

Leise, fast auf Zehenspitzen, trat sie ins Zimmer und grüßte.

»Oh! Wen sehe ich da!«, sagte Reb Jeschue lebhaft. »Nicht den Langweiler Blumenfeld, nicht Etl mit ihren Tabletten und Blutegeln, sondern eine hübsche Frau! Was bleibst du da stehen? Setz dich!«

»Sie dürfen nicht so viel sprechen, Reb Jeschue.« Chanke rückte einen Sessel ans Bett des Kranken und ließ sich darauf nieder.

Jeschue Kremnizer lag, bis zur Hüfte unter einer Daunensteppdecke, in einem bunten Pyjama auf dem Sofa und atmete schwer.

»Reden, mein Goldstück, kann ich noch, aber leben nicht mehr. Nein! Was ist das für eine Freude – mit seinem nichtigen Leben anderen das Leben zu verderben?«

»Das ist nicht wahr! Sie verderben niemandem das Leben. Bilden Sie sich so etwas nicht ein und machen Sie sich nicht schlecht.«

»Doch, es ist wahr. Wäre ich zu den Vorvätern gegangen wie mein Altersgefährte Abram Kißin, hätten es alle viel leichter.«

Reb Jeschue hustete, trank aus einem Glas einen Schluck Möhrensaft und fuhr nach langem Schweigen fort, ohne Chanke anzusehen, als redete er mit sich selbst: »Dann müsste Etl nicht jahrelang vor Langeweile in diesem Nest vergehen wie in einem Kerker. Sie würden im Handumdrehen die Koffer packen und – hui, wären sie fort!« Reb Jeschue stieß trotz seiner Atemnot einen jungenhaften, übermütigen Pfiff aus. »Sie hält hier nichts.«

»Und die Heimat?«

»Die Heimat? Sie pfeifen auf diese Heimat. Zumal Etl ja in Deutschland geboren ist, nicht in Litauen.«

»Aber sie hat so viele Jahre hier gelebt …«

»Sie werden seelenruhig wegziehen und alle und alles hier vergessen. Woran sollten sie auch zurückdenken? An die litauischen Regengüsse und Schneestürme? An die betrunkenen Bauern auf dem Schtetlmarkt? An den Laden, der für mich alten Mann ein Spielzeug war wie das Holzpferd für Rafael?

Hauptsache, er stört nicht, läuft seinen Eltern nicht vor den Füßen herum.«

»Der Doktor, Reb Jeschue, hat Ihnen Aufregung verboten. Schlagen Sie sich die dummen Gedanken aus dem Kopf und werden Sie bitte schnell wieder gesund.«

»Einen solchen Wunsch kann ich nicht abweisen«, seufzte Reb Kremnizer. »Doch zu meinem Unglück hat sich in meinem Kopf mehr als genug Plunder angesammelt, und ich habe nicht mehr die Kraft, ihn hinauszuschütteln. Vieles liegt dort seit Jahren und riecht schon etwas faulig.«

»Nun übertreiben Sie aber.«

»Werde erst einmal alt, dann wirst du selbst sehen. Es wäre natürlich eine Sünde von mir, dem Herrgott gram zu sein, aber dem Allmächtigen seine Leiden und Kümmernisse zu klagen, das verbietet kein Rabbiner der Welt. Der Herrgott hat mir seine Gnade nicht vorenthalten. Dank sei Ihm dafür, dass er mir einen erfolgreichen Sohn geschenkt hat. Dass er mir nicht obendrein noch eine Tochter wie dich geschenkt hat, daran bin ich nur selber schuld. Golde und ich waren zu faul. Wenn ich mit Gottes Hilfe noch einmal auf die Beine komme, dann werde ich als Erstes nach Kaunas fahren, zu meinem Notar.«

Reb Jeschue verstummte erneut, wartete, bis die angestaute Bitterkeit verging und sich die nötigen Worte einstellten, und sagte leise: »Es wird Zeit, dass ich mich um mein Testament kümmere. Einem gebrechlichen alten Mann kann jederzeit etwas zustoßen. Es ist mir egal, wer unser Haus kauft, mich interessiert nicht, wohin Arn seine Familie bringt. Aber mein Geschäft … Ich will nicht, dass es ein x-Beliebiger bekommt. Vielleicht werde ich meine Freunde und Feinde noch zu meinen Lebzeiten mit meinem letzten Willen verblüffen. Du errätst bestimmt nicht, wem ich meinen Laden vermachen möchte.«

»Ich kann nicht raten.«

»Ich werde ihn kurzerhand dir vermachen. Was sagst du dazu?«

»Nicht doch!«, rief Chanke erschrocken. »Wie kann Ihnen nur so etwas in den Sinn kommen?! Sie haben uns ohnehin schon verwöhnt mit Ihrer Güte. Bitte, kein Wort davon! Solange Sie krank sind, kann ich Sie, wenn Sie möchten, noch einmal vertreten und mich bis zu Ihrer Genesung hinter den Ladentisch stellen. Aber nicht als Inhaberin! Werden Sie hundertzwanzig und betreiben Sie Ihren Laden, solange Sie können! Der Herrgott sollte so guten Menschen wie Ihnen nicht Jahre wegnehmen, sondern noch welche schenken.«

»Unser Herrgott kann alles, aber Er hat es damit nicht eilig. Und warum? Weil die Menschen Menschen sind, weil sie sonst ihren Appetit nie mäßigen und ihren Stolz nie zügeln würden.«

»Ruhen Sie sich jetzt aus. Solche Gespräche verstimmen Sie nur, und dann geht es Ihnen, Gott behüte, wieder schlechter.«

»Danke, dass du mich besucht hast. Du hilfst mir viel besser als die Tabletten von Doktor Blumenfeld«, sagte Reb Jeschue nach einer kurzen Atempause und suchte unter der Decke nach seinem Taschentuch, um sich die verräterischen Tränen abzuwischen.

»Reb Jeschue, nehmen Sie mir meine Offenheit nicht übel, aber ich möchte in Zukunft nicht in einem Laden stehen oder fremde Kinder betreuen, ich werde eigene gebären. Zu Größerem bin ich wohl nicht gemacht. Meine Mutter hat ihrer Töchterschar immer wieder eingeschärft, wir sollten eines nicht vergessen: Für eine Jüdin, ob arm oder reich, gibt es keine wichtigere Aufgabe als die, mit einem guten Mann neue Juden zu zeugen.«

Reb Jeschue Kremnizer lachte.

»Bei dir, Chanke, wird man wohl oder übel gesund. Du solltest für jeden Besuch bares Geld bekommen, nicht der Stockfisch Doktor Blumenfeld.«

Sie verabschiedete sich mit einer Verbeugung und verließ das Zimmer so leise, wie sie es betreten hatte.

11

Der Ansturm von Kunden in der Kellerwerkstatt hielt an, und der fleißige Schlojmke arbeitete bis zum Umfallen. Besorgt um seine Gesundheit, schlug die fürsorgliche Chanke ihrem Mann vor, ihren missratenen, aber kämpferischen Bruder Schmulik als Gehilfen und Lehrling anzustellen. Ihr Vater Schimon, der 1914 nach Witebsk vertrieben worden war und später zum unfreiwilligen Zeugen der russischen Revolution wurde, nannte seinen Sohn nicht ohne Grund Schmule-Bolschewik, wie in jener Gegend die Aufständischen genannt wurden, die den Zaren Nikolai vom Thron stürzen wollten. Der ungewöhnliche Spitzname blieb lange haften. Schmulik rief zwar nicht zum Sturz von Präsident Smetona auf, schimpfte aber wie ein Rohrspatz auf die Verhältnisse in Litauen und hob sein Idol in den Himmel, den verstorbenen Führer der Werktätigen aller Welt, Wladimir Lenin.

»Du wirst eines Tages enden wie jener unglückselige Bäcker, der das Kringelbacken aufgab und die Armen zum Aufstand anstachelte. Der Dummkopf wollte allen einreden, dass es an der Zeit sei, dem Beispiel der Russen zu folgen und die Macht der Ausbeuter in Kaunas durch eine Macht wie in Russland zu ersetzen. Für solches Geschwätz kannst du Wirrkopf dir leicht eine Kugel einfangen«, prophezeite der Vater seinem Sohn brummig eine traurige Zukunft. Dem alten Mann war unbegreiflich, wie ein glatzköpfiger toter Russe der Führer aller Werktätigen der Welt sein sollte.

Der arbeitsame Schlojmke brauchte keinen Kämpfer gegen die Ausbeuter, keinen glühenden Anhänger des verstorbenen Lenin, von dem er noch nie gehört hatte, sondern einen fleißigen Arbeiter. Ihn interessierte kein Gerede von Freiheit, Gleichheit und Brüderlichkeit. Er wusste, dass Gleichheit auf der Erde erst die Würmer im Grab herstellen. Seit jeher, so meinte er, herrsche unter jeder Regierung Ungleichheit, es werde immer Arme und Reiche geben, Gefangene und Aufseher, und was die Brüderlichkeit angehe, so sei die bisweilen wegen eines Erbes von ein paar lumpigen Hektar unfruchtbaren Lehmbodens selbst zwischen leiblichen Brüdern unmöglich.

Doch eine Ablehnung drohte einen Streit mit Chanke heraufzubeschwören, also gab Schlojmke nach.

In der ersten Zeit verzichtete Schmulik auf Schmähungen der örtlichen Machthaber und Lobpreisungen der neuen Ordnung im Land der Sowjets. Er arbeitete schweigend und konzentriert, verwickelte Schlojmke nicht in Diskussionen und wurde bald ein ausgezeichneter Hosenschneider, dabei hatte er anfangs nur Säume gebügelt und Löcher geflickt und sich ab und zu an die Maschine gesetzt und unter Schlojmkes Anleitung gerade Nähte zu fabrizieren gelernt.

Schlojmke bestaunte nicht nur die Schneiderfähigkeiten seines Schwagers, sondern auch dessen Belesenheit und Informiertheit. Schmulik hatte in Kaunas ein knisterndes altes Philips-Radio aufgetrieben, es repariert und hörte nun abends Nachrichten auf Litauisch, Russisch und Deutsch, obgleich er keine dieser Sprachen richtig beherrschte.

»Man muss doch nicht nur über das Bescheid wissen, was vor der eigenen Nase und unter dem eigenen Fenster geschieht«, sagte er einmal zu seinem Lehrmeister.

»Wozu?«

»Wir leben schließlich nicht auf dem Mond und nicht in einem Gatter wie das Vieh, das nicht mehr kennen muss als seinen Zaun und sein Bündel Heu.«

»Was man vor allem wissen muss, Schmulik, ist nicht das, was vor unseren Fenstern und hinter unserem Zaun geschieht, sondern das, was in unserer eigenen Seele und in unserem Kopf los ist. Dort muss man für Ordnung sorgen, und nicht Aufstände anzetteln«, versuchte der vorsichtige Schlojmke seinen Standpunkt darzulegen.

»Das ist richtig. Doch von dem, was in der Welt geschieht, hängt auch ab, was aus uns und unserem Zuhause wird. Und was, frage ich dich, was sehen und hören wir beide denn hier in unserem gottverlassenen Hühnernest? Wir gackern, picken Körnchen auf, brüten unsere Küken aus, freuen uns über jede Kleinigkeit wie einen zusätzlichen Litas und wollen sonst von nichts wissen. Aber wenn nun zum Beispiel morgen Krieg ausbricht und Pogrome anfangen? Hast du schon einmal etwas von den üblen Plänen eines Früchtchens namens Adolf Hitler und seiner Gesellen gehört? Natürlich nicht.«

»Wer ist er denn, dass ich von ihm und seinen Plänen gehört haben müsste?«

»Ein ausgemachter Halunke und ein Judenhasser! Das erstens. Und zweitens drohen Hitlers Komplizen, die Welt von uns grindigen Blutsaugern zu befreien und uns allesamt auszurotten. Was sagst du zu diesen Aussichten?«

»Es gibt viele Verrückte auf der Welt …«

»Noch sind es zum Glück nicht viele, aber es werden von Tag zu Tag mehr.«

»Wenn du anfängst, die Verrückten und Halunken zu zählen, Schmulik, dann werden wir beide nichts Gescheites nähen. Näh lieber, statt deinem scheußlichen Philips zu lauschen.

Und um die Verrückten sollen sich die Doktoren kümmern«, sagte Schlojmke ruhig und wiederholte: »Näh weiter. Nur ein Müßiggänger wetzt unentwegt die Zunge, Geschwätz nützt niemandem, es führt geradewegs ins Gefängnis. Hast du etwa Lust auf Gefängniskost?«

Trotz der Abneigung des Schwagers gegen hausgemachte Aufrührer wie den armen Bäcker, der zur Abschreckung seiner jüdischen Gesinnungsgenossen und verirrter Anhänger erschossen worden war, arbeiteten Schlojmke und Schmulik nicht nur gut zusammen, sondern wurden sogar Freunde.

Schmulik lernte im Fluge, war ein gutmütiger Spötter und nie gekränkt. Schlojmke fand den notorischen Streithahn und Schmäher der Ausbeuter, wie der aufgeblasene schnurrbärtige Hausbesitzer Kapler einer war, unkompliziert und interessant.

Sehr zupass kamen den überlasteten jungen Eheleuten auch Schmuliks beachtliche Kochkünste. Chanke hatte bis zum Mittag im Laden zu tun, nachmittags half sie im Haushalt der Kremnizers, denn Etl verbrachte sehr viel Zeit mit der Lektüre von Romanen, dem täglichen Wühlen in ihrer unter der Trennung leidenden Seele und dem Erforschen ihrer nebulösen Zukunft durch Kartenlegen. Außerdem setzte sich Chanke stets für eine Weile ans Bett von Reb Jeschue, übergab ihm die Tageseinnahmen und richtete ihm Grüße und Wünsche von seinen Kunden aus – wir denken an Sie, Reb Jeschue, wir warten auf Sie, werden Sie bald gesund.

Schmulik musste recht oft kochen, braten oder backen für Schlojmke und sich. Sie aßen zusammen, spülten anschließend gemeinsam das Geschirr und ließen dabei ihren Streit über Weh und Leid der Welt ruhen und verschoben den Weltuntergang auf später.

Als Schmulik von der Absicht des dahinsiechenden Sonderlings und Philanthropen Kremnizer erfuhr, Chanke seinen Laden zu vermachen, unterzog er seine Schwester, als sie am Abend nach Hause kam, einem regelrechten Verhör.

»Und?«

»Was – und?«

»Ich hoffe, du hast nicht das edle Fräulein aus dem Haus des Grafen Potozki oder die Nichte des Präsidenten Smetona gespielt und dem Alten eine Absage erteilt?«

»Doch, das habe ich. Sollte ich deiner Meinung nach etwa einwilligen und ihm die Hände küssen?«

»Nun seht euch diesen Stolz an.« Schmulik verdrehte die Augen. »Man könnte denken, du hättest schon einen Kolonialwarenladen in Kaunas, auf der Allee der Freiheit, und außerdem ein Geschäft für teure Parfümerie und Kosmetik mitten in Paris!«

»Schmulik«, sagte Chanke traurig und versöhnlich. »Stell dich doch nicht dumm. Wer fremdes Gut begehrt, der wird nie eigenes Gut besitzen.«

»Die Kremnizers besitzen kein eigenes Gut! Nein! Die Wälder hinter Rietavas gehören nicht ihnen, und die Läden, die sie vom Geld für die gefällten und ins Ausland verkauften Bäume erworben haben, auch nicht. Alle diese Güter gehören dem Volk.«

»Was soll das heißen, Schmulik? Dann gehört auch die Singer, unser Hochzeitsgeschenk, nicht mir, sondern deinem Volk?«, fragte Schlojmke den Kämpfer für Freiheit und Brüderlichkeit, um Chanke beizustehen.

Darauf wusste sein Schwager nichts zu antworten.

»Nicht das Volk, Schmulik, sitzt an dieser Singer. Wenn du es genau wissen willst, das Volk ist ein schlechter Eigentümer. Es kann mit Eigentum nicht umgehen. Vermehrt wird es nur von Einzelnen, sozusagen von Privatleuten«, versuchte Schlojmke seinen Gehilfen nachsichtig auf den richtigen Weg zu führen. »Überleg mal selbst – schließlich wird auch der Mensch Gott sei Dank von niemandem und nirgendwo gemeinsam gemacht. Jeder sucht ihn nach seinen Kräften und Möglichkeiten ohne fremde Hilfe zur Welt zu bringen. Ich meine, selbstständig gelingt alles besser als mit voller Unterstützung des Volkes«, sagte Schlojmke und lächelte, zufrieden mit seiner Predigt.

Chanke unterstützte ihn mit einem dankbaren Blick, zumal sie ihr wichtigstes Geheimnis bisher vor allen verborgen hielt – seit zwei Monaten trug sie ihr erstes Kind unterm Herzen und war überzeugt, dass es ein Junge war. Dieses Geheimnis wollte sie vorerst niemandem verraten, nicht einmal ihrem eigenen Mann. Sonst verplapperte er sich womöglich aus Versehen bei Roche, die ihr erst vor kurzem geraten hatte, sich vorzusehen und sich mit dem Familienzuwachs Zeit zu lassen, obgleich sie selbst ihren Ältesten, den »Franzosen« Ajsik, mit nicht einmal zwanzig Jahren geboren hatte. Chanke war natürlich klar, dass Schwangerschaft ein Geheimnis ist, das sich von Tag zu Tag selbst enthüllt und sich mit keinerlei Tricks verbergen lässt, dennoch wahrte sie hartnäckiges Schweigen, um sich vor Vorwürfen und Nörgeleien ihrer Schwiegermutter zu schützen.

Die Erste, die etwas von Chankes Schwangerschaft ahnte, war Etl Kremnizer.

Sie saßen allein im Wohnzimmer, Rafael schlief, und Reb Jeschue quälte sich in seinem Zimmer mit seinen Gedanken.

»Meine Liebe, ich glaube, du bist in letzter Zeit ein wenig in die Breite gegangen«, sagte Etl mit schelmischem Unterton. »Du läufst anscheinend sogar vorsichtiger, als hättest du Angst auszurutschen, selbst auf unserem Parkett. Hast du vielleicht schon ein Fischlein gefangen? Gib es zu! Auf mich kannst du dich verlassen – ich verrate es niemandem.«

Sie zu beschwindeln war für Chanke undenkbar. Etl hatte

mit ihr so oft, wenn auch nur in durchsichtigen Andeutungen oder plötzlichen unbedachten Äußerungen, Geheimnisse geteilt, die sie niemandem sonst anvertraute.

»Ja, das hab ich«, bekannte Chanke.

»Eine gute Nachricht! Du wirst es nicht glauben, ich verwöhntes und verzärteltes Fräulein habe immer von einem Haufen Kinder geträumt, doch Arn war strikt dagegen, er sagt, kinderreiche Familien seien ein Relikt, in Europa und Amerika seien sie nicht in Mode. Solche Familien gebe es höchstens noch im unterentwickelten Afrika und in der tiefsten, ödesten Provinz, wo die Leute außer diesem süßen und leicht zugänglichen Vergnügen keine Abwechslung hätten. Aber ich finde, Kinder kommen nie aus der Mode.« Etl seufzte, schwieg eine Weile und sagte dann leise, wie zu sich selbst: »Nein, wirklich, das machst du richtig. In der Jugend ist das Gebären viel leichter. So Gott will, bekommt unser Rafael einen Freund oder eine Freundin. Vielleicht gleich beides, einen Freund und eine Freundin.«

»Oje!«, rief Chanke. »Prophezeien Sie mir bloß keine Zwillinge! Wir sind froh, wenn wir eins durchfüttern und großziehen können … Was uns der Allerhöchste auch schenkt, wir werden es dankbar annehmen.«

»Hauptsache, alles geht gut. Ich bin leider ganz allein aufgewachsen. Obwohl meine Mutter Zwillinge zur Welt gebracht hat. Damals lebten wir in Deutschland, in Berlin, in der Friedrich-Schiller-Straße. Meine Schwester Ester, die eine Viertelstunde vor mir auf die Welt kam, wurde keine drei Jahre alt …«

»Was ist mit ihr passiert?«

»Ein angeborener Herzfehler. Heute glaube ich, es wäre besser gewesen, ich wäre damals an ihrer Stelle gestorben.«

»Solche Reden sind Sünde, der Herrgott hört doch jedes Wort von uns. Als Herr des Lebens könnte Er gekränkt sein und Sie für diese Worte bestrafen.«

»Er hat mich längst bestraft. Sag mir doch bitte, ist das etwa ein Leben?«, entfuhr es Etl, und dann konnte sie nicht mehr an sich halten. »Ich lebe wie eine Nonne, bei mir ist nur mein Schwiegervater mit einem ganzen Strauß Krankheiten und Weisheiten, mein Mann ist ständig auf Reisen … Meine einzige Freude und mein einziger Trost ist Rafael.«

Chanke wagte nicht, sie zu unterbrechen. So etwas geschah bei Etl oft. Plötzlich überkam es sie, und sie öffnete sich weit. Doch nun wechselte sie überraschend das Thema.

»Ich freue mich sehr für dich. Arn macht sich schon die ganze Zeit Gedanken, wer einmal unseren privaten Spielzeugladen erben soll, den er für seinen Liebling aus allen Ländern Europas zusammengetragen hat. Wenn du einen Jungen bekommst, soll er die Spielsachen haben. Und du nimmst hoffentlich auch die Kleidung, aus der Rafael herausgewachsen ist. Ich habe nichts weggeworfen, keineswegs aus Geiz, nein, ich habe alles ordentlich aufbewahrt für ein Brüderchen: Sommer- und Winterhosen, bestickte Hemdchen, samtlederne Jäckchen, Bommelmützen, Lederschuhe. Aber das war vergebliche Mühe … Und jetzt ist es mir wohl nicht mehr bestimmt, ein zweites Mal Mutter zu werden. Warum also sollten die Sachen sinnlos verderben?«

»Warten wir den glücklichen Tag ab …«, erwiderte Chanke ausweichend. »Vielleicht wird es ja kein Junge, sondern ein Mädchen. Aber ich möchte mit Ihnen über etwas anderes sprechen. Nicht über Spielzeug.«

»Mit mir kannst du über alles reden.«

»Wenn ich erst rund bin wie eine Tonne, fürchte ich, kann ich mich nicht mehr hinter den Ladentisch stellen. Es muss ein Ersatz gefunden werden. Reb Jeschue wird wohl leider nicht mehr in sein Geschäft zurückkehren.«

»Wahrscheinlich nicht. Sein Zustand gibt keinen Anlass zu Optimismus. Ich bin inzwischen schon zur Krankenpflegerin geworden. Ich springe mitten in der Nacht auf und laufe in sein Zimmer, um nachzusehen, ob er noch atmet.« Nach kurzem Schweigen fuhr Etl fort: »Arn ist fest entschlossen: Er will allen Besitz in Litauen verkaufen und trotz aller Einwände seines Vaters nach Paris ziehen. In seinem letzten Brief schrieb er, die jüdischen Schtetl seien überhaupt ein himmelschreiender Unfug, ein freiwilliges Gefängnis, nur ohne Gitter und Aufseher, in dem Tausende Juden schmachteten. Es würden keine fünfzig Jahre vergehen, bis dieser ganze Hort der Armut, der Beschränktheit und des naiven Glaubens an die Allmacht des Herrgotts verschwinde, samt allen seinen Bewohnern. Die Juden bräuchten von Natur aus Weite, damit sie sich in alle Richtungen entfalten könnten, keinen Käfig und kein eingezäuntes Gatter.«

»Oho! Und wo bleiben wir alle seiner Meinung nach? Fliegen wir wie die Kraniche in warme Länder? Oder sterben wir alle an der Pest? Da hat Herr Arn unrecht, meine ich«, sagte Chanke nachdenklich.

»So ist er eben, ein Heißsporn. Immer gleich mit der Axt drauflos. Dabei zerstört er unversehens schon mal Dinge, die keine Axt auch nur berühren darf.«

»Es wird mir schwerfallen, mich von Ihnen zu trennen«, sagte Chanke traurig. »Sie sind in Jonava durch niemanden zu ersetzen.«

»Bis zur Trennung ist es noch eine Weile hin. Arn ist wie der Wind, ungestüm und wechselhaft. Du wirst sicher dein Kind zur Welt bringen, ehe unser Umzug endgültig feststeht«, tröstete sie Etl. »Einstweilen kannst du also ruhig weiterarbeiten.«

Chanke ging mit schwerem Herzen nach Hause. Arn würde seinen Vater aus dem Schtetl fortbringen, und sie in ihren anderen Umständen würde nicht nur ihren ausgezeichneten Lohn verlieren, sondern auch treue Freunde. In Gedanken schob

Chanke die bevorstehende Trennung hinaus, doch sie zweifelte nicht daran, dass sie bald kommen würde. Wenn nach all diesen Aufregungen wenigstens ihr Wohltäter Reb Jeschue am Leben blieb!

Zu Hause erfuhr Chanke ein übriges Mal, dass eine schlechte Nachricht nie allein kommt, sondern sich immer noch eine weitere dazugesellt.

Schlojmkes Vater lag im Bett. Dovid litt an verschleppter Schwindsucht. Von Zeit zu Zeit machte sie sich durch donnernde Hustenanfälle und Blutspucken bemerkbar.

»Er tut seit unserer Hochzeit nichts als husten und husten. Als hätte er sich bei unserer Heirat an mir verschluckt wie an einer Gräte. Ich werde nie vergessen, wie mein armer Auserwählter unter der Chuppa so hustete, dass niemand auch nur ein Wort des Rabbiners verstand«, erzählte Roche wie jedes Mal Doktor Blumenfeld, den Chanke vom anderen Ende des Schtetls geholt hatte.

Der Doktor beugte sich über den zusammengekrümmt daliegenden Dovid und sagte unfroh, ohne den Angehörigen überflüssige Fragen zu stellen: »Wie mein Lehrer Professor Ludwig Zesemann in Zürich zu sagen pflegte: ›Das Bild ist auch ohne Obduktion vollkommen klar.‹ Ich habe Schweizer Tabletten mitgebracht. Sie müssen alle vier Stunden eingenommen werden, nach dem Essen, vier Tage lang. Und Bettruhe – im Warmen liegen, liegen und nicht reden.«

»Ich habe viel zu tun«, stöhnte Dovid. »Wie soll ich da liegen?«

»Um deine Arbeit kümmere ich mich«, meldete sich Roche, und sie gingen in das andere Zimmer. »Ich greife nicht zum ersten Mal zu Ahle und Hammer.«

»Sie können schustern?«

»Wenn es sein müsste, könnte ich auch ein Pferd beschlagen;

Schuhe besohlen ist für mich ein Kinderspiel«, prahlte Roche überraschend und erklärte dem Doktor weiter: »Meine Schwiegertochter Chanke und meine Tochter Chawe werden fünf Tage das Essen für uns kochen, und ich setze mich an die Leisten. Wenn Dovid krank ist, schustere ich immer für ihn – Hammer oder Ahle in die Hand, Nägel in den Mund, und los, mit Gottes Hilfe!«

»Donnerwetter!«, sagte Blumenfeld begeistert.

»Die Not ist ein guter Lehrer«, sagte Roche und wurde dann, was selten vorkam, rührselig: »Was für ein Glück, dass wir Sie haben! Was würden wir nur machen, Doktor, wenn Sie bei ihrem Ludwig in diesem Rürich geblieben wären?«

»Nicht Rürich, Frau Kanowitsch, sondern Zürich. Das ist eine Stadt in der Schweiz«, korrigierte Blumenfeld. »Ich bin nicht dort geblieben, weil ich glaube, dass wir hier ein wenig näher beim Herrgott sind, und auch Er ist uns hier näher«, scherzte der Doktor. »An der Quelle eines Flusses, an seinem Ursprung, sagt man, ist das Wasser reiner. Und unser Ursprung ist schließlich hier.«

»Also ich, Doktor, ich habe in unserem Schtetl den Herrgott noch nie getroffen. Vielleicht habe ich Ihn wegen meiner angeborenen Kurzsichtigkeit nicht bemerkt, vielleicht benutzen wir einfach verschiedene Straßen. Wenn ich die Fischerstraße entlanggehe, nimmt Er die Schmiedestraße. Und umgekehrt!« Roche lachte schallend, und als sie wieder zu Atem gekommen war, sagte sie: »Chanke, hol bitte dem Doktor einen Stuhl.«

»Geben Sie lieber dem Patienten die erste Tablette, ich kann ruhig noch einen Augenblick hier bei Ihnen stehen.«

»Sofort!«

Und Chanke, erfreut, dass sie mit ihrem bislang noch unauffälligen Bauch wenigstens kurz verschwinden konnte, lief mit der Medizin zu ihrem still gewordenen Schwiegervater.

»Wenn der Allerhöchste in Jonava, wie Sie sagen, näher bei uns Sündern ist als bei denen, die in den großen Städten im Ausland wohnen, warum haben es die Leute hier dann so schwer?«

»Warum? Weil wir hier noch daran glauben, dass Er unermüdlich über jeden unserer Schritte wacht und sich weniger um unsere Geldbeutel kümmert als vielmehr um unsere Seelen.«

»Aha«, knurrte Roche unverhohlen gekränkt. »Der himmlische Vater könnte ruhig auch für die Geldbeutel der Armen sorgen.«

»Was soll man machen – wahrer Glaube zahlt sich nicht in Banknoten aus. Sie wissen ja selbst, was unser Unglück ist.«

»Nein, das weiß ich nicht.«

»Das Unglück ist, dass das Goldene Kalb diesen unseren Glauben fast überall mit seinen Hörnern niedergestoßen hat. Aber wie sehr der Mensch auch das Geld anbetet, für die Unsterblichkeit reicht es bei niemandem.«

»Es reicht nicht einmal für den morgigen Tag! Nicht zu reden vom ewigen Leben«, sagte Roche.

Izchok Blumenfeld schwieg und betrachtete mitfühlend die lange nicht geweißten Wände, von denen die Farbe abblätterte. An einer davon drängten sich auf einem alten Daguerreotyp in einem Rahmen hinter Glas entfernte Vorfahren von Roche oder vom arbeitsamen Dovid.

»Ich bin eigentlich wegen meines verstorbenen Vaters in Jonava geblieben, des Schreibers und Anwalts Henech Blumenfeld. Die Leute müssten sich noch an ihn erinnern«, seufzte der Doktor.

»Aber ja … Ihr Vater hat für die Juden Bittschreiben und Beschwerden nach ganz oben verfasst – an unseren Bürgermeister oder an die Regierung in Kaunas«, bestätigte Roche freudig.

»Vater verlangte in seinen Briefen nach Zürich immer, dass

ich wenigstens in den Ferien nach Hause kam. ›Ich bin alt. Wer weiß, womöglich fallen deine Ferien mit meiner Beerdigung zusammen‹, schrieb er einmal und klagte über seine Krankheiten und seine Einsamkeit. Sie werden es nicht glauben, meine letzten Studentenferien fielen tatsächlich genau mit seinem Tod zusammen. Seitdem habe ich mich nie mehr getrennt von meiner Mutter Slata und meinem Vater Henech, gesegnet sei ihr Andenken, und werde immer bei ihnen bleiben.«

Doktor Blumenfeld knöpfte sein Jackett zu, schloss sein Köfferchen und sagte, schon an der Tür: »Wenn es Reb Dovid schlechter gehen sollte und er, Gott behüte, Blut spuckt, lassen Sie es mich sofort wissen.«

»Machen wir.« Roche nickte. »Jeder weiß seit langem, wenn jemand Hilfe braucht, ist es zu Ihrem Haus, lieber Doktor, näher als zum Haus des Herrgotts«, musste die streitsüchtige Schusterfrau den Allerhöchsten noch einmal rügen.

Die ganze Woche saß Roche an der Schusterbank und klopfte inbrünstig mit dem Hammer auf dem Leisten herum, als wollte sie daran allen Unmut über ihr unerfreuliches Schicksal auslassen. Der kranke Dovid erklärte ihr mit heiserer Stimme vom Bett aus, welche Schuhe zuerst repariert werden mussten und welche bis zu seiner Genesung warten konnten.

»Mach zuerst die Absatzflecken auf den Schuhen vom Pfarrer … Ich hab seiner Haushälterin Pani Magdalena versprochen, dass sie am Montag fertig sind … Direkt neben der Werkbank liegen die Kunstlederstiefel vom Balegole Schwarzman, der schwört, er hätte schon in der Wiege Schuhgröße sechsunddreißig gehabt und habe jetzt Größe siebenundvierzig. Er übertreibt natürlich. Allerdings habe ich so riesige Quanten in unserem Schtetl noch bei keinem gesehen. Aber auch gleich Größe siebenundvierzig! Was er so erzählt – angeblich ist bei ihm alles groß, von oben bis unten.«

Dovid kicherte.

»Du Schamloser, du unglückseliger Zotenreißer! Ich komme auch ohne deine Ratschläge zurecht. Ich bin ja nicht blind. Und du schwatz nicht so viel. Lieg still und werde gesund. Kräht hier herum, weiß Gott …«

Chanke, tief beeindruckt von den Schumacherkünsten ihrer Schwiegermutter, bemühte sich dennoch, ihr nicht unter die Augen zu kommen und sich möglichst fern zu halten vom Schusterhocker. Sie wirtschaftete in der winzigen Küche, lief nach Kartoffeln in den Keller, ging hinaus auf den Hof, um das nicht sehr zahlreiche Vieh zu füttern – einen schönen Hahn, stolz wie ein Husar, und drei verführerische Hennen, die werktags wie feiertags pünktlich runde gelbliche Eier legten.

Wenn Chanke mit dem Essenkochen und dem Putzen im Haus ihres kranken Schwiegervaters fertig war, ging sie zu der unruhigen Etl, die jeden Tag mit der Anweisung aus Paris rechnete, die Koffer zu packen und sich mit Rafael und dem gebrechlichen Reb Jeschue auf die weite Reise zu machen. Nach Hause zu Schlojmke kam Chanke erst am späten Abend, um in aller Herrgottsfrühe erneut durch das noch schlafende Schtetl in die Fischerstraße zu laufen.

In den ersten Tagen ganz von der Arbeit in Anspruch genommen, achtete Roche nicht weiter auf ihre Schwiegertochter. Sie band sich die Lederschürze ihres Mannes um und hantierte fleißig mit Ahle und Hammer.

Am Montag, wie Dovid gesagt hatte, erschien Magdalena, die Haushälterin des Pfarrers, um seine Schuhe abzuholen – eine hagere, rundgesichtige Frau mit nachdenklichen, hinter einem Trauerschleier verborgenen Augen, die eben von einem alten Bild herabgestiegen zu sein schien. Sie bezahlte Roche, verzichtete auf das Wechselgeld, packte die Schuhe des Pastors sorgfältig in ihre Tasche und zwitscherte wie ein Vögelchen:

»Der Pater lässt ausrichten, dass er unbedingt für die Genesung Ihres Mannes beten wird. Er sagt, man muss für alle Handwerker beten. Für Juden wie Christen. Schließlich waren unsere Apostel auch Handwerker.« Magdalena bekreuzigte sich und fügte ein paar Worte hinzu, die niemand verstand: *»Laudator Jezus Kristus*!«

Als sie gegangen war, machte sich Roche an die Kunstlederstiefel des Fuhrmanns. Sie murmelte die ganze Zeit vor sich hin, offenbar fragte sie Pejssach Schwarzman, wie er es fertigbrachte, seine Absätze so schnell herunterzutreten – schließlich laufe er nicht Tag für Tag über das schartige Pflaster des Schtetls, sondern sitze auf einem Fuhrwerk oder auf dem Kutschbock, bewundere die Wälder und Felder und schwinge die Peitsche.

Chanke hetzte noch immer von einem Haus zum anderen und trieb nach wie vor ein sinnloses und anstrengendes Versteckspiel mit Roche, bis sie es eines schönen Morgens satt hatte. So schlau sie es auch anstellte – ihr Geheimnis zeichnete sich von Tag zu Tag deutlicher unter ihrem mit Margaritenblüten übersäten Kattunkleid ab. Wofür sollte sie sich schämen? Sie war nicht von einem namenlosen Zigeuner schwanger, nicht vom Schürzenjäger Berditschewski, dem Inhaber der Kutscherkneipe, sondern von ihrem Ehemann, von Roches leiblichem Sohn!

»Ich muss Ihnen etwas Wichtiges sagen«, begann sie, nachdem sie beschlossen hatte, sich der strengen Schwiegermutter anzuvertrauen, und verstummte, weil sie nicht wusste, wie sie diese anreden sollte: das ungewohnte »Mama« fiel ihr schwer, und das respektlose »Roche« wollte ihr nicht über die Lippen.

»Was ist das für ein Begräbniston? Wenn du mir wirklich etwas Wichtiges mitteilen willst, rede ohne Scheu! Keiner wird dir den Kopf abreißen!« Roche hob belehrend den Zeigefinger. »Wozu unter uns so zierlich-manierlich?«

»Ich erwarte …«

Das war alles, was Chanke vor Aufregung herausbrachte, auf den Scharfsinn der Schwiegermutter vertrauend.

»Die Juden erwarten von alters her immer irgendetwas. Der eine erwartet den Meschiach, der andere einen großen Lotteriegewinn, der Nächste eine Erbschaft von einem Vetter aus Amerika. Also, was erwartest du, Chanke?«

»Ich erwarte ein Kind«, gab die Schwiegertochter ihr Geheimnis preis und strich sich über den Bauch.

»Was für eine Neuigkeit!«, rief Roche aus, sprang hinter der mit Lederresten und unbenutzten Stiften übersäten Werkbank hervor, stellte sich vor Chanke und starrte sie an, als sähe sie sie zum ersten Mal im Leben. »Du hast dich also nicht vorgesehen«, sagte die Schwiegermutter, eher erfreut als tadelnd.

»Nein. Wie soll man sich bei Ihrem Sohn auch vorsehen? Verzeihen Sie mir Schlafmütze bitte«, seufzte Chanke.

»Was denn?«, fragte Roche erstaunt, die vor Freude ihre Warnung vor allzu früher Schwangerschaft vergessen hatte. »Muss man etwa dafür um Verzeihung bitten, dass es einen Juden mehr auf der Welt geben wird?«

»Vielleicht auch eine Jüdin.«

»Eine Jüdin ist genauso recht. Komm, machen wir Dovid eine Freude. Freude ist die beste Medizin der Welt. Schade, dass Gott sie uns Armen nur tröpfchenweise schenkt. Und auch das nur selten …« Roche brach plötzlich in Tränen aus. »Eine gute Nachricht! Von jetzt an werden wir beide, Chanele, gemeinsam warten.«

Chanke erstarrte – bei diesem Kosenamen hatte bisher nur ihre Mutter sie genannt.

Roche band die Schürze ab, und die beiden gingen nach nebenan, wo unter einer Steppdecke der kranke Dovid lag, den Blick an die Decke gerichtet.

»Schluss mit dem Kranksein, du Faulpelz!«, donnerte Roche. »Wird Zeit, dass du wieder an die Arbeit gehst und Geld verdienst für ein Geschenk für den Enkel!«

»Für den Enkel? Für welchen Enkel? Was für ein Geschenk? Soweit ich weiß, haben wir noch keinen Enkel.«

»Du hast früher im Schtetl immer geprahlt, was für Söhne du machen kannst! Nun stellt sich heraus, auch dein Sohn Schlojmke ist darin ein Meister. Was ist – freust du dich nicht?«

»Doch, doch, ich freue mich. Enkel, das sind doch sozusagen unsere Zinsen im Alter. Du selber tust nichts dazu, aber das Konto wächst. Hihihi …«, bedachte Dovid seine Frau und seine Schwiegertochter mit einer kleinen Lachsalve.

»Nun seht ihn euch an! Was für Gedanken dem alten Dummkopf in den Sinn kommen!«, spöttelte Roche.

»Ja, wie du siehst. Ich sperre meinen Kopf zur Nacht nicht zu wie eine Tür. Ich liege da, schaue an die Decke und denke über alles Mögliche nach, zum Beispiel über das Leben und den Tod.«

»Oho!«

»Darüber, wozu wir leben auf dieser Welt. Was bleibt von uns, wenn wir für immer Abschied nehmen von Hammer und Ahle, von Besen und Schrubber? Vielleicht ja überhaupt nichts? Vielleicht nur Staub? Hat es sich dann überhaupt gelohnt, auf die Welt zu kommen? Wozu? Nur für einen Stein auf dem Grab mit deinem verblassten Namen Dovid und dem Familiennamen Kanowitsch? Darüber denke ich nach, wenn ich mal nicht huste …«

»Denk nach, so viel du willst, aber lass das Husten«, sagte Roche, die ihrem Mann nicht widersprechen und in Gegenwart der Schwiegertochter nicht über seine geistigen Fähigkeiten spotten wollte, und setzte hinzu: »Der Winter steht vor der Tür. Dann haben wir mit dir und deinem Husten unsere liebe Not.«

12

Der Winter 1928 war in Litauen so streng wie noch nie. Die übermütige, im Sonnenlicht glitzernde Vilija, die mit ihren Zuflüssen Jonava umschlang wie ein kostbares Kollier, war vom Eis in Ketten gelegt. Ununterbrochen tobten wilde, dichte Schneestürme, die Schneewehen rückten von Tag zu Tag näher an die Fenster der in die Erde eingesunkenen Hütten, schauten hinein und bedachten deren Bewohner mit tödlichem Kältehauch. Zum Glück starb im Schtetl den ganzen Winter lang niemand, die Beerdigungsbruderschaft hatte nichts zu tun und ruhte, und beide Friedhöfe, der jüdische wie der katholische, lagen lange unter einem dichten gemeinsamen Leichentuch.

Schlojmke beschwor Chanke, die bereits im sechsten Monat war, bei Kälte auf keinen Fall aus dem Haus zu gehen, sondern im geheizten Zimmer zu bleiben und für eine Weile auf die Arbeit bei den Kremnizers zu verzichten.

»Du wirst dich erkälten, und zum Lohn dafür bekommst du statt Litai eine Lungenentzündung.«

»Wegen der Fröste hat Etl mir vier Tage freigegeben und mir ihren Fehmantel geliehen. Sie hat darin bei ebensolcher Kälte ihren Rafael unterm Herzen getragen und ist nie krank geworden. Dazu hat sie mir noch einen Wollschal gegeben. Mach dir also keine Sorgen. Mir passiert schon nichts.«

»Warum willst du in deinem Zustand die Gesundheit aufs Spiel setzen? Wir kommen auch ohne deinen Lohn aus.«

»Mit geht es nicht um das Geld …«

»Worum denn?«, bohrte Schlojmke.

»Wenn ich dir das sage, nennst du mich erst recht verrückt«, wich Chanke aus.

Wie sollte er verstehen, dass sie im Laufe ihrer Arbeit im

Haus der Kremnizers vom Kinder- und Dienstmädchen fast zu einem vollwertigen Mitglied der Familie geworden war? Dass Etl noch vor Chankes Heirat sogar gesagt hatte, wenn Arn bei seinem Entschluss bliebe und sie nach Frankreich zögen, würde sie Chanke gern mitnehmen?

So sehr sich Schlojmke und Schmulik bemühten – sie konnten Chanke selten umstimmen. Auch diesmal mussten die Männer ihre Niederlage eingestehen. Tief im Schnee einsinkend und bibbernd vor Kälte, stapfte Chanke zu ihren Schützlingen.

Im Haus der Kremnizers wehte sie aus allen Winkeln unüberwindliche Trostlosigkeit an. Etl war kaum wiederzuerkennen. Sie war schlagartig gealtert und zusammengesunken, krampfhaft schlang sie immer wieder ihre flauschige Jacke um sich, als fröstelte sie, obwohl es im Wohnzimmer warm war. Der Heizer Petras machte brav jeden Morgen und jeden Abend Feuer im Kachelofen und im Kamin. Reb Jeschue war bis zur Unkenntlichkeit abgemagert, bewegte sich nur mit Mühe von Zimmer zu Zimmer, gestützt auf seinen geliebten Stock, auf dessen Knauf ein Miniaturkrokodil oder eine vorsintflutliche Echse mit gierig aufgerissenem Maul prangte. Kremnizer setzte sich in einen Plüschsessel und blickte starr in den prächtigen Kronleuchter wie auf einen fernen Planeten, wohin er selbst, wie es schien, bald umsiedeln würde. Manchmal rief er unbeholfen, wie noch vor kurzem sein kleiner Enkel Rafael, nach Etl oder Chanke: »Pipi.«

Dann brachte ihn eine der beiden, meist Chanke, seltener Etl, zur Toilette. Manchmal war es leider schon zu spät.

Als Reb Jeschues Sprache noch nicht verkümmert war, hatte er oft gesagt, er wolle nicht irgendwo in der Fremde sterben, sondern in seiner Heimat, in Jonava, und hier auf dem Friedhof liegen. Dort, wo es seiner tiefen Überzeugung nach noch ein unsichtbares Leben der Toten gab. Dort, wo er nach seinem Tod unter seinen Nächsten sein würde – bei seiner Mutter Golde, seinem Vater Dow-Ber und seinem Bruder Jeschaje, unter seinen zahlreichen Freunden und dankbaren Kunden. Aber mit wem, so fragte Reb Jeschue, solle er sich auf einem Friedhof in Paris oder in Berlin unterhalten? Mit einem betrügerischen Immobilienhändler, der seine Muttersprache Jiddisch längst vergessen hat? Oder mit einem hochnäsigen Bankier, der morgens nie jemanden gegrüßt hat? Und redet mir nicht ein, sagte Reb Jeschue, dass wir aus Staub geboren sind und wieder zu Staub werden! Ein Mensch, wenn er nicht nur ein Haufen Knochen mit Fleisch dran ist, stirbt nie ganz. Er braucht auch nach dem Tod die Gesellschaft von Menschen, die seinem Herzen teuer sind.

Reb Jeschues Hilflosigkeit und sein schwindendes Gedächtnis bedrückten Etl. Aus Angst, ihr Schwiegervater könne tatsächlich sterben und sie müsse allein für die Beerdigung sorgen, schickte sie beunruhigte Telegramme nach Paris an Arn und bat ihn inständig, rasch nach Jonava zu kommen. Arn versprach es, nannte sogar konkrete Termine, fand aber immer wieder wichtige Gründe, die Reise zu verschieben.

»Bestimmt halten seine Geschäfte ihn auf«, nahm Chanke Arn in Schutz. »Und Reb Jeschue hat einstweilen nicht vor, uns zu verlassen.«

»Geschäfte, Geschäfte«, wiederholte Etl. »Was kann es für Geschäfte geben, wenn es dem Vater so schlecht geht …« Dann platzte sie heraus: »Er hat dort bestimmt eine andere Frau.«

»Meine Mutter sagt, eine Trennung ist wie eine weissagende Zigeunerin. Sie kann einem alles Mögliche einreden! Hören Sie nicht voreilig auf ihre Prophezeiungen«, erwiderte Chanke und umarmte Etl.

Reb Jeschue saß friedlich in seinem Sessel, drehte den Stock mit dem furchterregenden Knauf hin und her, richtete die halbblinden Augen auf den erloschenen Planeten über dem Tisch und lächelte abwesend. Bei diesem Lächeln sank Etl noch mehr in sich zusammen.

Nur Rafael hüpfte im Wohnzimmer glücklich mit einem Springseil herum, kam dabei immer wieder aus dem Takt und lernte, die ersten Hindernisse in seinem Leben zu überwinden.

Zum Ende des Winters erhörte Arn die Bitten seiner Frau und kam nach Litauen. Zu Hause küsste er alle stürmisch und überschüttete sie mit Geschenken aus Paris. Rafael überreichte er feierlich einen riesigen Plüschteddy, Etl eine teure Perlenbrosche. Für seinen Vater holte er einen Haufen neuer Medikamente aus dem Koffer, für Chanke ein gepunktetes Sommerkleid mit Volants und einem Gürtel. Ohne Zeit zu verlieren, verkündete Arn, der lange Lebensabschnitt der Kremnizers, die aus Deutschland, aus dem heimatlichen Düsseldorf, nach Litauen gezogen und vor zweieinhalb Jahrhunderten in Litauen sesshaft geworden seien, komme bald zu seinem natürlichen historischen Ende.

»Ich nehme Vater mit und bringe ihn in ein angesehenes Pflegeheim mit medizinischer Betreuung rund um die Uhr. Doch solange wir das Haus und das Geschäft nicht verkauft haben, musst du, Etl, noch Geduld haben und warten. Bald hole ich euch nach.« Arn warf einen Blick auf Chanke und fügte lächelnd hinzu: »Ich würde auch Chanke mitnehmen, aber ihr Mann lässt sie mit diesem schwerwiegenden Gepäck bestimmt nicht fort.«

»O nein.«

Mit Scherzen, Lächeln und Geplapper versuchte Arn seine angeborene Nüchternheit und Sachlichkeit auszugleichen.

»Doktor Blumenfeld ist ein guter Arzt, ich bin ihm sehr dankbar, aber in Paris, denke ich, haben die Ärzte mehr Erfahrung. Auf ein Wunder können wir in unserem Fall leider nicht hoffen, aber vielleicht hält Vater unter der Obhut berühmter französischer Äskulaps noch eine Weile durch.«

»Vater möchte gern in seiner Heimat bleiben«, wandte Etl vorsichtig ein. »Bei Mutter …«

»In der Heimat?«, fragte Arn zurück. »Wo ist denn deiner Meinung nach unsere Heimat? Dort, wo wir geboren wurden und wo unser einziges Privileg darin besteht, dass die Chewra Kadischa uns mit den alten Gebeten beerdigt? Oder dort, wo wir keine Außenseiter sind, keine Paria, keine Tagediebe und Schmarotzer, denen man die Zerstörung aller möglichen Grundfesten vorwirft und sämtliche Todsünden? Ja! Die Heimat ist dort, wo wir ohne jedes Schandmal existieren können, wo unser Leben und unsere Entwicklung nicht von der kurzzeitigen Laune eines Herrschers abhängen, dort, wo wir von Geburt an die gleichen Rechte haben wie alle anderen!«

»Einen solchen Ort gibt es für uns nicht«, sagte Etl ruhig. »Nirgends. Weder in Litauen noch in Frankreich …«

»Ich will mich nicht mit dir streiten, aber was Vater angeht, sehe ich keinen anderen Ausweg. Ich kann ihn in diesem Zustand nicht unter der Obhut des lieben Doktors Blumenfeld lassen, der übrigens auch mich in meiner Kindheit von Masern und Scharlach kuriert hat.«

»Tu, was dir dein Herz befiehlt. Es ist schließlich dein Vater, Arn. Ihn selbst können wir leider nicht mehr fragen, ob er nach Paris will oder nicht.«

»Ich versichere dir, ihr müsst nicht mehr lange warten! Ich habe einen guten Käufer in Aussicht, der mit sich reden lässt. Sobald wir endgültig handelseinig sind, komme ich euch abholen. Ihr denkt bestimmt, es gehe mir in Paris ohne euch besser als mit euch. Da irrt ihr euch sehr!«

Und was ist mit der Ahnung der Zigeunerin Trennung in

Sachen Untreue, schoss es Etl durch den Kopf, doch obwohl sie diesen Verdacht nie völlig von der Hand gewiesen hatte, kamen ihr nun zum ersten Mal ernsthafte Zweifel daran.

Arn Kremnizer blieb eine ganze Woche in Jonava, war sehr lieb und aufmerksam zu allen, ging mit Etl auf den jüdischen Friedhof und verneigte sich vor den verschneiten Gräbern seiner Mutter und seines Onkels Jeschaje. Dann erholte er sich vor der Hitze des Kamins von Kälte und Friedhofstraurigkeit und versuchte – zum wiederholten Mal! – mit dem Vater zu reden, doch der erkannte ihn wieder nicht, als säße vor ihm nicht sein Sohn, sondern ein fremder Landstreicher. Der alte Mann schwieg und schaute nach wie vor auf seinen fernen lockenden Planeten.

Bevor Arn mit seinem in die Kindheit zurückgefallenen Vater Jonava in Richtung Paris verließ, wollte er sich mit Doktor Blumenfeld treffen, schließlich kannte der sämtliche Krankheiten seines langjährigen Patienten und sonntäglichen Bridge-Partners Reb Jeschue besser als jeder andere.

»Gegen Gedächtnisschwund haben wir Ärzte leider keine Medizin. Noch nicht. Nehmen Sie ein herzstärkendes Präparat mit. Auch ein Päckchen Schlafmittel kann nicht schaden. Es ist eine weite Reise bis Frankreich.«

Der Abschied war bescheiden. Reb Jeschue wurde in mehrere Kleiderschichten gehüllt, am Arm aus dem Haus geführt und in den Wagen gesetzt, den Arn aus Kaunas hatte kommen lassen. Etl und ihr Schwiegervater nahmen auf dem Rücksitz Platz, der Holzhändler selbst setzte sich neben den Fahrer – es war derselbe düstere Litauer, der die nagelneue Singer zu Chankes Hochzeit gebracht hatte.

Chanke und der von seinen Eltern immer wieder abgeküsste Rafael standen neben dem Wagen und sahen traurig zu, wie Arn und Etl einstiegen. Chanke schniefte, wischte sich die Tränen aus den Augen und hielt den Jungen fest, der zum Auto wollte.

»Mama kommt bald wieder! Sie bringt Großvater nur zum Zug und kehrt wieder heim«, beruhigte ihn Chanke und weinte nun unverhohlen.

Rafael schaute sie von der Seite an und winkte den Abfahrenden mit seinem Handschuh. Der Wagen brummte wie unwillig auf, hüllte sie in eine blaue Abgaswolke und brauste los.

»Warum weinst du, Anke?«, fragte Rafael, der ihren Namen noch immer nicht richtig aussprechen konnte, als sie ihn im Kinderzimmer schlafen legte.

»Ich weine nicht. Mir sind Schneeflocken in die Augen geflogen, und die schmelzen nun …«

»Und warum haben Mama und Papa mich geküsst und Großvater nicht? Er küsst mich sonst doch immer.«

»Der Doktor hat dem Großvater das Küssen verboten. Er hat Halsschmerzen«, redete sich Chanke ungeschickt heraus.

»Und warum spricht er nicht mit mir, warum sagt er gar nichts?«, ließ der Kleine nicht locker.

»Weil Großvater schon alles gesagt hat, was er uns sagen wollte. Wenn wir beide mal alt sind, Rafael, und auch schon alles gesagt haben, dann werden wir genauso schweigen wie dein Großvater. Aber jetzt, mein Lieber, ist Schlafenszeit für dich!«, murmelte Chanke unter Tränen und vermutete, dass der Junge nichts von ihren verworrenen Erklärungen verstanden hatte.

Nachdem sie Rafael schlafen gelegt und eine Weile seinem augenblicklich einsetzenden leisen Schniefen gelauscht hatte, legte sich Chanke auf das Sofa neben seinem Bett und betete für ihren Wohltäter Reb Jeschue. Doch das war kein Gebet im üblichen Sinne – es war ein lautloses, intimes Gespräch mit dem Herrgott.

»Herr! Reb Jeschue Kremnizer war bei uns im Schtetl Dein würdiger Abgesandter und verdient Deine große Gnade«, flüsterte Chanke im Dunkeln. Sie war überzeugt, dass ihre Gedanken durch die Nachtluft direkt zum Allmächtigen gelangten. In die Stille hineinhorchend, als wartete sie auf eine hörbare Antwort auf ihre Bitten, zählte Chanke sämtliche guten Eigenschaften und Wohltaten von Reb Jeschue Kremnizer auf.

Doch plötzlich brach sie ab – Rafael wälzte sich herum und nieste mehrmals laut. Chanke sprang von ihrer warmen Lagerstatt auf, warf dem Jungen am Fußende noch einen Wollplaid über die Bettdecke und wandte sich erneut an den Herrgott – den einzigen Zuhörer im ganzen Schtetl, der seinem Gesprächspartner nie widersprach.

»Warum hast Du, Allmächtiger, Reb Jeschue nicht Deine große Gnade zuteil werden lassen?«, rügte sie den Herrscher der Welt, wie man einen Nachbarn für ein Vergehen tadelt. »Vielleicht hast Du es vergessen, weil man Dich von allen Seiten mit endlosen Bitten behelligt? Doch jetzt, ich bitte Dich, jetzt denk an ihn und erleichtere ihm seine Leiden. Zürne mir nicht, himmlischer Vater, erkläre mir bitte, warum Du mit Hilflosigkeit und Stummheit öfter diejenigen strafst, die Dir mit Treu und Glauben dienen, als diejenigen, die Dich durch Heuchelei und Lügen demütigen, obgleich sie Dir ihre Liebe und Ergebenheit versichern?«

Rafael schniefte leise, und sein Kindermädchen murmelte wie halb im Fieber weiter und merkte gar nicht, wie sie unter Rafaels friedlichem Schniefen einschlief.

Doch der Herrgott, an den Chanke jetzt öfter dachte als früher, vielleicht, weil sie ein Kind erwartete, vielleicht aus Mitleid mit dem kranken Reb Jeschue, erschien ihr im Traum. Der Allerhöchste sah merkwürdigerweise aus wie Doktor Blumenfeld, nur ohne Arztköfferchen, ohne Hornbrille und ganz anders gekleidet. Doktor Blumenfeld trug ein Kordjackett mit an den Ellbogen durchgewetzten Ärmeln, das Abram Kißin ihm vor vielen Jahren genäht hatte, der Herrgott aber war in ein schneeweißes Gewand aus herrlichem litauischem Leinen gehüllt. In Chankes Traum begegneten sich der Herrgott und Blumenfeld im Vorgarten der Synagoge. Sie standen nebeneinander – sie, der Herrgott und Doktor Blumenfeld, der vor dem himmlischen Vater immer für Reb Jeschue eintrat und ihn lobte für seine Wohltätigkeit und andere guten Taten, wobei er stets auch die ausländische Singer-Nähmaschine erwähnte, die er Schlojmke zur Hochzeit geschenkt hatte.

»Wer sagt denn, Chanke, dass ich Reb Jeschue Kremnizer bestraft habe?«, fragte der Herrgott erstaunt und blickte sie nachsichtig an. »Keineswegs! In den schwersten Momenten habe ich den hochverehrten Reb Jeschue ermutigt und unterstützt. Du möchtest wahrscheinlich für ihn bitten. Nun, genier dich nicht, heraus mit deiner Bitte!«

»Ich bitte Dich, dass Reb Jeschue lebendig Paris erreicht«, brachte Chanke heraus.

»Er wird Paris erreichen«, antwortete Gott. »Das wird er ganz gewiss.«

Schlojmke und Schmulik glaubten nicht an die wunderlichen Träume, die Chanke sich ausdachte, wenn sie Rafael schlafen legte, um mit erfundenen Geschichten nicht nur ihren eigenen grauen Alltag zu verschönern, sondern auch das trostlose Leben ihrer Familie, doch diesmal erwies sich ihr Traum als prophetisch, und alles traf glücklich ein – Reb Jeschue erreichte Paris mit Gottes Hilfe tatsächlich lebend.

Eine Woche nach Reb Jeschues Abreise beeilte sich Etl, beflügelt von den Versprechungen ihres Mannes, Chanke die guten Nachrichten von Arn aus Paris mitzuteilen.

»Reb Jeschue wurde gleich nach der Ankunft in einem der

besten Pflegeheime untergebracht. Sein Zustand ist nach wie vor sehr schlecht, aber nicht hoffnungslos.«

»Unberufen!«

»Und die Verhandlungen über den Verkauf unseres Besitzes bis auf die Waldstücke kommen wohl auch gut voran. Das Geschäft soll zum Frühjahr hin abgeschlossen werden. Bald, versichert Arn, werden wir alle zusammen sein, und Rafael wird die erste Klasse nicht in Jonava besuchen, bei Balzer, dem fanatischen Verfechter des Jiddischen, sondern in einer französischen Schule in Paris.«

»Der Abschied wird traurig für mich«, sagte Chanke.

»Ich bin schon jetzt traurig«, bekannte Etl. »Arn rät, ich solle mich allmählich von überflüssigen Dingen trennen, also ist der Abschied wohl wirklich nahe. Er hat dich ja einmal gefragt, wem wir die Kleider und Spielsachen unseres kleinen Wildfangs geben könnten, wenn er herausgewachsen ist … Nun, mit dem Spielzeug ist alles klar. Das nimmst du natürlich.«

»Erst einmal muss ich das Kind zur Welt bringen. Meine Schwiegermutter sagt, solange das Küken nicht geschlüpft ist, ist es Sünde, an sein Federkleid zu denken. Sie ist abergläubisch. Wenn ihr eine schwarze Katze über den Weg läuft, erstarrt sie vor Angst zu Eis, und wenn sie wieder aufgetaut ist, biegt sie in eine Seitenstraße ab.«

»Und wie lange dauert es bei dir noch?«, fragte Etl, ohne Interesse an Roche zu bekunden.

»Nach meinen Berechnungen müsste ich im Frühjahr entbinden, Mitte März oder im April. Das sagt auch unsere berühmte Hebamme, die rothaarige Mine. Durch ihre Hände ist die Hälfte aller Juden im Schtetl gegangen. Sie ist die Einzige, an die wir uns wenden können. Doktor Blumenfeld behandelt Frauen nur bis zur Gürtellinie.« Chanke lachte hell.

Bis zum Frühjahr blieben zwei, drei Wochen, doch der Winter schwächelte bereits. Nachts schneite es hin und wieder noch zaghaft, aber am Tage schien immer öfter bereits sorglos und fröhlich die wärmende Frühjahrssonne.

Als einzigen wahren Vorboten des nahenden Frühlings betrachteten die Alteingesessenen des Schtetls zu Recht den Schnorrer Avigdor Perelman.

»Für Schnorrer ist der Winter der Tod«, erklärte Avigdor einmal bei grimmigem Januarfrost dem gutmütigen Schlojmke, den er auf der Straße angehalten hatte. Der junge Schneider war ihm gegenüber stets freizügig, er ging nie an Perelman vorüber, ohne ihm die eine oder andere Münze zu schenken, und wurde von dem alten Mann deshalb sehr geachtet. »Frost, Schneesturm, Schneewehen bis zum Knie, das alles, verzeihen Sie, ist nichts für unsereins, das bedeutet für uns immer gewaltige Einbußen«, fuhr Avigdor fort. »Da sitzt du, zum Teufel, tagelang zu Hause, kaust nicht französisches Weißbrot, sondern deine eigenen Fingernägel, und wartest darauf, dass die Vögel wieder zwitschern, die Flüsse wieder fließen und die Bäume grünen. Im Frühjahr, wie man es auch dreht und wendet, da wird unser Volk gütiger, im Frühjahr öffnen die Juden ihre Geldbeutel viel lieber. Im Frühjahr, Schlojmke, da bellen sogar die Hunde uns Schnorrer leiser an. Du gehst hinaus – ein Segen, du kannst tief einatmen und bei jedem Schritt die Hand ausstrecken. Und selbst wenn dir deine Brüder nichts geben, so erfrierst du dir wenigstens nicht die Finger wie im Winter.«

Dennoch wollte sich der schwächelnde Winter nicht kampflos geschlagen geben. Er zauste Jonava noch einmal mit eiskalten Nordwinden und peitschte es mit Hagel. Doch in das aus der Kältestarre erwachte Schtetl kehrten zur Totenmesse des Winters pfeifend, trompetend und zwitschernd bereits Scharen von Zugvögeln zurück.

Von überallher kamen nicht nur die Vögel, sondern auch gute Frühlingsnachrichten nach Jonava geflogen.

Der Postbote Kazimiras, ein leidenschaftlicher Sammler ausländischer Briefmarken, brachte gleich zwei Briefe in Roches Haus, einen aus Frankreich und einen zweiten, mit einem merkwürdigen Blatt Papier darin, aus Amerika.

»Was ist das für ein Papier, Kazimiras?« Roche hatte den Brief im Beisein des Postboten geöffnet und starrte auf die unverständlichen Zeichen. »In welcher Sprache ist das hier geschrieben?«

»In der Sprache des Geldes. Sie haben einen Scheck über zehn Dollar aus Amerika geschickt bekommen«, erklärte Kazimiras, schaute auf den Absender auf dem Kuvert und sagte: »Von einem Leje Fischer.«

»Leje Fischer! Das ist kein Mann, das ist unsere Tochter! Aber der Familienname ist neu, da hat Leje wohl geheiratet.«

»Sagen Sie, was Sie wollen, ihr Juden habt gute Kinder. Sie schreiben ihren Eltern von überallher, schicken manchmal sogar Geld. Ganz anders als unsere Tölpel.«

»Ach, auch von unseren hat man nicht immer Hilfe.«

»Mein Gott, so viele von euch sind schon weggegangen, nach Amerika, nach Uruguay, nach Argentinien und Brasilien«, seufzte Kazimiras, »aber ihr Vaterhaus vergessen sie trotzdem nicht. Vielleicht hab ich unrecht, aber wenn die Emigranten nicht wären, dann wäre unsere Schtetl-Post bestimmt längst geschlossen. Ich hätte nichts mehr auszutragen und würde mein Stück Brot verlieren. Eure Söhne und Töchter werden im Ausland reich werden und euch nachholen. Und am Ende ist Jonava, vielleicht sogar ganz Litauen, eines Tages ohne Juden.«

»Jonava wird nie ohne Juden sein. Was auch geschieht auf der Welt, ein Jude bleibt immer in Jonava – nämlich der Herrgott«, sagte Roche. »Mach dir also keine unnötigen Sorgen, Kazimiras, beruhige dich. Deine Post wird nicht geschlossen. Komm nach dem Sabbat lieber her und hol dir die Marken. Ich hebe sie für dich auf, aber ablösen musst du sie selber.«

13

Jedes Mal, wenn der schnellfüßige Kazimiras einen Brief aus Amerika oder Frankreich in die Fischerstraße gebracht hatte, buk Roche ihren berühmten Rosinenkuchen und veranstaltete ein festliches Teetrinken für alle noch im Schtetl lebenden Verwandten. Der Gebildetste ihrer Kinder war Schlojmke, er konnte immerhin Jiddisch lesen und einigermaßen verständlich schreiben. Im Cheder hatte er – wenn auch träge, nicht eimer- sondern kellenweise – beim strengen Melamed Reb Sußman einiges Wissen geschöpft. Reb Sußman hatte seinen Schüler oft mit Linealschlägen auf die Hand belohnt, weil Schlojmke nicht in den Tanach blickte, der bei den Göttlichen Geboten aufgeschlagen war, die der Lehrer sie auswendig lernen hieß, sondern aus dem Fenster schaute und aufgeregte hungrige Spatzen beobachtete, die sich um Brotkrumen zankten. Beim Militär hatte Schlojmke von seinen Kameraden etwas Litauisch gelernt, so dass er sich verständigen konnte, wenn auch mit starkem Akzent und Fehlern bei den Fällen. Deshalb kam ihm gewöhnlich in der Familie die Ehre zu, als Erster amtliche Papiere durchzusehen und die aus dem Ausland eintreffenden Briefe zu lesen. Schlojmke überflog das Geschriebene, traf eine eigenmächtige Auswahl und ließ unwesentliche Einzelheiten weg, um die Lektüre nicht in die Länge zu ziehen und sich rasch dem Kuchen widmen zu können. Gewöhnlich beschränkte er sich auf eine kurze Nacherzählung dessen, was sein Bruder und seine Schwester schrieben.

»Also, hört zu«, verkündete er nach einem raschen Blick auf den verlockenden Kuchen. »Unser Rührmichnichtan Leje hat nicht nur glücklich geheiratet, sie hat obendrein zusammen mit ihrem Mann Fischer in der Bronx einen Laden eröffnet. Für den Verkauf haben sie eine gängige Ware gewählt – Mandeln, Feigen, Rosinen, Walnüsse, Backpflaumen, Datteln, kandierte Apfelsinenschalen und Gewürze. Und sich damit Gott sei Dank nicht verrechnet. Die Nachfrage nach Trockenobst und Gewürzen übertrifft alle ihre Erwartungen. Sie können sich vor Kunden – polnischen, rumänischen und russischen Juden – nicht retten. Die Fischers haben sich eine kleine Zweizimmerwohnung gekauft, sie liegt allerdings in einem Viertel voller Schwarzer. Wenn du aus dem Fenster schaust, schreibt Leje, oder über die Schwelle trittst, meinst du, du wirst gleich selber schwarz wie Ruß.«

Das Lachen am Tisch gestattete Schlojmke, einen Schluck Tee zu trinken und ein kleines Stück von Roches Kuchen zu naschen.

Am Ende des Briefes bat Leje alle um Entschuldigung dafür, dass sie zum Peßach-Fest nur zehn amerikanische Dollar schicke. Im nächsten Jahr, wenn ihnen die rabiaten schwarzen Nachbarn nicht aus Neid den roten Hahn aufs Dach setzten und ihnen den Laden anzündeten und wenn der Gewinn zu ihrer aller Freude wachsen werde, versprach Leje hoch und heilig, werde sie ihr Peßach-Geschenk verdoppeln. Damit beendete Schlojmke seine Nacherzählung und machte eine Pause.

»Und weiter?«, fragte Roche.

»Weiter? Weiter schickt unsere großzügige Leje jedem von uns der Reihe nach, angefangen bei ihrem heißgeliebten Vater bis zu ihrer kleinen Schwester Chawe, nicht Dollars, sondern herzliche Grüße aus der Bronx und gute Wünsche und umarmt und küsst alle zärtlich.«

Die Umarmungen und Küsse weckten nicht die gleiche Begeisterung und Dankbarkeit wie der Scheck über zehn Dollar, und alle »emigrierten« gern und einträchtig nach Frankreich, um zu hören, mit welchen guten Nachrichten sie Ajsik erfreuen würde.

Schlojmke aß noch ein Stück Kuchen und griff nach dem Brief des Bruders. Einen Scheck fand er darin zu seinem großen Bedauern nicht, zog aber aus dem Kuvert eine Ansichtskarte, die einen mit Reliefs und Skulpturen verzierten hohen Bogen zeigte. Schlojmke reichte sie sogleich herum.

»Diese Franzosen sticht wohl der Hafer, bauen mitten in der Stadt Gott weiß was. Taugt ein solches Bauwerk etwa zum Wohnen oder zum Schutz vor Regen bei schlechtem Wetter?«, brummte Roche, nachdem sie die Karte betrachtet hatte, und gab sie weiter an ihren Mann. »Wer braucht denn, frage ich euch, so ein albernes verziertes Tor?«

»Augenblick, Augenblick! Das erfahren wir gleich«, sagte Schlojmke und verkündete nach kurzem Erkunden friedfertig: »Auf die Rückseite hat Ajsik eigenhändig auf Jiddisch geschrieben: ›Dieser großartige Bogen wurde zu Ehren des berühmten französischen Kaisers Napoleon errichtet.‹«

Niemand am Tisch wusste so recht etwas über Napoleon. Niemanden interessierten diese Tore-Schmore, wie es die scharfzüngige Roche ausdrückte, oder irgendwelche Kaiser, alle wollten wissen, wie es Ajsik und Sara im fremden Paris erging.

»Und das, Schlojmke, ist alles, was uns dein ältester Bruder nach so langer Pause mitzuteilen geruht?«, fragte Roche empört.

»Er schreibt noch, es gehe ihnen, unberufen, nicht schlecht. Der Inhaber der Kürschnerwerkstatt, der knauserige Monsieur Kuschner, ist doch gar nicht so geizig, er hat Ajsiks Lohn um ein ganzes Drittel erhöht. Ajsik und Sara wollen ein paar Franc sparen und für eine Woche auf Besuch ins heimische Jonava kommen oder ihren Sommerurlaub an den Seen in der Nähe unseres Schtetls verbringen. Vorerst aber mögen alle Verwandten, Gott gebe ihnen Gesundheit, die herrlichen Schönheiten des unvergleichlichen Paris bewundern.«

»Sie werden kommen, wenn wir nicht mehr auf der Welt sind. Werden einen Stein aufs Grab legen und seelenruhig zurückkehren nach Paris, zu ihren herrlichen Schönheiten«, sagte Roche mit unverhohlener Bitterkeit.

»Am Ende des Briefes schreibt Ajsik, dass er und Sara schon ernsthaft überlegen, sich Nachwuchs anzuschaffen«, versuchte Schlojmke seine traurige Mutter zu trösten.

»Was heißt überlegen?«, meldete sich der Schweiger Dovid. »Da gibt es nichts zu überlegen, da muss ein Mann handeln! Sie sollen sich ein Beispiel nehmen an euch, Schlojmke, an dir und Chanke, und loslegen!«

Das Vorlesen der Briefe im elterlichen Haus war meist begleitet von Roches Klagen über das böse Schicksal und bitteren Tränen. Seltsamerweise empfand sie bei den guten Nachrichten von Ajsik und Leje weniger natürliche Freude als vielmehr ein heftiges Gefühl unersetzlichen Verlusts. Sie verspürte plötzlich eine unsägliche, mit Schmerz gemischte Trauer und das unbändige Bedürfnis, gegen die zu wüten, die sie verlassen hatten.

»Was soll ich mit ihren Zärtlichkeiten und Umarmungen aus Tinte, mit ihren unlebendigen Küssen, mit ihren Postkarten?«, wütete Roche. »Was soll ich mit ihren Kaisern und den fremden Schönheiten, die ich nie im Leben sehen werde? Was soll ich mit ihren Dollars? Was ich mir am meisten wünsche, das bekomme ich nirgendwo für Geld, nicht in Amerika, nicht in Paris und nicht in Jonava!« Sie atmete schwer, schnappte mit offenem Mund nach Luft und schrie heiser: »Wenn ihr so schlau seid, dann frage ich euch, was glaubt ihr, von was für

Kindern träumt wohl jede jüdische Mutter? Von Kindern aus Papier? Aus Briefen mit ausländischen Stempeln? Auf Fotos für zwei Franc? Oder braucht eine jüdische Mutter nicht Kinder aus ihrem eigen Fleisch und Blut?«

Nach diesen Worten schien die Stille am Tisch zu Eis zu gefrieren. Doch in der eisigen Stille stieg plötzlich die leise Stimme der Schwiegertochter auf wie warmer Rauch aus einem Schornstein an einem kalten Wintermorgen.

»Verzeihen Sie mir, Mama, aber Sie tun ihnen Unrecht.« Chanke nannte sie zum ersten Mal so, wie sie bislang nur ihre eigene Mutter genannt hatte. »Kränken Sie sie nicht unnütz! Jetzt, da ich selbst ein Kind erwarte, verstehe ich, wie weh es Ihnen tut, sehr weh. Aber was tun, so ist das Leben, es beschenkt uns und nimmt uns das Geschenkte wieder fort. Ist es denn wichtig, wo Ihre Kinder Sie lieben, in der Fischerstraße oder Tausende Kilometer von hier? Die Hauptsache ist doch, finde ich, dass sie glücklich sind, egal, wo.«

»Wir werden ja sehen, was du sagst, Chanke, wenn man dir das Liebste nimmt«, parierte Roche.

»Mir scheint, für den Schmerz einer Mutter, die von ihren Kindern getrennt ist, gibt es keinen höheren Lohn als deren Wohlergehen und Glück.«

Der Rosinenkuchen wurde nicht aufgegessen, die Familie ging auseinander, nicht zerstritten, aber auch nicht versöhnt in ihren Meinungsverschiedenheiten.

»Kluges Mädchen!«, lobte Schlojmke seine Frau auf dem Heimweg. »Das hast du sehr schön gesagt – Hauptsache, die Kinder sind glücklich, egal, ob in Jonava oder in New York.« Er schwieg eine Weile, warf einen Blick auf Chankes angewachsenen Bauch und fragte: »Wie lange noch?«

»Nicht mehr lange. Gar nicht mehr lange.«

»Willst du nicht noch einmal zu der rothaarigen Hexe gehen, zu Mine? Das wäre gut. Sie hat einen erfahrenen Blick. Bei einer Geburt kann alles Mögliche passieren, das weißt du selbst. Manchmal muss man nach Kaunas fahren. Ich habe zur Sicherheit mit Fajwusch Gorodezki gesprochen. Er hat einen Kraftwagen, wenn es nötig sein sollte, fährt er uns ins Jüdische Krankenhaus; er ist immerhin ein Freund, wir beide sind gleich alt, wir haben als Kinder zusammen auf der Wiese hinter der Kaserne Fußball gespielt.«

»Ja, ich will noch mal zu ihr. Nachts tritt er mit seinen Beinchen so heftig, als wollte er sofort heraus«, sagte Chanke.

Die rothaarige Mine war Weißnäherin von Beruf und verdiente sich ihr täglich Brot mit dem Nähen von Spitzenhemden, keineswegs mit Geburtshilfe. Geburtshilfe leistete sie aus Barmherzigkeit, ohne jede Gewinnsucht. Mine selbst hatte nie ein Kind geboren, sie war früh verwitwet. Ihr Mann, der Ofensetzer Gerschon Teplizki, war blutjung in der Vilija ertrunken, und seitdem wurde die Unglückliche allein alt.

»Ich habe so viele Kinder in Jonava, ich kann sie gar nicht zählen«, scherzte Mine bitter. »Aber sie haben alle andere Mütter.«

Die kräftige Mine mit den muskulösen männlichen Armen und dem roten Haarschopf, der sich hartnäckig dem Ergrauen widersetzte, eilte beim ersten Hilferuf nicht nur jüdischen Gebärenden zu Hilfe, sondern auch Litauerinnen im Schtetl und sogar den Frauen von Altgläubigen in den umliegenden Dörfern. Als einzige Jüdin in Jonava wurde sie von dankbaren Christinnen zur Kindstaufe eingeladen.

Mine bewohnte ein eingeschossiges Backsteinhaus gegenüber der Synagoge, das sie von wohlhabenden Verwandten ihres ertrunkenen Mannes geerbt hatte. Sie kannte Chanke seit deren Geburt, denn sie hatte ihrer Mutter bei allen Entbindungen beigestanden, und der Ofensetzer Gerschon war ein entfernter Neffe von Schimon Dudak gewesen.

»Wartest du hier schon lange auf mich?«, fragte die herbeieilende Mine ihre Besucherin, die eine ganze Weile um das Haus herumgelaufen war und in die verhängten Fenster gespäht hatte, ob sich vielleicht ein Vorhang bewegte.

»Nein.«

»Ob es in Strömen regnet oder Schneesturm heult, mein Herz, ich gehe immer zum Morgengebet in die Synagoge. Morgens ist der Herrgott noch hellwach und hat ein Ohr für die Gläubigen. Am Abend ist Er erschöpft, wie alle Alten. Und ich alte Frau möchte, dass Er mich als Erste anhört, nicht die Frau des Müllers Waßerman. Es gibt doch sonst, wenn man es recht bedenkt, in unserem Schtetl niemanden, dem man sein Herz ausschütten kann. Alle Gespräche drehen sich nur um Geld oder um Zipperlein. Zipperlein hat jeder zu viele, und Geld stets zu wenig. Na komm, gehen wir ins Haus! Auf dem Hof unterhalten sich nur die Hennen und Hähne.«

Chanke betrat ein sauberes, aufgeräumtes Zimmer mit Topfgeranien auf den Fensterbrettern, einer Kommode aus massivem Holz und einem Tisch mit einer bunten Tischdecke. An der vor kurzem geweißten Wand hing ein einziges Foto – der lachende junge Gerschon in einem Blattgoldrahmen.

»Setz dich«, sagte Mine und schob ihrem Gast einen Stuhl hin. »Du unterhältst dich, wie ich sehe, morgens noch nicht mit dem himmlischen Vater, sondern mit deinem lieben Mann im Bett.«

Chanke schwieg. Dieser Anfang entmutigte sie. Sie war nicht wegen solcher Gespräche gekommen, doch Mine blieb vorerst bei Gott.

»Ich habe auch nicht mit Ihm geredet bis zu dem schrecklichen Tag, an dem mein Gerschon ertrank. Wenn du im Leben noch niemanden verloren hast, den du liebst, dann behellige Ihn nicht mit deinen kleinlichen Klagen. Man darf die Ohren des Allerhöchsten nicht mit allerlei Unsinn verstopfen. Er hört ohnehin schon lange nicht mehr gut.«

Chanke fühlte sich unbehaglich. Mine sollte ihr sagen, wie sie sich in den letzten Wochen der Schwangerschaft verhalten sollte, ihr Ratschläge geben und bereit sein, ihr bei der Geburt beizustehen, aber Chanke genierte sich, ihre Gastgeberin zu unterbrechen.

»Na schön« – die strenge Mine, die sich nie bei den Gebärenden einschmeichelte, schien Chankes Wunsch erraten zu haben –, »ich werde dich jetzt untersuchen, und dann kann ich dir vielleicht sagen, was das Schicksal für dich bereithält, mein Herz, eine leichte Geburt oder eine schwere.«

Die Geburtshelferin setzte eine Hornbrille auf und musterte eingehend die Figur der verwirrten Chanke.

»Stell dich bitte mal an das Fenster mit den offenen Vorhängen. Dort ist mehr Licht. Da kann ich besser sehen. Dreh dich zur Seite. So, so«, sagte Mine. »Jetzt sehe ich dich genau. Dein Becken, das muss ich sagen, ist für eine Geburt nicht besonders geeignet. Aber gegen Mutter Natur kann man nichts machen. Wie Mama und Papa dich gezeugt haben, so lebst du die dir zugemessenen Tage auf der Welt. Und dein Arrestant hat seine Einzelhaft wohl schon über, wie es aussieht. Er will raus aus seinem Gefängnis, er strampelt mit den Beinen und droht seinem Aufseher mit den Fäustchen. Schließ schnell auf, ich bitte dich im Guten. Hab ich recht?«, überfiel Mine Chanke mit einer ganzen Tirade.

»Ja. Er tobt. Strampelt mit den Beinen …«

»Nun ja! So muss es auch sein. Die Zeit in Gefangenschaft für das Menschlein geht zu Ende, und er beschwert sich, dass ihn keiner rauslässt.«

»Sie ist fast zu Ende.«

»Also«, schloss Mine, »nach deinem Bauch zu urteilen, ist

dein kleiner Arrestant recht groß geraten, aber dein Becken, das sage ich noch einmal, entschuldige meine Offenheit, das ist nicht gut.«

»Nicht gut? Mein Becken?«

»Ja, dein Becken. Es ist zu eng. Du könntest ruhig ein wenig breiter sein, mein Herz. Je breiter das Tor, desto leichter kann ein bis obenhin volles Fuhrwerk durchrollen. Ich fürchte, ich tauge nicht als Geburtshelferin für dich. Ich bin ja keine richtige Hebamme, mein Herz, ich handle auf die althergebrachte Art – hier ein wenig drücken, dort ein wenig drücken, die Nabelschnur durchtrennen und abbinden. Überleg doch, meine Liebe, wenn du bei der Geburt, Gott behüte, nun andere Hilfe brauchst, was machen wir beide dann?«

»Andere Hilfe? Was für welche?«

»Die Hilfe eines Doktors, nicht die einer Hebamme. Wo findest du in unserem Schtetl einen solchen Doktor? Vielleicht fährst du mit deinem rebellischen Recken lieber nach Kaunas, ins Jüdische Krankenhaus? Mir wäre leichter ums Herz, und auch du, meine Gute, hättest weniger Angst.«

»Ich denke drüber nach, Mine.«

»Tu das, mein Goldstück, ich will mir lieber keine Sünde aufladen. Bei einer Geburt etwas zu riskieren ist unvernünftig. Den Eiter aus einem Pickel kann man ohne Risiko ausdrücken, aber ein so kräftiges Kerlchen wie deinen Ersten, den drückt man nicht einfach so heraus. Ich fühle es – du wirst es nicht leicht haben bei seiner Ankunft.«

»Danke.« Chanke senkte betrübt den Kopf.

Erschrocken, wie sie war, beschloss sie, ihrem Mann nichts zu verheimlichen.

»Mine sagt so etwas nicht einfach dahin«, bemerkte Schlojmke, als Chanke ihm ihre Ängste anvertraut hatte. »Sie kennt sich aus, o ja! Wir sollten auf ihren Rat hören. Hier wäre die Geburt natürlich billiger, aber in Kaunas ist es sicherer. Mach dir keine Sorgen, mit Fajwusch Gorodezki habe ich schon gesprochen. Auf ihn ist Verlass. Bleib du am besten zu Hause, geh nirgendwo mehr hin. Ich sage Etl Bescheid.«

»Ich gehe selbst zu ihr.«

»Pass bloß auf!«, drohte ihr Mann mit gespielter Strenge. »Dass du mir da keine Fußböden wischst …«

Etl und Rafael empfingen sie so freudig wie immer, doch in ihrem Verhalten lag bereits eine leichte Entfremdung. Mutter und Sohn wirkten wie erschöpfte Reisende, die auf einem Bahnhof sitzen und ungeduldig auf ihren verspäteten Zug warten.

»Ich bin nicht gekommen, um mich zu verabschieden. Ich hoffe, wir sehen uns vor Ihrer Abreise nach Paris noch. Ich bin bestimmt wieder da, bevor Herr Arn Sie abholt, obwohl Sie beide sehr auf ihn warten.«

»Er kommt im April«, sagte Etl. »Zum Glück ist nun alles verkauft. Die Läden und auch das Haus. Wir müssen nur noch die Sachen einpacken und mitnehmen. Bis auf die Möbel. Mit den Möbeln ist es nicht so einfach.«

»Hauptsache, Sie leben endlich nicht mehr getrennt, sondern zusammen mit Herrn Arn.«

»Nicht zusammen, sondern nebeneinander. Unter einem Dach.« Etl lachte unfroh. »Das trifft es wohl eher.«

Chanke nickte mechanisch. Sie hörte nur halb zu – sie dachte an das Jüdische Krankenhaus in Kaunas, an die näher rückende ungeheure Prüfung in ihrem Leben. Als ihr Blick an dem leeren Plüschsessel hängenblieb, in dem der erlöschende Jeschue Kremnizer immer gesessen hatte, besann sie sich.

»Wie geht es denn unserem Reb Jeschue?«

»Nicht besonders. Er ist weder tot noch lebendig. Arn hat für ihn eine Ganztags-Pflegerin angestellt. Sie zieht ihn an und aus, füttert ihn, bringt ihn ins Bett und fährt ihn manchmal im Rollstuhl im Schatten der Kastanien auf dem Boulevard spazieren.« Etl holte Luft und sagte, als verschluckte sie sich an den Worten: »Alle Menschen haben Angst vorm Tod, dabei ist er für manchen die letzte große Gnade Gottes. Aber reden wir nicht von traurigen Dingen.«

»Nein«, stimmte Chanke ihr zu, obwohl sie nicht wusste, worüber sie sonst mit Etl reden sollte.

»Ich bin sicher, wir werden uns wiedersehen. Das Leben ist ein Zirkuskünstler, wer weiß, was für Purzelbäume es morgen schlägt. Übrigens, ich habe beschlossen, dir den Lohn für zwei Monate im Voraus zu zahlen«, sagte Etl. »Bitte keine Widerrede. Geld kann man immer gebrauchen. Rafaels Spielzeug und seine Kleider habe ich beiseitegelegt. Sollten wir uns doch verpassen, lasse ich sie bei Antanina, die dem verstorbenen Abram Kißin im Haus geholfen hat. Sie war auch einmal bei uns angestellt. Ach, wären doch alle Menschen in ihrem Volk so nett wie sie!«

»Was die Menschen in einem Volk angeht, die sind bei allen ganz verschieden. Unsere jüdischen Brüder eingeschlossen. Die sind auch nicht alle zu loben«, sagte Chanke und fügte hinzu: »Und zum Schluss noch eines: Verzeihen Sie, wenn ich während meiner Arbeit bei Ihnen etwas Falsches getan oder gesagt habe …«

»Nicht doch! Du warst die beste Freundin, die ich hier hatte. Ich werde dich nie vergessen.« Etl trat zu Chanke und umarmte sie. »Rafael, komm, gib Anke einen Kuss!«

Rafael rannte sofort zu seinem Kindermädchen, und als Chanke sich zu ihm hinabbeugte, gab er ihr einen linkischen Schmatz auf die Wange.

Chankes Augen glitzerten verräterisch.

»Hab keine Angst! Vorm Gebären fürchtet man sich nur

beim ersten Mal. Alles wird gut«, sagte Etl. »Alles wird gut«, wiederholte sie. »Ich werde für dich beten.«

Chanke verbeugte sich und ging zur Tür.

»Warte! Und das Geld?«

»Aber ich habe es doch nicht verdient …«

»O doch, du hast es verdient«, sagte Etl lachend. »Nimm es nur! Eine Entbindung im Jüdischen Krankenhaus ist nicht kostenlos.« Sie stopfte Chanke mit Gewalt ein Kuvert in die Manteltasche. »Gott steh dir bei!«

Vor der Synagoge stieß Chanke mit dem Schnorrer Avigdor Perelman zusammen, der so allgegenwärtig war wie der Herrgott selbst. Er hatte die junge Frau schon von weitem gesehen, eine aufrechte Haltung angenommen, sich mit der rauen Hand die zerzausten grauen Locken glattgestrichen, und als sie heran war, verbeugte er sich elegant.

Chanke grüßte höflich zurück, ohne sich auf ein langes Gespräch einzulassen, holte eine Münze aus der Tasche und reichte sie ihm.

»Recht herzlichen Dank«, dröhnte Avigdor. »Schwangere haben eine glückliche Hand. Außerdem kommt ihr Almosen gleich von zwei Menschen.« Er verzog den zahnlosen Mund zu einem Lächeln. »Ich will dich nicht aufhalten. Bestimmt wartet Schlojmke auf dich. Ich habe nur eine kleine Bitte an dich – bring bitte einen gütigen, großzügigen Menschen zur Welt. Arme und Reiche, Böse und Habgierige gibt es auf der Welt mehr als genug, aber gütige …«

»Ich werde mich bemühen.«

Schmulik hatte keine derartigen Bitten. Er vergaß die Unterdrücker aller Coleur, war darauf bedacht, seine Schwester vor der Geburt aufzumuntern, und gemahnte sie an das Beispiel ihrer selbstlosen Mutter.

»Ich will dich daran erinnern, Chanke, dass unsere Mama

zehn Kinder geboren hat«, verkündete er in so feierlichem Ton, als wüsste sie das nicht.

»Und was folgt daraus deiner Meinung nach?«, fragte Chanke.

»Daraus folgt: Nur so werden unsere Arbeiterreihen gestärkt. Wenn wir Proletarier auf jedes Herrensöhnchen oder -töchterchen zehn von unseren kerngesunden Sprösslingen in die Welt setzen, dann haben die Unterdrücker und Halsabschneider bald nichts mehr zu lachen.«

»Dann sieh zu, Schmulik, dass du selbst mit deiner künftigen Frau die Arbeiterreihen stärkst mit gesunden und starken Sprösslingen.«

»He, Schwesterchen, verstehst du etwa keinen Spaß? Ich verlange von dir ja nicht gleich zehn.«

»So, so, ich verstehe. Aber wenn du heute oder morgen entbinden müsstest, dann würdest du nicht solche Witze machen.«

In der Nacht setzten bei Chanke die Wehen ein.

Schlojmke rannte los, um seinen Freund Fajwusch Gorodezki zu wecken, der als einer der Ersten in Jonava vom Pferdewagen auf einen gebrauchten amerikanischen Ford umgestiegen war. Zum Glück schlief Fajwusch nicht, und die beiden gingen sofort zum Auto.

Auf dem Weg zu der Gebärenden fuhren sie in der Fischerstraße vorbei. Roche wollte Chanke ins Krankenhaus begleiten, doch die Männer überredeten sie, zu Hause zu bleiben – für den Fall, dass ein Kunde an die Tür der Schneiderwerkstatt klopfte und fragte, wo der Meister sei, der ihn zur Anprobe bestellt habe.

Während Chanke still dasaß und sich vor Schmerzen krümmte, packte Schlojmke hastig die nötigen Papiere ein, Fajwusch brachte den asthmatischen alten Motor in Gang, was Efraim Kapler daran hinderte, nach seinem unumstößlichen

Zeitplan einzuschlafen, und Roche suchte für ihre Schwiegertochter warme Sachen heraus, damit sie sich unterwegs nicht erkältete.

Die Nächte waren Ende März noch kalt, in Schluchten und Niederungen lagen hier und da noch weiße Schnee-Inseln.

Die Fahrt nach Kaunas dauerte lange. Fajwusch lenkte seinen altersschwachen Ford vorsichtig über die gepflasterten Straßen, um die ihm anvertraute wertvolle Fracht nicht durchzurütteln, und schaute schweigend in die von den Scheinwerfern nur trübe erleuchtete Dunkelheit. Auch Schlojmke schwieg.

»Warum seid ihr beide stumm wie auf dem Friedhof?«, ertönte es plötzlich vom Rücksitz.

»Wir dachten, du schläfst«, antwortete Schlojmke. »Wir wollten dich nicht stören.«

»Ach, mit einem Begleiter wie dem Rebellen in meinem Bauch ist schlecht schlafen«, seufzte Chanke. »Geb's Gott, dass wir glücklich bis zum Krankenhaus gelangen. Ist es noch weit bis Kaunas?«

»Mehr als die Hälfte der Strecke haben wir geschafft«, sagte der wortkarge Fajwusch. »In einer Viertelstunde sind wir an der Stadtgrenze.«

»Hab noch ein bisschen Geduld«, bat Schlojmke Chanke.

Bald erreichten sie tatsächlich einen in tiefem Schlaf liegenden Vorort von Kaunas, in dem sich ohne jede Ordnung baufällige Holzhäuschen drängten. Der Ford schlängelte sich durch Straßen und Gassen und näherte sich langsam seinem Ziel – dem in ganz Europa berühmten Krankenhaus. Ab und zu kam aus einem Torbogen ein herrenloser Hund geschossen, dann bremste Gorodezki scharf, und Chanke schrie erschrocken auf.

Endlich tauchte aus dem dichten, feindlichen Dunkel das Jüdische Krankenhaus in der Altstadt auf, hell strahlend im Licht seiner zahllosen Fenster.

Fajwusch ließ seine Fahrgäste aussteigen, wünschte Chanke Glück, wendete den Wagen, bekräftigte seine guten Wünsche mit einem langen Hupen und fuhr zurück.

Das Erste, was Chanke und Schlojmke beeindruckte, war nicht die imposante Größe des Gebäudes, sondern die Anmeldung, wo alle, Schwestern wie Ärzte und Putzfrauen, Jiddisch sprachen wie auf einem Hof in Jonava.

»Guten Tag«, sagte ein untersetzter, sauber rasierter Mann im weißen Kittel und mit einer runden weißen Kappe auf dem Kopf. Er nahm von Schlojmke die Papiere entgegen, studierte sie gründlich und sagte dann in tiefem Bass: »Machen wir uns bekannt. Ich bin Doktor Benzien Lipski, der Leiter der gynäkologischen Station. Bitte folgen Sie mir in die zweite Etage zu einer ersten Untersuchung«, wandte er sich an die Gebärende. »Sie aber muss ich leider von Ihrer Frau trennen, bis sie entlassen wird. Unbefugten ist der Aufenthalt in unserem Krankenhaus streng untersagt. Haben Sie in Kaunas einen Platz, wo Sie übernachten können?«

»Ja. Ich habe einen Bruder hier.«

»Sehr schön. Seien Sie morgen früh wieder hier. Fragen Sie unten nach Doktor Lipski, dann komme ich heraus und berichte Ihnen alles ausführlich. Und nun küssen Sie Ihre bessere Hälfte, und dann auf Wiedersehen, bis morgen.«

Der überrumpelte Ehemann tat, wie befohlen – er umarmte Chanke linkisch, küsste sie und wünschte ihr Glück.

Der Doktor nickte ihm zu und verschwand mit Chanke in einem langen, nach Medizin riechenden Flur.

Schlojmke ging nicht zum Übernachten zu seinem Bruder Motl. Er kannte die Stadt schlecht und fürchtete, sich in der Dunkelheit zu verirren. Er beschloss, bis zum Morgen unter den hellen Krankenhausfenstern zu warten. Er hätte jetzt sowieso nirgendwo einschlafen können.

Noch nie hatte sich Schlojmke so einsam und hilflos gefühlt wie in dieser Nacht. Immer wieder lief er um das zweistöckige Gebäude herum und versuchte zu erraten, hinter welchem der gelb leuchtenden Fenster sich Chanke vor Schmerzen krümmte. Der Himmel lag unter einer dicken Decke aus Wolken, die nur hin und wieder wie Schafe auseinanderliefen, dann flammten in den entstehenden Lücken einzelne Sterne auf, und Schlojmke schaute sie an, ja, sprach zum ersten Mal im Leben sogar mit ihnen. Plötzlich dachte er an die Worte seiner Mutter, dass die Sterne die Augen früh gestorbener unschuldiger Kinder seien, und ihn erfasste namenlose Verwirrung. Schlojmke wandte den Blick vom Himmel, doch die Sterne, als verfolgten sie ihn, strahlten ihn mit ihrer ganzen funkelnden Helligkeit weiter an.

Wenn ihm der Arzt am Morgen die gute Nachricht überbracht hatte, wollte Schlojmke zu seinem Bruder gehen, sich waschen und rasieren, in einem Blumenladen den größten Rosenstrauß kaufen und ins Jüdische Krankenhaus eilen, zu Chanke und seinem neugeborenen Sohn. Er wünschte sich sehr, dass es ein Junge war, er hatte sogar schon einen Namen für ihn: Borech. Der Gesegnete. Die Gedanken an seinen Sohn verdrängten alle Sorgen und Ängste, die die Hebamme Mine geweckt hatte.

Der Morgen dämmerte. In den Krankenhausfenstern erlosch nach und nach das mit kränklichem Gelb versetzte Licht. Nur aus dem Operationssaal drang weiterhin der grelle Schein der tief hängenden Lampen ins schwindende Dunkel. Die schicksalsträchtige Nacht ging zu Ende, und es wurde, wie es in der Heiligen Schrift heißt, der erste Tag.

Der besorgte Schlojmke fragte das hübsche Fräulein in der Anmeldung mehrmals nach Doktor Benzien Lipski und bekam von ihr jedes Mal die freundliche, aber unbestimmte Antwort: »Doktor Lispki ist entweder bei der Visite oder bei einer Operation. Kommen Sie bitte später wieder.«

Auf die Frage, wann er ungefähr fertig sei, zuckte das höfliche Fräulein nur unwissend die Achseln und machte dem Besucher kokett schöne Augen.

Schlojmke, hungrig und von bösen Ahnungen gepeinigt, musterte jeden Mann im weißen Kittel und mit weißer Mütze, der in die Anmeldung kam, doch Doktor Lipski blieb wie vom Erdboden verschluckt.

Erst nach zwei Stunden sah Schlojmke den Doktor langsam die Treppe herunterkommen, und gegen alle Krankenhausverbote rannte er ihm entgegen.

»Wie es aussieht, haben Sie die ganze Nacht unter den Fenstern gestanden und sind nicht zu Ihrem Bruder gegangen.«

»Nein.«

»Davon, dass Sie draußen herumstehen, geht es den Patienten nicht besser. Warten Sie hier schon lange auf mich?«, fragte Lipski in dem ruhigen, nüchternem Ton, in dem er stets schlechte wie gute Nachrichten verkündete.

»Ja.«

»Das lange Warten hat Ihre Nerven bestimmt sehr strapaziert.«

»Ja.«

»Wir beide haben etwas Ernstes zu besprechen.«

Am düsteren, undurchdringlichen Gesicht des Arztes erkannte Schlojmke, dass etwas sehr Schlimmes passiert sein musste.

Sie gingen ins Foyer, setzten sich an einem kleinen Tisch einander gegenüber, und ohne abzuwarten, bis Lipski anfing, platzte Schlojmke heraus: »Sagen Sie mir, Herr Doktor, lebt meine Frau?«

»Ihre Frau lebt«, antwortete Benzien Lipski betont ruhig.

»Das ist die Hauptsache«, hauchte Schlojmke.

»Die Geburt war sehr schwer. Es ging leider nicht ohne das äußerste Mittel ab, einen Kaiserschnitt, also eine Operation an der Bauchdecke.«

Die eingetretene Pause währte nicht lange, doch im Foyer war es auf einmal unerträglich stickig.

»In jeder Klinik der Welt bedeutet eine solche Operation«, fuhr Lipski fort, »nach wie vor ein großes Risiko für Mutter und Kind, doch in Ausnahmefällen haben die Ärzte keine andere Wahl und müssen zum Skalpell greifen.« Der Doktor erging sich in Erörterungen über die begrenzten Möglichkeiten der Medizin, um die traurige Nachricht noch ein wenig hinauszuzögern. »Das Leben Ihrer Frau haben wir Gott sei Dank erhalten, aber das Kind konnten wir trotz aller Bemühungen nicht retten.«

»War es ein Junge?«, überwand sich Schlojmke mit vor Kummer erstickter Stimme zu fragen.

»Ja. Glauben Sie mir, wir haben alles getan, was in unserer Macht stand. Aber Ärzte sind keine Götter.«

Schlojmke schwieg düster und wurde immer finsterer.

»Ich fühle von ganzem Herzen mit Ihnen«, sagte Benzien Lipski traurig. »Wie bitter die Wahrheit auch ist, kein Arzt kann sie auf Verlangen eines Patienten oder seiner Angehörigen ändern oder verschweigen.«

»Wann kann ich meine Frau besuchen?«, flüsterte Schlojmke mit tauben Lippen.

»Ich denke, morgen oder übermorgen.«

»Und wann kann ich die beiden … abholen und nach Hause bringen, nach Jonava?«

Die eintretende Stille war zäh wie Morast. Es schien, als könnte man unter dem Leinenhemd des ehemaligen Soldaten Schlojmke dumpf sein Herz schlagen hören.

»Wann?«

Diese einfache Frage überrumpelte den durch fremdes Leid abgehärteten Benzien Lipski. Er wusste nicht, was er darauf antworten sollte. »Ich werde Professor Riwlin fragen. Ihre Frau vielleicht in einer Woche, vielleicht schon früher. Das hängt davon ab, wie die Wundheilung verläuft.« Der Doktor schwieg und mied das schmerzlichste Thema, das tot geborene Kind. »Und Sie, Herr Kanowitsch, fahren Sie jetzt nach Hause! Im Unglück sollte niemand lange allein bleiben.«

»Nein«, widersprach Schlojmke schroff. »Nein.«

»Hier quälen Sie sich nur noch mehr. Dann brauchen Sie womöglich bald selbst ärztliche Hilfe. Damit, dass Sie den ganzen Tag um das Krankenhaus herumlaufen, helfen Sie Ihrer Frau nicht. Na schön, sei es drum … Ausnahmsweise erlaube ich Ihnen, sie zu besuchen. Aber unter einer Bedingung: Nur fünf Minuten. Keinen Augenblick länger! Ich stoppe die Zeit. Sonst wirft man mich wegen Eigenmächtigkeit aus dem Krankenhaus. Kommen Sie.«

Chanke lag in einem großen Raum auf hohen weißen Kissen. Ihr dichtes Haar sah aus wie vom Wind zerzaust, es fiel ihr hartnäckig über die halb geschlossenen Augen, doch sie ließ es dort hängen – wie einen schwarzen Trauerschleier.

»Du?« Chanke erkannte ihren Mann unfehlbar an seinem tapsigen Gang und seinem Atmen.

»Ja, ich …« Er beugte sich zum Bett hinunter, berührte mit seinen unrasierten Bartstoppeln behutsam die Wange seiner Frau, und Chanke begann hemmungslos zu weinen.

»Nicht weinen. Sei ein kluges Mädchen, weine nicht … Ich habe dich sehr, sehr … na, du weißt schon …«, sagte er wie im Fieber und hätte am liebsten selbst geschluchzt vor Kummer und vor Zorn auf das Schicksal. »Was auch geschieht, das kann uns niemand nehmen, niemals. Hörst du? Niemand. Niemals. Bis zu unserem Tod werden wir uns …« Er sprach nicht zu

Ende, verschluckte sich an seiner eigenen hilflosen Liebeserklärung …

»Wie sollen wir weiterleben, Schlojmke? Wie?«, stöhnte Chanke, und ihre Worte ertranken in krampfhaftem Schluchzen.

»Wir werden leben. Kummer, Chanke, ist kein Verbrechen, und ein Unglück ist keine Schande.«

Er hörte die Tür knarren und sprach hastig weiter.

»Ich komme bald wieder … bald …«

Der unerbittliche Doktor Lipski hatte Erbarmen mit ihm und gewährte ihm noch eine Minute für einen Abschiedskuss. Schlojmke schmiegte sich an seine Frau, und zwei große Tränen fielen auf die Bettdecke, die schneeweiß war wie ein Leichentuch.

Die Nachricht von der unglücklichen Geburt hatte bereits im ganzen Schtetl die Runde gemacht. Roche sagte gern: Die Schildkröte Freude, die selten zu allen gemeinsam kommt, wird bei den Juden stets von Unglücken überholt.

Zurück in Jonava, ging Schlojmke gleich zu Rabbi Eliëser. Zum Zeichen tiefer Trauer schwieg dieser lange, seufzte und stöhnte zurückhaltend, auf Priesterart, und zupfte an seinem graumelierten Bart … Dann sagte er traurig: »*Gott stärke deinen Geist, mein Kind.*«*

»Ich brauche Ihren Rat, Rebbe. Was tun wir, wenn ich ihn herbringe?«

»Deine Frage ist verständlich, mein Sohn.« Rabbi Eliëser melkte erneut seinen Bart und sagte: »Tot geborene Kinder männlichen Geschlechts dürfen nicht beschnitten werden und keinen Namen bekommen. Es ist verboten, für sie Schiwa zu sitzen und ihnen einen Grabstein aufzustellen. Und begraben muss man sie ohne Kaddisch.«

* Im Original deutsch.

»Einfach einbuddeln?«

»Ja. Eltern und Angehörigen ist es allerdings nicht verboten, die Grabstelle zu besuchen und sie mit dem gebotenen Fleiß zu pflegen. Rede mit Chazkel, dem Leiter der Beerdigungsbruderschaft, er wird dir alles erklären und tun, was sich geziemt.«

»Dieser Deutsche hat keine Ahnung. Niemand kann uns verbieten, Schiwa zu sitzen«, empörte sich Roche. »Was macht es, dass Rabbi Eliëser seinen Namen nicht ins Schicksalsbuch einträgt? Dann verzichten wir eben auf seinen Eintrag. Aber die Erinnerung ist nicht namenlos.«

»Vielleicht sollten wir lieber auf Chanke warten«, schlug Dovid vor. »Ohne sie geht es irgendwie nicht.«

»Wozu ihre ohnehin wunde Seele noch einmal quälen? Überlegt doch, erst die Beerdigung, dann Schiwa. Das könnte zu viel sein für Chanke«, sagte Roche. »Einen so furchtbaren Schmerz kann die ganze Welt nicht heilen.«

Die Angehörigen hörten auf sie, nicht auf Dovid und nicht auf »diesen Deutschen«, Rabbi Eliëser aus Tilsit. Beide Familien saßen während der sieben Trauertage zu Hause und gingen nicht hinaus.

Selbst der Gotteslästerer Schmulik trauerte mit allen zusammen, entgegen seiner festen Überzeugung, Gott sei eine Erfindung der Ausbeuter zur Verdummung der werktätigen Massen.

»Im Leid muss man proletarische Solidarität bekunden«, sagte er und setzte sich neben seinen Schwager. »Heute ist meine Schwester mir näher als jede Gerechtigkeit.«

Zum Abschiedsritual kam auch der Hausbesitzer Efraim Kapler, mit Samtkappe und schwarzem Trauerband im Knopfloch, der angetrunkene Maler Jojne erschien mit einem Eimer Farbe und seinem unvermeidlichen Pinsel, auch Doktor Blumenfeld und die Hebamme Mine besuchten das Haus in der Fischerstraße.

Ebenso schaute natürlich Avigdor Perelman vorbei und bekundete den Trauernden sein aufrichtiges Mitgefühl.

»Keiner kann verstehen, wie schwer dir ums Herz ist«, sagte er, nachdem er sich Schlojmke gegenüber an den für das Totenmahl gedeckten Tisch gesetzt hatte. »Mir war noch nie im Leben so schwer ums Herz. Ich habe gehungert, gefroren und war einsam. Mehr als einmal wollte ich allen adieu sagen und Hand an mich legen, aber ich Schwächling brachte nie den Willen dazu auf. Doch ein solches Unglück ist mir nie zugestoßen. Aber lass nur den Kopf nicht hängen, Soldat, gib nicht auf. Du hast noch alles vor dir. Anders als ich nichtsnutziger Mensch. Ich habe ja schon alle nur möglichen Zeiten erlebt – die Vergangenheit, die Gegenwart und sogar die Zukunft. Eine vierte Zeit gibt es Gott sei Dank nicht.«

»Danke, Avigdor, danke«, antwortete Schlojmke, der vermutete, dass dieser es nicht dabei bewenden lassen würde.

Und richtig.

»Wenn ich darf, möchte ich noch ein paar Worte sagen.«

»Bitte.«

Schlojmke konnte ihm das nicht verweigern, obgleich ihn, wie jeden im Schtetl, Avigdors übermäßige Neigung zum Philosophieren und zu Geschwätz nervte, die dieser in der Jeschiwa von Telšiai entwickelt hatte.

»Natürlich wäre es besser, wenn dein Söhnchen lebend und gesund zur Welt gekommen wäre. Aber sei mir nichtigem Wurm nicht gram für meine Worte. Ich sage immer, was ich denke, denn ich habe vor niemandem und nichts mehr Angst.«

»Ja, das wissen wir«, bestätigte Schlojmke in der Hoffnung, Avigdors Ergüsse zu bremsen.

»Vielleicht hat es sich dein Sohn im letzten Moment anders überlegt – er wollte nicht in diese hässliche, dreimal verfluchte Welt kommen, sondern lieber im Bauch seiner Mutter bleiben.

Dort war es warm, und er war satt. Ich wiederhole es noch einmal, Schlojmke, sei mir bitte nicht gram. Wenn unser erbarmungsloser Gott so gute Menschen wie dich und deine Chanke bestraft, sag mir, wozu brauchen wir dann überhaupt einen Oberen wie Ihn? Der Allerhöchste hätte doch alle meine vierundsiebzig Jahre einem anderen geben können … Wer weiß, vielleicht hätte der ein würdigeres Leben geführt als ich.«

Avigdor blieb eine Weile bei Schlojmke sitzen, aß ein Mohnbrötchen, trank Selterswasser dazu, döste auf dem Stuhl kurz ein, dann erhob er sich und brach auf.

»Zeit für mich, an meinen Arbeitsplatz auf dem Trottoir zurückzukehren«, sagte er und verließ mit gebeugtem Rücken das Haus.

»Ich dachte immer, er wäre verrückt, aber er hat einen hellen Kopf und ein recht gut entwickeltes Klassenbewusstsein«, bedachte Schmulik den Schnorrer mit einer kleinen Münze Lob.

»Mit seinem Verstand hätte er Rabbiner werden können«, sagte Schlojmke. »Aber Avigdor hatte kein Glück. Seine Chajetschka ist mit einem Ladendiener durchgebrannt, und da hat er sich, statt eine neue Ehefrau zu suchen, an ein herumziehendes Weib gebunden, und alles ging zum Teufel. Als ihm dann auch diese Hure davongelaufen war, rutschte Avigdors Leben im Galopp immer weiter bergab: Es begann mit Schnaps und endete mit Bettelei.«

Bald nach Perelmans Aufbruch verabschiedeten sich nach und nach auch die Übrigen.

Als Letzte verließ die Hebamme Mine das Haus von Roche-Samurai, das der Kummer und der unwiederbringliche Verlust ausgekühlt hatten.

»Gib auf Chanke Acht«, sagte sie zu Schlojmke. »Sie muss jetzt selbst neu geboren werden.«

Einen Tag vor Ablauf der siebentägigen Trauer fuhr Schlojmke nach Kaunas. Von der Bushaltestelle bis zum Jüdischen Krankenhaus marschierte er in zügigem Soldatenschritt.

In der Anmeldung bat Schlojmke das hübsche, kokette Fräulein, das er bereits kannte, ihn mit Benzien Lipski zu verbinden.

Das Fräulein griff schweigend zum Telefon und rief auf der Entbindungsstation an.

»Herr Doktor, hier ist ein Besucher, der Sie dringend sprechen möchte. Er sagt, Sie kennen ihn und dass er schon einmal hier war, bei seiner Frau.«

»Wer ist er? Und woher?«, erkundigte sich Lipski am anderen Ende der Leitung.

»Augenblick!«

Das Fräulein gab die Fragen des Doktors an Schlojmke weiter.

»Kanowitsch. Aus Jonava«, sagte Schlojmke.

»Danke.« Das Fräulein drehte dem Besucher das wohlgeformte, wie gemeißelte Köpfchen zu und wiederholte das Gesagte am Telefon. Nachdem sie darauf eine Antwort bekommen hatte, zwinkerte sie mit ihren Kirschaugen und beschied Schlojmke: »Herr Lipski steht Ihnen in einer Viertelstunde zur Verfügung. Der Doktor bedauert sehr, dass er sich nicht eher mit Ihnen treffen kann.«

Lipski hielt Wort. Er kam nach genau einer Viertelstunde, begrüßte Schlojmke und schlug vor, sie sollten hinausgehen und sich an der frischen Luft ungestört unter vier Augen unterhalten. Sie setzten sich auf eine Holzbank, und Lipski fragte: »Rauchen Sie?«

»Nein.«

»Aber ich, wissen Sie, ich kann es mir bis heute nicht abgewöhnen. Ich habe schon mehrmals aufgehört und nach ein, zwei Tagen wieder angefangen, den Himmel zu verpesten. Sie haben doch nichts dagegen, wenn ich vor Ihrer Nase ein wenig qualme?«

»Nein.«

»Aber nun zur Sache. Vor der Kirche ist eine kleine Kutschstation. Nehmen Sie sich eine Droschke und kommen Sie damit zum Krankenhaus. In der ersten Zeit muss Ihre Frau selbst bei gemächlichem Gang jede überflüssige Belastung vermeiden, damit die Nähte, Gott behüte, nicht aufplatzen.« Der Doktor holte ein Zigarettenetui mit Monogramm aus der Tasche, zog eine Papirossa heraus und zündete sie an. »Sie werden verstehen, dass Sie mit der grausigen Fracht, die man Ihnen gegen Unterschrift in der Leichenhalle des Krankenhauses aushändigen wird, nicht durch die Stadt laufen können. In solchen traurigen Fällen werden die Kinder mit Einwilligung der Eltern manchmal hier auf einem nahegelegenen jüdischen Friedhof begraben.« Benzien Lipski nahm einen tiefen Zug, stieß einen blauen Rauchkringel in die Luft und fuhr fort: »Ich hoffe, Sie halten mich nicht für einen Unmenschen oder Schlächter. Ich bin selbst Vater und verstehe sehr gut, welchen Preis Sie mit allen Nervenzellen zahlen für das, was geschehen ist. Und auch ich, glauben Sie mir, zahle dafür. Natürlich unvergleichlich viel weniger als Sie. Doch glauben Sie mir, auch ich zahle einen Preis. Aber ich bin Arzt und verpflichtet, rechtzeitig die Alarmglocken zu läuten.«

»Natürlich nehme ich eine Droschke. Das wollte ich sowieso«, sagte Schlojmke.

»Sie sind offenbar ein starker Mann, kein Schwächling und kein Jammerlappen.«

»Ja. Einem Mann steht es nicht an, schlappzumachen, aber alles hat eine Grenze«, sagte Schlojmke. »Wenn Sie erlauben, hole ich nun eine Droschke.«

»Ja, ja, gehen Sie, mein Lieber! Es ist gar nicht weit, die Kirche ist von hier aus gut zu sehen. Doch als Arzt muss ich Ihnen noch etwas sagen.«

»Ich höre.«

»Ihre Frau sollte leider lieber nicht mehr schwanger werden. Die nächste Schwangerschaft könnte für sie mit einer Katastrophe enden. Das ist nicht nur meine Meinung, das meint das ganze Konsilium.«

»Das Konsilium?«

»Der Ärzterat. Aber sagen Sie ihr um Gottes willen möglichst lange nichts davon. Ich hoffe, ich muss Ihnen nicht erklären, dass es auf der Welt kein aufopferungsvolleres Geschöpf gibt als eine liebende Frau. In ihrer Liebe macht sie vor nichts Halt. Auch nicht vor Wahnsinn und Selbstmord. Sie hält sich an keinerlei ärztliche Ratschläge und Verbote.«

»Bislang hatte ich keine Geheimnisse vor meiner Frau.«

»Trotzdem … Kurz, seien Sie vorsichtig. Vorsicht hat noch niemandem geschadet.«

»Danke für die Warnung.«

Schlojmke stand auf und ging in Richtung Kirche.

Auf dem Platz warteten die Kutscher müßig auf Kundschaft. Schlojmke wandte sich an den Ersten, der in sein Blickfeld geriet – einen untersetzten, vor Untätigkeit und Langeweile verdrossen dreinschauenden Mann mit großer Nase, der ein Zigeuner sein mochte oder ein jüdischer Bruder.

»Bist du frei?«

»Ja«, antwortete der Kutscher auf Jiddisch. »Steig auf!«

»Ich bin nicht allein. Wir müssen zum Jüdischen Krankenhaus. Dort hole ich meine Frau ab, und dann fahren wir zur Busstation.«

»Für Geld bringe ich dich, wohin du willst. Von mir aus bis ans Ende der Welt. Von mir aus bis nach Palästina. Warum nicht? Hahaha!«, wieherte er. »Steig auf, steig auf! Juden bekommen bei mir Rabatt. Zehn Prozent! Bei langen Fahrten sogar fünfzehn bis zwanzig.«

Sie hielten vor dem Eingang des Jüdischen Krankenhauses. Schlojmke ging mit Doktor Lipski in den ersten Stock hinauf und führte die kaum noch lebendige, wie versteinerte Chanke am Arm aus dem Krankenzimmer.

Unten wartete auf Anweisung von Lipski bereits ein hochgewachsener Sanitäter mit dem in ein Laken gewickelten Körper meines tot geborenen Bruders.

Schlojmke verabschiedete sich von dem Arzt und half Chanke in die Droschke.

Das war im März 1928. Litauen hatte gerade den zehnten Jahrestag seiner Unabhängigkeit gefeiert, und an sämtlichen jüdischen wie litauischen Häusern der Stadt flatterten noch triumphierend leicht zerknitterte dreifarbige Fahnen im Wind.

»Hoho, Peßele!«, rief der Kutscher. »Sie kennt jede Adresse in Kaunas. Du sagst zu ihr: Peßele, zum Restaurant Metropol, zur Offiziersversammlung oder zur Residenz von Präsident Smetona, mit dem unsere reichen Juden abends Karten spielen, und mein Pferd bringt Sie hin, Sie müssen es gar nicht antreiben. Wir beide juckeln nicht das erste Jahr durch diese Straßen, hierhin und dorthin. Sollte man nicht denken – ein vierbeiniges Tier, aber einen Kopf, grad wie ein Jude.«

»Können Sie Ihre kluge Peßje vielleicht bitten, nicht so schnell zu laufen, sonst rüttelt sie uns die Seele aus dem Leib. Meine Frau hat eine schwere Operation hinter sich, und zu unserem Bus kommen wir schon rechtzeitig.«

»Verstehe! Meine Peßele rüttelt meistens unsere Feinde durch. Ich sage Ihnen, sie wittert Antisemiten von weitem. Aber sobald sie hört, dass ein Fahrgast Mameloschn spricht, fällt sie sofort vom Trab in den Schritt«, scherzte der Kutscher weiter. »Meine Stute ist eine große Freundin des Jiddischen. Nur sprechen kann sie es nicht. Schade …«

Chanke saß reglos da, abgewandt von allem um sich herum. Außer einem dumpfen, bohrenden Schmerz schien für sie nichts zu existieren. Sie bemerkte weder ihren Mann noch den gesprächigen Kutscher, ignorierte auch das Gott weiß woher aufgetauchte weiße Bündel auf dem Schoß des verstummten Schlojmke.

Schlojmke konnte sich nicht entschließen, seine Frau anzusprechen, sie von den bitteren Gedanken abzulenken. Auch er selbst war ganz bedrückt und verbarg seine Verzweiflung und Verwirrung in einem tiefen Keller hinter einer eisernen Tür des Schweigens.

Die Hufe der braven Peßje klapperten, der Kutscher brummte im Takt dazu eine abgeschmackte Melodie vor sich hin, und die Stadt glitt wie in einem bösen Traum an ihnen vorbei wie ein Haufen Grabsteine.

»Wir sind da!«, sagte der Witzbold und bat Peßje höflich, anzuhalten.

Schlojmke bezahlte ihn mit dem Rest von Chankes Lohn, und bald bestiegen sie den Linienbus.

Im Bus saßen nur eine Handvoll Leute. Der Fahrer, ein breitschultriger, wortkarger Litauer, schonte im Gegensatz zu Peßje niemanden. Um keine Furche und kein Schlagloch machte er einen Bogen. Der Bus rumpelte und hüpfte wie eine riesige Kröte. Chanke legte eine Hand auf ihr Herz, das unterm Kleid hervorzuspringen drohte, Schlojmke umklammerte das Bündel fest mit beiden Händen und presste es immer wieder an sich, damit es durch die abrupten Stöße Gott behüte nicht herunterfiel und sich vor den Augen der Fahrgäste öffnete.

Schlojmke hatte sich ausgebeten, dass niemand sie vom Bus

abholen sollte. Das würde nur Fragereien geben: Was und wie und warum. Der Herrgott hat keine Juden ohne Neugier geschaffen. Vermutlich löcherten sie deshalb zu jeder Zeit und aus jedem beliebigen Anlass nicht nur einander mit endlosen Fragen, sondern auch Ihn im Himmel.

Schmulik sagte gern: Ein normaler Jude besteht nicht aus Fleisch und Blut, sondern aus lauter Fragezeichen.

In der kleinen Mietwohnung waren Verwandte beider Seiten versammelt. Roche hatte auch Doktor Blumenfeld eingeladen – wer weiß, was mit Chanke passieren konnte, die sich noch nicht von dem Unglück erholt hatte.

»Wie gut, dass du jetzt bei uns bist«, sagte meine Großmutter zu ihrer Schwiegertochter. »Behüte dich Gott. Immer und überall.«

»Amen«, brummte mein Großvater Dovid.

Die Eltern meiner Mutter fielen ein und wiederholten beide: »Amen.«

»Wir alle wünschen Ihnen rasche Genesung«, sagte Doktor Blumenfeld, konnte sich aber einer Belehrung nicht enthalten. »Liebe Chanke, Sie müssen nun vergessen, was war, und an das denken, was kommt. Bitte reden Sie sich nicht ein, dass die Sonne für immer untergegangen ist. Es wird wieder Morgen, und sie geht wieder auf.«

Chanke antwortete mit keinem Wort. Sie betrachtete alle mit abwesendem Blick und mit einem hoffnungslosen Lächeln, das die Verwandten erschauern ließ.

»Es ist unvernünftig, meine Liebe, ein Feuer mit trockenem Reisig zu löschen«, sagte Izchok Blumenfeld beinahe flüsternd, und bevor er sich verabschiedete, fügte er hinzu: »Ich lasse Ihnen dieses Päckchen mit Pillen da. Es ist ein Schlafmittel, absolut harmlos. Nehmen Sie eine Pille zur Nacht, dann stehen Sie am Morgen munter auf.«

Chanke nahm das Schlafmittel nicht und schlief erst gegen Morgen ein.

»Schlojmke ist weggegangen. Er kommt bald wieder«, erklärte Schmulik seiner Schwester, als sie aufwachte.

»Wohin?«

»Ich weiß nicht.«

Der sonst so gesprächige Schmulik war wortkarg, obgleich er wusste, dass Schlojmke zum Oberhaupt der Begräbnisbruderschaft Chazkel Berman gegangen war, um mit ihm über die Beerdigung des tot geborenen Sohnes zu sprechen.

Auf dem Heimweg schaute Schlojmke in der Fischerstraße bei seiner Mutter vorbei.

»Was kommst du mitten am Tag zu uns?«, fragte Roche.

»Ich war bei Chazkel.«

»Verstehe. Wann ist die Beerdigung?«, fragte meine künftige Großmutter.

»Morgen. Ich bin hier, um mich mit dir zu beraten. Soll ich Chanke mitnehmen oder nicht?«

»Bist du meschugge?! Willst du sie umbringen? Du nimmst sie natürlich nicht mit. Wenn sie wieder bei Kräften ist, gehen wir zusammen hin. Vor den Lebenden lässt sich sowieso nichts verheimlichen. Chazkel Berman wird als Erster ausplappern, wen er begraben hat.«

Mein älterer Bruder Borech, der Gesegnete, der nie gewindelt und nie mit Muttermilch gestillt wurde, dessen Name in keinem Schicksalsbuch steht, wurde bei Sonnenuntergang zwischen zwei jungen schlanken Kiefern begraben, in denen noch keine lärmenden und den Toten gegenüber gleichgültigen Krähen wohnten. Die letzten Sonnenstrahlen tauchten die Ränder des tiefen, für einen solchen Winzling viel zu großen Grabes zärtlich in goldenes Abendrot. Meine beiden Großväter, ein Satinkäppchen auf dem Kopf, beide Großmütter, bis zu den Füßen in schwarze Tücher gehüllt, mein nicht gläubiger Vater, der eine Mütze mit festem Segeltuchschirm aufgesetzt hatte, und mein Onkel Schmulik, der seine Landsleute gern mit kämpferischen Aufrufen zu Freiheit und allgemeiner Gleichheit aufrüttelte – sie alle standen reglos an der offenen Grube. Und sie alle zuckten jedes Mal zusammen, wenn ein Klumpen nassen, noch halb gefrorenen Lehms unten aufklatschte. Mein abergläubischer Großvater Schimon sprach kaum hörbar das von Rabbi Eliëser verbotene Kaddisch. Die Totengräber wischten sich den Schweiß von der Stirn …

Als die Sonne untergegangen war, lief die Familie schweigend nach Hause.

Zwei Wochen lang rührte Schlojmke keine Nadel an und ließ sein eisernes Pferd ungezäumt. Unzufriedene Kunden drängten und drohten, zu Gedalje Bankwetscher zu wechseln, doch er speiste sie mit Versprechungen ab und kümmerte sich nur um Chanke.

An der Singer saß Schmulik und vertrieb seine angeborene Faulheit mit den Strophen des russischen Revolutionsliedes über die feindlichen Stürme, die über den Köpfen aller Armen toben.

Im Beisein seiner Schwester dämpfte Schmulik seine Stimme zum Flüstern, denn die ganze Wohnung war nicht von feindlichen Winden der Rache und des Hasses erfüllt, sondern von Trauer und Trostlosigkeit. Er und Schlojmke bemühten sich nach Kräften, Chanke aus ihrem Zustand vollkommener Gleichgültigkeit gegen alles um sich herum zu holen. Sie ging ihren Nächsten aus dem Wege, vermied Begegnungen mit den Angehörigen, presste die Lippen zusammen, wenn jemand Trost oder Anteilnahme äußerte, antwortete nicht auf Fragen und überhörte angestrengte Scherze. Von morgens bis abends saß Chanke am offenen Fenster, betrachtete die Vorübergehenden, die in den Pfützen badenden anspruchslosen Spatzen und die Hochzeitspirouetten der Tauben. Wenn sie auf der Straße ein Kind weinen oder schreien hörte, zog sie sofort den Vorhang zu und stopfte sich die Finger in die Ohren. Wie die alte Hebamme Mine ging sie nun oft in die Synagoge und betete lange und linkisch.

Manchmal trat der taktvolle Rabbi Eliëser zu ihr, die kaum bei Sinnen war, und sagte ketzerische Worte.

»Es gibt im Leben Fälle, da braucht der allmächtige Gott wie ein gewöhnlicher Sterblicher Hilfe. Manchmal mehr als wir Sünder. Hilf du Ihm jetzt, meine Liebe, versuche deine Verzweiflung zu überwinden und deine Schwäche in Stärke zu verwandeln. Mit den Schwachen hat der Allerhöchste Mitleid, doch die Starken unterstützt Er.«

Sie verstand nicht, wovon der Rabbi sprach, reagierte aber mit dankbaren Tränen.

Zu Hause rührte Chanke keinen Finger. In der Küche wirtschaftete ihre Schwiegermutter, die auch das Zimmer sauberhielt und die Wäsche wusch. Schmulik, der schon als Kind von seiner Mutter kochen gelernt hatte, half Roche – er legte Nadel und Faden beiseite, krempelte die Ärmel hoch und schälte Kartoffeln oder hackte Kohl.

So ging es bis zu jenem denkwürdigen Tag im Frühsommer, als Chanke plötzlich leise und klar fragte, ohne jemanden direkt anzusprechen: »Wo ist denn unser Junge?«

Schlojmke saß inzwischen wieder von früh bis spät an seiner Singer, deren Rattern die schwarzen Gedanken übertönte. Er erstarrte bei Chankes Frage, hatte sich aber rasch in der Gewalt. Belügen konnte Schlojmke seine Frau nicht.

»Wir haben ihn begraben.«

»Wir? Wo?«

»Hier. Auf einem Hügel.« Jedes Wort lag ihm quer im Hals.

»Und warum ohne mich?«

»Du warst damals noch sehr schwach. Wir haben uns beraten und entschieden, dir keine weitere so schwere Prüfung zuzumuten nach dem, was du erlebt hast. Du hättest das nicht ausgehalten, Chanke, du wärst zusammengebrochen …«

»Ich will ihn sehen«, sagte sie, als wäre nicht von einem Toten, sondern von einem lebendigen Menschen die Rede.

»Ja, gut«, willigte Schlojmke ein, ehe er den hoffnungslosen Sinn ihres unwillkürlichen und schrecklichen Versprechers erfasst hatte. »Wann du willst.«

»Gleich morgen.«

»Gut, dann morgen.«

Er wünschte sich sehr, dass Chanke noch mehr sagte, fragte, ihm Vorwürfe machte. Schlojmke war bereit, sich zu rechtfertigen, seine Schuld zu bekennen, sich selbst anzuklagen, doch seine Frau schwieg beharrlich, und er wagte nicht mehr, den Mund zu öffnen.

Auf Schlängelpfaden zwischen Grabsteinen gelangten sie zu der namenlosen Erhebung, unter der ihr ebenso namenloses Kind ruhte, das keinen einzigen Schrei getan hatte.

Die Sonne beleuchtete den bescheidenen Lehmhügel und färbte ihn rot.

Gewitzte Hummeln brummten, eben aus dem Kokon geschlüpfte Schmetterlinge stellten stolz ihre erst einen Tag alten prachtvollen, in den unglaublichsten göttlichen Farben schillernden zarten Flügel zur Schau, in den Wacholderbüschen schwatzten lärmend Eichelhäher, im dichten saftigen Gras huschten gewitzte Feldmäuse auf Nahrungssuche umher, tapfere Ameisen eilten geschäftig von einem Grabstein zum anderen. Selbst die unheilverkündenden Krähen saßen, matt von der Sonne, auf den Bäumen und putzten sich.

Alles war lebendig und in Bewegung, schillerte in sämtlichen

Farben des Regenbogens, jubilierte gedankenlos und war fruchtbar.

Chanke bückte sich, nahm eine Handvoll Erde vom Grab und ließ sie von einer Hand in die andere rieseln. Schlojmke war sicher, dass sie sich diese Erde gleich wie Asche auf den Kopf streuen und schluchzen würde, doch Chanke stand mit undurchdringlicher Miene vor dem Hügel und ließ die Krumen langsam, als sei es ein heiliges Ritual, durch ihre Finger auf das namenlose Grab gleiten.

Chanke und Schlojmke verabschiedeten sich von ihrem Sohn und liefen in traurigem Schweigen zur letzten irdischen Heimstatt ihrer Großmütter und Großväter, die je zehn Kinder geboren hatten, nicht im Jüdischen Krankenhaus in Kaunas, nicht in Paris, nicht in der New Yorker Bronx, sondern unterm Schindeldach ihres Hauses im hinterwäldlerischen Jonava. Chanke und Schlojmke verneigten sich vor ihnen und rissen schweigend die um die Grabplatten herum wuchernden Disteln heraus. Nachdem sie ihren Kummer und ihren Schmerz über ihr bitteres Los am Unkraut ausgelassen hatten, liefen die unglücklichen Enkel langsam zu dem schon etwas morschen Tor des Friedhofs, den die ersten hier siedelnden Juden in uralten Zeiten angelegt hatten, noch bevor Kaiser Napoleon seine siegreichen Truppen leichtsinnig durch das unwegsame Litauen nach Russland geführt hatte.

Länger zu schweigen war unerträglich, etwas war unausgesprochen geblieben und musste unbedingt heraus.

Noch zwischen den sich auftürmenden Grabsteinen zwang eine neue Welle der Verzweiflung Chanke, als Erste auszusprechen, was sie die ganze Zeit quälte und worüber sie die ganze Zeit schweren Herzens geschwiegen hatte.

»Sag mir bitte, aber rede dich nicht heraus – wozu brauchst du mich so noch?«

Nach der unglücklichen Entbindung, noch im Krankenhaus, hatte sich Chanke eingeredet, Schlojmke würde sie ganz bestimmt verlassen und eine andere finden, die ihm einen Haufen Kinder gebären und an deren jungem Körper kein Mal, keine Wunde davon zurückbleiben würde.

»Wie – so?« Schlojmke begriff nicht gleich, wovon sie sprach.

»Wer braucht schon einen kranken Apfelbaum, der keine Früchte trägt?«

»Wie kommst du auf so einen dummen Vergleich?«

»Wie? Als Doktor Lipski mich aus dem Krankenhaus entließ, hat er gesagt, dass ich nicht mehr schwanger werden darf. Er hat mich gewarnt, das zweite Mal könne mit einer Katastrophe nicht nur für das Kind enden, sondern auch für mich. Kein Krankenhaus der Welt könne in diesem Fall einen glücklichen Ausgang für die Gebärende garantieren. Also frage ich dich rundheraus und offen, wozu, sag mir, brauchst du an deiner Seite eine solche Katastrophen-Frau?«

»Doktor Lipski hat mir ungefähr das Gleiche gesagt. Na und? In den Zehn Geboten, die Gott unserem Stammvater Moses auf dem Berg Sinai gab, heißt es auch ›Du sollst nicht töten‹, und wie viele Menschen töten einander im Krieg, ohne jedes Zaudern und Erbarmen? Es heißt auch ›Du sollst nicht stehlen‹, und wie viel stehlen manche Menschen schamlos anderen, ihren Nächsten, die sie, wie der Herrgott gebietet, lieben sollten wie sich selbst?« Schlojmke konnte nicht aufhören. Er redete und redete. Sein Gesicht war flammendrot, in seinen Augen funkelte ungewohnter Zorn.

»Um mich habe ich keine Angst«, widersprach Chanke ihrem Mann. »Niemand stirbt zweimal. Aber du wirst doch bestimmt nicht gegen Doktor Lipskis Rat handeln. Du wirst auf ihn hören.«

»Ich verstehe nicht.«

»Du wirst dich an das uns auferlegte Verbot halten und das ganze Jahr über fasten. Du wünschst mir schließlich nichts Böses, du willst nicht, dass ich sterbe.«

»Nein. Ich wünsche dir nichts Böses, und ich will nicht, dass du stirbst.«

»Aber versteh doch! Das Los jeder Frau ist es, solche Verbote zu missachten, sie zu verletzen, um der Mutterschaft, um der Fortpflanzung willen. Was ist das für ein Apfelbaum, der einen starken Stamm hat und eine prächtige Krone, aber krank ist und keine Früchte trägt?! Es wird dir bald über sein, in seinem Schatten zu sitzen und nicht die süßen Früchte zu genießen, sondern nur das Rascheln seiner gelb werdenden und herabfallenden Blätter.«

»Bitte, Chanke, lass deine hochgestochenen Vergleiche. Kannst du nicht mehr ganz einfach mit mir reden, ohne geschraubte Worte?«

»Bist du sicher, dass du nicht eines Tages zur Axt greifst, diesen Baum fällst und einen neuen, fruchtbaren pflanzt?«, fuhr sie fort.

»Wieder lauter schöne Worte! Ich werde nichts pflanzen und nichts fällen. Erklär mir kurz und klar – was macht dir solche Sorgen?«

»Wirst du mich verlassen?«

»Na, das ist doch eine klare, menschliche Sprache. Ja, ich werde dich verlassen. Aber erst, wenn du selbst mich verlässt oder, wie du dich ausdrückst, mich fällst und statt meiner in deinem Garten etwas oder jemand anderen pflanzt …«

»Dann ist mir auch vor dem Tod nicht bange.«

Chanke, ausgezehrt von Verzweiflung und Sehnsucht, sank an die Brust ihres Mannes, warf ihn plötzlich zu Boden und küsste krampfhaft seine Lippen, seine Wangen, seine Stirn. Die Krähen schauten von einer hohen Kiefer auf die beiden herab und versuchten mit verächtlichem Krächzen das seltsame schamlose Paar zu vertreiben, das keinen besseren Ort für seine Liebkosungen gefunden hatte als das hohe Friedhofsgras.

»Du bist verrückt, verrückt …«, sagte Schlojmke immer wieder und bemühte sich vergeblich, sich aus ihrer festen, gierigen Umarmung zu befreien und aufzustehen.

Zu Hause trafen sie den Polizisten Gedraitis an, der in seinem in den langen Dienstjahren im jüdischen Schtetl erlernten Jiddisch ein mahnendes Gespräch mit dem politisch unzuverlässigen Schmulik führte.

»*Scholem alejchem, Ponas Vincas*«, begrüßte ihn mein düsterer Vater ohne ein Lächeln.

»*Alejchem scholem*«, erwiderte der Polizist höflich und setzte unbeirrt seine Rede fort, die Schmulik nichts Gutes verhieß.

Es ging natürlich nicht um einen neuen Anzug, sondern – wer hätte das gedacht! – um die feindlichen Winde, die über Chankes armem Bruder und allen aufrechten Werktätigen der Welt tosten. Wie sich herausstellte, hatte sich Schmulik Dudak im Schtetl nicht so sehr als Schneider einen Namen gemacht, sondern vielmehr als grimmiger Feind der Reichen. Der gutmütige Gedraitis war gekommen, um Schmulik im Namen der Obrigkeit eine erste strenge Verwarnung dafür auszusprechen, dass er mit seinen aufrührerischen Reden die jüdische Jugend anstachelte.

»Herr Dudak, ich kenne Ihren Vater seit langem, den verehrten Schuster Schimon, bei dem ich meine Schuhe und Stiefel reparieren lasse«, sagte der Ordnungshüter und räusperte sich. »Ich kannte auch Ihren Großvater Rachmiel. Und Schlojmkes Großvater, den Steinmetz Berl«, schmeichelte er dem schweigsamen Hausherrn. »Sie alle waren tüchtige Männer, wahre Meister ihres Fachs.«

»Warum erzählen Sie mir das?«

»Warum? Als alter Freund Ihrer Familie wollte ich Ihnen, solange es noch nicht zu spät ist, in aller Offenheit sagen, dass es weit nützlicher ist, sich seiner Arbeit zu widmen und gut zu verdienen, als sich sonntags auf den Marktplatz vor irgendwelche Tölpel zu stellen und lauthals zu schreien: ›Nieder mit dem Diktator Antanas Smetona!‹ Es gibt keine höhere Gerechtigkeit als die Arbeit. Das Volk aufzuwiegeln aber ist gefährlich und kommt einen teuer zu stehen. Mit solchem Geschrei ernährt man keine Familie.«

Schmulik stritt nicht mit ihm – er stand da, einen Faden fest zwischen den Zähnen.

»Mein Rat, Herr Dudak – nehmen Sie sich ein Beispiel an Ihren Verwandten, nicht an jenen Aufrührern, die bisweilen mit Kugeln gebändigt werden müssen. Aber ich will Sie nicht weiter stören. Nähen Sie weiter, nähen Sie«, brummte Gedraitis, schlug die Hacken zusammen und entfernte sich.

»Dein Spiel wird noch böse enden, Schmulik«, seufzte Chanke. »Dann müssen wir dir Päckchen ins Gefängnis bringen.«

»Abgemacht. Du bist eine wunderbare Köchin und du weißt ja, was ich besonders mag: Gänsehals, Heringshäckerle und Kartoffeln mit Backpflaumen«, sagte Schmulik, erfreut, dass Chanke offensichtlich wieder zu sich gekommen war.

Im Haus atmete es sich nun in der Tat leichter, als hätte jemand die Wände auseinandergerückt und mit einer unsichtbaren Pumpe viel frische Luft hereingepumpt. Roche konnte sich nicht genug freuen über die wieder aufgelebte Chanke, und um sie von den alltäglichen Sorgen zu entlasten, buk, briet und kochte sie weiterhin und schleppte das Essen in schweren Töpfen oder einem großen Korb in die winzige Wohnung. Es war kein Kinderspiel, zwei ausgewachsene Männer satt zu bekommen, die weder an Appetitlosigkeit litten noch an einem Magengeschwür! Wie viel sie den beiden auch auftischte, sie verputzten alles.

»Iss auch was«, sagte Roche besorgt zu Chanke. »Du musst viel essen. Doppelt so viel wie wir alle zusammen. Du bist im Krankenhaus ganz abgemagert, mein Kind. Ein wandelndes Skelett! Dabei warst du wie Milch und Blut …«

Schlojmke arbeitete Tag und Nacht, wie es so schön heißt, ohne seinen Händen Ruhe zu gönnen. Selbst Efraim Kapler hatte Erbarmen und zürnte nicht, dass das Rattern der Singer seinen planmäßigen Schlaf störte. Immerhin hatten die beiden ein furchtbares Unglück erlebt … Das wünschte man seinem schlimmsten Feind nicht.

Nach Jom Kippur erschien bei Chanke und Schlojmke ganz überraschend die ehemalige Haushälterin von Abram Kißin, Antanina, mit einem vollgestopften zugebundenen Sack.

»Herzlichen Glückwunsch«, flötete sie in altersschwachem Falsett. »Ich wollte schon lange zu Ihnen kommen … Immer wieder habe ich es mir vorgenommen, und nun bin ich endlich da. Ich habe mich immer wieder getadelt: Schämst du dich nicht vor den Leuten, Antanina? So viel Zeit ist schon vergangen, und du hast ihnen noch immer nicht gebracht, was Frau Etl für sie dagelassen hat. Nein, so was – mein dummer Kopf hat es immer wieder vergessen.«

»Was haben Sie uns nicht gebracht?«, fragte Schlojmke misstrauisch.

»Ihre Frau weiß Bescheid. Frau Etl hat vor ihrer Abreise zwei Säcke für Sie dagelassen. Diesen hier, den größeren, mit Spielzeug, und noch einen kleineren mit Kleidern.«

»Ein Sack voll Spielzeug?« Schlojmke starrte Antanina an, die viele Jahre beim verstorbenen Kißin gearbeitet hatte.

»Ja, mit Spielzeug. Und in dem anderen Sack sind Anzüge, Hosen und Hemdchen von Rafael. Den bringe ich Ihnen nächste Woche, wenn ich zur Morgenmesse gehe.«

Die halbblinde alte Antanina schnürte bedächtig den Sack auf.

»Was hier alles drin ist!« Begeistert zog die Alte die Gaben hervor. »Ein ganzer Laden voller Spielsachen aus Frankreich, Spanien, Deutschland und Lettland.«

Chanke und Schlojmke schauten sich fassungslos und traurig an. Offenbar hatte Antanina nichts von ihrem Unglück gehört.

»Nehmen wir das?«, fragte Schlojmke, und seine Stimme zitterte.

»Das Spielzeug nehmen wir. Warum nicht? Ich bin nicht abergläubisch, ich glaube nicht an schlechte Omen«, antwortete Chanke erstaunlich rasch und entschieden und wandte sich an die schwerhörige alte Frau: »Danke, Pone Antanina! Wir hätten die Sachen auch selbst abgeholt. Sie haben in Ihrem Leben schon genug geschleppt.«

»Was?«, fragte Antanina. »Seit einiger Zeit höre ich nicht mehr gut und vergesse vieles. Ach, die Jahre, ach, die dahineilenden Jahre! Was die mit dem Menschen machen! Sie verderben das Gehör, verschleiern die Augen mit Schlamm, legen die Beine in Ketten. Du machst einen Schritt, und schon suchst du nach einem Platz zum Hinsetzen. Das Unglück kommt im Alter nicht als Gast ins Haus, nicht für ein, zwei Stunden, sondern als Hausherr und für lange, ach, für so lange! Ob du es verscheuchst oder nicht, es bleibt trotzdem.«

»Ich weiß gar nicht, wie ich Ihnen danken soll«, kam Chanke auf das begonnene Gespräch zurück.

»Da müssen Sie nicht mir danken, sondern Frau Etl. Sie ist ein Engel. Gott schütze sie.«

»Ich danke auch Ihnen«, sagte Chanke. »Ich hoffe, wir können das Spielzeug noch gebrauchen.«

Was hörte Schlojmke da? Sie konnten das Spielzeug noch gebrauchen?! Also hatte Chanke allen Verboten zum Trotz beschlossen, erneut schwanger zu werden! Dem Schicksal zum Trotz, unter Gefahr für ihr eigenes Leben! Doktor Lipski war ein Prophet: Eine liebende Frau ist selbstlos bis zum Wahnsinn. Sie ist zu allem bereit. Sie macht vor nichts Halt.

Es verging kein halbes Jahr, bis meine Mutter tatsächlich erneut schwanger wurde und schließlich in eben jenem Jüdischen Krankenhaus ebenfalls per Kaiserschnitt – diesmal, Gott sei Dank, glücklich – einen lebenden Jungen zur Welt brachte und selbst am Leben blieb.

Dieser Junge war ich.

Die scharfzüngige Roche nannte mich die verbotene Frucht, doch der Tilsiter »Deutsche«, Rabbi Eliëser, trug Mitte Juni 1929 nicht diesen Spitznamen ins Schicksalsbuch ein, sondern zwei normale Namen – Hirsch-Jankl (Grigori-Jakow). Der zweite Name sollte wohl den ersten stützen und Krankheiten und Unglück von mir fernhalten. Doch nicht alle Leiden und nicht alles Unglück ließen sich fernhalten.

Leider hat mein seichtes Gedächtnis nicht behalten, welche ausländischen Spielsachen, die mein älterer Bruder Borech bekommen sollte, nach dem Willen des Schicksals mir zufielen. Deutlich erinnere ich mich nur an das aufregendste Spielzeug, das von Rafaels gepflegten kleinen Fingern ganz abgegriffen war – eine verschnörkelte Spieluhr, die Arn Kremnizer seinem Stammhalter aus Paris oder Berlin mitgebracht hatte. Sie war lackiert und mit lustigen Tieren bemalt, mit Füchsen, Häschen, kleinen Bären und exotischen Kängurus und Ponys. An der Seite war eine Kurbel. Wenn man sie ein-, zweimal drehte, ertönte eine anrührende, an ein Wiegenlied erinnernde Melodie.

Seltsam – noch immer sehe ich diese wundersame Spieluhr vor mir, klingt mir ihre Melodie in den Ohren. Ihre eindringlichen Töne, raschelnd wie Blätter, umwehen noch heute meinen stark ergrauten Kopf und entführen mich in die Fischerstraße, in das weit entfernte jüdische Jonava. Ich sitze am Computer, und es ist, als tippte ich nicht Buchstabe um Buchstabe, sondern als drehte ich wie in meiner unerreichbar fernen Kindheit die Kurbel jener wunderbaren Spieluhr. Langsam und in Großaufnahme, wie in einem Stummfilm, ziehen an meinem inneren Auge meine unvergessenen Landsleute vorbei. Ich lausche der schlichten Melodie, und sie sind wieder lebendig und stehen in einer Reihe vor mir – philosophierende Schnorrer und arbeitsame Schneider, reiche Wohltäter und hausgemachte Weltverbesserer wie mein Onkel Schmulik, der von der illusorischen Freiheit, von der unerreichbaren Gleichheit und der mythischen Brüderlichkeit träumte. Zu dieser bunten Gesellschaft stoßen auch »der Deutsche«, Rabbi Eliëser, der ungesellige Totengräber Chazkel und der gutmütige Ordnungshüter und Matze-Freund, der Polizist Vincas Gedraitis. Jener Gedraitis, der den hitzigen ungebildeten Weltverbesserern aus armen Familien mehr als einmal riet, sich nicht verführen zu lassen von sinnlosen Träumen von einem irdischen Paradies nach russischem Vorbild und seine Brüder nicht damit zu verführen, und der sie auf Jiddisch fragte: »Bürger Juden, warum wollt ihr eure Zeit und Kraft für die Reparatur einer fremden Ordnung vergeuden, für die Umgestaltung eines fremden Lebens oder für kurze Spaziergänge in Handschellen auf dem Gefängnishof? Solltet ihr nicht lieber Schuhe flicken, Anzüge, Mäntel, Gehröcke und Kaftane nähen, Männer rasieren und Geschirr verzinnen, Öfen setzen und Schindeldächer decken? Dafür wird Litauen euch nur danken!«

Leider hat Litauen ihnen nicht gedankt, obwohl die meisten

seiner jüdischen Bürger dem vernünftigen Rat des Schtetl-Polizisten folgten. Doch das änderte nichts am späteren traurigen Los derer, die das leichtfertig glaubten …

Wohin, sag mir, meine fremdländische Drehorgel, wirst du mich mit deiner schlichten, wehmütigen Melodie noch entführen? Wohin? In die längst verfallene Schule zu meinem Lehrer Balzer, dem Anhänger und Verfechter des Jiddischen, in die Schtetl-Synagoge, die zu einer schnöden Bäckerei wurde, oder auf den kahlen Hügel, zum namenlosen Grab meines älteren Bruders Borech, von dem keine Spur geblieben ist?

Auf dieser ewigen Heimstatt der Toten lärmen nur verkümmerte Kiefern, wiegen sich schwarz die zerzausten Nester aufgescheuchter Krähen und schwirren Erinnerungen herum. Ich stehe unter ihren brennenden Strahlen und flüstere der geschenkten Spieluhr verwirrt etwas zu, drehe unaufhörlich ihre Kurbel, und die Bären und Hasen, die Füchse, Ponys und Kängurus stimmen ein in meine unermessliche Trauer und meinen Kummer.

Erinnerungen, Erinnerungen! Sind sie nicht der langlebigste Friedhof auf der Welt?

Dieser Friedhof, den niemand bewacht, ist unzerstörbar und unvergänglich. Niemand kann ihn mehr besudeln oder Stein für Stein zerstören, um daraus ein Haus zu bauen, dessen Wände nicht aus Ziegeln bestehen, sondern aus Grabplatten mit altertümlichen Inschriften, niemand wagt mehr, mit Soldatenstiefeln darauf herumzutrampeln, denn die Erde dort brennt unter den Füßen der Schänder mit unauslöschlicher Flamme.

Gesegnet sei das Andenken derer, die in Frieden auf diesen, man wagt es kaum auszusprechen, beschaulichen, mit bitteren Tränen getränkten jüdischen Friedhöfen ruhen. Meine auf ewig entschwundenen Landsleute erheben unter dem stummen

Friedhofsrasen hervor noch immer ihre vom Leib losgelösten Stimmen, um das ertaubte Ohr des Herrgotts zu erreichen und mit Seiner Hilfe zu den harten Herzen der Lebenden vorzudringen, indem sie an das schutzlose Gute und an die mit jedem Tag weiter schwindende Gerechtigkeit appellieren.

April – Oktober 2010

ZWEITER TEIL

1

Meine Erinnerung reicht zurück bis in mein fünftes Lebensjahr, bis zu jenem hellen Peßachmorgen 1934, als sich Großmutter Roche (ihr überließen meine mit den Mühen des täglichen Broterwerbs beschäftigten Eltern die unumschränkte und unentgeltliche Herrschaft über ihr heißgeliebtes Kind vom Beginn des Frühjahrs bis zum Ende des kurzen litauischen Sommers) über mein Bett beugte und mit ihr sonst nicht eigener Heiterkeit zärtlich flötete: »Steh auf, Hirschele! Wach auf, mein Goldstück! Heute ist ein großes Fest. Peßach! Wir beide, mein Schatz, gehen heute zum ersten Mal in die Synagoge. In die Beit knesset HaGadol.«

»Wohin?« Meine Augen, noch verklebt vom süßen Schlaf, spiegelten nichts als Erschrecken.

»In die Große Synagoge. Dort warst du noch nie. Wir gehen dorthin, wo jeden Tag unser Gottenju, der liebe Herrgott, vom Himmel herabsteigt. Wir werden gemeinsam beten und unseren Beschützer und Wohltäter dafür danken, dass er uns vor tausend Jahren aus Ägypten geführt und von den Pharaonen befreit hat.«

Ich hörte gähnend zu, bemüht, den Schlaf abzuschütteln.

»Du bist noch klein, Hirschele, und weißt natürlich noch nichts von den Pharaonen und von der schrecklichen ägyptischen Gefangenschaft. Aber wenn du groß bist, wirst du die

Peßach-Haggada lesen und alles selbst erfahren. Wie Moses uns vierzig Jahre lang durch die Wüste führte, wie unsere Vorfahren in Zelten lebten und wie sie Matzen buken auf dem Feuer«, ermutigte mich Großmutter.

Sie putzte meine leichten Sommerschuhe auf Hochglanz und steckte mich in einen fast neuen Wollanzug, in dem vor noch nicht allzu langer Zeit der inzwischen nach Frankreich verzogene Rafael Kremnizer durch das Schtetl stolziert war. Dann setzte meine Großmutter mir die plattgedrückte, nach Naphtalin riechende Kippa meines jüngsten Onkels auf, des kranken Josef, der sich einbildete, er wäre ein Rabe oder ein Star, seine Flüge jedoch nicht am Himmel vollführte, sondern in einem Zimmer der Heilstätte für psychisch Kranke in Kalvarija, weit weg von zu Hause. Großmutter musterte mich streng von Kopf bis Fuß, bekundete mit einem Schnalzen ihre volle Zufriedenheit, dann nahm sie mich an die Hand, und wir liefen durch das noch halb schlafende Schtetl in die Gartenstraße. Dorthin, wo jeden Tag unser Gottenju vom Himmel herabstieg und wo Er Großmutter Roche zufolge wohnte – in die Große Synagoge von Jonava.

Damals wusste ich noch nichts von Gott, der uns befreit hat, und von den ägyptischen Pharaonen und zerbrach mir natürlich nicht den Kopf über Begriffe wie Freiheit und Sklaverei, doch jener längst vergangene Peßachmorgen im April blieb für immer in meiner Erinnerung haften. Mal sank er tief auf ihren Grund, mal tauchte er unvermittelt wieder auf wie ein Angelschwimmer auf dem Wasser.

Als ich über ein Jahr später zur Schule kam und wohl ein wenig klüger geworden war, merkte ich plötzlich, dass selbst meine hochweise Großmutter Roche sich nicht in allem auskannte. Allerdings erlebte ich nie, dass sie auch nur für einen Moment anerkannte, dass ein anderer recht hatte, oder beschämt verstummte. Ob sie lag, stand oder saß – ständig musste sie andere belehren, beschämen und tadeln, Urteile fällen und unaufhörlich reden und reden. Wörter waren ihr Schutz, sie hielten Großmutter wohl ebenso am Leben wie die von Doktor Blumenfeld verordneten Tabletten und Pülverchen. Selbst freundliche Worte, die ihr hin und wieder von den Lippen glitten, sagte sie in ärgerlichem Kommandoton. Mich, den kleinen Knaben und späteren Jüngling, fütterte Großmutter Roche, möge ihr bescheidener Name in der Liste der selbstlosen Jüdinnen nie ausgelöscht werden, bis zum Überdruss mit endlosen Reden. Mir scheint, noch heute, da sich mein Leben neigt, klingen viele ihrer Worte in mir nach und streicheln oder zwicken mein Herz.

»Ich schaue dich an, Hirschele, und denke nach. Du errätst nie, worüber …«

Worüber Großmutter nachdachte, hätte kein Hellseher der Welt zu erraten vermocht, ja, es hätte auch keiner gewagt.

»Worüber ich nachdenke, Hirschele, ist dies. Ob du etwa genauso wirst wie deine ganze Sippe?«, fragte Großmutter.

»Ich weiß nicht. Papa sagt, ich bin ihm ähnlich, aber Mama sagt, das stimmt nicht.«

Großmutter, die meinen verständnislosen Blick aufgefangen hatte, fügte entschieden hinzu: »Nein! Du wirst nicht wie dein Großvater, nicht wie dein Vater und nicht wie deine Onkel. Sie sind Gottlose und Gotteslästerer. Sie gehen nicht in die Synagoge, sie lachen über alle, die an unseren Herrgott glauben, und mit ihrem Unglauben und ihren Spötteleien werden sie nie Seine Gnade erfahren. Niemals!«

Ich hörte ihr zu, ohne im mindesten zu verstehen, wovon die Rede war, wagte aber nicht zu widersprechen. Widerspruch machte Großmutter nur wütend.

»Nehmen wir deinen Vater«, fuhr sie mit ihrer Predigt fort.

»Woran glaubt er? Er glaubt nur an seine Singer-Nähmaschine. Und dein Großvater? Großvater glaubt an Ahle und Pechdraht. Und Onkel Schmulik? Dieser Schlehmihl glaubt an einen Russen mit Glatze und Ziegenbart. Er hat sogar eine Fotografie des Glatzkopfs aus der jüdischen Zeitung ausgeschnitten und eingerahmt. Darauf steht sein Gott in einem schlecht geschnittenen offenen Mantel auf einem Panzerwagen und reckt der Menge den Arm entgegen! Aber keiner deiner Verwandten … Hirschele, dreh dich bitte nicht nach allen Seiten um, hör zu, höre, was ich dir sage! Also, keiner von ihnen glaubt an unseren Allmächtigen Herrgott. Doch ich will, dass du an Ihn glaubst.«

»Ja, gut«, sagte ich mechanisch, ohne den Sinn ihrer Worte zu begreifen, denn von so etwas wie Glauben hatte ich noch nie gehört. Dennoch dachte ich, dass das wahrscheinlich keine sehr anstrengende Arbeit war, bei der man schwitzte und ermüdete. Also sollte ich Großmutter nicht enttäuschen – wenn sie fragte, ob ich glauben würde, sollte ich das nicht verneinen, sondern zustimmend nicken.

Zu meinem Pech konnte Großmutter Roche Kopfnicker nicht ausstehen.

»Das Nicken hast du wohl von deinem Papa gelernt. Der Herrgott hat uns nicht umsonst mit Sprache ausgestattet, sondern damit wir uns von Katzen und Hunden unterscheiden. Das Kopfnicken, Hirschele, ist eine abscheuliche Angewohnheit. Je früher du sie ablegst, desto besser. Wer statt einer Antwort ständig mit seinem Denkapparat nickt, ist entweder feige oder hinterlistig«, belehrte sie mich. »Ein normaler Mensch spart seine Worte nicht auf wie Geld fürs Alter, sondern verteilt sie großzügig an seine Freunde und Verwandten. Verstehst du das? Ja oder nein?«

»Ja.«

An jenem fernen Aprilmorgen im Jahr 1934 gingen wir gemächlich weiter durch die menschenleeren gepflasterten Straßen von Jonava zum wichtigsten Gebetshaus, dorthin, wo, wie meine ständige Erzieherin und Begleiterin versicherte, unser lieber Gottenju wohnte, unser Herrgott.

Die aus Backsteinen erbaute Beit knesset HaGadol war nicht die einzige Synagoge in unserem gottesfürchtigen, seit Urzeiten dicht mit Juden bevölkerten Schtetl. Außer der Großen Synagoge mit ihrem feierlichen hebräischen Namen – in der Sprache der Urahnen – gab es in Jonava noch andere, die nach den Handwerksgilden benannt waren – der Fleischer, Schneider, Tischler, Schuster und Sattler. Die Schneider vermieden es, im Gotteshaus der Fleischer mit dem Allerhöchsten zu reden, und die Tischler wollten auf den Bänken, die von den Hintern ihrer Vorfahren, Meistern in der Fertigung von Rotholzmöbeln, glattgescheuert waren, auf diesen Bänken wollten sie keine der sündigen Trunksucht zugeneigten Schuster beten sehen. Kam allerdings ein Kantor aus Polen oder Riga, er musste nicht einmal sehr berühmt sein, dann waren alle Unterschiede vergessen, und die gottesfürchtigen Handwerker aus allen winzigen Synagogen versammelten sich samt Frauen und Kindern in der Großen Synagoge in der Gartenstraße, um den Sänger zu hören. Mein scharfzüngiger, unter Polizeiaufsicht stehender Onkel Schmule scherzte gern, ein fahrender süßlicher Tenor vereinige sie mehr als der Herrgott.

Bis zur Groß[illegible]agoge war es offenbar noch weit, und ich fragte meine [illegible]smu[illegible] mich das erste Mal zum Gottesdienst mitn[illegible]: »Sag, [illegible] dicken Fleischer mit den bl[illegible]espritzten Schürzen, woh[illegible] Gottenju[illegible]

»Ja«, [illegible]wortete die alte Frau nicht ohne Stolz. »Wenn sie nicht [illegible] unkoscherem Fleisch handeln und ihre Kunden beim

Wiegen nicht betrügen, dann wohnt der Herrgott auch bei ihnen.«

»Und in der Synagoge der Schneider und Friseure, wohnt Er da auch?«

»Ja.« Großmutters Herz schmolz regelrecht dahin bei meinen Fragen. Fragen waren ihr stets lieber als Antworten. Wenn eine Antwort ihr missfiel, verzog sie das Gesicht, krümmte sich zusammen und sah gleich älter aus.

»Aber wie geht denn das, Großmutter? An ein und demselben Tag hier wohnen und da, an verschiedenen Orten?«

»Du bist gar nicht dumm, Hirschele. Aus dir wird einmal was, wenn du auf deine Großmutter hörst und nicht auf Onkel Schmule, der zu einem glatzköpfigen Russen mit Ziegenbart betet, oder auf deinen Großvater, der behauptet, das beste Handwerk der Welt sei das Nähen und Besohlen von Stiefeln und Schuhen.«

»Ich werde auf meine Großmutter hören«, sagte ich nach einigem Nachdenken unsicher.

»Wir werden sehen. An Versprechen von Männern habe ich nie geglaubt. Alle Männer sind Lügner und Betrüger. Sie saugen den Betrug mit der Muttermilch auf.«

»Ich werde auf dich hören«, beharrte ich.

»Ja, ja. Ich will lieber auf deine Frage nach dem lieben Gott antworten. Der Mensch, Hirschele, wohnt bis zu seinem Tod am selben Fleck – in der Fischerstraße zum Beispiel, wie Großvater und ich und Chawe, oder in der Schmiedestraße, wie deine andere Großmutter und Großvater Schimon. Unser Gottenju aber wohnt überall! Es gibt keinen Ort auf der Welt, wo Er nicht wohnt.«

An jenem denkwürdigen Sabbatmorgen war ich voller Ungeduld, endlich dorthin zu gelangen, wo unser barmherziger Gottenju wohnte.

Tja, leicht gesagt – voller Ungeduld! Mit meiner Großmutter gelangte ich nie schnell ans Ziel. Sie blieb immer wieder stehen, nicht, um zu verschnaufen, weil sie etwa keine Luft bekam wie Großvater Dovid, sondern weil sie an keinem ihrer alten Bekannten vorbeigehen konnte. Jeden begrüßte sie, mit jedem schwatzte sie ein, zwei Minuten über dies und das und vergaß dabei ganz den lieben Gott und sein Zuhause, die Beit knesset HaGadol.

»Im Schtetl kennt jeder auf der Straße dich besser als den Herrn Bürgermeister«, spöttelte Großvater.

Er selbst begleitete sie selten ins Bethaus. Mal schob er seine kranken Beine vor, mal seine nicht ausgeheilte Schwindsucht, mal den dringenden Auftrag eines namhaften Kunden, der unbedingt am Montag fertig sein müsse.

»Der Herrgott, glaube ich, mag Frauen lieber als Männer. Das zum Ersten«, verteidigte Großvater unbeholfen sein bescheidenes Freidenkertum. »Angenommen, ich komme mit. Und? Ich kann weder Ihm noch den Menschen etwas Interessantes erzählen. Das zum Zweiten. Solche Fähigkeiten habe ich nicht«, fuhr Großvater fort, wobei er an Großmutters Gewohnheit dachte, auf dem Weg zur Synagoge immer wieder stehenzubleiben und mit jedem ein Gespräch anzuknüpfen. »Und solltest du vom Allerhöchsten plötzlich eine erfreuliche Neuigkeit erfahren, würdest du sie mir doch nicht verheimlichen? Dann kommst du nach Hause und erzählst sie mir. Was hätte es also für einen Sinn, wenn wir beide zu zweit dort säßen?«

»So sind alle Kinder deines Großvaters. Dein Vater, Hirschele, deine Tanten Chawe und die nach Amerika verschwundene Leje und auch dein zu den Franzosen gezogener Onkel Ajsik, sie alle haben sich immer vor dem Besuch der Synagoge gedrückt«, klagte sie, als wären Großvaters Kinder keineswegs ihre. »Wir Minesses dagegen, wir haben keinen Tag ohne unser Gebetbuch verbracht. Deshalb musste ich immer für alle Ungehorsamen herhalten, und das tue ich noch heute, ich verantworte mich vor dem Himmel und bitte den Allmächtigen, Er möge sie, die Unverständigen, nicht bestrafen, sondern sie zur Vernunft bringen, bevor es zu spät ist.« Großmutter richtete ihre tränenden Augen zum trüben litauischen Himmel und flüsterte etwas Geheimnisvolles vor sich hin.

Wir liefen schweigend weiter. Die Wärme von Großmutters Hand floss wie ein Frühjahrsstrom durch meinen Körper. Auf den Bäumen, die mit ihren grünen Ästen die Häuschen an der Straße einrahmten, tirilierten Vögel, deren Namen ich als Kind nicht kannte. Vögel, so lernte ich im Haus meiner Eltern, das sind Vögel, Hirschele. Blumen sind Blumen, Bäume sind Bäume. Du musst ihre Namen nicht kennen, so versicherten sie mir, damit die Vögel weiter singen, die Bäume im Frühling grün werden und im Herbst die Blätter abwerfen, wie sie es seit jeher tun.

»Wozu sollst du etwas wissen, das einen armen Juden weder glücklicher noch reicher macht«, beruhigte mich meine Großmutter.

Der erste Bekannte, bei dem sie auf dem Weg zur Großen Synagoge stehenblieb, um sich nach einer Woche völliger Abgeschiedenheit an einem Gespräch zu laben, war der Polizist Vincas Gedraitis, der seine Uniform trug, die Hose in die blitzblanken Chromlederstiefel gesteckt.

»*Gut Jomtew,** Roche!«, begrüßte er Großmutter, rückte seine Schirmmütze zurecht und lächelte breit.

»*Gut Jomtew*, Ponas Vincas«, erwiderte Großmutter und schenkte dem Polizisten ein dankbares Lächeln voller [illegible] zeln.

* (jidd.) Schönen Feiertag[illegible]

*»A lichtikn un frejlichn Peßach,«** wünschte Gedraitis, wobei er weiterhin lächelte und zum Beweis seiner Freundschaft und seines Wohlwollens die Brust wölbte. »Zum ersten Festmahl … Wie heißt es doch gleich bei Ihnen? Hab ich ganz vergessen …«

»Erster Seder.«

»Zum ersten Seder wage ich mich nicht aufzudrängen. Aber zu Ihren Matzen komme ich morgen vorbei, wenn Sie gestatten. Denn jeder Litauer sollte seinen Juden haben, und jeder Jude seinen Litauer. Ich bin ein Glückspilz: Ich habe nicht nur einen Juden, sondern gleich zwei: Schimon Dudak und Ihren Dovid. Zu Ostern gehe ich bei beiden naschen.«

»Sie sind herzlich willkommen!«, brummte Großmutter ohne sonderliche Begeisterung und sparte sich ihr nächstes Lächeln für einen anderen, würdigeren Bekannten auf.

Der Polizist Gedraitis war kein böser Mensch. Was wahr ist, ist wahr. Aber Polizisten waren ebenso wie Wanzen nicht die beliebtesten Gäste in einem jüdischen Haus.

»Ich liebe Matzen!«, wiederholte der gutmütige Gedraitis. »Erinnerst du dich, Roche, wann ich sie bei euch zum ersten Mal probiert habe? Damals war ich noch nicht im Polizeidienst. Da habe ich bei Mendelson im Sägewerk gearbeitet. Und Dovid und du, ihr wart so jung …«

»Ich erinnere mich. Wir haben im Sägewerk Bretter geholt, für einen neuen Fußboden in unserem Haus.«

»Ich habe Dovid damals gefragt, erinnerst du dich, ob in diesen Matzen viel Christenblut ist. Dein lieber Mann war nicht um eine Antwort verlegen, er hat gesagt: ›Nur ein bisschen.‹ Und darauf ich: ›Na, wenn's nur ein bisschen ist, Dovid, dann her damit!‹ Das war ein Gelächter! So hatte ich noch nie im Leben gelacht. Seitdem ist eine Menge Wasser die Vilija hinabgeflossen … Wenn ich daran denke, wie viele Matzen ich in

* (jidd.) Einen lichten und fröhlichen Peßach!

diesen Jahren bei euch und beim Vater eurer Schwiegertochter gegessen hab! Vielleicht ein halbes Pud, vielleicht auch mehr.« Gedraitis grunzte, legte die Finger an den Mützenschirm, und wir verabschiedeten uns von ihm.

»Großmutter, Großmutter!« Ich zupfte an ihrem guten Kattunkleid. »Ist es noch weit?«

»Bis wo, mein Goldstück?«, fragte Großmutter, als müsste sie erst zu sich kommen.

»Na, bis zu dem … bis zur Synagoge, wo unser Gottenju wohnt.«

»Nein, es ist nicht mehr weit, Hirschele«, sagte sie und hielt nach allen Seiten Ausschau, ob vielleicht ein paar Bekannte in der Nähe waren, mit denen sie noch ein wenig an der frischen Luft plaudern konnte. Das war schließlich keine Sünde, wenn man tagelang zu Hause saß wie zu ewiger Zwangsarbeit verurteilt und den Angetrauten mit dem Schusterhammer unermüdlich den hölzernen Leisten bearbeiten hörte, was sich anfühlte, als hämmerte er direkt auf dem Kopf seiner Frau herum, und dem widerlichen Brummen der aufdringlichen Fliegen lauschte.

Vor der Beit knesset HaGadol, im Vorgarten, wo die Kastanien üppig blühten und flinke Schwalben umherflogen, stand mit gekrümmtem Rücken der Schnorrer Avigdor Perelman. Großmutter wollte an ihm vorbeihuschen, um noch einen bequemen Platz auf der Galerie zu ergattern, doch Avigdor Perelman wäre nicht Avigdor Perelman gewesen, hätte er sie nicht angehalten, sie als Erster begrüßt und gekichert, als wollte er sagen: Gute Manieren stehen nicht nur Reichen [illegible], sondern auch Armen.

»Danke, Roche. Gott wird [illegible] Güte hundertfach vergelten. Alles, was [illegible] dich könnte Er wahrhaftig eine Ausnah[illegible]ch.«

»Und du, Avigdor, statt an jeder Ecke herumzulungern und zu betteln, solltest du lieber einmal hineingehen und zu unserem Herrgott beten. Wer weiß, vielleicht würde Er dir alle deine Sünden verzeihen und es auch dir vergelten.«

»Nein, meine Liebe. Mein Verhältnis zu Ihm ist auf ewig verdorben. Ob du betest oder nicht, das ändert nichts. Wer bucklig ist, der bleibt bucklig. Schließlich hat sich auch dein eigenes Leben, Roche, durch Gebete nicht sehr zum Besseren gewendet.«

Avigdor Perelmans Augen tränten, was aussah, als weinte er die ganze Zeit.

Mir tat er leid, aber das sagte ich Großmutter nicht. Mit Menschen, die nicht arbeiteten, hatte sie kein Mitleid. Das waren für sie Faulpelze und Nichtsnutze.

»Die Hände, Hirschele, sind dem Menschen nicht gegeben, damit er sie nach Almosen ausstreckt, sondern damit er sich Schwielen holt«, belehrte sie mich.

Wir gingen in die Synagoge und stiegen langsam, die Hand auf dem in vielen Jahrzehnten glattpolierten Holzgeländer, hinauf auf die Galerie, wo nur Frauen saßen, in ihrem Festtagsstaat, in bunten Kleidern und mit Seidentüchern auf dem Kopf. Darunter auch meine zweite Großmutter Schejne, sie saß ganz oben, klein, unauffällig, still wie ein alter Straßenbaum ohne Blätter und Vögel. Obgleich Großmutter Roche nicht gerade mit ihr befreundet war, gebot sie mir sofort, zu ihr zu gehen, sie zu Peßach zu beglückwünschen und sie zu küssen.

Gegen die spitzen Knie erstaunter Bethausbesucherinnen stoßend, stieg ich hinauf auf die Empore.

Noch ehe ich mich zu Großmutter Schejne hinuntergebeugt hatte, küsste sie mich bereits, strich mir mehrmals über die Kippa, die mein Onkel Josef bis zu seiner Geistesstörung getragen hatte, und überschüttete mich mit Lobesworten wie mit

Feldblumen, ich aber küsste sie nur auf die warme, schlaffe Wange und errötete vor Verlegenheit.

»Ach, du mein Schöner, ach, du mein Gescheiter, ach, ach, ach! Bist du aber gewachsen!«, sagte Großmutter Schejne immer wieder. »Warum kommst du so selten zu mir und Großvater Schimon? Besuch uns mal, ja! Du bist doch schon groß! Du findest den Weg jetzt auch allein. Dafür brauchst du keinen Begleiter mehr.« Sie wollte noch etwas sagen, doch da stieg der ehrwürdige Rabbiner Eliëser auf die Bima und begann mit der Thoralesung.

Die gesamte Große Synagoge war in Licht getaucht. Es schien, als wäre die morgendliche Aprilsonne plötzlich unter die massive, mit Heiligkeit getränkte Kuppel gezogen.

»Gefällt es dir?«, flüsterte mir Großmutter Roche, die sich zu mir gebeugt hatte, ins Ohr.

»Ja«, sagte ich und schwindelte nicht.

»Wirst du deinem Vater und deiner Mama davon erzählen?«

»Hmhm.«

Dem in Tilsit geborenen Rabbi Eliëser, der einen weißen Tallis trug und eine mit Goldfäden abgesetzte Samtkippa, hörte Großmutter nur zerstreut zu, als wüsste sie schon im Voraus, was er sagen würde. Ihr missfiel sein unausrottbarer deutscher Akzent. Als allerdings der Segen gesprochen wurde, war sie ganz konzentriert, ihr Gesicht strahlte, und sie rief laut, als hoffte sie, der Allerhöchste selbst könne sie hören: »Amen! Komm, Hirschele, sprich mir nach!«

»Amen! Amen!«, wiederholte ich, um ihr zu gefallen, gleich zweimal und so eifrig, dass sich die Nachbarinnen auf der Empore erschrocken nach uns umdrehten.

Die Thoralesung dauerte für mein Gefühl schier endlos, ich langweilte mich, rutschte auf der Bank hin und her, schaute auf die Männerhälfte hinunter und hörte nicht zu, wovon

Rabbi Eliëser mit der schwarzen Samtkappe auf dem Kopf sprach. Mit seiner ebenso schwarzen Hose, die unter dem weißen Tallis hervorschaute, und den spitz zulaufenden Schuhen sah der Rabbi aus wie ein Storch, der in seinem Nest auf einem Bein steht. Ich dachte, wenn er das nächste Mal das Zauberwort »Amen« sagte, würde er mit den Flügeln schlagen und zusammen mit dem Herrgott, unserem lieben Gottenju, in den Himmel hinauffliegen.

Unten herrschte ein Lärm wie in einem aufgescheuchten Bienenstock. Als die Gläubigen das »Amen« aus dem Mund des Rabbis hörten, standen sie auf wie gehorsame Soldaten und begannen zu beten. Um die Bima herum brannten die Kerzen herunter, und der Geruch nach Wachs schwebte wie unsichtbarer Nebel über dem brechend vollen Gebetsraum. Ich glaubte, der Gottesdienst wäre bald zu Ende, die Leute würden auseinandergehen und ich wäre bald wieder zu Hause, wo Großmutters Zimtkuchen schon auf dem Tisch stand, doch der Rabbi redete immer weiter.

»Zapple nicht so herum«, sagte Großmutter, »du störst die anderen beim Zuhören. Der Rabbi spricht von unserem Unglück, davon, dass niemand auf der Welt uns liebt und dass wir Juden zusammenhalten müssen, weil wir bis heute bei Fremden in Sklaverei leben.«

Wieder verstand ich kaum etwas von ihren Worten und platzte unvermittelt heraus: »Aber ich hab alle lieb! Dich, Großmutter Schejne, Papa und Mama. Alle, alle!«

Danach verstummte ich. Meine Aufmerksamkeit galt nun einem plötzlich aufgetauchten Schmetterling, der über der Empore kreiste, über den unausgeschlafenen, gähnenden Frauen – ebenso bunt wie ihre Festtagskleider und ihre Tücher.

Meine Phantasie war vollkommen gefesselt von seinem Flug über den Köpfen der Gläubigen, über dem Schrank, in dem, wie Großmutter mir erklärt hatte, heilige Schriftrollen direkt aus Jerusalem lagen. Wie gebannt beobachtete ich den Schmetterling. Der schöne Falter, der sich in die Beit knesset HaGadol verirrt hatte, flog mal hoch unter die massive, von Heiligkeit umwehte Kuppel, mal schwebte er herab und setzte sich auf das Geländer der Bima. Ich bewunderte seine leichten Flügel mit den schwarzen Flecken, verfolgte mit ängstlicher Begeisterung seinen kühnen Flug und vergaß dabei ganz die Predigt von Rabbi Eliëser, das Peßachfest und dass niemand auf der Welt uns liebte. Ich war vollkommen in Anspruch genommen von der ernsthaften Befürchtung, ein Betender könnte seine Arbeitshände heben und den Schmetterling erschlagen. Ein Plopp, und er würde tot auf die ausgetretenen Dielen fallen.

»Wo schaust du denn hin, Hirschele? Sag bloß, du hast noch nie einen Schmetterling gesehen?«

»Doch, doch.«

»Also starr ihn nicht so an! Ist doch nichts Besonderes – ein Schmetterling!«, schimpfte Großmutter. »Wir sind zum Beten hergekommen, nicht zum an die Decke Schauen. Gott behüte, am Ende wirst du auch so ein Ketzer wie dein Onkel Schmule.«

Doch ich gehorchte nicht und ließ den Schmetterling nicht aus den Augen.

»Bei uns auf dem Hof gibt es solche und viele andere zuhauf. Du kannst sie noch genug ansehen.«

»Aber er ist so schön!«, beharrte ich.

»Na und, was heißt schön?«, fragte Großmutter Roche erstaunt. »Das hier ist kein Feld und kein Hof. Was stopfst du dir überhaupt den Kopf mit Nichtigkeiten voll? Ein Schmetterling lebt nur einen Tag, unser Gottenju aber ist ewig. Denk an Ihn, Hirschele.«

Ich schwieg.

»Denk an uns, mein Schatz, an die Juden, die, wie Rabbi Eliëser gesagt hat, auf fremder Erde herumirren wie in der Wüste. Und nicht nur vierzig Jahre, sondern Tausende Jahre.«

Wie sehr Großmutter Roche auch darauf drang, dass ich an Ihn dachte, wie sehr sie sich auch mühte, mir vom Herumirren der Juden in der Fremde zu erzählen, alle meine Gedanken waren auf den plötzlich verschwundenen Schmetterling gerichtet. Ich war schon fast sicher, dass ihn jemand erschlagen hatte, damit er die Betenden nicht ablenkte, denn die Türen und Fenster des Hauses, in dem unser Gottenju lebte, waren fest geschlossen, der Schmetterling konnte also nicht hinausgeflogen sein. Gedämpft wurde meine Trauer nur von einer leisen Hoffnung – vielleicht hatte sich der Schmetterling in einer Ecke versteckt oder sich auf die Tür des offenen Schranks gesetzt, in dem die heiligen Schriftrollen aufbewahrt wurden. Sobald die Türen offen waren, würde er auf die Straße hinausflattern, glücklich auf ein Feld fliegen oder sich auf einem Strauch am Wegesrand niederlassen.

Rabbi Eliëser segnete die Gläubigen noch einmal, wünschte ein frohes Peßachfest, und danach gingen alle langsam auseinander.

Kaum hatten wir die nun menschenleere Synagoge verlassen, hielt ich Ausschau nach meinem Schmetterling, doch unter dem wolkenlosen Himmel, über den duftenden Kastanienbäumen segelten nach wie vor hoch oben nur schnellflügelige Schwalben herum und zogen mit ihren Flügeln schwarze Streifen über das Himmelsblau. Im Vorgarten der Synagoge stand noch immer Avigdor Perelman und verletzte die Sabbatruhe, indem er Almosen erwartete von seinen gläubigen Landsleuten, die, wie er hoffte, durch die Geleitworte von Rabbi Eliëser nun gütiger gestimmt waren.

»Hast du etwa vergessen, dass man am Sabbat keine Almosen geben oder nehmen darf?«

»Ich darf. Ich bin gottlos, vom Glauben abgefallen. Wer barmherzig ist, der gibt. Der Herrgott wird die Stirn runzeln und den Gebenden nicht verurteilen.«

»Komm lieber heute Abend zu uns. Trink mit uns Honigwein, und wir erinnern uns an unsere Jugend. Wie gut du damals aussahst! Ein schöner Mann! Schwarze Locken bis zu den Schultern, man hätte Zöpfe daraus flechten können. Und blitzende Teufelchen in den blauen Augen. Die Mädchen wurden ganz schwach. Auch ich, das will ich nicht verhehlen, auch ich hatte ein Auge auf dich geworfen.«

»Redest du etwa von mir, Roche?«

»Ja, von dir. Von wem sonst?«

»Du musst mich verwechseln. Das war nicht ich. Ich hatte nie Locken bis zu den Schultern, und meine Augen waren nicht blau, sondern von Geburt an halbblind«, krächzte der Schnorrer. »Aber mein bester Tag, der ist nicht mehr fern.« Avigdor Perelman schwieg eine Weile, bewegte mümmelnd die Lippen und sagte dann: »Mein bester Tag wird sein, wenn unser oberster Totengräber Chazkel Berman mit seinem Spaten mein Unglück und meine Schande begräbt.«

»Schau vorbei«, wiederholte Großmutter Roche ihre Einladung. »Als Chanke das Unglück zugestoßen war, bist du gekommen, um den Kummer mit uns zu teilen. Und nun wollen wir die Freude mit dir teilen. In Freud und Leid soll der Mensch nicht allein sein.«

»Danke für die Einladung. Du bist eine sonderbare Frau, Roche! Aus dir wird man nicht schlau. Mal bist du, entschuldige meine Offenheit, ein Hexe, mal ein Engel im Rock.« Avigdor schüttelte den Kopf. »Vielleicht komme ich. Sitze wenigstens eine Weile im Warmen und esse bei euch wie ein Mensch. Und wer ist das hier? Schlojmkes Sohn? Dein erster Enkel?«

»Ja.«

»Ein guter Junge. Wie heißt du kleiner Schlingel denn?«, wandte er sich an mich.

Großmutter Roche nannte meinen Namen.

»Hirschele war heute zum ersten Mal in der Synagoge«, prahlte sie vor dem eingefleischten Gottlosen Perelman.

»Schleppst du ihn nicht zu früh mit, Roche?«, konnte er sich nicht enthalten zu fragen. »Ein, zwei Jährchen hätte er sich noch Zeit lassen können, bevor er sich vor dem Allerhöchsten verneigt. Und um was, wenn es kein Geheimnis ist, um was, Hirschele, hast du den lieben Gott gebeten?«

Ich war verlegen.

»Ich habe um nichts gebeten. Das macht immer Großmutter für mich.«

»Dafür ist sie ja auch deine Großmutter. Schließlich sind sie und der Herrgott alte Bekannte, und einem alten Freund erweist jeder gern einen Dienst. Aber einen Wunsch hattest du doch bestimmt? Alle wollen etwas vom Herrgott. Was hast du dir denn von Ihm gewünscht?«

»Ich hab mir gewünscht … ich hab mir gewünscht …«, stammelte ich, »ich hab mir gewünscht, dass Er schnell die Türen aufmacht und den Schmetterling ins Freie lässt.«

»Den Schmetterling? Welchen Schmetterling? In Synagogen fliegen keine Schmetterlinge herum.«

»Doch!«, widersprach ich.

»Schmetterlinge … Red keinen Unsinn, Hirschele! Komm, wir gehen nach Hause, wir haben ohnehin zu viel Zeit verschwatzt.« Großmutter packte meine Hand und zog mich mit sich. »Großvater macht sich bestimmt schon Sorgen. Und dir, Avigdor, sage ich noch einmal: Besuch uns heute zum ersten Seder.«

Perelman blieb aus, aber meine Eltern kamen. Auch der unter Polizeiaufsicht stehende Schmule schaute in der Fischerstraße vorbei. Um der Eintracht und des Familienfriedens willen brachte er jedes Mal zu Peßach seine aufrichtigen Glückwünsche, die jedoch matt waren wie welke Margeriten.

Im Haus war es sauber. Großmutter Roche hatte am Vortag alles, was Großvater für seine Kunden reparieren sollte, in der Kammer verstaut – Damen- und Herrenschuhe, Stiefel und Stiefeletten … Sie hatte auch seine Produktionswerkzeuge versteckt, Hammer, Ahle und Schustermesser, hatte Nägel und Pechdraht in eine Schublade gestopft, die Werkbank mit einem weißen Laken bedeckt wie mit einem Leichentuch, beide Zimmer gelüftet, damit es nicht nach Schuhwichse und Leder roch, und bereits den Honigwein, die Festtagsmatzen und andere Speisen auf den Tisch gestellt.

Großvater, der sich zum Fest von unserem Friseur, dem Zauberkünstler Nochem Kowalski, die Haare hatte schneiden lassen, sah viel jünger aus, als er war, und erinnerte an den jungen Bräutigam Dovid auf dem alten Foto an der Wand. Jünger machte ihn auch der fast nagelneue zweireihige Anzug aus gutem Stoff, den ihm sein Sohn im Jahr zuvor genäht hatte.

Großvater war so mit sich zufrieden, dass er seine Pflichten als Oberhaupt des Peßach-Seders völlig vergessen zu haben schien. Großmutter war nervös und zwinkerte ihm ständig zu, bis er begriff, dass er nicht weiter an seinem rötlichen Bärtchen zupfen, sondern unverzüglich die langersehnte Peßachfeier eröffnen sollte.

»Gleich, gleich«, besann sich Großvater, und alle seufzten erleichtert auf, als er eintönig und lispelnd mit der Erzählung begann, die er seit seiner Kindheit kannte, und im Singsang auf Hebräisch brummte: »*Ma nischtana halaila hase mikol halajlot?*«*

* (hebr.) Was unterscheidet diese Nacht von allen anderen Nächten?

Alle Anwesenden folgten seiner schwachen, heiseren Stimme. Selbst Onkel Schmule, der unbeugsame Kämpfer gegen das, womit Pfarrer und Rabbiner das Volk vergifteten, selbst er murmelte aus Höflichkeit mit.

»Hirschele! Sprich Großvater nach«, forderte mich meine Mutter auf, und ich eilte, die Worte verdrehend, deren Bedeutung ich nicht kannte, ohne Vorsagen den anderen nach. »Was für ein gescheiter Junge – du lernst wie im Fluge! Wenn du groß bist, wirst du verstehen, von welcher Nacht Großvater spricht.«

Mein erster Peßach-Seder dauerte nicht lange. Großmutter Roche schnitt mir ein großes Stück *gefilte Fisch* ab, Großvater goss mir Traubensaft in einen kleinen neusilbernen Becher, alle stießen mit mir an, und als ich mein Mahl beendet hatte, wünschten sie mir Glück und eine gute Nacht.

»Komm, ich bringe dich ins Bett«, sagte Mama und versüßte mir den Weg ins Bett mit erneuten Lobesworten.

»Das ist nicht nötig, Chanke«, sagte Großmutter. »Der Junge ist schon selbstständig. Du sollst ihn nicht verwöhnen. Er kann allein ins Bett gehen und allein einschlafen.«

Ich schlief nicht sofort ein. Ich sah den Polizisten in seiner Uniform vor mir und den Schnorrer Avigdor mit seiner flachen Tuchmütze, deren speckiger kurzer Schirm herabhing wie ein gebrochener Flügel. Vor ihnen glitt langsam die brechend volle Beit knesset HaGadol vorbei, Kippas, Gebetsmäntel, Kopftücher, herunterbrennende Kerzen, die heiligen Schriftrollen, die aussahen wie Säuglinge in Windeln, und der Schmetterling mit den dunkel gefleckten Flügeln.

Bis ich die Lider schloss, schwebte er über meinem Bett wie ein Engel. Vielleicht war es ja tatsächlich ein Engel gewesen, der über den Gläubigen kreiste und ihnen mit seinen gefleckten Flügeln winkte, bevor er in ein anderes Schtetl flog oder in den

Himmel zurückkehrte, denn einen Engel kann man beim besten Willen nicht mit den Händen erschlagen, und Wände sind für ihn kein Hindernis.

2

Ich wurde bald sieben, und meine Familie machte sich ernsthafte Gedanken, welche Schule ich besuchen sollte.

Wie bei den Juden von alters her gang und gäbe, wurde die erwünschte Einigung nicht erzielt, und die Familie spaltete sich in zwei ungleiche Teile – unversöhnliche Jiddischisten und eingefleischte Hebräisten.

In der Fischerstraße und in der Schmiedestraße tobten von morgens bis in die Nacht die Leidenschaften. Hin und wieder flammten zwischen den widerstreitenden Parteien, die sich in der Hauptsache nicht einigen konnten, wütende Gefechte auf. Die einen behaupteten steif und fest, ich müsse unbedingt in die allgemein zugängliche jiddische Schule gehen, die anderen, ich gehörte in die privilegierte Schule, die Tarbut, in der ausschließlich auf Hebräisch unterrichtet wurde und die vorwiegend die Kinder derer besuchten, die in Jonava als die Creme der Gesellschaft galten und die Onkel Schmule nie anders nannte als engstirnige Zionisten.

Meine Eltern und mit ihnen Großvater Schimon und Großmutter Schejne Dudak, kämpferisch unterstützt vom »Revolutionär« Schmule, waren dafür, dass ich auf Jiddisch unterrichtet wurde. Meine andere Großmutter, Roche-Samurai, verlangte, ich solle die Tarbut besuchen, nur die Tarbut. Ihr vorsichtiger Mann Dovid, der es stets vermied, sich mit jemandem zu streiten, der womöglich ein Kunde werden könnte, war gewöhnlich ebenso wenig geneigt, sich wegen Kleinigkeiten mit seiner Frau anzulegen, die sowieso immer siegte. Auch er focht für die Sprache unserer Urahnen, das hohe Hebräisch, das in litauischen Schtetln nie besonders verbreitet war.

»Nicht Hebräisch, dieses elende Relikt der Vergangenheit!«, tönte Schmule. »Der Junge gehört in die jiddische Volksschule! Nur in die jiddische Schule! Schließlich wird er sein Leben lang nicht mit dem Herrgott in der Großen Synagoge reden wie Rabbi Eliëser, sondern mit seinen Arbeitskollegen, mit seiner geliebten Frau im warmen Bett oder sich mit seiner störrischen, zänkischen Schwiegermutter streiten«, argumentierte der älteste Geselle meines Vaters mit dem ihm eigenen Pathos. »Jiddisch ist die Sprache des Proletariats, der breiten werktätigen jüdischen Masse. Die Mameloschn ist die Sprache der Mutter. Der Mut-ter!«

Das letzte Wort skandierte er bedeutungsvoll silbenweise.

»Und Sie, Roche, mit welchem Ziel beabsichtigen Sie, den Jungen zu den religiösen Dunkelmännern in die Lehre zu geben?«

»Du bist selber ein Dunkelmann, Schmulik!«, schrie Großmutter. »Als ob du nicht wüsstest, mit welchem Ziel!«

»Sagen Sie bloß, Sie wollen aus ihm einen Rabbiner machen? Den Nachfolger des stammelnden Tilsiter ›Deutschen‹, des Rabbi Eliëser?«

»Und du willst wohl, dass Hirschele genauso ein Taugenichts wird wie du«, schnitt Roche ihm das Wort ab.

»Dann seien Sie doch so gut und erklären mir Dunkelmann mal, warum Sie wollen, dass Ihr Enkel diese zionistische Tarbut besucht?«

»Für seine Zukunft!«

»Für welche Zukunft, wenn ich fragen darf?«, bohrte Schmule weiter.

Roche antwortete nicht. Egal, was sie diesem Schreihals entgegnete, er blieb sowieso bei seiner Meinung.

Großvater Dovid war zwar nicht einverstanden mit Schmule, dem unbeugsamen Kämpfer für die Gerechtigkeit, verhielt sich aber neutral, um unnötigen Streit zu vermeiden. Der arbeitsame Mann hatte sich sein Leben lang an eine ungeschriebene Regel gehalten: Lass dich auf keine Prügelei mit Stärkeren ein, und wenn schon eine Prügelei im Gange ist, tritt beiseite und warte vernünftig ab, bis jemand kommt und die Streithähne trennt.

Der als Friedensstifter geltende Dovid versicherte leidenschaftlich Streitenden stets, selbst unser unfehlbarer Herrgott im Himmel und jene, die auf der Erde über unsere Sünden richteten, seien nicht immer gerecht.

»Ich finde, Jiddisch hat Hirschele zu Hause längst gelernt. Er spricht es doch fließend. Soll er also die Sprache des Tanach lernen, der jeden anständigen Juden leitet«, beharrte Großmutter Roche-Samurai.

Sie wollte nicht, dass ihr Liebling Hirschele die einfache jiddische Schule besuchte, zusammen mit den Kindern der Schtetl-Armut – den Zwillingen des bettelarmen Wasserträgers Gerschon, der Tochter des Nachtwächters Rachmiel und den beiden Waisenmädchen der Weißnäherin Dobe. Roche wünschte sich für ihren Enkel Mitschüler wie den jüngsten Sohn des Schtetl-Reichen und eingefleischten Palästina-Anhängers, des Kurzwarenhändlers Nißnbojm, die Nichte des kinderlosen Hausbesitzers Efraim Kapler und die Tochter des Inhabers der Möbelfabrik Elijahu Landburg. Die Reichen hatten ein untrügliches Gespür. Sie wussten genau, in welche Schule sie ihre Sprösslinge schicken mussten.

Roche holte Luft und attackierte ihren Gegner erneut.

»Ist dir bekannt, Schmulik, was der weitsichtige Nißnbojm im Auge hatte, als er seinen ältesten Sohn Bentschik in die Tarbut gab, die dieser vor vielen Jahren mit einer Belobigungsurkunde abgeschlossen hat? Was? Das benachbarte Kaunas? Paris? Amerika?«

»Die Türken«, erwiderte der gegen Sticheleien unempfindliche Schmulik gelassen.

»Nicht die Türken, sondern unsere heilige Stadt Jerusalem, das Gelobte Land! Und dort kommt man ohne Hebräisch keinen Schritt weit.«

»Und ist Ihnen bekannt, dass dort Juden auf der Straße ermordet werden?«

»Das sind Lügen! Außerdem geschieht womöglich ein Wunder, und eines Tages verjagt der Herrgott die Türken samt den Arabern von dort und holt uns alle ins Gelobte Land. Alle außer dir natürlich. Du, Schmule, du bist ja kein Jude, du bist ein Zizilist*.«

»Begreifen Sie überhaupt, was Sie da reden? Schon zwei jüdische Brüder können sich nicht vertragen. Und Sie reden von Tausenden und Abertausenden. Damit die Juden vernünftig miteinander leben, muss man sie unbedingt mit anderen vermischen – mit Litauern, mit Polen, meinetwegen mit Chinesen oder Schwarzen. Und Sie sagen: ›Der Herrgott holt uns alle zusammen …‹ Eine größere Posse kann ich mir nicht vorstellen. Und überhaupt, alle diese Hoffnungen auf Gott, auf den Reichen Nißnbojm und Ihre schillernden, aber unerfüllbaren Träume von Jerusalem haben doch nichts zu tun mit der Grundschule, die Ihr Enkel und mein Neffe besuchen soll!«

Roche wurde unsicher und richtete in ihrer Verwirrung den Blick auf Schlojmke und Chanke.

»In welche Schule Hirschele gehen soll, müssen seine Eltern entscheiden, nicht wir beide. Aber sie sind wie taub und stumm. Hören sich unser Gezänk an und sagen kein Wort. Offenbar haben sie alles längst entschieden.«

* Entstellt, verballhornt für: »Sozialist«.

»Seien Sie uns nicht böse«, sagte meine Mutter. »Auch wir haben uns darüber lange den Kopf zerbrochen.«

»Und was ist dabei herausgekommen?«, blaffte Großmutter Roche, die am Ton ihrer Schwiegertochter erkannte, wie die Antwort lauten würde.

»Hirschke soll ruhig in die jiddische Schule gehen, zu Balzer. Er ist ein wunderbarer Lehrer und Mensch«, antwortete Schlojmke für seine Frau. »Wer weiß, wann unser lieber Herrgott uns ins Heilige Land holt … Solange wir in Litauen leben, brauchen wir wohl keine andere Sprache als Jiddisch.«

»Wie ihr wollt«, seufzte Roche, ohne ihre Enttäuschung zu verbergen. »Es geht mir ja nicht um mich. Mich und Dovid« – sie wies mit dem Zeigefinger drohend auf ihren Mann –, »uns beide holt Gott bald an einen anderen Ort, ihr wisst schon, wohin, ihr aber habt das Leben noch vor euch. Ist euch allen denn egal, wo?«

»Machen Sie sich keine Sorgen, Roche«, beruhigte Schmulik die Großmutter eilig. »Das Wichtigste, was ein Jude lernen muss, ist nicht die Sprache, nicht Jiddisch, nicht Hebräisch oder Afrikanisch, sondern Rechnen.« Er lachte.

Ich saß in der Ecke und achtete kaum auf den tobenden Streit, als ginge es nicht um mich, sondern um einen anderen Jungen. Ich schaute an die Decke und beobachtete, wie eine riesige Spinne langsam und unerbittlich mit dünnen Fäden ihr Opfer einspann, eine tote Fliege, und obgleich ich mich über den Sieg meiner Eltern freute, nagte leises Mitleid mit Großmutter Roche an meinem Herzen.

Bis zum Beginn des Schuljahres blieben noch drei Wochen, doch meine Mutter hatte mir schon alles Notwendige gekauft: eine Fibel mit vielen Bildern, die dazu anspornten, nach den besten Noten zu streben, einen bequemen, geräumigen Ranzen, Bleistifte, einen Federhalter, ein Tintenfass, linierte und karierte Hefte, eine Federtasche, Radiergummis und sogar eine blaue Krawatte für das bevorstehende Fest.

Am Vorabend des eigentlichen Festes, meines ersten Schultages, bügelte meine Mutter alle meine Hemden und Hosen und schnitt mir die Haare, am Morgen scheitelte sie mein widerspenstiges Haar, besprühte es mit Vaters Eau de Cologne und begleitete mich mit übertriebener Feierlichkeit zur langersehnten Stunde in die Schule, als wollte sie mich dem ganzen Schtetl vorführen.

Die jiddische Grundschule befand sich nicht im Zentrum von Jonava, sondern am Stadtrand, in einem hässlichen eingeschossigen Gebäude, dessen trübe Fenster auf eine menschenleere sandige Brache hinausgingen. An ihren Rändern wucherte dichtes Distelgestrüpp, in dem Tag und Nacht unbehauste Mäuse umherhuschten. Die knauserige Herbstsonne brach nur mühsam durch die dicken Wolkenfetzen und färbte mit ihren schwachen Strahlen das Blechdach und die abgeblätterten Ziegelmauern rötlich golden.

Jeden Freitag marschierten die Soldaten der örtlichen Garnison, munter mit den Militärstiefeln polternd oder ein fröhliches Volkslied über die Kümmernisse der Trennung vom geliebten Mädchen grölend, in Reih und Glied zum Badehaus am Fluss.

Unweit des trostlosen grauen Schulgebäudes drängten sich rätselhafte Bauten eng aneinander wie frierende Waisenkinder – provisorische Lebensmittellager vielleicht oder Bauernschuppen. Dahinter erstreckte sich eine von der Sommersonne ausgebleichte Wiese, über die tagelang Ziegen streiften. Manchmal verirrten sie sich auf das Schulgelände und lenkten mit ihrem klagenden Meckern die Schüler ab.

Meine Mutter brachte mich bis an die Schwelle der Schule, küsste mich auf die nach Eau de Cologne riechende Wange, schob mich mit einem leichten zärtlichen Klaps zur offenen Tür, rief: »Viel Glück, Hirschele!«, und im nächsten Augenblick stand ich unter lauter lärmenden, bescheiden, aber festlich gekleideten Altersgenossen.

»Guten Tag, Kinder!«, ertönte plötzlich eine laute Frauenstimme aus dem Flur. »Na, genug gelärmt jetzt, wir wollen anfangen. Bitte geht alle ohne Schubsen in die Klasse. Das ist der vierte Raum links. Habt ihr verstanden?«

»Verstanden.« Ein rothaariger Junge mit ausgeprägtem Befehlsgehabe ließ seinen wachsamen Blick über die verstummten Klassenkameraden schweifen und demonstrierte mustergültigen Gehorsam, indem er als Erster in den vierten Raum ging.

Ohne Eile folgte ihm der Rest wie Gänseküken der Muttergans.

»Leise, Kinder, leise. Die Schule ist kein Basar. Schreihälse werden bestraft, sie müssen die Klasse verlassen und bekommen eine schlechte Note in Betragen«, sagte unsere künftige Lehrerin. »Laut sein dürft ihr nur nach dem Klingelzeichen und möglichst auf dem Hof.«

Die Schar kam zur Ruhe.

Als wir alle im Klassenzimmer waren, hielt uns die Lehrerin zu Ehren des Schuljahresbeginns eine feierliche und erklärende kleine Rede.

»Liebe Jungen und Mädchen! Wir Lehrer der jiddischen Schule freuen uns, dass ihr euch für uns entschieden habt. Danke! Heute ist für jeden von euch vielleicht der wichtigste Tag im Leben – ihr beginnt den langen Weg zum Wissen, zum Verstehen der Welt.« Die Lehrerin holte kurz Luft und fuhr fort. »Aber heute beginnen wir noch nicht mit dem Unterricht. Wir wollen uns vor allem erst einmal kennenlernen. Ich fange mit mir an. Ich heiße Ester Beresnizkaja. Ihr könnt einfach

Ester zu mir sagen. Das nehme ich euch nicht übel. Unterrichten werde ich euch in eurer Muttersprache, in Jiddisch, und außerdem werde ich mit euch singen. Ihr singt bestimmt gern.«

»Ja«, versicherte ihr der Rotschopf, obgleich wir nicht alle große Freunde des Gesangs waren.

Ich persönlich sang nicht gern. Mein Vater auch nicht. Singen, sagte er, ist etwas für unverheiratete Frauen und für den Kantor in der Synagoge …

»Unser Direktor Balzer wird euch im Rechnen unterrichten. Noch liegt er im Jüdischen Krankenhaus in Kaunas. Er kommt zurück, wenn er wieder gesund ist. Versteht ihr?«

»Ja«, sprach unser selbsternannter Anführer erneut sein gewichtiges Wort.

Ester Beresnizkaja war eine schlanke hochgewachsene Frau mit kurzem Haar wie ein Junge und kleinen Ohrringen, die aussahen wie Paradiesäpfel. Die weiße Satinbluse und der dunkelblaue Rock betonten ihre Magerkeit. Sie sprach schnell und abgehackt, als wollte sie die Wörter, die in ihrer Kehle steckten, möglichst schnell ausspucken, und verschluckte dabei manchmal die Endungen.

Unser Klassenraum war nicht groß und ein wenig dunkel, an der niedrigen, düsteren Decke hingen drei Glühlampen voller Fliegendreck. Es gab insgesamt zehn alte, abgenutzte Schulbänke, je fünf in zwei Reihen. Die erste Reihe stand näher an den Fenstern zum Hof mit den altersschwarzen Rahmen, die zweite näher an dem abgeblätterten massiven gemauerten Ofen, der bei winterlicher Kälte und den grimmigen litauischen Schneestürmen mit trockenen Birkenscheiten beheizt wurde, die in einem Nebenraum lagerten.

Die Lehrerin verteilte unsere kleine Schar auf die Bänke. Den Rotschopf, der sich durch seine Größe und Stärke von den übrigen Schulanfängern unterschied, setzte sie in die erste Bank, zwei Schritte entfernt von der Tafel, an die jemand mit Kreide etwas geschrieben hatte – vermutlich einen Glückwunsch zum neuen Schuljahr. Wir konnten es noch nicht lesen.

Mich setzte Ester Beresnizkaja in die Mitte der rechten Reihe neben ein stilles Mädchen mit riesigen traurigen Augen und dünnen dunkelblonden Zöpfen mit Schleifen darin. Sie trug eine weiße Schürze, und neben ihr stand eine dicke, prall gefüllte Schultasche.

»Sitzen alle?«, flötete Ester.

»Ja«, meldete der Rotschopf von der ersten Bank.

»Schön.« Die Lehrerin lächelte. »Schade nur, dass wir nicht vollzählig sind – zwei Schulanfänger sind aus unbekanntem Grund nicht erschienen. Vielleicht sind sie krank. Da kann man nichts machen. Es ist eben kein Hochsommer mehr, sondern Herbst mit seinen Erkältungen.«

Hinten, an der lange nicht geweißten Wand hing hinter Glas das große Porträt eines Mannes in offenem Jackett und mit einem Kneifer auf der Nase. Der Unbekannte schaute uns spöttisch und listig an, als hoffte er, einen der beiden zu entdecken, die, wer weiß warum, vielleicht weil sie krank waren, den ersten Schultag versäumten.

»Wenn wir uns bekannt gemacht haben«, wandte sich Ester an uns alle, »erzähle ich euch kurz etwas über unsere Schule, die wahrscheinlich älter ist als eure Großeltern. Sie wurde im vorigen Jahrhundert eröffnet, als Litauen noch nicht unabhängig war, sondern zu Russland gehörte und der russische Zar über alles bestimmte.«

Dann nahm Ester das neue Klassenbuch vom Tisch, öffnete es, setzte eine Brille auf und begann laut und deutlich mit dem Aufrufen.

»Abramson, Mojsche!«

»Hier!«, meldete sich ein sympathisches Dickerchen mit einem erschrockenen Gesicht voller goldener Sommersprossen und stand vor Ester stramm.

»Ajnbinder, Chajim.«

»Ganz recht. Ich bin Ajnbinder und Chajim«, bestätigte fistelnd und mit gedämpfter Freude der Nachbar des hochmütigen Rotschopfs, sichtlich stolz auf seinen Vor- und seinen Familiennamen.

»Berger, Leje!«, fuhr Ester nach einem nachsichtigen Lächeln für Chajim Ajnbinder mit dem Aufrufen fort.

»Das bin ich«, sagte meine Banknachbarin, schoss hoch wie eine Schwalbe und ließ ihre von Trauer umspülten braunen Augen blitzen. Sie zupfte ihre weiße Schürze zurecht, stellte sich neben die Bank und machte zum Erstaunen aller Klassenkameraden einen Knicks.

»Hiberman, Mendl!«

»Hier!« Der Rotschopf sprang auf und demonstrierte uns allen freudig noch einmal seine Kraft und seine für einen Erstklässler beachtliche Größe.

»Hindina, Mira!«

Ein Mädchen stand auf und verbeugte sich stumm vor der Lehrerin.

»Dworkin, Dow-Ber!«

»Dineman, Mojsche!«

Die Antwort waren lautes Klappen der ausgetrockneten Bankdeckel und ein helles zweifaches: »Hier!«

Aber wo blieb ich? War ich etwa vergessen worden?

Ich war gekränkt.

Aufgeregt wartete ich darauf, an die Reihe zu kommen, bereit, sofort aufzuspringen wie unser rothaariger Anführer und laut zu melden: »Hier!«, doch Ester rief mich wie zum Trotz nicht auf und zählte mit einem Blick die Schüler, wohl um die

Zahl der Anwesenden mit der im Klassenbuch vermerkten zu vergleichen.

Warum ruft sie mich nicht auf?, fragte ich mich in Gedanken. Vielleicht stand aus einer ärgerlichen Nachlässigkeit mein Name gar nicht auf der Liste?

Woher sollte ich am ersten Schultag die Reihenfolge der Buchstaben im jiddischen Alphabet kennen? Mit dem Alphabet würde uns Ester erst in den nächsten Unterrichtsstunden bekanntmachen. Zu Hause erklärte mir mein Vater, dass mein Buchstabe »kuf« nicht von ungefähr ganz am Ende der Liste stand, und zwar nicht aus bösem Willen oder Nachlässigkeit, sondern weil es an diesem Tag niemanden in der Klasse gab, dessen Name mit »rejsch«, »schin« oder »tow« anfing.

Als ich die Lehrerin meinen Namen sagen hörte, atmete ich erleichtert auf und fühlte mich freudig als Gleicher unter Gleichen.

Wie mein Onkel Schmule in solchen Fällen gern sagte, hatte ich die Ehre, die ganze in unserer Klasse versammelte Gesellschaft zu beschließen.

»Habe ich auch niemanden vergessen?«, erkundigte sich Ester.

»Nein«, antwortete die Klasse im Chor.

»Habt ihr Fragen?«

Schweigen.

»Nun?«, hakte die Lehrerin nach.

Schweigen.

»Wenn ihr mich nichts fragt, werdet ihr nichts lernen«, tadelte sie uns. »Wer nicht fragt, der hat in der Schule nichts zu suchen.«

»Ich habe ein Frage«, äußerte Mendl Hiberman als Erster den Wunsch, etwas zu lernen. »Was ist ein Zar?«

»Das heißt auf Russisch Herrscher, Herr«, erklärte Ester.

»Doch das ist kein einfacher Herr wie jemand, der eine Mühle besitzt oder ein Lebensmittelgeschäft. Dem Zaren gehört das ganze Zarenreich, alles Land von einem Meer zum anderen. Auch unser kleines Jonava hat ihm einmal gehört. Versteht ihr?«

»Also hat er unsere Schule eröffnet?«, stellte Mendl, der gleich am ersten Tag die Führerschaft in der Klasse an sich gerissen hatte, die nächste Frage.

»Die russischen Zaren, Hiberman, haben keine jüdischen Schulen eröffnet, im Gegenteil, sie haben sie mit ihren Verordnungen geschlossen. Die Zaren, russische wie nichtrussische, haben uns gehasst und verfolgt. Versteht ihr?«

»Ja!«, kam der Rotschopf allen zuvor.

»Unsere Schule haben jüdische Wohltäter von ihrem eigenen Geld eröffnet. Einer von ihnen besaß in Kėdainiai eine Streichholzfabrik, ein anderer handelte mit Rohleder. Die beiden haben zu Beginn des vorigen Jahrhunderts dieses Gebäude gekauft, dann holten sie aus Kaunas zwei begabte junge Lehrer, gesegnet sei ihr Andenken, mieteten Wohnungen für sie, zahlten ihnen ein gutes Gehalt und sagten: ›Geht nicht fort von hier, lebt euch ein in Jonava, meine Herren, und lehrt die Kinder hier lesen und schreiben.«

»Und die Lehrer sind geblieben?«, fragte »Ich bin Ajnbinder und Chajim« und kam damit Mendl zuvor.

»Ja. Wenn wir Juden überleben wollen, sagten die Wohltäter, dann müssen unsere Kinder besser lernen als alle anderen auf der Welt.« Ester hustete und wischte sich mit dem Taschentuch die Lippen ab. »Der Kopf, sagten sie, ist unsere einzige Waffe, um uns gegen unsere Feinde zu verteidigen. Darum müssen wir unermüdlich unseren Verstand schärfen und polieren. Und so frage auch ich euch am ersten Tag eures Schullebens: Werdet ihr euren Verstand schärfen und polieren, also besser lernen als alle anderen, ja oder nein?«

»Ja! Ja!«, tönte es von allen Seiten. »Das werden wir! Besser als alle anderen!«, versprach die Klasse einmütig.

»Danke. Und wer erklärt mir, warum wir Juden besser lernen müssen als alle anderen?«

»Um uns gegen unsere Feinde zu verteidigen«, äußerte natürlich der Scharfsinnigste von uns, Mendl Hiberman, als Erster eine Vermutung.

»Ja, Feinde haben wir nämlich mehr als genug, und die können wir nicht mit Waffen besiegen, mit Gewehren und Kanonen. Nur mit dem Verstand, nur mit Wissen. Versteht ihr?«, fragte die Lehrerin.

»Ja!«, logen die meisten.

Mendl Hiberman aber schwieg diesmal. Aus überaus triftigem Grund. Der Rotschopf war mit Dringlichem beschäftigt – er mampfte mit Appetit ein Wurstbrot.

Ehrlich gesagt, verstand niemand von uns damals, von welcher Verteidigung gegen Feinde Ester sprach, darum beließen es viele bei einem vagen zustimmenden Nicken, anstatt laut zu lügen. Vor weiterer Unaufrichtigkeit bewahrte uns alle der Junge, der sich im Scherz oder im Ernst als »Ich bin Ajnbinder und Chajim« vorgestellt hatte.

»Sagen Sie bitte, der Mann mit dem Kneifer auf dem Bild da hinten an der Wand, ist das einer der Lehrer, die die Reichen aus Kaunas geholt haben?«, erkundigte er sich plötzlich und zeigte auf das Foto unter Glas. »Er ist schon tot? Ja?«

»Ja. Er ist schon tot, Chajimele.«

Ester Beresnizkaja hatte sich erstaunlich mühelos und rasch eingeprägt, wie wir alle hießen, und sprach dann jeden möglichst mit einem zärtlichen Kosenamen an.

»Mein Großvater, Mamas Vater Perez, der ist auch schon tot und hängt hinter Glas an der Wand«, erklärte »Ich bin Ajnbinder und Chajim« unter allgemeinem Gelächter.

Ester lächelte flüchtig.

»Das, Kinder, ist Scholem Alejchem, der Lehrer aller Lehrer«, sagte sie. »Mein Lieblingsschriftsteller. Wenn ich seine Bücher lese, bin ich stolz, dass ich als Jüdin geboren wurde und dieselbe Sprache spreche wie dieser große Mann. Versteht ihr?«

»Ja, ja, ja!«, ertönte es von allen Seiten. Es klang, als hätte jemand Erbsen auf den Boden geschüttet, und nun kullerten sie lustig durch die Klasse.

Das Klingelzeichen befreite uns von Fragen und Antworten. Wir rannten hinaus auf den Hof, wo ein einsamer, von Staren und Spatzen bevölkerter hoher Ahorn stand. Die älteren Schüler jagten auf der festgetretenen Sandfläche bereits mit begeistertem Geschrei einem abgewetzten Ball hinterher – die Tore waren mit Pflöcken markiert. Den Wettkampf verfolgten von weitem ein paar Freunde der Spieler, und von der Wiese aus beobachteten ihn interessiert die unsportlichen Ziegen.

Nach der Pause fragte Ester Beresnizkaja jeden nach seinen Eltern, ob sie schon lange in Jonava lebten und was sie taten.

»Mein Vater ist Friseur. Sein Salon ist in der Schmiedestraße«, preschte wie erwartet Mendl Hiberman vor. »Kommen Sie vorbei, Ester, er schneidet Ihnen die Haare nach der neuesten Mode.«

Die anderen waren zurückhaltender. Was sollten sie auch sagen – wer lud schon seine Lehrerin zu seinem Vater ein, wenn dieser zum Beispiel Herrenschneider war, Zimmermann oder Schmied.

»Und du, Leje, warum sagst du nichts?« Ester trat zu unserer Bank.

Meine Banknachbarin, das Mädchen mit den traurigen braunen Augen, antwortete verlegen: »Ich habe keine Eltern. Ich wohne bei Großmutter Blume.«

In der Klasse wurde es so still, dass man »Ich bin Ajnbinder und Chajim« schniefen hörte.

Ester erstarrte.

Niemand wagte mehr, Leje noch etwas zu fragen.

Die traurige Friedhofsstille dauerte ziemlich lange. Niemand verletzte sie, die Lehrerin nicht und nicht einmal Mendl Hiberman.

Ein Hauch von Unglück wehte durch die Klasse, und wir alle krochen unwillkürlich in uns zusammen.

»Haben alle eine Fibel?«, fragte Ester nach einer Pause, bemüht, den bitteren Nebel der Trauer aufzulösen. »Wer keine hat, hebt bitte die Hand.«

Keine einzige Hand hob sich.

»Wunderbar. Morgen beginnen wir den Unterricht nicht mit Erzählen und Fragen, sondern mit unserem alten Alphabet. Versteht ihr?«

Ach, dieses »Versteht ihr?«!

Und jetzt, Kinder, könnt ihr alle gehen«, verkündete Ester Beresnizkaja, nahm die Brille ab, steckte sie in ein Lederetui, winkte meiner Banknachbarin Leje Berger mitfühlend zu und ging mit dem Klassenbuch unterm Arm zur Tür hinaus.

Ich gestehe, an diesem ersten Schultag war jedem von uns die Freiheit weit lieber als Esters Geschichten und Belehrungen. Mit freudigem Geheul stürmten wir alle zusammen hinaus, wo unsere kleine Schar sofort in verschiedene Richtungen auseinanderstob wie von einer Katze erschreckte Spatzen.

Ich rückte meinen Ranzen zurecht und machte mich auf den Weg, ohne gleich zu bemerken, dass Leje Berger in ihrer weißen Schürze, die vollgestopfte Schultasche schwingend, in dieselbe Richtung lief und mir folgte.

»Wo wohnst du?«, sprach ich sie an.

»Ganz am Ende der Fischerstraße.«

»Wie schön! Ich wohne auch in der Fischerstraße, aber ganz am Anfang!«, rief ich erfreut. »Bei meiner Großmutter.«

»Hast du auch keine Mama und keinen Papa?«, fragte Leje, wobei sie nicht mich anschaute, sondern in die Ferne blickte, wo der Feuerwachturm und das Schtetl-Pumpenhaus standen.

»Doch. Und wo sind deine?«

»Ich weiß nicht. Das sagt mir Großmutter nicht. Ich habe sie gefragt, aber sie schweigt und schweigt, sie ist nur sehr böse auf die beiden. Besonders auf meine Mama.«

Leje verstummte, mehr wollte sie nicht erzählen, vielleicht wusste sie auch nichts weiter, doch meine Neugier war ohnehin erschöpft, zumal ich mich an der nächsten Ecke verabschieden und zu Großmutters Haus abbiegen musste.

»Bis morgen«, sagte ich.

»Bis morgen«, erwiderte Leje traurig. »In der Schule ist es schöner als zu Hause. Wenn du nichts dagegen hast, warte ich morgen früh dort an der Ecke auf dich.« Sie zeigte auf einen Mast mit abgerissenen Drähten. »Dann gehen wir zusammen. Zu zweit ist es lustiger.«

»Einverstanden«, sagte ich und winkte ihr zum Abschied.

Auch ich war plötzlich traurig und verstand nicht, wieso. Warum fand Leje es in der Schule schöner als zu Hause, denn zu Hause war es doch am schönsten? Mir jedenfalls gefiel es zu Hause.

Großmutter Roche wirtschaftete in der Küche, aber als sie meine Schritte hörte, kam sie mir entgegen.

»Na? Erzähle, Hirschele! Was hast du heute gelernt, mein Goldstück?«

»Noch gar nichts.«

»Wusste ich es doch! Was kann man schon lernen in einer Schule, in der sich dein kluger Onkel Schmule die Hosen durchgescheuert hat?«

»Onkel Schmule?« Ich starrte Großmutter an.

»Als er klein war, ging er in eben diese Schule. Und was hat es genützt? Er ist der Windbeutel geblieben, der er war. Geb's Gott, dass er für sein Geschwätz nicht noch ins Gefängnis kommt. Man hört ja von ihm nichts anderes als Lenin-Stalin, Stalin-Lenin. Bald wird er noch den Namen seines eigenen Vaters vergessen. Eines Nachts wird ihn sein Vater wecken, und der liebe Sohn nennt ihn halb im Schlaf nicht Schimon, sondern Lenin. Hast du Hunger? Willst du was essen?«

»Ja.«

»Sind Pellkartoffeln mit Hering recht?«

Ich nickte.

»Schon wieder nickst du nur!«, empörte sich Großmutter. »Du weißt doch: Kopfnicker sind Schwindler.«

»Mit Hering ist mir recht, sehr recht.« Ich tat, als hätte ich ihre Bemerkung überhört. Wenn es ums Essen oder um Geschenke ging, geizte ich nicht mit Worten, weder bei Großmutter noch bei anderen Verwandten.

Großmutter Roche füllte mir Pellkartoffeln in eine Schüssel, schnitt Hering klein und bestrich mir ein Stück Brot mit Butter.

»Iss, Hirschele! Iss schön auf! Sonst wirst du genau so ein Mickerling wie dein Großvater Dovid«, sagte sie, noch immer in Fahrt, und fragte dann, ein wenig abgekühlt: »Erzähl mir wenigstens, neben wem du sitzt – neben einem hübschen Mädchen oder neben einem Jungen?«

»Neben einem Mädchen. Sie heißt Leje Berger.«

»Neben der unglücklichen Waise?«

»Sie hat gesagt, sie hat keine Eltern«, bestätigte ich. »Wieso? Alle in unserer Klasse haben Eltern, nur sie nicht. Sind ihre Eltern gestorben?«

»Das Leben spielt einem Menschen manchmal übel mit.«

Großmutter tat, als hätte sie meine Frage nicht gehört. »Die arme Leje ist ein Pechvogel. Ihre Mama Riwke hat sich in einen Goi verliebt, ihn geheiratet und sich in der Kirche taufen lassen.«

»Einen Goi?«

»Na, keinen Juden eben. Einen Katholiken, einen Litauer.«

»Und?«

»Und Lejes Großmutter Blume hat ihre Tochter Riwke verflucht, sie aus dem Haus gejagt und auf dem Friedhof einen Grabstein für sie aufgestellt, obwohl sie noch lebt, und die kleine Enkelin hat sie nicht den Gojim überlassen, sondern bei sich behalten.«

Großmutter Roche verstummte.

»Und was war dann? Nach der Kirche?«

»Mehr erzähle ich dir nicht. Von solchen Geschichten würdest du schlecht schlafen.«

»Warum?«

»Irgendwann wirst du das alles selbst erfahren. Das Mädchen, das neben dir in der Bank sitzt, ist ein großes Unglück. Sei nicht grob zu ihr und kränke sie nicht. Und schreib dir hinter die Ohren: Auch Glückspilze sollten sich nicht mit ihrem Glück brüsten – gegen Unheil kann sich niemand mit sieben Schlössern schützen. Das Unheil kann, ohne anzuklopfen, jede Tür öffnen und zu jedem ins Haus kommen. Auch zu uns. Aber du isst ja gar nicht mehr!«

»Doch, ich esse, Großmutter. Und wo ist Lejes Papa geblieben?«

»Nun frag mir kein Loch in den Bauch! Sie hat keinen Papa und keine Mama, und Schluss! Sie sind weg. Iss! Die Kartoffeln werden kalt.«

Großmutter ging wieder in die Küche, und ich saß da und stocherte mit der Gabel träge in den erkalteten Kartoffeln herum. Meine Gedanken kreisten nicht um das Essen, sondern um Leje. Ich wünschte mir, dass bald Morgen wurde. Dann würde ich mich mit ihr an der verabredeten Stelle neben dem Mast mit den abgerissenen Drähten treffen, und wir würden zusammen zur Schule gehen, ich mit meinem Ranzen und Leje mit ihrer Schultasche, die ihre Großmutter wer weiß womit vollgestopft hatte.

Ich würde sie nichts fragen und sie nicht trösten, ich würde den ganzen Weg auf Leje aufpassen und an das große Unglück denken, das neben mir in der Schulbank saß und mich mit unsichtbaren Fühlern berührte. Ich würde schweigen, denn Schweigen war besser als Worte. Wenn man schweigt, muss man nicht lügen und anderen keine Wahrheit abverlangen, die ihnen wehtut.

Es war mir offenbar beschieden, das Alphabet des Unglücks eher kennenzulernen als das der Schrift, das in der Fibel so lustig bebildert war.

3

Nach der Abreise der Kremnizers nach Frankreich war meine Mutter ohne Arbeit. Sich erneut als Kindermädchen verdingen und den kleinen Stammhalter eines heimischen Händlers oder reichen Krämers betreuen wollte sie nicht, denn ein so warmherziges, freundliches Haus und einen so süßen, anhänglichen Zögling wie Reb Jeschue Kremnizers Enkel Rafael konnte man in Jonava mit der Laterne suchen. Wenig verlockend fand meine Mutter auch das undankbare Los der lebenslangen Hausfrau.

»Ich werde dich ernähren, Chanke«, beruhigte sie mein Vater. »Aufträge habe ich Gott sei Dank mehr als genug. Mach dich also nicht verrückt und lebe, wie es dir gefällt. Am Bettelstab wie Avigdor Perelman werden wir beide nicht gehen. Ich denke sogar über Verstärkung nach: Vielleicht sollte ich neben dem hitzköpfigen Schmulik noch einen weiteren Gesellen einstellen?«

»Warum nicht, aber in meinem Alter als Kostgängerin und Schmarotzerin zu leben ist eine Schande. Brot, das man nicht selbst verdient hat, bleibt einem leicht im Hals stecken«, sagte meine Mutter. »Versuche also nicht, mich zu überreden. Das Kochen schafft ihr allein, du und mein Tausendsassa von Bruder, ihr werdet schon nicht verhungern, und ich suche mir eine passende Arbeit. Sollte ich keine finden, dann werde ich eben eure Köchin, binde mir eine Schürze um und koche und brate für euch.«

Das war leicht gesagt: Eine passende Arbeit suchen. Wenn du nichts anderes kannst, als kleine Kinder betreuen oder am Herd stehen und Essen kochen, kann die Suche lange dauern oder gänzlich erfolglos bleiben.

Chanke bedauerte sogar, dass sie damals, vor ihrer Heirat, nicht auf den Rat ihres Wohltäters Jeschue Kremnizer gehört hatte, in Kaunas eine Lehre als Weißnäherin zu machen. Dann müsste sie sich jetzt nicht sorgen – Weißnäherinnen verdienten nicht schlechter als Herrenschneider. Aber damals hatte Chanke befürchtet, sie könnte das Wertvollste verlieren, das sie besaß, ihren Schlojmke – dabei kann, wer liebt, jahrelang warten auf den Menschen, den er liebt.

Der Beginn der Suche war niederschmetternd. Chanke hatte keine Ahnung, wohin sie sich wenden, wem sie ihre Dienste anbieten sollte, und litt sehr unter ihrer Hilflosigkeit.

Wie so oft im Leben kam das Glück zufällig. Am helllichten Tag wurde meine Mutter auf der Gartenstraße, vor der Großen Synagoge, plötzlich von ihrem ehemaligen Arbeitgeber angesprochen, dem Inhaber der Kutscherschenke mit dem einladenden Namen *Zu Gast bei Izchok*.

»Wen sehe ich denn da!«, rief er übertrieben freudig. »Bist du das, Chanke?«

»Ja, offenbar. Noch hat man mich nicht vertauscht.« Die Begegnung mit dem ungenierten, ja fast unverschämten Izchok Berditschewski war ihr unangenehm, und sie versuchte nicht einmal, ihre Abneigung zu verhehlen.

»Du bist nicht wiederzuerkennen, meine Liebe!«, fuhr der Gastwirt Izchok fort. »Du bist hübscher geworden, mein Kind, höchstens ein bisschen in die Breite gegangen. Kurz, eine reife Beere. An einem solchen Leckerbissen kann kein Mann vorbeigehen. Hihihi …«

»Entschuldigen Sie, Herr Berditschewski, ich habe es eilig. Ich werde in einer dringenden Angelegenheit erwartet. Ich darf mich auf keinen Fall verspäten.«

»Wohin, bitte, kannst du es in unserem gottverlassenen Schtetl eilig haben? Wohin du auch eilst, du gerätst immer in denselben stehenden Sumpf. Ich beneide die Kremnizers! Die haben allen adieu gesagt und sind verschwunden, geradewegs in das glänzende Paris! Ich wäre überglücklich, könnte ich auch dorthin ziehen! Aber mit meinem Kapital komme ich nicht weit, mit den paar Groschen könnte ich in Paris nicht mal ein Café eröffnen.«

»Machen Sie sich nicht ärmer, als Sie sind!«

»Dort gibt es auf Schritt und Tritt prächtige Lokale – Restaurants, Bars, Bistros! Und hochfeine Kundschaft! Was für eine Kundschaft! Keine Fuhrleute, keine betrunkenen Bauern, nein, Ballerinen, Sängerinnen, Künstler und Schauspieler. Das hab ich im Kino gesehen. Da geht es ganz anders zu als bei mir, dem kleinen Izchok Berditschewski, bei dem lauter Gesindel verkehrt! Sei bitte nicht so nervös, ich lasse dich gleich gehen. Sag mal, arbeitest du jetzt wenigstens irgendwo oder sitzt du zu Hause und bewachst deinen lieben Mann?«

»Ich arbeite nicht.«

»Willst du nicht zu mir zurückkommen? Wir haben erweitert, renoviert, neue Möbel gekauft … neue Tische und Stühle … eine Toilette eingebaut.«

»Nein.«

»Na, was sagst du dauernd nein und redest mit mir wie mit deinem schlimmsten Feind? Ich hab dich doch wohl für deine Arbeit nicht mit Beschimpfungen und Schlägen bezahlt, sondern mit Geld. Ich könnte noch zehn Litai drauflegen, wenn du zurückkommst. Wer gibt denn einen guten Lohn auf, bloß weil ein betrunkener grober Bauer seine dreckigen Pfoten nach dir ausstreckt oder dich mit Blicken ins Bett zieht? Du hättest damals nicht gleich beleidigt von mir weggehen sollen! Ich hätte dich immer beschützt.«

»Danke«, sagte meine Mutter zu Berditschewski. »Aber was tun, wenn einem die Ehre wichtiger ist als Geld. So Gott will, werde ich eine andere Stelle finden.«

Izchok Berditschewski kratzte sich den mit Haaren wie mit Unkraut überwucherten Nacken und sagte betont bedauernd: »Ehre ist eine gute Sache, aber in unserer Zeit, ehrlich gesagt, wenig einträglich. Aber hör zu! Ich bin nicht so ein Schwein, wie manche denken.«

»Das denke ich nicht.«

»Eine Walnuss zerbeißt du nicht mit den Zähnen, willst du zum Kern vordringen, musst du sie knacken. Ganz zu schweigen vom Menschen! Sein Kern ist nicht unter einer Nussschale verborgen, sondern unter einem Panzer. Jemand, der für einen Bösewicht gehalten wird, kann sich bei näherem Hinsehen als friedliche Taube erweisen. Doch sprechen wir von der Arbeit. Ich habe ein gutes Haus im Auge, wo eine Wirtschafterin gebraucht wird, also eine Haushälterin. Verstehst du wenigstens, wovon ich rede?«

»Ja, ich verstehe.«

»Soll ich dir die Adresse geben?«

»Ja!«

»Kudirkos-Straße acht. Dort lebt das Ehepaar Kochan, sie sind nicht arm, aber schrecklich einsam. Ihr Sohn Perez ist voriges Jahr zu den Papuas nach Argentinien abgehauen. Wenn die Kochans fragen, wer dich zu ihnen schickt, sag, Izchok Berditschewski. Ich bin ein entfernter Verwandter von Reb Ruwn. Merkst du dir die Adresse?«

»Kudirkos-Straße acht.«

»Richtig. Geh zu ihnen, überleg nicht lange! Es sind gute Menschen. Viel Glück! Und wenn nichts daraus wird, dann lass den Kopf nicht hängen und komm zu Izchok. Ich stelle dich jederzeit wieder ein, ich würde deinem Mann sogar eine Garantie geben.«

Was für eine Garantie der durchtriebene Berditschewski ihrem Mann geben wollte, fragte Chanke nicht. Sie dankte dem Schankwirt für seine überraschende Freundlichkeit, ging aber nicht in die Kudirkas-Straße acht, um mit den einsamen Kochans zu verhandeln, sondern nach Hause.

»Was ist los mit dir, Henetschka, meine Liebe? Neuerdings verschwindest du dauernd geheimnisvoll und verbringst viel mehr Zeit auf der Straße als zu Hause«, fragte der geborene Ermittler Schmule, kaum, dass sie die heimische Schwelle betreten hatte. »Ich finde, eine anständige Frau tauscht den heimischen Herd nicht gegen das raue Schtetl-Pflaster.«

»Sag bloß, Schmulik, du merkst erst jetzt, dass deine Schwester ein liederliches Straßenmädchen ist?«

»Hört ihr vielleicht irgendwann mal auf mit euren Sticheleien?!«, hob mein sonst so ausgeglichener Vater die Stimme. »Von eurem albernen Geplänkel wird mir ganz schwindlig, und bei der Nähmaschine blockiert das Trittbrett.«

»Was denn, darf man etwa keine Witze mehr machen?«, erwiderte Schmulik bissig.

»Schon gut, schon gut. Sag mir lieber, du Naseweis, kennst du die Kochans? Ihr einziger Sohn ist vor kurzem nach Argentinien ausgewandert?«

»Perez hab ich gekannt. Der Bursche war ein Gauner! Dem konnte man nicht über den Weg trauen. Aber mit den alten Kochans hatte ich nie zu tun.«

»Warte mal! Ist das nicht der Ruwn Kochan, dem die Shell-Tankstelle an der Ausfallstraße von Jonava nach Kaunas gehörte?«, mutmaßte mein Vater.

»Kann sein«, sagte meine Mutter ausweichend.

»Wozu brauchst du plötzlich eine Tankstelle, meine Liebe?«, stichelte Schmule.

»Eine Tankstelle brauche ich allerdings nicht.« Meine Mutter lächelte listig und setzte hinzu: »Mein Benzin, Schmulik, reicht für den Rest meines Lebens.«

»Was willst du dann von ihnen?«, erkundigte sich ihr Bruder.

»Nichts.«

Meine Mutter wollte sich nicht vor der Zeit über die Sache auslassen. Wenn etwas daraus wurde und sie sich mit den Kochans über die Arbeitsbedinungen einig werden sollte, würde sie alles erzählen. Es war schließlich eine Schande, nicht zu arbeiten und tagelang zu faulenzen.

Aber Schmule wäre nicht Schmule gewesen, hätte er kampflos kapituliert.

»Auf was für eine Arbeit hoffst du denn bei den alten Kochans? Willst du sie morgens anziehen, jeden Freitag baden, sie füttern und täglich mit ihnen im Park spazieren gehen?«

»Lass sie in Ruhe«, nahm mein Vater meine Mutter in Schutz. »Vor lauter Schwatzen steppst du am Ende den Hosenstall zu, statt Gürtelschlaufen anzunähen.«

Meine Mutter ließ sich Zeit mit der endgültigen Entscheidung, sie schwankte und überlegte hin und her, ob sie zu den fremden Kochans gehen sollte oder nicht. Wer wollte schon Dienstmädchen werden bei zwar reichen, aber gebrechlichen alten Leuten mit ihrem Gejammer und ihren Launen!

Ihre Zweifel verstärkten sich noch nach einer Begegnung mit der Hebamme Mine – meine Mutter traf sie auf dem Basar zwischen Bauernfuhrwerken mit Kleinvieh.

»Wir haben uns ja lange nicht gesehen, Chanke«, sagte die Witwe klagend oder bedauernd.

»Stimmt.«

»Dein kleiner Schlingel geht bestimmt schon zur Schule.«

»Ja. In die erste Klasse.«

»Die Kinder wachsen mit jedem Tag in die Höhe wie die Bäume, wir dagegen wachsen wie die Möhren in die Erde hinein.«

»Da kann man nichts machen. Gegen die Zeit kommt keiner an. Sie ist kein Pferd, zu ihr kannst du nicht sagen: ›Brrr!‹«

»Ob du dagegen rebellierst oder nicht, du ziehst sowieso den Kürzeren. Deshalb bereite auch ich mich rechtzeitig auf meinen Rückweg vor, zu meinem Gerschon, gesegnet sei sein Andenken.«

»Aber Sie haben doch noch nicht alle Kinder in Jonava auf die Welt geholt! Es laufen so viele Schwangere im Schtetl herum! Unsere Männer sind fleißig, Mine.«

»Tja, was soll ich machen? Ihre Frauen können nicht mehr mit mir rechnen. Die Hebamme Mine, das war einmal. Die Hände wollen nicht mehr, die Beine wollen nicht mehr, das Herz will nicht mehr …« Mine lächelte, aber es war ein trauriges Lächeln. Doch dann lebte sie gleich wieder auf. »Wie gut, dass ich dich getroffen habe! Ich habe überlegt und überlegt, wer mich ersetzen soll, wenn ich zu meinem Gerschon heimgehe, und nun weiß ich es. Du, Chanke. Du!«

»Ich?!«

»Du kennst den Preis, den jede Frau für einen neuen Spross zahlt. Zweimal hast du dem Tod ins Auge gesehen. In jedem jüdischen Schtetl muss es einen eigenen Rabbi und eine eigene Hebamme geben. Ohne uns Hebammen braucht man bald keinen Rabbiner mehr, denn dann sind die Synagogen leer, niemand wird mehr darin beten.«

Der überraschende Vorschlag ließ meine Mutter erstarren. Mine aber fuhr fort: »Du denkst wahrscheinlich, ich wäre verrückt geworden. Da hat sie ja eine schöne Arbeit für mich gefunden! Von den Einkünften als Geburtshelferin kann man nicht leben und kein Haus bauen. Diese Arbeit wird weniger mit Geld bezahlt als mit dankbarer Erinnerung, aber gute Erinnerung kann man schließlich für kein Geld der Welt kaufen. Tja, so ist es, Chanke. Also, solange ich noch am Leben bin, lass dich von mir anlernen.«

»Sie überrumpeln mich, Mine. Ich weiß gar nicht, was ich sagen soll. Ich muss mich mit meinem Mann beraten«, murmelte meine Mutter verwirrt.

»Mach das, berate dich. Ich werde warten. Solange ich keine Antwort von dir habe, werde ich nicht sterben.«

Die Begegnung mit Mine hatte meine Mutter in völlige Verwirrung gestürzt. Die Worte von Gerschons Witwe, in jedem Schtetl müsse es einen Rabbi und eine jüdische Hebamme geben, gingen ihr nicht aus dem Sinn.

Zu Hause erzählte sie nichts von Mines Vorschlag, sie hüllte sich in Schweigen. Wenn sie den Mund aufmachte, würde Schmulik seine Schwester sofort auslachen, und Schlojmke wäre empört.

Nein, nein, Hebamme wollte Chanke nicht werden. Inzwischen waren sieben Jahre vergangen, aber die Erinnerung an die Entbindung im Jüdischen Krankenhaus, an die Leiden, die sie zweimal hatte durchmachen müssen, waren noch immer eine Wunde in ihrem Herzen. Jonava würde bestimmt nicht ohne einen Rabbiner und ohne Hebamme bleiben. Mine würde unter den Jüdinnen im Schtetl eine andere Schülerin finden; sie, Chanke, würde sich etwas Einfacheres suchen.

»Du bildest dir ein, dass du dein Brot nicht verdienst, und liegst allen damit in den Ohren«, tadelte die Schwiegermutter Chanke, als diese sie besuchte. »Eine Frau sollte sich am Tag um den Haushalt kümmern – kochen, putzen, waschen, aufräumen, und in der Nacht, nimm's mir nicht übel, in der Nacht sollte sie im Bett nicht faul sein. Was wäre das für ein Mann, der seine Frau nicht ernähren kann? Dein Schlojmke kann Gott sei Dank nicht klagen über zu wenig Kunden. Mein Dovid hat als junger Mann ununterbrochen gearbeitet, Tag und Nacht hat er alles geflickt, was er bekam, schließlich hatte er zehn Seelen zu ernähren. Hör auf meinen guten Rat, bleib du ruhig zu Hause. Wer weiß, zu was für Leuten du kommst. Eine zweite Familie Kremnizer gibt es in unserem Schtetl nicht und wird es nie mehr geben.«

Alle, ob sie zur Familie gehörten oder nicht, betonten, wenn von Arbeit die Rede war, stets das, was im Volksmund das tägliche Brot genannt wird. Das Brot, so hieß es, würde auch für sie reichen, selbst wenn sie nichts dazuverdienen würde. Aber Chanke hatte einen heimlichen Traum, von dem sie niemandem erzählen wollte. Dieser Traum war gleich nach der Abreise von Ajsik und ihren Wohltätern, den Kremnizers, aus Jonava entstanden. Chanke träumte davon, eine anständige Summe zu sparen und eines schönen Tages ohne Umschweife zu ihrem Mann zu sagen: »Hör zu, Schlojmke! Werden wir beide etwa bis zu unserem Tod an einem Fleck hocken? Das Leben rast doch wie ein Schnellzug an Jonava vorbei, pfeift zum Abschied und hinterlässt als Erinnerung nur eine Rauchwolke.«

»Wieso an einem Fleck? Wir können nächsten Sabbat nach Kaunas fahren. Meinen Bruder Motl und Sara besuchen und unsere Nichte wiedersehen.«

»Nach Kaunas, ja. Aber weiter?«

»Wie – weiter? Wir bleiben ein, zwei Tage, und dann kehren wir wieder heim nach Jonava.«

»Aus Kaunas heimkehren, das ist keine große Sache«, würde Chanke erwidern. »Doch mal nicht zu deinem jüngeren Bruder fahren, sondern zu deinem älteren, zu Ajsik, würdest du das nicht gern?«

»Nach Paris? Zu Ajsik? Aber er hat dort ja selber noch nicht richtig Fuß gefasst!« Schlojmke würde so große Augen machen, als hätte Chanke ihm mit einer Pipette Medizin hineingeträufelt.

»Ja, nach Paris«, würde sie gelassen sagen. »Wozu, meinst du, leben wir denn auf der Welt? Um nicht mehr zu sehen als die Flussbiegung der Vilija und die Altgläubigen in Skaruliai? Oder um uns den Bauch vollzuschlagen?«

»Na, so, wie du jetzt in Fahrt bist, kann dich auch die Polizei nicht aufhalten«, würde ihr Mann wahrscheinlich brummen.

»Wenn wir unseren gewohnten Zimmes haben, gefilte Fisch und Zimtkuchen zum Feiertag, sind wir schon glücklich«, würde Chanke unbeirrt fortfahren. »Dabei weißt du genau, wo diese kulinarischen Freuden am nächsten Morgen landen! Im Abort! Aber es gibt auch Freuden, die einem das ganze Leben das Herz wärmen.«

Wenn Chanke, noch ohne das Geld dafür zu haben, von diesem Thema anfing, verdüsterte sich Schlojmke zusehends. Vor Unwillen oder vor Staunen wurde sein Gesicht plötzlich faltig wie das eines Greises.

»Was runzelst du die Stirn? Ich will ja nicht von dem Geld verreisen, das du verdienst. Beruhige dich! Ich werde keinen einzigen Litas von dir ausgeben. Wir verreisen für eine Woche von meinem Ersparten. Ich bin schließlich kein Krüppel, ich werde das Geld für die Reise mit eigenen Händen verdienen.«

»Weißt du denn, was eine Fahrkarte nach Paris kostet, Chanke? Hin und zurück?«

»Das erkunde ich, wenn ich genug verdient habe. Ich werde jeden Monat zehn Litai zurücklegen«, sagte meine Mutter. »In einem Jahr, hoffe ich, haben wir die nötige Summe beisammen. Da werden Ajsik und Sara aber staunen, wenn wir zu dritt vor ihrer Tür stehen: Du mit einem Filzhut auf dem Kopf, ich in einem neuen Seidenkleid. Ich werde Etl Kremnizer schreiben, ich habe ihre Adresse, vielleicht holt sie uns vom Bahnhof ab, und wir besuchen sie und Herrn Arn. Sehen Rafael wieder …«

Wie es bei meinem Vater oft geschah, war sein ganzer Zorn auf einmal verflogen, verraucht. Sein strenger Blick wurde sanft, sein Gesicht glatt und glänzend wie frisch rasiert.

»Und wohin dann?«, fragte er mit einem verhaltenen Lächeln.

»Wie – wohin?«

»Vielleicht haben wir ein Jahr nach Paris Geschmack am Reisen gefunden und fahren über den Ozean, nach Amerika? Schließlich müssen wir mal die Delikatessen von Leje und Filip probieren!«

»Warum eigentlich nicht?«, erwiderte meine Mutter, ebenfalls lächelnd. »Wenn wir keine Träume haben, wozu sind wir dann auf der Welt?«

Mein Vater schwieg. Auf die Frage, wozu wir auf der Welt waren, hatte er keine Antwort, also zuckte er nur die Achseln.

Meine Mutter zögerte eine Weile, ehe sie mit den alten Kochans verhandelte. Sie überlegte, wischte ihre Zweifel beiseite, erwog in Gedanken die Vorteile und machte sich schließlich auf den Weg in die Kudirkos-Straße.

Ruwn Kochan, der Besitzer des eingeschossigen Backsteinhauses, öffnete die Tür lange nicht, weil er Mühe hatte, den Schlüssel ins Schlüsselloch zu stecken.

»Kommen Sie vom Apotheker Lewit?«, erkundigte er sich, als sich die mit Filz bezogene Tür endlich dem alten Mann fügte und weit aufging.

»Nein.«

»Entschuldigen Sie bitte. Mein alter Freund Nota hat mir versprochen, mir durch seine Gehilfin Mire Tabletten zu schicken, die Doktor Blumenfeld mir und Nechome verschrieben hat. Wir selbst können leider nicht mehr so weit laufen. Wir haben zwar noch unsere Beine, aber sie verweigern entschieden den Dienst. Es reicht, sagen sie, wir mögen euch nicht mehr tragen, bittet gar nicht erst darum! Und die Augen sagen das Gleiche – es reicht, wir wollen nicht mehr, Punkt! Selbst die Brillen streiken. In den vielen Jahren, sagen sie, habt ihr alles gesehen, seid uns dankbar dafür. So ist das. Kommen Sie bitte herein, nicht so schüchtern! Außer Doktor Blumenfeld und der Diebin Chana, die wir mit Schimpf und Schande davongejagt haben, war in letzter Zeit niemand bei uns, darum freuen wir uns sogar über die Mäuse. Jeden Abend warte ich darauf, dass sie endlich aus ihren Löchern kommen und piepsen. Ich begrüße sie und danke ihnen dafür, dass sie eine Weile bei mir und Nechome sein wollen. Schade nur, dass sie keinen Kaffee mit mir trinken.«

Ruwn Kochan, ein hochgewachsener, hagerer Mann mit schlohweißem Haar und in ungebügelten Hosen, hellblauem Hemd und schlurfenden Hauspantoffeln, führte meine Mutter ins Wohnzimmer und platzierte sie mit gebieterischer Geste am Tisch.

»Nechome! Wir haben Besuch!«, rief er.

Keine Reaktion.

»Nechome!«, rief der Alte noch einmal. »Besuch, hab ich gesagt.«

Kochans Frau ließ sich lange nicht blicken. Schließlich kam Nechome, klein wie eine Puppe, hinter einem Wandschirm hervor geglitten, breitete entschuldigend die Arme aus, nickte und setzte sich der Besucherin gegenüber.

»Wenn Sie erlauben, ich wüsste gern, mit wem habe ich die Ehre?«, fragte Kochan.

»Ich bin Chanke Kanowitsch. Die Tochter von Schimon Dudak.«

»Sehr angenehm. Chanke Kanowitsch, die Tochter von Schimon Dudak …« Der Hausherr kramte in seinem versandenden Gedächtnis wie in einem alten Geldbeutel, in dem noch ein paar kleine Münzen liegen. »Dudak, Dudak … Der Schuster in der Schmiedestraße? Habe ich bei ihm nicht einmal meine Stiefeletten reparieren lassen?«

»Genau der«, freute sich meine Mutter. »Ich bin seine älteste Tochter.«

Es drängte meine Mutter sehr, die trübe Erinnerung zu ergänzen – von ihrem Mann, dem Schneider, zu erzählen und von ihrer Arbeit bei den Kremnizers, doch Kochan ließ sie nicht zu Wort kommen.

»Sehr angenehm«, wiederholte er und fragte pathetisch: »Womit kann ich Ihnen dienen, Frau Kanowitsch?«

»Ich habe gehört, dass Sie eine Haushälterin suchen.«

»Da hat man Sie nicht beschwindelt. Wir suchen eine Haushälterin … Schon lange! Nechome und ich kommen ohne Hilfe nicht mehr zurecht. Unsere frühere Wirtschafterin Chana haben wir entlassen, wie ich Ihnen gegenüber bereits erwähnte – sie war unredlich, sie hat gestohlen.«

»Ich war mehrere Jahre im Haus von Reb Kremnizer angestellt, ich habe seinen Enkel Rafael betreut, Essen gekocht und sogar hin und wieder den kranken Reb Kremnizer im Eisenwarengeschäft vertreten«, konnte meine Mutter nun doch einflechten.

»Oh, die Kremnizers! Arn hat bei mir immer Benzin getankt! Er hat sich als erster Jude in Jonava einen Rolls-Royce angeschafft! Und Reb Jeschue war wahrhaftig ein Gerechter. Wir sind gleichaltrig, er ist im Juni 1859 geboren, ich im Dezember. Wir beide sind sozusagen vor der neuen Ära auf die Welt gekommen … Na dann! Da haben Sie ja ausgezeichnete Empfehlungen.«

Nechome beteiligte sich nicht an dem Gespräch. Sie schlummerte friedlich in einem weichen Plüschsessel.

Kochan fuhr fort: »Sie wissen wahrscheinlich, dass unser Sohn nach Argentinien ausgewandert ist?«

»Ja.«

»Er hat versprochen, sobald er sich dort eingerichtet hat, will er uns nachholen. Aber sagen Sie mir, was sollen wir in Argentinien? Unseren Tango haben wir beide, ich und Nechome, Gott schenke ihr Gesundheit, längst getanzt.« Ruwn Kochan seufzte und sagte plötzlich: »Sie haben, wie ich sehe, ein gutes Gesicht, gute, ehrliche Augen.«

»Danke«, sagte meine Mutter verlegen.

»Ich denke, wir werden miteinander auskommen, wir werden Sie nicht wie ein Dienstmädchen behandeln, sondern wie eine Tochter.«

»Nicht doch!«

»Es wird Ihr Schade nicht sein, wir zahlen Ihnen einen guten Lohn. Wir sind nicht arm und nicht geizig. Ins Jenseits wollen wir nichts mitnehmen. Es wäre doch sinnlos, unsere Gräber mit Papierblumen aus Banknoten zu bestreuen.«

Der vernünftige und gesprächige Ruwn Kochan warf einen Blick auf seine eingedöste Frau, die sich zusammengerollt hatte, und wandte sich erneut an Chanke: »Aber solange wir noch am Leben sind, lassen Sie uns vom Geschäft reden. Dieser Diebin Chana haben wir fünfundzwanzig Litai im Monat gezahlt, Ihnen biete ich fünfunddreißig. Essen werden Sie natürlich mit uns zusammen. Schade, dass Sie viel größer sind als Nechome. In ihrem Schrank hängt ein ganzer Laden voller Kleider, Röcke und Blusen, die sie schon lange nicht mehr trägt. Nun fällt ihre Garderobe wohl den gefräßigen Motten zum Opfer.«

»Aber ich bitte Sie!« Meine Mutter errötete. »Ich brauche nichts, ich habe genug Kleider und Schuhe.«

»Kurz, wir werden Ihnen nichts schuldig bleiben. Es gibt allerdings einen Haken. Wenn wir, Gott behüte, krank werden, müssten Sie die Nächte nicht bei ihrem Mann verbringen, pardon, sondern bei uns, in einem separaten Zimmer natürlich. Überlegen Sie es sich! Vielleicht sagt Ihnen das nicht zu, dann sollten Sie sich eine andere Stelle suchen.«

»Ich habe es mir schon überlegt. Mit Ihrer Erlaubnis könnte ich morgen anfangen.«

»Wunderbar! Nechome, Nechome!«, rief Kochan, um seine Frau zu wecken.

»Was ist?«, antwortete die alte Frau leise. »Brennt es irgendwo? Ist ein Kind unter die Räder geraten? Ich höre dich ja. Ich bin doch nicht völlig taub, Ruwn. Ich bin taub, das bestreite ich nicht, aber wer sagt denn, mein Lieber, dass ich so taub bin?«

»Mach dich bekannt, Nechome. Das ist unsere neue Haushaltshilfe. Stell dir vor, sie hat bei Reb Jeschue Kremnizer gearbeitet.«

»Ich heiße Chanke«, sagte meine Mutter.

»Mein Gott, sie ist so jung! Wahrscheinlich kann sie noch nicht einmal kochen …«, äußerte die Hausherrin zweifelnd.

»Doch, ich kann kochen. Natürlich nicht alles. Aber was ich nicht kann, das lerne ich gern.«

»Ihre Offenheit gefällt mir. Wir erwarten Sie morgen. Hier ist der Schlüssel«, sagte Kochan und hielt ihn seiner neuen Haushälterin hin wie einen Verlobungsring. »Nechome wird morgen früh noch im Bett liegen, dann setzen wir beide uns erst einmal hin und trinken Kaffee.«

Sehr zufrieden kehrte Chanke heim.

»Nu?«, fragte Schlojmke seine Frau, getreu seiner Gewohnheit, kein Wort zu viel zu sagen.

»Alles in Ordnung.«

»Wie sind denn deine neuen Ausbeuter so?«, mischte sich Schmulik ein.

»Sie sind wunderbare Menschen«, antwortete meine Mutter.

»Tjaaa«, sagte ihr Bruder. »Mit dir, Schwesterherz, braucht man von Revolution gar nicht zu träumen.«

Nechome und Ruwn Kochan waren, wie meine Mutter vermutet hatte, wunderbare, aber sehr unglückliche Menschen. Eine Haushälterin hatte bei ihnen weniger die Aufgabe, ihnen erlesene Gerichte zu kochen, das wohlhabende Haus gründlich, bis auf die letzte Staubflocke, zu putzen und mit ihnen spazieren zu gehen, als den Ergüssen ihrer wunden Seelen zuzuhören und sie vor der Einsamkeit zu bewahren. Was ihnen wirklich nottat, war das Gleiche wie bei Etl Kremnizer, nämlich Mitgefühl. Sie brauchten eine kluge und teilnahmsvolle Zuhörerin, die sie verstand und ihren Kummer linderte, bis ihr Sohn Perez sie aus Litauen in das ferne Buenos Aires holte.

Dieses traurige und dringende Bedürfnis der Kochans spürte meine Mutter von ihrem ersten Arbeitstag an. Sie begriff, dass sie hier ihr Geld genau wie bei Reb Jeschue und Etl Kremnizer nicht für die Mahlzeiten bekam, die sie zubereitete – Erbsensuppe und Zimtkuchen, Kartoffelpuffer und Kartoffeln mit

Backpflaumen –, sondern für ihre echte, aufrichtige Anteilnahme, dafür, dass sie wenigstens für kurze Zeit den Schmerz der beiden linderte und ihre Einsamkeit erträglicher machte.

Die Kochans waren genügsame Esser. Sie aßen wenig, hauptsächlich Milchspeisen, selten einmal mageres Fleisch, Huhn, Kartoffelpuffer. Es kümmerte sie nicht, wie Chanke mit Besen und Scheuerlappen umging, wichtiger waren ihnen lange, heilsame Gespräche, die mitunter bis weit nach Mitternacht dauerten.

»Ein guter Sohn sollte erst seine Eltern begraben, bevor er nach Amerika oder Argentinien auswandert«, sagte Ruwn Kochan. »Wie alt ist Ihr Kleiner?«

»Sieben.«

»Dann freuen Sie sich, Sie und Ihr Mann. Ihr Sohn wird noch lange bei Ihnen bleiben. Denn einstweilen weiß er nichts von Buenos Aires, von New York oder Rio de Janeiro.« Ruwn trank aus seiner Porzellantasse einen Schluck Kaffee und fuhr fort: »Wenn ich die Macht hätte, würde ich als Erstes ein Gesetz machen, das dem einzigen Sohn oder der einzigen Tochter verbietet, das Haus der Eltern vor deren Tod zu verlassen. Das wäre gerecht. Die Eltern dürfen nicht mit den Mäusen alleinbleiben.«

»Ja, das stimmt.«

»Aber was es auf der Welt noch nie gab und niemals geben wird, das ist Gerechtigkeit.«

»Gerechtigkeit kann man nirgendwo kaufen. Und was es nicht gibt, Ruwn, mein Lieber, danach sollte man auch nicht suchen«, sagte Nechome. »Man kann niemanden festketten. Wir beide waren ehrlich gesagt auch manchmal ungerecht. Ich glaube, glücklich sind überhaupt nur die Ungerechten, denn sie denken nicht an andere, sondern immer nur an sich selbst und ihr eigenes Wohl.«

Meine Mutter traute ihren Ohren nicht. So sprach die winzige alte Nechome, die tagelang vor sich hin döste, gleichgültig gegen alles – gegen Buenos Aires, gegen Jonava und gegen ihren eigenen Haushalt? Solche Reden hatte Chanke noch nicht einmal bei den Kremnizers gehört, schon gar nicht im Haus in der Fischerstraße oder bei ihrem Vermieter, dem wachsamen Efraim Kapler.

Die Altersschwäche der schwerhörigen Nechome, die gespielte Husarenschneidigkeit von Ruwn und die bittere Einsamkeit der beiden verdrängten den Traum meiner Mutter von einer Reise nach Paris. Wer sollte sich um die beiden kümmern? Wenn den beiden Alten in ihrer Abwesenheit etwas zustieße, würde sie sich das nie verzeihen. In diesem Alter bot nur ein Helfer seine Dienste an – der Knochenmann. Er erschien mit seiner Sense, und alles war vorbei. Sie musste Paris wohl vergessen oder die Reise verschieben, bis Perez auftauchte, der Sohn der Kochans. Doch der ließ nicht von sich hören. Entweder kamen seine Briefe nicht an, oder er schrieb gar keine.

Mit der Zeit fasste meine Mutter eine immer größere Zuneigung zu ihren einsamen Dienstherren, und die Kochans vergalten es ihr ebenso.

»Ohne dich, Chanke, wären wir verloren. Ganz sicher, verloren.« Ruwn hatte sehr bald angefangen, sie zu duzen. »Wer außer Doktor Blumenfeld und meinem alten Freund, dem Apotheker Nota Lewit, braucht uns alte Wracks denn noch? Dich hat uns der Herrgott geschickt!«, sparte Ruwn nicht mit Lob.

Meine Mutter kehrte von den Kochans oft erst gegen Mitternacht heim.

»Nu?«, empfing sie mein Vater mit der immer gleichen und wohl nachdrücklichsten jüdischen Frage.

»Ich wurde aufgehalten! Sie wollten mich nicht fortlassen.

Bleib doch noch, ach bleib doch noch. Und so hab ich bis zum Mondschein bei ihnen gesessen. Die Alten tun mir leid«, rechtfertigte sich meine Mutter. »Kochan sagt, mich hat ihnen der Herrgott geschickt.«

»Der Herrgott, der dich geschickt hat, hätte deinen Arbeitstag ruhig ein paar Stunden kürzer machen können«, spöttelte mein Vater. »Wir beide sind immerhin Mann und Frau und einstweilen wohl nicht geschieden.«

»Wir werden uns auch nie scheiden lassen.«

Auch ihr Bruder machte ihr Vorwürfe.

»Du hast kein Klassenbewusstsein, Chanke. Nein! Du bist eine unverbesserliche Versöhnlerin und ein kleinbürgerliches Element.«

Es war ihr herzlich egal, was für ein Element sie war, und ihr Klassenbewusstsein kümmerte sie nicht.

Chanke tat, was ihr das Herz gebot. Sollte sie etwa gleichgültig zuschauen, wie sich eine Straße weiter jemand quälte und vor unerträglicher Einsamkeit langsam verlosch?

»Ihr verhungert hier doch nicht ohne mich?«, fragte sie Schlojmke und hoffte, dass die beiden sie nicht weiter verhören würden.«

»Nein. Wir haben nur Sehnsucht. Sehnsucht nach dir.«

»Dann habt ruhig Sehnsucht! Ich gehe schlafen.«

Chanke zog sich aus und legte sich ins Bett. Vor Müdigkeit schlief sie ein, sobald ihr Kopf das Kissen berührte.

Sie träumte von der lichterfunkelnden Stadt ihres geplatzten Traums – von Paris. Von dem berühmten Bogen, der zu Ehren des Kaisers Napoleon erbaut worden war, und vom Eiffelturm, die der frischgebackene Franzose Ajsik so farbig beschrieben hatte.

Plötzlich tauchte aus dem nächtlichen Dunst im geisterhaften Licht der Straßenlaternen die schlanke Silhouette von Etl

Kremnizer auf, sie trug ein Moirékleid und einen modischen Hut. Sie kam Chanke entgegengelaufen, ihre hohen Absätze klackerten auf dem Asphalt, und ihr folgte in eiligem Trab der halbwüchsige Rafael in Gymnasiastenuniform und -mütze.

»Anke!« Er stürzte sich als Erster auf sein einstiges Kindermädchen und presste das Gesicht an ihren Bauch, wie damals als kleiner Junge, als er mit seiner Mutter und seinem Großvater noch in Jonava gelebt hatte. »Anke …«

»Musst du Pipi?«, wiederholte sie mit liebevollem Spott das Wort, mit dem der kleine Rafael gesagt hatte, dass er aufs Töpfchen musste.

»Pipi!« Rafael lachte. »Pipi …«

Etl Kremnizer blinzelte gegen das elektrische Licht und wischte sich mit einem bestickten Taschentuch die Tränen ab.

Ringsum funkelten und schillerten Lichter, hupten Autos, von irgendwoher drang Musik – Trommelwirbel und melancholisches Saxophonspiel, und der flache Pariser Mond hing über der Stadt wie ein am Sternenhimmel erkalteter dünner Fladen aus der Schtetl-Bäckerei von Chajim-Gerschon Fajn.

4

In die Schneiderei meines Vaters kamen Menschen ganz verschiedener Art und Herkunft. Die meisten seiner Stammkunden waren Juden mit mittlerem und höherem Einkommen. Dank Reb Jeschues Empfehlung waren der Apotheker Nota Lewit, Doktor Izchok Blumenfeld, unser Vermieter Reb Kapler und der Inhaber der Schtetl-Bäckerei Chajim-Gerschon Fajn von anderen Schneidern zu ihm gewechselt. Auch Christen nahmen die Dienste meines Vaters gern in Anspruch. Einem entfernten Verwandten des Präsidenten Smetona, dem Direktor des litauischen Gymnasiums, hatte er einen Übergangsmantel genäht, dem Vorgänger des katholischen Pfarrers Vaitkus, dem jungen Pastor Bartkus, der von der Curie an die Päpstliche Akademie in Rom delegiert wurde, eine Soutane. Auch Aufträge von ärmeren Landsleuten verschmähte mein Vater nicht. Von ihnen verlangte er für Neuanfertigungen oder fürs Umarbeiten stets weniger als von den Reichen. Auf Lob reagierte er zerstreut, weil er es für übertrieben hielt, und jeden verlockenden Vorschlag, nach Kaunas zu ziehen, das damals Hauptstadt war, lehnte er ab.

Der Inhaber des berühmten Ateliers in der Freiheitsallee in Kaunas, Alex Suskind, ein häufiger Gast bei Efraim Kapler, der Suskind die Ohren vollgesäuselt hatte von den außerordentlichen Fähigkeiten seines Mieters, versuchte mehrfach, meinen Vater zu sich zu locken.

»Kaunas ist das litauische Paris!«, rief Suskind. »In meinem Atelier lassen sich Diplomaten ihre Kleider nähen, die Botschafter von England und von Amerika und Minister der Regierung. Ich verspreche Ihnen ein phantastisches Gehalt! In ein, zwei Jahren kaufen Sie sich ein Haus auf dem Grünen Berg und leben wie Gott in Odessa.«

Offenbar wollte mein Vater nicht leben wie Gott in Odessa. Er war ganz zufrieden mit seinem Leben in Jonava, wo seine Eltern wohnten, wo er jeden Pfad kannte und jede Kuh in der Herde, die der Hirte Jeronimas morgens mit einer schlichten Flötenmelodie auf die Weide trieb. Mochte sein Bruder Motl in Kaunas schicke Mäntel für Diplomaten und Minister nähen und Jacken für ihre Frauen. Motl pflegte im Gegensatz zu Schlojmke einen besonders feinfühligen und liebenswürdigen Umgang mit Damen.

Mein Vater suchte einen zweiten Gesellen, um seinen Kundenkreis zu erweitern und seiner, wie Schmule sagte, prosperierenden Firma größere Solidität zu verleihen. Bei dieser Suche kam ihm überraschend Efraim Kaplers Hauswart Antanas zu Hilfe, der mit Frau und Sohn im Keller wohnte und Schlojmke ständig mit den immer gleichen Fragen löcherte: »Salamonas, du rauchst wirklich nicht?«

»Nein, Antanas, ich rauche nicht.«

»Und du trinkst auch nicht?«

»Ich trinke auch nicht.«

»Na, so was!«, staunte Antanas. »Tolle Kerle seid ihr Juden! Spart an allem. Lauter Nichttrinker. Nehmen wir unser Haus. Das ist wie verhext. Keiner trinkt. Keiner raucht. Mit keinem kann man mal einen heben, keinen um eine Papirossa bitten«, klagte er. »Mein eigener Sohn Julius, selbst der kann Tabak nicht ausstehen, und Machorka nennt er nur stinkendes Gift.«

»Recht hat er.«

»Julius ist ein guter Junge, aber ein Faulpelz. Sitzt von morgens bis abends mit einer Angel am Fluss und fängt Ukeleien und Plötzen.«

»Vielleicht wird er mal Fischer.«

»Er sollte, wenn wir schon mal davon reden, lieber Schneider werden. Vielleicht nimmst du den Jungen auf Probe zu dir, Salamonas, bringst ihm wenigstens das Flicken bei? Er ist brav, kein Raufbold. Und mit euereins kommt er gut aus.«

»Mit unsereins?«

»Mit euch Juden, meine ich. Er sagt, die Juden sind ein Vorbild für alle, die wetzen sich nicht den Hosenboden in der Kneipe durch, geben kein Geld für Papirossy aus und verprügeln nicht im Suff ihre Frauen. Sie sitzen den ganzen Tag da und verdienen Geld. Nimm ihn zu dir! Wenn er nicht passt, dann jagst du ihn einfach wieder zu seinen Ukeleien und Plötzen, dann mag er bis an sein Lebensende die Angel schwingen und weiter kleine Fische fangen für eine Suppe und für unsere Katze.«

»Wie alt ist dein Sohn?«

»Siebzehn.«

»Tja, dann! Warum es nicht mal probieren? Was daraus wird, werden wir sehen. Wenn er nicht zum Fluss ausbüxt.«

»Versuch es, versuch es. Ich würde für dich beten, Salamonas. Bei Gott, das würde ich. Ich würde in der Kirche niederknien und zum ersten Mal im Leben für einen Juden beten. Bei meiner Seele!«

»Beten, Antanas, sollte man für alle. Die Sonne scheint für alle, die Vögel auf den Bäumen singen für alle. Ist das nicht ein Vorbild für den Menschen, der seinem Nächsten etwas Gutes tun will?«

»Mag sein, Salamonas, aber wir sind keine Vögel. Und erst recht nicht die Sonne!«

»Na schön, dein Junge soll mal vorbeischauen, doch mit dem Beten für mich in der Kirche warte erst mal.«

»Gut.«

Julius erwies sich als anstelliger Bursche und eignete sich das Abc des Schneiderhandwerks viel schneller an als Schmulik. Außerdem erlernte er mühelos, mit beneidenswerter Leichtigkeit, das Umgangsjiddisch und wurde in der »prosperierenden Firma« zum unersetzlichen Dolmetscher. Schlojmke und Schmulik konnten sich nicht mit linguistischen Fähigkeiten brüsten – beide sprachen nur stockend und gebrochen Litauisch, doch um sich über einen Schnitt zu verständigen, brauchte es mehr als Hände und Füße. Mit Julius' Einstellung würde die Zahl der litauischen Kunden womöglich um örtliche Beamte und wohlhabende Bauern aus den Vorwerken anwachsen, die sich bei Schlojmke neue Kleider für hohe Kirchenfeiertage und die Hochzeiten ihrer Sprösslinge nähen lassen wollten.

Im Gegensatz zu Schmulik war der junge Julius ein Schweiger. Er antwortete lieber auf Fragen, als selbst welche zu stellen. Wenn mein Vater beschäftigt war, lernte Schmulik ihn an, weihte ihn jedoch nicht nur in die Geheimnisse des Schneiderhandwerks ein, sondern sprach in populärer Form vom schweren Los der Werktätigen der ganzen Welt, die für das Wohl der immer fetter werdenden Herren und Ausbeuter den Rücken krumm machen mussten.

»Was stopfst du ihm den Kopf mit lauter Unsinn voll? Ausbeuter-Schmausbeuter … Redet lieber über Mädchen! Schließlich müsst ihr beide bald eine Frau fürs Leben wählen und nicht den Führer des Weltproletariats!«, zügelte mein Vater seinen Schwager.

»Dieser Grünschnabel soll ruhig wissen, dass nicht alle Herren solche Engel sind wie du, Schlojmke.«

»Du wirst noch sehen, wohin dich dein dummes Geschwätz bringt, Schmule, weiß Gott! Die Geheimpolizei hat bestimmt schon lange ein Auge auf dich. Im Gefängnis wirst du keine Hosen nähen, sondern Häftlingskleider flicken.«

Mein Vater war von Natur aus kein Rebell und hegte eine heimliche Abneigung gegen Aufrührer und die Beschimpfung der Mächtigen. Die Welt, so meinte er, werde nicht durch Aufruhr verbessert, sondern durch Arbeit. Was nütze es, wenn die einen unvernünftigen und grausamen Herrscher durch andere, ebensolche abgelöst wurden? Durch einen Machtwechsel werde ein Schneider kein Rothschild und ein Rothschild kein Schneider. Es gewönnen nur diejenigen, die als Erste, ohne nachzudenken, freudig den Unterlegenen nachriefen »Nieder!« und sich als Erste jedem Sieger in die Arme warfen.

Abends verschwand Schmulik oft an den Stadtrand von Jonava, vermutlich zu geheimen Treffen mit seinen gleichgesinnten Freunden, und kam dann morgens gereizt und verschlafen zur Arbeit, schlief manchmal sogar mit Nadel und Faden in der

Hand auf seinem Stuhl ein. Dann weckte ihn mein Vater mit leisem spöttischem Gesang.

»Wacht auf, Verdammte dieser Erde …«

Der Verdammte dieser Erde sprang vom Stuhl auf, schüttelte sich wie ein junger Hund nach dem Regen und antwortete, um die Stimmung zu entspannen und seine Schuld wiedergutzumachen, versöhnlich in brüchigem Bariton und betont munter: »Reinen Tisch macht mit dem Bedränger!«

Schmulik reckte sich behaglich und gähnte genüsslich.

»Machen wir, machen wir«, versprach mein Vater und stichelte: »Aber pass gut auf, du Held, dass nicht jemand plötzlich mit dir reinen Tisch macht.«

Für eine Weile verzichtete Schmulik darauf, dem jungen Julius, der nichts von Politik verstand, die Ideen von einer neuen, gerechten Welt zu predigen, und vertiefte sich ganz in die Arbeit, fing aber über kurz oder lang erneut davon an.

Das beunruhigte schließlich auch meine Mutter.

»Dass sie meinen lieben Bruder, nicht zur Nacht gesagt, mal nicht eines Tages einsperren. Gedraitis hat ihn schon mehrfach gewarnt«, sagte Chanke, während sie das Bett machte. »Einen so gutmütigen Polizisten wie ihn kann man lange suchen.«

»Schmule pfeift auf alle Warnungen. Da zuckt er nur die Achseln.«

Schlojmke zog sich aus und legte sich hin. Chanke kroch leise neben ihn. Die Dunkelheit war voller Verlockungen, doch sie gaben ihnen nicht gleich nach.

»Möge Gott mir verzeihen, aber wenn es denn sein Schicksal ist, so hoffe ich, er wird dort verhaftet, wo sich diese Weltverbesserer versammeln, oder auf der Straße. Aber nicht bei uns. Solche Reklame kann ich nicht gebrauchen. Ein Schneider muss nähen, nicht die Zunge wetzen. Fürs Nähen wurde noch nie jemand ins Gefängnis gesperrt. Das Gefängnis eines

Schneiders ist sein Arbeitsplatz. Daran ist er lebenslang gekettet.«

»Vielleicht ist unsere Sorge ja unbegründet. Verfallen wir nicht unnötig in Panik!«

»Nein, sie ist nicht unbegründet. Wieso begreift dein hitzköpfiger Bruder nicht, dass Litauen nicht unser Garten ist, den wir beackern können, wie es uns beliebt?«, fragte mein Vater und musste vor Aufregung husten. »Wie macht man ihm klar, dass wir nicht ungebeten in einem fremden Garten die Beete umgraben und etwas pflanzen können, was der Besitzer nicht will?«

»Schmulik denkt da anders.«

»Er sollte nicht anders denken, sondern vernünftig. Der Besitzer will auf seinen Beeten Zwiebeln und Kohl pflanzen, und da kommt Schmulik mit seinen eigenen Setzlingen und will ihm etwas Ungenießbares aufzwingen«, fuhr mein Vater fort.

»Du wirst ihn nicht ändern. Was wir zu Schmulik auch sagen, wie sehr wir auch auf ihn einreden, er wird sowieso nicht auf uns hören. Lass uns lieber schlafen«, sagte meine Mutter.

»Ja.«

Sie presste sich an ihn, und nun verschmolzen ihre Körper zu einem Ganzen, verbanden sich so fest miteinander, dass sie sich bis zum Morgengrauen nicht voneinander lösen konnten.

Es war ein trockener Herbst ohne Regen und ohne die unbändig wütenden Stürme aus dem fernen Norden, von Finnland her. Die Bäume trugen in stummem Stolz noch ihr grünes Kleid, und darauf nisteten leichtgläubige Singvögel, die sich zum Überwintern kein Nest in der Fremde gesucht hatten.

Es war mein zweiter Herbst in der jiddischen Schule. Ich ging bereits in die zweite Klasse und wohnte nicht mehr bei Großmutter Roche und Großvater, sondern bei meinen Eltern, stand vor Sonnenaufgang auf und rannte, aus Angst, meine Freundin Leje Berger zu verpassen, in die Fischerstraße, um mich mit ihr an dem Strommast mit den abgerissenen Drähten zu treffen und sie mit Blicken und teilnahmsvollem Schweigen aufzumuntern.

Jeden Morgen traf ich auf meinen etwas stiller gewordenen Onkel Schmulik, der mich an der Schwelle anhielt, mir zärtlich das Haar zauste, mich an den Ohren zog und lächelnd fragte: »Wie geht es unserem jungen proletarischen Nachwuchs?«

»Gut«, antwortete ich.

Onkel Schmulik belohnte mich mit zwei dumpfen, schmerzlosen Kopfnüssen und verschwand, zufrieden mit meiner Antwort auf seine unverständliche Frage, hinter unserer mit Filz bezogenen Tür.

Mein Vater konnte sich nicht genug wundern über die Veränderung, die mit seinem kämpferischen Schwager vorgegangen war.

»Ich erkenne dich nicht wieder, Schmulik. Es ist schon fast eine Stunde vergangen, und du hast noch kein Wort gesagt über die Parasiten und Unterdrücker«, bemerkte mein Vater beinahe bedauernd. »Ist vielleicht was mit deinen Eltern?«

»Nein. Ich bin einfach in miserabler Stimmung. Du hast es gut, Schlojmke. Du bist ein Dachs, kommst fast nie raus aus deiner Höhle, hörst kein Radio, liest keine Zeitung. Du trittst auf deiner Singer herum, und auf alles andere pfeifst du.«

»Was soll ich machen … Das ist wohl mein Los – unermüdlich treten …«

»Du Glücklicher! Würdest du nur ein einziges Mal die abendliche Nachrichtenschau aus Europa hören, die Berichte darüber, was sich in deiner Nachbarschaft tut, wärst du selber entsetzt. Und würdest finster wie eine Gewitterwolke herumlaufen.«

»Ist etwa Krieg ausgebrochen?«

»Vorerst wurde nur uns Juden der Krieg erklärt. Hitler droht, in nächster Zukunft uns alle zu vernichten wie Kakerlaken und die Welt von den jüdischen Plutokraten zu befreien.«

»Wenn mich mein Gedächtnis nicht täuscht, hat er schon vor anderthalb Jahren versprochen, uns alle zu vernichten. Damals hast du mir zum ersten Mal von seiner menschenfreundlichen Absicht erzählt.«

»Stimmt, ich erinnere mich.« Schmulik nickte.

»Wie heißt es in der Heiligen Schrift – es gibt nichts Neues unter dem Mond. Die Juden wurden seit Tausenden von Jahren vernichtet. Wer hat sich seit der Antike nicht alles daran versucht – die Römer, die Griechen … Doch allen Vernichtern zum Trotz leben wir immer noch! Wer weiß, so Gott will, werden wir auch diesen Unmenschen Hitler überleben und bleiben.«

»Vielleicht. Wenn Stalin die ganze Kraft seiner unbesiegbaren Roten Armee gegen ihn aufbietet und die Nazis aufhält.«

»Wie kommst du darauf, dass Stalin wegen der Juden die Nazis aufhalten wird? Wenn wir irgendwo auf der Welt gemordet werden, dann freut sich die Mehrheit gewöhnlich und klatscht Beifall.«

»Stalin ist für uns, für die Juden.«

»Ach, Schmulik! Verbürge dich nie für Schneider aus einer fremden Stadt und für ausländische Herrscher. Und auch für die Juden verwette lieber nicht deinen Kopf. Ich glaube, ich kenne unsere jüdischen Brüder recht gut. Mit Worten lieben wir unser Volk flammend, aber unser Geschäft ist uns trotzdem lieber. Doch genug philosophiert! Machen wir hier einen Punkt und schließen einen Friedensvertrag.«

»Ein interessanter Vorschlag.«

»Wir unterlassen in unserem Haus ein Jahr lang jedes Gerede über Politik!« Mein Vater unterbrach das Rattern der Nähmaschine und platzte mit einer tief aus seinem Inneren aufgestiegenen Idee heraus, die ihn berauschte. »Gemäß diesem Vertrag schicken wir von heute an Stalin, Hitler und unseren Präsidenten Smetona zum Teufel! Du verpflichtest dich, dein unheilvolles Radio auf den Müll zu werfen. Wir beide reden nur noch von angenehmen Dingen, von dem, was wir am besten kennen und am meisten lieben. Ich erhöhe dir für alle dadurch entstehenden Unbequemlichkeiten den Lohn, Schmulik, aber lass bitte die verfluchten Übel des Kapitalismus in Ruhe, denn du wirst die Welt sowieso nicht ändern. So wacklig, wie sie zu Adams und Evas Zeiten stand, steht sie noch immer. Also – schließen wir den Vertrag oder nicht?«

»Machen wir. Die Bedingungen sind natürlich Sklaverei, aber was tut man nicht alles für einen klassenmäßig rückständigen Verwandten«, kapitulierte Schmulik und dämpfte seine Worte wie immer mit einem gewinnenden Lächeln.

Mit diesem Vertrag hoffte mein Vater seinen hitzköpfigen Schwager zu zügeln. Der konnte durch sein Geschwätz ernsthaft zu Schaden kommen und ruck, zuck hinter Gittern landen – und die »Firma« würde einen fleißigen Arbeiter verlieren. Mein Vater hegte natürlich keine Zweifel daran, dass Schmulik nicht alle Bedingungen des Vertrages einhalten würde. Seinen Philips-Radioapparat würde er kaum auf den Müll werfen, sondern ihn nur vor Schejne und Schimon verstecken, und sosehr sie alle ihm auch verboten, über Politik zu reden, würde er sich noch so manches Mal hinreißen lassen und die Ausbeuter geißeln.

Doch Schmulik blieb erstaunlich standhaft. Er hörte auf, die gesellschaftlichen Laster anzuklagen und Reden gegen die Parasiten und Ausbeuter zu schwingen, und lenkte all seine Kraft plötzlich auf das Feld der Aufklärung. In spöttischem Plauderton erschütterte er die Phantasie des frommen Julius, indem er ihm – nicht ohne die heimliche Absicht, den Glauben des Litauers ins Wanken zu bringen – den jüdischen Stammbaum von Jesus Christus erläuterte …

Julius hatte keine Ahnung von diesem Stammbaum. Verständnislos und mit weit aufgerissenen blauen Augen starrte er den älteren Gesellen an, ächzte nach jedem Satz und sagte immer wieder: »Was sagen Sie da?! Das kann nicht sein! Was soll das heißen? Die Mutter unseres Gottes, die heilige Jungfrau Maria, war eine Jüdin? Und Jesus war beschnitten, genau wie Sie, Ponas Schmule?!« Julius bekreuzigte sich drei Mal. »Und er hatte einen Vater?«

»Ja, hatte er. Wie es sich gehört für die Fortpflanzung. Aber du faselst dauernd von ›unbefleckter Empfängnis‹ … Mit ihrem Mann, mit ihrem rechtmäßigen Ehemann hat deine Jungfrau Jesus bekommen. Selbst ein Huhn braucht zum Eierlegen einen Hahn. Euer Gott, der in jeder Kirche hängt, ist ein Jude! Ein richtiger waschechter Jude, mütterlicher- und väterlicherseits.«

»Was sagen Sie da?!«, stöhnte Julius und warf sich das strohblonde Haar aus der Stirn. »Das kann nicht sein! Das kann ich nicht einmal meinem eigenen Vater erzählen. Niemandem! Kein Wort!«

»Warum nicht?«

»Mein Vater würde sagen, ich bin verrückt, oder mich kurzerhand mit dem Riemen verdreschen. Und meine Freunde könnten mir für eine solche Gotteslästerei ohne weiteres in einer dunklen Gasse alle Rippen brechen.«

»Prügel für die Wahrheit kann man ertragen«, sagte Schmulik, und über seine unrasierten eingefallenen Wangen huschte erneut ein Lächeln.

Auch mein Vater lachte leise.

»Wenn du zur Beichte gehst, Julius«, fuhr Schmulik fort,

»dann begrüße leise, dass der Pastor es nicht hört, erst Jesus Christus, sag ›Scholem alejchem‹ zu ihm und dann dasselbe zur Gottesmutter. Die beiden verstehen Hebräisch«, riet Schmulik und rief plötzlich aufgeregt: »Du hast nicht zufällig das Bügeleisen zu heiß werden lassen, mein Lieber?! Es riecht irgendwie angebrannt.«

Julius schnupperte, rannte zum Bügeleisen, hob es an, spuckte sich auf die Finger, berührte den Boden des Eisens und atmete erleichtert auf.

»Alles in Ordnung. Fertig zum Bügeln.«

Damit vergaß er Jesus Christus und die Jungfrau Maria und bügelte sorgfältig die Hose von Doktor Blumenfeld, der sich zu seinem Siebzigsten neu einkleiden wollte und sich einen Kammgarnanzug nähen ließ.

Obwohl Schmulik nicht mehr Blitz und Donner schleuderte gegen die Regierung, war mein Vater nach wie vor beunruhigt – er wusste vom Hörensagen, dass sein Schwager ein gefährliches Doppelleben führte. Auch meine Mutter war besorgt.

Ihr Gefühl trog die beiden nicht.

Am Tag vor Jom Kippur, dem Versöhnungstag, kam der gealterte Vincas Gedraitis, den man im Schtetl wegen seiner guten Beziehung zu den Juden hinter seinem Rücken nie anders nannte als *kimat a jid* – »Fast ein Jude« –, in die Schneiderei.

»Guten Tag«, sagte er, ohne jemanden direkt anzusprechen.

»Guten Tag«, antwortete mein Vater, dem bereits schwante, dass dieser Tag nichts Gutes verhieß. »Setzen Sie sich, Pan Vincas.«

»Ich kann noch genug sitzen«, antwortete der »Fast-Jude«. »Bald schicken sie mich in Pension. Dann werde ich auf der Bank sitzen, in den Himmel schauen, auf die Wolken, die über Jonava ziehen, und darauf warten, dass mich unser Oberster Polizist zu sich holt.«

»Schade, meine Frau ist nicht zu Hause. Sie würde Ihnen bestimmt etwas Schmackhaftes anbieten«, versuchte mein beunruhigter Vater laut, das Unangenehme hinauszuzögern.

»Ich bin nur auf einen Sprung gekommen.« Der »Fast-Jude« legte sich seine Diensttasche auf den Schoß, kramte darin, zog ein Papier mit dem Wappen der Litauischen Republik heraus und sagte: »Ich will eigentlich nicht zu Ihnen, Ponas Salamonas, sondern zu Ponas Dudakas. Auch wenn mir das leider kaum einer glaubt, aber es ist mir immer sehr unangenehm, wenn ich schlechte Nachrichten überbringe und dafür vom Staat auch noch gut bezahlt werde.« Er verschnaufte, sah Schmulik bohrend an, reichte ihm das Papier und sagte: »Unterschreiben Sie bitte dort neben dem Häkchen.«

Während Schmulik ohne Eile das amtliche Papier las, erklärte der »Fast-Jude« meinem Vater das Wesentliche.

»Auf Befehl des Polizeichefs von Jonava, Ignas Rozga, wird Ponas Schmuelis Dudakas verpflichtet, sich jeden Dritten des Monats auf dem Polizeirevier zu melden. Es tut mir sehr leid … Ich habe ihn mehrfach freundschaftlich gewarnt, er soll seine Zunge im Zaum halten und unsere Mächtigen nicht reizen. Das habe ich doch?«

»Ja, das haben Sie«, bestätigte Schmulik.

»Diese Maßnahme ist natürlich besser als eine Verhaftung. Aber ich frage mich ständig: Warum könnt ihr Juden eure Unzufriedenheit nicht für euch behalten? Warum schreit ihr sie an jeder Straßenecke heraus? Dass euch die ganze Welt hört? Wir Litauer sind, unter uns gesagt, auch nicht mit allen Zuständen bei uns zufrieden. Wir schimpfen mitunter vielleicht nicht weniger darauf als ihr. Aber still für uns. Wie sehr du einen Lahmen auch beschimpfst, mit öffentlichen Beschimpfungen machst du ihn nicht gesund. Lernt auch ihr euren Mund halten! Schweigen zahlt sich im Leben immer aus und ist viel vorteilhafter als Geschrei wie ›Nieder mit der Regierung!‹ Habe die Ehre!«

Der »Fast-Jude« stand auf, zog seine Uniform glatt und ging.

»Fürs Erste, Schmulik, bist du mit einem leichten Schrecken davongekommen«, seufzte meine Mutter. »Einmal im Monat ein Spaziergang von Efraim Kaplers Haus zum Polizeirevier wird dir sogar guttun. Da kommst du an die frische Luft und lüftest mal deinen Kopf aus.«

Ich saß in der Ecke und machte beim Rattern der Nähmaschine Hausaufgaben. Als die Singer verstummte, lauschte ich dem Gespräch zwischen Onkel Schmulik und Gedraitis, den ich früher schon im Haus von Großmutter Roche gesehen hatte. Am Peßach-Tisch hatte er genüsslich dünne weiße Matzen geknuspert, und dabei waren Krümel auf seine abgetragene graue Uniform mit den matt glänzenden Messingknöpfen gefallen. Wie sehr ich auch zu verstehen versuchte, was der »Fast-Jude« an meinem Onkel Schmulik auszusetzen hatte – ich begriff es nicht, denn schließlich hatte er niemanden beraubt, getötet oder zum Krüppel geschlagen.

Ich mochte Schmule viel lieber als meine übrigen Verwandten. Er war offenherzig, hilfsbereit und fröhlich, bedachte mich mit Liebkosungen und mit Klapsen auf den Po, und vor allem nahm er mich stets vor meinen Eltern in Schutz.

»Wieso lasst ihr ihn nicht in Ruhe? Dauernd müsst ihr ihn belehren! Soll er lieber alles selber erkennen! Er hat schließlich keinen Krug saure Milch auf den Schultern, sondern einen Kopf!«, stand mein Onkel mir oft bei.

Dabei nannte er mich hochtrabend die Hoffnung des jüdischen Proletariats.

Das ärgerte meinen Vater, und er verlangte, Schmulik solle seine zweifelhaften Komplimente unterlassen.

Schmulik bemühte sich, den Vertrag mit seinem Schwager

einzuhalten, doch es vergingen keine zwei Monate, bis die Notwendigkeit, sich jeden Dritten des Monats im Polizeirevier zu melden, von selbst entfiel.

Nach Jom Kippur nahmen mich meine Mutter und Schmulik zu ihren Eltern mit, zu Großvater Schimon und Großmutter Schejne und meinen drei unverheirateten Tanten Fejge, Chaßje und Peßje, die ich, wie ich gestehe, sehr selten besuchte.

»Ach du, mein Guter! Ach du, mein Liebling!«, flötete Großmutter Schejne, sobald sie mich erblickte. »Was für ein hübscher Junge du geworden bist, nicht zu deinem Unglück gesagt. Komm, mein Sonnenschein, lass dich küssen.«

Ich hielt ihr der Reihe nach beide Wangen hin, und Großmutter Schejne küsste mich mit ihren welken, rauen Lippen.

Großvater Schimon wartete lange, bis sie von mir abließ, dann zwirbelte er mit seinen von der Ahle zerstochenen Fingern keck die Enden seines üppigen Bauernschnauzbarts, streckte seinen Arm aus, der schwer war wie ein Schmiedehammer, zog mich an sich und drückte mich fest an seine kupferne Gürtelschnalle.

»Du bist gewachsen, mein Junge, ein ganzes Stück gewachsen«, freute er sich wie ein Kind. »Bald wirst du dein Ohr an Großvaters Hemd legen und nicht mehr nur die Erbsen in Großvaters Bauch rumoren hören, sondern auch, wie das Herz in seiner Brust zwitschert wie ein frierender Spatz, und eines Tages bist du größer als ich.«

Dann kamen die Tanten zu mir, Liebenswürdigkeiten säuselnd und, wie es der Anstand gebot, dem Alter nach. Sie drückten und knufften mich wie Festtagsteig.

Währenddessen bewunderte mich meine Großmutter von weitem noch immer.

»Ach du, ach du, ach du …« Wie eine sanfte Welle auf einem See plätscherte ihre Freude durchs Zimmer.

Großmutter Schejne deckte den Tisch, stellte Apfelkuchen, kandierte Ingwerstäbchen und ein Schälchen Rosinen darauf, kochte Tee, goss ihn in Porzellantassen und setzte sich neben den schweigsamen Großvater Schimon, der strahlte wie ein blankgeputzter Samowar.

»Bedient euch!«, forderte sie uns freudig auf und trank einen Schluck Tee. »Der Tee ist hausgemacht, Himbeertee. Die Beeren habe ich selbst gesammelt und getrocknet.«

»Von Großmutter Schejne, Hirschke, kannst du Mut lernen. Wenn ihr nichts wehtut, geht sie nach Himbeeren in den Wald und hat keine Angst vor den Wölfen«, sagte Schmulik lachend.

»Die Wölfe haben eher Angst vor mir«, sagte Großmutter. »Wenn sie mich altes Hutzelweib sehen, nehmen sie gleich Reißaus.«

»Mach dich doch nicht so schlecht«, sagte Chanke gekränkt.

Wir saßen bis zum späten Abend dort, und Großvater Schimon schlug vor, meine Mutter und ich sollten nicht nach Hause gehen, sondern bei ihnen in der Schmiedestraße übernachten.

»Hirschke kann auf dem Sofa schlafen, und du, Chanke, legst dich wie früher auf den Boden.«

Meine Mutter lehnte entschieden ab.

»Hirschke muss morgen früh in die Schule, und was früher angeht, so ist die alte Wunde in meinem Herzen noch nicht verheilt …«

Ich konnte meine Mutter verstehen. Damals hatte es in ihrem Haus nicht genug Betten für die Kinder gegeben, deshalb schliefen sie auf dem Boden. Chanke, die Älteste, lag immer neben der Kleinsten, der acht Monate alten Chawe, und eines Nachts geschah ein Unglück. Chanke legte im Schlaf unabsichtlich einen Arm auf den Hals der kleinen Schwester und erwürgte sie.

»Nein, nein! Wir müssen jetzt gehen, Vater«, widersetzte sich meine Mutter erneut.

Sie stand vom Tisch auf und gebot mir, mich fertigzumachen.

Da hämmerte jemand laut und fordernd an die Haustür. Alle schauten sich erschrocken an.

Onkel Schmule, beunruhigt und gegen böse Ahnungen ankämpfend, ging langsam zur Tür.

»Wer zum Teufel kommt da mitten in der Nacht?«, fragte Großvater Schimon in die Stille, die sich über das Zimmer gesenkt hatte.

Die Antwort war noch hartnäckigeres Klopfen.

Schmule riss die Tür auf. Der Erste, den er vor sich sah, war der »Fast-Jude« Vincas Gedraitis.

»*Gutn ownt*«, wünschte dieser auf Jiddisch der ganzen Familie einen guten Abend und trat beiseite für die Obrigkeit – einen rundgesichtigen Mann ohne Augenbrauen in Raglanmantel und Schirmmütze.

»Sind Sie Schmuelis Dudakas?«, wandte er sich an den, der ihnen die Tür geöffnet hatte.

»Ja.«

»Ich bin Xaveras Grigaliunas, Bevollmächtigter der Kreisverwaltung für Staatssicherheit. Ich bitte die ganze Familie um Entschuldigung für diesen so späten Besuch, aber wir sind rund um die Uhr im Dienst. Ich muss Pan Schmuelis Dudakas einen Haftbefehl aushändigen und bei Ihnen eine Haussuchung durchführen.«

»*Wej zu mir, wej zu mir*!«, stöhnte Großmutter Schejne, die nicht begreifen konnte, was sich ihr Sohn hatte zuschulden kommen lassen, wen er getötet, bestohlen oder zum Krüppel geschlagen hatte. Wenn sie gekonnt hätte, wäre sie selbst statt Schmulik ins Gefängnis gegangen.

Die Haussuchung dauerte nicht lange. Weder die erschrockenen Schwestern noch die Eltern begriffen, was der gewissenhafte und harmlose Gedraitis in Zimmern suchte, in denen alles offen zutage lag. Der »Fast-Jude« tastete im Schrank und unterm Bett herum, befühlte zum Schein die Kissen, schaute in die Schubladen einer alten Kommode mit Eisenbeschlägen und meldete dem Dienstälteren: »Nichts Verdächtiges gefunden, Herr Grigaliunas.«

Armut war für die Kreisverwaltung für Staatssicherheit kein hinreichend verdächtiges und belastendes Indiz.

Die Zeugen traten von einem Fuß auf den anderen und sahen sich mit unverhohlener Neugier, offenbar zum ersten Mal im Leben, in einem jüdischen Haus um.

»Erlauben Sie eine Frage?«, erkundigte sich Schmule.

»Bitte«, antwortete Herr Grigaliunas kalt und hochmütig, aber höflich.

»Darf ich warme Kleidung für den Winter mitnehmen?«, fragte der Verhaftete. »Eine Wattejacke, einen Schal aus Schafwolle, eine Ohrenklappenmütze und, pardon, lange Unterhosen?«

»Bitte«, antwortete Xaveras Grigaliunas träge und herablassend. »Doch Sie werden dort bestimmt nicht erfrieren. Unsere Gefängnisse und Strafkolonien werden, zu Ihrer Information, den ganzen Winter gut beheizt. Wir sind schließlich Europa.«

»Freut mich zu hören«, sagte Schmulik spöttisch. »Aber ich bin, ehrlich gesagt, eine furchtbare Frostbeule.«

Schmulik brauchte lange, bis er alle seine *bebeches** eingesammelt und ordentlich in einem Sack verstaut hatte. Der »Fast-Jude« Gedraitis trieb ihn mit Blicken an, doch Schmule ließ sich Zeit, als wollte er die Geduld der ungebetenen Gäste auf die Probe stellen.

* (jidd.) Sack und Pack.

»Schmulinka«, ertönte plötzlich die vor Aufregung brüchige Stimme von Großmutter Schejne. »Nu, was trödelst du so lange herum? Die Leute warten! Je eher sie dich von hier fortbringen, desto eher kommst du, so Gott will, wieder frei und kehrst zu uns zurück.«

Xaveras Grigaliunas, die Zeugen und der »Fast-Jude« Gedraitis starrten die Hausherrin verblüfft an. So etwas hatten die beiden Polizisten während ihrer gesamten Dienstzeit noch nicht erlebt – die eigene Mutter trieb den Sohn zur Eile, aus dem Vaterhaus ins Gefängnis! Ach, diese verrückten Juden, ach, diese unberechenbaren Toren: Man wusste nie, was mehr in ihrem Blick lag, Verzweiflung oder Hoffnung.

An der Tür drehte sich Gedraitis noch einmal um und sagte auf Jiddisch leise, so dass sein Vorgesetzter es nicht hörte: »Nicht verzagen! Vielleicht lassen sie ihn ja wieder laufen. Er ist doch kein Mörder, nur ein Dummkopf, der allerlei Blödsinn geredet hat …«

Als die Fremden fort waren, heulte als Erste Fejge laut los. Die übrigen Schwestern stimmten ein.

Großmutter saß reglos da, den Blick starr auf die Kommode gerichtet, wo der achtarmige Leuchter stand, als wollte sie mit ihren vor Kummer überlaufenden Augen die nicht vorhandenden Kerzen zum Brennen bringen. Großvater schniefte durch seine große Nase, die er bis dahin noch nie für derartige Gefühle gebraucht hatte.

Nur ich weinte und schniefte nicht. Ich hielt die Hand meiner Mutter und konnte nicht verstehen, weshalb fremde Männer einen so guten Menschen wie Onkel Schmule, den Witzbold und Spaßvogel, ins Gefängnis sperrten. Ich würde niemals jemanden ins Gefängnis sperren! Es gefiel mir nicht, wenn Erwachsene weinten und schnieften. Das gefiel mir gar nicht!

Meine Mutter verabschiedete sich von ihren Eltern und ihren

Schwestern. Bedrückt traten wir hinaus in die Nacht und gingen nach Hause.

Über uns leuchteten hell die Sterne, und der Mond glänzte am Himmel wie ein Stück weißer Bauernkäse.

»Wie gut, dass man nicht hinter Gitter stecken kann, was allen leuchtet«, sagte meine Mutter, als wir unser Haus erreicht hatten. »Du wirst morgen bestimmt die Schule verschlafen.«

»Nein, werde ich nicht«, widersprach ich.

Doch im Unterricht, als wir uns mit Multiplikation beschäftigten und uns den Kopf darüber zerbrachen, wie viel neun mal neun ist, dachte ich nicht an Zahlen, sondern an Onkel Schmulik, und überlegte, ob er wohl bald zurückkommen und mir wieder sanfte Kopfnüsse versetzen würde.

5

Schmules Verhaftung sorgte für Aufregung im Schtetl. Am meisten beunruhigt waren die gesetzestreuen Juden, die um ihrer eigenen Sicherheit willen keine Gelegenheit ausließen, die Wahrheit zu ergründen – für welche Sünden ihr Stammesbruder, ein einfacher Bäcker oder ein mittelmäßiger Schneider, plötzlich ins Gefängnis gesteckt wurde. Wurde erst ein Jude eingesperrt, so urteilten sie nüchtern, war nicht auszuschließen, dass, Gott behüte, bald auch die Übrigen an der Reihe waren.

Am häufigsten löcherten die Landsleute meinen vollkommen unschuldigen Vater mit verzwickten Fragen nach Schmules Verhaftung.

»Was hat denn Ihr Geselle Schlimmes angestellt? Weshalb haben sie ihn bei den feinen Händen gepackt und an einen Ort gebracht, wo ein anständiger Jude nichts zu suchen hat? Außer vor Scham zu vergehen in der Zelle?«, fragte der auf schlechte Nachrichten stets sensibel reagierende Hausbesitzer Efraim Kapler. »Soweit ich weiß, hat er niemanden getötet, keinen Laden ausgeraubt und keinen Banksafe geknackt?«

»Um Gottes willen! Mein Schwager hat in seinem ganzen Leben keiner Fliege etwas zuleide getan. Er hat nur manchmal den Mund zu weit aufgerissen und Unnötiges geredet«, antwortete mein Vater ausweichend.

»Die Juden, das sage ich Ihnen, Reb Schlojme, reden zu ihrem eigenen Schaden neuerdings zu oft Unnötiges und vor allem am falschen Ort. Aber werden wir wegen unserer gewohnt losen Zunge demnächst etwa alle einsperrt?«

»Alle werden Gott sei Dank vorerst nicht eingesperrt. Es hängt ganz davon ab, über wen die Juden reden und was«, sagte mein Vater niedergeschlagen. »Wenn Juden den Hauswart zusammenstauchen, der trinkt und deshalb die Straße schlecht fegt, oder den Bademeister Reb Schaja, weil er vor dem heiligen Sabbat jemandem nicht genug heißen Dampf gegeben oder die Waschschüssel zu spät gereicht hat, ist das eine Sache, eine ganz andere aber ist es, wenn sie bei jeder Gelegenheit den Präsidenten Smetona beschimpfen und wenn einige Hitzköpfe obendrein seinen Kopf fordern.«

»Was sollen wir, erklären Sie das mir altem Toren mal, mit dem Kopf des Präsidenten Smetona? Er befiehlt doch niemandem, die Kissen in unseren Häusern mit Bajonetten aufzuschlitzen. Lässt er uns etwa nicht in Ruhe und erträglich leben?«, fragte Kapler erstaunt. »Aber ich glaube, ich ahne, wo hier der Hund begraben liegt. Ihr Schwager hat sich offenbar mit der verbreiteten französisch-russischen Krankheit angesteckt.«

»Verzeihen Sie, Reb Efraim, welche Krankheit meinen Sie?«, fragte mein Vater überrascht.

»Die meiner Ansicht nach schändlichste Krankheit der Welt. Ihr französischer Name ist *Liberté, Egalité, Fraternité*, und sie infiziert meistens Juden.«

»Von dieser Krankheit habe ich noch nie gehört.«

»In unsere Sprache übersetzt heißt das: Freiheit, Gleichheit, Brüderlichkeit. Ihr Schwager möchte die Welt von den Reichen befreien und alle zu Armen machen. In seiner übergroßen Begeisterung hat er offenbar ganz vergessen, dass der Hahn den Habicht durch lautes Krähen nicht vertreibt, sondern den Räuber nur auf sich aufmerksam macht. Aber was tun wir? Statt die Zunge im Zaum zu halten, können wir auf einem fremden Geflügelhof das Krähen nicht lassen.«

Mit seinem unentwegten Krähen hatte Schmulik nur erreicht, dass er der erste politische Häftling von Jonava und Umgebung wurde.

Durch seine Verhaftung häufte und verzögerte sich die Arbeit in der Schneiderei, doch dem Ruf meines Vaters schadete sie nicht sonderlich. Die Aufträge wurden nicht weniger.

Mein Vater bedauerte den Verlust seines guten Gesellen und wartete voller Sorge auf die Nachricht, zu welcher Haftstrafe man Schmulik verurteilen würde.

Die Gerichtsverhandlung fand in Kaunas statt, der damaligen provisorischen Hauptstadt von Litauen. Es war eine geschlossene Sitzung. Wegen illegaler Tätigkeit und Agitation für einen ausländischen Staat wurde Schmulik zu drei Jahren verurteilt, die ersten zwei sollte er in einer strengen Strafkolonie irgendwo in Žemaitija verbüßen, das letzte Jahr im Gefängnis von Kaunas.

Weder meine Mutter noch mein Vater verstanden, was für eine illegale Tätigkeit Schmulik betrieben und für welchen Staat er agitiert hatte, freuten sich aber, dass der Schwätzer in drei Jahren, Anfang 1940, wieder frei sein würde.

Mein Vater suchte keinen Ersatz für ihn. Nach der Verhaftung des Schwagers setzte er alle Hoffnung auf Julius, dessen Fleiß und Arbeitsamkeit ihn beeindruckten. Der junge Litauer erlernte nicht nur rasch fast sämtliche Feinheiten des Handwerks, sondern setzte überdies viele Juden, die den blonden, echt arisch aussehenden Jungen mit bewunderndem Misstrauen ansahen, in Erstaunen mit seinem ausgezeichneten Jiddisch – es war eine Freude, ihm zuzuhören.

Auch meine Mutter mochte ihn. Sie behandelte Julius mit beinahe verwandtschaftlicher Fürsorge und Herzlichkeit. Und er vergalt es ihr, indem er seine Freuden und Kümmernisse mit ihr teilte.

»Ich bin wie ein Maulwurf unter der Erde geboren«, erzählte ihr Julius offenherzig, »und in einem feuchten Keller aufgewachsen. Ich dachte, dort würde ich auch sterben. Ich hatte nur einen Traum – um jeden Preis dort herauszukommen, aber ich wusste nicht, wie. Danke Ponas Salamonas und Ponas Schmuelis! Sie haben mir geholfen, diesen Traum zu verwirklichen. Wenn ich genug Geld beisammen habe, miete ich mir irgendwo am linken Ufer der Neris ein Zimmer, möglichst im ersten Stock. Dann werde ich jeden Tag die Fenster weit öffnen, damit die Sonne hereinscheint und nachts das Licht von Mond und Sternen. Was habe ich aus meinem Kellerfenster schon gesehen? Nur Beine, Beine … Ich werde am offenen Fenster stehen, zum Himmel schauen und still dem Herrgott, Ponas Salamonas und Ponas Schmuelis dafür danken, dass sie mich aus dem Loch herausgeholt haben.«

Hin und wieder kamen an Chanke adressierte, mit Bleistift geschriebene Briefe von Schmulik aus der Strafkolonie in Žemaitija. Darin erzählte ihr Bruder nicht von den Beschwerlichkeiten des Häftlingsdaseins. Zur Besänftigung seiner Familie und der Zensur schilderte er begeistert die Schönheiten der

Natur, die jahrhundertealten Kiefern, die nach Nadelbäumen duftende Luft, den wunderschönen Fluss Dubysa und seine Ufer, an die man die Häftlinge unter Bewachung zum Bau einer Straße führte. Schmulik erwähnte auch die Vögel, die in den Gefängnishof geflogen kamen, um heruntergefallene Brotkrumen aufzupicken, und betonte, er bitte sie immer, wenn sie nach Jonava kämen, sollten sie seinen Eltern, seinen Schwestern und natürlich seinem weitsichtigen Schwager Schlojmke und dem sympathischen Julius mit dem Flügel winken. Er schrieb auch, dass er von der Strafkolonie aus seine Familie, seine Eltern und seine Schwestern, leider nicht unterstützen könne, sie mögen ihm verzeihen, dass sie alle seinetwegen Entbehrungen leiden müssten, denn im Gefängnis bekäme man leider keinen Lohn.

»Ach, er möchte hinter Gittern auch noch gutes Geld verdienen?«, empörte sich mein Vater. »Von wegen, er macht sich Sorgen um seine Eltern und seine Schwestern. Wo war er denn früher? Früher hat er sich weder um seine kranken Eltern gekümmert noch um Fejge, um Chaßje und Peßje, sondern um die Troika Lenin, Stalin und Hitler. Und mit wem alles ihn sein scheußliches Philips-Radio abends sonst noch zusammengeführt hat!«

»Vielleicht lehrt ihn das Gefängnis ja Vernunft«, versuchte meine Mutter ihrem entrüsteten Mann entgegenzuhalten.

»Wer ständig andere belehrt, der ist nicht zu belehren«, widersprach Schlojmke schroff.

»Du meinst, er soll dort in der Kolonie, unter lauter Verbrechern, ruhig zugrunde gehen?«

»Keine Sorge! Schmulik geht nicht zugrunde. Dein Bruder ist zäh, der kommt da schon heil raus.«

»Er kommt da vielleicht heil wieder raus, aber für meine Eltern und meine Schwestern wird es schwer. Immerhin hat Schmulik ja nicht Knöpfe und Stoffreste nach Hause gebracht, sondern Litai.«

»Was wahr ist, ist wahr.«

»Nach seiner Verhaftung habe ich, lach mich bitte nicht aus, meinem Paris für immer Lebewohl gesagt.«

»Paris?« Mein Vater hatte ihren Traum längst vergessen. Träume, so fand er, seien nur eine Würze im Leben, aber in der Jugend schmecke das Leben auch ohne jegliche Würze gut, sogar in Jonava. Oh, und wie gut!

»Ich habe, wie du weißt, jeden Monat einen Teil meines Lohns für diese Reise zurückgelegt. Nicht viel, aber doch einiges. Jetzt habe ich beschlossen, alles bis zum letzten Litas meinen unglücklichen Eltern zu geben. Sie haben es schwer. Ich hoffe, du hast nichts dagegen? Wer hat noch vor kurzem vor Zeugen versprochen, mich zu ernähren? Du, Schlojmke, du hast es versprochen, jawohl! Das willst du ja hoffentlich nicht leugnen!«, sagte meine Mutter lachend, weil sie ihrem Entschluss etwas Scherzhaftes verleihen wollte.

»Das habe ich versprochen, und mein Versprechen, Gott ist mein Zeuge, das werde ich halten. Sag bloß, du hast daran gezweifelt?«

»Nein.«

Meine Mutter fiel vor mir und Julius meinem Vater um den Hals und küsste ihn ungeniert ab.

»Nicht doch«, murmelte mein Vater, der solche Zärtlichkeiten vor anderen nicht mochte, und wehrte ihre Küsse ab. »Wenn die Geschäfte gut gehen, fahren wir eines Tages vielleicht wirklich nach Paris zu Ajsik und Sara. Wenn du wüsstest, in welche fernen Länder und herrlichen Städte mich meine Nähmaschine fast jeden Tag bringt! Ich habe mit ihr schon die halbe Welt bereist, bin aber noch nirgendwo anders gelandet als in Jonava, habe nirgends auch nur kurz Station gemacht.«

Meine Mutter lachte und erzählte ihm, was sie bisher für sich behalten hatte.

»Bevor wir beide uns zu Ajsik und Sara aufmachen, möchte ich gern meinen Bruder in der Strafkolonie in Raseiniai besuchen. Eine Besuchserlaubnis bekomme ich hoffentlich dort vor Ort. Bei den Kochans vertritt mich Fejge für einen Tag. Ich habe schon mit ihnen gesprochen.«

»Ja, fahr hin. Aber dass sie dich aus der Strafkolonie wieder zu mir zurückschicken!«

»Wenn nicht, fliehe ich eben.«

»Nach wem bist du nur geraten, sag mal? Dein Vater Schimon sagt nie ein lautes Wort, und deine Mama Schejne braucht überhaupt fast keine Worte, ihr reicht ein halb geseufztes, halb begeistertes: ›Ach, du! Ach, du!‹ Nach wem kommst du bloß?«

»Offenbar nach meinem eigensinnigen Bruder. Aber ich bin ganz bestimmt nicht für Handschellen geboren.«

Der Geselle Julius hörte ihrem Gespräch schweigend zu. In seinen unglaublich blauen Augen, mit denen er Chanke anstarrte, glitzerten Funken ängstlicher Bewunderung. Aus Schüchternheit und Zurückhaltung hatte Julius weder sie noch Ponas Salamonas je gefragt, womit sich Schmule den Zorn der Mächtigen zugezogen hatte. Vielleicht hatte er nicht nur ihm, sondern auch irgendeinem Denunzianten erzählt, dass Jesus Christus, die Jungfrau Maria und die zwölf Apostel Juden seien? Schauten etwa in jeder Kirche Juden vom Altar auf die Katholiken herab? Das konnte doch wirklich nicht sein!

Da Julius von sich aus nicht fragte, weihte ihn mein Vater auch nicht in die Einzelheiten von Schmules illegaler Tätigkeit ein. Er bat Julius, Taschen an das neue Jackett des lahmen Malers Jojne zu nähen, der zu Chanukka seine älteste Tochter, eine alte Jungfer, verheiraten wollte. Meiner Mutter aber trug er auf, nicht zu sehr mit ihrem Bruder zu schimpfen und ihm zu sagen, dass die Nadel auf ihn warte.

Die Reisevorbereitungen waren rasch getroffen. Meine Mutter packte Mitbringsel für Schmule ein – vom Fest übriggebliebene Süßigkeiten, eine unangebrochene Flasche Wein, die sie mit Lappen umwickelte, damit sie nicht zerbrach, ein speckiges Kartenspiel, denn Schmule war ein leidenschaftlicher Kartenspieler – und ging zur Landstraße, zur Haltestelle der Busse, die über Raseiniai zur Ostsee fuhren, in den Kurort Palanga.

Chanke saß am Fenster, betrachtete die geduckten, vom Herbstregen schraffierten Häuschen und dachte zurück an ihre Fahrt mit Roche nach Alytus, zu ihrem geliebten Ulanen Schlojmke. Erneut empfand sie aufrichtiges Mitgefühl mit den Menschen, die, ohne sich zu schonen, von morgens bis abends auf diesen nassen, matschigen Feldern arbeiteten und unter diesen armseligen Strohdächern lebten. Sie zerbrach sich den Kopf darüber, wie und ob die uralte Abneigung der Bewohner dieser Hütten gegen das seit langem unter ihnen lebende jüdische Volk, die zuweilen sogar in Hass umschlug, wohl eines Tages zu überwinden wäre. Gegen dieses rätselhafte Volk, das nicht säte und nicht erntete, nicht bei Regen und Kälte draußen schuftete, im Warmen und Trockenen saß und trotzdem sein Auskommen hatte.

Das Gesicht an die schmutzbespritzte Scheibe gepresst, fragte sich meine Mutter, warum ihr Bruder Schmule, dem es doch recht gut ging, Blitz und Donner schleuderte gegen jene, die er als Ausbeuter bezeichnete, während diese Landarbeiter, diese Ackerbauern schwiegen? Vermutlich schwiegen sie notgedrungen – während der Ernte hatten sie keine Zeit für Aufstände, ebenso wenig während des Pflügens und während der Aussaat.

In Raseiniai regnete es nicht mehr, der Himmel klarte auf, und selbst die Sonne zeigte ihr frischgewaschenes Antlitz. Doch bis zur Kolonie war es noch weit, ganze zehn Werst über aufgeweichte, schlammige Feldwege.

Mit einem so langen Fußmarsch eine gewundene Straße entlang hatte Chanke nicht gerechnet. Sie schritt aufs Geratewohl aus, langsam und im Schlamm watend, doch zum Glück hörte sie bald hinter sich Räder quietschen und wurde kurz darauf von einem Fuhrwerk eingeholt, das an den Straßenrand fuhr.

»Wohin des Wegs, Fräulein?«, fragte eine heisere Raucherstimme.

Der Kutscher gewährte seinem braunen Pferdchen großzügig eine Atempause. Ohne die Antwort des Fräuleins abzuwarten, verschwand er im dichten Wacholdergebüsch, pinkelte, stieg wieder auf sein Fuhrwerk, holte Machorka aus seinem Tabaksbeutel und drehte sich eine Zigarette.

»Gäste kommen in unsere Blaubeergegend entweder der Beeren wegen oder zur Strafkolonie«, dröhnte er, während er ein Streichholz anzündete.

»Ich komme nicht wegen der Beeren, nicht zum Sammeln«, sagte meine Mutter.

»Jetzt würdest du auch nichts finden. Erst im August ist hier alles voller Blaubeeren. Wenn du nicht deswegen hier bist, willst du wohl zur Kolonie. Wohin sonst!«

»Ja.«

»Steig auf, ich bring dich hin.«

Als meine Mutter auf das Fuhrwerk kletterte, bedachte sie der Mann mit einem unguten Blick und fragte: »Zu deinem Mann?«

»Zu meinem Bruder«, erwiderte meine Mutter, die nicht zu einem langen Gespräch mit dem Fuhrmann aufgelegt war.

»Hooh! Hooh!«, trieb er sein erschöpftes Pferd an, knallte mit der Peitsche und fuhr fort: »Ich dachte immer, eure Leute würden nicht im Gefängnis sitzen.«

Meine Mutter schwieg, um ihn ausreden zu lassen. Wozu sollte sie ihm erklären, dass das Gefängnis ebenso wie das Grab alle gleich machte und mit niemandem Nachsicht übte – weder mit unseren Leuten noch mit euren. Da herrschte die völlige Gleichheit, für die Schmulik so stritt.

»Du bist doch Jüdin.«

»Ja.«

»Eben, ich dachte immer, Juden sitzen nicht im Gefängnis, sondern in Läden und Geschäften ... Sie gehen nicht wegen ein paar Ar Land mit dem Messer aufeinander los, stehlen ihren Nachbarn keine Pferde und verdreschen ihre Frauen nicht. Eigenes Land haben sie keins, Pferde halten sie nicht, und die Frauen haben es gut bei ihnen. Glückliche Menschen! Nicht für sie wurden die Gefängnisse gebaut, nicht für sie!« Er rauchte seine Zigarette zu Ende, spuckte herzhaft auf die Straße und sagte, bevor er meine Mutter absetzte: »Siehst du da drüben die zwei Reihen Stacheldraht? Dahinter sitzt dein lieber Bruder.«

Der Fuhrmann hielt seinen Braunen an, sprang auf die Straße und half meiner Mutter beim Absteigen.

Weit und breit war kein Mensch zu sehen. Endlose Reihen Baracken aus bröselndem Backstein, zwischen denen das düstere einstöckige Verwaltungsgebäude aufragte.

Meine Mutter ging am Stacheldraht entlang, entdeckte aber keinen einzigen Wachposten.

Plötzlich stand, wie aus dem Erdboden gestampft, ein unbewaffneter junger Mann in Gummistiefeln und Segeltuchjacke mit über den Kopf gezogener Kapuze vor ihr. Meine Mutter hielt ihn für einen Förster. Er war nicht hinter dem Stacheldraht hervorgekommen, sondern aus dem Kiefernwald, dessen Wipfel im Wind drohend schwankten wie eine Sturmwelle und nicht nur diese strenge Strafkolonie tief in der Provinz vor der Welt verbargen, sondern den ganzen Horizont.

Den Kopf unter der weiten Kapuze gesenkt, begrüßte der Mann die Fremde und erkundigte sich mit vagem Unverständnis oder flüchtigem Mitgefühl: »Jemanden besuchen?«

Meine Mutter nickte.

»Wen?«

»Meinen Bruder.«

»Tut mir sehr leid, Pone, aber Sie kommen am falschen Tag. Heute können Sie auf keinen Fall zu ihm.«

»Wie – am falschen Tag?«, fragte meine Mutter entsetzt.

»Meinen Sie, ich weiß nicht, wann Besuche erlaubt sind und wann nicht? Ich arbeite hier schon das siebte Jahr als Koch. Dienstags und freitags ist keine Besuchszeit. Die Kolonie ist kein Stadtpark, in den man gehen kann, wann man lustig ist, und sich ohne jede Erlaubnis treffen kann, mit wem man will.«

»Ich bin gar nicht auf die Idee gekommen, mich danach zu erkundigen, und wer hätte das in Jonava auch wissen sollen?«, stammelte meine Mutter. »Was soll ich unglückliches Dummchen denn jetzt machen? Etwa durch den Schlamm zurücktrotten nach Raseiniai?«

Sie richtete ihre Klage an den Gefängniskoch, als redete sie mit dem lieben Herrgott.

»Tja, was tun? Kommen Sie am Mittwoch oder am Montag wieder«, antwortete der Koch für Gott.

»Ich kann nicht einfach jederzeit aus Jonava herkommen. Schließlich besuche ich nicht ständig Strafkolonien, ich habe eine Arbeit. Da bekomme ich nicht beliebig frei.«

»Das ist wahr, der Weg zu uns ist weit. Aber den Besuchsplan mache nicht ich, den macht die Obrigkeit. Die hat ihre eigenen Vorstellungen. Wie heißt denn Ihr Bruder?«

»Schmuelis Dudakas.«

»Ein Krimineller?«

»Gott behüte! Er ist Schneider.«

»Schneider? Schneider hatten wir hier noch nie. Wer braucht im Gefängnis schon Schneider? Hier gibt es keine Modenarren. Wer Gefängniskost isst, trägt gestreifte Häftlingskleidung. Und die hat sich in den sieben Jahren, seit ich hier arbeite, nicht verändert.«

Darauf wusste meine Mutter nichts zu erwidern.

»Ich weiß wirklich nicht, wie ich Ihnen helfen könnte«, sagte der höfliche Gefängniskoch entschuldigend.

»Ich brauche ja nicht lange. Nur zehn Minuten. Nicht mehr. Nur die Tasche übergeben, dann gehe ich wieder.«

»Wenn Sie wollen, kann ich die Tasche nach dem Appell Ihrem Bruder übergeben. Es ist doch keine Bombe drin?«

»Nein.«

»Und Sie fahren zurück nach Jonava. Beim nächsten Mal holen Sie Ihre Tasche wieder ab. Keine Angst, ich werde alles wohlbehalten übergeben. Vielleicht können Sie beim nächsten Mal nicht nur die Tasche abholen, sondern auch gleich Ihren Bruder mitnehmen.«

»Nicht sehr bald. Er muss noch zwei Jahre hier bei Ihnen absitzen und ein Jahr im Gefängnis in Kaunas.«

»Politische sitzen bei uns nicht lange. Nur Räuber und Gewalttäter büßen ihre Strafe bis zum Schluss ab. Nun, wie entscheiden Sie sich?«

»Gut. Wenn es keinen anderen Ausweg gibt, soll mein Bruder wenigstens die Leckereien bekommen. Sagen Sie ihm, die sind von seiner Schwester, von Chanke. Und sagen Sie ihm auch, dass zu Hause alle auf ihn warten. Selbst die Nadel und der Fingerhut vermissen ihn. Sagen Sie ihm das unbedingt!«

»Mach ich.«

Raseiniai erreichte meine Mutter bei scheußlichem Nieselregen erst um vier Uhr nachmittags. Sie ärgerte sich über ihren Misserfolg und über ihre Tolpatschigkeit, sich leichtsinnig auf den weiten Weg gemacht zu haben, ohne sich vorher richtig zu erkundigen, weil sie in ihrer Naivität geglaubt hatte, für Menschen, die sich nichts hatten zuschulden kommen lassen, müsse das Gefängnis immer offen sein.

Das Einzige, was ihren Kummer linderte, waren die Begegnungen mit dem Fuhrmann und dem Gefängniskoch. Sie bedauerte, dass sie die beiden nicht nach ihrem Namen gefragt hatte. Denn das Gute wie das Böse braucht einen Namen. Das namenlose Gute bleibt nicht in Erinnerung, wird vergessen, und das namenlose Böse bleibt allenthalben ungestraft.

Meine Mutter entschied, niemandem von ihrem Fehlschlag zu erzählen – weder Schlojmke noch ihren Eltern oder ihren Schwestern. Sie wollte lieber schwindeln, denn sie wollte sie nicht enttäuschen, sondern ihnen eine Freude machen. Wenn es nottat, brachte sie mehr als genug Phantasie auf, sich etwas Passendes auszudenken, den Wunsch für die Wahrheit auszugeben. Meine Mutter besaß eine angeborene schauspielerische Gabe und ein feuriges Temperament und konnte Szenen aus dem Leben wunderbar darstellen.

Während sie auf der Rückfahrt im Bus durchgerüttelt wurde, überlegte sie sich alle möglichen Antworten auf die kniffligsten Fragen ihrer Familie und freute sich dann, dass fast alle Fragen, die zu Hause auf sie einprasselten, zu den Antworten passten, die sie sich zurechtgelegt hatte.

Schlojmke fragte, was Schmulik den ganzen Tag mache, wie er aussehe und ob er noch immer so gesprächig sei wie früher. Ruhig und ohne zu stocken stillte meine Mutter ausführlich seine Neugier.

»Ich fange mal mit dem Wichtigsten an. Reden kann er dort kaum mit jemandem. Mit den Aufsehern kann man nicht über Gerechtigkeit sprechen. Und mit Dieben und Gewalttätern nicht über Gleichheit.«

»Und wie sieht er aus?«

»Er ist abgemagert, hat jetzt ein Ziegenbärtchen und einen schmalen Schnurrbart, der sich wie zwei Würmer unter seiner Nase schlängelt, und sein Haar ist kurzgeschoren. Einmal im Monat kommt ein Friseur in die Kolonie. Ein Jude mit Namen Sachs. Er ist natürlich kein solcher Zauberkünstler wie unser Verwandter Nochem Kowalski. Sachs schneidet und rasiert viel schlechter als Reb Nochem, aber das ist kein Wunder – jede seiner Bewegungen wird von einem Aufseher beobachtet. Ich weiß nicht, wie du nähen würdest, Schlojmke, wenn dich jemand mit einem Revolver am Hintern dabei beaufsichtigen würde. Da würden dir bestimmt die Hände zittern.«

Mein Vater und Julius hörten ihr aufmerksam zu.

»Arbeiten sie dort wenigstens?«, bohrte mein Vater weiter. »Oder liegen sie auf der faulen Haut und lesen Bücher?«

»Sie arbeiten! Und wie sie arbeiten! Sie bauen Straßen und fällen Bäume. Dort lesen sie keine Bücher.«

»Schmulik müsste keine Kiefern fällen, er könnte jetzt hier sitzen und sein geliebtes Lied von der weißen Ziege singen, die jede jüdische Wiege bewacht, oder Witze erzählen wie den vom überraschend heimgekehrten Ehemann, der im Schrank den toten Liebhaber seiner Frau findet – weil der Ärmste vor Schreck gestorben ist.«

»Das ist wahr«, stimmte ihm meine Mutter zu, erschöpft vom Schwindeln. »Schmulik lässt alle grüßen und bittet, ihn nicht zu vergessen.«

Für ihre Eltern und ihre Schwestern bemühte Chanke ihre Phantasie nicht sonderlich.

»Er ist gesund und munter. Er klagt über nichts außer über Langeweile. Weit und breit nichts als Wald und Sümpfe«, teilte sie mit.

»Muss er Handschellen tragen?«, fragte Schimon.

»Wieso Handschellen?! Er fuchtelt noch genauso mit den Händen herum wie immer. Nur reden tut er weniger. Nicht die richtigen Zuhörer, wisst ihr!«

»Und wie ist das Essen dort?«

»Teiglech und Kuchen bekommt Schmulik dort natürlich nicht zu sehen, aber Brot und Erbsensuppe kriegt er genug.«

»Lieber Gott, gib mir Kraft!«, flehte die alte Schejne. »Bestimmt erlebe ich seine Rückkehr nicht mehr.«

»Doch, das wirst du«, widersprach ihr meine Mutter heftig. »Das werden wir alle. Die Zeit rennt schneller, als wir gucken können. Im Handumdrehen sind die zwei Jahre um.«

»Wenn Schmulik aus der Kolonie nach Kaunas verlegt wird, fahre ich ihn besuchen«, verkündete Schimon. »Ich darf doch wohl mal für einen Tag Hammer und Ahle aus der Hand legen und von einem Gefängnis in ein anderes fahren?«

»Aber ja, aber ja«, antworteten die Seinen im Chor.

»Ich war in meinem ganzen Leben erst zwei Mal jenseits der Vilija. Beim Altgläubigen Afinogen, Maihonig holen. Weiter als bis zum Dorf Girenai habe ich mich noch nie von meiner Schusterbank entfernt. Wer hat es nicht einmal satt, die ganze Zeit am selben Ufer zu hocken!«

»Natürlich wirst du hinfahren, unbedingt. Du hast doch dort, glaube ich, einen entfernten Verwandten. Einen Friseur«, unterstützte Chanke ihren Vater.

»Menachem Sseßizki.« Schimon senkte die Stimme und fügte besorgt hinzu: »Wenn nur mit deiner Mutter alles in Ordnung ist. Doktor Blumenfeld müsste sie mal untersuchen.«

»Du sollst für mich kein Geld ausgeben«, meldete sich Schejne. »Ein Mensch ist kein Schuh. Da nimmst du Hammer, Draht und Nägel, besohlst ihn neu, und er ist wieder ganz. Bei mir dagegen hilft kein Flicken mehr, ich bin verschlissen.«

Die Worte der stillen, alterskrummen Schejne unterbrachen

Chankes Geplapper über ihren unverzagten, unveränderten Bruder. Sie ertappte sich plötzlich bei dem Gedanken, dass ihre Bemühungen um eine Arbeitsstelle und die Ereignisse um Schmuliks Verhaftung sie vom liebsten Menschen entfernt hatten – von ihrer hilfsbereiten, unendlich selbstlosen Mutter, die nie irgendwohin fuhr oder ging außer in die Synagoge. Sogar alle ihre Kinder hatte sie hier geboren, auf dem quietschenden, vom Holzwurm zerfressenen Bett.

»Ich rede heute mit dem Doktor.«

»Ja, er soll herkommen und sie untersuchen«, stimmten ihr die Schwestern zu. »Er soll ihr was verschreiben. Sie hat starke Schmerzen.«

»Ja«, sagte Schimon. »Aber wisst ihr, was sie letzte Woche zu mir gesagt hat?«

Alle verstummten, und Schejne fuchtelte abwehrend mit den Händen.

»Eure Mutter hat gesagt, dass sie nicht mehr leben will. Sie habe genug gelebt, es reiche. Sie danke Gott, dass er sie so viele Jahre auf dieser Erde geduldet habe. Der Mensch solle Ihn nicht um überflüssige Leiden anflehen. Das hat eure Mutter gesagt!«

»Unsinn«, schrie Chanke unbeherrscht. »Der Herrgott im Himmel weiß besser als du, *mame*, wem wie viele Leiden zugedacht sind! Er hat seinen eigenen Kalender, und der hängt an keiner Zimmerwand, sondern an einer unsichtbaren Wolke, an der Tag und Nacht Engel wachen. In diesem Kalender des Allerhöchsten steht über jeden, wo und wann ihm was widerfährt.«

6

Bis zum Frühjahr 1938 verschonte der allgegenwärtige Tod (womöglich dank der Barmherzigkeit des Herrgotts?) die Einwohner von Jonava, machte einen Bogen um sie und holte sich seinen unerbittlichen Tribut in anderen, entfernteren Gegenden.

Das gottesfürchtige Jonava war, wie Witzbolde scherzten, eine Art Insel der Unsterblichen. Selten wurde auf einem jüdischen Friedhof so lange niemand beerdigt.

Meine Großmutter Schejne kam, wenn auch mühsam, zum Glück vorerst mit ihren Wehwehchen zurecht, obgleich ihre Gesundheit der Familie nach wie vor ernstliche Sorgen bereitete.

Die Beerdigungsbruderschaft des Schtetls musste wegen des langen Mangels an Arbeit etwas recht Ungewohntes tun: Ihre Mitglieder räumten den Friedhof auf, schafften altes Laub und den Unrat, der sich im langen Herbst und im strengen Winter angesammelt hatte, mit Schubkarren in die verlassene Kiesgrube, richteten das abgeblätterte, umgestürzte Tor wieder auf, versahen es mit einem frischen Anstrich und erneuerten gewissenhaft ausgeblichene Inschriften auf bemoosten Grabsteinen.

»Ich glaube, heute oder morgen wird wohl der Meschiach höchstpersönlich erscheinen«, scherzte Chazkel Berman, das Oberhaupt der Bruderschaft, zur Erheiterung der anderen düster. »Was hat es für einen Sinn zu sterben, wenn Er gleich kommt und sowieso alle wieder auferstehen lässt? Er wird sie auferstehen lassen und rufen: ›Juden! Schüttelt rasch den Grabeslehm ab und geht nach Hause – schneidern, rasieren, Öfen setzen, Schuhe besohlen, euch verlieben, eifersüchtig oder neidisch sein, einander verraten …‹«

Doch der Meschiach hatte es keineswegs eilig, nach Jonava zu kommen, und die glückliche Zeit der allgemeinen »Unsterblichkeit« seiner Einwohner endete lange vor dem Erscheinen des Erlösers.

Der Erste, der die Beerdigungsbruderschaft wieder zum Spaten greifen ließ, war der Schnorrer Avigdor Perelman.

Dieser und jener in Jonava hatte Avigdor auch zuvor schon für tot gehalten. Immer seltener hatte er in seinem wieder und wieder geflickten Mantel sein halbverfallenes schwarzes Häuschen in der Nähe meiner Grundschule verlassen, um seinem wenig einträglichen Gewerbe nachzugehen. Tagelang verließ der kränkelnde Avigdor nicht sein quietschendes Bett. Er lag auf einem hohen Federkissen in einem lange nicht gewaschenen Bezug, das ihm irgendwer einmal geschenkt hatte, und starrte an die mit dicken Spinnweben verhangene Decke. Vielleicht war sein Tod deshalb für seine Landsleute keine traurige Überraschung. Zumal er auch schon früher nicht von eiserner Gesundheit gewesen war. Avigdor hatte eine Menge Leiden, die nur er selbst kannte und die er vor allen verbarg. Der kränkliche Perelman beklagte sich nie und ging nie zu Doktor Blumenfeld, er trank nur hin und wieder, zur Stärkung von Leib und Seele, wie er sagte, ein Gläschen Elixier, Wodka, und wenn er sich doch mal an Doktor Blumenfeld wandte, dann bat er nicht um Tabletten oder Mixturen, sondern um Almosen.

Kurz bevor Perelman aus dem Leben schied, traf Großmutter Roche ihn auf seinem liebsten Sabbatplatz – auf dem Hof der Synagoge. Bevor sie in das stickige Gotteshaus ging, fragte sie ihn, nur anstandshalber, wie es ihm gehe. Der scharfzüngige Avigdor lächelte schuldbewusst und antwortete: »Dir, meine liebe Roche, will ich, wie die Zigeunerinnen sagen, die ganze Wahrheit verraten, alle Geheimnisse. Die Sache ist einfach, dass ich noch nicht die nötige Summe beisammen habe für den Kraftprotz Chazkel Berman und seine Bruderschaft. Sobald ich sie beisammen habe, leiste ich mir ein erstklassiges Begräbnis. Nur ohne Orchester. Dich und Dovid habe ich die Ehre jetzt schon dazu einzuladen. Wenn ihr Zeit habt, seid so gut und kommt. Ich würde mich freuen.«

»Danke für die Einladung, aber eins sage ich dir: Wenn du weiter an jeder Ecke solchen Unsinn erzählst, dann schwöre ich: Du bekommst von mir keine einzige Münze mehr«, drohte Großmutter. »Und ich werde im ganzen Schtetl dazu aufrufen, dass niemand mehr für dich Dummkopf die Geldbörse öffnet.«

»Ich höre dir zu, Roche, und kann nur staunen … Hängst du wirklich so sehr am Leben? Du redest so eifrig auf mich ein, als wäre es auf dieser Seite des Lebens besser als dort unter den Kiefern, auf dem Hügel. Schlag mich tot, aber das begreife ich nicht: Was fesselt dich so ans Diesseits? Du besitzt keinen Palast, kein Kapital, ja, nicht einmal ein elendes Sägewerk.«

»Einen Palast besitze ich nicht, Kapital aber sehr wohl«, widersprach Großmutter Roche. »Sind Kinder etwa kein Kapital?«

»Schon, aber kein sehr sicheres, wie mir scheint. Sind Eltern nicht am Ende immer bankrott? Doch! Außerdem, Roche, weiß jeder, dass ich mich schon lange vom Leben getrennt habe. Ich bin für mich, und das Leben ist für sich. Was soll ich machen, wenn ich es nun mal satt habe! Es ist mir einfach zum Erbrechen zuwider!«

»Wenn du nur Unsinn schwatzen kannst, bist du zufrieden.«

»Dann sag mir doch, du hochweise Frau, wer auf der Welt braucht mich denn? Ein Hund bewacht ein Haus, eine Katze fängt Mäuse, ein Baum spendet bei Hitze dem Wanderer Kühle. Doch welchen Nutzen bringe ich? Ich verpeste nur die Luft. Stöhne und furze, furze und stöhne.«

»Hat dich etwa bei deiner Geburt jemand gefragt, Avigdor, ob du leben willst oder nicht? Nein! Du hast das Leben geschenkt bekommen, hast keinen Groschen dafür bezahlt. Also sei so gut und lebe, solange du lebst, und lass dein Gefasel. Du musst dem Schöpfer nicht danken für dieses Geschenk. Das ist deine Sache. Aber schmähe den Allerhöchsten wenigstens nicht mit deinen dummen Reden!«

»Dieses Geschenk, Roche, hat uns der Schöpfer vergebens gemacht, vergebens! Wozu, sag mir, braucht Er uns? Der Herrgott hat ja nicht nur uns das Leben geschenkt, sondern auch unzähligen anderen Unglücklichen. Er hätte gut auf uns verzichten können! Um sich zu amüsieren und sich die himmlische Langeweile zu vertreiben oder jemanden auf den rechten Weg zu führen, hätte Er sich mit seinen Erstlingen benügen können, mit Adam und Eva.«

Den Körper des leblosen Avigdor Perelman fand sein Nachbar und langjähriger Freund, der verwitwete lahme Maler Jojne, der öfter vorbeikam, nicht nur, um Avigdor etwas zu essen zu bringen, sondern auch, um mit ihm das eine oder andere Gläschen Wodka zu kippen, ein bisschen zu tratschen und den Geschichten des Hausherrn über dessen Abenteuer zu lauschen.

Die Tür zu Avigdors Häuschen stand stets allen offen. Er schloss sie nie ab. Keiner musste klingeln oder klopfen. Ein Stoß, und sie ging auf.

»Was gibt es bei mir schon zu stehlen? Nichts. Rein gar nichts! Flöhe und Wanzen hat jeder selbst. Ich, mein Freund Jojne, ich habe keine Angst, nicht vor Dieben, nicht vor Landstreichern und nicht vor dem Knochenmann. Ich habe vor niemandem Angst! Schlösser und Riegel wurden von Reichen und Feiglingen erfunden. Was ich wirklich nie hatte, das war Angst um mein kostbares Leben und um meinen kostbaren Besitz«, versicherte Perelman nicht ohne Stolz.

Jojne fand den Toten am Morgen. Avidgor lag auf dem Bett, die Arme ausgebreitet, und über sein Gesicht spazierte, die durchsichtigen Flügel gebläht, ungestraft und wichtigtuerisch eine Fliege von den Augen zum kindlich halboffenen Mund. Im ersten Augenblick glaubte der Maler, Avigdor schlafe noch seinen Rausch aus. Er trat näher, um sich zu überzeugen, dass sein Freund lebte, sprang plötzlich vom Bett zurück, schrie klagend auf, stand eine Weile wie erstarrt und ließ dann seinen Kummer und seine Verzweiflung an der Fliege aus, indem er sie mit der flachen Hand erschlug. Jojne schloss die knarrende Tür hinter sich und rannte mit der schlechten Nachricht sofort zur Synagoge, zum Gabe Oscher Kobrin.

»Reb Oscher!«, rief er, als er Kobrin gefunden hatte. »Sie werden es nicht glauben, Sie werden es nicht glauben …«, wiederholte Jojne immer wieder, vom schnellen Lauf oder vor Aufregung außerstande, zusammenhängend zu reden. Die Worte schienen in seiner Kehle zusammenzukleben. »Avigdor Perelman … er … ist gestorben«, brachte der Maler schließlich hervor.

»Warum soll ich das nicht glauben? An den Tod, Jojne, glaubt ausnahmslos jeder. Weit mehr als an den Herrgott«, sagte der beleibte Kobrin ruhig und fügte hinzu: »Die Sache ist klar – er hat gelebt und ist gestorben. Aber was seine Beerdigung angeht …« Er schwieg vielsagend. »Darüber muss ich gut nachdenken und mit Rabbi Eliëser und mit Chazkel Berman beraten, wie wir Avigdor auf seinem letzten Weg begleiten.«

»Er braucht keine großen Ehren. Ein Grab buddeln, Kaddisch sagen und zuschaufeln …«

»Das ist wohl wahr. Doch möge Gott mich nicht für meine unbotmäßigen Worte strafen, aber die Beerdigungsbruderschaft begräbt keinen Toten kostenlos. Sag, was du willst, aber ihre Arbeit ist schwer und traurig, und für jede Arbeit sei so gut und zahle. Wie mir bekannt ist, hat Perelman niemanden. Keine Verwandten, keine Frau, keine Kinder. Und keinen Groschen Erspartes.«

»So ist es, Reb Oscher, so ist es. Er hat nichts und niemanden«, bestätigte Jojne niedergeschlagen.

Doch Rabbi Eliëser musste Chazkel Berman, das Oberhaupt der Totengräber, nicht lange überreden, auf die Bezahlung für die Beerdigung zu verzichten. Der war sogar gekränkt – wer wird hier von Bezahlung reden, Rebbe?

Wie sich herausstellte, war er, Chazkel Berman, vor langer Zeit, in seiner Jugend, mit Avigdor befreundet gewesen. Sie waren sogar zur selben Zeit Schüler bei dem berühmten Melamed Reb Nißon Grinblat aus Salantai gewesen.

»Es wird alles gemacht, wie es sich gehört. Ich muss sagen, es tat mir weh, Avigdor so zu sehen. Wer hätte gedacht, dass er einmal um Almosen betteln würde?«, sagte Berman. »Mich hat er nie angebettelt, hat sich wohl geniert. Nehmen Sie mir die gotteslästerlichen Worte nicht übel, Rebbe, aber offenbar liegt doch nicht alles in der Hand unseres allmächtigen Herrgotts. Er kann nicht alles. Avigdor war einmal ein vorbildlicher Schüler, er kannte sämtliche Psalmen Salomons auswendig. Melamed Nißan Grinblat nannte Perelman nie anders als Ilui, Genie, und prophezeite ihm eine rosige Zukunft – als Rabbiner in einer anständigen jüdischen Stadt, in Smarhon oder gar in Witebsk. Aber es kam ganz anders. Schlimm, dass jemand, der eine Leuchte am Himmel Israels werden sollte, sein Leben als Landstreicher und Bettler verbracht hat.«

Perelmans Beerdigung war bescheiden.

Während die Totengräber Avigdors letzte irdische Zuflucht vorbereiteten, zählte Chazkel Berman mit Adlerblick, wie viele gekommen waren, um sich von Perelman zu verabschieden. Für das jüdische Begräbnisritual waren zehn Männer erforderlich, und es fehlte genau einer. Zur Beerdigung erschienen waren nur meine beiden Großväter Schimon und Dovid mit ihren Frauen (sogar die kranke Großmutter Schejne war mitgekommen), mein Vater und meine Mutter, der lahme Maler Jojne und der hünenhafte Balegole Pincheß Schwarzman. Der Vollzähligkeit halber wurde auch ich zu den Männern gesellt, ein neunjähriges Kerlchen, das erst das zweite Mal im Leben auf dem Friedhof war.

Das erste Mal war ich im Herbst des Vorjahres dort gewesen, zusammen mit meiner Banknachbarin Leje Berger, meiner Braut, wie der Spötter Mendl Hiberman sie vor aller Ohren nannte. Wir beide, inzwischen Schüler der zweiten Klasse und in der Lage, unsere eigenen und fremde Namen zu lesen, hatten gemeinsam die letzte Stunde geschwänzt, um unter den Gräbern auf dem jüdischen Friedhof den bemoosten Grabstein von Lejes früh verstorbener Mutter zu finden, deren Grab Lejes Großmutter nie besuchte.

»Wenn wir sie an einem Tag nicht finden können«, sagte ich zu meiner Mitschülerin, »schwänzen wir nächste Woche noch einmal die letzte Stunde, wir finden es ganz bestimmt. Unsere Großmütter Roche und Blume haben schließlich gesagt, dass deine Mama Riwke gestorben ist, und alle toten Juden von Jonava liegen auf diesem Friedhof, also, wenn sie richtige Juden sind und keine Gois.«

Ich wollte Leje unbedingt helfen und ihr mit meiner Findigkeit und Selbstlosigkeit imponieren.

Weder an diesem Tag noch später hat unsere Suche zu etwas geführt. Wen wir nicht alles entdeckten – Dwojre Birman, Zipora Berenstejn, Chane Bronewizkaja und Tajbe Binschtok, aber der Name Riwke Berger stand auf keinem Grabstein.

Ich erinnere mich an jenen Herbst, an unsere vergebliche Suche, unser Herumirren auf dem dicht besiedelten Friedhof;

ich erinnere mich, wie wir Silbe für Silbe die auf neuen und verwitterten Grabsteinen eingemeißelten Namen entzifferten, und an die unkindliche, aber vielleicht eigentlich wahrhaft kindliche Frage, die ich nach unserer erfolglosen Suche meiner Mutter stellte.

»Sag mir bitte, ist Liebe denn eine Krankheit? Kann man daran sterben?«

»Ja«, antwortete meine Mutter.

Während ich an diesen sonnigen, für Litauen ungewöhnlich warmen Herbst zurückdachte, blickte Chazkel Berman besorgt zum Friedhofstor und atmete plötzlich erleichtert laut auf – dort erschienen Doktor Blumenfeld und der Gabe Oscher Kobrin. Mit zwei Totengräbern und mir, dem Knaben, waren es nun insgesamt elf Männer, was die Beerdigungsbruderschaft vor einer Sünde bewahrte.

Als die ewige Ruhestatt für den Toten bereit war, hoben die Totengräber Perelmans leichten Körper behutsam vom Fuhrwerk, vor das ein sanftmütiges Pferd gespannt war, das ohne Peitsche und Zurufe allein den Weg zum Friedhof fand, und senkten den Verstorbenen ins Grab.

Reb Oscher Kobrin sprach, gegen seine Atemnot ankämpfend, langsam das Totengebet und endete mit einem heiseren und angestrengten: »Amen!«

»Amen!«, sprachen die Trauernden ihm nach und legten kleine Steine auf den Grabhügel, die aussahen wie Almosen, wie längst aus dem Verkehr gezogene kleine Münzen.

»Wir alle sind eines Tages dort, wo vor den Grabwürmern König und Bettler gleich sind. Diesen unabwendbaren Weg vom irdischen Dach unter das Dach der Erde muss jeder gehen«, sagte der beleibte Kobrin.

Krähen krächzten, das Pferd wieherte, mahnend rauschten die jahrhundertealten Zeugen fremden Leids, die Kiefern. Die

Totengräber warfen ihre Spaten auf das Fuhrwerk, die Übrigen machten sich auf zu den Gräbern ihrer Angehörigen.

Doktor Izchok Blumenfeld ging wie gewöhnlich zu seinem Vater. Er besuchte buchstäblich jede Beerdigung, um, wenn alle den Friedhof verließen, zum Grab seines Vaters zu gehen und ungestört mit ihm zu sprechen. Offenbar hatten sie in den vierzig Jahren, seit sie getrennt waren, noch nicht genug miteinander geredet, einander noch nicht alles Wichtige gesagt. Reb Oscher Kobrin watschelte zu seiner Frau Elischeva, die vor Rosch ha-Schana einer Gehirnblutung erlegen war, und der Balegole Pincheß Schwarzman marschierte zu seiner Schwester, die in der Blüte ihrer Jahre gestorben war – an einer Pilzvergiftung.

Unsere Familie ging vollzählig zu dem Hügel mit dem namenlosen Grab meines Bruders Borech, dessen Ruhe treu von zwei schlanken Kiefern bewacht wurde.

An diesem Hügel wurden viele Tränen vergossen. Am lautesten weinte die blasse, abgemagerte Großmutter Schejne, die sich kaum auf den Beinen halten konnte. Meine Mutter und Großvater Schimon schluchzten, die strenge Roche-Samurai, mein Vater und der düstere, beherrschte Dovid aber blickten auf das Grab meines älteren Bruders Borech und bissen sich auf die Lippen.

Ich schaute sie an, und ungebetene Tränen trübten meine Augen, doch ich wischte sie nicht mit dem Ärmel meines neuen Kattunhemds ab, und der scheußliche Schleier verhüllte mir die Welt. Ich empfand eine überraschende demütigende Hilflosigkeit, die mir das Atmen schwer machte. Es war mir peinlich, dass ich den, um den ich trauerte, nicht kannte – ich hatte meinen Bruder nie gesehen, keiner hatte mir erzählt, wie Borech ausgesehen hatte, kein Atemzug und kein Schrei waren von ihm geblieben. Ich wurde überschwemmt von Mitleid mit allen meinen Verwandten, vor allem mit meiner leidgeprüften Mutter, die vor dem namenlosen Grab ihres Erstgeborenen erstarrte, als wäre sie aus Stein.

Großvater Dovid, gebeugt und zusammengekrümmt wie vor Kälte, nuschelte das Totengebet. Ihn schien eher das leise, kummervolle Gemurmel selbst zu befriedigen als der eigentliche und zeitlose Inhalt des Gesprächs mit dem Allerhöchsten.

An dem Hügel mit den Gedenkkiefern ratterte, die Worte des ohnehin undeutlich gemurmelten Gebets übertönend, das Fuhrwerk der Beerdigungsbruderschaft vorbei, auf dem außer dem Kutscher Chazkel Berman noch der Riese Pincheß Schwarzman, der lahme Jojne und Oscher Kobrin Platz gefunden hatten.

Berman winkte den auf dem Friedhof Gebliebenen zum Abschied mit seiner verarbeiteten Hand. Im Namen aller erwiderte mein Vater den Gruß des Totengräbers, indem er die Faust hob. In unserem Schtetl vermied man beim Abschied vom Oberhaupt der Begräbnisbruderschaft von jeher ein »Auf Wiedersehen«, und auch Chazkel verzichtete auf diesen einfachen Satz, der aus seinem Mund leicht zweideutig klang.

»Unser Borech wäre in diesem Jahr zehn geworden«, hauchte meine Mutter, als sich das quietschende Fuhrwerk entfernt hatte und die Krähen auf den Kiefern wie auf ihr Geheiß verstummt waren.

»Die Zeit vergeht schnell«, flüsterte Großmutter Roche und zog den Knoten ihres schwarzen Kopftuchs fester. »Wenn mein Tag kommt, möchte ich gern neben Berele liegen, und der Steinmetz Jona soll seinen Namen neben meinen meißeln: ›Hier liegen Rochl Kanowitsch und ihr Enkel Borech Kanowitsch.‹«

»Mein Tag, das spüre ich, kommt eher«, sagte Großmutter Schejne kaum hörbar.

Roche widersprach ihr nicht. Mit Krankheiten aller Art war Schejne reicher gesegnet als sie.

»Wenn mein Tag kommt, und er ist nicht mehr weit, dann möchte ich auch neben ihm liegen. Und der Steinmetz Jona soll auf meinen Grabstein seinen Namen meißeln: ›Hier liegen Schejne Dudak und ihr Enkel Borech Kanowitsch.‹«

»Hört auf zu unken!«, empörte sich Großvater Schimon. »Mit solchem Gerede beschwört ihr nur Unglück herauf! Wo hat man je gehört, dass so etwas bei einem Juden auf dem Grabstein steht! So, nun haben wir genug am Grab gestanden. Jetzt müssen wir zurück an die Arbeit – ich an meinen Leisten, ihr an Töpfe und Pfannen, Erbsensuppe kochen und Auflauf!«

»Lieber Kreplech!«, unterstützte mein Vater, ein großer Liebhaber von Teigtaschen, seinen Schwiegervater.

»Geht ihr nach Hause!«, mischte sich meine Mutter ein. »Ich bleibe noch kurz hier.«

»Wozu?«, fragte Großvater Dovid. »Wir haben Avigdor begraben, und wir haben Borechs gedacht.«

»Ich will auf Doktor Blumenfeld warten. Ich muss etwas mit ihm besprechen.«

Bevor wir den nun menschenleeren Friedhof verließen, gingen wir alle zu dem blechernen Wasserspender, der mit großen rostigen Nägeln an einem Pfahl befestigt war, und wuschen uns unter dem trägen kalten Strahl der Reihe nach die Hände. Großmutter Roche erklärte mir, das müsse jeder nach dem Friedhofsbesuch unbedingt tun, damit er, Gott behüte, nicht den todbringenden Staub mit nach Hause nahm, den der Tod auf die Lebenden bläst.

Nachdem wir uns den lebensgefährlichen Staub von den Händen gewaschen hatten, liefen wir langsam zum Ausgang.

Ich weiß selbst nicht, warum, wohl aus Langeweile, drehte ich mich am Friedhofstor plötzlich um und sah, wie der hochgewachsene, hagere Doktor Izchok Blumenfeld die Samtkippa abnahm, sie in die Jacketttasche steckte und zu meiner Mutter ging.

»Nach einer Beerdigung darf man sich auf dem Friedhof niemals umdrehen«, brummte Großmutter, die meinen Blick aufgefangen hatte. »Das, Hirschele, mein Lieber, ist ein böses Omen. Wenn du dich umschaust, nicht auf uns gesagt, lockst du womöglich den Knochenmann an.«

»Ich habe mich nach Mama umgeschaut«, stammelte ich zu meiner Rechtfertigung, doch Großmutter Roche nahm jede Rechtfertigung als Schwindel und Heuchelei.

»Wozu musst du dich nach Mama umschauen? Hast du sie etwa lange nicht gesehen? Ich muss mich nicht umschauen, ich sehe meine Mama immer, lebendig und tot. Ich werde sie vor mir sehen, bis man mir die Augen schließt. Verstehst du?«

»Ja, ich verstehe«, log ich. »Verstehst du, verstehst du – das fragt man uns in der Schule dauernd.«

»Na und? Wer dich das fragt, will dir Gutes. Ich für mein Teil habe fast mein ganzes Leben hinter mir und wenig verstanden. Aber du wehrst gleich ab: Ich verstehe, ich verstehe, dabei sind deine Augen leer …«

»Ehrenwort, ich verstehe!«, versuchte ich meine Ehre zu verteidigen.

Großmutter Roche blieb stehen, verschnaufte und erkundigte sich plötzlich scheinbar beiläufig: »Sag mal, Hirschele, weißt du zufällig, warum deine Mama so dringend den Doktor sprechen will, noch dazu an einem so unpassenden Ort?«

Großmutter Roche musste über alles und jeden im Schtetl Bescheid wissen – über Brautwerbungen und Scheidungen, über Geburten und Tode, über die Auswanderung von Landsleuten ins Ausland und über die Ankunft von Besuch aus Amerika, über die Marktpreise für Linden- und Buchweizenhonig,

Roggenmehl und Eier und über die Ladenpreise für Kalbfleisch. Am meisten aber interessierte sie sich für anderer Leute Krankheiten, die sie in Gedanken mit ihren eigenen verglich und insgeheim anprobierte. Das Erlangen von Informationen aller Art war ihre nie erlöschende Leidenschaft. Großmutter hätte einen erstklassigen Polizeiermittler abgegeben. Auf ihre Fragen musste jeder klar und ehrlich antworten, ohne auszuweichen oder etwas zu verschweigen. Wer ihr die Antwort schuldig blieb, den rechnete Roche zu den notorischen Betrügern oder gar Gaunern.

»Nicht Mama braucht ihn, sondern Großmutter Schejne. Weißt du, was sie gesagt hat?«

»Was denn?«

»Großmutter Schejne hat gesagt, dass sie nicht mehr leben will. Ihr tut alles weh. Hier und hier.« Ich tippte auf meinem Bauch herum.

»Kein Wunder. Zeig mir einen Juden, dem nichts wehtut. Lauf alle Gegenden der Welt ab – du wirst keinen einzigen Gesunden finden. Dem einen tut der Magen weh, dem anderen, wie mir, die Nieren und die Milz, dem Nächsten tut fast von Geburt an alles weh.«

»Mir zum Beispiel tut nichts weh.«

»Noch nicht, Hirschele, noch nicht. Du hast alles noch vor dir. Geb's Gott, dass dir nie etwas wehtut«, murmelte Großmutter Roche und schloss die Tür ihres Hauses in der Fischerstraße auf.

Am Tag nach Avigdor Perelmans Beerdigung besuchte Doktor Izchok Blumenfeld, der nicht nur als wunderbarer Arzt galt, sondern auch als großes Original, meine Großmutter Schejne. Obwohl er fünf Jahre älter war als Großmutter Schejne, sah er jung aus. Blumenfeld, ein Mann mit großer Nase und flinken Augen, wirkte mit dem keck aufs rechte Ohr geschobenen breiten schwarzen Barett und in dem langen Mantel, der an einen Priesterrock erinnerte, wie ein Ausländer. Seine Landsleute staunten immer wieder über seine Güte – der Doktor behandelte in Jonava sämtliche kinderreichen Familien und Invaliden kostenlos – und über seine Eigenheiten: Jeden Morgen und bei jedem Wetter lief er in knielangen Leinenhosen durch die umliegenden Wäldchen. Das ganze Jahr über badete der Doktor in der Vilija, planschte im Winter in Eislöchern, wie es die ortsansässigen Altgläubigen zu Weihnachten taten, und aß kein Fleisch, ernährte sich nur von Fisch, Milchspeisen, Gemüse und Obst. In die Synagoge ging er selten, nur zu Rosch ha-Schana und zu Jom Kippur, doch er betete nie, er setzte sich abseits und zählte stumm seine Patienten, die er gemeinsam mit dem Herrgott vor Leid und Unglück zu bewahren suchte, indem er ihnen Medizin verschrieb.

Die Schwestern meiner Mutter – Fejge, Chaßje und Peßje – betrachteten den Doktor mit unverhohlener, nahezu schamloser Bewunderung. Nein, so ein stattlicher Mann, und verblühte als Junggeselle!

»Nun denn, schauen wir mal, schauen wir mal«, wiederholte er im Singsang, »und dann können wir sagen, dann können wir sagen, was mit Ihnen ist. Worüber klagen Sie, verehrte Schejne?«

»Worüber klagen alle Juden? Über das Leben«, erwiderte Großmutter Schejne mit aufrichtiger, halb kindlicher Traurigkeit.

»Vom Leben, liebe Frau Dudak, kann ich niemanden kurieren«, sagte der Doktor bedauernd.

Er legte Barett und Mantel ab, hängte sie an einen Nagel und folgte der Patientin ins Zimmer. Blumenfeld öffnete sein allgegenwärtiges Köfferchen und entnahm ihm ein Hörrohr. Er setzte es, wie schon bei seinen letzten Besuchen, auf Großmutters schlaffe Brust und sagte die immer gleichen Worte: »Tief einatmen, ausatmen, legen Sie sich auf die rechte Seite, jetzt auf die linke, und nun auf den Bauch.« Der Doktor tastete sie mit seinen geschickten Fingern ab, fragte nach ihrem Appetit, erkundigte sich, ob sie unter Sodbrennen leide und ob sie Schwierigkeiten bei der, pardon, Ausscheidung habe. Großmutter Schejne befolgte wie ein Soldat alle seine Befehle und beantwortete alle seine verzwickten Fragen, und dann stellte sie selbst eine.

»Doktor, sagen Sie mal ehrlich, was wollen Sie denn finden und hören in diesem leeren, längst angeschlagenen Gefäß?«

Blumenfeld sah sie verblüfft an.

»Das, was Sie nicht in Ruhe leben lässt.«

»Aber Doktor, ich habe keinen einzigen Tag in Ruhe gelebt. Die Kinder … Stellen Sie sich vor, zehn Kinder habe ich geboren! Jeden Tag habe ich für sie gekocht, sie gefüttert und gewaschen, nächtelang gewacht, und dann musste ich vier von ihnen begraben. Selbst der Schtetl-Schmied, der starke Rachmiel, der Tag für Tag seinen Hammer schwingt, hat es bestimmt leichter. Es nützt also nichts, jetzt in diesem alten, leeren Gefäß nach etwas zu suchen. Es sind nur Risse darin und Schimmel an den Wänden. Mehr werden Sie da nicht finden.«

»Ich finde, was ich finde. Haben Sie Geduld«, sagte Blumenfeld und tastete mit seinen schlanken Fingern lange ihren Bauch und ihre Seiten ab. »Frau Dudak, ich meine, es würde nicht schaden, wenn Sie sich wenigstens einmal im Leben im Krankenhaus untersuchen ließen, in Kaunas.« Er schüttelte den Kopf. »Mit meinem Rohr kann ich leider nicht alles hören, zumal auch mein Gehör, ehrlich gesagt, nicht mehr das alte ist, genau wie ich selbst, und meine Augen sind kein Röntgenapparat, der alles durchleuchtet, was im Menschen drinnen ist.«

»Ja, das ist wahr«, sagte Großmutter Schejne. »Selbst mit jungen Augen sieht man nicht alles, was im Menschen steckt. Mit sieben Schlössern hat der Herrgott unsere Schatzkammer verriegelt. Und ich finde, er hat recht daran getan.«

»Ja, verriegelt, mit sieben Schlössern verriegelt!«, stimmte ihr der Doktor zu. »Ich verschreibe Ihnen erst einmal etwas Schmerzstillendes, meine Liebe, aber schieben Sie es trotzdem nicht zu lange auf, fahren Sie ins Krankenhaus. Lassen Sie dort Ihre Schatzkammer untersuchen. Ihre Tochter bringt Sie hin und wieder zurück.«

»Ja, das tue ich«, sagte traurig meine Mutter, die während der Untersuchung am Kopfende des Bettes gewacht hatte.

»Je eher, desto besser«, sagte Blumenfeld noch, packte das Hörrohr in seinen Koffer und schloss ihn.

»Danke, Doktor, danke für Ihre Güte und Ihre Aufmerksamkeit, aber in Kaunas wird man mir kaum noch helfen können.« Damit sank Großmutter Schejne zurück aufs Kissen.

»Wie kommen Sie darauf, dass man Ihnen nicht helfen kann? Dort arbeiten sehr erfahrene Ärzte!«

Großmutter Schejne dachte nach, griff sich in ihr graues Haar und sagte leise: »Ich bin auf dem Land geboren und sozusagen in der Natur aufgewachsen, ich weiß seit meiner Kindheit, dass man eine verblühte Feldblume nicht ausreißt und fortbringt, um sie zu kurieren, und dass ein alter Vogel seinen Zweig nicht verlässt und zur Untersuchung ins Krankenhaus fährt. Eines Tages ist die Blume nicht mehr, und der Vogel legt die Flügel zusammen und fällt zur Erde. Geschieht mit uns gebrechlichen Alten nicht genau das Gleiche?«

»Sie haben natürlich recht. Im Grunde ist es kein großer Unterschied. Doch der Mensch ist, anders als eine Feldblume, ein vernunftbegabtes, denkendes Wesen. Wenn er sich nicht selbst helfen kann, müssen ihm andere helfen«, sagte Izchok Blumenfeld, entmutigt von Großmutters Worten.

»Ein vernunftbegabtes Wesen … Ich habe noch keinen einzigen lebenden Juden gesehen, dem diese Vernunft auch nur ein bisschen mehr Gesundheit gebracht hätte.«

»Auch das ist leider wahr.«

Der Doktor hatte es plötzlich eilig, wünschte der Patientin alles Gute und wandte sich dann an meine Mutter: »Begleiten Sie mich bitte bis zur Ecke.«

Izchok Blumenfeld zog sich beim Klopfen von Schimons Schusterhammer umständlich an, es dauerte eine Weile, bis er seine langen Arme in den Mantelärmeln verstaut und sein elegantes Barett wieder an seinen angestammten Platz, aufs rechte Ohr, gesetzt hatte.

Als sie draußen waren, seufzte Doktor Blumenfeld schwer.

»Ich fürchte das Schlimmste … Sie muss dringend ins Krankenhaus.«

»Eine Geschwulst?«

»Nicht auszuschließen. Der enorme Gewichtsverlust, das scheinbar grundlose Fieber und die Appetitlosigkeit sind beunruhigend. Ich wäre froh, sollte ich mich mit meinem bösen Verdacht irren. Kommen Sie heute Abend wegen der Rezepte zu mir. Ich schreibe Ihnen Tabletten auf. Leben Sie wohl!«

Meine Mutter ging noch am selben Abend mit den Rezepten in die Apotheke und bekam von Nota Lewit Medikamente, doch Großmutter Schejne weigerte sich strikt, sie einzunehmen.

»Ihr gebt sinnlos Geld aus für mich«, sagte sie starrsinnig, und damit ihre Familie sie nicht mit Fragen nach ihrem Befinden behelligte, schlich sie sich so oft wie möglich unbemerkt aus dem Haus und verschwand im Lindenhain – der war zum Glück nicht weit.

Auf dem Heimweg von der Schule ging ich nun auf Mamas Bitte manchmal nicht nach Hause oder zusammen mit meiner Banknachbarin Leje Berger in die Fischerstraße, sondern in die Schmiedestraße, wo Großmutter Schejne und Großvater Schimon wohnten.

»Du darfst sie nicht vergessen«, mahnte mich meine Mutter. »Du hast doch zwei Großmütter.«

Meine Mutter sah mich traurig an und erwartete wohl, dass ich Reue zeigte. Doch ich irrte mich.

»Ich fürchte, Hirschke, du hast bald nur noch eine Großmutter – Roche.« Sie seufzte bekümmert und setzte leise hinzu: »Großmutter Schejne hat dich sehr lieb, aber du besuchst sie fast nie, bist ganz selten bei ihr. Lass dir nicht zu viel Zeit, sie zu lieben. Die Liebe zu jemandem, der alt und hilflos ist, darf man nicht auf morgen verschieben. Es könnte zu spät sein.«

Großmutter Schejne liebte mich wirklich. Wenn sie mich sah, sagte sie immer wieder: »Ach du, mein Goldstück, ach du, mein Schöner … Ach du, ach du …« Aber ich langweilte mich bei ihr, mit ihr war es nicht so interessant wie mit der hitzigen, unberechenbaren und herrischen Großmutter Roche, die mir auch mal eins mit Großvaters Riemen überzog, mir eine Kopfnuss versetzte oder mich urplötzlich mit Küssen überschüttete. Roche-Samurai war neugierig und laut, Großmutter Schejne dagagen war sanft und still wie ein Vögelchen, das aus dem Nest gefallen ist, sich den Flügel gebrochen hat und kläglich piepst, weil es fliegen will und nicht kann.

Großmutter Schejne saß im Lindenhain gern lange auf einem großen schwarzen Baumstumpf und redete mit sich selbst. Oft sah ich schon von weitem, wie sie vor sich hin flüsterte. Wenn ich näher kam, stand Großmutter nun nicht mehr auf und kam mir entgegen, überschüttete mich nicht mehr mit begeisterten Ausrufen, süß wie Karamellbonbons »Ach du, ach du, ach du …«, sondern betrachtete mich von Kopf bis Fuß und lobte mich dann voller Stolz hemmungslos, um ihren Schmerz und ihre Verwirrung zu verbergen.

»Wie du gewachsen bist, mein Goldstück! Bist schon ein richtiger Mann! Fehlt nur noch der Schnurrbart!«

»Ich wachse, Großmutter, ich wachse. Bald habe ich auch einen Schnurrbart. Aber warum sitzt du hier allein im Wald und flüsterst mit der Linde? Bist du müde? Ruhst dich aus?«

»Ja, ich ruhe mich aus. Fejge kocht das Essen, Chaßje wäscht die Wäsche, Peßje wischt die Fußböden. Und ich faulenze.«

»Und mit wem hast du eben geredet?«

»Mit dem, der immer jedem aufmerksam zuhört und nie jemanden unterbricht.«

»Mit der Linde?«

»Nein, nein. Nicht mit der Linde. Du errätst es sowieso nicht. Wenn du, Hirschele, einmal alt bist, dann willst du bestimmt selbst mit Ihm allein reden und Ihn dies und jenes fragen. Aber erwarte keine Antwort. Der, an den ich mich wende, antwortet niemandem auf seine Fragen.«

Großmutter Schejne sprach in Rätseln, und solche Reden, die ich nicht verstand, langweilten und ermüdeten mich rasch. Weil ich Großmutter nicht kränken wollte, nahm ich trotzdem meinen Ranzen ab, setzte mich neben dem Baumstumpf ins Gras und fragte, wie es ihr gehe und ob Onkel Schmule aus dem Gefängnis schreibe.

Großmutter Schejne nickte. »Er schreibt.«

»Und was schreibt er?«

»Was kann man aus dem Gefängnis schon schreiben? Er schreibt: Wartet auf mich, ich komme bald heim.« Sie schwieg, lauschte, wie der Frühlingswind mit den Lindenblättern spielte, und sagte leise, so dass nur der Wind und ich sie hörten: »Vielleicht kommt Schmulik eher heim, als er denkt.«

»Das wäre schön.«

»Natürlich wäre das schön. Sehr schön sogar. Es heißt, zur Beerdigung ihres Vaters oder ihrer Mutter dürfen Gefangene einige Tage nach Hause. Vielleicht lassen sie ihn heim. Dann kann er wenigstens das Kaddisch an meinem Grab sprechen.«

»Was redest du da, Großmutter?!«, rief ich. »Ich will nicht, dass er an deinem Grab Kaddisch spricht. Das will ich nicht!«

»Ach du, mein Schatz, ach du, mein kluger Junge«, flötete Großmutter. »Was soll man machen, jeder muss nun mal zu seiner Stunde fortgehen in die andere Welt. Der Herrgott macht für niemanden eine Ausnahme, denn der Mensch wird für den Tod geboren.«

»Aber ich bin nicht einverstanden mit ihm!«, platzte ich heraus, als wäre die Rede von meinem Klassenkameraden, dem Angeber Mendl Hiberman. »Nicht einverstanden!«

»Mit wem?«

»Mit deinem Gott! Du bist lieb, und wenn Mama, die Tanten und ich Ihn bitten, dann macht Er für dich bestimmt eine Ausnahme. Du wirst sehen, das macht Er.«

Großmutter fing an zu weinen. Die Tränen liefen ihr übers Gesicht, wie herbstliches Regenwasser eine Fensterscheibe herabrinnt, und sie bedeckte ihre Wangen mit ihren runzligen Händen. Plötzlich erhob sich Großmutter Schejne rasch von ihrem morschen Thron, trat zu mir und streichelte meinen lange nicht gestutzten schwarzen Schopf.

»Wenn du einmal sehr alt bist, wirst du verstehen, dass jeder, ob er will oder nicht, diese Arbeit tun muss.«

»Welche Arbeit?«

»Sterben«, sagte Großmutter ruhig. »Es ist eine schwere Arbeit, doch vor ihr kann sich niemand drücken.«

»Wenn ich mit Großmutter Roche in die Synagoge gehe, werde ich unbedingt für dich bitten. Unbedingt!«

»Ach du, ach du, mein Engel, mein Beschützer!«

Wie sehr Großvater Schimon auch auf Großmutter Schejne einredete, wie sehr die Familie auch darauf drang, sie solle ungesäumt nach Kaunas ins Krankenhaus fahren – sie weigerte sich strikt. Sie sagte, wenn es für sie tatsächlich Zeit sei, sich für immer von ihren Lieben zu verabschieden, dann wolle sie heil von ihnen gehen, ohne Schnitte und Nähte am Leib.

Großmutter Schejne hielt sich tapfer, sie klagte nicht, sprach mit niemandem über ihre Krankheit, stand den halben Tag in der Küche, stellte Schimon das Essen auf den Tisch und ging nach dem Mittag unbemerkt in den Lindenhain, setzte sich auf ihren Baumstumpf, schloss die Augen und lauschte dem freundlichen Zwitschern der Vögel auf den Bäumen und dem wohlwollenden Rascheln der Blätter. Manchmal kamen ihre Töchter von zu Hause herbeigelaufen, um ihr eine Haushaltsfrage zu stellen, vor allem aber, um sich zu vergewissern, dass ihre Mutter noch lebte.

Aus Mitleid besuchte auch ich sie nun öfter als früher und prahlte mit meinen schulischen Erfolgen: Ich kann schon mühelos lesen, meinen eigenen Namen und vieles andere schreiben und Zahlen addieren und multiplizieren.

»Fein! Aber du kommst mich doch nicht ohne Grund neuerdings so oft besuchen.« Sie lächelte schwach. »Weil Mama es so will? Weil deine Großmutter dir leid tut?«

»Nein, nein!« platzte ich heraus und korrigierte meinen Fehler sofort. »Doch, du tust mir leid. Alle tun mir leid.«

»Ach, du kleiner Schwindler, ach, du Schlaukopf! Du musst kein Mitleid haben mit mir, Hirschele. Ich sitze hier und denke mir, ich hätte ja auch als Linde zur Welt kommen können. Linden leben lange. Ich würde im Frühling mit meinen Blättern rascheln, mich im Winter in einen Mantel aus Schnee hüllen und keine Krankheit fürchten, aber dann hätte ich euch nicht.

Dich, deine liebe Mama, deine Tanten und deinen Großvater Schimon mit seiner Ahle, seinem Hammer und den Nägeln im Mund. Verstehst du?«

»Ja«, sagte ich, weil ich mich genierte, etwas anderes zu antworten.

»Es macht nichts, wenn du mich jetzt noch nicht verstehst, irgendwann wirst du es verstehen. Nur Dummköpfe haben zu wenig Zeit, um etwas im Leben zu verstehen«, beruhigte mich Großmutter Schejne, und ich fand, dass sie gar nicht krank aussah, sondern einfach nur müde und nachdenklich. »So, nun hast du lange genug bei mir gesessen. Bevor ich dich ganz langweile, geh Schularbeiten machen, ich bleibe noch ein wenig hier.«

Zum Abschied küsste ich sie auf die schlaffe Wange, und sie blieb auf ihrem Baumstumpf sitzen und schaute auf die Linde, in deren dichten grünenden Zweigen ein kleiner Vogel jubilierte.

»Zwi, zwi, zwi«, tönte es im Hain.

Am Abend fand Tante Fejge beim Zwitschern womöglich desselben Völgelchens Großmutter Schejne tot unter der Linde.

Sie wurde, wie sie gebeten hatte, auf dem Hügel neben meinem Bruder Borech begraben. Rabbi Eliëser erinnerte alle daran, dass es eine Sünde sei, andere Namen als den des Verstorbenen auf den Grabstein zu schreiben – weder in der Thora noch in einem anderen unserer heiligen Bücher sei so etwas erwähnt, und wenn nirgends ein Wort davon stehe, dann sei es verboten.

Alles Übrige entsprach ganz der Thora – das Kaddisch, die Tränen und die Worte des Trostes.

Nur Schmulik fehlte, die Gefängnisleitung hatte ihn nicht einmal für einen Tag nach Hause fahren lassen.

Meine Mutter hielt die ganze Zeit Großvater Schimons Arm.

Großvater hatte keine Eile fortzugehen, er stand da wie angewurzelt, blickte mit vor Kummer blinden Augen auf den frischen Lehmhügel und sagte heiser immer wieder: »Mit wem man sein Leben verbracht hat, mit dem sollte man auch sterben ...« Er atmete tief ein und wieder aus, seine große Nase schniefte verdächtig, dann klagte er weiter: »Im Alter sollte man zusammen sterben. Warum trennt der Herrgott Paare, die so viele Jahre in Frieden und Eintracht zusammengelebt haben? Warum holt er uns einzeln?«

Darauf hatte keiner seiner Angehörigen eine Antwort. Auch Rabbi Eliëser tat den Mund nicht auf.

Alle schwiegen bedrückt.

»Vielleicht trennt er uns und holt uns einzeln zu sich, weil er selbst Junggeselle ist«, redete Großvater Schimon weiter. »Ein ewiger Junggeselle.«

Die blasphemische Bemerkung hing wie eine schwarze Wolke in der Luft und verharrte eine ganze Weile über den Grabsteinen.

Jemand in der Trauergemeinde prustete leise und hielt sich rasch die Hand vor den Mund, ein anderer schwang empört die Arme gegen den Gotteslästerer Schimon. Meine Mutter aber stieß ihn in die Seite, und unglücklich und beschämt trottete er vom Grab zum Tor.

Über dem Friedhof schien mit voller Kraft die Frühlingssonne – als wollte der Himmel mit seinem Leuchten die dichte Finsternis der Verzweiflung, die die unschuldige Seele des nun verwaisten Großvaters Schimon einhüllte, ein wenig lichten.

7

Das Jahr 1938, das mit zwei Todesfällen begonnen hatte, sank ohne weitere Erschütterungen oder erwähnenswerte Ereignisse ins Vergessen. Das Leben in Jonava floss in den alten, bewährten Bahnen und war, wie die wasserreiche Vilija, nach wie vor unser aller Tränkerin und Ernährerin, wie Großmutter Roche sagte. Niemand tötete oder schlug jemanden zum Krüppel, niemand raubte Geschäfte aus. Juden wurden, Gott sei gelobt, mehr geboren als starben und hatten nun zahlenmäßig die Andersgläubigen nicht nur eingeholt, sondern sogar überholt. Nicht ohne Grund nannte Reb Efraim Kapler, der nichts im Leben mehr schätzte als einen ruhigen, ununterbrochenen Schlaf, unser beschauliches Schtetl auf deutsche Art Jiddischstadt.

Mein Vater wurde nicht müde, jedem zu erzählen, Jonava sei wohl das beste Beispiel dafür, wie Angehörige verschiedener Völker nebeneinander und miteinander leben konnten und sollten. Er behauptete, nicht Umstürze würden die Welt retten, nicht blutige Revolutionen oder Kriege, sondern tägliche ehrliche Arbeit. Wenn der Mensch arbeite, komme er nicht auf die Idee, einen König oder Herrscher zu stürzen, damit die Sieger anschließend, wie es meistens geschah, die Zügel einem ebensolchen Tyrannen in die Hand gaben und nicht davor zurückschreckten, das Blut Unschuldiger zu vergießen.

Arbeit hatten mein Vater und Julius im gelobten Jiddischstadt Gott sei Dank genug, beide interessierten sich ausschließlich für ihr Schneiderhandwerk und schufteten, ohne sich zu schonen, von morgens bis abends. Doch auch sie, denen Nachrichten sonst vollkommen gleichgültig waren, waren beunruhigt von den Worten des Bäckereibesitzers Chajim-Gerschon Fajn.

»Ich habe es im Gefühl, meine Herren: In Europa beginnt bald ein großes Schlachten! Hoffentlich beziehen nicht auch wir in Litauen Prügel«, sagte Chajim-Gerschon, der auf Anraten des inzwischen verstorbenen Reb Jeschue Kremnizer seine Kleidung nicht mehr von Gedalje Bankwetscher anfertigen ließ, sondern vom einstigen Kavalleristen Schlojmke Kanowitsch.

Chajim-Gerschon Fajn war überhaupt eine bemerkenswerte Persönlichkeit und nach Jonavaer Maßstäben äußerst gut informiert darüber, was jenseits des verschlafenen Jiddischstadt geschah. Der geschäftstüchtige Reb Chajim-Gerschon buk nicht nur Sabbat-Challa, süße, mit Zimt bestreute und mit Rosinen aus Übersee gespickte Brötchen und Chanukka-Kuchen, sondern sorgte auch für die frischesten Nachrichten. Die bekam jeder Kunde kostenlos als Zugabe zum äußerst schmackhaften Backwerk. Die frischen Nachrichten entnahm Fajn nicht dem rotglühenden geräumigen Ofen, sondern einem in der provisorischen Hauptstadt Kaunas erworbenen holländischen Drei-Röhren-Radio derselben Marke, die der verhaftete Schmulik Dudak so geschätzt hatte.

»Anfang letzten Jahres hat Deutschland das unschuldige, schutzlose Österreich verspeist wie ein Milchbrötchen. Die Österreicher, die noch nie besonders mutig waren, haben sich den Eroberern ohne jeden Widerstand ergeben. Was heißt ohne Widerstand – sie haben, würde ich sagen, nicht ohne Freude kapituliert, unter Walzermusik und begeisterten ›Heil Hitler!‹-Rufen.«

»Bitte, Reb Fajn, seien Sie einen Augenblick still, reden Sie nicht weiter. Ich kann die Ärmel nicht messen, wenn Sie sich die ganze Zeit bewegen und mit den Armen fuchteln.«

»Wie soll man da stillstehen, Schlojme, wenn in unseren Tagen mitten in Europa solche Schweinereien geschehen! Deutschland wird vor aller Augen immer dreister. Im letzten Jahr haben die Deutschen bei völliger Untätigkeit der anderen Länder Österreich in die Knie gezwungen, und in nicht allzu ferner Zukunft fällt ihnen womöglich auch unser aller, hehehe, bis an die Zähne bewaffnetes Litauen zu Füßen.«

Mein Vater sorgte sich weniger um Österreich als um die Ärmellänge des neuen Mantels für den Bäckereibesitzer, doch sein Kunde konnte es nicht abwarten, dem Schneider die Nachrichten mitzuteilen, die der litauische Rundfunk in seinen Morgen- und Abendsendungen regelmäßig und ungerührt meldete.

»Als Erstes haben sich die Deutschen, wie nicht anders zu erwarten, nach der Eroberung des schönen Wien über unsere Brüder hergemacht, über die dortigen Juden. Es heißt, auf den Plätzen und in den Parks dort hätten Tote und Verwundete gelegen ... Soldaten hätten auf den Hauptstraßen reiche jüdische Geschäfte geplündert ...«

»Geplündert also ... So, so ... Julius, die Ärmel ein bisschen kürzer, ein, zwei Zentimeter, nicht mehr«, sagte mein Vater zu seinem Gesellen und beschwichtigte dann, um langen Streit zu vermeiden, den aufgeregten Chajim-Gerschon: »Vielleicht kommen die Deutschen ja gar nicht bis zu uns nach Litauen. Österreich mit seinen Schönheiten und Reichtümern ist das eine, aber unsere arme und schutzlose Heimat ist doch etwas ganz anderes, auch wenn es in der Nationalhymne heißt, Litauen sei das Land der Helden.«

»Sie unterschätzen die Bedrohung, Schlojme. Die Deutschen sind doch ganz nahe, am anderen Ufer des Neman. Wenn sie ihre Panzer in Gang setzen, sind sie in anderthalb Stunden bei uns, über die Brücke in Pagėgiai.«

Reb Chajim-Gerschons Argumente waren nicht zu widerlegen, doch mein Vater gab nicht auf.

»Überlegen Sie doch selbst: Was sollen die Deutschen mit

Litauen?«, fragte er. »Nach dem, was Sie sagen, wären ihre einzige Beute hier die Juden. Die Reichen kann man bei uns an den Fingern abzählen. Hier gibt es kaum etwas zu plündern. Vielleicht, sage ich, geht ja alles gut, und die Deutschen bleiben drüben, an ihrem Ufer des Neman, und lenken ihre Panzer nicht in unsere Richtung.«

»Geb's Gott!«, brummte der Bäckereibesitzer. »Hoffen wir's. Was bleibt uns übrig?«

»Sie haben recht: Von alters her war unser wichtigster Schutz gegen jedes Übel die Hoffnung«, stimmte mein Vater ihm zu und sagte: »Eine andere Waffe steht uns bislang nicht zu Gebote. Und was Ihren Mantel angeht, so kann man Sie, denke ich, bald zu dem neuen Stück beglückwünschen.«

Das unbekannte Österreich tat meinem Vater leid, aber eine größere Erschütterung als dessen Eroberung durch die Deutschen war für ihn ein Brief von der litauischen Wehrbehörde – sein fähiger Gehilfe Julius, der Sohn des Hauswarts und Trinkers Antanas, wurde zum Militär einberufen.

»Was ist das nur für eine Plage? Ein Geselle sitzt im Gefängnis, der andere wird zum Militär geholt, und ich habe einen Berg Arbeit«, beklagte er sich bei mir, dem Kind. »Wie soll ich diesen Berg nur bewältigen, Hirschke? Ich habe keine Ahnung, wer mir dabei helfen könnte … Vielleicht willst du ja mein Gehilfe sein«, sagte er lachend. »Wir beide würden ordentlich ranklotzen, und alle würden uns beneiden.«

Ich antwortete nicht, denn ich wusste selbst noch nicht, was ich einmal werden wollte. Großmutter Roche wünschte sich, dass ich nach Abschluss der jiddischen Schule an die Jeschiwa in Telšiai ging, um Rabbiner zu werden.

»Ein Rabbiner ist eine Zierde für die Familie. Aber bei uns haben sich bislang nur Schneider und Schuster vermehrt wie die Mäuse.«

Doch ich wollte weder Schneider werden noch Rabbiner. Ich träumte davon, ein leidenschaftlicher Taubenzüchter zu werden wie unser Nachbar Zemech Libkind – seine Tümmler, Ringel- und Felsentauben kreisten seit meinen ersten Schritten auf der Erde über meinem Kopf, und ich wollte gern eine ebenso prächtige Schar und einen Taubenschlag auf dem Dachboden besitzen.

Großmutter Roche lachte über meinen Wunsch.

»Taubenzüchter ist kein Handwerk, das ist ein Zeitvertreib«, belehrte sie mich. »Ein zweiter Stammvater Noah, der die gute Nachricht durch eine Taube verkündete, wirst du sowieso nicht, Hirschele, es wird keine Sintflut mehr kommen. Wenn die Vilija mal über die Ufer tritt, wird nicht gleich die ganze Erde überschwemmt, und du musst dem Herrgott nicht melden, dass wir alle hier wie durch ein Wunder überlebt haben.«

Ich fühlte sehr mit meinem Vater – ohne Gesellen hatte er es wirklich schwer, aber helfen konnte ich ihm nicht.

Dafür bot sich meine Mutter an. Sie könne Arbeiten erledigen, die kein besonderes Können erforderten: Hosen bügeln, Knöpfe annähen, Taschen auf Jacketts heften und bei Bedarf auch Satinfutter einnähen, doch mein Vater lehnte ihre Hilfe kategorisch ab.

»Du hast bei den alten Kochans genug zu tun! Ein Mann, Chanke, kann ein vortrefflicher Damenschneider sein, aber wo hat man je gehört, dass eine Dame Herrenschneider wäre?«

Mein Vater schuftete ein halbes Jahr lang Tag und Nacht ganz allein in seiner Schneiderstube. Aber, wie Großmutter Roche immer sagte, hin und wieder hat der Mensch auch im Unglück ein wenig Glück. Ein Glück war, dass das Rattern der Singer-Nähmaschine den kostbaren Schlaf von Reb Efraim Kapler nicht störte. Der drohte nicht mehr, uns wegen des Lärms unverzüglich auf die Straße zu setzen. Er war nämlich gar nicht in Jonava. Kapler war für anderthalb Monate in den tschechischen Kurort Karlovy Vary gefahren, wo er jedes Jahr heilkräftiges Quellwasser trank, um seine Verdauungsstörungen und sein unerträgliches Sodbrennen zu kurieren. In seiner Abwesenheit konnte mein Vater die Singer nach Belieben rund um die Uhr reiten.

Eine Woche bevor Kapler heimkehren sollte, erschien Chajim-Gerschon Fajn in der Schneiderei und rief schon von der Schwelle, ohne zu grüßen: »Nu, Reb Schlojme, was hab ich Ihnen gesagt? Es ist noch gar nicht viel Zeit vergangen, und da haben Sie es!«

»Was meinen Sie? Verzeihen Sie, Reb Fajn, wir haben über vieles geredet. Alles kann ich mir nicht merken. Mein Kopf ist mit anderem beschäftigt«, dämpfte mein Vater seinen Eifer.

»Die düstersten Prophezeiungen haben sich erfüllt. Nun bricht es tatsächlich ernstlich los! Das lässt sich nicht mehr aufhalten. Ich hab's gewusst! Wenn England und Frankreich sich nicht einmischen, wenn sie das zügellose Deutschland nicht an die Kandare nehmen, würde ich mich für unsere Sicherheit nicht verbürgen. Dann geht bald alles drunter und drüber!«

»Was bricht los? Was geht bald drunter und drüber?«, fragte mein Vater verwirrt.

»Alles in Europa geht bald drunter und drüber! Verstehen Sie doch, es ist ein großer Krieg ausgebrochen. Die Deutschen haben sich am Milchbrötchen Österreich sattgegessen, und nun sind ihre Truppen in Polen einmarschiert. Die polnischen Juden fliehen in Massen, ganze Familien, mit kleinen Kindern und Alten, immer der Nase nach. Vielleicht kommen auch bald welche hierher, in unser stilles Litauen. Ist ja nur ein Katzensprung von dort. Bei gutem Wetter braucht man bis hier selbst zu Fuß nur ein, zwei Tage.«

Die Nachricht, dass Deutschland Polen überfallen hatte, verbreitete sich im Nu im Schtetl. Die einen zerbrachen sich den Kopf darüber, was geschehen würde, wenn die Flüchtlinge tatsächlich nach Litauen strömten, selbst wenn es nur wenige wären: Wohin mit ihnen, wo sie unterbringen, was sollten die Unglücklichen tun? Andere überlegten, mit welchem Geld sie für Unterkunft und Essen zahlen würden, schließlich besaßen sie keinen einzigen Litas.

»Nun, Reb Schlojme, was sagen Sie zu diesem furchtbaren Schlamassel?«

Mein Vater hielt in solchen Fällen ein langes, nachdenkliches Schweigen für besser als jede kluge Antwort.

»Was, Reb Gerschon, soll man zu einem Schlamassel sagen? Ein Schlamassel ist ein Schlamassel. Nicht mehr und nicht weniger«, sagte er nach der rettenden Pause.

»Ein Unglück«, stimmte ihm der Bäckereibesitzer zu. »Der Herbst geht zu Ende. Bald beginnt unser endloser Regen, dann kommen Winterkälte und Schneestürme. Und was haben Flüchtlinge schon für Gepäck? Womöglich nicht mehr als einen Koffer aus Segeltuch. Viele sind bestimmt nur mit dem geflohen, was sie am Leib trugen. Ich habe darüber schon mit Rabbi Eliëser gesprochen. Wir Juden, sagt er, dürfen uns dem fremden Leid nicht verschließen, wir müssen unseren notleidenden Glaubensbrüdern helfen. Wir sollten aus wohlhabenden Mitgliedern unserer Gemeinde einen Rat zur Unterstützung der jüdischen Flüchtlinge bilden.«

»In Not Geratenen muss man helfen, keine Frage«, bekräftigte mein Vater. »Aber wird sich diese Hilfe nicht wie immer auf mitleidige Ausrufe und Gejammer beschränken? Wir rufen Oh und Ach, seufzen, weinen aus Mitleid ein paar brüderliche Tränen, und damit hat es sich.«

»Ich weiß nicht, ich jedenfalls habe beschlossen: Meine Bäckerei wird für Flüchtlinge, solange sie noch keine Unterkunft und keine Arbeit gefunden haben, in der ersten Zeit kostenlos gutes Schwarzbrot backen.«

»Oho!«

»Wir werden uns bemühen, so viel zu backen, dass es für alle reicht. Rabbi Eliëser hat mit den Vorstehern der kleinen Synagogen geredet, sie haben versprochen, die Unglücklichen zu beherbergen, sie vorübergehend unterzubringen. Jeder von uns muss etwas tun«, sagte der Bäckereibesitzer, sehr zufrieden mit sich, und sah sein schweigsames, ewig mürrisches Gegenüber an.

»Kostenloses Brot und ein einstweiliges Dach überm Kopf, das ist wunderbar«, sagte mein Vater und nickte.

»Mein Kopf funktioniert Gott sei Dank noch«, brüstete sich Chajim-Gerschon Fajn, der vollkommen entgegengesetzte Eigenschaften in sich vereinte – bedingungslose Frömmigkeit und selbstzufriedene Prahlerei, Großzügigkeit und Geiz.

Der stets elegant gekleidete, sauber rasierte und parfümierte Mann stand nicht ganze Tage schwitzend in seiner Backstube am Ofen. Das taten Lohnarbeiter – ein zwei Meter großer Litauer aus Žagarė und Hesekiel, ein breitbrüstiger Jonavaer Jude mit ausgeprägten Backenknochen. Sie schleppten Mehlsäcke, kneteten in Bottichen Teig und buken Brot und süße Backwaren für jeden Geschmack – für den reichen Krämer und den armen Bauern, für den Rabbiner und den katholischen Priester. Für jeden, der zahlte.

»Sie wissen sehr gut, Reb Chajim-Gerschon, dass man mit der Nadel kein Brot backen kann, und ein Dach überm Kopf habe ich nicht zu vergeben, ich besitze ja selber keins«, sagte mein Vater. »Aber eines kann ich mit Freuden für meine Brüder tun, nämlich zwei Flüchtlinge, die Schneider sind, bei mir anstellen und ihnen einen anständigen Lohn zahlen.«

»Eine wundervolle Idee! Wir werden zusammen nach ihnen

suchen. Ich bin sicher, unter den Flüchtlingen wird sich bestimmt der eine oder andere Schneider finden und in meiner Bäckerei vorbeischauen. Brot, das sage ich Ihnen, Schlojme, ist ein mächtiger Magnet, es zieht jeden an!«, nahm Chajim-Gerschon Fajn den Vorschlag meines Vaters auf, sehr zufrieden mit sich.

Der jüngere Geselle Julius, ganz in Anspruch genommen von den letzten Vorbereitungen auf seinen Militärdienst, erfuhr als Letzter von dem in Europa ausgebrochenen Krieg. Er hörte erst davon, als er zu meinem Vater kam, um sich zu verabschieden.

»Ich glaube, wir Litauer werden gegen niemanden kämpfen. Wir haben keine Panzer, keine Flugzeuge, keine Kanonen und nicht genug Menschen. Ein Schwacher sollte sich nicht in die Angelegenheiten der Starken einmischen. Er sollte nicht die Fäuste schwingen, sondern abwarten, wie die Prügelei endet«, sagte Julius, als wollte er sich selbst und seinen Lehrer trösten.

»Dein Wort in Gottes Ohr.« Mein Vater schüttelte den Kopf. »Es kommt ja vor, dass es ganz in der Nähe deines Hauses donnert und Blitze am Himmel zucken, aber das Gewitter vorbeizieht.«

»Ich werde dafür beten, dass es vorbeizieht«, versprach Julius dröhnend und fragte plötzlich: »Sagen Sie, Ponas Salamonas, wenn ich meinen Dienst hinter mir habe und heimkehre nach Jonava, nehmen Sie mich dann wieder?«

»Aber ja. Natürlich nehme ich dich wieder. Du bist ein fähiger und fleißiger Lehrling. Aus dir kann mal etwas werden.«

»Danke. Nun wird mir der Militärdienst leichter fallen. Und noch eine Frage. Darf ich?«

»Bitte.«

»Ich habe gehört, dass ein Soldat für vorbildlichen Dienst

manchmal für einen kurzen Urlaub nach Hause darf. Wenn ich tatsächlich mal ein paar Tage frei bekomme, darf ich dann aus dem Keller gleich zu Ihnen hochkommen?«

»Natürlich, du bist doch kein Fremder, du gehörst doch zu uns. Komm nur hoch, ich würde mich freuen.«

»Aber ich meine nicht einfach nur hochkommen, um mit Ihnen über dies und das zu reden.«

»Was meinst du denn?«

»Ich würde meinen Urlaub gern, wie soll ich sagen, nützlich verbringen«, sagte Julius, der nicht ohne Bauernschläue war. »Mich zu Ihnen setzen, Ponas Salamonas, auf meinen angestammten Platz, auf meinen Hocker, und ein, zwei Tage die Finger bewegen. Und dabei, das will ich nicht verhehlen, ein bisschen Geld verdienen. Mein Vater trinkt nach wie vor, meine Mutter ist machtlos gegen ihn und duldet es. Ich würde ihr gern ein wenig zum Lebensunterhalt dalassen ... Ich würde alles machen, was Sie sagen. Sie haben doch nichts dagegen?«

»Ich hatte noch nie etwas dagegen, wenn jemand arbeiten und Geld verdienen wollte.«

»Offen gesagt, ich mag den Militärdienst nicht. Mein Freund Petras Kauschas aus Skaruliai hat erzählt, dass man von dem Drill dort fast verrückt wird. Jeden Tag: ›Stillgestanden!‹ – ›Rührt euch!‹ – ›Nieder!‹ – ›Auf!‹ – ›Gewehr ab!‹ – ›Das Gewehr über!‹. Ich bin lieber Schneider als Soldat. Und für Sie allein wird es jetzt bestimmt nicht leicht.«

»Keine Arbeit auf der Welt ist leicht, Julius, wenn man sie gewissenhaft erledigt. Das macht den Meister aus, dass er sich jeden Tag voll einsetzt und beweist, dass er besser ist als andere.«

»Und was hört man von Ponas Schmule?«

»Er sitzt.«

»Wie lange muss er noch?«

»Wenn er klüger geworden ist und nicht wieder etwas anstellt, wird er vielleicht vorzeitig entlassen.«

»Ponas Schmule ist klug.«

»Kluge Menschen, Julius, sitzen nicht im Gefängnis und verdienen sich ihr Brot nicht unter Aufsicht eines Wachmanns, sondern unter dem Schutz und mit dem Beistand des Herrgotts.«

Der Rekrut bekreuzigte und verabschiedete sich. An der Tür stieß Julius mit Großmutter Roche zusammen, die ihrem Sohn, der nun ganz allein war, das Mittagessen brachte – Suppe mit Klößchen und geschmortes Kalbfleisch mit Kartoffeln.

»Setz dich hin und iss, ich will sehen, dass du alles aufisst!«, befahl sie. »Hast du heute überhaupt schon was gegessen?«

Mein Vater lächelte schuldbewusst.

»Nein, natürlich nicht. Ich werde bei der Arbeit noch verhungern.«

Großmutter Roche dirigierte meinen Vater an den Tisch, setzte sich ihm gegenüber und flötete spöttisch, als wäre er ein kleines Kind: »Iss, Schlojmele, iss! Wenn du schön aufisst, wirst du groß und stark, dann kann dir niemand etwas tun, aber wenn du nicht auf mich hörst, dann gebe ich dich den Zigeunern, weil du so ungehorsam bist, und die nehmen dich mit!«

»Ich will nicht zu den Zigeunern, Mama! Ich werde auf dich hören!«, ging der gerührte Sohn mit gespielt weinerlicher Stimme auf ihr spöttisches Spiel ein und machte sich schmatzend vor Behagen über die Suppe und das Fleisch her.

»Allein kommst du offenbar nur schwer zurecht. Du solltest dir einen Gehilfen suchen.«

»Ich suche ja. Im Schtetl finde ich niemanden. Aber vielleicht kommt bald jemand. Du hast bestimmt vom Krieg zwischen den Deutschen und den Polen gehört. Die Juden fliehen von dort in alle Richtungen. Wer weiß, vielleicht verschlägt es einige auch zu uns nach Jonava, in unser Jiddischstadt. Hier würden sie Unterschlupf finden. Bestimmt sind unter den Flüchtlingen auch Schneider.«

»Ich habe von dem Krieg gehört, auch davon, dass die Deutschen den Rabbinern die Bärte mit Streichhölzern anzünden. Auf dem Markt hört man alles Mögliche von den Leuten! Mehr als in Schmuliks Kasten.« Roche warf einen Blick auf den leeren Teller und lächelte. »Sehr schön! Du hast alles verputzt!«

»Es hat sehr gut geschmeckt! Danke.«

»Das möcht ich meinen!«, sagte Großmutter und fuhr fort: »Auch von diesen Flüchtlingen habe ich gehört und von diesem verfluchten Hitler. Wie ist das möglich! In meiner Jugend, als es noch keine Brücke über die Vilija gab, setzten Menschen und Vieh mit einer Fähre ans andere Ufer über. Der Fährmann damals, das war ein schielender Riese mit langen Armen, so lang wie Ruder, der hieß Hitler. Mejschke Hitler aus Kėdainiai. Und dieses Ungeheuer aus Deutschland, wie heißt der?«

»Na, jedenfalls nicht Mejschke und nicht Schmule. Er heißt Adolf.«

»Was soll man da sagen: Üble Zeiten, hässliche Namen!« Dann wurde Großmutter Roche wieder ernst. »Hoffentlich müssen nicht auch wir hier weg. Aus Polen fliehen sie nach Litauen, aber wo sollen wir hin, wenn sie uns in die Enge treiben? Nach Russland? Dort lässt man uns nicht rein, sie würden uns alle einfangen wie die Hasen. Nach Lettland? Die haben genug eigene Juden und wissen nicht, wohin mit ihnen.«

»Ob wir uns den Kopf zerbrechen oder nicht – wir können es nicht wissen. Solange wir leben, können wir der üblen Zeit nicht entgehen. Davor können wir uns nirgendwo verkriechen. Sag mir lieber, wie geht es Vater?«

»Er schwingt Ahle und Hammer.«

»Hustet er?«

»Aber wie! Und er spuckt.«

»Blut?«

»Manchmal.«

»Er sollte nach Kaunas fahren, Motl und Sara auf dem Grünen Berg besuchen, seine Enkelin Nechome anschauen und sich von Ärzten untersuchen lassen. Ich könnte ihn begleiten. Wie unsere Altgläubigen immer sagen: Die Arbeit ist kein Wolf, die läuft nicht fort in den Wald.«

»Von Kaunas brauchst du bei Vater gar nicht anzufangen. Was wird er dir schon antworten? Wozu soll ich mich in diese Ferne schleppen, bloß, damit sie mich befühlen wie ein Pferd. Nach Kaunas, wird er sagen, ist es weit. Zu Hause dagegen, da brauche ich nur einen Schritt bis zum Bett und zwei Schritte bis zum Abtritt. Darauf sage ich: ›Von zu Hause, Dovid, ist es auch bis zum Friedhof nicht weit!‹ Red du mit ihm, Schlojme«, bat Großmutter Roche. »Vielleicht hört er ja auf dich und lässt sich untersuchen.«

»Egal, was ich sage, da rede ich gegen eine Wand. Vater hört nur auf seine Kunden.«

Roche spülte das Geschirr und wollte schon gehen, als sie sich plötzlich an den Kopf griff.

»Das Wichtigste hab ich schussliges Huhn ganz vergessen. Kazimiras hat gestern einen Brief gebracht. Er war zwei Monate unterwegs.«

»Einen Brief? Woher? Von wem?«

»Aus Paris. Von deinem Bruder Ajsik. Lies ihn mir vor, dann erzähle ich deinem Vater, was drinsteht, er kriegt ja seinen Hintern nicht hoch von seinem Schusterhocker. Was ist er nur für ein Mensch? Dieser Sturkopf! Am Ende wird er noch vor dem Allerhöchsten mit Hammer und Ahle in der Hand erscheinen!«

Mein Vater nahm den Brief und las.

»Es sind nur zwei Seiten, aber du studierst sie, als wäre es die Thora. Was schreibt Ajsik?«

»Was er schreibt?«, wiederholte mein Vater, als müsste er Anlauf nehmen. »Er schickt allen Grüße – von ihm, von Sara und von deinen beiden Enkeln, Berele und Joßele. Mit Wohnung und Arbeit steht bei ihnen Gott sei Dank alles gut. Monsieur Kuschner hat Ajsik erneut den Lohn erhöht. Aber ihm und Sara ist bang ums Herz.«

»Bang?«

»Sie haben Angst vor Krieg. Die Franzosen ergreifen Partei für die Polen, und die Deutschen sind deshalb schrecklich wütend auf sie. Ajsik befürchtet, sie könnten ihre Armee nach Paris schicken, und dann würde es den Juden dort schlecht ergehen.«

»Verflucht sei ihr Same!«, schimpfte meine gottesfürchtige Großmutter Roche.

»Ajsik hat nicht um sich Angst, sondern um seine kleinen Söhne, große Angst. Das nächste Mal, wenn sich alles beruhigt hat, will er gerahmte Fotos von Joßele und Berele mitschicken.«

»Die hätte er schon längst schicken können«, sagte Roche beleidigt. »Dann hätte ich drei Enkel hier – einen leibhaftig und zwei in Holzrahmen. Die würde ich jeden Abend vorm Schlafengehen bewundern. Wer weiß, wie lange ich jetzt darauf warten muss!«

»Außerdem schreibt er, dass sie bei der jetzigen Lage in der Welt dieses Jahr nicht zu Besuch nach Litauen kommen werden, es sei denn, die Gefahr geht vorüber, was er und Sara aber sehr bezweifeln.«

»Und das ist alles?«

»Na, dann folgen, wie üblich bei Briefen aus der Ferne, Küsse und Umarmungen.«

Roche verließ das Haus mit dem leeren Geschirr und dem Versprechen, ihrem Sohn am nächsten Morgen wieder etwas

Gutes zu essen zu bringen – Bohnensuppe, Hühnerbrust und Kompott aus Trockenfrüchten …

Noch gab es in Jonava keine Flüchtlinge, mein Vater musste ohne Hilfe auskommen und zum Nachteil seines Verdienstes auf neue Aufträge verzichten – er war froh, wenn er die alten rechtzeitig fertigstellte. Gesellen von anderen Schneidern abzuwerben hielt er für unter seiner Würde.

»Wenn du doch bald mit der Schule fertig wärst, Hirschke«, sagte er im Scherz zu mir. »Dann könntest du mein Kompagnon werden, und wir würden ein Schild raushängen ›Schlojme Kanowitsch und Sohn‹.« Er lachte. »Ich würde dir mein Handwerk schnell beibringen. Du weißt bestimmt gar nicht, dass dein Papa schon als ganz junger Spund mitten im Ersten Weltkrieg als Lehrling bei unserem Landsmann Schaja Rabiner angefangen hat. Damals war ich kaum älter als du. Noch keine dreizehn Jahre. Mein allererster Lehrer Rabiner war nicht nur ein wunderbarer Schneider, er spielte auch Geige.«

»Ich würde dir ja gern helfen, Papa, aber …« Ich verstummte. Wenn ich die Wahrheit sagte, würde sich mein Vater nicht freuen, und wenn ich log, würde er mich zwar kaum übers Knie legen, aber bestimmt nicht mit kränkenden Worten sparen.

»Wärst du nicht gern Schneider?«

»Ein Schneider muss die ganze Zeit am selben Fleck sitzen, aber ich mag lieber herumlaufen, springen und klettern.«

»Na klar! In deinem Alter bin ich auch herumgelaufen und auf Bäume geklettert, doch dann hat das Leben mich gezwungen, mit einem gewissen Körperteil auf einem Stuhl kleben zu bleiben«, sagte mein Vater und schlug sich auf das bewusste Körperteil. »Seitdem laufe ich nicht mehr herum, sondern sitze hier. Und verdiene damit das Brot für uns alle.«

Er war ein Fanatiker. Meine Mutter versicherte oft, mein Vater liebe seine Arbeit mehr als sie und betrüge sie seit vielen

Jahren, Gott sei ihr Zeuge, nicht mit einer Frau, sondern mit seiner Nähmaschine. Die Nähmaschine sei nie beleidigt oder brummig, schimpfe und streite nicht wegen Kleinigkeiten mit ihm, sie gebe immer und in allem nach.

Ich war noch zu klein, um diese Klagen zu verstehen, doch als ich heranwuchs, begriff ich, dass sie recht hatte. Vielleicht hat mein Vater dank seiner Sturheit, seiner unermüdlichen Arbeit alltags wie feiertags, länger gelebt als alle anderen in seiner Familie und ist erst in sehr, sehr hohem Alter gestorben. Mein Vater schien bis zur Stunde seines Todes selbst im Schlaf Tuch zuzuschneiden und an seiner Nähmaschine zu sitzen. Nicht ohne Grund spottete er manchmal über sich selbst und sagte am Morgen lachend zu meiner Mutter: »Hast du gehört, wie ich im Bett mit meiner Singer gerattert habe?«

Obgleich meine Mutter immer recht spät von den Kochans heimkam, wollte sie ihm unbedingt helfen, doch mein Vater unterband all ihre Versuche mit freundlichem Hochmut.

»Geh schlafen!«, befahl er. »Ich komme ohne dich zurecht.«

»Deine Mutter Roche kann Schuhe besohlen und Absätze flicken. Das Schustern hat ihr niemand beigebracht, sie hat es selbst gelernt. Auch ich werde selbst lernen, genau wie sie, nur eben schneidern. Ich will nicht mein Leben lang Dienstmädchen bleiben. Es war dumm von mir, Reb Jeschues Vorschlag damals abzulehnen und nicht nach Kaunas zu gehen und Weißnäherin zu werden. Ich hatte Angst, dich zu verlieren!«

»Das war dumm von dir, und deine Angst war auch dumm«, sagte er sanft. »Ich wäre nicht verschwunden, ich hätte dich selber gesucht und gefunden.«

»Na, wir wissen, wie ihr sucht und wen ihr findet«, sagte meine Mutter bissig.

»Streiten wir uns nicht. Schön, du kennst die Männer besser als ich«, gab mein Vater nach. »Wenn du dich ein wenig ausgeruht hast, fangen wir gleich an mit dem Lernen. Dann wirst du bei mir Maß nehmen.«

»Maß nehmen?«

»Ja, unbedingt. Damit beginnt ein echter Schneider. Das Bandmaß, hat mein Lehrer Schaja Rabiner immer gesagt, ist die Brücke zum Ruhm des Schneiders. Wenn du richtig Maß nimmst, gelingt dir jedes Kleidungstück für jede Größe. Ob für einen Riesen oder für einen Zwerg. Vermisst du dich aber nur ein bisschen, um zwei, drei Zentimeter, ist alles verloren. Dann kannst du dich hinsetzen und alles umarbeiten. Und zu einem Schneider, der alles umarbeitet, kriegen einen vernünftigen Kunden keine zehn Pferde ein zweites Mal.«

»Ach so!«

»Schaja Rabiner« – mein Vater entspannte sich auf einmal und erging sich in angenehmen Erinnerungen an seine Lehrzeit –, »der förderte meinen Fleiß auf jede Weise, aber Maß genommen hat er lange nur selber, sein speckiges Bandmaß hat er mir jungem Burschen nicht anvertraut. Schneidern, sagte er immer, lernt man nicht in einem Jahr und nicht in zwei Jahren, sondern das ganze Leben, denn jeder Kunde ist ein einmaliges, einzigartiges Modell und verlangt ein ganz eigenes Herangehen.«

Meine Mutter hörte zu und sah meinen Vater mit gütigem Mitgefühl an. Dagegen war sie machtlos. Er schwatzte auf sie ein, um sie abzulenken.

»Hör zu, Chanke«, sagte er, »eine gute, treue Ehefrau sein, das ist auch ein Beruf. Vielleicht der schwerste und wichtigste auf der Welt. Einen Menschen anziehen ist das eine, aber ihn zur Welt bringen und großziehen, das ist etwas ganz anderes. Lohnt es sich wirklich, diesen Beruf gegen etwas anderes zu tauschen?« Mein Vater schwieg eine Weile und sagte dann: »Ich meine, das lohnt nicht.«

»Ich will ja gar nicht Schneiderin werden, von mir aus kannst ruhig immer du Maß nehmen. Aber bis du einen Gehilfen findest, könnte ich zumindest etwas lernen und mich vielleicht nützlich machen.«

»Danke. Aber du kommst abends immer so erschöpft von den Kochans, dass du dich kaum noch auf den Beinen halten kannst. Sag bloß, du fühlst dich nicht ausgelastet?«

»Mach dir um mich keine Sorgen! Und versuche nicht, mich mit deinen fadenscheinigen Komplimenten davon abzuhalten! Komm, schwenk lieber die weiße Fahne!« Meine Mutter lächelte.

Mein Vater kannte ihren Charakter nur zu gut – durch unentwegtes Sägen an seiner scheinbaren Standhaftigkeit würde sie ihr Ziel doch erreichen. Wenn ihr Angetrauter ihr nicht entgegenkam und sich weigerte, ihr den Wunsch zu erfüllen, würde seine Frau womöglich eines schönen Tages zum Äußersten greifen und seine Nähmaschine in Beschlag nehmen.

»Gut, wie du willst. Ich kapituliere.«

So war es bei uns nun einmal – nur meine Mutter konnte meinen Vater so rasch und so leicht besiegen. Die weiße Fahne wehte über unserem Zuhause bis zu ihrem frühen Tod.

»Hoffentlich kommt unser Lenin-Stalin bald zurück aus Raseiniai!«, bog mein Vater, wie die schlagfertige Großmutter Roche in solchen Fällen immer sagte, rasch in eine andere Gasse ab.

»Vielleicht wird Schmulik ja wirklich vorzeitig entlassen. Doktor Blumenfeld war bei den Kochans, die kranke Nechome hatte einen heftigen Asthma-Anfall. Und weißt du, was er erzählt hat? Ich wollte es erst gar nicht glauben. Aber der Doktor wird ja nicht die Unwahrheit sagen!«

»Jeder kann schwindeln. Was hat denn unser lieber Doktor Blumenfeld so Unerhörtes erzählt?«

»Er hat gesagt, dass laut einem Vertrag mit unserem Präsidenten Smetona die Rote Armee ungehindert nach Litauen einmarschiert ist. Über zwanzigtausend Mann. Angeblich sind schon in der Nacht Panzer mit rotem Stern an unserem Jonava vorbeigefahren und haben sich fünf Kilometer von hier auf dem Schießplatz in Gaižiūnai eingerichtet.«

»Sag bloß, wir zwei Schlafmützen haben ein so wichtiges historisches Ereignis verschlafen?«

»Offenbar.«

»Du meinst, die russischen Panzer nehmen nun womöglich forsch auch Kurs auf die strenge Strafkolonie in Žemaitija und befreien unseren Lenin-Stalin?«

»Das glaube ich nicht«, antwortete meine Mutter. »Doktor Blumenfeld hat gesagt, die Russen seien nach Litauen gekommen, um uns vor den Deutschen zu schützen, aber am Ende hat er noch gemeint, wenn die Russen einmal kommen, dann bleiben sie lange, vielleicht sogar für immer.«

8

Auf den Straßen von Jonava tauchten sowjetische Offiziere oder, wie sie damals genannt wurden, rote Kommandeure, lange vor jüdischen Flüchtlingen aus dem zerschlagenen Polen auf. In der ersten Zeit bemühten sie sich, nicht aufzufallen, hielten sich abseits und schlenderten in kleinen Gruppen ziellos durchs Schtetl. Hin und wieder schauten die Russen in ein Textil- oder Kurzwarengeschäft oder knipsten sich gegenseitig vor der alten Backsteinkirche, deren spitzer Turm hoch in den Himmel ragte. Die Soldaten fotografierten die brave Vilija, die ihr Wasser gewissenhaft in die Ostsee strömen ließ, die Bauerngehöfte, die mit Schindeln oder Stroh gedeckten Dächer, die einsamen Kiefern und die friedlich grasenden idyllischen Kühe am Fluss.

Bis auf die Altgläubigen, die ihre Waren auf den Markt brachten, konnte sich niemand im Schtetl ohne Dolmetscher mit den unverhofften Gästen verständigen. Die Juden sprachen nicht Russisch, abgesehen von einigen uralten Männern, die seinerzeit in der Zarenarmee gedient hatten oder während des Ersten Weltkriegs als angebliche deutsche Spione auf Befehl des Imperators Nikolai II. allesamt aus den Grenzgebieten ausgesiedelt und weit nach Russland oder Weißrussland verbannt worden waren.

Die durch die Stadt spazierenden Panzersoldaten erschienen den Alteingesessenen anfangs wie Taubstumme – sie verständigten sich mit der einheimischen Bevölkerung meist durch Gesten, Mimik, freundliches Lächeln und bittende Blicke. Doch bald kam die Kommunikation in Gang. Die in Gaižiūnai stationierte Panzerbrigade wurde nach und nach verstärkt, durch mehr Autos und mehr Männer, einfache Soldaten und Kommandeure. Unter den Neuen war, ob durch Zufall oder eigens für den Kontakt mit der einheimischen Bevölkerung, Oberleutnant Valeri Fischman, ein Jude aus Gomel. Er wurde zum ständigen Begleiter und Dolmetscher für seine Kameraden, sprach aber, da er seine jiddische Muttersprache im sowjetischen Alltag selten benutzte, eine stark verarmte Variante davon. Zu Beginn ihres Aufenthalts im fremden Ort Jonava zeigten die roten Kommandeure nur eine träge und ziellose Neugier für die Geschäfte im Ort. Als müßige Gaffer bewunderten sie in den Schaufenstern vor allem die ausländischen Waren. Doch nach zwei Monaten hatten sich die Ankömmlinge eingelebt und gingen sonntags in Begleitung von Oberleutnant Fischman öfter in die Läden, besonders in die Textil- und Kurzwarengeschäfte, und fragten schüchtern nach den Preisen.

Auch bei Efraim Kapler schauten sie vorbei.

Der von seiner Kur in Karlovy Vary zurückgekehrte Kurzwarenhändler war ein geborener Verkäufer. Er unterteilte die Menschheit nicht nach Rassen und Nationalitäten, er unterschied nur Kunden und Nichtkunden. Mit besonderer Hochachtung und Höflichkeit behandelte Reb Efraim höhergestellte Militärs oder Polizisten. Wer die Macht auf seiner Seite hatte, den bedachte er lieber mit einem Lächeln zu viel als mit schrägen Blicken. Es war schließlich keine Sünde, die so überraschend hereingeschneiten sowjetischen Offiziere höflich zu behandeln. Kapler hatte in seiner lange zurückliegenden Jugend in der Zarenarmee gedient, in Rybninsk, und aus dieser Zeit wie durch ein Wunder noch einen kleinen Vorrat an russischen Wendungen im Gedächtnis bewahrt, vor allem Schimpfwörter, die er nach der bolschewistischen Revolution in seine Heimat Litauen mitgebracht hatte.

»Gut Tag«, begrüßte er die Besucher nach kurzem Kramen in seinem Gedächtnis. »Ich auf Russisch spreche nicht viel gut jetzt.«

»*Ir kent redn jidisch, ich wel ojßtajtschn ajre werter*«, erwiderte darauf der russische Offizier.

»Oooh!«, stöhnte Reb Efraim Kapler, und dieses Stöhnen war schwer zu deuten – ob es gespielte Freude ausdrückte oder geschickt verborgenes Befremden.

Die roten Kommandeure betrachteten lange die Regale mit den Waren in den bunten Verpackungen. Bevor sie sich von dem freundlichen Inhaber verabschiedeten, der versuchte, etwas »auf Russisch« zu sagen, erstanden sie für litauisches Geld ein paar Kleinigkeiten – Zahnpasta, Rasiercreme, duftende Seife, und als Zeichen seiner Hochachtung schenkte Efraim Kapler Valeri Fischman und allen seinen Begleitern je einen hübschen Hornkamm.

Am Samstag nahm mich Großmutter Roche wie immer mit in die Beit knesset HaGadol, doch gleich an der Tür musste ich mich von ihr trennen. Sie ging hinauf auf die Empore, zu den Frauen, und setzte sich wie immer in die erste Reihe, um den ganzen Saal überblicken und besser hören zu können, was unten geredet wurde. Ich aber, ein mittlerweile zehnjähriger Junge, nahm meinen rechtmäßigen Platz in der Männerhälfte ein und ließ mich in der Nähe der unweit der Bima stehenden Bank nieder, auf der Efraim Kapler und der Bäckereibesitzer Chajim-Gerschon Fajn saßen. Die Leute sollten sehen, so hatte Großmutter mir eingeschärft, dass nicht alle Männer in unserer Familie notorische Gottlose waren.

Noch bevor Rabbi Eliëser mit der Lesung des Wochenabschnittes aus der Thora begann, der Toledot über Isaak, Stammmutter Rebekka und die Zwillinge Jakob und Esau, die um das Erstgeburtsrecht stritten, hatte die Nachricht vom jüdischen sowjetischen Panzersoldaten, der seinen Militärdienst in Gaižiūnai leistete, bereits im ganzen Gotteshaus die Runde gemacht und die Samstagpredigt fast übertönt. Die Neuigkeit lenkte die Gläubigen ab von der Geschichte darüber, wer wen bei Rebekkas Niederkunft an der Ferse gepackt hatte, um sich das Erstgeburtsrecht zu sichern. Alle schalteten von Isaak und Rebekka um auf den »jüdischen Offizier«. Die Männer erörterten leise, warum, zu welchem Zweck und mit welchem geheimen Auftrag dieser Kommandeur wohl in Jonava aufgetaucht war. Bis dahin hatte es doch in der gesamten litauischen Armee nur einen einzigen Offizier jüdischen Glaubens gegeben – den Militärrabbiner mit dem winterlichen Namen Schnee.

»Schlagt mich tot, aber das verstehe ich nicht, wieso wird ein normaler Jude Panzersoldat?«, flüsterte Chajim-Gerschon Fajn im Bass, wobei er sich zu seinem Nachbarn Efraim Kapler beugte, der in sein Gebetbuch vertieft war.

»Das fragen Sie mich? Mir waren Juden zu Fuß und ohne jeden militärischen Rang immer lieber«, antwortete Reb Efraim. »Reden wir nach dem Gottesdienst ausführlicher über alles. Solche Gespräche schicken sich nicht im Haus des Herrn. Ich bin sicher, jüdische Panzersoldaten interessieren Ihn gewiss nicht.«

»Was wahr ist, ist wahr«, seufzte der Bäckereibesitzer Chajim-Gerschon Fajn, der ständige Beobachter und Ausleger aller wichtigen Ereignisse auf der Welt.

Schließlich war der Gottesdienst zu Ende, und die Gläubigen gingen auseinander.

Meine Großmutter kam von oben herunter, machte mich in der Menge ausfindig und erbot sich, mich nach Hause zu bringen.

»Ich übergebe dich eigenhändig deinen Eltern, dann kann ich heute Nacht gut schlafen«, sagte sie und hängte sich an Kapler und Fajn, um, wie sie sich ausdrückte, mit halbem Ohr zu lauschen, worüber solide und informierte Menschen sprachen, nicht gewöhnliche Schuster.

»Glauben Sie wirklich, dass die Russen gekommen sind, um uns vor den Deutschen zu schützen?«, fragte Chajim-Gerschon Fajn besorgt und ließ Kapler nicht einmal verschnaufen.

»Nein«, sagte Reb Efraim schroff. »Haben Sie irgendwo auf der Welt je ein Land gesehen, dessen Armee die Juden beschützt?«

»Nein. Eine solche Armee gibt es nicht.«

»Eben. Es ist schon ein Glück, dass wir in einigen Ländern geduldet werden. Was mich beunruhigt, Reb Chajim-Gerschon, ist nicht, vor wem genau sie uns schützen werden, sondern etwas ganz anderes. Nämlich, ob unsere Gäste nicht unversehens zu unseren Herren werden …«

»Gott behüte!«

»Die Russen haben schon während der Revolution von 1917 die diplomatischen Beziehungen zu Gott abgebrochen. Wenn sie hier die Herren werden, dann ist es aus mit Ihrer wunderbaren Bäckerei und Ihrem Haus an der Vilija, mit meinem zweistöckigen Haus, meinem Kurzwarengeschäft und mit unseren Ersparnissen auf der Bank. Die Bolschewiki werden uns alles wegnehmen. Wie Ihnen bestimmt bekannt ist, gibt es in Russland kein Privateigentum.«

»Das ist mir bekannt, ja, ja«, bestätigte Chajim-Gerschon. »Dort gehört alles einem einzigen Menschen – einem schnauzbärtigen, pockennarbigen Georgier, dem Sohn eines Schusters.«

»Der einfache Mann herrscht bei ihnen nur in den Liedern«, sagte Reb Kapler. »Solange die Deutschen und die Russen einander in Ruhe lassen und sich friedlich die Beute teilen, müssen wir uns keine Sorgen machen, aber wer kann schon garantieren, dass sich diese Wölfe nicht demnächst doch gegenseitig an die Gurgel gehen?«

Kapler gab Fajn zum Abschied die Hand und verschwand im Eingang unseres Hauses.

Reb Efraims düstere Prophezeiungen, dass die Russen die Herrschaft übernehmen würden, schienen sich nicht zu bewahrheiten. Die Panzersoldaten benahmen sich wie Freunde, ganz und gar nicht wie neue Herren. An den Wochenenden veranstalteten sie auf dem Marktplatz für das nicht gerade mit Spektakeln verwöhnte Publikum Konzerte. Auf einer rasch zusammengezimmerten Bretterbühne besangen Chor und Solisten die Grenze, über der »finstre düstre Wolken hängen«, das Mädchen Katjuscha, das »zu des Flusses steiler Uferwand« ging, und tanzten verwegen Kasatschok, Hopak und Lesginka. In Jewsej Klawins Filmtheater Helios lief zwei Wochen hintereinander der Film *Tschapajew*. Der ganze Saal zuckte zusammen, wenn der kühne rote Kommandeur sich zornig auf die Weißgardisten stürzte und den Säbel schwang, scheinbar nicht gegen die bösen Feinde, sondern von der Leinwand herab gegen die Zuschauer.

Die Zuschauer auf dem Marktplatz applaudierten nach jeder Nummer, bis ihre Hände ganz rot waren. Die anderen, die aus Klawins vollbesetztem Kino kamen, wischten sich die verstohlenen Tränen ab und bedauerten den im Ural ertrunkenen Tschapajew. Der eine oder andere summte auf dem Heimweg noch das abgebrochene Lied über Katjuscha vor sich hin, die an einem fremden Ufer schwor, einem Soldaten die Treue zu halten, der die Grenze seiner geliebten sowjetischen Heimat bewachte.

Im Publikum waren meist mehr Juden anzutreffen als Litauer, denn die mieden die russischen Sänger und Tänzer mit dem fünfzackigen Stern auf der Mütze. Offenbar hielt kaum jemand von ihnen »Stalin, dem alle vertrauen«, und »Moskau, herrlich, stolz und schön« ernsthaft für zuverlässige Beschützer.

»Wieso bleibt ihr nicht zu Hause?«, fragte der »Fast-Jude« Vincas Gedraitis Großmutter Roche, als er sie vor der Bäckerei von Chajim-Gerschon Fajn traf. »Warum lauft ihr in Scharen auf den Platz, wo man euch wer weiß was für eine Ware andreht? Dass eure Freude an dieser Katjuscha für euch mal nicht mit großem Kummer endet! Sie kennen mich seit langem, Roche. Ich wünsche Ihnen nichts Böses, ich bemühe mich immer, Sie vor Unannehmlichkeiten zu bewahren.«

»Ich weiß, Ponas Vincas, ich weiß. Gott schenke Ihnen Gesundheit für Ihr gutes Herz und für Ihre Freundlichkeit gegen uns.«

»Darum will ich Ihnen auch nichts verbergen. Aber was ich Ihnen jetzt sage, das bleibt bitte unter uns.«

»Da können Sie ganz sicher sein.«

Der »Fast-Jude« Gedraitis schwieg, holte tief Luft und sagte: »Unsere hohe Obrigkeit ist sehr unzufrieden mit Ihnen. Also, mit Ihren Leuten. Überlegen Sie gut, mit wem Sie sich da vor der Zeit verbrüdern! Was betört Sie so an diesen Russen? Aber berufen Sie sich um Gottes willen nicht auf mich! Ich habe Ihnen nichts gesagt! Wenn meine Obrigkeit erfährt, dass ich zu viel ausplaudere, dann fliege ich noch vor der Pensionierung raus.«

»Ich gehe nicht zu den Konzerten. Auch meine Familie nicht. Reb Efraim Kapler ist nie dort, auch der Bäckereibesitzer Chajim-Gerschon Fajn eilt nicht auf den Marktplatz, und Doktor Blumenfeld lässt sich ebenso wenig dort blicken«, haspelte Roche. »Das halbe Schtetl bleibt zu Hause. Kluge Menschen, Ponas Vincas, hören nicht Sängern zu, sondern verdienen Geld.«

»Nicht alle, nicht alle. Richten Sie Ihren Glaubensbrüdern trotzdem aus, sie sollen die Fremden nicht gar zu freundlich aufnehmen und lieber ihre eigenen Lieder singen. Wer weiß, was noch alles passieren kann auf dieser Welt ...«

Großmutter Roche hatte nicht gelogen. Efraim Kapler, Chajim-Gerschon Fajn, Doktor Blumenfeld, der Friseur Nochem Kowalski und mein Vater interessierten sich nicht im Geringsten für die verliebte Katjuscha, das »herrliche, stolze und schöne« Sowjetland oder seinen Führer, »Stalin, dem alle vertrauen«, nicht einmal für den Panzersoldaten Valeri Fischman. »Ein merkwürdiges Gewerbe für einen anständigen Juden«, sagte Großmutter Roche über seinen Beruf.

Mein Vater saß nach wie vor an seiner Nähmaschine und wartete auf den ersten geflüchteten Schneider aus Polen wie auf den Meschiach. Darum strahlte er, als auf der Schwelle seiner Werkstatt der vermutliche Engel mit der guten Nachricht erschien – Chajim-Gerschon Fajn! Gleich würde er hereinkommen und breit lächelnd verkünden: »Ich habe einen Gehilfen für Sie gefunden, Schlojme!«

»Wir können uns freuen: Vier Familien aus Białystok konnten sich vor dem sicheren Tod retten und sind wohlbehalten in Jonava eingetroffen!«, rief Fajn tatsächlich.

»Konnten Sie, Reb Chajim-Gerschon, unter ihnen einen Schneider für mich finden?«

»Leider nein, aber ich bin sicher, Sie werden Glück haben. Dafür habe ich eine Nase. Sie brauchen nur ein wenig Geduld, woran es uns Juden ja mangelt. Wir wollen alles sofort, jetzt gleich! Lassen Sie den Kopf nicht hängen! Vielleicht kommen schon bald auch Schneider. Der Flüchtlingsstrom aus Polen hat erst eingesetzt.«

»Tja, ich werde also weiter warten.«

»Bestimmt nicht mehr lange, Schlojme. Erst einmal aber müssen wir uns um die kümmern, die der deutschen Hölle entkommen sind.«

Der Flüchtlingsstrom nahm tatsächlich zu, doch in Jonava mündete nur ein kleiner Bach – fünfzehn Personen.

Zu allen Zeiten suchten vertriebene Juden Wärme und Zuflucht zuerst im Haus Gottes. Rabbi Eliëser hatte sich beizeiten auf ihren Empfang vorbereitet. Das von ihm gebildete Synagogenkomitee hatte einstimmig beschlossen, jedem Flüchtling aus der Kasse der gegenseitigen Hilfe finanzielle Unterstützung zu gewähren. Außerdem hatte sich die Gemeinde verpflichtet, alle Arbeitsfähigen mit Wohnraum und Arbeit zu versorgen, die Kinder in die Schule und Kranke zur Untersuchung zu Doktor Blumenfeld zu schicken, sämtliche Neuankömmlinge namentlich zu erfassen und die Listen der Polizei zu übergeben, um für alle eine Aufenthaltserlaubnis für die Litauische Republik zu erwirken.

Schließlich erfüllte sich die Hoffnung meines Vaters – unter den Flüchtlingen fand sich ein schweigsamer Mann, der in einem Atelier in einem Warschauer Vorort als Zuschneider gearbeitet hatte und mit seiner polnischen Braut vor den Deutschen nach Litauen geflohen war.

»Sie sind mir etwas schuldig, Schlojme! Hier haben Sie Ihren Gehilfen! Ein Warschauer Schneider!« Chajim-Gerschon Fajn wies auf den verlegenen Flüchtling. »Machen Sie sich bekannt!«

»Mejlech Zukerman«, stellte sich der erstarrte Mann vor.

»Zuckerkönig«, sagte mein Vater und lächelte ihn an.

»Ein nackter König«, erwiderte der Träger des königlichen Namens.

»Wie lange schneidern Sie schon?«

»Fünfzehn Jahre.« Mejlech schwieg erneut und setzte dann hinzu: »Ich habe mit fünfzehn angefangen.«

»Ich mit dreizehn, gleich nach meiner Bar-Mizwa«, prahlte mein Vater. »Wann können Sie sich an die Nähmaschine setzen?«

»Morgen.«

»Gut, also morgen.«

»Na, dann will ich nicht weiter stören«, sagte Chajim-Gerschon Fajn. »Meine Vermittlermission ist beendet. Alles Gute!«

Als der Bäckereibesitzer, der seit Reb Jeschue Kremnizers Abreise nach Paris als der neue allgemeine Beschützer und Wohltäter im Schtetl galt, die Schneiderei zufrieden verlassen hatte, wandte sich Mejlech an meinen Vater.

»Es klingt vielleicht unbescheiden, aber bei meiner Flucht aus Warschau habe ich meinen wichtigsten Reichtum mitnehmen können: meine Schere, meine Nadel, meinen Fingerhut und meine Braut.«

Beide lachten, und dieses Lachen brachte sie einander sofort näher.

Der neue Geselle war ganz nach Vaters Geschmack.

Groß und kräftig, mit zerzaustem weizenblondem Schopf und langen muskulösen Armen wirkte er eher wie ein polnischer Zimmermann als ein jüdischer Schneider.

Der neue Gehilfe war noch viel schweigsamer als Julius. Den Mund zu öffnen schien ihm regelrecht Schmerzen zu bereiten. Von sich und den Ereignissen in Polen erzählte er wenig und nur widerwillig. Mejlech stürzte sich ganz in die Arbeit und ließ sich selten davon ablenken, stellte selbst möglichst keine Fragen, gab nur knappe Antworten und sprach nicht über Warschau, als hätte er nie dort gelebt und wäre nicht von dort geflohen.

»Die Arbeit ist wie ein Bunker. Du vergräbst dich darin und vergisst alles andere auf der Welt. Du schlägst die Eisentür hinter dir zu, nähst und bist selig«, sagte er, womit er andeutete, man solle ihn nicht nach seinen Erlebnissen ausfragen.

»Haben Sie denn dort noch jemanden?«, erkundigte sich meine neugierige Mutter, obwohl mein Vater sie gewarnt hatte, dass Mejlech nicht gern über seine jüngste Vergangenheit sprach.

»Nein, niemanden. Mein Vater und meine Mutter sind vor diesem Grauen gestorben. Sie hatten also großes Glück, möge mich Gott nicht strafen für solche Worte. Wären sie noch am Leben, hätten sie sich kaum auf den Weg gemacht …«

Mein Vater lernte Mejlechs Fähigkeiten schnell schätzen und einigte sich mit ihm rasch auf den Lohn. Er bot ihm mehr, als er Julius gezahlt hatte, und zerbrach sich den Kopf darüber, wo man das junge Paar unterbringen könne, damit sie sich nachts vernünftig ausschlafen konnten.

Da hatte meine Mutter eine wunderbare Idee – sie wollte die alte Antanina, die einstige Haushaltshilfe von Abram Kißin, überreden, den beiden das seit langem leerstehende Zimmer in ihrem Haus zu vermieten. Sie hätte Gesellschaft, und die beiden würden sich nicht mehr so elend fühlen.

Als Antanina erfuhr, dass Mejlechs Braut Katholikin war, willigte sie mit Freuden ein – Małgorzata würde sie, die inzwischen fast blind war, in die Kirche begleiten.

Zur Arbeit kam Mejlech immer mit seiner Braut. Wenn meine Mutter nicht da war, wirtschaftete Małgorzata in der Küche, kochte Essen, putzte, wusch die Wäsche und hängte sie auf dem Hof auf. Manchmal zog der angetrunkene Hauswart Antanas vor der hübschen Polin seinen speckigen Hut und schickte ihr sogar Luftküsse.

»*Ale smaczna, cholera jasna*«*, rief er und schnalzte mit der Zunge.

Um Mejlech aufzumuntern und seine Wahl gutzuheißen, lobte mein Vater Małgorzata bei jeder Gelegenheit, übernahm sogar von seinem neuen Gesellen ein polnisches Wort, das ihm sehr gefiel: *Kochana***. Als er erfuhr, was es bedeutete, nannte er auch meine Mutter so. Er benutzte es stets, wenn sie erst spät von den Kochans heimkehrte.

»*Kochana*, warum kommst du so spät? Vielleicht sind ja die Kochans nur Tarnung, und du hast ein Techtelmechtel?«

Meine Mutter hielt es für überflüssig, auf solche Scherze zu antworten, und ärgerte sich nicht darüber. Wie sollte sie auch, da ihr Herz doch das polnische Wort instinktiv richtig ins Jiddische übersetzte.

Mit keinem seiner früheren Gehilfen war mein Vater je so zufrieden gewesen wie mit diesem Flüchtling.

»Mejlech hat goldene Hände«, versicherte er jedem. »Der bleibt nicht lange Geselle.«

Auch meine Mutter und Großmutter Roche mochten Me-

* (poln.)Verdammt hübsches Weib!

** (poln.) Liebste.

jlech, doch beide äußerten, mal offen, mal versteckt, ihren Unmut darüber, dass er unter den Tausenden Bräuten in Warschau keine Jüdin erwählt hatte, sondern eine Polin. Und sie obendrein sogar mitgenommen hatte auf seine Flucht in ein fremdes Land.

»Nicht ein Jude zu werden ist schwer, sondern ein guter Mensch zu werden. Lasst Małgorzata nur Zeit, dann wird sie auch Jüdin. Was tut man nicht alles aus Liebe? Der eine lässt sich, ohne nachzudenken, taufen, ein anderer tauscht das Kreuz gegen die Kippa«, verteidigte mein Vater die Polin.

Bei solchen Gesprächen musste ich an die Waise Leje Berger denken und an ihre strenge Großmutter Blume, die ihre Tochter Riwke verflucht und aus dem Haus gejagt hatte. Nur weil die Tochter einen Litauer liebte. Ich stimmte jedem Wort meines Vaters zu, es war mir unbegreiflich, wieso man jemanden verfluchen und aus dem Haus jagen konnte, der liebte. Hätte Blume Riwke nicht rausgeworfen, gäbe es eine Waise weniger auf der Welt. Mochte Mendl Hiberman mich noch so viel hänseln und Leje und mich Braut und Bräutigam nennen, ich würde trotzdem nach dem Unterricht zusammen mit ihr nach Hause gehen und bis zum Schulabschluss jeden Morgen an dem Mast mit den abgerissenen Drähten auf sie warten. Und wenn kein Fremder in der Nähe war und niemand mich hören konnte, würde ich sie insgeheim genauso nennen wie Mejlech seine Małgorzata: »*Kochana*!«

Das Jahr ging zu Ende.

Das ununterbrochene Kreischen der Sägen im Sägewerk verkündete jeden Morgen, dass in der jahrhundertealten Geschichte von Jonava ein neuer Tag angebrochen war.

Nach wie vor machte der Ordnungshüter, der »Fast-Jude« Gedraitis, seinen morgendlichen Rundgang. Nach wie vor sangen und tanzten an den Wochenenden auf dem Marktplatz unermüdlich die Panzersoldaten, doch statt der funkensprühenden Lesginka ertönte jetzt das übermütige *Äpfelchen*, statt des Hopak der litauische Holzschuhtanz und statt des Kasatschok der stolze Krakowiak. Die Rotarmisten hatten auch ein jüdisches Hochzeitslied gelernt und sangen es nun im Chor, was das dankbare Publikum stets mit begeisterten Bravo- und Dacapo-Rufen quittierte. Und in Jewsej Klawins überfülltem Kino lief statt des heroischen *Tschapajew* nun der beliebte Film *Zirkus*, in dem Solomon Michoëls einem kleinen schwarzen Kind anrührend ein Wiegenlied auf Jiddisch vorsingt.

Der Einzige, der diese Konzerte offen missbilligte, war Rabbi Eliëser, weil ein Teil der Gemeinde, statt das Ende des Sabbats mit Gedanken über die Gebote Gottes zu verbringen und seine Heiligkeit zu ehren, auf den Marktplatz eilte und sogar leise mit den Rotarmisten mitsang.

Deren Auftritte ärgerten auch Reb Efraim Kapler, der Lärm nicht ertrug.

»Von diesem Tamtam auf dem Markplatz dröhnt mir der Kopf«, beklagte er sich bei meinem Vater, als der ihm die monatliche Miete brachte. »Ich fürchte, diese Gesänge und Tänze werden für uns böse enden.«

»Wie kommen Sie darauf, Reb Efraim?«, widersprach mein Vater seiner freudlosen Prophezeiung. »Solange die Soldaten singen, schießen sie nicht. Uns droht keine Gefahr. Die Deutschen haben in Polen Halt gemacht.«

»Ach ja, unser jüdisches ›solange‹! Solange wir satt sind, solange man nicht die Hunde auf uns hetzt, solange man uns nicht ungeniert unser sauer verdientes Hab und Gut nimmt, so lange ist alles gut, ist alles wunderbar, sind wir zufrieden. Wir leben immer von einem ›solange‹ bis zum nächsten. Sie sollten wissen, Reb Schlojme, dass die Deutschen nie auf halbem Wege zum Ziel Halt machen.«

Wie sehr Reb Efraim auch einen möglichen Einmarsch der Deutschen heraufbeschwor, meinen Vater quälte eine andere Angst – die Angst um Großvater Dovid. Alle Versuche, ihn zu einer Fahrt nach Kaunas zu bewegen, ins Krankenhaus, blieben vergebens – davon wollte der alte Mann nichts hören. Zu Hause, meinte er, machten auch die Wände gesund.

Nicht einmal die Drohungen von Roche, der sich Dovid sonst ohne Widerrede fügte, konnten ihn umstimmen.

»Es gibt Schuhe, die man noch reparieren kann, und solche, bei denen alle Liebesmüh vergebens ist. Die gehören auf den Müll«, wehrte Großvater Dovid lächelnd die Attacken seiner Lieben ab. »Ich bin gesund, solange ich meinen Hammer in der Hand halte und sein Klopfen höre.«

Großmutter Roche sprach nicht mehr mit ihm und erklärte, wenn sie jünger wäre, würde sie beim Rabbinergericht die Scheidung einreichen und einen anderen heiraten, jemanden, der nicht tagein, tagaus mit dem Hammer herumklopfte, jemanden, der einen Kopf auf den Schultern hatte und keinen Kohlkopf.

Mein Vater schrieb einen ausführlichen Brief an seinen Bruder in Paris, berichtete von der Krankheit des Vaters, sandte ihm per Eilboten die von Doktor Blumenfeld ausgestellten Rezepte und bat Ajsik, die benötigten Medikamente so schnell wie möglich zu schicken – die Sache sei ernst, der Vater huste unaufhörlich Blut.

Großvater Dovid wusste nichts von den Rezepten und nichts von den Briefen an Ajsik, flüchtete sich vor der Krankheit wie vor einer Verfolgung in die Arbeit, hämmerte weiter herum, hustete weniger und spuckte erstaunlicherweise seltener Blut.

Vielleicht ist ja die Arbeit die beste Medizin, sprachen seine Lieben einander Mut zu.

Nichts schien das traurige Ende anzukündigen.

Doch allmählich arbeitete Dovid immer langsamer, klopfte weniger munter mit seinem Hammer als früher. Wenn er spürte, dass ein Anfall nahte, ging er hinaus auf den Hof, wo ein schattiger Ahorn stand, lehnte sich an seinen knorrigen Stamm und blickte, bemüht, Roche nicht unter die Augen zu kommen, auf die vorbeiziehenden Wolken, die ihn an sein Leben erinnerten. Sie zogen vorbei und verschwanden hinterm Horizont. So würde auch sein Leben, wenn seine Stunde kam, verschwinden wie eine Wolke am Himmel.

Großvater Dovids plötzliche eigenmächtige Ausflüge auf den Hof blieben Roches wachsamem Auge nicht verborgen.

»Gott sei Dank nimmst du Ahle und Hammer wenigstens nicht mit auf den Hof!«, lobte sie ihren Mann.

»Ich muss auch mal ein bisschen frische Luft atmen, Roche. Nicht immer nur Leder, Schuhwichse und Leim, nicht, pardon, die Ausdünstungen fremder Füße. Gestank habe ich in meinem Leben übergenug gerochen.«

»Was höre ich da? Das hättest du längst mal sagen können und deine Frau beim Arm nehmen und mit ihr die Hauptstraße entlang spazieren sollen, damit alle sehen, dass du seinerzeit nicht einen löchrigen Schuh geheiratet hast! Stattdessen bist du so viele Jahre – zum Verrücktwerden, wie viele! – nicht von deinem Hocker aufgestanden.«

»Ich war ein Trottel«, stimmte ihr Dovid zu, »wirklich ein Volltrottel!« Er tippte sich mit dem Finger an die Stirn und rief: »Wie schön – der Wind streichelt die Seele, die Vögel schwören sich gegenseitig Liebe, die Wolken ziehen dahin wie weiße Gänse! Wenn man diese Wunder so sieht, möchte man gar nicht …« Großvater Dovid verstummte und suchte nach den richtigen Worten. »Dann möchte man diese Schönheit nicht mit seinem Husten und Spucken verderben.«

Er verstummte.

Die wundertätigen Medikamente von seinem Sohn Ajsik aus Frankreich waren über einen Monat unterwegs, und der ohne Rast und Ruhe arbeitende Dovid Kanowitsch bekam sie nicht mehr.

An jenem von Vögeln besungenen, mit berauschender Freiheit und Wärme getränkten klaren Sonnentag brachte Großmutter Roche wie gewöhnlich Essen zu Schlojmke, um nicht nur ihren Sohn zu beköstigen, sondern auch die Flüchtlinge, Mejlech und seine Braut, die sie starrsinnig nie beim Namen nannte, sondern immer nur »die Polin«.

Roches jüngere Tochter Chawe war kurz zuvor nach Kaunas gezogen, um sich in Maniküre ausbilden zu lassen, und Großvater Dovid war allein zu Hause bei Hammer, Ahle und Leisten.

Bis auf die Katze und den blechernen Kuckuck, der die Stunden zählte, war niemand im Zimmer.

Großvater Dovid saß auf seinem Thron, dem dreibeinigen, sorgsam mit Filz bezogenen Hocker, summte sein Lieblingslied *Jidl mitn fidl, Arie mitn Bass* vor sich hin und schwang im Takt der munteren Melodie seinen Hammer. Das Klopfen klang anfangs laut und kräftig, wurde dann immer stockender und leiser, bis es schließlich ganz verstummte.

Nur die Katze, die sich gern an ihren Herrn schmiegte, sah, wie er mit dem Hammer in der Hand lautlos vom Hocker auf den Boden rutschte, mitten hinein in die dort herumliegenden Schuhe, die aussahen wie aus ihren Löchern gekrochene Nager. Die Katze starrte Dovid mit ihren funkelnden grünen Augen an, schnurrte bittend und lief zu ihm. Der alte Mann erwiderte ihre Schmeicheleien nicht mit dem üblichen Streicheln, verjagte sie aber auch nicht. Die Katze stupste mit der Schnauze gegen Dovids leblose Hand, dann spielte sie mit der Pfote mit dem schütteren Haar, das seine Glatze umrahmte. Die Haare schienen noch lebendig zu sein und bewegten sich kaum merklich.

Der Herrscher über Hammer und Ahle lag bis zum Abend zwischen fremden Stiefeln, Schuhen und Stiefeletten auf dem Boden.

Alle halbe Stunde rief über ihm der Blechkuckuck an der Wand, doch das hörte er nicht mehr. Die treue Katze rieb sich mit ihrer warmen, flauschigen Flanke am Hemd ihres Herrn, doch zum ersten Mal nahm er sie nicht auf seine knochigen Knie, wie sonst in seinen seltenen Ruhepausen, um ihr wortlos mitzuteilen, was er vor seiner Frau und seinen Kindern sein Leben lang verbarg.

Am Abend kamen Großmutter Roche und mein Vater, nichts Böses ahnend, in die Fischerstraße. Er begleitete seine Mutter nach Hause und wollte, bevor es zu spät war, noch einmal versuchen, den starrsinnigen Vater zu überreden: Hör auf, dich zu sträuben, und fahr zu den Ärzten nach Kaunas.

Kaum hatten sie das Zimmer betreten, erschreckte Roches irrsinniger Aufschrei die Katze, die ihren Herrn bewachte, so sehr, dass sie wie der Blitz hinausrannte.

»*Wej zu mir*!«, jammerte Großmutter. »Warum hast du mich verlassen?« Auf ihr langes schwarzes Kleid tropften Tränen. »Wer braucht mich nun noch? Nur du hast mich gebraucht, Dovid! Alle haben mich verlassen. Alle. Auch du, auch du! Lieber Gott, was hat Dovid Dir getan? Er hat doch nur eine einzige Sünde begangen – dass er zu Hammer und Ahle öfter gebetet hat als zu Dir, Herr!«

Mein Vater umarmte sie und drückte sie an sich, um sie ein wenig zu beruhigen und herauszureißen aus ihrem Zustand, der an Wahnsinn grenzte, doch Großmutter machte sich aus seiner Umarmung los und sank wie gefällt neben ihrem toten Mann zu Boden.

»Steh auf, Dovidl«, bat sie den Toten unter reichlich fließenden Tränen, und nannte ihn wie in ihrer lange zurückliegenden Jugend, lange vor der Heirat, bei seinem Kosenamen. »Steh auf, bitte, Dovidl, steh auf! Bitte!«

»Mama! Hab Erbarmen mit dir! Du kannst ihm nicht mehr helfen, du schadest nur dir selbst«, bettelte ihr Sohn, dem ihre Beschwörungen den Atem nahmen und der sich für seine kläglichen, gequälten Belehrungen hasste. »So ist es nun einmal eingerichtet auf der Welt, der eine geht früher, der andere später. Du bist doch kein kleines Kind mehr, du weißt selbst sehr gut – dorthin geht man nicht Arm in Arm. Das Leichentuch wird nicht für zwei genäht und das Bett aus Lehm nicht für zwei gemacht.«

Die vor Kummer betäubte Roche hörte seine Worte nicht. Krampfhaft streichelte sie den Kopf ihres Mannes und sagte wie im Fieber unter Tränen immer wieder: »Du hattest so schöne Locken, Dovidl! So schöne Locken! Einen Glatzkopf hätte ich niemals geheiratet! Niemals!«

Der Sohn, ratlos und vom Unglück niedergeschmettert, wusste nicht, wie er ihr helfen sollte. Alle Trostworte waren farblos, ohne Sinn und weckten nur Gereiztheit.

Da kam Chanke, beunruhigt wegen Schlojmkes langer Abwesenheit, in die Fischerstraße gelaufen.

Sie sah ihren Schwiegervater am Boden liegen, lief zu Roche und weinte mit ihr.

»Wie soll ich nur ohne ihn leben?«, verlangte Roche starrsinnig Antwort. »Wie?«

Was konnten Sohn und Schwiegertochter darauf sagen?

»Wir werden zusammenziehen.« Meine Mutter hatte sich schließlich die Tränen abgetrocknet und war sich nicht sicher, ob ihre Schwiegermutter genau diese einfache Antwort von ihr erwartete. »Wir lassen Sie in Ihrem Kummer nicht allein.«

»Du bist lieb, Chanke, aber noch sehr jung«, flüsterte die Schwiegermutter, das Schluchzen unterdrückend. »Wenn du einmal alt bist, wirst du vielleicht verstehen, wie schrecklich es ist, wenn du aufwachst, und niemand ist im Haus als die Katze, wenn du zu niemandem sagen kannst: ›Die Sonne ist noch nicht aufgegangen, aber du alter Tölpel klopfst schon herum wie ein Specht.‹«

Sie zündeten die Petroleumlampe nicht an. Die dichte Dunkelheit verbarg ihre gequälten Gesichter hinter einem schwerelosen Vorhang und verschluckte die Worte, die jede Bedeutung verloren hatten; zu hören waren nur das undeutliche Klagen und Stöhnen der leidgeprüften Roche und die munteren Rufe des Kuckucks an der Wand, obwohl es schien, als wäre die Zeit längst stehen geblieben, als wäre sie zu Finsternis geworden, als würde es nie wieder Morgen.

Doch irgendwann graute dennoch der Morgen, und meine Mutter ging nach Hause, damit ich mich nicht unnötig ängstigte, wenn ich allein im leeren Zimmer aufwachte.

»Heute gehst du nicht in die Schule«, sagte sie. »Es ist ein großes Unglück geschehen. Heute Nachmittag ist die Beerdigung.«

»Beerdigung?!« Ich erstarrte.

»Großvater ist gestorben.«

»Großvater Dovid?«

»Als du geschlafen hast, ist sein Herz plötzlich stehen geblieben. Papa ist jetzt bei Großmutter, er weicht ihr nicht von der Seite.«

Ich war zehn Jahre alt. Noch ein Jahr zuvor hatte ich geglaubt, der Tod hätte mit mir und meiner Familie nichts zu tun, sterben würden nur andere, wie der Schnorrer Avigdor Perelman und die abtrünnige Riwke Berger, Lejes Mama. Und dann auf einmal Großmutter Schejne und Großvater Dovid.

Wer würde der Nächste sein? Würde etwa eines Tages auch von mir jemand sagen: »Habt ihr gehört? Hirschke ist gestorben, sein Herz ist stehen geblieben.«?

»Mama«, fragte ich, »sag mir, aber bitte ehrlich, werde ich auch sterben?«

»Denk nicht an so etwas. Tu das Deine, lerne gut. Wer viel weiß, ist seltener krank und lebt länger.«

Großvater Dovids Beerdigung fand nach jüdischem Brauch am Tag nach seinem Tod statt. Er wurde auf dem Familienhügel begraben, neben meinem Bruder Borech und Großmutter Schejne.

Aus Kaunas kamen Motl, seine Frau und seine Schwester Chawe. Aber es fehlten die beiden, die Jonava verlassen hatten, um in anderen Ländern ihr Glück zu versuchen. Für sie in Amerika und in Frankreich würde Großvater Dovid noch lange am Leben sein und weiter den ganzen Tag mit seinem Schusterhammer klopfen. Denn Briefe dorthin brauchten Monate.

Auf die von den Totengräbern ausgehobene Grube fiel der Schatten der beiden in die Höhe und in die Breite gewachsenen Kiefern.

Großmutter Roche stand am Grab und kam gar nicht nach mit dem Antworten auf die Beileidsbekundungen und mitfühlenden Verbeugungen.

Eine so zahlreiche Trauergemeinde war in Jonava eine Seltenheit. Es schien, als wären alle versammelt, denen Großvater Dovid sein Leben lang für wenig Geld und mit großem Können die ramponierten Schuhe geflickt hatte.

Mein nicht gläubiger Vater sprach stammelnd das Kaddisch, das er in der Nacht vor der Beerdigung auswendig gelernt hatte.

Großmutter Roche lauschte dem stockend vorgetragenen Totengebet und bedachte ihren Liebling mit drohenden und tadelnden Blicken: Du Gottloser, hättest dir ruhig alles richtig merken können!

Rabbi Eliëser, der bei Beerdigungen stets mit seiner Redekunst glänzte und die Arbeit jedes Verstorbenen in höchsten Tönen lobte, fand auch für Großvater Dovid gute Worte und nannte ihn einen Juden, dem man nacheifern könne.

»Er war ein großer Arbeiter und ein wunderbarer Mensch. Ich erinnere mich, wie Reb Dovid eines Tages zu mir kam und sagte: ‹Rebbe! Erlauben Sie mir eine Bemerkung. Sie sollten auf der Bima vor dem Herrgott und seinen treuen Söhnen lieber barfuß stehen als in so grässlichen Schuhen wie Ihren vorsintflutlichen Botten. Kommen Sie bitte in die Fischerstraße, ich mache Ihnen neue Schuhe aus bestem Leder.› Und er hat Wort gehalten. Er hat mir Schuhe angefertigt – eine Augenweide. Ich trage sie bis heute«, sagte Rabbi Eliëser und blickte auf seine Füße.

In der Menge, ein Stück abseits vom Grab, stand verlegen der Polizist und »Fast-Jude« Vincas Gedraitis, der so oft am Sabbattisch gemeinsam mit Großvater Dovid knusprige Matzen gegessen hatte.

Als alle auseinandergingen, trat Gedraitis zu Großmutter, neigte den Kopf und sagte leise: »Seien Sie stark, Roche. Sie haben Ihren Mann verloren und wir den besten Juden von Jonava. Er ruhe in Frieden!«

Er legte sogar die Finger aneinander, um sich zu bekreuzigen, hielt dann jedoch inne – das wäre auf einem jüdischen Friedhof wohl unangebracht gewesen – und schob die Hand rasch in die Tasche.

Die sieben Trauertage vergingen. Meine Mutter zog vorübergehend zu Roche und kümmerte sich um sie. Jeden Abend eilte sie nach der Arbeit bei den Kochans in die Fischerstraße, um bei ihrer Schwiegermutter zu übernachten, und lief früh am Morgen wieder zur Arbeit.

Tagsüber war Großmutter allein. Doch sie trug nicht ohne Grund den Spitznamen Roche-Samurai. Müßiggang war ihr fremd und ihrem Wesen, das nach ständiger Tätigkeit verlangte, zutiefst zuwider. Nach und nach erholte sich Großmutter von dem über sie hereingebrochenen Kummer. Als Erstes verbot sie der Schwiegertochter, weiter zu ihr zu kommen, und schickte sie wieder zu ihrem Mann, und sie selbst setzte sich auf den verwaisten Hocker hinter der Werkbank.

»Du musst dich nicht um mich kümmern!«, erklärte sie. »Scher dich zu deinem Angetrauten, strapaziere nicht seine Geduld. Männer brauchen nicht allein Arbeit und Essen! Sie haben bekanntlich noch andere wichtige Bedürfnisse. Du bist kein kleines Kind mehr, du weißt, wovon ich rede. Ich komme ohne Betreuung zurecht. Wer lebt, darf nicht jammern, der muss arbeiten. Tränen waren noch nie etwas wert. Dafür hat noch niemand auf der Welt auch nur einen müden Groschen gezahlt.«

Bald hallte erneut das Klopfen des Hammers durchs Haus. Einen Teil der Schuhe, die nach Dovids Tod liegen geblieben waren, wollte Großmutter Roche selbst reparieren, einen Teil gab sie an ihren Schwager weiter, Großvater Dovids Konkurrenten Schimon Dudak, der seit Schejnes Tod ganz gebrochen war.

Neue Kunden erwartete Roche nicht mehr – sie war froh, wenn sie die alten Aufträge bewältigte.

Vielleicht erschrak sie darum so, als jemand hartnäckig an die Tür klopfte.

»Wer da?«, fragte sie.

»Ich bin's, Kazimiras, der Postbote. Ich habe ein Päckchen für Sie.«

Großmutter öffnete.

»Ein Päckchen? Woher?«

»Aus Frankreich. An Dovid Kanowitsch von Ajsik Kanowitsch.«

»Unser Dovid, Kazimiras, ist nicht mehr. Er hat zu meinem Kummer jetzt eine andere Adresse, wo ihn keine Päckchen und Briefe erreichen.«

»Ich weiß. Schade, sehr schade. Gute Menschen leben leider nie lange.« Kazimiras reichte der Witwe die Quittung und bat sie zu unterschreiben.

Großmutter malte mit einem Bleistiftstummel ein paar Krakel aufs Papier.

»Danke. Bleiben Sie gesund«, sagte Kazimiras und verbeugte sich tief.

Großmutter Roche öffnete das Päckchen, schaute lange auf die Tüten mit den Medikamenten und den Brief und begann schließlich zu schluchzen.

9

Mit jedem Tag wurde die Anwesenheit von Einheiten der Roten Armee im Alltag von Litauen spürbarer. Auch unser entlegenes Jonava machte da keine Ausnahme. Die Einwohner hatten immer mehr das Gefühl, dass sich die Fremden hier nicht niedergelassen hatten, um sie vor einem Angriff der Deutschen zu schützen, sondern mit einer eigenen Absicht, die nicht laut ausgesprochen werden durfte.

Aus allen Winkeln Russlands reisten die Ehefrauen der roten Kommandeure an. Sie zogen nicht auf die Militärbasis in Gaižiūnai, sondern nahmen mit ihren Ehemännern Wohnungen im Zentrum des Schtetls. Die unverheirateten Leutnants wollten nicht mehr keusch und schüchtern tun, wurden mutiger, umwarben die jungen Mädchen der Stadt und hatten auf diesem zarten Gebiet zweifellos Erfolg.

Auch meine jüngste Tante Peßje erlag der Versuchung und verliebte sich in einen russischen Offizier mit zwei Rhomben auf den Schulterstücken, den aus dem Ural stammenden Wassili Kamenew. Das war natürlich ein Schock für unsere ganze Familie.

Meine Tante konnte zwar kein Russisch, doch im Sommer 1940 beherrschte sie immerhin, wenn auch mit zahllosen groben Fehlern, einzelne für Flirt und Freundschaft notwendige Wörter und Sätze wie »Genosse« und »Du bist ein sehr guter Menss.« Mit dem »sch« hatte Peßje auch im Jiddischen große Schwierigkeiten.

Großvater Schimon reagierte auf ihre Verliebtheit anders als Leje Bergers Großmutter auf die Liebe ihrer einzigen Tochter Riwke. Er verfluchte Peßje nicht, jagte sie nicht aus dem Haus, stellte ihr nicht zu Lebzeiten einen Grabstein auf. Großvater mahnte Peßje und ihre Schwestern Chaßje und Fejge lediglich, ein Offizier der Roten Armee sei wohl kaum das schönste Geschenk einer jüdischen Tochter an ihre alten Eltern. Über Peßjes Wahl konnte sich nur einer in der Familie freuen – ihr Bruder Schmulik, der dafür stritt, dass die Kinder aller Völker und Glaubensrichtungen sich vereinigten: im Kampf, bei der Arbeit und im Bett. Doch Schmulik saß noch immer im Gefängnis, wenngleich inzwischen nicht mehr weit weg in Žemaitija, sondern in Kaunas.

Großvater Schimon fuhr hin, um ihn zu besuchen, hatte aber ebenso wenig Glück wie Chanke: Wegen Verletzung der Gefängnisdisziplin und ständigen Streitens mit den Aufsehern durfte Schmulik seinen Vater nicht sehen und wurde obendrein unter strengem Besuchsverbot in den Karzer gesperrt.

Doch Schimons alter Bekannter, bei dem Großvater wohnte, der Friseur Sseßizki, ein Freund und Sammler von Gerüchten aller Art, beruhigte ihn.

»Seien Sie nicht traurig, Reb Schimon. Die Zeiten ändern sich zu Ungunsten der Aufseher. Womöglich werden sie schon bald selbst eingesperrt, und Ihr Sohn Schmulik kommt frei. Unser hilfloser Präsident Smetona ist dem gestrengen Stalin ein Dorn im Auge. Ich wette, die Russen werden ihn bald stürzen und an seiner Stelle einen anderen einsetzen.«

Der Tröster Sseßizki konnte damals nicht ahnen, wie bald sich seine Prophezeiung erfüllen würde. Wer hätte damals gedacht, dass Litauen bereits knapp einen Monat später, im Hochsommer, vollkommen verändert erwachen würde – ohne seinen Präsidenten, der ins Ausland geflohen war, und ohne seine Armee, die nicht einmal versucht hatte, auch nur einen Schuss abzugeben auf die angeblichen Freunde und Beschützer, die sich bei näherem Hinsehen als Besatzer entpuppten.

Die plötzlichen Veränderungen versetzten auch das seit langem an die Unerschütterlichkeit seiner Ordnung gewöhnte Jonava in Aufregung. Kein Wunder! Der Bürgermeister war geflohen, die Soldaten der Garnison hatten ohne jede Erlaubnis die Kasernen verlassen und waren eigenmächtig in ihre Dörfer zurückgekehrt. Die einzigen im Schtetl verbliebenen Vertreter der Macht waren der Postmeister und der langjährige Ordnungshüter Vincas Gedraitis, der seine alte Uniform sofort gegen Zivilkleidung getauscht hatte. Er lief nun ohne die gewohnte Schirmmütze und die in spiegelblank geputzten Stiefeln steckende Uniformhose durch Jonava.

Auch die jüdische Oberschicht von Jonava war voller Unruhe und alarmiert. Wie schlecht Präsident Smetona auch gewesen sein mochte, die Bolschewiki, so flüsterte sie heimlich, würden hundertmal schlimmer sein.

»Wir müssen so schnell wie möglich die Beine in die Hand nehmen«, sagte der Inhaber der Möbelfabrik Eiljahu Landburg, der kurz vor dem Anschluss Litauens an die Sowjetunion als

Erster im amerikanischen Konsulat ein Ausreisevisum beantragt hatte, in der Synagoge ohne Scheu vor Zeugen zu Reb Kapler.

Mein Vater hatte nicht vor, die Beine in die Hand zu nehmen. Er stach nach wie vor seine Nadel in Tuch und trat emsig seine Singer, und in den kurzen Atempausen fragte er Mejlech, was der meine, ob das, was da geschah, gut sei für die Juden oder nicht.

»Ich glaube, es ist eher gut als schlecht«, antwortete der Flüchtling. »Die Russen sind keine Deutschen. Sie töten bisher keine Juden.«

»Und andere?«

»Wie die Russen mit anderen umgehen, weiß ich nicht. Die anderen sind wohl immer diejenigen, die von denen, die an der Macht sind, nicht gemocht und unterdrückt werden.«

»Was auch geschieht auf der Welt, genäht, Mejlech, wird immer«, sagte mein Vater. »Nadel und Faden kann keine Macht auf der ganzen Welt abschaffen.«

Mein Vater reduzierte gewöhnlich sämtliche Probleme des Lebens auf sein Handwerk. Ihn kümmerte weniger, was in der Welt vorging, als was unter dem Dach seines eigenen Hauses passierte. Die Welt schien für sich zu existieren und er für sich. Mein Vater war, wie er gern sagte, nicht verantwortlich für das, was der Herrgott schneiderte, sondern nur für das, was er selbst nähte. Und wie sehr der Rebell Schmulik seinen Schwager auch zu überzeugen versuchte, dass der Mensch für alles auf der Welt verantwortlich sei – mein Vater nickte nur und zischte mit zusammengebissenen Zähnen: »Wer für alles verantwortlich ist, der ist für nichts verantwortlich.«

Diesmal aber war mein Vater, den politische Kämpfe sonst gleichgültig ließen, beunruhigt, weil alle um ihn herum, als hätten sie sich abgesprochen, aufgeregt und alarmiert waren.

Das Schtetl war plötzlich in verschwörerisches Flüstern gehüllt wie in ein Schneetreiben.

Reb Efraim Kapler, der Gespräche mit seinen Mietern und Kunden über andere Dinge als Miete, Kauf und Verkauf stets mied, sprach meinen Vater plötzlich besorgt auf den Machtwechsel in Kaunas an.

»Sie haben natürlich nicht geahnt, dass die Gäste auf den Plätzen nur singen und tanzen, um die Wachsamkeit unserer nichtsnutzigen Regierung einzuschläfern und dann zur Tat zur schreiten.«

»Wovon reden Sie, Reb Efraim?«

»Von ihrer größten Unsitte, von Gästen zu Hausherren zu werden. Ihr Schneider und Schuster habt ja nichts zu verlieren. Was kann man euch schon wegnehmen? Nadel und Bügeleisen? Hammer und Ahle? Nehmen Sie es mir nicht übel, aber Sie sind für die völlig uninteressant. Aber uns werden sie alles wegnehmen, wie sie es nach der Revolution in Russland gemacht haben, Häuser und Geschäfte, und uns nackt auf die Straße schicken. Früher, wie Sie sich vielleicht noch erinnern, war ich furchtbar böse auf Sie, wollte Sie sogar rauswerfen, weil das schreckliche Rattern Ihrer Singer mich nicht ruhig schlafen ließ. Erinnern Sie sich?«

»Ja, ich erinnere mich. Wie könnte ich das vergessen?«

»Und nun kann ich bis zum Morgen nicht einschlafen. Sie werden natürlich nicht zu fragen wagen, aus welchem Grund, aber ich werde es Ihnen sagen. Mir kommen lauter ungebetene Gedanken in den Sinn, ungute, sehr ungute Gedanken ... Deshalb, Reb Schlojme, können Sie von mir aus sogar eine schriftliche Erlaubnis haben. Nähen Sie nach Herzenslust! Nähen Sie, so viel Sie wollen! Das Rattern würde mir die Nächte leichter machen, und ich könnte auf den Morgen warten, ohne Dummheiten anzustellen ...«

»Vielleicht wagen die neuen Machthaber ja nicht, fremdes Hab und Gut anzurühren?«

»Bringen Sie mich nicht zum Lachen, Reb Schlojme. Die Gebote Gottes sind nicht für Heuschrecken gemacht.«

Mein Vater empfand Mitgefühl und Verständnis für die nächtlichen Sorgen von Efraim Kapler, nahm sie sich aber nicht sehr zu Herzen. Denn ihm, Schlojmke, würde niemand die Nadel oder die Singer wegnehmen. Viel mehr beschäftigte ihn eine andere Frage: Ob Schmulik wohl bald aus dem Gefängnis entlassen wurde, und ob er dann in die Schneiderei zurückkehrte? Oder vielleicht bekam er als Kämpfer gegen die frühere Ordnung ja einen hohen Posten? Zum Beispiel als Direktor des Gefängnisses, in dem er den Rest seiner dreijährigen Haft abgesessen hatte und in das die Sieger nun ihre besiegten Feinde und Gegner einsperren würden? Außerdem machte sich mein Vater Gedanken um Julius – würde man ihn, der kein Wort Russisch sprach, aus der aufgelösten litauischen Armee in die sowjetische Rote Armee übernehmen? Oder entschloss er sich vielleicht zu desertieren? Kam heim nach Jonava, klopfte, wie er es seinem Meister vor dem Abschied zu den Soldaten versprochen hatte, an dessen Tür und begann wieder mit ihm zu schneidern?

Doch weder Schmulik noch Julius ließen von sich hören, und nicht sie klopften an Schlojmkes Tür, sondern Chajim-Gerschon Fajn, der im Auftrag des Synagogenrates die polnischen Flüchtlinge betreute.

Der Bäckereibesitzer fragte Mejlech aus, ob er Klagen oder Schwierigkeiten habe, ob ihm etwas fehle und ob er mit seiner Arbeit zufrieden sei. Der beantwortete alle Fragen knapp, nickte oder schüttelte den Kopf, doch seine Braut Małgorzata, die in der Küche wirtschaftete, löste sich für einen Augenblick von den Kochtöpfen, streckte den Kopf herein und bekräftigte die Worte ihres Bräutigams energisch.

»*Tutaj u was v Janove życie jest piękne*!«*

Zufrieden mit den Antworten der beiden, wandte sich Chajim-Gerschon Fajn an meinen Vater.

»Wer hätte gedacht, dass sich unser ganzes Leben plötzlich so verändert? Der Herrgott selbst hat diese Wende offenbar verschlafen. Bedenken Sie, alle unsere Anführer, die die Juden nicht ausstehen konnten, sind sofort nach Deutschland abgehauen – Seine Exzellenz Präsident Smetona, die Generale, die obersten Polizeiränge, die Minister. Und die kleinen Beamten und Chefs haben sich verkrochen. Bei uns im Schtetl ist nur einer geblieben, gerupft und ohne Uniform, der ›Fast-Jude‹ Gedraitis.«

»Sind Sie denn sicher, Reb Chajim-Gerschon, dass die Leute, die sie abgelöst haben, uns mehr lieben werden?«

»Ich habe nie in Russland gelebt, verbürgen kann ich mich dafür nicht. Aber ich habe gehört, dass sie bei sich im Fernen Osten, in Birobidshan, auf Befehl Stalins sogar eine jüdische Republik gegründet haben. Ein Freund Ihres Gesellen Dudak, der Tischler Arn Katz, ist heimlich über die Grenze gegangen und noch unter Smetona dorthin gezogen, um das neue Leben aufzubauen.«

»Es heißt, in dieser jüdischen Republik, Reb Chajim-Gerschon, leben so viele Juden wie in Jonava Tataren. Nur ein, zwei. Solche Republiken mit einem Rabbiner an der Spitze gibt es bei uns in Litauen unzählige, in jedem Schtetl!«

»Ja, vielleicht ist es dort auch kein Zuckerschlecken. Wir werden sehen«, entgegnete Fajn. »Klar ist nur eines: Sie bekommen mehr Aufträge und ich mehr Kunden. Brot braucht, wie Sie wissen, jeder, ob Rote, Weiße oder Grüne.«

»Das ist nicht zu bestreiten.«

»Und ein Schneider näht für alle, selbst für Bucklige oder

* (poln.) Das Leben bei Ihnen hier in Jonava ist schön.

Krüppel. Unser Damenschneider Mojsche Lejbson hat sich gebrüstet, zu ihm seien schon zwei russische Offiziersfrauen mit Kleiderstoff gekommen, und bald, da bin ich sicher, werden ihre Männer zu Ihnen kommen. Die werden Sie doch nicht fortschicken. Oder?«

»Nein, das werde ich nicht. Obwohl ich mitunter dem einen oder anderen gern die Tür weisen würde.«

»Wie dem auch sei, die Deutschen werden es nicht wagen, die UdSSR anzugreifen«, verteidigte Chajim-Gerschon Fajn seinen Standpunkt.

Im Schtetl war von nichts anderem die Rede als von der neuen Macht. Die Juden von Jonava erwarteten, genau wie ihre Glaubensbrüder auf der ganzen Welt, von neuen Machthabern zu allen Zeiten Gnade, doch die Machthaber wechselten, die Feindseligkeit gegen die Söhne Israels aber blieb und nahm sogar zu.

Mein Vater hingegen wartete nicht auf einen neuen Präsidenten, sondern auf Schmulik.

Das Gerücht, alle politischen Häftlinge seien aus den Gefängnissen entlassen worden, erreichte auch unser Schtetl.

Mein Vater meinte, Schmulik hätte schon längst heimkehren müssen. Doch der Schwager erschien nicht in seiner Heimatstadt Jonava, und mein Vater zerbrach sich den Kopf darüber, warum er noch immer ausblieb. Wie lange dauerte die Reise von Kaunas nach Hause schon?

»Vielleicht weißt du etwas, Chanke?«, fragte mein Vater. »Wo er steckt?«

»Ich weiß es nicht«, antwortete meine Mutter. »Aber ich denke, selbst wenn Schmulik wieder auftaucht, wird er nicht gleich zu uns kommen.«

»Das verstehe ich. Als Erstes wird er als liebender Sohn ans Grab seiner Mutter gehen.«

»Schmulik weiß noch gar nicht, dass sie gestorben ist.«

»Wurde ihm das etwa nicht mitgeteilt?«

»Bestimmt nicht, sonst hätte er für einen Tag nach Hause fahren dürfen, um von ihr Abschied zu nehmen.«

Meine Mutter verstummte, und um das Verhör zu beenden, redete sie sich von der Seele, was sie schon lange beschäftigte.

»Ich glaube, er wird kaum wieder als Geselle zu dir kommen. Mein kämpferischer Bruder wird bestimmt in irgendein Komitee gewählt oder in den Staatsdienst geholt. Rechne also nicht zu sehr mit deinem Schwager, mein Lieber.«

»Gott steh ihm bei! Ein richtiger Meister war er ja noch nicht. Nur ein recht guter Hosenschneider.«

»Vielleicht braucht die neue Macht ja keine Schneider, sondern ganz andere Meister. Befehle erteilen, Leute anschreien und ins Gefängnis sperren verlangt überhaupt keine Meisterschaft. Das kann jeder!« Meine Mutter lachte bitter.

Das war meinem Vater noch gar nicht in den Sinn gekommen. Dabei hatte sie völlig recht – Schmulik hatte ja nicht wegen Diebstahls oder wegen einer Prügelei drei Jahre im Gefängnis gesessen … Hatte im Winter in seiner Einzelzelle gefroren, im Sommer schweißüberströmt Baumstämme geschleppt und verladen … Er hatte gelitten, weil er für die Gerechtigkeit gekämpft hatte, wie er sie verstand, und weil er wollte, dass nicht habgierige Ausbeuter und Geldsäcke die Proletarier regierten, sondern die unterdrückten Werktätigen selbst. Für seine Klassenbrüder hatte er fast drei Jahre lang Entbehrungen ertragen und dünne Gefängnissuppe gegessen. Jetzt stand ihm als Sieger rechtmäßig eine verdiente Belohnung zu.

»Du hast den stillen und fleißigen Mejlech. Und bald kehrt auch der arbeitsame Julius zu dir zurück«, tröstete meine Mutter ihren Mann. »Zerbrich dir nicht den Kopf! Was Schmulik tun wird, ist ungewiss, aber die beiden kommen bestimmt nie ins Gefängnis, sie werden lange bei dir bleiben.«

»Du bist ja so gescheit.«

»Gescheit-bereit … Du könntest wenigstens mal fragen, wie es mir geht und wie deine Mutter nach dem Tod deines Vaters zurechtkommt. Du redest immer nur von dir.«

»Nu? Du hast ja schon für mich gefragt. Nun sag schon!«

»Mama lässt sich Gott sei Dank nicht unterkriegen. Sie hat sich die Schürze des Verstorbenen umgebunden und schwingt den ganzen Tag den Schusterhammer. Wenn ich komme, zeigt Roche mir immer ihre Geldbörse und rechnet mir vor, wie viel sie im Monat verdient hat. Nicht weniger als ihr Dovid, sagt sie!«

»Mama wurde nur durch einen fatalen Irrtum als Frau geboren«, sagte ihr Sohn.

»Und du als Mann!«, platzte Chanke heraus und biss sich auf die Zunge. »Nicht böse sein, nicht böse sein! Du bist ein Mann, ein richtiger Mann! Aber hab um Himmels willen ein wenig Geduld und hör mir zu. Ich möchte dir etwas erzählen, eine für mich recht unschöne Neuigkeit. Der verlorene Sohn der Kochans ist wieder aufgetaucht.«

»Er ist aus Argentinien gekommen?«

»Wenn es mal so wäre! Einen Brief hat er geschickt, vor einem Monat. Er will Nechome und Ruwn zu sich holen. Sein Gewissen, man höre, hat sich gemeldet. Sie sollen, sagt er, nicht in diesem elenden Litauen bleiben, wo sie eher an Einsamkeit sterben würden als an Krankheiten. Und was das Sterben angehe, so gebe es auch dort in Buenos Aires, nicht auf sie gesagt, genau wie in jeder großen Stadt auf der Welt einen jüdischen Friedhof.«

»Das hat er so geschrieben?«

»Nicht genau das, aber so ungefähr.«

»Und was sagen Nechome und Ruwn dazu?«

»Ruwn sagt, sie würden nirgendwohin ziehen. Sie wären genug gereist. Was sollten sie in diesem Buenos Aires? Fremde Gesichter, eine fremde Sprache. Lebenslanger Hausarrest. Oder, wie Nechome ihm beipflichtet, zwei verstummte alte Kanarienvögel in einem Käfig.«

»Die beiden sind nicht dumm.«

»Sie sind nicht dumm, aber womöglich kann der Zugvogel Perez sie trotzdem überreden, und ich verliere meine Arbeit.«

»Dann stelle ich dich ein. Bei mir kriegst du keinen schlechteren Lohn als bei deinen Kochans«, sagte mein Vater und versuchte mit einem Lächeln die traurige Stimmung meiner Mutter zu vertreiben.

»Du und deine ewigen Witze! Ich meine es ernst. Vorerst muss ich mir keine Sorgen machen. Die alten Kochans sind gegen einen Umzug. In Argentinien, sagt Ruwn, würden sie viel eher sterben als in Jonava. Wenn ich den Alten so reden höre, wird mir richtig weh ums Herz ... ›Hier, Chanke‹, sagt Ruwn, ›strecke ich nur meinen grauen Kopf aus dem Fenster und sehe meine Jugend, sehe meine schlanke schwarzhaarige Nechome in einem gepunkteten Kleid und hohen Schuhen und höre die Absätze auf dem rauen Pflaster klacken, wenn sie mir ungestümem jungem Hengst entgegenkommt. In der Heimat atmet alles um einen herum Leben, in der Fremde dagegen atmet alles Tod, dort riecht selbst die verspätete Liebe deiner Kinder und Angehörigen nach Totengebet.‹«

»Jetzt lässt sowieso niemand Perez von Argentinien nach Litauen reisen«, sagte mein Vater, nachdem er sie angehört hatte. »Auch Ajsik und seine Sara werden nicht Wort halten – so gern sie auch wollten, sie werden im Sommer nicht aus Paris zu Besuch kommen. Sämtliche Grenzen zu anderen Ländern sind geschlossen worden.«

»Warum?«

»Das musst du nicht mich fragen. Wenn dein Bruder auftaucht, wird er dir bestimmt ausführlich und voller Eifer erklären, warum Kraniche oder Hasen die Grenze ungehindert überqueren dürfen, wir beide aber nicht. Das heißt, wir dürfen schon, aber nur im Traum.«

Meine Mutter genierte sich, ihm zu gestehen, dass sie im Traum schon oft die lichterfunkelnde Stadt Paris besucht hatte.

Sie wollte gerade zur Arbeit aufbrechen, als meine rundgesichtige Tante Peßje angelaufen kam, die eher aussah wie ein russisches Mädchen als wie eine Jüdin und um deren Hand und Herz der gutmütige Riese und Kommandeur der Roten Armee Wassili Kamenew angehalten hatte. Keuchend rief sie schon auf der Schwelle: »Schmulik ist wieder da!«

»Endlich!«, freute sich mein Vater.

»Ganz abgemagert ist er, ihr solltet ihn sehen! Und kahlgeschoren und streng wie ein Polizist«, plapperte die glückliche Peßje begeistert.

»Und was macht er?«, fragte die ältere Schwester die jüngere. »Warum lässt er sich bei niemandem blicken?«

»Er schläft sich aus. Er schläft und schläft, wie ein Murmeltier. Drei Jahre, sagt er, hab ich in keinem anständigen Bett geschlafen, nur auf einer Pritsche, hab meinen Kopf auf ein fürchterliches Kissen mit zerrissenem Bezug gebettet und mich mit einer scheußlichen dünnen Decke zugedeckt.« Peßjes Worte prasselten nur so, wie brennende Birkenscheite im Ofen.

»War Schmulik denn schon bei unserer Mutter auf dem Friedhof?«, fragte meine Mutter.

»Wenn er sich ausgeschlafen hat, sagt er, geht er gleich hin. Mutter werde ihm nicht böse sein. Die Toten, sagt er, sind geduldig, sie können warten wie niemand sonst auf der Welt.«

Tante Peßje zupfte verlegen an ihrem kurzen bunten Kleid, warf dem enttäuschten Schlojmke einen Blick zu und fuhr fort: »Ich habe ihm auch von Reb Dovids Tod erzählt …«

»Recht so. Aber wie geht es dir selbst?«, erkundigte sich mein Vater. »Wann lädst du uns zur Hochzeit ein?«

»Das weiß ich noch nicht. Zum Rabbiner können wir ja nicht gehen, und Pfarrer Vaitkus ist zwar ein guter Mensch, heißt es, doch der wird uns auch keinen Segen erteilen, sondern uns zu einem Popen schicken. Aber in Jonava gibt es keinen Popen. Außerdem darf Wassili das alles sowieso nicht …«

»Keine beneidenswerte Lage«, äußerte mein Vater mitfühlend.

»Schmulik sagt, Rabbiner und Priester sind jetzt keine Obrigkeit mehr. Wir, sagt er, sind jetzt die Obrigkeit, wir können dich und deinen Kommandeur im Handumdrehen verheiraten und euch eine Heiratsurkunde mit Stempel ausstellen. Er macht natürlich Witze, unser lieber Bruder.«

»Vielleicht auch nicht«, sagte meine Mutter. »Unterhaltet euch ruhig noch weiter, ich muss los zu den Kochans. Ich weiß nicht recht, ob es sie freuen oder enttäuschen wird, wenn ich ihnen sage, dass die Grenzen Litauens geschlossen sind und Perez sie nie mehr holen kommen kann.«

»Ich begleite dich«, schloss sich Tante Peßje ihr an.

Mein Vater war nun allein, eilte aber nicht gleich an seine Arbeit, sondern lief nachdenklich um seine Singer herum, über die ein besticktes Tuch gebreitet war wie eine Decke über ein Pferd. Er öffnete das Fenster weit und sah lange zu, wie der schwerfällige Hauswart Antanas, dem jegliche Veränderungen auf der Welt gleichgültig waren, mit seinem riesigen Besen nachlässig die Straße fegte.

Der Besuch der Schwägerin hatte die Verwirrung meines Vaters noch verstärkt. Er verstand selbst nicht, was ihn so aufgeregt und enttäuscht hatte. Mein Vater zweifelte nun nicht mehr daran, dass Schmulik sich für immer von der Nadel verabschieden würde, aber nicht das quälte und bedrückte ihn. Irgendwie hatte Schmulik etwas mit dem Hauswart Antanas gemein, obgleich er keinen Alkohol trank. Vielleicht bestand ihre Gemeinsamkeit darin, überlegte mein Vater, dass sie beide stets mit übertriebener Leidenschaft ihre Meinung verteidigten. Antanas hing an der althergebrachten Ordnung in Litauen ebenso wie an seinem geliebten Wodka, den er auf keinen Fall aus den Läden verschwinden sehen wollte. Überhaupt wollte der Hauswart, dass alles blieb, wie es war. So wie er immer den Besen geschwungen hatte, würde er ihn unter jeder Regierung weiter schwingen. Alles Neue empfand er als unberechenbar und feindlich. Schmulik hingegen berauschte sich nicht an Wodka, sondern am Neuen, an den Veränderungen, am Untergang des Alten.

Ganz in seine Gedanken versunken, hörte mein Vater nicht gleich, dass jemand hartnäckig an die Tür klopfte.

Er öffnete und erblickte zu seiner großen Verwunderung den gewöhnlich strengen und mürrischen Hausbesitzer Reb Efraim Kapler, der diesmal freundlich lächelte.

»Guten Tag«, sagte Reb Efraim, der neuerdings oft bei seinem Mieter vorbeischaute, mit breitem Lächeln. »Sich einzuriegeln hat jetzt wohl keinen Sinn mehr, meine ich. Gegen die Pest schützen keine Schlösser und Riegel. Wenn diese … Genossen … wollen, dann öffnen sie auch ohne Dietrich jede Tür, hinter der fremdes Gut liegt.«

»Verzeihen Sie, Reb Efraim, wen meinen Sie, von wem reden Sie mit solcher Heftigkeit?«, stellte sich mein Vater dumm.

»Von wem reden denn jetzt alle? Von denen! Von den neuen Herren. Was macht Ihr Schwager? Ist er wieder da?«

»Ja.«

»Sind ja rasch vergangen, die drei Jährchen.«

»In Freiheit vergeht die Zeit wie im Fluge, das Gefängnis aber, erlauben Sie mir die Bemerkung, stutzt der Zeit die Flügel. Darum meint wohl jeder, der eingesperrt ist, die Zeit würde nicht fliegen, sondern langsam dahinkriechen wie eine Schildkröte«, hielt ihm mein Vater sanft entgegen.

»Nun, die Russen werden Ihren Schwager gewiss für seine Entbehrungen entschädigen. Zum Schneiderhandwerk wird er wohl kaum zurückkehren. Sie werden ihm einen Posten geben. Bestimmt haben sie ein warmes Plätzchen für den armen Märtyrer.«

Was für ein schlauer Fuchs, schoss es meinem Vater durch den Kopf. Efraim Kapler versucht, sich über Schmulik rechtzeitig einen sicheren Weg in die Zukunft zu bahnen. Doch mein Vater ließ sich nicht anmerken, dass er die Absichten des Hausbesitzers erriet, unterbrach seinen Gast nicht und hörte ihn mit respektvoller Aufmerksamkeit an.

»Für Sie, Schlojme, ist es egal, ob jene Macht herrscht oder diese«, sagte Kapler unverblümt, zwirbelte seinen einzigartigen Schnurrbart und fügte bedeutungsvoll hinzu: »Für uns aber ist das wie eine Schlinge um den Hals. Eine Bewegung, und sie schnürt uns die Luft ab. Nur eines macht Hoffnung – dass wir Juden uns von jeder Obrigkeit, das sage ich ganz offen, manchmal loskaufen können. So Gott will, vielleicht auch von dieser. Gold hat noch keine Obrigkeit je verschmäht. Wenn Ihr Schwager auftaucht, lassen Sie es mich wissen. Ich möchte mit ihm etwas besprechen. Ich wäre Ihnen sehr verbunden.«

»Wenn er auftaucht.«

»Das wird er, was bleibt ihm übrig. Wir werden bald von ihm hören, vertrauen Sie meinem Gespür.«

Am dritten Tag, einem Samstag, an dem selbst mein Vater,

obwohl er nicht an Gott glaubte, die Bräuche der Vorfahren achtete, keine Nadel anrührte und seine Singer ruhen ließ, kam Schmulik endlich in die Schneiderstube.

Ohne jede Begrüßung stürzte er sich auf meinen Vater, umschlang ihn mit seinen muskulösen Armen und erdrückte ihn fast.

»Wir haben gesiegt! Ich hab dir doch immer gesagt, dass wir siegen werden, aber du warst wie taub, du hast mir nicht geglaubt!«, rief Schmulik triumphierend. »Sag bloß, du freust dich nicht darüber? Du machst ein Gesicht wie saure Milch.«

»Ich freue mich, dass du frei bist, auch wenn du kaum wiederzuerkennen bist; auf der Straße wäre ich glatt an dir vorübergegangen«, sagte mein Vater ausweichend. »Du siehst jünger aus und schlanker.«

»An der frischen Luft, im Kiefernwald und unter strengster Bewachung wird bei so langer Haftzeit jeder jünger. Und du? Was macht meine Schwester? Wo ist unser braver fleißiger Julius? Arbeitest du allein? In den drei Jahren haben sich so viele Fragen angesammelt! Schrecklich! Es wird ein Leben dauern, alle zu stellen und eine vernünftige Antwort darauf zu erhalten.«

»Was wir machen? Wir leben«, antwortete mein Vater. »Und arbeiten. Chanke ist, wie du weißt, bei den alten Kochans angestellt. Das sind die, denen einmal die Tankstelle gehörte. Sie kommt erst heute Abend.«

»Sie hat einen Hang zu Ausbeutern.«

Mein Vater überhörte die feindselige Bemerkung des Schwagers und fuhr fort: »Ich habe einen neuen Gesellen, einen Flüchtling aus Polen. Mejlech Zukerman. Julius wurde zur Armee einberufen.«

»Zu welcher?«

»Zur litauischen.«

»Die gibt's nicht mehr. Vergiss sie! Ihr Oberkommandierender ist abgehauen, die Soldaten sind nach Hause gegangen. Aber du steckst offenbar so tief in deiner Schneiderei, bist damit so beschäftigt, dass du gar nicht weißt, was für wichtige Dinge direkt vor deiner Nase geschehen.«

»Manches weiß ich, manches nicht«, sagte mein Vater, ohne gekränkt zu sein. »Kommandeure und Präsidenten haben mich, ehrlich gesagt, nie interessiert. Die gehören nicht zu meinen Kunden, Schmulik. Aber reden wir nicht weiter von mir. Ich bin, wie ich bin, und werde wohl kein anderer mehr. Erzähl mir lieber, was du jetzt tun wirst.«

Die Frage hätte sich mein Vater sparen können. An Schmuliks munterem Ton und seiner guten Laune hatte er sofort erkannt, dass sein Schwager nicht zu ihm zurückkehren, dass er nun der neuen Macht als Geselle dienen und nach ihrem Schnittmuster arbeiten würde. Mein Vater musste plötzlich gekränkt an seine Frau denken, die in die Strafkolonie gefahren war, um ihren Bruder zu besuchen, und nach ihrer Heimkehr mit ihrer blühenden Phantasie das Blaue vom Himmel herunter geschwindelt hatte – Schmulik schicke mit den Zugvögeln Grüße an alle und habe große Sehnsucht nach Nadel und Fingerhut. Und er Dummkopf hatte ihr geglaubt!

»Ich warte auf meine Ernennung«, sagte Schmulik stolz. »Wohin die Partei mich schickt.«

»Ooh!«, sagte mein Vater, der keine Ahnung von Parteien hatte.

»Man hat mir mehrere Angebote gemacht«, sagte sein Schwager scheinbar beiläufig. »Aber ich werde wohl hier in Jonava bleiben, wo ihr seid, du und Chanke, meine Schwestern, mein Vater und meine Mutter, gesegnet sei ihr Andenken. Du wirst mir glauben, Schlojmke, du wirst mich keinen Lügner nennen, wenn ich sage, dass ich das letzte Mal als Kind geweint habe.

Doch jetzt habe ich an ihrem Grab gestanden und sie um Verzeihung dafür gebeten, dass ich so ein nichtsnutziger Sohn war, dass ich sie nicht auf ihrem letzten Weg begleitet habe, weil ich im Gefängnis saß, und dabei liefen mir unaufhörlich die Tränen.«

»Engel leben nicht unter jedem Dach«, sagte mein Vater. »Schejne war ein Engel, der sich unter dem Dach eures Hauses niedergelassen hatte.«

»Ja. Ja. Alles auf der Welt kann man wechseln – den Glauben, die Heimat, den Ehemann, die Ehefrau, aber die Mutter nicht«, erwiderte Schmulik pathetisch.

»Wenn es nach mir ginge, würde ich gar nichts wechseln. Von mir aus könnte alles bleiben, wie es ist. Wie einer meiner Kunden gern sagte, es wird besser, aber gut wird es nie.« Mein Vater schwieg, und als er merkte, dass Schmulik es eilig hatte, sagte er: »Sobald du deine Ernennung hast, lass es uns wissen. Wir sind schließlich verwandt.«

10

Die neue Ordnung begann für alle Bewohner unseres Hauses ganz anschaulich damit, dass die Machthaber anordneten, jeder Hausbesitzer, und sei sein Haus noch so klein und bescheiden wie das von Großmutter Roche, sei verpflichtet, an Feiertagen die neue rote Fahne mit Hammer und Sichel herauszuhängen und nicht die alte, nun ungültige litauische Staatsflagge.

Die Nachfrage nach rotem Stoff wuchs derartig an, dass die Geschäfte nicht genug vorrätig hatten, so dass die Einwohner von Jonava sogar in benachbarte Städte fahren mussten, um welchen zu kaufen.

Vollständig rot beflaggt war unser Schtetl erstmalig an einem kalten Novembertag 1940, als das unterworfene Litauen zum ersten Mal den Jahrestag der Oktoberrevolution feierte. Die roten Fahnen wehten an sämtlichen Gebäuden bis auf die Große Synagoge und die katholische Kirche.

Als ich am Tag vor dem Feiertag am dämmrigen frühen Morgen zur Schule aufbrach, sah ich, wie der Hauswart Antanas, der Vater von Julius, eine rote Fahne in den leeren Fahnenstock über dem Kurzwarenladen von Efraim Kapler steckte und herzhaft aufs Trottoir spuckte.

Ich grüßte Antanas und wollte weitergehen, doch er, noch nicht nüchtern vom Vorabend, hielt mich plötzlich mit folgender Tirade auf: »Unsere Trikolore, Teufel noch mal, die war schöner als dieser rote Lappen. Hab ich nicht recht, he?«

Er hauchte mir Alkoholdunst ins Gesicht und wartete auf eine Antwort. Da ich kaum Litauisch verstand, hatte mein Vater mir geraten, mich im Umgang mit unserem im Rausch stets ungestümen Hauswart auf Zeichen der Zustimmung zu beschränken.

Ich nickte also.

»Diese Fahne hat die Farbe von Blut! Die Hellseherin Mikalda sagt voraus, dass es in Strömen fließen wird! *Du farschtejst? Blut, blut*!«, wechselte er in sein spärliches Straßenjiddisch und fuhr sich mit der Handkante wie mit einem Messer über die Kehle.

»Alles Gute!«, verabschiedete ich mich höflich, rückte nachdrücklich meinen verrutschten Ranzen zurecht und eilte in die Schule.

Dort angekommen, wunderte ich mich kaum, dass über dem Eingang im kalten Wind eine ebensolche rote Fahne wehte wie an unserem Haus. Im Schulflur war eine Ausstellung zum Großen Oktober eingerichtet worden – an den Wänden hingen Fotos von Lenin auf einem Panzerwagen, von Stalin mit sämtlichen Kampfgefährten auf dem Mausoleum und ein Foto von einer Sportlerparade, auf der alle die gleichen weißen Hosen und Hemden trugen.

Zur Vorbereitung auf den Jahrestag der Revolution hatte Ester Beresnizkaja mit uns ein aus der jiddischen Presse gefischtes kurzes Gedicht eines Lokaldichters eingeübt, das dem weisen und geliebten Jossif Wissarionowitsch gewidmet war, und in der Klasse einen Rezitationswettbewerb veranstaltet.

Sieger war der Junge, der sich am ersten Tag beim Aufrufen unter allgemeinem Gelächter der Schüler und dem Lächeln der Lehrerin als »Ich bin Ajnbinder und Chajim« vorgestellt hatte.

Das ist jetzt über siebzig Jahre her, doch noch heute habe ich seine übermütige Stimme und den hämmernden Rhythmus des Gedichts im Ohr, und in meiner Erinnerung geistert noch immer eine primitive Strophe herum, die ich hier in meiner eigenen unbeholfenen freien Übersetzung zitiere:

> Die Juden litten große Pein,
> Und düster war für sie die Welt.
> Genosse Stalin hat allein
> Sie unter seinen Schutz gestellt.

Den Sieger des ihm gewidmeten Wettbewerbs schützte Stalin leider nicht. Fast genau ein Jahr später wurde »Ich bin Ajnbinder und Chajim« zusammen mit vielen anderen im Grünen Wäldchen bei Jonava von litauischen Nationalisten erschossen, für sämtliche angeblichen und nicht angeblichen Sünden der Juden.

Früher klang durch das Grüne Wäldchen immer die schlichte Melodie eines litauischen Volksliedes. Dort hatte der Hirte Jeronimas mit den Tönen seiner selbstgeschnitzten Flöte seine undisziplinierte Kuhherde gebändigt.

Bis zu jenem tödlichen Junimittag hing in unserem Klassenzimmer wie in allen anderen Räumen noch immer die auf ein großes Stück Pappe geklebte dreifach vergrößerte Fotografie des Führers und Lehrers aller Völker an der geweißten Wand. Darauf stopfte sich Stalin in einer weißen Uniformjacke mit majestätischer Beiläufigkeit seine berühmte Pfeife. An der anderen Wand, unserem Beschützer gegenüber, hing hinter der letzten Bank, fast unter der Decke, in einem massiven Holzrahmen Ester Beresnizkajas Liebling, der kurz vor seinem Tod von einem amerikanischen Fotografen aufgenommene traurige Scholem Alejchem. Die beiden schienen einander erstaunt zu mustern. In Scholem Alejchems Augen leuchtete ein Abschiedslächeln, und der große Stalin wunderte sich wohl, wieso er plötzlich in einem Raum mit diesem bebrillten Juden hing.

»Warum hing das Bild des Präsidenten Smetona nur im Lehrerzimmer, und Stalin hängt jetzt …«, versuchte unser selbsternannter Anführer Mendl Hiberman Ester Beresnizkaja vor Beginn der Stunde zu fragen, doch die Lehrerin fiel ihm ins Wort.

»Erstens, Hiberman, lerne, wie es richtig heißt: nicht Stalin, sondern Genosse Stalin. Verstehst du?«

»Nicht ganz«, antwortete der widerspenstige Mendl. »Warum hängt der Genosse Stalin überall?«

»Weil er ein Freund aller Völker der Welt ist, auch unseres jüdischen Volkes, aber Smetona war nie unser Freund. Verstehst du jetzt?«

»Hmhm«, brummte Hiberman. »Aber ich verstehe es trotzdem nicht.«

In Jonava geschah in der Tat viel Unverständliches, und das alles stieß auf ein lebhaftes Echo bei uns Schülern. Wir waren nicht mehr die unverständigen Kleinen vom ersten Schultag. Allerdings hatte mich mein geduldiger Vater gelehrt: Was auch geschieht auf der Welt, denk immer daran, dass es stets mehr verzwickte Fragen gibt als Antworten, und wenn du unverdienten Ärger vermeiden willst, stelle sie lieber nicht unbedacht.

Die Stalinbilder schienen unsere Lehrerin Ester Beresnizkaja nicht weiter aufzuregen. Sie hingen eben da. Vielleicht würden sie eines Tages ebenfalls abgenommen und ersetzt werden. Viel mehr erschreckte und bekümmerte sie die Nachricht, dass die neuen Machthaber die hebräische Tarbut-Schule hatten schließen lassen, in die mich Großmutter Roche mit so kämpferischer Hartnäckigkeit hatte schicken wollen.

»Wenn sie erst mal mit der hebräischen Schule anfangen, schließen sie am Ende auch die jiddische, und dann können wir uns gleich aufhängen«, sagte Ester bedrückt.

Als sie die Klasse über die Schließung der Tarbut-Schule informierte, missachtete ich plötzlich den Rat meines Vaters und folgte dem Beispiel meines schlimmsten Feindes Mendl Hiberman – ich fragte, weniger in meinem eigenen Namen als in dem meiner Großmutter, die davon geträumt hatte, dass ich die Tarbut-Schule besuchte: »Warum wurde denn diese Schule geschlossen?«

»Das weiß ich nicht. Frag lieber deinen Onkel. Ich habe gehört, er wird bei uns in Jonava bald ein großer Chef.« Und um das Gespräch über Schließungen und Verbote zu beenden, fügte Ester hinzu: »Reden wir von etwas Schönerem, Kinder – zu Ehren des dreiundzwanzigsten Jahrestages der Oktoberrevolution, von der ich euch später im Unterricht ausführlich erzählen werde, bekommt ihr drei Tage Ferien.«

»Hurra!«, grölte die Klasse wie ein Trupp Soldaten. Selbst die Mädchen schrien und klatschten in die Hände.

Nach dem Unterricht packte mich Mendl Hiberman am Ärmel und fragte frech und mit zweideutigem Spott: »Wo ist denn deine liebe Leje? Wieso versteckst du sie vor uns, du Bräutigam?«

»Sie ist krank. Wahrscheinlich erkältet. Ist ja auch eine Hundekälte«, antwortete ich, nichts Böses ahnend.

»Krank, Hundekälte«, äffte mich Hiberman nach. »Schwindelst du auch nicht? Vielleicht hat sie ja in der Fischerstraße am Mast mit den abgerissenen Drähten gestanden und auf dich gewartet und gewartet, und als du nicht kamst, hat sie einen Goi geheiratet, genau wie ihre liebe Mama?« Er lachte gehässig, zufrieden mit seinem albernen Scherz.

»Du bist dumm, Mendl«, sagte ich.

»Selber dumm! Du weißt überhaupt nichts über deine Kralja. Alle wissen Bescheid, nur du hast keine Ahnung. Wegen dir Trottel wird sich Leje bestimmt nicht aufhängen, und du wirst dich nicht aus Kummer vor einen Zug werfen!«

»Was soll der Blödsinn? Wieso erzählst du solchen Quatsch?« Ich war empört über seine Frechheit und unterdrückte nur mit Mühe meine Gekränktheit und den Drang, ihn zu ohrfeigen. Ich wollte in der Schule keine Prügelei anfangen. Nicht, weil ich Angst vor Mendl Hiberman gehabt hätte, sondern weil ich mich überhaupt noch nie mit jemandem geprügelt hatte.

»Wieso ich dir das erzähle? Damit du weißt, aus was für einem Nest dein Vögelchen stammt!«

Ich weiß nicht, was in diesem Augenblick in mich fuhr, jedenfalls drehte ich mich um und schlug dem Beleidiger mit Schwung ins hässliche Gesicht.

Hiberman blieb mir nichts schuldig und gebrauchte die Fäuste. Ich fühlte plötzlich Blut aus meiner Nase rinnen, das ich von den Lippen zu lecken versuchte, doch so viel ich auch leckte, der Blutgeschmack ließ nicht nach.

Zwei Klassenkameraden, der große »Ich bin Ajnbinder und Chajim« und der sommersprossige kleine Dickwanst Dow-Ber Dworkin, kamen auf den Hof gerannt. Sie trennten uns, und

Ester Beresnizkaja holte Watte aus der Schulapotheke und verstopfte damit mein blutendes Nasenloch.

In diesem Aufzug, einen dunkelroten Wattepfropf im Nasenloch, erschien ich zu Hause bei den Meinen.

»Was ist passiert?«, erkundigte sich mein Vater.

»Ferien«, murmelte ich.

Mein Vater, Großmutter Roche, die gerade bei uns war, und selbst der Geselle Mejlech und seine Małgorzata lachten lauthals los.

»Hast du dich geprügelt?«, fragte meine Großmutter.

»Ach …« Ich winkte ab.

»Deine Freunde wissen wohl noch nicht, dass sie sich besser nicht mehr mit dir anlegen sollten. Du hast jetzt einen mächtigen Beschützer, der kann alle Raufbolde im Schtetl an die Kandare nehmen.«

In meinem Kopf geisterte nur ein einziger Beschützername herum. Aus dem Gedicht, das »Ich bin Ajnbinder und Chajim« am ausdrucksvollsten vorgetragen hatte. Ohne lange nachzudenken, platzte ich heraus: »Stalin?«

Nun wurde das Gelächter so dröhnend, dass es bestimmt durch die Wände hindurch direkt in die Zimmer von Reb Efraim Kapler schwappte.

»Was für ein schöner Witz, Hirschke, was für ein Witz«, sagte mein Vater immer wieder und konnte nicht aufhören zu lachen. »Großmutter meint nicht Stalin, sondern deinen Onkel Schmulik. Er ist jetzt kein Schneider mehr, Hirschke, er arbeitet jetzt ganz woanders.«

»Was ist er denn jetzt?«

»Das errätst du nie. Früher hieß das Polizist. Nein, nein, er ist was Höheres, kein einfacher Polizist wie Gedraitis, sondern fast Polizeimeister. Das heißt jetzt Stellvertretender Leiter des NKWD von Jonava. Ein hohes Tier! Früher war Schmulik Tag und Nacht bei uns, jetzt kommt er kaum noch, selbst seinen Vater Schimon besucht er nur selten, er lebt allein in der Dreizimmerwohnung des ehemaligen Chefs der Geheimpolizei Xaveras Grigaliunas, weißt du noch, der hat Schmulik damals im Haus von Großmutter Schejne verhaftet, als du und Mama da wart.«

»Besucht uns Schmulik denn mal?«

»Vielleicht, vielleicht auch nicht, er hat viel zu tun. In Jonava muss dringend dies und jenes eröffnet werden und anderes unverzüglich geschlossen.«

»Unsere Lehrerin sagt, die Tarbut-Schule, in die Großmutter mich schicken wollte, die wurde plötzlich geschlossen«, trug ich zum Gespräch bei.

»Das kann nicht sein!«, empörte sich Roche. »Wen hat die denn gestört? Wen?«

»Beruhige dich, Mama. Alles kann sein im Leben, auch Dinge, die nicht sein dürften.«

»Goldene Worte«, pflichtete Mejlech seinem Arbeitgeber bei. »Wer hätte gedacht, dass wir eines Tages als obdachlose Flüchtlinge in Litauen landen würden.«

»Neue Besen kehren auf neue Art. Hauptsache, sie kehren uns nicht hinaus«, sagte mein Vater. »Solange wir weiter hier sitzen und nähen können, haben wir keinen Grund zur Klage.«

Die Schneidereien rührte die neue Macht zum Glück nicht an. Sie konnten sich vor Aufträgen nicht retten. Die russische Saison, wie mein Vater es nannte, ging weiter. Es schien, als wollten sich sämtliche Kommandeure der in Jonava stationierten Einheiten der Roten Armee zur Erinnerung an ihren Dienst in Litauen von einheimischen Schneidern Zivilkleidung fertigen lassen.

Als Erste erschienen Oberleutnant Wassili Kamenew und seine künftige Frau, Tante Peßje, bei meinem Vater.

»Wassili möchte, dass du ihm einen zweireihigen Anzug aus gutem englischem Covercoat nähst«, sagte Peßje in Mameloschn. »Hier ist der Stoff.«

Der Ural-Recke verstand kein Jiddisch und beschränkte sich auf zustimmende Gesten. Sein mündliches Jiddisch bestand aus drei, vier leicht zu merkenden Wendungen: »*Jo, jo, jo*«, »*A gutn tog ajch*« und »*Sait mir gesunt*«.

»Weiß er wenigstens, wie viel ich für einen Anzug verlange?«, fragte mein in Geldangelegenheiten penibler Vater seine Schwägerin, wie er jeden fragte, der ihn jemandem empfahl.

»Ja.«

»Weiß er auch, dass bei mir nur Verwandte einen Nachlass bekommen? Ihr seid ja noch nicht Mann und Frau, also werde ich für ihn keine Ausnahme machen. Wenn ihr erst verheiratet seid, ist das etwas anderes.«

Wassili Kamenew ließ seinen Blick zwischen dem Meister und meiner verlegenen Tante hin und her huschen und streute seine »*jo, jo, jo*« aus wie Erbsen.

Sie vereinbarten einen Termin, und zum Schluss demonstrierte der gutmütige Wassili zur Freude meines Vaters und des Gesellen Mejlech, dass er sich in der Sprache der Familie verständigen konnte.

»*Sait gesunt, a gutn tog ajch*!«

Der Strom von Kamenews Kollegen in die Schneidereien von Jonava hielt weiter an. Eine Woche nach dem künftigen Schwager erschienen ein Hauptmann und ein Major in Begleitung des Dolmetschers Valeri Fischman. Beide hatten erstklassige englische Boston-Wolle dabei, erworben im Textilgeschäft von Efraim Kapler.

Während mein Vater bei den roten Kommandeuren Maß nahm, schwieg Leutnant Fischman, doch bevor die drei die Schneiderei verließen, konnte er nicht mehr an sich halten und sagte zu meinem Vater: »So wunderbaren Stoff können Sie bei uns in Gomel und im benachbarten Bobruisk mit der Laterne suchen. In Minsk wahrscheinlich auch. Was für eine Wolle, was für eine Qualität!«

Mein Vater und Mejlech konnten die Aufträge kaum bewältigen, sie arbeiteten bis spätabends. Chanke und Małgorzata halfen den Männern nach Kräften, die gesamte in Jonava einquartierte Rote Armee in Zivil einzukleiden, wie Schlojmke scherzte.

Mein Vater wartete noch immer auf seine Verstärkung, auf Julius.

Ständig fragte er Antanas, ob der etwas über seinen Sohn wisse.

»Er ist weg, der Junge«, antwortete der Hauswart und fügte betrunken lächelnd hinzu: »Vielleicht ist er ja zusammen mit seiner Exzellenz und sämtlichen Ministern und Generalen nach Deutschland abgehauen.«

»Ach was, ach was«, beruhigte mein Vater den Hauswart. »Wahrscheinlich poussiert er irgendwo mit einem Mädchen herum. Wenn er genug hat, kommt er heim.«

»Geb's Gott, Ponas Salamonas! Die Hellseherin Mikalda sagt, diesen Sommer wird die Welt untergehen! Ihr Juden, ihr glaubt ja nicht daran, und darum werdet ihr am meisten leiden.«

Die Prophezeiungen, an die Antanas glaubte, rochen immer nach Tod und Ausweglosigkeit, aber sie veranlassten doch zum Nachdenken über die Dinge, die bereits geschehen waren, denn in Polen und Frankreich war die frühere Welt ja tatsächlich untergegangen. Über Warschau wehte die Hakenkreuzfahne, und auf den Champs-Élysées marschierten triumphierend deutsche Soldaten. Ob Ajsik und Sara und ihre Söhne Berl und Josef noch am Leben waren?

Der Hauswart Antanas hätte dem Schneider zu jener vorabendlichen Stunde noch lange die weisen Prophezeiungen von Mikalda erläutert, wäre in der Ferne nicht die vertraute Gestalt von Schmulik aufgetaucht.

Diesmal ging es ohne verwandtschaftliche Umarmungen und Küsse ab, nur meine Mutter vergoss ein paar Tränen.

Mein Vater stellte seinem Schwager Mejlech und Małgorzata vor.

»Die beiden sind Flüchtlinge aus Polen.«

»Sehr angenehm, aber weiter müssen Sie hoffentlich nicht fliehen. Sie sind hier nicht im hilflosen Polen oder im früheren Möchtegernland Litauen, Sie sind hier in der mächtigen Sowjetunion. Ihre Armee, die stärkste von ganz Europa, wird Sie beschützen.«

»Wie es bei uns in Warschau immer hieß: Auch wir hoffen.« Mejlech lächelte dünn.

»Ich verstehe«, erwiderte Schmulik kühl, der von ihnen natürlich mehr Dankbarkeit gegenüber der mächtigen Sowjetunion und der tapferen Roten Armee erwartet hatte.

Meine Mutter deckte den Tisch. Alle tranken Tee aus bemalten Tassen und aßen ihren berühmten Kuchen mit schwarzen Rosinen.

»Lang zu, Schmulik«, forderte meine Mutter ihren Bruder auf. »Im Gefängnis gab es ja keinen Kuchen, du musst die verlorenen drei Jahre nachholen. Wenn du uns öfter besuchst, schaffst du das bestimmt.«

Schmulik kniff die Augen ein, sah meinen Vater an, ließ seinen Blick kurz auf Małgorzata ruhen und sagte: »Schöne Zeiten waren das früher. Du sitzt da, nimmst Nadel und Faden in die Hand und nähst. Aber diese Zeiten sind vorbei! Jetzt müssen wir das ganze Leben umändern. Das geht nicht immer mit der Nadel, dazu braucht man manchmal auch eine Pistole.«

Alle schlürften einträchtig Tee, niemand wagte Schmulik zu

widersprechen. Doch selbst wenn jemand sämtliche Krähen auf dem Friedhof erschießen wollte, würde dadurch nur der Friedhof verwaisen, und selbst die Toten würden weinen. Wen wollte Schmulik denn »umändern«? Den Fabrikanten Elijahu Landburg, der kein amerikanisches Visum bekommen hatte, weil die neue Macht das Konsulat der Vereinigten Staaten aufgefordert hatte, Litauen binnen achtundvierzig Stunden zu verlassen? Oder Reb Efraim Kapler, der zu seinem Unglück von seinem Vater Rachmiel dieses zweistöckige Backsteinhaus und zwei Läden geerbt hatte, ein Textil- und ein Kurzwarengeschäft?

Das Schweigen dauerte nicht lange, aber es kränkte Schmulik.

»Selbst der Herrgott war nicht zimperlich. Nicht zu reden von uns! In weißen Handschuhen lässt sich die Welt nicht verändern. Da muss man sich manchmal die Hände schmutzig machen.«

»Mit Blut?« Meine Mutter sah ihren Bruder ängstlich erstaunt an und sagte dann, um die Stimmung zu entspannen: »Wenn du diese untaugliche Welt umgearbeitet hast, vielleicht setzt du dich ja dann wieder auf den Tisch, lässt die langen Beine baumeln, nimmst eine angefangene Hose auf den Schoß und nähst weiter?«

»Kann alles passieren, Chanke. Vielleicht nähe ich eines Tages wieder. Ich hoffe, dein Mann schickt mich dann nicht weg.« Schmulik lachte. »Aber wer weiß. In den drei Jahren im Gefängnis habe ich bestimmt viel vom Handwerk verlernt ... Beim ersten Mal kriege ich womöglich den Faden gar nicht in die Nadel, nähe etwas falsch an oder schneide zu viel ab. In der Kolonie bin ich ja zum Holzfäller geworden.«

Er taute auf, fragte Mejlech aus, wie er und Małgorzata sich nach Litauen durchgeschlagen hatten, wie lange sie unterwegs gewesen und wie sie nach Jonava gelangt seien, obendrein zu einem Meister wie Schlojmke. Meine Mutter konnte den Blick nicht von ihrem Bruder wenden und ermunterte ihn die ganze Zeit stumm: Frag, mein Lieber, immer frag!

Als Mejlech ausgeredet hatte, wandte sich Schmulik an seinen wortkargen Schwager: »Du hast nichts zu befürchten, Schlojmke. Dir wird keiner was tun. Du nähst für jede Obrigkeit, und keine Obrigkeit sollte und will mit nacktem Hintern rumlaufen, alle wollen gut aussehen und brauchen darum einen guten Schneider, keinen Stümper. Du bist ein meisterhafter Schneider, so einen muss man lange suchen! Du bist so!« Schmulik hob den Daumen. »Du kannst für jeden hohen Chef nähen. Ich könnte dich guten Gewissens sogar dem Genossen Stalin im Kreml empfehlen, wenn man mich fragen würde.«

»Das ist recht! So kenne ich meinen Bruder! Du bist ein guter, ein sehr guter Junge, auch wenn du unglaublichen Blödsinn redest!«, rief meine Mutter.

Ich hörte Schmulik zu, der mir noch vor gar nicht langer Zeit beim Abschied immer zwei liebevolle Kopfnüsse versetzt hatte, und hätte ihn gern gefragt, warum die Tarbut-Schule geschlossen worden war. Wen hatte sie gestört? Doch ich wagte nicht, mich in das Gespräch der Erwachsenen einzumischen. Ich erinnerte mich an den wütenden Streit zwischen Schmulik und Großmutter Roche, die nichts von der jiddischen Schule hatte hören wollen. Nur die Tarbut! Nur die Tarbut! Die besuchten, so hatte sie gesagt, keine Hungerleider, sondern die Kinder der Vornehmen aus dem Schtetl. Hatte mein lieber Onkel Schmulik die Schule etwa aus Rache an den Reichen schließen lassen? Meine Lehrerin Ester hatte bestimmt nicht ohne Grund gesagt: »Frag deinen Onkel Schmule, der ist jetzt ein großer Chef.« Und traurig hinzugesetzt: »Wenn sie erst mal mit der hebräischen Schule anfangen, schließen sie am Ende auch die jiddische, und dann können wir uns gleich aufhängen.«

Doch alle tranken weiter friedlich Tee und aßen Mamas wunderbaren Kuchen, und mir verging die Lust, Fragen zu stellen. Soviel ich den so hoch Aufgestiegenen auch fragte, die Tarbut-Schule würde doch geschlossen bleiben.

Schmulik wollte gerade aufbrechen, als Großmutter Roche mit ihren vollen Töpfen in das Zimmer kam, das zugleich Schneiderstube und Wohnzimmer war.

»Wen sehe ich denn da!«, rief sie mit gespieltem Erstaunen. »Ich dachte schon, du hättest dich in deiner Polizei verschanzt und uns ganz vergessen.«

Schmulik trat zu ihr, umarmte sie mit trauriger Zärtlichkeit und sprach ihr mit gesenktem Kopf sein Beileid zu dem schweren Verlust aus.

»Ich war auf dem Friedhof. Sie liegen auf dem Hügel nebeneinander, meine Mutter und Dovid. Seine Verwandten darf man nicht vergessen. Nicht die Lebenden und nicht die Toten. Und dass wir uns so selten sehen, das liegt nur daran, dass ich so verflucht viel zu tun habe.«

»Es heißt, du bist jetzt so etwas wie unser früherer Polizeimeister Rozga, nur eben, verzeih mir alten Frau, beschnitten.«

»Was wahr ist, ist wahr. Beschnitten bin ich, aber nicht Polizeimeister.«

»Was dann?«

»Wie soll ich Ihnen das erklären, Roche? Mein Chef Alexej Worobjow stammt aus Mordowien. Er ist erst seit drei Wochen in Jonava. Ich muss ihm helfen, sich hier zurechtzufinden – wen man unterstützen muss, wen unterdrücken und wen im Auge behalten, damit er der neuen Macht keinen Schaden zufügt.«

»Und warum habt ihr die Tarbut-Schule unterdrückt? So sehr, dass ihr die Tür mit einem Vorhängeschloss abgesperrt habt? Du warst immer gegen sie, schon immer. Ich weiß noch, wie du mich vor vier Jahren beschimpft hast, weil ich Hirschke dorthin schicken wollte. Du hast gesagt, niemand in Litauen spricht Hebräisch. Welche Sprache werden wir denn jetzt hier sprechen, Russisch?«

»Litauisch, Jiddisch und Russisch. Und was ich damals gesagt habe, das nehme ich nicht zurück. Keine Macht der Welt bezahlt aus ihrer Tasche Schulen für ihre eingefleischten Gegner.«

Das Feuer, in dem noch Funken glommen, flammte mit neuer Kraft wieder auf.

»Was denn für Gegner? Schüler?«, konnte sich Großmutter Roche nicht beruhigen.

Ich rührte absichtlich laut mit dem Löffel in meiner leeren Tasse, stolz auf meine Großmutter und voller Bewunderung für ihren Mut.

»Schüler? Das sind keine Schüler, das sind künftige Zionisten. Sollen sie doch nach Palästina gehen und dort die tote Sprache von König Salomon lernen, so viel sie wollen. Solche Schulen werden unter der Sowjetmacht nicht gebraucht. Mit wem außer Rabbi Eliëser sollen ihre Absolventen denn in Jonava Hebräisch reden? An welcher Universität wollen sie mit dieser Sprache studieren? Statt sich kopfüber in die Vergangenheit zu verkriechen, sollten sie lieber alle ihre Gedanken auf die Zukunft richten«, erprobte der frischgebackene Natschalnik das sowjetische Vokabular.

»Sollen sie doch nach Palästina gehen, sagst du. Aber wer lässt sie denn dorthin?«, brummte mein Vater. »Der Inhaber der Möbelfabrik wollte nach Amerika auswandern, aber die Botschaft ist verschwunden, und Reb Elijahu Landburg wurde weggeschickt.«

Schmulik, der Angriffe seiner Verwandten überdrüssig, lenkte das Gespräch in eine andere Richtung.

»Ach, ihr habt eben alle keinen Klasseninstinkt! Na, Schluss mit den nutzlosen Diskussionen. Ich wollte nur auf einen Sprung vorbeischauen, und nun habe ich mit euch schon eine ganze Stunde meiner Arbeitszeit verplempert. Eine letzte Frage: Ist Julius wieder aufgetaucht?«

»Nein«, antwortete mein Vater.

»Das mächtige litauische Heer mit seinen beiden von den Letten geborgten Panzern und seinem einzigen Artilleriegeschütz ist aufgelöst, und die Rote Armee kann den ungebildeten Julius, der kein Wort Russisch kann, nicht gebrauchen. Wo soll er also hin? Er wird sich wieder anfinden. Ist schließlich keine Nadel im Heuhaufen.«

»Hör mal, Schmulik! Vielleicht könntest du ja sonntags bei Schlojmke aushelfen?«, schlug Großmutter Roche spöttisch vor. »Er würde dich gut bezahlen.«

»Das würde ich sehr gern«, sagte Schmulik fröhlich. »Aber wir arbeiten auch sonntags. Wir sind rund um die Uhr im Einsatz, Roche.«

»Sag bloß, ihr schlaft nicht einmal nachts?«, fragte Großmutter angriffslustig.

»Wenn der Dienst es verlangt, bleiben wir auch nachts wach«, antwortete Schmulik friedfertig und verabschiedete sich.

Meinem Vater fiel Reb Efraim Kaplers Bitte ein, für ihn ein Treffen mit dem stellvertretenden Leiter des NKWD im Schtetl zu arrangieren, doch er beschloss zu schweigen. Sollte Reb Efraim sich selbst mit Schmulik in Verbindung setzen. Der würde auf den goldenen Köder wohl kaum anbeißen.

»Ich schaue wieder vorbei, zu Tee und Kuchen«, versprach der zum Natschalnik aufgestiegene Verwandte und ging.

»Mein Bruder wird es weit bringen«, sagte meine Mutter. »Wenn er nicht stolpert.«

»Was für eine schmutzige Arbeit – Leute sortieren«, schnaubte mein Vater plötzlich wütend, weil er an Schmuliks gönnerhafte und herablassende Worte dachte: »Du hast nichts zu befürchten, Schlojmke. Dir wird keiner was tun.« Er verstand nicht, wofür man ihm hätte etwas tun sollen – dafür, dass er seit seinem dreizehnten Lebensjahr von morgens bis abends den Buckel krumm machte, ohne jemanden auszubeuten und zu demütigen?

»Wieso ist denn seine Arbeit schmutzig?«, versuchte meine Mutter, die Anschuldigung gegen ihren Bruder abzuwehren.

»Er selber hält sie für sauber und edel, er glaubt, man könne einer guten Sache dienen und dabei ohne Gewissensbisse das Böse mehren und den Hass fördern«, erklärte mein Vater. »Ich zum Beispiel könnte in einer fremden Wohnung, die jemandem weggenommen wurde, nicht einschlafen, aber Schmule ist das schnuppe. Na schön, reden wir nicht mehr von ihm.«

»Ich mache mir große Sorgen um Ajsik«, sagte Roche, als sich die Leidenschaften gelegt hatten. »Ich war gestern bei Fajn in der Bäckerei, Sabbat-Challa holen. Er fragt mich: Was hören Sie von Ihrem Ältesten? Was soll ich hören, sag ich, nichts hör ich von ihm. Kein Wort. Und da hat er mir Angst eingejagt. Die Deutschen, sagt er, sind in Paris. Sie marschieren angeblich durch die Hauptstraße.«

»Die Champs-Élysées«, sagte Mejlech.

»Wirklich?«, fragte mein Vater erstaunt.

»Ja. Und da habe ich mir so meine Gedanken gemacht. Warum ist Ajsik nach Frankreich gegangen? Er wollte doch erst gar nicht dorthin, eigentlich wollte er ins goldene Amerika. Vor den Deutschen aus Warschau fliehen ist eine Sache«, Großmutter Roche blickte zu Mejlech und Małgorzata, die sich bis dahin in Schweigen gehüllt hatten, und fuhr fort: »Aber aus Paris, das ist etwas ganz anderes … Von dort bis in unsere Einöde, da geht einem doch die Puste aus. Hätte Ajsik das Ganze bloß gelassen, dann würde er jetzt in Jonava sitzen, Felle bearbeiten und Pelzmützen nähen. Pelzmützen und -kragen waren in Jonava immer gefragt. Und jetzt sind noch so viele Offiziersfrauen zum Winter hergekommen!«

»Vielleicht konnten sie ja an einen anderen Ort fliehen, wo sie sicher sind«, tröstete meine Mutter ihre Schwiegermutter.

»Was sind das für Zeiten, was für Zeiten!«, jammerte Roche. »Nirgendwo eine Zuflucht vor dem Unglück. Fliehst du vor dem einen, holt dich schon das nächste ein und packt dich am Rockzipfel.«

Draußen senkte sich die Dämmerung über Jonava. Zwischen den Herbstwolken leuchtete silbern ein einsamer Stern – auch Sterne konnten also einsam sein.

Meine Mutter zog ihren warmen Steppmantel an, um Großmutter zu begleiten, die selbst bei Tageslicht schon schlecht sah. Auch die wohlerzogenen Mejlech und Małgorzata blieben nicht länger. Antanina mochte keine Nachtschwärmer.

Mein Vater und ich waren nun allein.

»Unsere Schule wird doch nicht geschlossen, oder?«, fragte ich.

»Nur Gott allein weiß, was die neue Obrigkeit vorhat.«

An den Herrgott wandte ich mich nicht. Wenn ich den etwas fragte, bekam ich sowieso keine Antwort.

»Geh schlafen, Hirschele, ich nähe noch ein bisschen.«

Als ich im Bett lag, hörte ich die Stimme des Hauswarts Antanas.

»Entschuldigen Sie, Ponas Salamonas, dass ich Sie so spät noch aufsuche. Juliukas ist endlich heimgekehrt, Teufel noch eins! Morgen kommt er zu Ihnen.«

»Danke.«

»Hätten Sie vielleicht einen Schluck Wein?«

»Leider nein! Wein haben wir nur zu Peßach.«

»Bis zu eurem Peßach ist es noch lange hin!«, sagte der Hauswart und verabschiedete sich enttäuscht auf Jiddisch: »*Sait gesunt*!«

11

Wie Antantas versprochen hatte, klopfte am nächsten Morgen, noch bevor Mejlech und Małgorzata zur Arbeit erschienen, Vaters jüngerer Geselle bei uns an, der verschlafene Julius, den alle schon für verschollen gehalten hatten.

»Da bin ich«, sagte er schlicht.

»Herzlich willkommen, tapferer Soldat!«, begrüßte ihn mein Vater. »Du hast deinen Dienst ja schnell abgeleistet.«

Julius zögerte zunächst, wischte sich die Schweißperlen von der Stirn, zwinkerte mit den noch schlafverschleierten Augen und bekannte dann widerwillig: »Ich habe keinen einzigen Tag gedient, Ponas Salamonas.«

»Wie das? Du wurdest zum Militär einberufen, hast aber nicht einen Tag dort gedient?«

»Ich habe keinen einzigen Tag gedient und kein Gewehr in der Hand gehalten. Ich war nicht Soldat, nicht in der litauischen Armee und nicht in der neuen, der Roten Armee«, sagte Julius mit gesenktem Blick.

Hätte mein Vater seinen Gehilfen auf der Straße getroffen, würde er ihn wohl kaum erkannt haben. Vermutlich zur Tarnung hatte sich der junge Mann einen kurzen rotblonden Bart stehen lassen und einen schmalen spanischen Schnurrbart, der wie eine geschmeidige Schlange unter seiner fleischigen großen Nase mit den weit offenen, empfindsamen Nüstern entlangkroch. Gekleidet war Julius absichtlich nachlässig: ein schäbiges Leinenhemd, geflickte weite Hosen mit einem abgewetzten Ledergürtel und eine speckige Schirmmütze.

»Wo hast du denn gesteckt?«

»Als das ganze Durcheinander losging, die Suche nach den angeblich am helllichten Tag entführten Rotarmisten, die gegenseitigen Erklärungen, die drohenden Ultimaten aus Moskau und die Dementis aus Kaunas, da hab ich mir gesagt: Hau ab, Julius, bevor es zu spät ist. Verschwinde. Das nimmt kein gutes Ende. Ich bin vom Sammelpunkt geflohen, erst nach Prienai, dann in den Kurort Birštonas, dort bin ich als Hilfsarbeiter im Sanatorium *Tulpe* untergekommen. Ich hab alles Mögliche gemacht – geputzt, Lasten geschleppt und Fußböden gebohnert, für kostenloses Essen und kostenlose Unterkunft in einem verlassenen Badehaus am Ufer des Neman. Keiner hat nach mir gesucht, keiner hat gefragt, wer ich bin und woher ich komme. Ich musste nur eines: arbeiten! Und das hab ich gemacht.«

Mein Vater zweifelte keinen Augenblick, dass Julius die Wahrheit sagte, doch er hätte nie geahnt, dass der stille Junge zu etwas so Entschiedenem wie Fahnenflucht fähig wäre. Der findige Bursche hatte das allgemeine Chaos genutzt und es riskiert. Die neue Macht hatte die frühere Regierung und ihre Armee für gesetzlos erklärt, stützte sich aber selbst vor allem auf die durch Bajonette bekräftigte Angst der Bürger.

»Und, du Held, bleibst du lange hier? Oder willst du wieder zurück in deinen Kurort, in das Badehaus am Neman?«

»Ich bin für immer heimgekehrt. Komme, was da wolle! Meine Mutter tut mir leid. Ohne mich bringt mein Vater sie ins Grab. Wenn er betrunken ist, verprügelt er sie immer und brüllt: ›*Kurwa*!‹* Ich könnte gleich heute mit der Arbeit anfan-

* (poln.) Hure.

gen, Ponas Salamonas. Meine Hände sind grob geworden, sind die Nadel nicht mehr gewöhnt, aber glauben Sie mir, ich werde Sie nicht enttäuschen, denn für das Schneidern habe ich besondere Gefühle.«

»Was denn für Gefühle, wenn ich fragen darf?«

»Gute, sehr gute. Nähen, Ponas Salamonas, das ist was ganz anderes als grobe Hilfsarbeiten. Was ich da alles machen musste: die Fußböden in den Sanatoriumsgebäuden bohnern, das verdreckte Gelände fegen, schwere Säcke mit gewaschener Wäsche für die Urlauber von Lastwagen laden und auf meinem Buckel in den zweiten Stock schleppen.«

Mein Vater schwieg.

Julius verschnaufte und fuhr fort.

»Vielleicht kann ich die erste Zeit für umsonst für Sie arbeiten, ohne Lohn? Sie prüfen mich und entscheiden dann, ob Sie mich wieder nehmen oder nicht.«

»Für umsonst? Für umsonst, Julius, geht man nur an einen Ort. Auf den Abtritt.«

»Na, Sie sagen Sachen, Ponas Salamonas!«

»Ich muss dich nicht prüfen. Hast du gefrühstückt?«

»Ja.«

»Dann setz dich hin und fang an. Mein künftiger Verwandter, Oberleutnant Wassili Kamenew, hat einen zweireihigen Anzug bestellt. Du kannst die Ärmel ans Jackett nähen. Am Sonntag ist Anprobe.«

»Gott schenke Ihnen Gesundheit! Ich versuche die ganze Zeit, meinen Vater umzuerziehen. Wenn er einen über den Durst getrunken hat, bewirft er euch immer mit Dreck, er sagt: ›Nimm dich in acht, mein Sohn, vor diesen Unchristen. Das sind alles Betrüger und Halsabschneider.‹ Und ich widerspreche ihm: ›Unsinn, du kennst sie einfach nicht, von ihnen kann man viel lernen, man kann sich ein Beispiel an ihnen nehmen, du beschimpfst sie bloß aus Neid. Hass und Neid haben noch niemanden glücklicher und reicher gemacht.‹«

Julius war in Fahrt geraten und wollte noch mehr sagen, doch da kam Mejlech.

»Lasst uns gemeinsam arbeiten und einander so gut wie möglich unterstützen«, schlug mein Vater vor, als er die beiden einander vorstellte. »Du, Julius, sprichst ja schon ganz gut Jiddisch, Pan Mejlech wird dir noch mehr beibringen, und ihr beide unterrichtet Małgorzata, die bislang nur einen einzigen Satz kann: ›*Woß hert sich, jidn*?‹* Wo ist sie übrigens, deine Kochana, Mejlech?«

»Bei unserer Wirtin geblieben, Antanina ist wieder krank«, antwortete Mejlech. »Es steht sehr schlecht um sie. Sie verlässt kaum noch das Bett und geht nicht mehr mit Małgorzata in die Kirche. Jeden Tag flüstert sie Gebete und bittet uns, den Pfarrer zu holen, weil sie Angst hat, er könnte sonst zu spät kommen für die Sterbesakramente.«

»Sie tut mir leid. Ich kenne Antanina seit meiner Jugend, seit ich nach dem Tod meines ersten Lehrers Schaja Rabiner zu Abram Kißin in die Lehre ging«, sagte mein Vater. »Sie hatte außer uns niemanden auf der Welt, keinen Mann und keine Kinder. Schnitter hatten sie als Säugling in einem Heuschober gefunden und ins katholische Waisenhaus gebracht. Schlimm – sie hat niemanden, der sie begraben wird.«

»Małgorzata und ich wollten Sie schon mehrmals bitten, dass Sie den Doktor zu Antanina schicken, aber sie ist dagegen. Sie sagt: ›Mein Arzt ist der Herrgott. Mein Leben lang ist Er ohne Aufforderung zu mir gekommen, hat alle meine Wehwehchen kuriert und meinen Geist gestärkt. Eines Tages wird Er kommen und mich, Seine treue Magd, zu sich holen.‹«

»Wir werden sie nicht mehr ändern«, sagte mein Vater. »Sie

* (jidd.) Was hört man, Juden?

ist eine alte Jungfer. Sie war immer allein. Nur wer allein lebt, hat sie oft zu mir gesagt, tut niemandem Böses und hat keine Angst vor dem Tod.«

»Wenn sie verlischt, an wen sollen wir dann die Miete für die Wohnung zahlen?«, fragte Mejlech. »Oder wird man uns auf die Straße setzen?«

»Die Wohnung hat Abram Kißin seinem Neffen in Riga vermacht. Der Erbe war zur Beerdigung seines Onkels hier und ist auf Nimmerwiedersehen heimgekehrt nach Lettland. Zahlen werden Sie, Mejlech, an den jetzigen Besitzer, an die neue Macht, die sich schon fast alles angeeignet hat und auch Ihr Geld nicht verschmähen wird. Machen Sie sich keine Sorgen. Sie behalten Ihr Dach überm Kopf.«

Julius mischte sich nicht in das Gespräch ein, er nähte die Ärmel an den Zweireiher für Wassili Kamenew. Mein Vater hörte auf, die neue Macht zu beschimpfen, griff zu seiner Schere und schnitt den Stoff für einen anderen Kunden zu, und der beruhigte Mejlech setzte sich an die Nähmaschine und legte los. Den Rest des Tages durchbrach nur ihr munteres Rattern die Stille.

Gegen Abend erschien bei uns überraschend ein seltener Gast – Mutters verwitweter Vater, der Schuster Schimon, der im Schtetl als eingefleischter Stubenhocker bekannt war. Nur an hohen Feiertagen hatte er sich, als Schejne noch lebte, gut angezogen und war Arm in Arm mit ihr in die Synagoge gegangen, die übrige Zeit aber saß er zu Hause an seinem Leisten.

»Wenn der Allmächtige im Himmel hört, wie du wie ein Specht ohne Pause hämmerst und hämmerst, wird er dich bestrafen und uns alle gleich mit, weil wir deinen unerhörten Eigensinn geduldet haben«, sagte Großmutter Schejne manchmal zu ihm.

Mein Vater fragte sich, was seinen Schwiegervater veranlasst haben mochte, uns plötzlich zu besuchen.

Auch meine Mutter rätselte herum. Es musste wohl etwas Ernstes sein. Sie huschte geschäftig hin und her, holte die bestickte Tischdecke aus dem Schrank und stellte etwas zu essen auf den Tisch, doch Großvater Schimon rührte weder das Gebäck an noch die Pflaumenkonfitüre, den litauischen Käse oder den Kamillentee in der Emaillekanne.

»Ich bleibe nicht lange«, sagte er.

Daran zweifelte niemand. Der alte Dudak saß nie lange bei jemandem. Das rechtfertigte er mit einem ehrbaren Argument: Es sei Sünde, anderen Zeit zu stehlen, und unverzeihlich, wenn einem selbst Zeit gestohlen wurde. Es gebe noch keine Läden, in denen man Stunden und Minuten einzeln und en gros kaufen könne.

»Ich komme wegen Peßje und ihrem Kavalier«, sagte Großvater Schimon knapp und zog die dichten Brauen zusammen, die aussahen wie Raupen. »Euch mein Herz ausschütten.«

»Was ist denn mit Peßje?«, fragte meine Mutter erschrocken.

»Nichts. Wisst ihr etwa nicht, dass sie einen Goi heiraten will?«, fragte Großvater.

»Na und, Reb Schimon, meinen Sie, ein Goi sei kein Mensch, sondern ein Tier?«, entgegnete mein Vater.

»Nein, kein Tier. Aber keiner von uns. Was ist das für eine Hochzeit ohne Chuppa und ohne Rabbiner? Mit Rotarmisten in Uniformblusen und schief aufgesetzten Käppis am Tisch und Kasatschok-Tänzen …«

»Dafür werden die Enkel nach dem Gesetz der Thora zu uns gehören, sie werden Juden sein«, tröstete mein Vater Großvater Schimon.

»In unserer Familie, bei den Dudaks, hat es bislang weder Russen noch Offiziere gegeben. Ich weiß nicht, ob ihr Peßjes

Wahl gutheißt, doch mit meinem Segen soll sie nicht rechnen. Und mich deucht, auch die verstorbene Schejne ruft aus dem Grab: ›Red es ihr aus, Schimon, red es ihr aus, dem Dummchen!‹ Nur Schmulik plappert dauernd, dass die Liebe nicht russisch ist, nicht türkisch und nicht jüdisch. Wahre Liebe, sagt er, hat keine, keine – ich komme ums Verrecken nicht drauf, was er sagt, es ist kein jiddisches Wort, ich hab's vergessen …«

»Keine Nationalität«, half mein Vater seinem Schwiegervater.

»Ja, ja. Ich glaube, das hat Schmulik gesagt«, bestätigte Großvater. »Und Peßjes Schwestern Fejge und Chaßje sagen, wenn dieser russische Leutnant sie wirklich liebt, dann könne man immer noch einen Juden aus ihm machen.«

»Lieber mit einem russischen Iwan oder Wassili glücklich werden als mit einem jüdischen Itzig oder Chajim unglücklich«, wagte Chanke ihre jüngere Schwester in Schutz zu nehmen.

»Der Teufel hat diese Russen nach Jonava gebracht! Warum, frage ich mich, können sie nicht zu Hause bleiben?« Großvater Schimon seufzte schwer. »Wo hat unser oberster Schadchen und Vermittler aller Hochzeiten, unser gnädiger Herrgott, nur Seine Augen?«

»Es ist noch zu früh zum Verzweifeln, Vater. Vielleicht laufen Wassili und Peßje ja wieder auseinander«, streute meine Mutter ein Körnchen zweifelhafter Hoffnung in ihr Mitleid mit dem Vater. »Und was den Herrgott angeht – Seine Wirtschaft ist groß, mit dem Auge nicht zu überblicken. Wie soll Er da auf alle achten?«

Die tröstenden Worte munterten Schimon keineswegs auf, sondern machten ihn im Gegenteil noch trauriger. Er hatte nicht erwartet, dass Chanke und Schlojmke die verrückte Peßje verurteilten und ihm bedingungslos zustimmten, wohl aber, dass sie ihm versprachen, Peßje zur Vernunft zu bringen, stattdessen hatten sich beide lang und breit über die Merkwürdigkeiten der Liebe ausgelassen. Was würden diese beiden Weisen wohl sagen, wenn Peßje ihre Tochter wäre? Dann würden sie bestimmt anders reden. An ihrem Elternherzen nagte ja kein Schmerz.

Großvater Schimon dankte für die großzügige Bewirtung, die er nicht angerührt hatte, stand auf und wandte sich zur Tür.

»Ich bringe dich«, erbot sich Chanke, zog sich an und verließ mit ihm das Haus.

»Du musst mich nicht begleiten.« Ihr Vater schwieg, setzte seine Schirmmütze auf, amtete schwer und sagte ohne jeden Vorwurf. »Ich finde den Weg allein. Mir passiert schon nichts. Nach dem Tod deiner Mutter habe ich mir die Angst um mich selbst abgewöhnt. Und was deine Schwester angeht, die sich in diesen russischen Offizier verguckt hat, sage ich dir nur noch dies, Chanke: So ist es wohl eingerichtet auf der Welt – die übermütige Jugend sät Dummheit, und das hilflose Alter erntet Unglück.«

Damit verschwand Großvater in der Dunkelheit.

Wieder zu Hause, erzählte meine Mutter ihrem Mann, was ihr Vater zum Abschied zu ihr gesagt hatte.

»Er kann einem leidtun.« Schlojmke nickte. »Blume Berger hat ihre Tochter verflucht und aus dem Haus gejagt. Wie das geendet hat, wissen wir sehr gut. Aber jetzt gibt es schlimmeres Elend als eine unglückliche Ehe, und dieses Elend trifft fast jeden, egal, wie alt er ist. Kriege, Pogrome, Obdachlosigkeit.«

»Bei uns ist es Gott sei Dank noch ruhig.«

»Ja, noch«, wiederholte mein Vater. »Du lebst bei deinen Kochans wie hinter einem Schutzwall, dorthin dringen keine schlechten Nachrichten, aber in die Schneiderei strömen allerhand ungute Gerüchte. Man möchte sich am liebsten die Ohren verstopfen.«

»Warum erzählst du mir nie davon?«, tadelte meine Mutter ihren Mann.

»Ich will dich nicht beunruhigen. Vielleicht saugen sich die Leute all diese Gerüchte ja aus den Fingern?«

»Was für Gerüchte?«

»Ganz verschiedene. Es heißt, die neuen Machthaber wollen alle kleinen Gildensynagogen schließen – die der Fleischer, der Schuster und so weiter. Eine für alle sei angeblich genug.«

Meine Mutter hörte zu, ohne ihn zu unterbrechen.

»Und außerdem ist die Rede von irgendwelchen geheimen Listen.«

»Listen?«

»Ja, Listen«, bestätigte mein Vater mit unverhohlenem Ärger. »Von Leuten, die Schmulik immer Ausbeuter genannt hat.«

»Was wollen sie denn mit diesen Ausbeutern machen?«

»Keine Ahnung. Der allwissende Chajim-Gerschon Fajn sagte allerdings, als er seinen neuen Anzug abholte, er werde die Bäckerei wahrscheinlich schließen und zu seinem Cousin nach Gargždai ziehen. Er würde, ohne zu zögern, für einen leidlichen Preis alles verkaufen, aber wo findet man jetzt einen Käufer?«

Meine Mutter machte große Augen, und mein Vater hielt es für nötig, hinzuzufügen: »Chajim-Gerschon Fajn hat mir erklärt, in der Sowjetunion gehörten alle Bäckereien nicht Privatpersonen, sondern dem Staat.«

»Wenn er fortzieht, dann gibt es in Jonava nie wieder solche Brötchen und solche Challa wie bei Reb Chajim Gerschon.«

»Außerdem hat er gesagt, in den Zeiten, die nun angebrochen sind, sollte man sich lieber nicht an seinen Besitz klammern, man sollte ihn am besten ganz vergessen, als hätte er nie existiert. Er meinte, am besten verkriecht man sich in einem entlegenen Nest, irgendwo in der Einöde, und versucht nicht, sein Hab und Gut zu verteidigen. Die Russen, sagte Chajim-Gerschon, mögen Bettler lieber als Reiche.«

Es verging kein Monat, bis sich das Gerücht von der Schließung der kleinen Synagogen in Jonava bestätigte.

Im Frühjahr 1941 brachte mein Onkel, der stellvertretende Leiter der operativen NKWD-Abteilung Schmule Dudak, einen neuen Kunden zu meinem Vater, seinen unmittelbaren Vorgesetzten Major Worobjow.

»Alexej Iwanowitsch«, stellte sich der Vertreter der Macht vor.

»Schlojme.«

Den gesamten folgenden Monolog übersetzte Schmulik eifrig ins Jiddische.

»Samuil Semjonowisch hat Sie mir als einen erstklassigen Schneider empfohlen.« Worobjow sah sich mit dem neugierigen Blick des erfahrenen Ermittlers im Zimmer um. »Mein alter Uniformmantel ist verschlissen. Ich möchte mir vor meiner Versetzung an einen anderen Ort einen neuen anfertigen lassen.«

Der Major holte graues Tuch und sämtliches nötige Zubehör aus einem großen Päckchen und legte alles auf den Tisch.

Mein Vater schaute den beleibten Worobjow, den in der Pose eines dienstfertigen Brautwerbers erstarrten Schmulik und das Stück Tuch samt Zubehör verwirrt an.

»Ich habe noch nie einen Uniformmantel genäht«, gestand der erstklassige Schneider seinem Schwager.

»Wage ja nicht abzulehnen«, sagte Schmulik mit gedämpfter Stimme. »Du wirst es tun. Ich werde jeden Abend kommen und dir helfen, wie früher. Nicht mit Geschwätz, sondern mit Taten. Ich habe im Gefängnis nicht alles verlernt, ich habe deinem Julius und deinem netten Flüchtling mit dem süßen Namen noch immer einiges voraus.«

»Weiß dein Chef denn wenigstens, wie viel ich verlange?«, stellte mein Vater Schmulik seine obligatorische Frage. »Das ist schließlich was anderes als ein Anzug. Ein Uniformmantel!«

»Ja, ja, das weiß er. Hör auf zu handeln, nimm Maß.« Der gewitzte Samuil Semjonowitsch lächelte gekünstelt und machte Alexej Iwanowitsch im Namen meines Vaters ein geschwindeltes Kompliment: »Mein Schwager sagt, Ihr Stoff sei ausgezeichnet. Es wird ihm ein Vergnügen sein, daraus etwas zu nähen.«

Während mein überrumpelter Vater Maß nahm, rief meine Mutter ihren Bruder beiseite und fragte ihn flüsternd: »Schmulik, im Schtetl wird erzählt, die neue Obrigkeit wolle alle Synagogen schließen. Ist das wahr? Aber weich mir nicht aus!«

»Kann es dir nicht egal sein, ob sie geschlossen werden oder nicht? Du selber gehst doch in keine davon. Genauso wenig wie Schlojmke und unsere drei Schwestern. Für die Alten reicht auch ein einziger Herd der Rückständigkeit, die Große Synagoge.«

Mit der Schließung der kleinen Synagogen begannen in Jonava Ereignisse, die alle Einwohner, egal, welchen Glaubens, erschütterten.

Ohne Rücksicht auf das Kopfsteinpflaster rumpelten tagelang Lastwagen mit bewaffneten Soldaten durchs Schtetl. Sie hielten vor den Häusern von einstigen Staatsbeamten, führenden Mitgliedern der Smetona-Parteien und -Verbände, von Kämpfern für die Freiheit und Unabhängigkeit Litauens, von offenen und heimlichen Zionisten, von Fabrikanten und Besitzern großer Geschäfte oder Ländereien. Die Soldaten holten sie samt ihren Familien aus den Häusern, verfrachteten alle mit Handgepäck und wenigen Habseligkeiten auf die mit Planen überdachte Ladefläche und brachten sie zur Bahnstation, wo leere Güterwaggons bereitstanden.

Der weitsichtige Chajim-Gerschon Fajn kam dem Schlimmsten zuvor – er entließ seine Angestellten, schloss die Klappe seines Backofens, nahm die Beine in die Hand und floh aus Jonava an einen Ort, wo man ihn, seine Frau Perl und seine beiden Zwillinge hoffentlich nicht finden würde. Dort in Gargždai würde er nicht in seinen nagelneuen Sachen herumspazieren, dem Anzug oder dem Mantel, die Meister Schlojmke Kanowitsch genäht hatte. Der eitle Chajim-Gerschon würde sich in Lumpen hüllen, sich einen Bart wachsen lassen, die Tages- und Abendnachrichten im holländischen Radio (zum Teufel mit allen Nachrichten!) für immer vergessen und alles tun, um nicht erkannt zu werden, damit niemand erfuhr, dass er für die ein Leben lang verkauften Challas und Brötchen zehn Dunam* Land in Palästina erworben hatte.

Fajn, der so der Verbannung hinter den Polarkreis entkam, glaubte das Schicksal überlistet zu haben. Der Bäckereibesitzer ahnte nicht, dass er sich damit zum sicheren Tod verurteilt hatte. Ein halbes Jahr darauf würden er und seine gesamte Familie sterben, nicht als Ausbeuter, sondern als Juden. Am Polarkreis oder in Sibirien hätten sie eine Überlebenschance gehabt …

Der schwerfällige Reb Efraim Kapler, der sich in keiner Weise schuldig fühlte, folgte dem Beispiel seines langjährigen Freundes nicht. Anders als Chajim-Gerschon dachte er nicht daran, sein Eigentum, das zweistöckige Haus, das Textil- und das Kurzwarengeschäft, zu verlassen, und verkroch sich nicht in der Einöde, sondern blieb mit seiner Frau, der korpulenten Fruma, dem Pinscher Jackie, seinen Magenschmerzen, seinem Sodbrennen und seiner Schlaflosigkeit in Jonava.

Als direkt unter unseren Fenstern mit quietschenden Bremsen und giftige Abgase in die Luft blasend ein Lastwagen hielt, am Steuer ein Fahrer in einer grünen Uniformbluse, ein Kal-

* Flächenmaß in Israel, entspricht 1000 Quadratmetern.

mücke oder Burjate, daneben ein junger Offizier mit rosigem Mädchengesicht, sagte mein Vater zu sich selbst oder zu Mejlech: »Das ist das Ende.«

Er stand am offenen Fenster und schaute zu, wie Soldaten munter und verwegen von der Ladefläche sprangen – nicht, um dänische Zahnpasta oder lettische Rasiercreme zu kaufen, sondern um den Ladeninhaber abzuholen.

»Reb Efraim und Fruma tun mir leid«, brummte mein Vater. »Wehe einem Land, das die Armen verherrlicht und die Reichen als Verbrecher verfolgt.«

Ich trat ans Fenster, drängte mich dicht an die warme Seite meines Vaters und schaute ebenfalls zu dem Militärlaster und dem Fahrer mit den breiten Backenknochen, der die Kühlerhaube geöffnet hatte und gleichmütig am Motor herumpusselte.

Genau wie meinem Vater tat auch mir Reb Kapler leid. Vielleicht, weil er mir manchmal, wenn er über Schmerzen in den Beinen klagte, die Leine in die Hand drückte und mich unter seiner Aufsicht mit seinem Liebling Jackie in der Nähe des Hauses spazieren gehen ließ. Ich begriff nicht, was der fromme Reb Efraim, der mit Textilien und Kurzwaren handelte, den russischen Soldaten getan hatte. Es musste etwas sehr Schlimmes geschehen sein, wenn mein Vater so lange aus dem Fenster schaute und seine Nähmaschine ganz vergaß. Ich hätte ihn am liebsten gefragt, was denn passiert sei, aber er drehte sich verärgert zu mir um und sagte streng: »Marsch an deine Bücher! Geh lernen! Statt hier müßig rumzustehen und aus dem Fenster zu starren!«

Mejlech und Julius arbeiteten weiter an dem Mantel für Major Worobjow, doch mein Vater ging hinaus, um sich wenigstens mit einem Wort oder einer Geste von Reb Efraim zu verabschieden, sich dafür zu entschuldigen, dass er mit dem lästigen eintönigen Rattern der Singer oft seinen Schlaf gestört hatte. Mein Vater wollte den Kaplers sagen, dass sie nicht den Glauben verlieren sollten, so Gott wollte, würden sie vielleicht nach Jonava zurückkehren. Doch Soldaten mit Gewehren über der Schulter versperrten meinem Vater den Weg und ließen ihn nicht zu dem zusammengekrümmten Reb Efraim und der düster dreinschauenden fröstelnden Fruma. Die Rotarmisten verboten den kinderlosen alten Leuten auch, ihren geliebten Hund mitzunehmen – der Pinscher lief mit der Leine um den Hals um den Laster herum und bellte empört, als wollte er sagen: Gebt mir meinen Herrn zurück, wo bringt ihr ihn hin ohne mich?

»*Mir weln ojf ajch wartn! Seit gesunt*!«, rief mein Vater in unserer Sprache, die die Rotarmisten nicht verstanden.

Die verhafteten Kaplers mit ihren Bündeln in der Hand schauten sich nicht noch einmal um, nicht nach ihrem Haus, das sie verlassen mussten und das von fremden Leuten abgesperrt worden war, nicht nach dem versiegelten Geschäft, nicht nach dem Ruf ihres mutigen Mieters. Reb Efraim hob nur die runzlige, zur Faust geballte Hand. Als wollte er sich nicht nur von seinem heimischen Nest und seinem Mieter verabschieden, sondern zugleich den Herrgott darauf aufmerksam machen, dass direkt unter Seinen Augen schreiendes Unrecht geschah. Der Allmächtige empörte sich schweigend und verurteilte das sündige Handeln der Soldaten, doch der rotwangige Leutnant, der die Vertreibung der Kaplers leitete, war stärker als der Herrscher der Welt und brüllte: »Schluss jetzt!«

Mein Vater verstummte notgedrungen, doch dem Pinscher konnte der Soldat nichts befehlen. Die Leine hinter sich her schleifend, bellte der kleine Hund die Vertreter der mächtigsten Armee der Welt wie rasend an, und die wussten nicht, was sie tun sollten. Sie stießen mit ihren Gewehrkolben nach ihm, versuchten ihn mit Flüchen zu verjagen, doch Jackie wollte zu seinen Herren und kläffte aus Leibeskräften.

»Schaffen Sie ihn fort!«, sagte der Leutnant, der mit Tieren offenbar mehr Geduld hatte als mit Menschen. »Sonst machen meine Jungs mit ihm kurzen Prozess.«

Mein Vater bückte sich nach der Leine und nahm den Pinscher mit in seine Werkstatt.

Mejlech und Julius, die ihre Arbeit unterbrochen hatten, wollten den verwaisten kleinen Hund streicheln, doch der fürchtete sich vor ihren Liebkosungen, verkroch sich in eine Ecke der fremden Wohnung und begann zitternd zu winseln.

In diesem Augenblick erschien Major Worobjow, begleitet von Schmulik, seinem Stellvertreter für den operativen Dienst, zur Anprobe.

Während mein Vater mit Kreide die nötigen Korrekturen vornahm, wirbelte der ehemalige Hosenschneider Schmule wie ein Kreisel um seinen Vorgesetzten herum, begutachtete den halbfertigen Mantel mit den weißen Heftnähten und rief: »Bravo! Wunderbare Arbeit, und das in so kurzer Zeit! Ach, was für Meister!«

Nach einer kurzen Pause setzte er mit einem schelmischen Lachen hinzu: »Das wird ein ausgezeichnetes Feiertagsgeschenk für Sie von der jüdischen Arbeiterklasse!« – wobei er der größeren Überzeugungskraft halber auch den Katholiken Julius zum jüdischen Volk zählte.

Worobjow strahlte und lachte.

»Danke, danke!«

Nach der Anprobe drückte Alexej Iwanowitsch der jüdischen Arbeiterklasse lange die Hand, salutierte und wandte sich an seinen Stellvertreter: »Samuil Semjonowitsch, Sie bleiben sicher noch bei Ihren Angehörigen? Dann schicke ich gegen sechs einen Wagen nach Ihnen.«

Habt ihr das gehört? Er würde einen Wagen nach ihm schicken! Nach diesen Worten musste er ja einfach bleiben!

Und Schmulik blieb, obgleich er eigentlich keine Lust hatte auf die Fragen und Belehrungen seines Schwagers, dem das neue Amt seines ehemaligen Gesellen ebenso missfiel wie das, was Fremde mit der Waffe in der Hand auf fremdem Boden ungestraft taten. Schlojme hatte die Ansichten seines Schwagers nie geteilt. Im Gegensatz zu Schmulik hatte mein Vater, der nur den Cheder besucht hatte, seine eigenen festen Überzeugungen: Arbeite und lass deinen Partner in Ruhe arbeiten, treib kein fremdes Pferd mit deiner Peitsche an, bezieh das Bett deines Herrn nicht mit deiner Wäsche und wage nicht, dich hineinzulegen.

Doch obwohl die ehemaligen Kollegen Schmulik oft verspotteten oder gar beschimpften wegen seiner kategorischen und kämpferischen Reden, fühlte er sich in der Schneiderstube geborgener als an jedem anderen Ort. Er fragte sich oft selbst, warum er sich in seinem neuen Dienst so einsam vorkam, obgleich er ständig Besucher empfing und, wie er meinte, nicht dem Bösen diente, sondern dem Guten.

Um unnötigen Streit zu vermeiden, fragte Schmulik, der diese Neugier für harmlos und unverfänglich hielt, meinen Vater friedfertig, wem denn das entzückende vierbeinige Geschöpf gehöre, das mit einer Leine um den Hals leise winselnd in der Ecke saß.

»Stell dich nicht dumm. Du weißt genau, wem er gehört.«

»Bei Gott, nein, das weiß ich nicht.«

»Reb Efraim.«

»Oh!«

»Er durfte den Pinscher nicht mit in die Verbannung nehmen. Sie hatten Erbarmen mit dem Tier. Haben es in seiner Heimat gelassen. Warum Reb Efraim, Schmulik? Was hat er getan?«

»Das ist nicht mein Gebiet, Schlojme. Ich habe ganz andere Aufgaben.«

»Der Mann hat von seinem Vater ein Haus geerbt, es umgebaut, zwei Geschäfte eröffnet, hat jedes Jahr für ein Altersheim gespendet und eifrig zu Gott gebetet. Warum haben sie ihn und Fruma auf einen Lastwagen gestoßen wie ins Grab?«

»Was soll das, was willst du von mir?«

»Mag sein, du hast andere Aufgaben, aber nüchtern betrachtet steckst du mit diesen Soldaten unter einer Decke. Reb Efraim wollte mit dir sprechen, er hatte wohl eine böse Ahnung. Gut, dass er es nicht getan hat. Du hättest dich sowieso nicht für ihn eingesetzt.«

»Willst du, dass ich gehe?«, drohte der Schwager unzufrieden.

»Nein, das will ich nicht. Aber auch vor dir selbst, Schmulik, kannst du nicht fortlaufen. Vielleicht kommt einmal der Moment, wo sich jemand für dich einsetzen muss. Und es nicht tut. Das Lastwagen-Grab könnte mit den Jahren größer werden, und dann sitzen vielleicht andere am Steuer als deine Kollegen und Gleichgesinnten.«

Mejlech und Julius taten, als hörten sie weg, vielleicht machten sie das auch wirklich, ganz vertieft in die Arbeit am Mantel des Majors. Sie sorgten sich weniger um das Los des Hausbesitzers Reb Efraim Kapler als um ihr eigenes.

Auch mein Vater verstummte und überlegte, ob er im Streit mit Schmulik vielleicht zu weit gegangen war. Er schätzte den Bruder seiner Frau für seine Offenheit, für seine Selbstlosigkeit und seine Uneigennützigkeit, für sein fröhliches, lebensfrohes Wesen und bedauerte sehr, dass Schmulik das Schneidern aufgegeben hatte und nun etwas tat, das ein Jude auf keinen Fall tun sollte – eine neue Ordnung einführen in einem Land, in dem er selbst ein Fremder war.

»Ich weiß, dass du ein guter Mensch bist und kein Schurke, aber du irrst dich, wenn du glaubst, dass man im Bunde mit Schurken und Gewalttätern Gutes säen und mehren kann. Wenn man genau hinriecht, steigt einem da nämlich der Geruch nach fremdem Blut in die Nase.«

Den Streit beendete meine Mutter, die von den Kochans heimkehrte.

»Wen sehe ich da! Schmulik, willst du nicht zum Essen bleiben? Ich habe Wurst gekauft, ich mache uns Rührei, dann isst du wenigstens mal vernünftig. Ich habe gehört, du läufst den ganzen Tag mit diesen Russen durch unser Schtetl und kämpfst gegen alle mögliche Unordnung, statt auch mal an deine Gesundheit zu denken. Aber ich will dir was sagen: Eine unsterbliche Macht hat der Herrgott ebenso wenig geschaffen wie einen unsterblichen Menschen. Heute bist du obenauf, und morgen sitzt ein anderer im Sattel. Darum hör auf meinen Rat – pfeif mal auf alles und iss.«

»Ja, ich esse mit«, willigte ihr Bruder sofort ein.

»Und was tut der Hund von Reb Efraim bei uns? Mein Gott, er hat ja die ganze Ecke nass gemacht!«, rief meine Mutter.

»Fruma und Efraim wurden fortgebracht«, sagte Schlojme ohne weitere Erklärungen.

»Wohin?«

»Wie ein kluger Kunde von mir sagt, zu den Eisbären. Ich habe Jackie aufgenommen. Hirschke wird mit ihm spazieren gehen, damit sich der Hund an der frischen Luft austoben kann und pinkeln, so viel er will.«

Zum Essen blieb Schmulik doch nicht. Pünktlich um sechs holte ihn ein Geländewagen ab.

12

Das jüdische Peßachfest 1941 rückte heran, doch im Schtetl war nichts zu spüren von der gehobenen Stimmung, dem freudigen und aufgeregten Durcheinander, die diesem hellen Fest des Frühlings und der Freiheit sonst vorausgingen. Alles wirkte alltäglich und trist. Die Angst, gehüllt in grüne Militärblusen und Käppis mit rotem Stern, spazierte ungeniert durch die Straßen und Gassen von Jonava. Gläubige wie nicht gläubige Juden fühlten sich eingeschüchtert durch die verriegelten Gildensynagogen, durch die Armeelaster, umherfahrende Gefängnisse auf Rädern, und durch die mit Brettern vernagelten Schaufenster der Geschäfte, an denen Siegel mit Hammer und Sichel prangten, blutrot wie Wunden.

Jonava hatte sich geduckt und geleert.

Auch der Peßachmarkt, sonst mit seinem Warenüberfluss stets eine Freude für das Auge, war verarmt.

Großmutter Roche, die unsere ganze Familie zu Peßach eingeladen hatte, klagte unaufhörlich, dass die Karpfen, die noch nach Leben und den Geheimnissen der Unterwasserwelt rochen, in diesem Jahr auf dem Schtetlmarkt ungewöhnlich rar waren. Die Verkäufer brachten viel weniger frisch gefangenen Fisch aus den Teichen und Seen auf den Mark als früher. Kein Wunder – viele Stammkunden kamen nicht mehr, weil die neuen Machthaber sie für unerfindliche Sünden an Orte gebracht hatten, wo es in eisigen Baracken nie nach gefülltem Karpfen und Meerrettich roch.

Bis der blutige Zweite Weltkrieg Jonava erreichte, blieben buchstäblich nur noch Tage, doch nicht nur die mit Alltagssorgen und Festtagsvorbereitungen beschäftigten Einwohner von Jonava spürten sein tödliches Herannahen nicht, nein, ahnungslos waren auch die jungen russischen Offiziere, die fröhlich durchs Schtetl liefen und bedauernd oder traurig auf die vernagelten Schaufenster schauten.

Trotz der Schließung der »überflüssigen« Synagogen und der gewaltsamen Säuberung des Schtetls von unzuverlässigen reichen Ausbeutern wie Reb Efraim Kapler deckten sich die Juden von Jonava rechtzeitig mit Matzen ein und bereiteten sich auf den ersten Seder vor.

Dass die Welt noch nicht untergegangen war und die von der Thora vorgeschriebenen Bräuche so lebendig waren wie eh und je, bestätigte indirekt der alte Freund des Schusters Dovid, der »Fast-Jude« Vincas Gedraitis. Der ehemalige Polizist, der ohne die ersehnte Pension von der früheren Macht aus dem Dienst entlassen worden war, erschien vor dem ersten Seder wie gewohnt in der Fischerstraße, um die Matzen des neuen Jahres zu probieren.

Vincas stand lange an der Tür, die zerknitterte Schirmmütze unter die Achsel geklemmt, trat sich auf der Matte gründlich die stumpfnasigen Schuhe ab und sagte dann, als wollte er sich entschuldigen: »Komme ich ungelegen? Ich habe jetzt ja nichts mehr zu tun ... Ich bin arbeitslos und streife ziellos durch die Stadt. Ich kam gerade vorbei und dachte, ich schaue auf einen Sprung vorbei, Sie würden mich schon nicht rauswerfen. Denken wir mit einem guten Wort an Dovid.«

»Komm rein, Vincas! Was wäre ein jüdisches Peßach ohne dich?« Großmutter Roche lächelte. »Früher hast du doch immer meinen Schwager Schimon besucht?«

»Jetzt komme ich zuerst zu Ihnen. Zum Gedenken an Dovid. Es ist ja das erste Peßach ohne ihn.« Der ehemalige Ordnungshüter seufzte mitfühlend.

Das war nicht mehr der selbstbewusste, jugendliche und stramme Vincas Gedraitis, der unter Juden aufgewachsen war und ihnen anders als seine Kollegen ohne jede Voreingenommenheit, mit nachsichtiger Neugier, ja, mit offener Sympathie begegnete. Jetzt stand vor Roche-Samurai ein schlaffer, gealterter Mann, das Gesicht mit Runzeln überzogen wie mit Spinnweben, und nur die durchdringenden, unablässig umherhuschenden Augen glommen noch wie schwarze Kohlen. Die Zivilkleidung stand Vincas nicht, sie hing an ihm wie ein Sack. Nur die von Schimon oder Dovid gefertigten soliden Schuhe, die ihren einstigen Glanz eingebüßt hatten, erinnerten an seinen früheren Wohlstand.

»Dovid hat dich immer mit Matzen bewirtet und gern mit dir über das Leben geredet.«

»Ja, bei ihm habe ich immer Matzen gegessen«, bestätigte Gedraitis. »Und über das Leben und seine Verführungen haben wir beide uns oft unterhalten. Wer hätte damals gedacht, dass es einmal so kommen würde?«

»Ja, ja«, stimmte Großmutter zu, die verstand, was er meinte.

»Das Leben, Roche, bitte verzeihen Sie mir Schamlosem den Vergleich, das Leben ist wie eine liederliche Frau – erst liebt es den einen wahnsinnig, und dann betrügt es den, den es gestern noch so geliebt hat, plötzlich mit dem erstbesten Ganoven.«

Auf ein solches Gespräch war Großmutter Roche nicht vorbereitet. Gedraitis tat ihr leid, seit dem Machtwechsel war er völlig bankrott, aber sie wusste nicht, wie sie ihr Mitleid ausdrücken sollte. Sie zerbrach sich nicht lange den Kopf und griff zum bewährtesten Trost.

»Magst du vielleicht ein Gläschen Honigwein, Vincas? Damit rutscht die Matze besonders gut! Einen Schluck zum Gedenken an Dovid. Und darauf, dass es dir bald wieder besser geht.«

»Ein Gläschen habe ich Sünder nie abgelehnt. Ich habe gern getrunken, aber in Maßen. Ich glaube, ich habe in allem Maß gehalten. Extreme habe ich gehasst. Auch bei der Polizei war ich kein Chef, sondern nur Laufbursche, hab Vorladungen ausgetragen. Ich selbst habe nie jemanden verhaftet oder zu Gefängnisstrafe verurteilt. Ich habe mich bemüht, ein Mensch zu sein. Und ich hoffe, das ist mir manchmal gelungen. Viele meiner Kollegen wurden deportiert, mich aber hat man verschont. Vielleicht, denke ich, hat der Bruder Ihrer Schwiegertochter bei den Russen ein gutes Wort für mich eingelegt.«

»Schmulik?«

»Schmulik. Wen habe ich denn oft freundschaftlich gemahnt, dass er seine Zunge im Zaum halten soll? Dass er nicht an jeder Ecke laut ›Nieder!‹ brüllen und sich nicht mit aller Macht selbst ins Gefängnis bringen soll?«, lobte sich Gedraitis selbst in einem Gemisch aus Litauisch und Jiddisch. »Und nun ist er so hoch aufgestiegen! Vielleicht hat er ja beiläufig dem Richtigen ins Ohr geflüstert: ›Den harmlosen Alten könnt ihr in Ruhe lassen, den müsst ihr nicht deportieren.‹«

»Er ist eigentlich ein braver Junge, bloß dumm. Einen so guten Beruf aufzugeben! Und wofür, frage ich mich? Aber du trinkst ja gar nicht, hältst das Glas nur in der Hand!«

»Auf Sie, Roche!«, sagte der »Fast-Jude« Vincas Gedraitis, trank und aß Matze dazu.

Roche meinte, nach diesem Trinkspruch würde sich Gedraitis für die Gastfreundschaft bedanken und gehen, doch er zögerte, trat von einem Bein aufs andere, betrachtete den Hocker, auf dem Dovid immer gesessen hatte, und drehte verlegen das Glas mit dem süßen Honigwein in der Hand.

»Ich gehe gleich, Roche. Gleich …« Offenbar wollte Vincas dem Trinkspruch noch etwas hinzufügen, zögerte aber.

»Hier wird keiner verjagt«, sagte Großmutter, wobei sie die persönliche Anrede absichtlich vermied.

»Danke, Roche, für Wein und Matze. Geb's Gott, dass wir

alle das nächste Peßach noch erleben!«, bedankte sich Gedraitis, der den Wink verstanden hatte, bei der Gastgeberin.

»Das werden wir erleben, wenn wir nicht vorher sterben, wie Dovid immer sagte, gesegnet sei sein Andenken.«

Gedraitis antwortete nicht sofort, zupfte das Jackett zurecht, das an ihm hing wie ein Sack, atmete tief durch die Nase ein, wie ein Jagdhund, der Beute wittert, und machte schließlich den Mund auf.

»Wer weiß, wie alles noch kommt … Gestern bei der Frühmesse hat Vikar Burbulis, der den erkrankten Pfarrer Vaitkus vertritt, nach dem Gebet plötzlich gesagt, es kursierten Gerüchte, dass die Deutschen in Bewegung gekommen sind, dass sie sich an unserer Grenze zusammenziehen. Wenn sie die überschreiten, dann wird es manchem bei uns schlecht ergehen.«

»Manchem?« Großmutter Roches Brauen flogen auf wie Schwalben vom Dachfirst. »Wem denn, wenn nicht uns Juden?«

»Von den Juden hat der Vikar nichts gesagt. Er hat gesagt, wenn die Deutschen losmarschieren und Litauen besetzen, wird unser Land wieder wie früher. Eine freie Republik ohne Fremde und Verräter.«

»Wie früher? O nein! Von uns Juden werden die Deutschen Jonava bestimmt säubern. Und der eine oder andere deiner Stammesbrüder wird dabei mit Hand anlegen.«

»Das will ich nicht leugnen – Rächer für das zerstörte alte Leben werden sich immer finden. Und womöglich würden sie auch euch nicht verschonen, würden vielleicht wirklich Hand anlegen … Darum erzähle ich Ihnen ja, was der Vikar gesagt hat.«

»Nicht alle sind wie du, Vincas. Du würdest keiner Fliege was zuleide tun. Gib's zu – hat deine Mutter in ihrer Jugend vielleicht mit einem Juden gesündigt?«

»Roche! Warum beleidigen Sie meine Mutter?!«

»Was denn? Darf man nicht einmal einen Witz machen!« Großmutter war plötzlich gekränkt und sagte ärgerlich: »Mit dem Schicksal kann man nicht handeln wie auf dem Markt. Ob die Deutschen die litauische Grenze überschreiten oder nicht … Komme, was wolle. Das ist wohl unser verfluchtes Schicksal – immer wieder von Orten zu fliehen, wo wir uns eingelebt haben, vor irgendwem und irgendwohin, selbst wenn wir nirgendwohin mehr können.«

Nicht ohne Grund, dachte Roche, nicht ohne Grund ist Gedraitis vorbeigekommen. Nicht wegen Matze und einem Gläschen Honigwein. Er hat mir von dem Vikar erzählt, weil er unsere ganze Familie vor der drohenden Gefahr warnen wollte. Passt auf, ihr werdet womöglich von zwei Seiten Prügel beziehen, von den Deutschen und von den Litauern.

Vincas Gedraitis hatte sich noch nicht von Großmutter verabschiedet, als eine ganze Schar bei ihr einfiel – ihr Sohn mit Frau, Mejlech und Małgorzata und Schmulik mit einem überraschenden Gast, Oberleutnant Valeri Fischman. Ich, der an diesem Abend auf die ewigen Fragen der Peßachgeschichte über den Auszug der versklavten Juden aus der ägyptischen Gefangenschaft antworten sollte, trottete als Letzter hinterher.

»Ich gehe dann mal!«, trieb Gedraitis sich selbst an. »Ich habe schon viel zu lange bei Ihnen gesessen.«

»Wohin so eilig?«, protestierte Roche.

»Meine Frau wartet zu Hause, sie macht sich bestimmt schon Sorgen, sie weiß ja nicht, wo ich bin«, murmelte Gedraitis mit einem verwirrten Seitenblick auf Schmulik und den russischen Offizier, der zu einem jüdischen Peßachfest kam.

»Wollen wir nicht als Zeichen der Versöhnung ein Gläschen miteinander trinken, Ponas Vincas?«, hielt Schmulik ihn zurück und lachte. »Ihnen persönlich mache ich keine Vorwürfe.

Schließlich haben nicht Sie den Haftbefehl für mich ausgestellt, nicht Sie haben mir Handschellen angelegt. In der Strafkolonie habe ich oft daran gedacht, wie Sie mich immer gemahnt haben: Schrei nicht an jeder Straßenecke lauthals: ›Nieder mit der Regierung!‹, nähe lieber Hosen, Joppen und eure Kaftane. Es gibt keine höhere Gerechtigkeit als die Arbeit.«

»So war es, so war es. Gott schütze Sie alle!«, sagte der »Fast-Jude« Gedraitis, tauschte einen schmatzenden Kuss mit Schmulik und entfernte sich zufrieden.

Großmutter Roche hatte Mühe, alle an der mit einem knisternden weißen Tischtuch und allerlei Speisen gedeckten Festtafel unterzubringen.

Seit Großvater Dovids Tod war mein Vater, der sich mit dem Ablauf und den Feinheiten des Peßach-Seders nur schlecht auskannte, das Oberhaupt bei Tisch. Er begann das Ritual nicht mit dem Anfang, sondern mit einer Stelle fast in der Mitte, die er noch im Cheder auswendig gelernt und aus irgendeinem Grund am besten behalten hatte. Voller Vorfreude auf das ersehnte Festessen haspelte mein Vater die wichtigste Frage des Festes herunter: »Was unterscheidet diese Nacht von anderen Nächten?« Ich antwortete munter und wie gedruckt, dass uns der Herrgott in dieser Nacht für immer aus der ägyptischen Gefangenschaft befreit habe, doch meine Antwort weckte nicht die allgemeine Zustimmung und einhellige Freude wie früher, als ich noch nicht zur Schule ging.

Großmutter Roche schaute mich unverwandt entzückt an. Mejlech und seine Braut Małgorzata flüsterten – wahrscheinlich Erinnerungen an ihren Warschauer Vorort. Schmulik und der Oberleutnant erörterten die internationale Lage und erwähnten dabei nicht die Namen der Stammväter Josef und Moses, der die Juden aus Ägypten geführt hatte, sondern die fremden Namen Molotow und Ribbentrop.

Bevor das Festmahl begann, konnte ich mit meiner hohen Stimme in der eingetretenen Stille noch auf Hebräisch das Peßach-Lied *Bechol dor* singen, das Großmutter mit mir einstudiert hatte.

*Bechol dor wador chajaw 'adam lir'ot et 'azmo ke'ilu hu' jaz'a mi Mizrajim.**

Mein Vater übersetzte es mit Mejlechs Hilfe mehr schlecht als recht für Fischman, der sich in seiner Uniform und seiner strammen Haltung am Peßachtisch merkwürdig ausnahm, ins Jiddische.

»Prima, Junge!«, rief der Oberleutnant, begeistert von dem Lied. »So etwas hört man bei uns in Gomel nirgends. Die Synagoge ist jetzt ein Mehllager mit einer roten Fahne auf dem Dach. Matze bekommt man in der ganzen Stadt nicht zu kaufen … Es sind zwar mal Gläubige mit schwarzen Hüten aus Vilnius gekommen und haben am Stadtrand ohne Genehmigung eine Bäckerei eröffnet und Matze gebacken, aber dafür bezahlten sie mit ihrer Freiheit. Es gibt auch keinen Rabbiner, ein ehemaliger Verwalter oder Warenkundler aus Gorki hat sich mal als Rabbiner versucht, aber der ist an einem Herzinfarkt gestorben.«

»Bei euch ist wohl auch der Herrgott selbst verboten?«, fragte plötzlich der sonst so wortkarge Mejlech.

»In der Sowjetunion ist nicht der Herrgott der Beschützer der Juden, sondern die Rote Armee und Genosse Stalin«, wies Schmulik, dessen Kampfgeist an diesem Abend schwächer war als sonst, den Flüchtling zurecht.

Diesmal unterließ es der einstige Häftling, die Erzählungen und Geschichten über die wundertätige Einmischung des Al-

* (hebr.) In allen Generationen ist der Mensch verpflichtet, sich vorzustellen, er sei selbst aus Ägypten gezogen.

lerhöchsten in das Schicksal der Juden zu verspotten und zu entlarven. Seine Nachdenklichkeit und Abwesenheit veranlassten die Gäste am Festtagstisch zu vagen Vermutungen. Er schien ein Geheimnis zu kennen, das er mit keinem seiner Angehörigen teilen wollte.

»Du meinst, die Rote Armee wird uns auch vor den Deutschen beschützen, wenn die plötzlich in Litauen einmarschieren sollten?«, fragte Großmutter Roche den Bruder ihrer Schwiegertochter, weil ihr einfiel, was der »Fast-Jude« Gedraitis gesagt hatte. »Es heißt, die Deutschen ziehen ihre Truppen schon an unserer Grenze zusammen.«

»Das sind Lügen! Gerüchte! Damit wollen unsere Feinde Panik unter der Bevölkerung verbreiten«, entgegnete Schmulik wütend. »Moskau und Berlin haben einen Vertrag geschlossen, dass sie sich gegenseitig nicht angreifen werden.«

»Vertrag-Verschlag ... Die Wölfe wollen sich das arme Lamm teilen, deshalb zerfleischen sie sich vorerst nicht gegenseitig«, bohrte Roche-Samurai ihr scharfes Schwert in ihn.

»Gerüchte, sagst du? Wer hätte noch vor kurzem gedacht, Schmulik, dass die Deutschen Paris besetzen würden? Seit fast einem Jahr kam kein Brief mehr von Ajsik und seiner Familie. Ob sie überhaupt noch leben?« Mein Vater brach ab. »Heutzutage kann man sich für nichts verbürgen. Ein Friedensvertrag ist nur Papier. Und was man mit Papier macht, wenn es einen überkommt, das weißt du selber.«

Das Peßachfest nahm plötzlich eine ganz untypische Wendung. Die Streitenden drohten aufeinander loszugehen. Meine friedliebende Mutter rettete die Situation.

»Meine Lieben, Guten! Der gefüllte Fisch wartet, der Meerrettich verliert seine Schärfe, der süße Wein wird sauer und die Lebkuchen vertrocknen. Solange wir noch am Leben sind, lasst uns essen und fröhlich sein.«

Die Aufforderung meiner Mutter fand allgemeine Zustimmung. Die Gäste machten sich über Großmutters Speisen und Leckereien her. Besonders eifrig Fischman, der begeistert Dinge aß, die er in Gomel noch nie zu Gesicht bekommen hatte – gefüllten Karpfen mit Meerrettich, knusprige Matze und Honiglebkuchen.

»Wie das schmeckt!«, lobte er die ganze Zeit. »Ein Genuss! An diesen Peßachabend werde ich mich mein Leben lang erinnern.«

Vielleicht hätte sich Valeri Fischman tatsächlich sein Leben lang an diesen Abend erinnert, doch er sollte nur noch kurz leben, gerade mal anderthalb Monate – seine in Gargždai bei Jonava stationierte Panzerbrigade wurde von deutschen Junkers-Flugzeugen bombardiert, und der Oberleutnant aus Gomel fiel und wurde ohne alle militärischen Ehrungen, ja sogar ohne eine richtige Beerdigung begraben.

Es war dunkel geworden. Großmutter Roche zündete die große Petroleumlampe an. In ihrem schwachen zitternden Licht schien alles vage und unwirklich, als säßen nicht lebendige Menschen am Tisch, sondern Gespenster. Das eingetretene Schweigen verstärkte das unbehagliche Gefühl.

»Ich bringe euch alle nach Hause«, sagte Schmulik. »Ich werde bald mit dem Wagen abgeholt. Doch bevor wir uns verabschieden, muss ich euch noch kurz etwas mitteilen.«

Alle erstarrten. Stille erfüllte den Raum, gelblich gefärbt vom Licht der Petroleumlampe.

»Ich möchte mich von euch allen verabschieden«, überraschte uns Schmulik. »In ein, zwei Wochen gehe ich für lange fort. Ich werde nach Moskau abkommandiert. Zur Offiziersschule. Wir werden uns nicht so bald wiedersehen.«

»Nach Moskau? Zur Schule?«, fragte mein Vater erschrocken. »Und was wirst du dort tun?«

»Lernen.«

»Ist das nicht zu spät?«, fragte Großmutter Roche spöttisch.

»Zum Lernen ist es wie zum Sterben nie zu spät. Ich werde ganze drei Jahre dort studieren. Das neue Litauen braucht neue, junge Kader. Im Urlaub werde ich euch natürlich besuchen, so leicht werdet ihr mich also nicht los.«

Das war in der Tat eine umwerfende Neuigkeit. Schmulik Dudak, vorgestern noch Hosenschneider, gestern noch Häftling, heute stellvertretender NKWD-Chef, wurde Offizier?! Die Uniform würde an ihm doch aussehen wie ein Smoking an einer Vogelscheuche!

»Sind alle bereit zum Aufbruch?«

»Ja«, bestätigten alle.

»Hirschke übernachtet bei mir«, sagte meine Großmutter. »Aber ihr fahrt nur, mit Gott!«

»Apropos Gott.« Schmulik lächelte breit. »Vor meiner Abreise nach Moskau werde ich noch ein gutes Werk tun, ich werde nämlich die Rolle des Popen, des katholischen Pfarrers und des Rabbiners in einer Person übernehmen und meine Schwester Polina Dudak mit Wassili Kamenew verheiraten und etwas später auch Mejlech Zukerman und seine einzigartige Małgorzata Brzezińska. Die Papiere sind schon fertig. Ihr könnt ihnen zur Eheschließung gratulieren und ihnen ein langes, glückliches Leben wünschen.«

»*Masl tow*!«, rief meine Mutter. »Sobald es wärmer wird, feiern wir unter freiem Himmel eine Doppelhochzeit!«

»*Masl tow*!«, stimmten alle ein, bevor sie sich allmählich verabschiedeten.

Großmutter und ich blieben allein. Langsam ging das Petroleum in der Lampe zur Neige. Hinten im Zimmer erhob sich schwarz die Schusterwerkbank, und darauf stand, wie ein Denkmal für Großvater, ein fremder Schuh mit hohen Umschlägen. Ich wollte noch nicht schlafen und half Großmutter, die leeren Teller abzuräumen. Großmutter, ganz in ihre Gedanken versunken, schwieg lange, bis sie plötzlich mit leisem Zorn fragte: »Kannst du mir vielleicht sagen, Hirschke, wozu wir Juden Offiziere brauchen?«

Ich wusste keine Antwort.

»Überleg doch mal, gegen wen wollen wir denn kämpfen? Gegen die Türken? Was soll ein Jude auf einer Offiziersschule? Baron Rothschild hat seinen Reichtum nicht mit militärischen Operationen verdient, er hat nie Schulterstücke getragen. Rabbi Elijahu, der Gaon von Wilna hat nie eine andere Waffe in der Hand gehalten als die Thora.«

»Nein«, sagte ich, um ihr einen Gefallen zu tun, obwohl ich weder den Gaon von Wilna noch Baron Rothschild kannte.

»Du hast jetzt die vierte Klasse abgeschlossen. Was willst du später eigentlich einmal tun? In der Jeschiwa von Telšiai die Thora studieren willst du nicht, Schneider werden wie dein Vater willst du auch nicht. Was willst du denn werden?«

Ich zuckte die Achseln.

»Vielleicht gehst du, wenn du groß bist, auch zu den sowjetischen Offizieren, wie dein Onkel Schmule?«

»Nein.«

»Da fällt mir ja ein Stein vom Herzen. Ein Jude sollte auf fremdem Boden über niemanden gebieten außer über seine rechtmäßige Ehefrau und seine Kinder.«

Großmutter Roche machte sich an den Abwasch.

»Hör mal, mein Goldstück«, überlegte sie laut, während sie das Spülwasser in den Eimer schüttete, »vielleicht bringen wir dich bei einem Friseur unter? Ich spreche mal mit Nochem Kowalski, er ist schließlich mit uns verwandt. Du weißt doch, Motl ist mit seiner Sara verheiratet. Eines wächst bei jedem Menschen immer, das sind die Haare. Die Haare, Hirschele, sind ein richtiger Schatz.« Großmutter redete weiter, eher mit sich selbst als mit mir, ganz abgekommen von den Mühen der ägyptischen Gefangenschaft und davon, was diese Nacht von allen anderen Nächten unterschied. »Also? Soll ich mal mit Nochem sprechen?«

»Ich werde mich mit meinen Eltern beraten. Ob ich gehen soll oder nicht.«

»Wohin?«

»Diesen Schatz suchen.«

»Wenn du weiter nur Witze machst, bleibst du bettelarm wie der selige Avigdor Perelman.«

Als wir mit dem Geschirr fertig waren und keine Einigung im Streit über meine Zukunft erzielt hatten, gingen wir schlafen.

Im Bett löcherte mich niemand, was ich einmal werden wolle, und ich schlief fest und traumlos.

Großmutter weckte mich sehr früh, und wir gingen in die Beit knesset HaGadol.

Es war sehr voll, man hätte keinen Apfel zu Boden fallen lassen können. Sämtliche Gläubigen aus den von der neuen Macht geschlossenen kleinen Synagogen strömten nun hier zusammen.

Alle waren gespannt, was Rabbi Eliëser sagen würde. Immerhin stammte er von der anderen Seite, der »Deutsche« aus Tilsit.

»Aus einer Gefangenschaft sind wir vor tausend Jahren entkommen. Lasst uns zu Gott beten, dass Er niemandem erlaubt, uns erneut in eine Gefangenschaft zu treiben, die diesmal viel schlimmer sein könnte als die Sklaverei in Ägypten«, begann der Rabbi feierlich.

Plötzlich sprang der lahme Maler Jojne von der Bank in der dritten Reihe auf und rief mit seiner vom langjährigen Hang zum Alkohol zerstörten Stimme in die erhabene Predigt hinein, so dass man es in der ganzen Beit knesset HaGadol hörte: »Rebbe! Ist es wahr, dass Ihre Landsleute bald Litauen überfallen und alle Juden ermorden werden?«

In der Synagoge kam Unruhe auf. Vorwurfsvolles Gemurmel mischte sich mit zustimmenden Rufen.

»Ruhe!«, rief Rabbi Eliëser alle zur Ordnung. »Ein Jude, der an niemanden Fragen hat, das ist, Verzeihung, kein richtiger Jude. Der Mann fragt, ob es wahr ist, dass sie uns überfallen und ermorden werden. Wir sollten ihm nicht den Mund verbieten, sondern antworten.« Er atmete keuchend, vergaß die Peßach-Predigt und rief: »Das ist, wenn ihr es wissen wollt, nicht nur die Wahrheit, das ist die jahrtausendealte Wahrheit! Wer hat uns im Laufe der Jahrhunderte nicht alles überfallen und versucht, unser Volk auszurotten – die Griechen, die Römer, die Türken, die Araber und die russischen Kosaken. Warum sollten uns nicht auch die Deutschen überfallen? Möglich, dass sie uns überfallen und töten werden. Das kann durchaus passieren. Wie in Polen. Wie in Frankreich.«

Die Gläubigen trauten ihren Ohren nicht. So kämpferische, furchtlose Worte vom stillen Rabbi Eliëser, dem Vater von sechs Kindern! Besser als jeder andere wusste er nicht nur vom Hörensagen, wozu die Deutschen fähig waren. Rabbi Eliëser, einst Ausländer, dann litauischer Staatsbürger und nun Bürger der UdSSR, war mehrmals in Deutschland gewesen, in Hamburg, und hatte mit eigenen Augen gesehen, was die Nacht der Pogrome, die sogenannte Kristallnacht, von allen anderen Nächten unterschied.

»Und was sollen wir tun, Rebbe?«, fragte jemand. »Mit Gebeten macht man ihnen keine Angst.«

»Eine andere Waffe habe ich leider nicht«, sagte Rabbi Eliëser. »Und selbst wenn ich eine hätte, würde ich sie nicht benutzen. Gottes Geschöpfe darf man nicht töten. Es gibt keine schlimmere Sünde als das Töten. Wer einen Unschuldigen tötet, der fällt ab vom Menschengeschlecht und mehrt die Zahl der wilden Tiere. Betet, dass der Herrgott allen auf Erden Ruhe und Frieden schenken möge«, schloss er inbrünstig und stieg von der Bima, sein Schild an die Brust gepresst – eine Thora im Ledereinband.

Die aufgeregte Gemeinde blieb noch lange beisammen und erörterte auf dem Hof, was Rabbi Eliëser gesagt hatte.

Großmutter Roche, die so gern mit halbem Ohr zuhörte, was kluge Menschen redeten, begrüßte Doktor Blumenfeld und fragte, wie eine Patientin sich beim Arzt nach ihrer Gesundheit erkundigt: »Was meinen Sie denn zu den Deutschen, Doktor, das sind doch unsere Todfeinde, oder?«

»Was soll ich sagen?« Doktor Blumenfeld war um eine Antwort verlegen. »Zu unserem Unglück gibt es Nachbarn, von denen wir uns auf keine Weise abgrenzen können und die wir, so gern wir das auch wollten, nicht nach Afrika oder an den Nordpol schicken können. Sie aber wünschen sich im Gegensatz zu uns nur eines: Sie würden am liebsten alle Juden versammeln und sämtlich auf den Friedhof verfrachten.«

Die Juden von Jonava waren erschrocken und niedergeschlagen, als sie erfuhren, dass Rabbi Eliëser nach seiner Peßach-Predigt zum Verhör ins NKWD bestellt wurde. Wer weiß, was den Machthabern einfiel, um dem Rabbi den Mund zu stopfen? Womöglich schlossen sie noch die Beit knesset Hagadol …

Verhört wurde Rabbi Eliëser von Major Worobjow und dessen Stellvertreter für den operativen Dienst Samuil Semjonowitsch Dudak – unserem Schmulik.

»Wie uns aus zuverlässigen Quellen bekannt wurde, agitieren Sie, Verehrter, in Ihren Predigten gegen den mit uns befreundeten deutschen Staat. Wir wären Ihnen sehr verbunden, wenn Sie in Zukunft etwas vorsichtiger wären mit Ihren Äußerungen und sich auf Fragen Ihrer Glaubenslehre beschränken würden.«

Schmulik übersetzte langsam, mit einigen eigenmächtigen Kürzungen, und Major Worobjow spielte den Liebenswürdigen und Wohlerzogenen und hörte aufmerksam zu.

Rabbi Eliëser antwortete leise und würdevoll: »Mein Glaube, Herr Offizier, verpflichtet mich, weder mich selbst noch meine Gemeinde zu belügen. Ich sage immer und überall, was ich denke, und nicht, was irgendwer mir gegen mein Gewissen und gegen meinen Willen befiehlt. Für alles, was ich sage, bin ich vor dem Herrgott verantwortlich. Nur vor Ihm allein. Sonst wäre mein Ihm geweihter Dienst ohne jeden Sinn.«

»Das ist sehr gut«, stimmte Worobjow ihm zu. »Aber vergessen Sie nicht, dass es außer dem Herrgott noch andere Richter gibt. Mitunter viel strengere. Hat mich gefreut, Sie kennenzulernen. Sie können gehen.«

Sosehr sich die Machthaber auch bemühten, die Spannung zu dämpfen und die Einwohner des Schtetls zu beruhigen, die wachsende Vorahnung einer baldigen Entscheidung, eines Zusammenstoßes zwischen den Russen und den »befreundeten« Deutschen, wurde immer stärker, nicht nur, weil Rabbi Eliëser verhört worden war, sondern auch, weil plötzlich die Frauen und Kinder der russischen Offiziere in Massen Jonava verließen. Sie kehrten in ihre Heimat zurück. Auch Major Worobjow schickte seine Frau und seinen Sohn nach Mordowien.

Mein Vater fragte seinen neuen Verwandten Wassili Kamenew und den noch unverheirateten Oberleutnant Fischman mehrfach, wie diese hastigen Umzüge zu erklären seien, ob sie vielleicht mit einem drohenden Einmarsch der Deutschen auf litauisches Gebiet zusammenhingen. Beide antworteten ausweichend, als hätten sie sich abgesprochen: Es gebe in Litauen einfach nicht genügend russische Schulen, mit Wohnraum sei es noch schwierig, der Bau von Wohnungen gehe nur im Schneckentempo voran, und überhaupt sei es bekanntlich zu Hause besser als irgendwo zu Gast.

Einen unstrittigen Beweis dafür, dass Krieg bevorstand, erhielt Julius Ende April. Er brachte ein Flugblatt mit in die Schneiderei, das an der Tür von Efraim Kaplers Haus geklebt hatte, wo es sein Vater, der Hauswart Antanas, bei der morgendlichen Straßenreinigung entdeckte.

»Ich bin nicht sehr gebildet«, gestand Julius. »Aber was da steht, das jagt mir Angst ein. Es geht um euch Juden.«

Er reichte das Blatt seinem Lehrer.

Mein Vater hielt es eine Weile in der Hand, blickte auf den mit der Schreibmaschine getippten Text und gab ihn Julius zurück.

»Du hast doch eine litauische Schule besucht«, sagte er. »Lies das noch einmal und erzähle uns kurz, was drinsteht über die Juden. Ich kann leider nicht Litauisch lesen, sprechen kann ich einigermaßen, aber eure Buchstaben sind mir recht fremd.«

Julius legte das Flugblatt auf den Tisch und übersetzte zunächst die Überschrift: »Front litauischer Aktivisten«.

»Eine solide Firma«, sagte mein Vater spöttisch.

»Aufruf«, ergänzte Julius.

Seiner unbeholfenen Übersetzung entnahmen mein Vater und Mejlech, dass die Juden für ihre langjährigen Sünden die endgültige Vergeltung erwarte. Der Erlass von Fürst Vytautas, demzufolge sich Juden in Litauen niederlassen und Handel und Gewerbe treiben durften, werde in Kürze aufgehoben. Alle Juden müssten binnen kurzem das Land verlassen, und wenn jemand, der ein Verbrechen gegen das unabhängige Litauen begangen habe, den Versuch unternehme, sich zu verstecken, einen Unterschlupf zu finden und sich der Justiz zu entziehen, dann habe jeder aufrechte Litauer die Pflicht, ihn mit eigenen Händen aufzuhalten und in besonderen Fällen das strenge und gerechte Urteil gegen ihn unverzüglich zu vollstrecken.

»Ist das alles?«, fragte mein Vater.

»Ja.« Julius atmete erleichtert auf. »Ich weiß nicht, wer das geschrieben und an die Tür geklebt hat. Aber glauben Sie mir, ich habe damit nichts zu tun, ich bin ganz und gar nicht einverstanden mit dem, was da steht! Ich bin im Gegenteil dafür, dass in Jonava immer Juden Seite an Seite mit uns leben. Immer.«

»Zerreiß diesen Hetzwisch und wirf ihn in den Mülleimer!«, sagte mein Vater verächtlich und setzte hinzu: »Fangen ja ziemlich früh an, mit uns abzurechnen und den Sieg zu feiern, diese Handlanger der Deutschen.«

»Vielleicht werfen wir diesen Blödsinn lieber nicht weg, sondern zeigen ihn jemandem von der Obrigkeit?«, brummte Mejlech. »Wie dumm, dass Pan Samuil gerade jetzt zum Studieren nach Moskau gegangen ist.«

»Ob jetzt oder später, das ist doch egal. Wie würde uns denn Pan Samuil, wie Sie ihn nennen, helfen, wäre er noch in Jonava? Er würde uns nur beruhigen, wieder einmal von der Stärke der Roten Armee sprechen«, entgegnete mein Vater. »Die Männer unseres Geschlechts haben in diesem Land über fünfhundert Jahre Schuhe besohlt und Kleider genäht, und auf einmal … Da sollen wir samt unseren Frauen und Kindern von hier verschwinden, es nicht wagen, einen Unterschlupf zu suchen, sollen unsere Häuser und die Gräber unserer Vorfahren verlassen.«

»Aber das sind doch vorerst nur Drohungen«, versuchte Mejlech sich selbst zu beruhigen.

»Das sind keine leeren Drohungen. Ich bin sicher, dass die Deutschen sie gutheißen und ihre Umsetzung billigen.«

13

Am 22. Juni 1941 wurde in Jonava die Stille vor dem Morgengrauen, in der sich der Geruch nach noch nicht verblühtem Flieder in den Vorgärten mit dem von frischgemolkener Milch mischte, die fleißige Milchbäuerinnen bereits am Vortag in Eimern im ganzen Schtetl ausgetragen hatten, von Bomben zerrissen.

Von dem ungeheuren betäubenden Krachen erwachte als Erste meine Mutter. Sie öffnete das Fenster weit und sah am hell werdenden Himmel den bedrohlichen Widerschein eines entfernten Feuers flackern. Sie lauschte dem sonderbaren, unaufhörlichen Donnern und entdeckte plötzlich eine Staffel Flugzeuge mit Hakenkreuzen an den Bordwänden. Sie flogen über den dichten Pilzwald, hinter dem in Gargždai die Einheit der Roten Armee lag. Von dort rollten fast unaufhörlich mächtige Explosionswellen über das verschlafene Schtetl.

Aufgeregt weckte meine Mutter meinen Vater. Der murmelte im Schlaf etwas, drehte sich auf die andere Seite, zog sich die Decke über den Kopf und vergrub sich im Kissen, doch meine Mutter hämmerte mit den Fäusten auf ihn ein und sagte immer wieder: »Steh auf, Schlojmke! Steh auf!«

»Was ist los?«, fragte er und starrte seine Frau im Halbschlaf tadelnd an.

»Es ist Krieg!«

»Was für ein Krieg? Was phantasierst du da?«

Wie als Antwort auf seine Frage krachte es nun draußen erneut, und Leuchtspurgeschosse durchsiebten den Himmel. Es hörte sich an, als säße ein verrückter Schneider auf einer einsamen Wolke und ließe seine Nähmaschine unaufhörlich rattern.

»Das ist wirklich ein böser Traum, Chanke. Alle haben sich

gefragt, wann die Deutschen und die Russen aufeinander losgehen würden. Und jetzt ist es passiert! Sie gehen aufeinander los.«

»Darauf haben wohl vor allem die Litauer gewartet, sie fürchteten ja im Gegensatz zu uns Juden eher den Einmarsch der Russen als den der Deutschen. Um mich habe ich keine Angst, aber um Hirschke, große Angst … Er soll doch noch lange leben.«

»Das wird er auch. Aber sorge dafür, dass er die nächsten Tage zu Hause bleibt. Und geh auch selbst nicht unnötig hinaus. Jeder falsche Schritt könnte das Leben kosten.«

»Auf ihn werde ich natürlich aufpassen, aber was mache ich mit den armen Kochans? Ohne Unterstützung sind sie verloren. Die alten Leutchen können kaum noch laufen. Stell dir vor, Ruwn führe ich sogar am Arm zur Toilette. Beide brauchen Hilfe beim Ausziehen und beim Zubettgehen. Allein können sie nur noch mit zitternder Hand den Löffel zum Mund führen.«

»Sie tun mir leid, aber was sollen wir machen? So grausam es klingt, wir beide müssen jetzt vor allem an uns selbst und unsere alten Eltern denken, nicht an die unglücklichen Kochans. Meine Mutter verlässt Jonava bestimmt nicht mehr. Was auch geschieht, Roche-Samurai trennt sich auf keinen Fall von ihrem Dovid. Das Leben hat uns vereint, sagt sie, und auch der Tod wird uns vereinen.«

Während sie mit gedämpfter Stimme redeten und überlegten, was sie in erster Linie mitnehmen mussten, ob sie sofort die Koffer packen oder noch eine Weile abwarten sollten, wer den Kampf gewinnen würde, verstummte der Bombenangriff auf die Einheit in Gargždai keinen Augenblick, sondern wurde immer heftiger und rasender. Krachende Donnerwellen erschütterten das Schtetl, und die Einwohner wussten nicht, wohin vor diesem Grauen fliehen.

»Der arme Valeri Fischman!«, erinnerte sich meine Mutter plötzlich an den Oberleutnant aus Gomel. »Er wird doch nicht tot sein?«

»Wir sind alle arm dran. Wenn die Rote Armee die Deutschen nicht aufhält, müssen wir weg. Dann bleibt uns keine Wahl. Beine in die Hand und fort!«, sagte mein Vater.

»Wohin?«

»Dorthin, wo keine Deutschen sind.«

»Vielleicht kommen sie ja doch nicht bis zu uns. Schmulik hat gesagt, die Rote Armee ist die stärkste Armee der Welt. Dass sie jeden Feind vertreiben wird. Und noch von niemandem besiegt wurde.«

»Dein fixer Bruder hat so manches gesagt! Ein schöner Militärspezialist! Er kann doch einen Infanteristen nicht von einem Piloten unterscheiden«, unterbrach sie mein Vater.

Meine Eltern merkten gar nicht, dass inzwischen der Tag angebrochen war.

Die Straßen von Jonava, auf denen morgens normalerweise ein bunt gemischtes Völkchen unterwegs war, blieben leer. An den Ladentüren hingen zentnerschwere Vorhängeschlösser. Kein einziger Gläubiger eilte zum Morgengottesdienst in die Kirche oder die Synagoge. Nur herrenlose Hunde waren unterwegs und jagten ebenso herrenlose Katzen, die in Hauseingängen Zuflucht suchten.

Hin und wieder donnerten Militärautos durch die Straßen, die verwundete Panzersoldaten aus Gargždai nach Kaunas ins örtliche Militärlazarett brachten.

»Ich fürchte, unser früheres Leben ist ab heute vorbei«, sagte mein Vater unfroh. »Wenn der Schneider am Leben bleibt, muss er sich wohl für eine Zeitlang oder sogar für immer von seinem Handwerk verabschieden.«

Meine Eltern verstummten und versuchten, ihre Verwirrung

und Bedrückung mit Schweigen zu kaschieren. Sie traten abwechselnd ans Fenster, sahen aber immer dasselbe Bild – eine bedrohliche Leere, die unbekannte Gefahren barg.

Erst am Mittag öffneten einige litauische Läden und Geschäfte. Die jüdischen Händler hatten sich wegen des absoluten Machtvakuums aus Angst vor Gewalt und Pogromen zu Hause verschanzt wie im Schützengraben. Ihre Befürchtungen waren nicht unbegründet. Durch die Straßen liefen hier und da Gruppen junger Männer mit weißen Armbinden, die nun an die Stelle der Ordnungshüter aus der Dienststelle von Schmulik Dudak getreten waren. Solange die deutschen Truppen noch weit weg von Jonava kämpften, verbargen die jungen Männer ihre Absichten und rührten niemanden an, musterten nur jeden auf der Straße durchdringend, um seine Zugehörigkeit zum jüdischen Volk zu bestimmen, von dem sie in ihrem patriotischen Eifer das leidgeprüfte Litauen befreien wollten.

Über dem einstöckigen Backsteinbau der Stadtverwaltung wehte allerdings noch immer die rote Fahne, und über die gepflasterte Hauptstraße rollten ab und zu Autos voller russischer Soldaten mit unbekanntem Ziel.

Julius und Mejlech erschienen unausgeschlafen und bedrückt. Auch mein Vater kam nach dem Bombenangriff im Morgengrauen nicht recht zu sich. Die Arbeit stockte. Wie sollte man ruhig einen Faden einfädeln und nähen, wenn ganz in der Nähe Bomben fielen, Brände loderten und Menschen starben?

»Zu allem Unglück hat sich noch ein weiteres gesellt«, sagte Mejlech, als wollte er seine kleine Verspätung entschuldigen. »Für Pani Antanina ist dieser Krieg schon vorbei. Sie ist heute Nacht beim Kanonendonner friedlich entschlafen.«

»Antanina war eine Heilige! Sie hat in ihrem ganzen Leben

niemandem etwas zuleide getan. Wann ist die Beerdigung?«, fragte mein Vater.

»Małgorzata ist gleich heute früh in die Kirche gelaufen, um das mit dem Pfarrer zu bereden, der gut Polnisch spricht«, sagte Mejlech. »Antanina hatte ein so langes Leben, aber es gibt niemanden, der sie beweint und begraben kann.«

»Einsamkeit ist auch ein Grab, aber eines, das man sich mit eigenen Händen schaufelt. Wenn sich die Lage nicht verschlimmert, kommen wir vielleicht für fünf oder zehn Minuten auf den Friedhof und begleiten Antanina auf ihrem letzten Weg, aber garantieren kann ich das nicht«, sagte mein Vater. »Die Russen fliehen, und die Deutschen sind ihnen dicht auf den Fersen. Heute oder morgen werden sie Jonava einnehmen. Ich zerbreche mir den Kopf, was wir mit unseren Aufträgen machen sollen. Es sind so viele, das wäre Arbeit für mehr als zwei Monate. Wir können doch fremdes Eigentum nicht dem Schicksal überlassen oder Plünderern. Vielleicht sollten wir am besten alles Unfertige und noch nicht Angefangene den Kunden zurückgeben und uns um uns selbst kümmern?«

»Da ist ja Małgorzata«, rief Mejlech, als seine Kochana zur Tür hereinkam.

»Antaninas Beerdigung ist am Dienstag«, sagte sie schon auf der Schwelle. »Das hat Pfarrer Vaitkus entschieden. Die Organisation und die Kosten übernimmt die Kirche.«

»Bis Dienstag bleiben wir bestimmt nicht in Jonava. Chanke lässt mir jetzt schon keine Ruhe, sie verlangt, dass wir sofort unsere Sachen und etwas Proviant packen und von hier verschwinden. Sonst, sagt sie, gehe ich allein mit Hirschke, und du bleib hier bei deiner Nähmaschine.«

»Frauen haben ein besseres Gespür für Gefahr als Männer«, nahm Mejlech Partei für die Hausherrin.

»Wo sie recht hat, hat sie recht. Die Rote Armee ist offenbar auf dem Papier stärker als auf dem Schlachtfeld. Die Deutschen stehen schon kurz vor Kaunas und treffen kaum auf Widerstand. Was geschehen wird, wenn sie in Jonava einmarschieren, wissen Sie aus eigener Erfahrung.« Mein Vater leckte sich die trockenen Lippen und wandte sich an Julius. »Du, mein Lieber, musst dir keine Sorgen machen. Du warst ja, wenn man so sagen kann, nur zeitweilig ein Jude, nicht auf Dauer. Du bist getauft, dir werden die Sieger nichts tun, aber Mejlech und ich als dauerhafte und unwandelbare Juden müssen uns gut überlegen, wohin wir gehen und wann, damit wir nicht den Deutschen oder ihren freiwilligen Helfern in die Hände fallen. Klar?«

»Klar«, antwortete Julius. »Und was soll ich Ihrer Meinung nach tun? Dasitzen und zuschauen, wie Sie packen?«

»Während wir hier weiter nachdenken, kannst du mit Chanke unseren Kunden alles zurückbringen, was wir nicht zum versprochenen Termin fertigstellen können. Ihr entschuldigt euch bei ihnen, und den Katholiken unter ihnen ratet ihr, sich an Pranas Gaidis zu wenden. Er ist ein erstklassiger Schneider. Nicht teuer, und er hat, würde ich sagen, jüdische Hände. Seine Stücke sind eine Augenweide. Einigen Kunden werde ich ihren Stoff selbst zurückbringen und mich gleichzeitig verabschieden.«

Als meine Mutter und der traurige Julius gegangen waren, um die zugeschnittenen und noch unbearbeiteten Stoffe zurückzubringen, setzten sich mein Vater und Mejlech an den Tisch und überlegten, wohin und welcher Weg für Flüchtlinge am sichersten war.

Mejlech beschloss nach kurzem Abwägen, über Vilnius nach Lida zu gehen, wo eine Cousine von Małgorzata lebte, die Krankenschwester Teresa. Mein Vater beugte sich seiner Frau – sie wollten ungesäumt nach Lettland, zum Bahnknotenpunkt

Daugavpils, und von dort nach Russland, vielleicht sogar nach Sibirien. Bis ins frostige Sibirien würden die Deutschen bestimmt nicht vordringen.

Inzwischen tobten blutige Kämpfe bereits vor den Toren des Schtetls.

Zum Nachdenken blieb keine Zeit mehr. Die Einwohner von Jonava machten sich zu Fuß oder mit Fuhrwerken auf den weiten, nichts Gutes verheißenden Weg.

Der Balegole Peßach Schwarzman und sein Zwillingsbruder Pincheß, ebenfalls Fuhrmann, waren sehr gefragt. Bezahlt wurde ein Platz auf einem Leiterwagen nicht mit Rubeln, die vor kurzem die aus dem Verkehr gezogenen Litai ersetzt hatten und deren Zeit nun schon vorbei war, sondern mit Silber und Gold.

Mein Vater wandte sich an den düsteren und stämmigen Junggesellen Pincheß, der mit Großvater Dovid befreundet gewesen war und sich von ihm immer die riesigen Schuhe hatte flicken lassen. Unter den Balegolen stach er durch seine biblische Kraft und seine Frömmigkeit hervor; er trug unter der schäbigen Schirmmütze stets eine Kippa und erzählte seinen Fahrgästen, egal, welcher Nationalität sie waren, aus Spaß oder im Ernst, seine Pferde fräßen nicht nur Hafer und verzierten die Schtetlstraßen mit Pferdeäpfeln, sondern glaubten auch an den Herrgott, ihren Schöpfer.

»Wie viele seid ihr?«, fragte Pincheß meinen Vater und kratzte sich die behaarte breite Brust.

»Drei.«

»Drei haben sich bei mir schon angemeldet. Der Schuster Welwl Sselkiner mit Frau und Kind. Erfahrene Flüchtlinge aus Białystok«, sagte Pincheß. »Mehr als sieben Leute mit Gepäck schafft meine Braune nicht.«

»Was hat ein Schneider schon für Gepäck, Reb Pincheß? Nadel, Fingerhut, ein paar Rollen Garn und Anzugstoff, falls sich an einem ruhigen Ort ein Kunde findet«, sagte mein Vater. »Die Nähmaschine kann ich ja sowieso nicht mitnehmen.«

»Vieles kann man nicht mitnehmen«, brummte Pincheß. »Vor allem die Menschen müssen vor diesen Ungeheuern gerettet werden, nicht fühlloses Eisen. Ich würde Ihre Singer ja mitnehmen, aber mein altes Fuhrwerk ist keine Zweizimmerwohnung.«

»Ich werde mich bescheiden. Was nicht auf den Wagen passt, das nehme ich in meinem Herzen mit. Darin hat alles Platz, der Himmel mit seinen Sternen, die Felder und die schnellfließende Vilija. Hauptsache, wir erreichen mit Gottes Hilfe lebend einen ruhigen Ort«, sagte mein Vater.

»Eine Reise, Schlojme, ist nicht die Jüdische Bank, da ist nichts sicher. Seit vierzig Jahren fahre ich Tag für Tag, außer am Sabbat, durch ganz Litauen, und ich muss Ihnen gestehen, ich bin dabei bisweilen durchaus in Schwierigkeiten geraten.«

»Das glaube ich gern! Lastfuhrleute sind ein erfahrenes Volk, mit allen Wassern gewaschen.«

»Erfahren oder nicht, die Leute zahlen nicht, um in Not zu geraten, sondern dafür, dass sie heil und ohne einen Kratzer am Bestimmungsort ankommen«, erklärte Pincheß. »Darum kassiere ich nicht vor der Reise, sondern erst am Ende. In Lettland, so Gott will, werden Sie mich bezahlen.«

»Wie Sie wünschen.«

»Gleich morgen früh komme ich mit meinem Gespann zum Haus von Reb Efraim Kapler, dann holen wir den polnischen Flüchtling und seine Familie ab, sprechen ein Gebet, sagen in Mameloschn zu unserem braven Tier: ›Ho, ho, meine Alte! Lass uns nicht im Stich, bring uns mit Gottes Hilfe an einen Ort, wo kein jüdisches Blut vergossen wird!‹, erbitten Gottes Segen und fahren los.«

Mein Vater tat die ganze Nacht kein Auge zu.

Bis zum Morgen saß er an seiner Singer, dem Hochzeitsgeschenk von Reb Jeschue Kremnizer, und ließ sie rattern. Er trat und trat und flüsterte vor sich hin.

Als ich aufwachte, sah ich seinen gebeugten Rücken. Damals verstand ich nicht, wieso er im Dunkeln so verzweifelt und leidenschaftlich auf seine Nähmaschine einflüsterte, doch heute, viele Jahre später, glaube ich, mit solcher Zärtlichkeit und stürmischer Leidenschaft flüstert jemand, der sich für immer von einer Geliebten trennen muss.

Der Morgen graute.

Der Abschiedstag brach an, der 23. Juni 1941.

Meine Eltern packten unsere Habseligkeiten ein, dazu zwei Stücke englische Wolle und etwas zu essen, und dann gingen wir in die Fischerstraße, uns von Großmutter Roche verabschieden.

Wie sehr mein Vater auch auf Großmutter eingeredet und ihr versichert hatte, auf Pincheß' Wagen sei auch für sie noch Platz, sie sagte immer nur: »Wer wird an mich alte Frau schon eine Kugel verschwenden? Die Deutschen werden doch nicht alle umbringen? Es ist eine Sünde, die Toten zu verlassen. Gestern war ich in der Synagoge und habe darum gebetet, dass das Unglück an euch vorübergeht. Ich habe gebetet und Rabbi Eliëser gefragt, was er tun wird, er hat schließlich sechs Kinder, und der Henker Haman steht vor der Tür. Der Rabbi hat lange geschwiegen, sich gewiegt wie eine Esche im Wind und schließlich geantwortet: Wenn in Jonava auch nur ein einziger Jude bleibt, ob gläubig oder gottlos, lebendig oder tot, dann bleibe er bei ihm. Und auch ich bleibe bei meinem Dovid. Ich will euch keine Last sein.«

Mein Vater konnte sie nicht umstimmen.

Julius verabschiedete uns ganz niedergeschlagen.

»Sie werden wiederkommen. Ich werde zu Jesus Christus dafür beten, dass Sie zurückkehren. Eines Morgens werde ich aufwachen, aus meiner Höhle kriechen und es in der Stille plötzlich rattern hören. Gott sei Dank, ein Wunder ist geschehen, Ponas Salamonas hat seine Nähmaschine gesattelt und reitet sie wieder!«

»Wunder haben die Juden schon oft vor dem sicheren Tod gerettet«, sagte mein Vater, »aber der Herrgott hat sich unserer Sünden wegen von uns abgewandt. Danke für deine Hoffnung, Julius. Solltest du Jonava nicht verlassen, tausche die Nadel nicht gegen ein Gewehr, bleib beim Nähen, du darfst alle unsere Sachen hier benutzen. Kümmere dich um Jackie, füttere ihn und geh mit ihm spazieren, aber denk dran: Der Pinscher versteht kein Litauisch, und vor den Deutschen darfst du nicht Jiddisch sprechen, nicht einmal mit einem Rassehund, das ist gefährlich.«

»Mir wird schon was einfallen.«

»Wer hätte gedacht, dass einmal der Tag kommt, an dem wir einen verwaisten Hund beneiden, weil er dieselbe Luft atmen darf wie alle Bürger und sogar ungestraft auf der Straße die Deutschen anbellen darf.«

Und nun geschah etwas, das niemand von Julius erwartet hätte – er fing an zu weinen.

»Alles Gute«, sagte mein Vater. »Noch einmal, bleib bei der Nadel, ich glaube daran, dass aus dir mal etwas wird.«

Sie umarmten sich.

Wir bestiegen das Fuhrwerk von Pincheß, als im sanften Wasser der Vilija eben das Morgenrot badete wie ein nackt vom Steg gesprungenes Bauernmädchen. Mein Vater und der zweifache Flüchtling Welwl Sselkiner ließen sich vorn nieder, ich und Mendl, der sechsjährige Sohn des Schusters, in der Mitte, die Schusterfrau Ester mit ihren Bündeln und meine Mutter hinten.

Alle schwiegen. Als wären die Wörter für immer aus dem Gebrauch verschwunden und durch Stummheit ersetzt worden.

Hinten am Fuhrwerk baumelte ein leerer Eimer, und bei seinem Klappern schlich sich eine vage Unruhe in mein Herz.

Pincheß und sein braves Pferd wahrten Ruhe. Der Balegole rauchte eine Selbstgedrehte nach der anderen und sah schweigend den beißenden Rauchkringeln nach, die das keusche Himmelsblau besudelten und sich in der warmen Sommerluft auflösten.

Hin und wieder krochen sowjetische Panzer und ungeordnete Reihen vom Kampf zerzauster und in Straßenstaub gehüllter Soldaten in vorschriftswidrig offenen Blusen und schweren Kunstlederstiefeln an uns vorbei. Die Soldaten schielten neidisch auf das Fuhrwerk.

»Was soll nur aus uns allen werden?«, jammerte Sselkiner. »Kaum hast du dich irgendwo niedergelassen, dir die Füße gewärmt und dir dein Brot verdient, da heißt es schon wieder: Lauf weg, solange du noch am Leben bist! Ich möchte endlich mal wissen, was eigentlich unser Vergehen ist! Dass mich meine Mutter Ester-Rochl nicht als Litauer oder Tataren geboren hat, sondern als Juden?«

»Mit wem redest du?«, fragte Pincheß, der schon wieder an einer Selbstgedrehten zog. »Mit mir oder mit meinem Pferd?«

»Mit wem, mit wem«, brummte der Schuster Welwl. »Sie sind doch nicht erst seit gestern auf der Welt!«

»Wenn du mit dem Herrgott redest, mein Freund, dann will ich dir was sagen. Wie jede Obrigkeit lässt Er sich lieber loben und preisen, Er wird nicht gern verflucht und mit endlosen Bitten belästigt. Eine solche Unzahl von Bittstellern macht doch jeden verrückt. Das zum einen. Und wärst du als Litauer oder Tatare geboren worden, hättest du nicht aus deinem Białystok fliehen müssen. Das zum zweiten.«

Langsam, durch quälende Staus und überholt von bewaffneten Rotarmisten mit vollem Marschgepäck und von Juden, die mit armseligen Bündeln zu Fuß unterwegs waren, näherte sich unser Gespann dem Städtchen Zarasai. Pincheß wollte auf einem gottverlassenen Vorwerk am Stadtrand rasten, um sich, seinen Fahrgästen und der Braunen eine Verschnaufpause zu gönnen. Mit dem Besitzer des Gehöfts, sagte er, meinem alten Bekannten Vladas Doveika, werden wir schon einig, da bekommen wir für wenig Geld etwas zu essen, übernachten auf dem Heuboden und machen uns morgen früh wieder auf den Weg.

An der Stadtgrenze hielt uns eine Militärpatrouille an – zwei kräftige Rotarmisten mit Gewehren über der Schulter.

»Wer seid ihr?«, wandte sich einer der beiden, offenbar der Ranghöhere, an unseren Fuhrmann.

»Juden«, antwortete Pincheß und setzte spöttisch hinzu: »Wir befinden uns auf dem vorläufigen Rückzug, genau wie eure tapfere Sowjetarmee.«

Dem Soldaten gefiel dieser Vergleich unseres Kutschers gar nicht.

»Die Rote Armee, dass Sie Bescheid wissen, ist nicht auf dem Rückzug, sie weicht zeitweilig auf besser befestigte Positionen aus.«

»Nun, auch wir wollen auf besser befestigte Positionen ausweichen. Deshalb fliehen wir zeitweilig vor den Deutschen. Welwl« – der Fuhrmann zeigte mit seinem harten Zeigefinger auf den zu Tode erschrockenen Sselkiner – »ist ein Schuster aus Polen, er ist schon einmal vor den Deutschen geflohen, der Schwarzhaarige hier ist Schneider, und das sind die Frauen und Kinder der beiden.«

Der ranghöhere Rotarmist ließ uns alle absteigen und uns an den Straßenrand stellen. Als wir seinen Befehl befolgt hatten, stocherte er mit dem Bajonett im Stroh herum, mit dem das Fuhrwerk ausgelegt war.

»Wonach suchen Sie?«, fragte Pincheß erstaunt.

»Das geht Sie nichts an! Ich bin nicht jedem, der hier durchkommt, Rechenschaft schuldig.«

»Wenn Sie Sprengstoff suchen, Genosse Soldat, so etwas, Gott ist mein Zeuge, haben wir nicht dabei«, sagte Pincheß, der sich in den Sprachen aller seiner Fahrgäste aus ganz Litauen verständigen konnte. »Wo haben Sie je einen Juden gesehen, der auf eine weite Reise zur Krönung seines Glücks so ungenießbare Dinge mitnimmt wie eine Bombe oder Sprengstoff?«

Der Rotarmist, ein Mann mit schmalen Augen und breiten Backenknochen, vermutlich ein Burjate oder Jakute, hatte wohl noch nie zuvor Juden gesehen. Er musterte uns argwöhnisch, stocherte noch einmal mit seinem Bajonett im Stroh herum und sagte herablassend und verächtlich zu Pincheß: »Ihr könnt fahren! Aber bis nach Russland kommt ihr mit eurer Schindmähre und diesem Fuhrwerk bestimmt nicht.«

Ha, von wegen bis Russland! Schon vor Zarasai hätte unsere Reise beinahe unsinnig und ärgerlich mit bitteren Tränen geendet, wäre meine praktisch denkende Mutter nicht so schlagfertig und geistesgegenwärtig gewesen.

Am selben Tag hielt uns an einer Wegkreuzung hinter dem verschlafenen Utena erneut eine Militärpatrouille an.

»Sergeant Uljukajew«, stellte sich ein Soldat im offenen Uniformmantel vor. »Wohin fahren Sie?«

»Nach Russland«, antwortete Welwl.

»Von hier bis Russland ist es aber weit. Gehört das Pferd Ihnen?«

»Nein«, antwortete der Schuster.

»Wem denn?«

»Der Besitzer hat sich für einen Augenblick entfernt. Er ist ganz in der Nähe, im Wald, beten.«

»Beten ist nicht Pinkeln. Das kann man unterbrechen. Auf Befehl des Oberkommandos werden sämtliche Gespanne und Pferde auf allen Straßen Litauens, auf denen unsere Truppen unterwegs sind, für den Bedarf der Roten Armee beschlagnahmt«, blaffte Sergeant Uljukajew, befahl uns abzusteigen, packte besitzergreifend das Zaumzeug der braven Stute und wollte sie fortführen.

In diesem Augenblick erschien Pincheß.

»Dieser Genosse will Ihnen das Pferd wegnehmen«, sagte meine Mutter auf Jiddisch, das der Soldat nicht verstand. »Sagen Sie, er soll Ihnen erst einmal den Befehl zeigen, der ihn dazu berechtigt.«

»Zeig mir den Befehl«, forderte Pincheß und ging auf den Soldaten zu.

»Was du alles willst – den Befehl! Vielleicht verlangst du noch Geld für deine Schindmähre, wie?«

»Schindmähre oder nicht, sie gehört mir!«, brüllte Pincheß wütend und ging dem Beschlagnahmer mit eisenharten Händen an die Gurgel. Wären die Regimentskameraden des Soldaten nicht eingeschritten, hätte Pincheß den Beleidiger wohl erwürgt.

»Da, nimm deine Scheißstute!«, fluchte Uljukajew, schnappte mit weit offenem Mund nach Luft und ließ das Zaumzeug los.

Zum Glück ergriffen die anderen Soldaten nicht seine Partei, und so setzten wir unsere Reise fort und lobten Schwarzman unaufhörlich für seine Furchtlosigkeit und seine Opferbereitschaft.

»Er hätte Sie ja töten können, Reb Pincheß«, sagte Welwl, als er sich von dem Schreck erholt hatte.

»Was blieb mir denn übrig? Mein Tier hat mich mein Leben

lang ernährt. Ohne sie, ohne meine Alte, wäre ich längst vor Kummer gestorben. Ja, gestorben! Ehrenwort! Wir beide haben so viel zusammen erlebt und so viele Werst zusammen zurückgelegt!«

Wir erreichten das von einer Gruppe Kastanien umstandene Gehöft, als sich die Dämmerung auf das Land senkte. Der Besitzer, der stämmige, breitschultrige Vladas Doweika, hatte in seiner Jugend einmal in der Schmiede eines Verwandten von Pincheß gearbeitet. Seitdem war der Balegole mit ihm befreundet, besuchte ihn oft und brachte Geschenke von ihm nach Jonava mit – Honig und Kartoffeln, einen Korb Heidelbeeren oder Äpfel, frische saure Sahne in einem großen Tonkrug oder eine Flasche selbstgebrannten Weizenkorn, rein wie Tränen.

»Du trinkst ein Gläschen davon und wirst gleich ein Jahr jünger«, sagte Doweika immer, wenn er mit ihm brüderlich anstieß.

Jünger machte der Selbstgebrannte Pincheß nicht, aber er festigte seine Freundschaft mit Vladas.

Als wir alle am Tisch saßen, auf dem ländliche Speisen und Getränke standen – ein Krug Kwass, eine Karaffe Selbstgebrannter –, schenkte Doweika den Männern ein Gläschen Schnaps ein, den Frauen und Kindern Kwass. Er wollte auf unsere Gesundheit trinken.

»Wenn alle Juden aus Litauen fliehen, Pincheß, was wird dann aus den Sonntagsmärkten in Utene, Ukmerge und Zarasai?«, wandte er sich an den Fuhrmann. »Wer wird dann kaufen, was wir auf unseren Feldern und in unseren Gemüsegärten anbauen und in unseren Teichen züchten? Dann müssen wir die Hälfte davon, vielleicht sogar mehr, wegwerfen oder an das Vieh verfüttern.«

»Auch daran sind mal wieder wir Juden schuld.«

»Ja, seid ihr.« Doweika verdüsterte sich plötzlich. »Worauf

habt ihr gewartet? Dass ihr alle umgebracht werdet? Ich finde, ihr hättet euch längst alle taufen lassen sollen. Als Getaufte würdet ihr Seite an Seite mit uns leben und keinen Kummer kennen.«

»Der Herrgott, lieber Ponas Vladas, hat nicht Litauer, Deutsche oder Juden geschaffen, sondern den Menschen, aber er hat uns keinen Ort gewiesen, wo die Menschen ohne jedes Mal auf der Brust frei von Angst um ihr Leben sein können, wo niemand seinen Nächsten nur deshalb tötet, weil er eine Kippa auf dem Kopf trägt und in seiner Muttersprache zu Gott betet.«

»Das hast du gut ausgedrückt«, sagte Doweika, der solche komplizierten Reden nicht gewohnt war. »Aber was immer wir Gott vorwerfen, er wird seinen Acker nicht neu bestellen. Trinken wir lieber noch ein Gläschen darauf, dass ihr heil und unversehrt aus Russland zurückkehrt. Und dass dann auf dem Sonntagsmarkt in Zarasai wieder eine alte Jüdin an meinen Wagen kommt, kurzsichtig blinzelnd meine Ware betrachtet und mich wie eh und je in unserer Sprache fragt: ›Sag mir bitte, sind deine Eier auch koscher?‹

Obwohl niemandem nach Lachen zumute war, prusteten die Erwachsenen los.

Die Mahlzeit ging zu Ende. Doweikas beleibte Frau, die den ganzen Abend kein Wort gesagt hatte außer »Greift zu!«, räumte den Tisch ab und bereitete dann auf einem breiten Sofa und mehreren zusammengestellten robusten Bauernstühlen die Betten.

Erst nach Mitternacht legten sich der sechsjährige Mendl und die Frauen in der Stube schlafen, und ich kletterte mit den Männern auf den Heuboden.

Über dem Gehöft lag eine unwirkliche, betäubende Stille.

Am Himmel leuchteten hell die Junisterne.

Um das Gehöft herum standen wie Ritter die Kastanien, die diese archaische Ruhe seit ewigen Zeiten bewachten.

An diesem Abend gab es auf der Welt keine Deutschen, keine Litauer und keine Juden.

Es gab und würde in alle Ewigkeit, so schien es, nur diese nach frisch gemähtem Heu duftende Stille geben, nur diesen andauernden Wachtraum unter dem Sternenhimmel, den kein gottloser Hass und kein Blutvergießen besudelten.

14

Bevor wir am Morgen aufbrachen, untersuchten Vladas Doweika und Pincheß gründlich die Stute, die sich im Pferdestall ausgeruht hatte.

»Deine Braune sollte neu beschlagen werden«, sagte der Bauer anschließend. »Euer Weg ist weit, aber wenn ein Hufeisen abgeht, heißt es brr, Ende der Reise! So kommst du nicht bis Daugavpils. Ihr müsst wohl oder übel bleiben, bis ich aus alter Freundschaft die Stute neu beschlagen habe. Keine Angst, das kann ich noch, und ich will keinen Groschen dafür. Ist ja sowieso unklar, welches Geld jetzt gilt – Rubel, Litai oder Mark … Darum fahre ich auch nicht auf den Markt, ich warte ab, bis die Prügelei vorbei ist und feststeht, welcher Kopf auf den Geldscheinen gewonnen hat.«

Doweika führte das Pferd unter ein Vordach, und bald ertönten Hammerschläge.

»So, jetzt bin ich beruhigt. Nun kommst du mit deiner Braunen nicht nur bis Daugavpils, nun kannst du mit ihr wie Napoleon in Moskau einreiten«, erklärte der Bauer mit den geschickten Händen.

»Falls wir zurückkommen, Vladas, werden wir es dir vergelten. Wir Juden vergessen Gutes nie. Vielleicht, weil man uns überall mit so viel Hass begegnet. Das ist nun mal unser Los – wir gewöhnen uns an das Böse wie an unseren eigenen Namen.«

Vladas begleitete uns bis zur Landstraße. Eine Zeitlang lief er schweigend neben dem Fuhrwerk her, dann blieb er zurück und winkte uns mit seiner schweren Hand nach. Pincheß schwenkte seine abgewetzte Schirmmütze.

Am Ende des zweiten Tages unseres »Rückzugs« glitzerte in der Niederung ein Fluss.

Schon von weitem entdeckte Pincheß ein über den Fluss gespanntes Seil und eine kleine, aus Kiefernbrettern gezimmerte Fähre mit einer Signalglocke unter einer winzigen Blechkuppel, die aussah wie ein Steinpilz.

Zur Fähre führte ein menschenleerer, zum Schutz gegen starke Regengüsse mit Knüppelholz befestigter Pfad die bröckelige Böschung hinab.

Der Fährmann war nirgends zu sehen.

Wir fuhren hinunter.

»He, ist da jemand?«, rief unser Kutscher.

»He!«, dröhnte es in der Stille. »Heee!«

Kurz darauf kam ein verschlafener Hüne mit zerzaustem rotem Haar aus dem Gebüsch.

»Was brüllst du so?« Er gähnte herzhaft.

»Bist du der Fährmann?«, fragte Pincheß, als der Mann ausgegähnt hatte.

»Ja«, erwiderte der, erneut gähnend.

»Bringst du uns rüber?«

»Wenn ihr zahlt, bring ich euch rüber«, sagte der Fährmann in sein unbezwingbares Gähnen hinein. »Gebt mir Gold.«

»Woher sollen wir das nehmen?«

»Ein Jude ohne Gold ist kein Jude.« Der Hüne presste die Hand vor den Mund wie einen Deckel auf einen brodelnden

Teekessel, zog sich die Hose hoch und wollte zurück ins Gebüsch.

»Warte!«, rief der Schuster Welwl und zog sich den Ring vom Finger.

»Aber unter einer Bedingung – erst den Ring.«

»Gut«, seufzte Welwl.

Das Gespann rollte auf die Bretter. Der Hüne steckte den Ring in die Tasche seiner zerknitterten Hose, zog am Drahtseil der Signalglocke, und die Fähre setzte sich knarrend in Bewegung.

Als der Fährmann uns in die Strömung gelenkt hatte, tauchte ein deutsches Jagdflugzeug auf.

Mein Vater schaute zum Himmel. »Es kommt direkt auf uns zu.«

Kaum hatte er das gesagt, spuckte der Himmel auch schon Kugeln.

Das Flugzeug flog abwechselnd tief und dann wieder steil empor.

Der Pilot schien ein teuflisches Spiel mit uns zu spielen – er zielte nicht auf die Menschen, nicht auf das Pferd, sondern auf das über den Fluss gespannte Seil, offenbar wollte er es zerschießen und sich dann darüber amüsieren, wie die Fähre von der Strömung erfasst wurde und den Fluss hinabtrieb. Die Kugeln prasselten auf den Boden der Fähre, auf die Bordwände und aufs Wasser, doch der Deutsche hörte nicht auf.

Geschützt unter den warmen Körpern unserer Eltern, wagten Mendl und ich uns nicht zu rühren.

Die Bauern, die am anderen Ufer duftendes trockenes Heu auf Fuhrwerke luden, warfen die Heugabeln hin und blickten starr vor Angst hilflos in den wolkenlosen, todbringenden Himmel.

Als der Pilot seine Absicht schließlich verwirklicht hatte,

wurde die manövrierunfähige Fähre mit der Strömung fortgerissen und trieb bald auf das andere Ufer zu.

Der Fährmann lag barfuß und mit hochgekrempelten Hosenbeinen unter der verstummten Glocke, und über sein unrasiertes Kinn rann ein dünnes Rinnsal Blut. Pincheß hockte vor seinem getöteten Pferd und griff in die Mähne, in die weichen, noch lebendigen Haare, wie in gerissene Saiten.

Die Bauern hatten sich von ihrer Angst erholt und kamen zum Wasser heruntergerannt, bekreuzigten sich beim Anblick des Toten und liefen ohne ein einziges Wort ins Dorf. Nach einer Weile kehrten sie mit Spaten zurück, um das Pferd von Pincheß in der warmen Erde zu begraben. Sie nahmen ihm Kummet und Zügel ab und wollten auch das Zaumzeug abnehmen, doch das hatte sich Pincheß bereits um den Hals gehängt.

»Wollt ihr nicht erst ihn begraben?«, fragte meine Mutter und zeigte auf den Fährmann, bemüht, den ausgestreckten toten Körper nicht anzuschauen.

»Jonas begraben wir noch, der läuft uns nicht weg«, sagte näselnd ein schmächtiger Mann mit verbundener Wange. »Wir bringen das Heu in die Scheune, dann begraben wir ihn. Ein Pferd ist leichter zu begraben als ein Mensch. Ein Pferd braucht keine Totenmesse in der Kirche und keine Trauerrede. Du nimmst einen Spaten, gräbst eine Grube, schüttest sie zu, und fertig.«

Pincheß stand mit dem Zaumzeug um den Hals am Rand des großen Grabs und flüsterte plötzlich, begleitet vom Klatschen der Lehmbrocken, mit denen es zugeschaufelt wurde, kaum hörbar ein Kaddisch.

»Was macht er da?«, fragte entsetzt die fromme Ester, die Frau des Schusters Sselkiner. »Der Herrgott verbietet, für Pferde oder andere Tiere Kaddisch zu sprechen.«

»Wer sagt denn, Ester, dass ich für mein Pferd Kaddisch spreche? Wer sagt das? Sind wir etwa keine Tiere? Wir sind Tiere, ja, Tiere … Haustiere, wilde Tiere, Tiere aller Art …«, brummte Pincheß und verstummte.

Ohne Pferd und ohne Wagen schlugen wir uns zur Straße durch und trotteten hinter einer sich ungeordnet zurückziehenden Kolonne von Rotarmisten und Grüppchen von Flüchtlingen in Richtung Rēzekne, der nächstgelegenen lettischen Eisenbahnstation, denn wir hofften, mit einem Güterzug bis Daugavpils zu gelangen und von dort, so Gott uns gnädig war, nach Russland.

Die Soldaten, erschöpft und zermürbt von den erlittenen Schlappen, betrachteten uns mit einer Mischung aus herablassender Überheblichkeit und Mitleid. So eine große Ansammlung von Juden hatten sie noch nie gesehen. Bei den kurzen Rasten und Verschnaufpausen knüpften manche Rotarmisten aus Höflichkeit Gespräche mit den Flüchtlingen an, die sich der Militärkolonne angeschlossen hatten, weil diese ihnen zwar keine völlige Sicherheit bot, aber immerhin zuverlässigen Schutz vor den bewaffneten Handlangern der Deutschen, die im Handumdrehen in das von der Roten Armee verlassene Gebiet einmarschiert waren. Sich auf Umwegen nach Rēzekne durchzuschlagen, während allerorten massenhaft Juden vernichtet wurden, wäre selbst am helllichten Tag gefährlich gewesen. Da brauchte nur jemand mit einer MPi oder einem Gewehr im Gebüsch am Straßenrand zu lauern, und es war aus.

Pincheß Schwarzman konnte sich, wenn auch nicht so mühelos wie in seiner Muttersprache Jiddisch, auch mit Litauern und Russen verständigen, schließlich hatte er viele Jahre lang die verschiedensten Menschen durch die Städte und Dörfer von Litauen kutschiert, aber seit dem Tod seiner Ernährerin mied er jedes Gespräch und antwortete nur widerwillig auf Fragen. Doch nun wurde er wie zum Trotz von einem gesprächigen jungen Soldaten, der aussah wie ein Schüler und einen Granatwerfer über der Schulter trug, mit Fragen gelöchert.

»Wohin wollt ihr denn, meine Guten? Die Schwiegermutter besuchen?«

»Wir wollen niemanden besuchen, wir fliehen genau wie ihr vor den Deutschen«, antwortete Pincheß.

»Damit Sie Bescheid wissen, Papascha, wir fliehen nicht vor den Deutschen, wir weichen auf Befehl des Oberkommandos planmäßig auf bereits für die Verteidigung und den Gegenangriff vorbereitete Positionen aus. Dort wartet dann Verstärkung – Panzer, Flak und Kanonen. Wir werden es den Deutschen heimzahlen und zurückkehren in euer Litauen! Wenn wir die Faschisten geschlagen haben, kommen wir auf jeden Fall zurück! Litauen gefällt uns. Es ist sauber, die Mädchen sind hübsch, und in den Läden gibt es alles. Ganz anders als bei uns in Jelez.«

»Dann werden auch wir in unsere Häuser und zu unseren Gräbern zurückkehren«, sagte Pincheß, um den Soldaten nicht durch Schweigen und ein finsteres Gesicht zu verärgern.

»Zurück von wo?«

»Aus Russland. In Litauen wurden unsere Großväter und Urgroßväter geboren. Man kann alles im Leben verlassen, aber nicht die Gräber. Wer sie den Krähen und Feldmäusen überlässt, dem wird nie verziehen.«

»Wisst ihr denn, wie viele Werst es sind von hier bis nach Mütterchen Russland? Geb's Gott, dass ihr wenigstens bis Reshiza* kommt. Für einen solchen Marsch seid ihr doch, wie ich sehe, gar nicht ausgerüstet – ohne Fortbewegungsmittel und ohne Lebensmittelvorräte. Das halten eure Frauen und Kinder keine Woche durch, sie werden euch unterwegs verhungern.«

»Wir hatten alles – ein kluges und geduldiges Pferd, ein

* Russischer Name der Stadt Rēzekne.

Fuhrwerk und Proviant … Aber beim Übersetzen über den Fluss hat ein deutscher Jagdflieger das alles zerstört, verflucht soll er sein!«

»Der Hund!«, fluchte der gesprächige Rotarmist. »Wenn diese Schweine uns nicht auch angreifen und unsere Feldküche bombardieren, bitte ich meinen Freund, den Koch Pawlik Sisow, um heiße Kohlsuppe für eure Kinder. Das wird er mir nicht abschlagen. Die Suppe ist zwar recht dünn, aber ein Löffel davon, und es ist, als wäre kein Krieg, als wärst du wieder zu Hause … in Jelez. Das ist eine Stadt in Russland …«

»Kohlsuppe, das ist immer gut«, stimmte Pincheß ihm zu.

Mein Vater und der Schuster Welwl schwiegen. Was sollten sie auch sagen – schließlich hatten sie noch nie russische Kohlsuppe gegessen.

»Ich stamme eigentlich nicht direkt aus Jelez, sondern aus dem Dorf Ossinowka, das liegt am Ufer der Bystraja Sosna*, das ist ein kleiner Fluss. Wenn dieser verfluchte Krieg vorbei ist und ich heil und gesund heimkehre, raten Sie mal, was ich dann als Erstes mache?«

»Wodka trinken«, sagte Pincheß spöttisch.

»Falsch! Als Erstes ziehe ich mich nackt aus, springe von der Böschung in den Fluss, wasche mir den Hass auf diese deutschen Schweine von der Seele, und dann ziehe ich ein weißes Hemd an, setze mich mit meinen Schwestern Frossja und Klawa an den Tisch, kippe ein Glas Moskowskaja und esse eine Salzgurke dazu.«

Er redete wie ein Wasserfall, als wollte er durch übertriebene Munterkeit die drohende Gefahr verdrängen, die wachsende Angst um sein Leben unterdrücken. Die Ergüsse des Soldaten glichen den Beschwörungen eines Wunderheilers gegen alles Leid und Unglück.

* (russ.) Schnelle Kiefer

»Wir laufen schon so lange nebeneinander und haben uns noch gar nicht bekanntgemacht. Ich heiße Fjodor. Fjodor Proskurow. Und Sie?«

»Pincheß.«

»Schlojme.«

»Welwl.«

»Was für sonderbare Namen«, sagte Fjodor. »Wie die von seltenen Tieren. Die kann man sich gar nicht auf Anhieb merken. Ich bin mit einem von euren Leuten zur Schule gegangen. Aber er hieß fast wie einer von uns – Slawik Lewinson. Ich habe immer die Aufgaben bei ihm abgeschrieben. Das war ein kluger Bursche! Seine Mutter hat ihn sogar bestraft, wenn er mal bloß die zweitbeste Note bekam.«

Die Kolonne kam nur langsam voran. Die Flüchtlinge wagten nicht, sich von ihr zu trennen und den Weg allein fortzusetzen, aus Angst, auf fremdem Gebiet den letzten Schutz zu verlieren. Zudem hoffte der verzweifelte Pincheß, der außer seinem Pferd niemandem vertraut hatte, auf die Güte des Kochs Pawlik Sisow. Für die Erwachsenen würde vielleicht nichts abfallen, aber die Kinder, ich und Mendl Sselkiner, so glaubte der Fuhrmann, würden wenigstens eine Schüssel dünner Soldatensuppe und ein Stück Brot bekommen.

Als gegen Mittag die Junisonne erbarmungslos brannte und es keine Rettung vor der Hitze gab, entdeckte Pincheß, dass in der Ferne aus der flirrenden Luft plötzlich ein braunes Pferd aufgetaucht war, das vor einen zweirädrigen Karren mit Anhänger gespannt war. Das war die ersehnte Feldküche. Sie stand am Straßenrand, und sofort eilten die von der Hitze und dem langen Marsch erschöpften Soldaten dorthin und stellten sich an.

»Marsch, mir nach zu Pawlik«, rief unser gutherziger Beschützer, der Granatwerfer Fjodor Proskurow, fröhlich. »Beeilt euch, Genossen Juden, bevor die anderen alles bis auf den Grund ausgelöffelt haben.«

Kaum hatten wir die bereits beträchtliche Schlange hinter dem Karren erreicht, auf dem bauchige Aluminiumkessel mit der begehrten Kohlsuppe standen, da ertönte über uns ein undeutliches alarmierendes Dröhnen. Es wurde immer lauter und kam immer näher. Eine Weile blieb der Himmel noch makellos rein und unglaublich blau, ohne eine einzige Wolke, doch plötzlich zerschnitten deutsche Bomber das unberührte friedliche Blau und nahmen Kurs auf die Straße, die von noch hungrigen Rotarmisten bevölkert war und von Flüchtlingen, die sich ihnen angeschlossen hatten, nicht nur aus Jonava, sondern auch aus anderen zum Tode verurteilten jüdischen Schtetln.

»Fliegeralarm! Fliegeralarm!«, brüllte ein junger Offizier, offenbar der Kommandeur der zurückweichenden Einheit.

Die Kolonne löste sich auf. Die Soldaten rannten in einen dichten Haselnusshain, in der Hoffnung, dort Schutz zu finden vor den nun bereits fallenden Bomben.

Meine Mutter packte meine Hand, und zusammen mit meinem Vater liefen wir zu einem Heuschober auf der Wiese und krochen hinein wie in einen Bunker.

Der schwerfällige Pincheß und die Sselkiners folgten den Rotarmisten in den Haselnusshain, um sich unter den dichten Nussbäumen oder den Wacholdersträuchern zu verstecken, wohin die Soldaten kurz zuvor mit offenem Koppel geeilt waren, um ihre Notdurft zu verrichten.

Es ist mir noch heute ein Rätsel, wie meine Mutter in diesen todbringenden Minuten auf die glückliche Idee kommen konnte, nicht im Wald Schutz zu suchen, sondern auf freiem Feld, in einem Heuschober … Ihre riskante Überlegung, dass wir in einer so ungeheuer fragilen Zuflucht eher am Leben bleiben würden als woanders, erwies sich als vollkommen richtig.

Angst und Staub abschüttelnd, verließen wir den Heuschober heil und unversehrt. Die deutschen Fliegerasse hatten das noch nicht in Scheunen verbrachte Bauerngut unberührt gelassen, weil sie es wohl für sinnlos hielten, Bomben an Staubläuse zu verschwenden, statt sie auf den Feind zu werfen.

Die Detonationen erschütterten lange den Nusshain und die mit hohem Gras bewachsenen Schluchten.

Die Deutschen beherrschten den Himmel ohne jede Gegenwehr. Die zurückweichenden Infanteristen besaßen nur Mosin-Gewehre und Maschinenpistolen, keine Waffen, mit denen sie auf die Junkers oder Messerschmidts hätten feuern können. Mit Gewehrschüssen aber schreckt man höchstens die Krähen im Wald auf und wird am Ende noch selbst zur Zielscheibe.

Als die Piloten ihre gesamte Munition verschossen hatten, drehten sie ab, zufrieden mit den Ergebnissen ihres Angriffs, und verschwanden vom Himmel.

Die Folgen des Bombenangriffs waren tatsächlich furchtbar. Ein Drittel der Infanterieeinheit und der Flüchtlinge kehrte nicht auf die aufgerissene Straße zurück.

Niemand begrub die Toten. Ihre zerfetzten, von deutschem Eisen in Stücke gerissenen Körper blieben im Haselnusshain und unter dem herb riechenden Wacholder liegen. Über den weit verstreuten Leichnamen kreisten mit drohendem Krächzen plötzlich herbeigeflogene Krähen, die ewigen Zeugen menschlichen Todes. Ihr lautes Geschrei klang wie eine endlose Totenklage.

Meine Mutter und mein Vater schauten sich voller Hoffnung um, hefteten den Blick auf jede ihnen bekannt erscheinende Gestalt auf der Straße, in deren Mitte sich eine riesige Pfütze dünner Soldatensuppe ausbreitete, doch diejenigen, die sie so gern sehen wollten, konnten sie nirgendwo entdecken – weder den Balegolen Pincheß noch die Familie Sselkiner aus Białystok, die zum zweiten Mal auf der Flucht vor dem sicheren Tod war. Die überlebenden Soldaten kehrten langsam, in traurigem Schweigen und ohne einander anzusehen, in die stark ausgedünnte Kolonne zurück wie von einem Friedhof, um sich wieder einzureihen. Die Flüchtlinge schlossen sich an.

Hatte der Herrgott Pincheß und die Sselkiners etwa nicht beschützt? Für welche Sünden hatte Er den kauzigen, treuherzigen Fjodor Proskurow bestraft? Warum hatte Er ihm seine Gnade vorenthalten und Fjodor nicht in die Heimat zurückkehren lassen, in sein Ossinowka, damit er die Uniform abwarf, nackt in den Fluss mit dem sonderbaren Namen Bystraja Sosna sprang und aus Anlass des Sieges mit seinen Schwestern Klawa und Frossja ein Glas Moskowskaja kippte?

Der Offizier wollte schon das Kommando »Antreten!« rufen, als der Schuster Welwl aus dem Wäldchen kam, gefolgt von Ester und dem sechsjährigen Mendl.

Mein Vater warf die Arme in die Luft und schwenkte sie freudig, doch Welwl reagierte nicht darauf. Langsam humpelte er über das trockene, stachlige Gras, als wären es Dornen.

»Es ist etwas Schlimmes passiert, das sagt mir mein Herz.« Meine Mutter seufzte schwer.

»Wie kommst du darauf?«

»Dass Welwl nicht auf deinen Gruß reagiert, hat doch einen Grund.«

»Pincheß?«, äußerte mein Vater seine schlimmste Vermutung.

»Bestimmt. Die drei sind ja, wie du siehst, alle am Leben. Sie haben zum Glück nichts abbekommen.«

Als das Ehepaar Sselkiner und Mendl näher heran waren, erkannte meine Mutter an Esters verweintem Gesicht, dass Pincheß tatsächlich etwas Schlimmes zugestoßen war.

»Da sind wir«, sagte Welwl, umarmte uns aber nicht. »Wir waren beim Knochenmann zu Besuch. Wie durch ein Wunder sind wir aus dieser Hölle entkommen. Ohne einen einzigen Kratzer …«

»Freut euch! Der Tod hat euch Gott sei Dank gehen lassen«, hauchte mein Vater erleichtert. »Und was ist mit Pincheß?«

Welwl schwieg und sagte dann bedrückt: »Ihn hat der Tod leider nicht gehen lassen. Hätte Pincheß nicht von einem Unterschlupf zu einem anderen, sichereren laufen wollen, dann hätte ihm vielleicht kein Splitter den Kopf zerfetzt, und er wäre mit uns zusammen nun wieder hier«, sagte Ester und schauderte wie vor Kälte. »Das ist das Ende aller in der Heiligen Schrift vorhergesagten Zeiten – Zeit zu säen und Zeit zu ernten, Zeit zu leben und Zeit zu sterben … Nun ist eine Zeit zu begraben und zu weinen. Es ist schlimm und beschämend, wenn man die Getöteten nicht der Erde übergeben kann, denn mit nackten Händen lässt sich schließlich kein Grab schaufeln. Ich habe Mendl die Augen zugehalten, damit er beim Anblick des toten Pincheß nicht vor Entsetzen stumm wird.«

Nach diesen Worten bekam Ester keine Luft mehr und begann erneut zu weinen.

»Wir haben ihm mit Blättern das Blut vom Gesicht gewischt«, eilte Welwl seiner Frau zu Hilfe. »Dann haben wir seinen Körper mit Reisig bedeckt, Pincheß um Verzeihung gebeten und sind zurückgelaufen zur Straße, zu euch und unseren Beschützern. Wir hatten Angst, zurückzubleiben …«

»Gesegnet sei sein Andenken«, sagte mein Vater.

»Unser Pincheß ist zu seinem Pferd gegangen«, sagte Welwl Sselkiner mit einem bitteren Lachen. »Das ist ein großer Verlust, aber wir müssen weiterleben«, setzte er hinzu und schloss sich mit uns der Kolonne an, die inzwischen angetreten war.

»Wir werden auf das Kommen des Erlösers warten, des Meschiach, der alle Toten wieder auferstehen lässt, auch die Fuhrleute und ihre Pferde. Alle.«

»Aber nicht die Deutschen!«, rief Ester und strich ihrem Sohn über den Kopf.

Als die Kolonne aus Rotarmisten und Flüchtlingen Rēzekne erreichte, dämmerte es bereits. Die Stadt empfing uns mit einer unwirklichen Stille, als wäre gar kein Krieg. Rēzekne war von riesigen Hügeln umgeben, die aussahen wie vorsintflutliche Mammuts. Die Häuser schienen auf ihren mächtigen Rücken zu ruhen. Von den Hügeln wehte eine angenehme, erfrischende Kühle herab.

»Die Deutschen stehen vor der Tür, aber von hier scheint niemand zu fliehen«, sagte mein Vater. »Oder gab es hier nie Juden?«

»Bislang fliehen sie offenbar nicht. Sie sitzen ihr Unglück aus. Warten, bis es sich entpuppt. Aber wir werden nicht hierbleiben«, erstickte meine nüchtern denkende Mutter Vaters vorsichtige Hoffnung.

Im Schlepptau der Soldatenkolonne liefen wir durch Rēzekne zum Bahnhof und beschlossen, im Wartesaal zu übernachten, um am nächsten Tag auf einen Güterzug zu warten, der uns zum Knotenpunkt Daugavpils brachte.

Mendl und ich konnten uns vor Müdigkeit kaum auf den Beinen halten und schliefen auf den Bahnhofsbänken sofort ein. Unsere erschöpften Eltern dösten im Sitzen.

Am Morgen ging mein Vater auf Nahrungssuche in die Stadt, wozu er für alle Fälle ein Stück englische Wolle mitnahm. Er besaß noch Rubel, doch die hatten die Verkäufer schon in Jonava nicht mehr genommen. Wie sich herausstellte, sahen die Händler auch hier, relativ weit entfernt von der Front, diese Währung der Unterlegenen scheel an, fast mit offener Verachtung, sie lehnten sie ab und wollten lieber Silber oder Gold, die unter jeder Regierung etwas wert waren.

Mein Vater hatte weder Silber noch Gold, aber er konnte die Wolle gegen drei Laibe Roggenbrot mit Thymian und mehrere Ringe Leberwurst tauschen. Die Rationen, die er dann zum Mittag verteilte, waren ungleich – für die Kinder etwas größer, für die Erwachsenen etwas kleiner, aber niemand murrte. Alle hofften, dass in Daugavpils der Rubel noch gelten würde, und warteten auf einen passenden Güterzug.

Züge fuhren selten.

Der Wartesaal sah aus wie ein Gefängnis ohne Gitter und Aufseher, nur mit dem Unterschied, dass keiner der Flüchtlinge wusste, zu welcher Haftdauer er verurteilt war. Doch weder wir noch die Sselkiners verzweifelten, wir glaubten an unser Glück – der Lokomotivführer würde Mitleid haben und uns mitnehmen.

Kurz bevor sich das Schicksal gnädig zeigte, trat ein magerer junger Mann in schwarzem Gehrock und mit einer tief über die Augen gezogenen Schirmmütze vor unsere Bank. An seinen Schläfen ringelten sich pechschwarze Pejes, und unter seiner Kleidung schauten Zizit hervor. In der Hand hielt der Fremde ein in Leder gebundenes Gebetbuch.

»Ich heiße Mejr Shabinski«, stellte er sich vor und strich sich über seine Pejes. »Ich habe in der Jeschiwa von Panevėžys studiert. Ich bitte tausendmal um Entschuldigung … Gestatten Sie mir, Ihnen von Jude zu Jude eine heikle Frage zu stellen.«

»Nur zu. Fragen sind bei uns Juden bekanntlich kostenlos«, erwiderte Welwl.

»Sagen Sie bitte, gibt es in Russland Jeschiwas, Synagogen und, nicht auf uns gesagt, eine Chewra Kadischa?«

Mein Vater zuckte die Achseln.

»Wieso?«, erkundigte sich der Schuster mit leisem Spott neugierig. »Ist das etwa jetzt das Wichtigste für uns?«

»Das Wichtigste oder nicht … Für sich allein zu beten ist natürlich nicht verboten, Gott kann man überall preisen. Aber besser ist es, wenn sich zum Gebet alle im Gotteshaus zusammenfinden.«

»Wir haben keine Ahnung, ob es dort Synagogen, Jeschiwas und Beerdigungsbruderschaften gibt oder nicht«, sagte mein Vater. »Vor diesem Alptraum waren wir noch nie in Russland.«

»Wen ich auch frage, niemand weiß es. Was soll man an einem Ort, wo es nichts für einen gibt?«

»Zum Beten muss man erst mal überleben.«

»Heilige Worte!«, rief Mejr.

Dann wartete er mit uns zusammen auf einen Zug in das geheimnisvolle Russland, wo es womöglich keine einzige Synagoge gab und keine Beerdigungsbruderschaft, wo dafür aber Juden nicht auf der Straße eingefangen und getötet wurden.

Gegen Abend fanden wir Plätze in einem Güterzug, und nach Daugavpils fuhren wir in einem Waggon, in dem sonst Vieh zum Schlachthof gebracht wurde.

Im Waggon roch es stark nach Mist und Urin. Wir mussten die ganze Fahrt über stehen – niemand mochte sich auf den rauen, schmutzigen Boden setzen. Von der Hitze wurde uns übel und schwindlig, aber die Türen waren fest verschlossen, und niemand wagte, sie während der Fahrt zu öffnen, um ein wenig frische Sommerluft zu schnappen.

Unser neuer Gefährte Mejr Shabinski betete die ganze Zeit leise, und dieses selbstvergessene Flüstern wirkte einschläfernd, doch wir konnten den Kopf nirgends betten.

An die warme Hüfte meiner Mutter gepresst, stand ich mitten in dem halbleeren Waggon mit dem winzigen Fenster, das wohl weniger für das matte Licht sorgen sollte als für Belüftung. Ich lauschte auf das Gebetsgemurmel des Absolventen der Jeschiwa von Panevėžys und dachte an Großmutter Roche. Mir fiel ein, wie sie mir in ihrem Haus in der Fischerstraße immer auf dem quietschenden Sofa das Bett gemacht hatte und dann wie eine Beschwörung flüsterte: »Möge dein Schutzengel im Traum zu dir geflogen kommen, mein Goldstück, und dir seinen Segen erteilen.« Damals konnte Großmutter nicht ahnen, dass ich keine fünf Jahre später nicht von Schutzengeln träumen würde, sondern von deutschen Bombern und unglücklichen lettischen Kühen, die genau wie wir nicht wussten, was sie erwartete, wenn sie in solchen Waggons zum Schlachthof gebracht wurden.

Vor der Ankunft in Daugavpils bot mein Vater allen eine Stärkung an. Das Abendbrot für uns sechs war bescheiden – für jeden ein kleiner Ring Leberwurst und ein Stück Schwarzbrot mit Thymian. Der orthodoxe Shabinski, der sich uns angeschlossen hatte, lehnte dieses trejfe Essen ab.

»Entschuldigen Sie, aber ich esse nichts, das nicht koscher ist. Geben Sie meinen Anteil den Kindern.«

Welwl riss erstaunt die Augen auf. »Mit so strengen Prinzipien sind Sie in Russland verloren. Wovon wollen Sie sich denn dort ernähren, mein Lieber? Von himmlischem Manna?«

»Wer an den Herrgott glaubt, den ernährt Er auch.«

Das ersehnte Daugavpils erreichten wir recht schnell. Der Güterzug wurde auf ein Abstellgleis gelenkt, weil die gesamte Bahnstation wegen des Ausfalls der Fernverbindungen mit Zügen vollgestopft war. Die Fahrkartenschalter waren geschlossen, über den kleinen Fenstern hingen kurze Mitteilungen auf Russisch und Lettisch: »Vorübergehend geschlossen«. Der Bahnhofsvorsteher fertigte nur Sonderzüge nach Osten ab – mit wertvoller Industrieausrüstung und hochgestellten Reisenden.

Auf dem Bahnhofsvorplatz drängten sich Flüchtlinge, und

ihre Kundschafter strichen durch das Bahnhofsgebäude und liefen die Gleise ab, um ermutigende Nachrichten zu erhaschen oder wenigstens im Fenster einer Lokomotive einen Lokführer zu entdecken.

»Ich fürchte, wir sitzen hier fest«, klagte Sselkiner, der immer rasch den Kopf hängenließ.

»Der Herrgott hat uns aus Ägypten geführt. Er wird uns auch aus Daugavpils führen«, sprach Mejr Shabinski seinen Gefährten Mut zu.

»Wann?«, verlangte Welwl zu wissen.

»Man darf den himmlischen Herrscher nicht antreiben und fragen, wann, an welchem Tag und zu welcher Stunde Er etwas für uns tut. Wir können den Allerhöchsten nur eindringlich bitten, dass Er erfüllt, was wir uns wünschen.«

Mendl und ich wünschten uns wohl am meisten, so schnell wie möglich nach Russland zu fahren. An einen Ort, wo wir nicht stehend in einem stinkenden Viehwaggon schlafen mussten, sondern in einem ganz normalen Bett mit Kopfkissen und Decke liegen würden. Großmutter Roche klagte immer, der Herrgott habe ihr keinen einzigen Wunsch im Leben erfüllt, obwohl sie Ihm mehr vertraute als ihrem Mann Dovid. Aber meinen Wunsch erhörte er – unter den Flüchtlingen verbreitete sich das Gerücht, auf Gleis drei stehe ein Zug mit Frauen und Kindern zur Abfahrt bereit, und durch die erleuchteten Fenster seien in einigen Abteilen noch freie Plätze zu sehen.

»Das sind lauter wichtige Reisende mit Sonderfahrkarten, ohne dieses Papier nehmen sie uns bestimmt nicht mit«, sagte meine Mutter. »Vielleicht warten wir lieber?«

»Auf den Tod?«, empörte sich mein Vater. »Vielleicht nehmen sie uns ja doch mit? Wir sind schließlich keine Diebe oder Plünderer.«

Ester unterstützte meinen Vater: »Was, bitte, haben wir denn zu verlieren? Wenn sie uns mitnehmen, gut. Wenn nicht, geben wir entweder nach oder verschaffen uns mit Gewalt Zutritt. Für Mendl bin ich zu allem bereit.«

Eine solche Entschlossenheit hätte keiner von Ester erwartet.

Das Gerücht über den Zug mit den halbleeren Waggons mit der Route Daugavpils – Welikije Luki – Jaroslawl brachte Bewegung in die Flüchtlinge. Sie stürmten sofort zu Gleis drei, doch was sie dort schon von weitem sahen, dämpfte ihren Eifer.

Der Zug wurde in ganzer Länge von Bewaffneten bewacht. Es war unschwer zu erraten, wozu – für die sichere Evakuierung der Familien von Parteifunktionären und hochrangigen Offizieren ins russische Hinterland.

Streng bewachten die Soldaten sämtliche Zugänge zu diesem Sonderzug, und die Schaffnerinnen prüften mit Taschenlampen in der Hand gründlich die Fahrkarten oder Sonderausweise, über die nur die vornehmen Reisenden und ihr Nachwuchs verfügten.

Wir waren höchstens zweihundert Flüchtlinge, die um jeden Preis so weit weg wie möglich von den Deutschen wollten. Zunächst betrachteten uns die Wachsoldaten mit verlegenem Mitgefühl, doch als sich ein Mann dem Zug näherte, wurden sie unruhig.

Eine kräftige tiefe Kommandostimme rief: »Genossen! Bitte räumen Sie unverzüglich alle Gleise, sonst gefährden Sie Ihr eigenes Leben und behindern die einfahrenden Züge!«

Aber es fuhren gar keine Züge ein, und die Flüchtlinge hatten keine Eile, den Befehl zu befolgen.

»Bürger, ich bitte Sie im Guten: Gehen Sie auseinander!«, rief die Bassstimme. »Warten Sie bitte im Wartesaal auf Ihren Zug!«

Leicht gesagt: Warten Sie auf Ihren Zug. Es gab keinen Zug für uns, vielleicht nie mehr.

Weil das Gefühl der Ausweglosigkeit mit jeder Minute wuchs, vielleicht auch mit dem Mut der Verzweiflung, rückten die vorderen Reihen der Flüchtlinge noch näher auf ihr Ziel zu.

»Vielleicht sollten wir sie lieber nicht reizen«, sagte Welwl zitternd. »Der Zug wird von Soldaten bewacht, die dürfen bestimmt schießen ...«

»Schämst du dich nicht?«, fiel ihm Ester ins Wort. »Wir sind doch nicht auf der Seite der Deutschen, wir sind auf der Seite dieser Roten Armee. Sie werden wohl kaum wagen, mit Waffengewalt gegen uns vorzugehen, oder?«

»Wenn uns sowieso der Tod bestimmt ist, was spielt es da für eine Rolle, durch wessen Hand wir sterben? Welche Gottlosen uns töten werden, die sowjetischen oder deutschen ...«, flüsterte Mejr Shabinski und setzte hinzu, als hätte er den Allmächtigen um Rat gefragt: »Gott gebietet dem Menschen, die Schande zu fürchten, nicht den Tod.«

»Der Mensch ist schwach und entscheidet sich meistens für die Schande«, sagte mein Vater. »Aber Mejr hat recht. Was haben wir zu befürchten? Wir sind schließlich keine aus dem Gefängnis entflohenen Banditen, und diese Bewacher sind auch Menschen. Keine Tiere ...«

»Das werden wir gleich sehen«, sagte meine Mutter schroff.

Als die Menge der jüdischen Flüchtlinge, erfasst von einer alle Angst und Zweifel beiseitefegenden Woge, dicht an den Zug herangerückt war, demonstrierte einer der Wachsoldaten seine Treue zum Eid und seine Ergebenheit gegenüber der Armeeobrigkeit durch den Ruf: »Halt! Oder wir schießen!«

Er schoss mehrmals über die Köpfe der zu allem bereiten verzweifelten Flüchtlinge hinweg.

»Schweine!«, rief jemand. »Ihr solltet auf ganz andere schießen …«

Die Schüsse hielten die Menge nicht auf. Die Menschen machten nicht kehrt, sondern rückten todesmutig vor, um den Zug zu stürmen, wobei sie nicht nur ihr eigenes Leben riskierten, sondern auch das ihrer Kinder.

Die verblüfften Wachleute überlegten offenbar, dass eine Menge Blut fließen würde, wenn sie das Feuer auf die Flüchtlinge eröffneten, damit aber dennoch keine Ordnung geschaffen wäre. Obendrein würden die Schüsse sie womöglich teuer zu stehen kommen – immerhin würden sie nicht auf Deutsche schießen, sondern quasi auf die eigenen Landsleute, auf frischgebackene Sowjetbürger.

Angespornt von der Verwirrung und Unentschlossenheit der Soldaten, durchbrachen die Flüchtlinge die Kette und stürmten den Zug, stießen dabei die hilflosen Schaffnerinnen mit Gewalt in die Waggons und besetzten die leeren Plätze in den Abteilen.

Auch wir stiegen ein, freuten uns aber nicht zu früh. Was war mit den anderen? Hoffentlich wurde niemand getötet, niemand zu Tode gequetscht, niemand verletzt …

»Na, geb's Gott, dass sie uns nicht wieder rausschmeißen«, hauchte der an überraschende Wendungen des Schicksals gewöhnte Skeptiker Welwl.

»Müssen sie gar nicht, vielleicht stellen sie aufs Nachbargleis einen anderen Zug für die Parteifunktionäre und Frauen der Kommandeure, und wir haben das Nachsehen. Wäre doch denkbar, oder?«, äußerte mein vorsichtiger Vater seine Zweifel.

»Alles liegt in der Hand unseres Allgnädigen Herrgotts. Was weiter wird, hängt nicht mehr von uns ab«, sagte Shabinski, der im Gang stand und betete.

Ich trat neben ihm von einem Bein aufs andere und dachte,

wenn sie die russischen Reisenden mit ihren Kindern tatsächlich in einen anderen Zug umsteigen ließen und uns hier einschlössen, dann würde dieser Waggon unser Gefängnis werden, vielleicht sogar unser Grab. Deutsche Flieger würden kommen und im Handumdrehen alles zerbomben. Aber ich dachte an Großmutter Roches Rat: Schlimme Gedanken teile nicht mit anderen, jeder hat mehr als genug eigenen Kummer, deshalb wäre es Sünde, ihm noch den eigenen aufzubürden. Also teilte ich meine Gedanken mit niemandem. Darum bedrückten sie mich wohl noch mehr. Zum Beispiel dieser: Was ist aus Großmutter geworden? Offenbar hatte der Herrgott ihr die letzte Gnade verweigert – auf dem Friedhof neben Dovid zu liegen. Bestimmt war sie schon getötet worden. Schaudernd malte ich mir die schlimmsten Bilder aus: Großmutter Roche liegt vor der Tür ihres Hauses in der Fischerstraße mit zerschossenem Kopf in einer Blutlache, und die Leute gehen vorüber wie an einer überfahrenen Katze. Warum hatten Mama und Papa in all den Tagen unserer erzwungenen Reise nie an Großmutter gedacht? Hatten sie sie vergessen? Das kann nicht sein, beruhigte ich mich, sie denken an sie, natürlich tun sie das, aber sie reden nicht von ihr, sie machen sich stumme Vorwürfe und leiden, weil sie es nicht geschafft haben, Großmutter zum Mitkommen zu überreden oder einfach zu zwingen.

Lange, sehr lange warteten wir darauf, dass der Zug endlich losfuhr. Danke dem unentwegt betenden Mejr Shabinski – bestimmt hatte er den Herrgott zu Eile bewegt. Denn hieß nicht Er den Lokführer nach ausgiebigem Pfeifen schließlich den Hebel betätigen, so dass sich der Zug in Bewegung setzte und wir Abschied nahmen von Lettland?

Tief in der Juninacht überquerten wir müde, aber voller Hoffnung die russische Grenze.

Am Morgen erzählte meine Mutter, sämtliche Flüchtlinge,

bis auf die Kinder, die auf den harten Pritschen schliefen wie tot, hätten an den Waggonfenstern geklebt und in den russischen Sternenhimmel geschaut. Ohne Scham wischten sie sich mit dem Ärmel die triumphierenden Tränen ab. Nur Mejr Shabinski schockelte vor und zurück, sein Gebetbuch fest umklammernd.

»Ob es in Russland wohl tatsächlich keine einzige anständige Jeschiwa gibt?«, fragte er noch immer.

Vier schwere Jahre verbrachte ich mit meiner Mutter (mein Vater war sofort zur Armee einberufen und zur Ausbildung nach Balachna an der Wolga geschickt worden) in der Fremde: Erst in einem entlegenen Dorf bei Jaroslawl, in dem es nur noch halbverhungerte Kinder, Alte und Frauen gab sowie wegen körperlicher Behinderungen vom Militärdienst ausgenommene Männer, dann in einem kasachischen Aul am Fuße des Tienschan und zuletzt im Ural, in der Bergarbeitersiedlung Jemanshelinsk.

Nach Litauen kehrten wir 1945 zurück, und ein Jahr darauf fuhr ich, nun Absolvent der General-Tschernjachowski-Schule, wie zuvor mein Vater und sein jüngerer Bruder Motl, nach Jonava.

Ich lief lange durch mein Heimatschtetl wie über einen Friedhof: Vom Haus in der Fischerstraße zum Haus in der Schmiedestraße; von Baum zu Baum; vom einstigen Geschäft Efraim Kaplers zum Pferdestall des Balegoles Schwarzman; von der Grundschule, die ich besucht hatte, zur Großen Synagoge. Mit niemandem außer einem herrenlosen Hund, der sich mir angeschlossen hatte, konnte ich die aufwallende Trauer teilen. Von meinem beschaulichen Jonava, das einmal eine belebte jüdische Insel gewesen war, fand sich keine Spur mehr …

Ich ging auf den Bahnhof, da ertönte die Durchsage, der Zug

Riga – Vilnius habe vier Stunden Verspätung. Ich beschloss, noch einmal in die Fischerstraße zu gehen, zum Haus von Großmutter Roche, die mich, so schien mir, erst gestern in die ihr nicht genehme jiddische Schule gebracht hatte. Vielleicht würde ich jemanden am Fenster sehen. Vielleicht würde jemand herauskommen. Doch die Fenster waren hinter dichten Vorhängen verborgen, und die Vortreppe blieb leer.

Auf den Straßen liefen Fremde an mir vorbei, ich schaute in die Gesichter – vielleicht würde ich ja doch einen Alteingesessenen erkennen, aber das geschah leider nicht. Ehrlich gesagt, bereute ich schon, nicht mit meinem angefangenen Band Maupassant auf dem menschenleeren Provinzbahnhof geblieben zu sein. Und plötzlich – was für ein Zufall! – entdeckte ich an der Kreuzung Fischerstraße und Schmiedestraße, an dem vertrauten Mast mit den abgerissenen Drähten, an dem ich mich immer mit meiner Klassenkameradin Leje Berger getroffen hatte, ein bekanntes Gesicht. Erst meinte ich, mich getäuscht zu haben, doch als ich genauer hinsah, schrie ich überrascht auf und rief ungehörig laut über die ganze Straße: »Julius!«

Der Mann drehte sich um und kam auf mich zugestürmt.

»Mein Gott! Wen sehe ich da! Hirschke! Der Sohn von Schlojme Kanowitsch! Von meinem Lehrer!«

Julius umschlang mich mit seinen, wie Onkel Schmule gern sagte, starken Arbeiterarmen und drückte mich fest an seine Brust wie einen Säugling.

»Wie ich mich freue, wie ich mich freue! Was für ein Wiedersehen! Bleibst du lange?«

»In vier Stunden fährt mein Zug.«

»Ich lasse dich nicht weg. Ich habe ein eigenes Haus, drei Zimmer, eine eigene Singer. Weißt du, was ich jetzt bin in Jonava? Das errätst du nie.«

»Was denn?«

»Der erste Schneider am Ort sozusagen, wie früher Ponas Schlojme Kanowitsch. Du isst bei mir zu Abend. Danuta, meine Frau, kocht uns Tee, dazu gibt's Bauernkäse und Preiselbeerkonfitüre. Dann schläfst du dich aus und fährst morgen zurück.«

»Danke, aber das kann ich nicht. Ich will nicht, dass sich meine Mutter Sorgen macht.«

»Dann gehen wir auf die Post, rufen Pone Chanke in Vilnius an und beruhigen sie. Sie wird sich nur freuen über unser Wiedersehen.«

»Ein andermal. Gut?«

»Gut. Ohne euch Juden ist Jonava natürlich nicht mehr das alte«, sagte Julius. »Fast alle deine Stammesbrüder sind hier geblieben, aber im Grünen Wald, in den umliegenden Schluchten und Kiesgruben. Dort wurden sie erschossen. Niemand wurde verschont.«

»Und ihr? Ihr habt zu Hause gesessen und euch nicht eingemischt?«, fragte ich mit einem bitteren Lachen.

»Wer versucht hätte, sie zu retten, wäre gleich mit erschossen worden. Ich musste aus Jonava wegziehen, nach Kupiškis. Die Jungs mit den weißen Armbinden nannten mich einen Handlanger der Juden und hätten leicht auch mit mir abrechnen können.«

Das Thema war Julius sichtlich peinlich, und er beeilte sich, es zu beenden.

»Wie geht es Ponas Schlojme? Und Pone Chanke?«, fragte der ehemalige Geselle.

»Gut, Gott sei Dank!«

»Mein Vater, der hat sich mit gewissenlosen Leuten eingelassen … Gleich nach dem Krieg wurde er wegen Kollaboration, du weißt schon mit wem, verhaftet und nach Sibirien verbannt.

Jetzt fegt er nicht mehr den Hof von Kapler, sondern schuftet wie vor Zeiten dein Onkel Schmule beim Holzfällen und wäscht seine Schuld mit Schweiß ab. Meine Mutter ist 1942 an Krebs gestorben.«

Die Zeit lief, und ich verabschiedete mich.

»Warum so eilig, Hirschke? Wir haben doch noch viel Zeit.«

»Dann lass uns zur Vilija runtergehen. Ich habe sie seit fünf Jahren nicht gesehen.«

»Die Vilija?«

»Ja.«

»Der Fluss ist ziemlich seicht geworden, doch zum Schwimmen reicht's noch. Aber denk dran: Bei den Trauerweiden sind heftige Strudel. Ich komme mit. Vom Ufer ins Wasser – um die Wette!«

Wir gingen also zusammen. Mit Julius war so viel verbunden … Mein Vater hatte an ihn geglaubt und recht behalten. An den Judenpogromen hatte sich Julius im Gegensatz zu seinem Vater nicht beteiligt, er hatte sich nicht mit den Mördern gemein gemacht, sondern zu Hause an seiner Singer gesessen und fleißig genäht.

Wir stiegen die Böschung hinunter zum Fluss meiner Kindheit. Bevor ich nach Vilnius zurückkehrte, wollte ich mich noch einmal tief vor ihm verneigen und eine Weile schweigend an seinem Ufer stehen.

Als wir direkt am Wasser standen, hatte ich plötzlich das Gefühl, als wäre meine Großmutter Roche-Samurai mit uns zusammen zum Fluss hinuntergestiegen.

Manchem Leser wird das womöglich ausgedacht erscheinen, doch noch heute, da ich der mir vom Herrgott gesetzten Grenze immer näher komme, hinter der mich nur noch die Stille des Jenseits erwartet, noch heute gehe ich hin und wieder mit Großmutter den steilen, mit stachligen Kletten überwucherten Hang zur Vilija hinab, dem Fluss meiner Kindheit, der unaufhaltsam in die Ewigkeit fließt.

In knielangen Unterhosen aus Satin stehe ich vor der herrischen, unbeugsamen Roche, die einen großen Espenstock in der runzligen Hand mit den geschwollenen Venen hält und die schwarzen Habichtsaugen fest auf mich gerichtet hat. Sie würde mir mit ihrem Krückstock sofort einen Hieb auf den nackten Rücken versetzen, sollte ich es wagen, tiefer ins Wasser zu gehen, als meine übergroßen Hosen erlauben, und – o Grauen! – mich, mit allen vieren paddelnd wie ein Hund, von ihr, meinem strengen und zärtlichen Schutzengel, zu entfernen und ans andere Ufer zu schwimmen.

»Wehe, du schwimmst! Hörst du? Was ist, bist du taub? Überlass das Schwimmen den anderen!«, ruft Großmutter Roche ärgerlich und klopft unmissverständlich mit dem Stock auf den Ufersand. »Tauch rasch unter und komm wieder raus aus dem Wasser!«

»Großmutter«, flehe ich meine strenge Bewacherin an. »Ich möchte schwimmen lernen und wenigstens ein Mal wie Mendl Hiberman rüberschwimmen ans andere Ufer der Vilija.«

»Was willst du denn am anderen Ufer?«

»Versteh doch, ich möchte so gern sehen …«

»Was sehen?«, unterbricht mich Großmutter. »Du kannst mir aufs Wort glauben, Hirschele, dass es am anderen Ufer nichts Neues gibt. Gar nichts! Am anderen Ufer leben ebensolche Juden wie wir. Warum also ins Wasser steigen und sein Leben riskieren, um genau das Gleiche zu sehen?«

Großmutter Roche hatte wie immer recht. An beiden Ufern lebten die gleichen Juden. Hüben wie drüben kreisten jüdische Schtetl um die karge litauische Sonne, eine ganze Galaxis mit ihren einzigartigen Bewohnern – geschickten Ofensetzern und Blechschmieden, Glaubenslehrern und Gotteslästerern, Reichen, die verglichen mit Rothschild arm waren, hausgemachten Philosophen, die den baldigen Weltuntergang prophezeiten, und melancholischen Verrückten. Im Schicksalsjahr 1941 ist diese Galaxis unter dem Ansturm triumphierenden Hasses und ungestrafter Gewalt explodiert, und ihre Splitter flogen über die ganze Welt. Und trotz aller Anstrengungen und Bemühungen werden sie sich nie mehr zu einem Ganzen zusammenfügen lassen.

Wer in einer sternenklaren Nacht aus dem Haus tritt, bei diesem Gedanken ertappte ich mich, kann in der tiefen Stille vertraute Stimmen hören. Das sind die Toten, die dort oben miteinander und mit uns reden: Großmutter Roche mit Großvater Dovid, der Hausbesitzer Efraim Kapler mit dem Bäcker Chajim-Gerschon Fajn, Doktor Izchok Blumenfeld mit Rabbi Eliëser, der Totengräber Chazkel Berman mit dem Fuhrmann Pincheß Schwarzman, Hunderte mit Hunderten, Tausende mit Tausenden. Ein ausgelöschtes Schtetl mit dem anderen.

Der Zug Riga – Vilnius war noch nicht da, und ich war allein im stickigen Wartesaal.

Ich saß auf einer schartigen Bank, und meine Gedanken kreisten weiter um die verschwundene jüdische Galaxis. Zum wiederholten Mal versuchte ich, meine Trauer zu zügeln, indem ich mir sagte, wenn wir unsere mit Kummer übersättigte Seele nicht mit dem Zement der Gleichgültigkeit versiegeln und bis ans Ende unserer Tage weiter mit denen reden, die wir nicht beweinen und nicht auf ihrem letzten Weg begleiten konnten, dann verlängern wir damit in der Erinnerung ihr Leben. Denn die Erinnerung ist unser gemeinsames Dach, darunter sind alle versammelt: Lebende und Tote, Gerechte und Sünder, Mörder und Opfer. Wie sehr so mancher es auch wollte, von dort kann man niemanden vertreiben, denn seine Zeitgenossen kann man sich nicht aussuchen.

Das Pfeifen der Lokomotive unterbrach meine unfrohen Gedanken. Bald nahm ich für immer Abschied von Jonava, wo es, wie meine weise Großmutter Roche sagte, schön war, als Jude geboren zu werden, und nicht schlimm, im Alter als Jude zu sterben …

»Es war schön, als Jude geboren zu werden!«, murmelte ich Großmutters Worte, als ich in den Zug stieg. Doch die Vergangenheit lässt sich nicht zurückholen. In Jonava wie in den übrigen Schtetln in Litauen gibt es niemanden mehr, der Juden zur Welt bringen, und niemanden, der sie auf den zerstörten Friedhöfen begraben könnte.

So bitter die Erkenntnis auch ist – fortan wird dieses zugrunde gerichtete Volk nur noch im wahrhaftigen, aus Leiden erwachsenen Wort wieder auferstehen und weiterleben und in der unvoreingenommenen Erinnerung, in der niemand den ewigen Widerhall der Liebe und Dankbarkeit für unsere Vorfahren zum Schweigen bringen kann. Denn wer die Toten dem Vergessen preisgibt, der wird selbst in allen Generationen zu Recht vergessen werden.

Der Zug näherte sich Vilnius, das mich und meine Stammesbrüder aufgenommen hatte, die nach dem Krieg darin vergebens nach Spuren jenes pulsierenden jüdischen Lebens suchten, das der Stadt einst einen verdienten erhabenen Namen eingebracht hatte: Jeruschalajim de Lita.

September 2011 – Juni 2012

NACHWORT

> *»Ich bin kein jüdischer Schriftsteller, weil ich russisch schreibe, kein russischer Schriftsteller, weil ich über Juden schreibe, und kein litauischer Schriftsteller, weil ich nicht auf Litauisch schreibe.«*

1

Der litauische Schriftsteller Grigori Kanowitsch kam 1929 im Schtetl Jonava in der Nähe von Kaunas zur Welt. Sein Vater war Schneider; die im Souterrain gelegene Werkstatt diente zugleich als Wohnraum. Die Familie lebte nach jüdischer Tradition, aber keineswegs orthodox. Man tolerierte andere Spielarten des jüdischen Glaubens. So war die Großmutter streng, der Großvater hingegen moderat religiös. »Er glaubte mit Unterbrechungen an Gott«, wie Grigori Kanowitsch sich erinnert.

Die Großmutter kann sich nicht durchsetzen mit ihrer Forderung, der Junge solle eine hebräische Schule besuchen und den Weg jüdischer Gelehrsamkeit einschlagen. So besucht Hirsch, wie sein ursprünglicher Name lautet, die jiddische Schule. Jiddisch bezeichnet der heute 86-jährige Autor als »Sprache meiner glücklichen, durch den Krieg abrupt beendeten Kindheit«. 1941, unmittelbar nach dem deutschen Überfall auf die Sowjetunion, gelingt seinen Eltern auf eigene Faust die Flucht in die Sowjetunion. Es verschlägt die Familie in einen kasachischen Aul, wo der Junge, nunmehr Grigori genannt, erstmals russischen Schulunterricht erhält. Nach einem Jahr zieht die Familie in den Ural. 1945 kehren die Kanowitschs nach Litauen zurück, das nun, wie bereits 1940/41, wieder eine Sozialistische Sowjetrepublik ist.

In Vilnius studiert Grigori Kanowitsch russische Philologie und beginnt zu schreiben. Seine erste autobiografische und damit dezidiert jüdische Erzählung »Ich betrachte die Sterne« erscheint 1959 in Vilnius. Sie wird von Konstantin Paustowski (1892–1968), einem der Großmeister der Sowjetliteratur, gelobt und trifft auf immenses Leserecho. Durch den Erfolg ermutigt, widmet sich der Autor in der Prosa fortan ausschließlich jüdischen Themen. Neben zehn Romanen und etlichen Erzählungen, die allesamt vom Schicksal des Schtetls und seiner Bewohner handeln, verfasst er Drehbücher und Theaterstücke. Berühmt wird seine Bühnenversion von Tschingis Aitmatows Welterfolg »Der Tag zieht den Jahrhundertweg«. Die Bühnenadaption seines eigenen Romans »Ein Zicklein für zwei Groschen« (1989/1991)* erringt unter dem Titel »Zeig uns dein Lächeln, Gott« in der Inszenierung des Jugendtheaters Vilnius 1994 den ersten Preis auf dem Internationalen Theaterfestival »Baltijski Dom« in St. Petersburg.

Grigori Kanowitsch engagiert sich für die litauische Unabhängigkeitsbewegung »Sajudis«, als deren Abgeordneter er 1989 in den Obersten Sowjet der UdSSR einzieht. Nie lässt er jüdische Belange außer Acht – 1989 initiiert er auf dem Ersten Volksdeputierten-Kongress der UdSSR einen Brief an Michail Gorbatschow, in dem auf den wachsenden Antisemitismus in der Sowjetunion hingewiesen wird. Von 1989 bis 1993 steht Grigori Kanowitsch der Jüdischen Gemeinde Litauens vor. 1993 emigriert er mit seiner Frau Olga nach Israel, wo er heute in Bat Yam in der Nähe von Tel Aviv lebt. Er habe, so erklärt der Autor diesen Schritt, »seinen Lesern hinterherziehen« müssen.

* Grigori Kanowitsch, Ein Zicklein für zwei Groschen. Aus dem Russischen übersetzt von Waltraud Arndt. Aufbau-Verlag, Berlin und Weimar 1993.

Fragt man den immer noch unermüdlich tätigen Schriftsteller heute, wo seine Heimat sei, sagt er: »Meiner Ansicht nach ist die Heimat dort, wo deine Wiege stand und die Gebeine deiner Vorfahren auf dem Friedhof ruhen. Meine Heimat ist Litauen, auch wenn man dort während des Kriegs die Grabsteine herausgerissen und als Baumaterial benutzt hat.« Andere Länder könnten ihm bestenfalls »vertraut«, aber nicht zur Heimat werden.

Grigori Kanowitschs Romane sind in zwölf Sprachen übersetzt. Als Autor wurde er vielfach geehrt. Zuletzt erhielt er im Dezember 2014 den litauischen Nationalpreis für Kunst und Kultur, die höchste Auszeichnung für Kulturschaffende in Litauen.

2

Nach dem Ersten Weltkrieg, als im östlichen Europa neue Grenzen gezogen wurden, fanden sich die vormals zaristisch und habsburgisch regierten Gebiete mit ihren Schtetln, den kleinen jüdischen Städtchen, Marktflecken und Dörfern in neuen Staatsgebilden wieder, viele von ihnen sogar in einer neuen sozialistischen Gesellschaftsordnung. So verschieden diese Staaten und Systeme auch waren, so verschieden sich jüdisches Leben innerhalb ihrer Grenzen entfalten konnte – der Holocaust traf alle Schtetlbewohner, ganz gleich, ob sie in der 1922 proklamierten Sowjetunion, im seit 1918 selbstständigen Litauen oder im nach eineinhalb Jahrhunderten Fremdherrschaft seit 1918 erstmals wieder existierenden polnischen Staat lebten.

Mit der Ermordung seiner Bewohner starb auch das Schtetl. Als der sechzehnjährige Grigori Kanowitsch 1945 ins heimatliche Litauen zurückkehrte, empfand er einen Schock angesichts der Leere des Landes. Die Erinnerung daran ist für den hochbetagten Schriftsteller nicht verblasst: »Litauen, das bis vor kurzem noch so dicht von Juden bevölkert war, glich einer menschenleeren Wüste. Man hatte den Eindruck, als hätten sie hier in Hunderten Schtetln und Dutzenden Städten nie gelebt. Keine Spur war von ihnen geblieben. Wir, die Überlebenden, fühlten uns nicht wie Alteingesessene, wir fühlten uns wie Besiedler von Neuland.«

Den Schrecken und das Entsetzen angesichts der menschenleeren, dem Erdboden gleichgemachten Schtetl in seiner ukrainischen Heimat hat auch der sowjetische Schriftsteller Wassili Grossman (1905–1964) festgehalten, der 1943 als Frontkorrespondent mit der Roten Armee in die zurückeroberten Gebiete kam. Es gehört zu den Paradoxien des jüdischen Schicksals unter dem Sowjetstern, dass Grossman seinen Bericht »Ukraine ohne Juden« nicht mehr in der Armeezeitung »Roter Stern« veröffentlichen konnte: Mit der Wende nach dem sowjetischen Sieg bei Stalingrad, der den Untergang des nationalsozialistischen Regimes einläutete, begann in der Sowjetunion ein zunächst schleichender, dann immer massiver auftretender Antisemitismus – Stalin richtete »das Hitler entrissene Vernichtungsschwert«, wie Grossman schrieb, gegen die überlebenden Juden der Sowjetunion.

Der Historiker Leonid Luks hat diese schwer verständliche Verfolgungswelle mit dem bei Kriegsende wiederbelebten russischen Chauvinismus erklärt, den das Regime seinen Bürgern zur Kompensation ihrer nicht erfüllten Freiheitshoffnungen anbot – und der, wie jeder Chauvinismus, eines Sündenbocks bedurfte. Erst mit Stalins Tod 1953 endete die Kampagne, die unter dem euphemistischen Schlagwort vom »Kampf gegen die heimatlosen Kosmopoliten« geführt worden war. Sie kostete Hunderte Menschen das Leben, brachte Tausende in den

GULAG, richtete Familien und Existenzen zugrunde. Unwiederbringlich zerschlug sie die in den Zwischenkriegsjahren blühende jiddischsprachige Kultur der Sowjetunion und belegte jüdische Themen mit einem lange über das Ende des Stalinismus hinaus wirkenden Makel.

3

Grigori Kanowitschs Schtetl-Romane wurden in sowjetischer Zeit fast ausschließlich in der Sowjetrepublik Litauen verlegt und gelesen. Damals sei es schwierig für seine Bücher gewesen, über die Grenzen des Landes hinaus zu gelangen, sagt der Autor im Rückblick. Selbst in den benachbarten Sowjetrepubliken Lettland und Estland habe man seine Werke nicht kaufen können.

Nur wenige seiner Bücher fanden zu Sowjetzeiten den Weg in Moskauer Verlage. Und das, obwohl der litauische Autor ausschließlich in russischer Sprache schrieb, der *lingua franca* des Sowjetimperiums.

Den Verlegern seien seine Romane »nicht koscher« erschienen, wie Kanowitsch heute mit feiner Ironie bemerkt. Einmal schickte ihm die Redaktion einer Moskauer Literaturzeitschrift eine eingereichte Arbeit mit der Erklärung zurück, man habe in diesem Jahr »den Plan bezüglich der jüdischen Thematik bereits erfüllt«.

Um keines der ungeschriebenen und gerade deshalb machtvollen Tabus in Bezug auf die sowjetischen Juden, den Holocaust und den Krieg zu verletzen, verlegte Kanowitsch die Handlung der meisten seiner in der Sowjetära entstandenen Schtetl-Bücher in die Zeit vor dem Ersten Weltkrieg, als Litauen und Polen zum Zarenreich gehörten.

In dem Roman »Tränen und Gebete der Einfältigen« (1983)*, dessen Handlung nach dem gescheiterten Aufstand 1863 spielt, taucht ein geheimnisvoller Fremder im Schtetl auf, der sich als Sendbote Gottes ausgibt und das Leben der Bewohner nachhaltig erschüttert. Der Roman »Sklaven winkt kein Paradies« (1985)**, ebenfalls in der zweiten Hälfte des 19. Jahrhunderts angesiedelt, schildert am juristischen Fall eines angeblichen Ritualmords das Schicksal eines jüdischen Anwalts, der sich von seiner Herkunft losgesagt hat und zu spät erkennt, dass er den Unterdrückern in die Hände arbeitet. Auch »Ein Zicklein für zwei Groschen« spielt in der Zarenzeit und handelt vom vergeblichen Versuch eines alten Vaters, seinen wegen eines Attentatsversuchs angeklagten Sohn vor dem Todesurteil zu retten.

Doch auch in diesen explizit historischen Romanen witterten »wachsame« Lektoren und Zensoren camouflierte Anspielungen auf sowjetische Realitäten und befürchteten, mit den Worten des Autors, das »unerwünschte Erwachen des kriminalisierten Nationalgefühls« der sowjetischen Juden.

4

Ein Blick auf die Geschichte der Juden in Russland: Im russischen Imperium, zu dem Litauen bis 1918 gehörte, waren sie vor dem Gesetz Bürger zweiter Klasse und unterlagen einer Reihe von Diskriminierungen. So durften sie ihre angestammten Gebiete im Westen des Reichs (den häufig so genannten »Ansiedlungsrayon«) nicht verlassen, der Zugang zu Schulen

* Grigori Kanowitsch, Tränen und Gebete der Einfältigen. Aus dem Russischen übersetzt von Waltraud Arndt. Volk und Welt, Berlin 1985.

** Grigori Kanowitsch, Sklaven winkt kein Paradies. Aus dem Russischen übersetzt von Waltraud Arndt. Volk und Welt, Berlin 1987.

und Universitäten war durch einen strengen Numerus clausus reglementiert. Die Schtetl-Bewohner in Kanowitschs historischen Romanen sind immer auf der Hut vor dem latenten Antisemitismus der litauischen Bauern und der Willkür russischer Beamter – »ein Wort ist kein Sperling, es kann einen, einmal entschlüpft, schnell nach Sibirien bringen« (Sklaven winkt kein Paradies). Um der erzwungenen Enge und Armut, der feindseligen Umgebung und den häufigen Pogromen zu entkommen, wanderten drei Millionen Ostjuden nach Übersee aus, vor allem in die Vereinigten Staaten. Joseph Roth hat in seinem Roman »Hiob« (1930) ein solches Auswandererschicksal mit einer Wendung ins Wunderbare erzählt. Isaac Bashevis Singer, der 1935 in die USA ging und als bislang einziger Jiddisch schreibender Autor den Literatur-Nobelpreis erhielt, schilderte sein anfängliches Emigrantenleben 1974 in einem autobiografischen Roman mit dem sprechenden Titel »Verloren in Amerika: vom Schtetl in die Neue Welt«.

1917 wurden infolge der Februarrevolution sämtliche die russischen Juden betreffenden Diskriminierungen per Dekret aufgehoben. Die junge Sowjetmacht setzte das Werk der Gleichberechtigung fort und förderte die jiddischsprachige Kultur, die Kultur der »werktätigen jüdischen Massen« auf jede erdenkliche Weise. So eröffnete 1921 in Moskau ein Staatliches Jüdisches Theater, das erste Staatstheater in der Jahrtausende alten Geschichte der Juden. Kein Geringerer als Marc Chagall war daran beteiligt und malte den gesamten Zuschauerraum mit seiner Vision einer freien, modernen jüdischen Theaterkunst aus. Diese Leinwände – sie befinden sich heute in der Moskauer Tretjakow-Galerie – gehören zum Besten, was der Künstler in seinen »russischen Jahren« geschaffen hat. Eindrucksvoll widerlegen sie das gängige Vorurteil, Chagall sei ein Maler süßlichen Schtetl-Kitschs gewesen.

Joseph Roth, der ebenso solidarische wie hellsichtige Begleiter jüdischen Lebens in Osteuropa, brachte 1927 von einem Besuch in der jungen Sowjetunion die Erkenntnis mit: »Heute ist Sowjetrussland das einzige Land in Europa, in dem der Antisemitismus verpönt ist, wenn er auch nicht aufgehört hat. Die Juden sind vollkommen freie Bürger [...] Als Individuen sind sie frei von Hass und Verfolgung. Als Volk haben sie alle Rechte einer ›nationalen Minderheit‹. Die Geschichte der Juden kennt kein Beispiel einer so plötzlichen und einer so vollkommenen Befreiung.« (Die Lage der Juden in Sowjetrussland)

5

Die litauischen Juden hingegen wurden Bürger des 1918 entstandenen unabhängigen, wenn auch bald autoritär regierten Staates Litauen. 1939 sprachen geheime Zusatzprotokolle zum Hitler-Stalin-Pakt Litauen ebenso wie die beiden anderen baltischen Staaten Lettland und Estland der sowjetischen Machtsphäre zu. Mitte 1940 marschierte die Rote Armee in Litauen ein, eine unter sowjetischem Druck entstandene Litauische Sozialistische Republik »ersuchte« um Aufnahme in die UdSSR. In der Folge wurden 40 000 litauische Geistliche, Politiker, Militärs und Intellektuelle in den GULAG deportiert. Von der blinden Grausamkeit und Sinnlosigkeit dieser Maßnahmen hat die litauische Ärztin Dalia Grinkevičiūtė, die als 14-jährige zusammen mit ihrer Mutter und ihrem Bruder verschleppt wurde, in ihren Aufzeichnungen* berichtet.

Dieses erste Jahr der »Sowjetisierung« mit den Verhaftungen, Verschleppungen und Enteignungen erlebten die Menschen

* Dalia Grinkevičiūtė, Aber der Himmel – grandios. Aus dem Litauischen übersetzt von Vytenė Muschik. Matthes & Seitz Verlag, Berlin 2014.

nicht nur in Litauen, sondern auch in Lettland und Estland als traumatisch – in der kollektiven Erinnerung der baltischen Völker ist dieses Trauma bis heute präsent und verstellt bisweilen den Blick für die Verbrechen der deutschen Besatzer an der jüdischen Bevölkerung in den Jahren zwischen 1941 und 1944.

In seiner 1979, also noch zu Sowjetzeiten erschienenen Romantrilogie »Kerzen im Wind«* schildert Grigori Kanowitsch, wie sich die große Politik auf das Schicksal eines litauischen Schtetls und seiner Bewohner in den Jahren zwischen 1937 und 1944 auswirkte. Zurückhaltend behandelt der Autor die Schrecken der Sowjetisierung ab dem Einmarsch der Roten Armee, aber den dumpfen, vom Katholizimus genährten Judenhass vieler Litauer verschweigt er nicht, auch nicht, dass sich dieser Hass während der deutschen Besatzung Bahn brach. Einerseits wahrte er also ein sowjetisches Tabu (die grausamen Umstände der sowjetischen Annexion), verletzte aber ein anderes, denn die Kollaboration von Sowjetbürgern mit den deutschen Okkupanten durfte nicht erwähnt werden. Sie hätte das Bild vom heldenhaften Kampf und Sieg über den Faschismus befleckt. Außerdem verstieß der Autor gegen die sowjetische Sprachregelung, nach der nicht von der Ermordung der Juden, sondern von »Verbrechen gegen die friedliche sowjetische Bevölkerung« gesprochen werden musste. Grigori Kanowitsch gehört zu den ersten Schriftstellern der Sowjetunion, die den Holocaust explizit zum Thema machten.

Unmittelbar nach der deutschen Okkupation im Juni 1941 begannen überwiegend litauische Kommandos unter deutscher Führung mit der Vernichtung der jüdischen Bevölkerung. Die

* Grigori Kanowitsch, Kerzen im Wind. Aus dem Russischen übersetzt von Waltraud Arndt. Aufbau-Verlag, Berlin 1984. Neuauflage unter dem Titel »Ewiger Sabbat«. Die Andere Bibliothek, Berlin 2014.

litauisch-deutsche Zusammenarbeit war von tödlicher Effektivität: Von den über 200 000 litauischen Juden überlebten nur 12 000. In keinem anderen von Hitlerdeutschland besetzten Land wurden im Verhältnis zur gesamten jüdischen Bevölkerung so viele Juden ermordet. In seinem 2009 in Moskau veröffentlichten und bislang nicht ins Deutsche übersetzten Roman »Der Zauber des Satans« hat Grigori Kanowitsch die Kollaboration jüdischer Schtetl-Bewohner mit den neuen sowjetischen Herren und das mörderische Komplott zwischen Litauern und Deutschen bei der Vernichtung der Juden schonungslos und unzensiert geschildert. Zu Sowjetzeiten wäre der Roman nicht gedruckt worden, nicht einmal in Litauen, wo sowjetische Denkverbote offenbar weniger rigoros durchgesetzt wurden.

6

Zu seinen literarischen Vorbildern zählt Grigori Kanowitsch den berühmten jiddischen Schriftsteller Scholem Alejchem (1859–1916). Mit ihm verbinden den litauischen Autor die Liebe zum gesprochenen Wort und das Bewusstsein von der großen Macht der Rede. Seine Großmutter Roche schildert der Autor als Meisterin der blitzschnellen treffenden Bemerkung. Ihre Zunge ist im Schtetl berüchtigt – das will etwas heißen! – und hat ihr, gepaart mit einem zupackenden Wesen, den Spitznamen »Roche-Samurai« eingetragen.

Das Sprechen ist der soziale Kraftstoff des Schtetls, die Sprache oft der einzige Reichtum seiner Bewohner. Das Jiddische, vor dem Holocaust die Muttersprache von zwölf Millionen Menschen, bietet dafür einen unerschöpflichen Schatz, denn es ist eine der lexikalisch reichsten Sprachen der Welt. Für einen der Protagonisten des Romans »Ein Zicklein für zwei Groschen«, den Wasserträger Schmule-Sender, sind Worte »wie Speis und Trank«. Er scheint »allein schon von Worten satt« zu werden. Welche Freude »a gut wertl«, ein funkelndes Bonmot, machte, wie man es zitierte und auskostete, »bis ein anderes es schließlich verdrängte«, hat Manès Sperber in seinen Erinnerungen »Die Wasserträger Gottes« geschildert. Mit einem gesprochenen Wort, einer Anrufung oder Beschwörung, enden fast alle Romane Kanowitschs – ein Nachklang, der dem Leser im Ohr bleibt. Manchmal überlässt der Autor sogar den Raben am Himmel oder den Tieren im Stall das letzte Wort – in dankbarer Erinnerung an Kuh und Pferd, Ziege und Huhn, die friedlichen Wappentiere des Schtetls.

Den Bilderreichtum der jiddischen Sprache hat der Erzähler ertragreich ins Russische verpflanzt. Da beschreibt er einen Bart, »starr und trocken, wie fürs Herbarium«, da spricht er gar von einem »Heidekrautbart«. Da ist ein Fahrdamm »kurz wie ein Würstchen« und ein Trottoir »schmal wie ein Bettelstab«. Das Schtetl Mischkine wird am dritten Kriegstag »in zwei Teile gespalten, wie eine Walnuss«. Wenn der Erzähler »herbstliche Trauer in Großvaters Augen« bemerkt oder der Großmutter, seinem »strengen und zärtlichen Schutzengel«, gehorchen muss, fühlt sich der Leser an Isaak Babels unverkennbaren Epitheta-Einsatz erinnert.

Die Übersetzungen von Waltraud Arndt hatten Kanowitschs Helden im Deutschen durch behutsame syntaktische Umstellungen einen jiddischen Zungenschlag verliehen. Mit der vorliegenden Übersetzung von Ganna-Maria Braungardt, die solche Anklänge vermeidet, wird der Autor zufriedener sein. Denn er ist sicher – besäße sein Russisch einen jiddischen Anklang, sowjetische Lektoren und Kritiker hätten es ihm um die Ohren geschlagen. Man habe, so sagt er, im Gegenteil sein »für einen Juden reines Russisch« hervorgehoben. Ein zweischneidiges

Kompliment, denn es betonte einmal mehr Kanowitschs Außenseiterposition. Er selbst hat sie in das Bild des einsamen Baums am Wegesrand gefasst und ins Positive gewendet: »In den Wald hat man mich nicht gelassen. Das ist meine Tragödie, aber vielleicht auch mein Glück gewesen. Denn während der Wind den Baum schüttelte, hat dieser alle Kräfte zusammengenommen, um dennoch zu ergrünen, Früchte zu tragen, zu überleben.«

Wie Scholem Alejchem erzählt auch Grigori Kanowitsch weniger in Prosa als in Dialogen. Beiläufig führt er umstürzende politische Veränderungen in seine Romane ein: im Gespräch, en passant, berichten die Protagonisten einander, was sie gehört oder gelesen haben – und schon ist ein historisches Panorama aufgezogen! Welche möglichen Konsequenzen die in der Regel schlechten Nachrichten haben, diskutiert man gleich an Ort und Stelle. So wird Geschichte für den Leser anschaulich und lebendig.

Grigori Kanowitsch erweist seinem großen jiddischen Vorbild auch in direkten Anleihen die Ehre. Seinen Protagonisten Daniel aus der Romantrilogie »Ewiger Sabbat« hat er Scholem Alejchems Motl Pejsje aus dem Roman »Der Sohn des Kantors« nachempfunden. Mit Motl teilt Daniel die unbändige Lebensfreude und Neugier, die Abneigung gegen das Stillsitzen und Lernen.

Wie sein literarisches Vorbild Motl träumt auch Daniel den Traum vom Fliegen. In diesem Traum kann der Junge der Wirklichkeit entfliehen, fremde Länder bereisen und den Vater befreien, der im Zwischenkriegslitauen wegen seiner sozialistischen Überzeugungen im Gefängnis sitzt. Fliegen zu können, davon träumen viele Helden jiddischer Erzählungen und Romane. Auch der junge Künstler Marc Chagall träumte davon, im Fluge das heimatliche Witebsk zu verlassen und Kurs auf Paris, das Mekka der modernen Kunst, zu nehmen. Von dieser Sehnsucht nach Aufbruch und Ferne erzählen die schwebenden und fliegenden Figuren seiner Bilder.

Mit Anton Tschechow, einem seiner russischen Hausheiligen, teilt Grigori Kanowitsch den Sinn für Gerechtigkeit. Jedem seiner Protagonisten wird sie zuteil. So blickt er in seinem historischen Roman »Tränen und Gebete der Einfältigen« allen handelnden Personen einmal gründlich in die Seele – und beim Leser stellen sich Mitleid und Verständnis selbst für diejenigen ein, die zuvor, aus der Perspektive ihrer Mitmenschen betrachtet, wenig Mitgefühl weckten. So ergeht es dem Leser mit dem hartherzigen Schankwirt Josua, der mit der Enttäuschung über seinen missratenen Sohn leben muss. Oder mit dem russischen Polizeichef Nesterowitsch, der es eigentlich nicht böse meint, nie aus eigener Initiative gegen die jüdische Bevölkerung vorgeht, aber aus Angst doch Abstand hält und, wenn die Obrigkeit es verlangt, seine Pflicht tut.

Wie Anton Tschechow begegnet auch Grigori Kanowitsch den großen Ideen der Weltverbesserung mit Misstrauen. Rabbi Uri antwortet in »Tränen und Gebete der Einfältigen« auf die tröstlich gemeinten Worte seines Schülers, die Zeiten seien krank und müssten kuriert werden: »Uns selber müssen wir kurieren.« Still für sich denkt er: »Wie viele hatte es schon gegeben, die die Zeit kurieren wollten … Und wohin hatte das alles geführt? In Fesseln, aufs Schafott, in den Wahnwitz«, und bekräftigt noch einmal: »Nein, die Zeit ist unheilbar. Jeder muss sich selbst heilen, erst dann kann vielleicht auch die Welt genesen.« Der Autor hat dem Rabbi sein eigenes Credo in den Mund gelegt. Ihn persönlich hielt die Abneigung gegen das »Kurieren der Zeit« nicht davon ab, in die Politik zu gehen und sich für Veränderung einzusetzen, sobald die Agonie der Sowjetunion eine reale Chance dazu bot.

Mit seinem Moskauer Kollegen Wassili Grossman verbindet Grigori Kanowitsch den unbestechlichen Blick auf den gemeinsamen menschenverachtenden Kern von Nationalsozialismus und Stalinismus, der beiden totalitären Systeme, die das 20. Jahrhundert in Europa bestimmten. In seinem in der Sowjetunion nach über 25-jährigem Verbot erst 1988 erschienen Stalingrad-Roman »Leben und Schicksal« hält Grossman der Idee des Guten, in deren Namen so viel Blut vergossen wird, die kleine gütige menschliche Geste entgegen. Auch Kanowitsch setzt die Güte über die Ideologie – etliche seiner Helden lässt er nach dieser Maxime handeln.

7

Während den Geschichten osteuropäischer Schriftsteller, die aus dem Schtetl stammen, die Trauer um den Verlust eingeschrieben ist, entwickelte sich im deutschsprachigen Raum nach dem Zweiten Weltkrieg eine erstaunliche Schtetl-Nostalgie. Den Anfang machte in den 1960er Jahren das Broadway-Musical »Anatewka«, nach Scholem Alejchems Roman um den braven Schtetl-Milchmann Tewje und seine Töchter. Der Titelsong »Wenn ich einmal reich wär« wurde zum Soundtrack der Verklärung. Im amerikanischen Original hieß das Musical »Fiddler on the Roof« und zitierte den *Geiger auf dem Dach*, ein berühmtes Motiv Marc Chagalls, dessen Bilder oft als Illustration der angeblich nestwarmen Welt des Schtetls missverstanden werden. Allzu gern pflegt man die Vorstellung vom kleinen östjüdischen Nest, wo die Klezmer-Geiger auf den Dächern sitzen und alle arm, aber fröhlich sind. In dieser Sehnsucht nach etwas, das niemand aus eigener Anschauung kennt, sieht die amerikanische Autorin Ruth Ellen Gruber den »unbewussten

Versuch«, die »Leerstelle«, die der Holocaust hinterlassen hat, mit »virtuellem Judentum« zu füllen.

Grigori Kanowitschs Romane und Erzählungen konfrontieren unsere idealisierten Vorstellungen dieses »virtuellen« Judentums mit der Wirklichkeit. Denn Grigori Kanowitsch ist der seltene Fall eines heute lebenden Autors, der das Schtetl aus eigenem Erleben kennt und es zur »Hauptperson« seiner Bücher gemacht hat. In seinen historischen Romanen ist es das fiktive Schtetl Mischkine (lit. Miškiniai) mit seinen angestammten Bewohnern, deren Lebenswege und Familiengeschichten der Autor fortgeschrieben und damit eine einzigartige litauische Schtetl-Saga geschaffen hat.

Zu den falschen, von Kanowitschs Büchern korrigierten Vorstellungen gehört auch die, dass ausschließlich Juden ein Schtetl bevölkerten. Die Juden waren zwar oft in der Mehrheit und mussten sich nicht ghettoisiert fühlen, sondern waren, wie Manès Sperber schrieb, »bei sich selbst zu Hause«. Anders als Kanowitschs Jonava »unter der kargen litauischen Sonne« war Sperbers galizisches Schtetl Zablotow allerdings chassidisch geprägt. Litauen galt als Zentrum strenger jüdischer Gelehrsamkeit und moderater jüdischer Aufklärung. Wilna, das heutige Vilnius, trug den Ehrentitel »litauisches Jerusalem«. Kanowitsch erinnert sich, dass »freiheitsliebende Chassiden«, die sich »ins gesetzestreue Jonava« verliefen, Befremden hervorriefen: Sie sangen ihre Gebete und »schrieben mit geschickten, gummiartigen Beinen in bizarren Tänzen Hieroglyphen auf das Straßenpflaster, die in dieser Gegend noch nie gesehen wurden«.

So irrig wie die verbreitete Ansicht, alle Schtetl seien gleich gewesen, ist die Vorstellung vom Schtetl als Ort außerhalb der Geschichte, »frozen in time«, wie ein israelischer Historiker es einmal genannt hat. Dass die Geschichte immer wieder mit brutaler Gewalt ins Schtetl einbrach, hat Grigori Kanowitsch oft und eindrucksvoll geschildert.

Ebenso falsch ist auch unsere Vorstellung von sozialer Homogenität und mittelalterlicher Rückständigkeit. In Jonava gab es ein paar Reiche, die allerdings »verglichen mit Rothschild arm waren«. Der Vater des Autors nähte in den 1920/30er Jahren nicht mehr mit der Hand, sondern auf einer Singer-Nähmaschine. Ein Philips-Radio brachte Nachrichten aus der großen Welt. Es gab eine Shell-Tankstelle an der Straße nach Kaunas, und irgendwann kaufte sich sogar jemand einen Rolls-Royce. Im Schtetl-Kino liefen nach der Annexion sowjetische Propagandafilme, unter anderem der Film »Zirkus«, der die sowjetische Völkerfreundschaft preist und in dem – daran erinnert sich der Erzähler noch genau – Solomon Michoels, der begnadete Schauspieler und Direktor des Jüdischen Staatstheaters in Moskau, ein schwarzes Baby mit einem jiddischen Wiegenlied in den Schlaf singt.

8

Mit seinem hier in deutscher Übersetzung vorliegenden Buch »Kaddisch für mein Schtetl«, 2013 in russischer und litauischer Sprache erschienen, kehrt Grigori Kanowitsch in seine eigene Kindheit im realen Schtetl Jonava zurück. Er selbst nennt das Werk »einen Roman, untermauert mit Dichtung und Erinnerungen«. Den im Deutschen womöglich missverständlichen und in die verklärende Richtung weisenden Original-Titel »Schtetl-Romanze« hat der Verlag durch »Kaddisch für mein Schtetl« ersetzt – denn der Text ist wie das jüdische Kaddisch Bekenntnis und Totengebet zugleich.

Bewegend schildert der Autor zu Beginn, wie sich die Überlebenden nach dem Krieg, nach der Heimkehr aus »der trostlosen Fremde« in einer »Gemeinschaftswohnung auf dem nach dem Generalissimus Stalin benannten Prospekt« in Vilnius versammeln und Trost in der Erinnerung finden: »Alle Bewohner unserer Behausung tauchten freudig und Hals über Kopf in das Vergangene ein wie in das von der Sommersonne erwärmte Wasser der Vilija, das in ihrer leidgeprüften, von entsetzlichen Verlusten gepeinigten Erinnerung weiter ruhig dahinströmte und sie an ihre mit dichtem Gestrüpp bewachsenen Ufer lockte – die Ufer ihrer ersten Rendezvous und ihrer ersten Liebe.«

Zu den Lebenden gesellen sich allabendlich die Toten, sie steigen herab »von den nackten, hastig gestrichenen Wänden ohne Spiegel und ohne Bilder«. Die Mutter versteht es, »ihre Stimmen, ihre Intonation« zu imitieren und sie so für den heranwachsenden Sohn wieder lebendig werden zu lassen. Bei diesen nächtlichen Seancen muss Grigori Kanowitsch den Impuls empfangen haben, Erzähler zu werden und fast 70 Jahre später diese »wie Geisterwolken« in der engen Wohnung schwebenden »amüsanten« und »schmerzlichen« Erinnerungen einzufangen und niederzuschreiben.

»Kaddisch für mein Schtetl« hat der Autor dem Andenken an seine Mutter gewidmet. Sie war überzeugt, dass »der Mensch lebt, solange er sich an das erinnert, was er unter keinen Umständen vergessen darf«.

Brigitte van Kann *Hamburg, im Mai 2015*

ANMERKUNGEN DER ÜBERSETZERIN

Bei den Personennamen folgt die Übersetzung der Schreibweise im Jiddischen (durchgesehen von Sabine Boehlich), bei im Deutschen gebräuchlichen Wörtern (Peies, Zizit, Goi) der im Duden festgehaltenen Schreibung.

16 *Balegole* – Fuhrmann, der für Fahrten innerhalb des Schtetls und für weitere Strecken angemietet wird.
Chuppa – Traubaldachin bei einer jüdischen Hochzeit.

24 *Schadchen* – Heiratsvermittler, Brautwerber.

29 *Pejes* – Schläfenlocken.

30 *Mameloschn* – Muttersprache; Bezeichnung für das Jiddische, von »loschn« – (hebr.) Zunge, Sprache.

36 *Kartoffelkugel* – Kartoffelauflauf.

39 *Latkes* – (jidd.) Kartoffelpuffer.

57 *Schamaiten* – lit. *Žemaitija*, latinisiert *Samogitia*, deutsch auch *Schamaiten* oder neuerdings *Niederlitauen*, Landschaft im westlichen Teil Litauens.

58 *Teiglech* – Traditionelle jüdische Süßspeise, in Honig gegarte Teigstücke.

70 *Tanach* – Heilige Schrift des Judentums, bestehend aus Thora (Weisung), Neviim (Propheten) und Ketuvim (Schriften). Vom Christentum übernommen und als Altes Testament kanonisiert.

79 *Chanukka* – Achttägiges jüdisches Dankesfest zum Andenken an die Wiedereinweihung des Tempels nach dem Sieg über die Armee von Kaiser Antioch durch Judas Makkabäus im Jahr 164 v.u.Z; symbolisiert den Sieg des Lichts über die Finsternis.

104 *Challa* – Traditionelle geflochtene Brote aus Weißmehl, Hefe, Eiern und etwas Fett – wobei die Rezepte, die Anzahl der »Zöpfe« und die Form je nach Brauch und Anlass variieren.

115 *Schmock* – Aus dem Jiddischen, abfällig für einen Tölpel oder einen eingebildeten Menschen.

134 *Pone* – (lit.) Anrede für eine Frau.

138 *Tarbut-Schule* – Tarbut (hebr. – »Kultur«) war eine weltliche jüdische Vereinigung, die zwischen 1. und 2. Weltkrieg in Russland, Polen, Rumänien und Litauen hebräischsprachige Bildungseinrichtungen betrieb.

167 *Chewra Kadischa* – (hebr.) »Heilige Bruderschaft«; traditionelle jüdische Beerdigungsbruderschaft, ehrenamtlich organisiert und durch Spenden finanziert.

175 *Cheder* – (hebr.) »Zimmer«, jüdische Elementarschule, in der nur Hebräisch und Religion gelehrt werden, in der Regel nur für Jungen.

Melamed – Lehrer der jüdischen Elementarschule.

194 *Schiwa* – (hebr. »sieben«) Die sieben Trauertage nach dem Tod eines nahen Verwandten.

196 *Jeschiwa* – (hebr.) Talmudschule.

211 *Ponas* – (lit.) Anrede für einen Mann.

220 *Peßach-Haggada* – Erzählung über das Exil des Stammes Israel in Ägypten und die Befreiung aus der Gefangenschaft, oft als illustriertes Buch.

230 *Bima* – Erhöhtes Pult in der Synagoge, an dem die Thora gelesen wird.

Tallis – Gebetsmantel.

237 *gefilte Fisch* – An Feiertagen beliebtes kaltes Fischgericht aus gewürzter Fischfarce, die als Klößchen, in Scheiben oder in die Fischhaut gefüllt als ganzer Fisch in Brühe pochiert und im erkalteten, gelierten Sud serviert wird.

248 *Buchstaben im jiddischen Alphabet* – Zur Schreibung des Jiddischen wird das angepasste hebräische Alphabet verwendet.

265 *Zimmes* – Möhreneintopf mit Zimt und Rosinen.

296 *Žemaitija* – s. Anm. zu S. 57.

314 *Gabe* – Gehilfe des Rabbiners, sammelt Spenden für die Gemeinde.

318 *Rosch ha-Schana* – Jüdisches Neujahrsfest, wird zwei Tage lang bei Vollmond im Herbstmonat Tischri gefeiert. Fällt nach greogorianischem Kalender auf September oder Oktober.

320 *Kreplech* – Mit Fleisch gefüllte Teigtaschen.

356 *»finstre düstre Wolken hängen«* – Zitat aus dem 1939 entstandenen, durch den Film *Traktoristen* populär gewordenen Lied *Drei Panzer-*

soldaten, das als inoffizielle Hymne der sowjetischen Panzertruppen galt.

357 *Stalin, dem alle vertrauen* – Zitat aus dem *Lied über Stalin*, Text A. Surkow, Musik M. Blanter, deutsche Nachdichtung Erich Weinert, zitiert nach *Internationale Arbeiterlieder*, Lied der Zeit, Berlin 1952, S. 47. *Moskau, herrlich, stolz und schön* – Zitat aus dem Lied *Moskau im Mai*, (1937) Text: Lebedew-Kumatsch, Musik: Pokrass, Nachdichtung Alexander Ott, zitiert nach *Internationale Arbeiterlieder*, Lied der Zeit, Berlin 1952, S. 51.

438 *Gaon von Wilna* – Elijah Ben Salomon Salman (1720–1797), vielseitiger jüdischer Gelehrter; seine Kommentare zu Thora und Talmud sind Standardwerke.

443 *Fürst Vytautas* – Vytautas der Große (1354(5?)–1430), ab 1392 Großfürst von Litauen, erließ 1388/89 Schutzbriefe für drei jüdische Gemeinden, die Juden Niederlassungsrechte, Handels- und Religionsfreiheit gewährten, 1393 allen Juden des Großfürstentums zugesprochen.

453 *Henker Haman* – Biblische Gestalt aus dem Buch Ester, Regierungsbeamter des Perserkönigs Xerxes, erließ ein Edikt, wonach alle Juden am 13. Adar getötet werden dürfen. Beim Purim-Fest erinnern dreieckige Hamantaschen an die Ereignisse aus dem Buch Ester.

474 *Zizit* – (hebr.) Schaufäden am Gebetsmantel.

482 *General Tschernjachowski* – Iwan Tschernjachowski (1906–1945) war der jüngste Armeegeneral in der Geschichte der Roten Armee, befehligte ab 1944 die 3. Weißrussische Front, die Witebsk, Vilnius und Kaunas von der deutschen Besatzung befreite.